한국
현대문학
전집

5

메밀꽃
필 무렵

이효석 단편선

메밀꽃 필 무렵

이효석 단편선 · 백지혜 엮음

현대문학

학교 교육에서 문학 교육이 차지하는 비중은 대단히 크다. 초등학교, 중학교, 고등학교 국어 과목 안에 '문학'이 한 영역을 차지하고 있으며, 고등학교에서는 심화 학습으로 문학 과목을 배운다. 문학 교육의 비중은 갈수록 커져 가고 있어 '2009년 개정 교육과정'에서는 문학 1과 문학 2로 과목이 확대되었다.

게다가 인문학 교육의 중요성이 강조됨에 따라 대학 교육에서 문학 교육의 위상이 갈수록 높아지고 있음은 모두가 아는 사실이다. 인간과 세계의 진실을 정신과 감각의 차원에서 통합적으로 파악하고자 하는 문학에 대한 넓고 깊은 이해가 중요함은 새삼 말할 필요도 없다. 모든 학문의 바탕이며 동시에 종합인 문학에 대한 올바른 인식이 확산되면서 그동안 실용 학문에 밀려 주변부를 맴돌았던 문학 교육이 다시금 제자리를 찾아 교육의 중심으로 돌아오고 있다. 따라서 지금이야말로 문학 교육에 더 많은 관심을 기울여야 할 때이다.

새로운 현실은 새로운 문학 전집을 요청한다. 문학 교육의 중요성이 갈수록 더 강조되고 문학 교육의 위상이 갈수록 높아지는 새로운 현실의 요청에 응하여 여기 〈한국현대문학전집〉을 펴내고자 한다.

우리는 몇 가지 원칙에 따라 이 전집을 엮고자 하였다. 〈한국현대문학전집〉의 편집 원칙은 다음과 같다.

첫째, 국문학계에서의 연구 성과에 근거하여 한국현대소설사를 일구어온 대표 작가의 대표작들을 엄선하여 수록함으로써, 이들 대표 작가 개개인의 문학 세계와 한국현대소설사의 구체적 전체상을 담아낸다.

둘째, 문학 교육의 비중이 갈수록 높아지는 현실에 따라 문학 교육 과정에서 중시되고 있는 작품들을 수록한다. 문학 교육 과정에서 중시되는 작품들은 곧 한국현대소설사에 솟아 있는 우수한 작품들이니 이는 첫 번째 원칙과 통한다.

셋째, 작가의 최종 수정판을 수록하는 것을 원칙으로 하되, 명백히 잘못된 부분은 다른 판본과의 대조를 통해 수정함으로써 비평적 정본을 제시한다.

넷째, 전문 연구자의 해설을 붙여 독자가 해당 작가의 문학 세계를 깊이 이해할 수 있도록 한다. 해설은 작가의 삶과 문학 세계에 대한 비평적 개괄과 수록 작품들에 대한 정밀한 분석 두 부분으로 구성한다.

다섯째, 작품들 뒤에 그 작가의 문학 세계를 이해하는 데 도움이 될, 그 작가와 관련된 수필 또는 비평문을 두세 편 수록한다.

〈한국현대문학전집〉이 학교의 문학 교육 현장을 비롯한 문학 생활의 공간 곳곳에서, 학생들에게 그리고 문학을 사랑하는 모든 사람들에게 널리 읽히기를 바란다.

2010년 가을
〈한국현대문학전집〉 편집위원회

차례

일러두기

1. 이효석이 1930년대 이후에 발표한 작품들 중 단편 소설 17편을 선정하였다. 처음 발표된 잡지 혹은 신문을 정본으로 삼되, 작품집에 수록된 것이 의미 있다고 판단되는 경우 이를 정본으로 하였다. 작품 수록은 발표 연대를 기준으로 하고, 그 정확한 출처는 각 작품 끝부분에 밝혀두었다.

2. 이 책은 현행 한글 맞춤법에 따르는 것을 원칙으로 하였다. 다만 방언이나 고어, 구어체 표현, 의성어, 의태어 등 작품의 분위기에 영향을 미친다고 판단되는 경우 그대로 두었으며, 특히 대화문에서는 옛 표기를 최대한 살렸다.

3. 외래어는 현행 외래어 표기법에 따라 바꾸되 작품의 분위기에 영향을 미치는 어휘는 가능한 한 그대로 두었다.

4. 원본의 한자는 한글로 바꾸고 작품 이해에 꼭 필요한 경우가 아니면 한자를 병기하지 않았다.

5. 대화나 인용은 “ ”, 생각이나 강조는 ‘ ’로 표시하였다. 또한 책 제목은 『 』, 단편 소설이나 시 등은 「 」, 잡지나 신문 등은 《 》, 영화나 연극, 노래 등은 〈 〉로 통일하였다.

6. 뜻을 파악하기 어려운 어휘에 대해서는 국립국어원의 표준국어대사전과 『소설어 사전』(김윤식 · 최동호 지음, 고려대학교출판부) 등을 참고하여 뜻풀이를 달아 독자들의 이해를 도왔다.

이효석 문학의 진폭과 여행자 의식

백지혜

1

가산 이효석(1907~1942)은 습작기를 포함해 17년 동안 창작 활동을 하였다. 서른여섯 살에 요절한 짧은 생애에 두 편의 장편 소설과 수십 편의 단편 소설, 시, 콩트, 희곡, 시나리오, 번역, 평론을 남긴 그는 문학 전 장르에 도전함으로써 자신의 글쓰기 욕망을 표출한 한국문학사에서 보기 힘든 독특한 작가적 개성을 간직한 작가이다.

1907년 강원도 평창에서 태어난 이효석은 항상 「메밀꽃 필 무렵」과 '봉평'이라는 수식어가 따라다니지만, 실제 그는 강원도에서 오래 살지 않았다. 어린 시절부터 그는 집과 떨어져 살았는데, 1914년 평창공립보통학교에 입학한 이후 6년간 하숙을 하였다. 이후 무시험 전형을 거쳐 1920년에는 경성제일고등보통학교에 입학, 고보 시절부터 문학 수업에 몰두하였다. 그는 특히 안톤 체호프와 캐서린 맨스필드 및 심미주의 계열의 작가에 탐독하였다. 이러한 작가의 미의식은 경성제일고등보통학교 졸업을 앞둔 1925년 시 「봄」(《매일신보》, 1. 18)을 발표하면서부터 주목을 받았다.

1928년 이효석은 「도시와 유령」으로 프롤레타리아 문학에 데뷔한다.

이후 「기우」, 「깨뜨려지는 홍등」, 「추억」, 「상륙」, 「북국사신」, 「마작철학」, 「약령기」, 「노령 근해」 등을 더 발표하여 1931년에는 단편집 『노령 근해』를 엮어낸다. 이 시절 이효석은 동반자 작가*라고 일컬어졌으나, 당대 프롤레타리아 문학의 핵심 주제였던 혁명·계급·투쟁이 바탕이 된 소설보다는 조선의 척박한 현실과 대비되는 러시아의 이국적인 이미지들이 강조된 소설을 많이 썼다. 이효석 소설에서 러시아는 사회주의자의 고향이기보다는 가장 가까이에 있는 서구의 대체물과 같았다.

이효석은 1930년대 초 유진오, 방인근, 이기영 등과 함께 조선의 5대 작가에 뽑힐 만큼 작가로서 큰 인기를 누렸으나 경제적으로는 늘 곤궁하였다. 칠피 단화에 스마트한 양복 입기를 즐겼던 이효석은 가난한 자신이 한층 더 부끄러웠다. 경제적 원인으로 조선총독부에 취직하였으나 이갑기, 홍효민 같은 프롤레타리아 문인들에게 엄청난 질타와 욕설을 받는다. 이후 그는 충격을 받아 처가가 있는 함경북도 경성으로 내려갔다. '우울의 절정'에서 서울을 떠나 경성으로 도피한 셈인데, 1932년부터 1934년까지 2년간의 함북 경성 생활은 이효석에게 두 가지 점에서 큰 도약을 만들어주었다.

첫째, 사회주의 작품 계열에서 벗어나 인간의 본능과 성에 깊은 관심을 가진 「돈」, 「메밀꽃 필 무렵」을 쓸 기반을 마련하였다. 1933년에 발표한 「오리온과 능금」, 「10월에 피는 능금꽃」, 「가을의 서정」에서는 좌익 운동의 의미가 인간의 원초적인 욕망 앞에서 퇴색한 주인공들을 그려내었던 것이다. 둘째, 레닌 혁명 당시 피난해 내려온 백계 러시아인이 살았던 주을朱乙에서 이효석은 그간 막연한 동경만 있었던 러시아의 실체에 한발

* 우리나라에서 카프KAPF의 맹원은 아니지만 그들에게 사상적으로 동조한 작가들을 이르는 말.

다가서고 그들의 생활 방식을 흠모할 시간을 갖는다. 「지협의 가을」, 「단상의 가을」 같은 수필에 소재로 자주 등장하는 '커피'와 이방인들과 어울리는 이효석의 모습은, 그가 함북 경성에서 자주 만났던 서양인들의 생활 습속들이 실생활과 깊이 연관된 모습이기도 하다.

1936년 이효석은 평양 숭실전문학교의 교수가 된다. 사회적 지위와 일정한 수입으로 안정을 찾았고 조만식, 양주동과 함께 근무하였다. 70평 남짓한 푸른 집에서 서양 화초를 키웠던 평양 창전리 시절은 그의 인생에서 가장 행복했던 때다. 이러한 기쁨은 작가로서 가장 왕성한 창작 활동을 맞이할 기회를 열어준다. 1935년부터 1938년까지 그는 「계절」, 「성화」, 「화분」, 「산」, 「들」, 「인간산문」, 「고사리」, 「메밀꽃 필 무렵」, 「삽화」, 「개살구」, 「거리의 목가」, 「장미 병들다」, 「부록」, 「해바라기」, 「여수」, 「산정」, 「황제」, 「향수」에 이르는 수많은 단편 소설을 써내려 갔다.

이효석의 초기 소설에서는 조선의 현실에 없는 이념적 결핍을 서구나 러시아를 통해 배우고자 하는 '(계급)주의자'가 흔히 등장하였다. 이러한 '주의자'들은 서양의 예술과 문화를 적극적으로 배우고자 하는 음악가(「거리의 목가」·「가을과 산양」·「화분」·「일요일」·「풀잎」)나 화가(「여수」·「라오콘의 후예」), 영화 종사자(『벽공무한』)로 변주된다. 이효석 소설에서 가장 많은 직업군을 형성하는 예술가들은 '외국에 대한 그리운 마음'을 가진 사람들이기도 하다. 이들은 다분히 식민지 조선을 이방인의 시선으로 바라본다. '고향을 한번 떠남으로써 새로운 고향'을 발견하는 「화분」의 주인공 미란과 영훈의 모습은 이효석 소설을 이해하는 데 중요한 목소리들이다. 이때의 소설들은 한곳에 정착하지 못하고 끊임없이 경계를 넘나드는 지식인의 모습을 취하고 있다.

이효석의 이방인 의식은 1940년에 그의 부인 이경원과 차남 영주를 잃은 후 그 상실감을 달래기 위해 만주와 신경으로 여행을 한 것을 계기로 균열을 맞는다. 서구 문화를 모방함으로써 자신의 결핍감을 채워온 그의 소설들이 변하기 시작한 것이다. 망한 러시아 귀족들이 생계를 위해 꾸린 가무단, 그토록 꿈의 공간이었던 하얼빈에서 하루하루 근근이 생명을 이어가는 조선인 마약상들을 실제로 그려내며(「여수」·『벽공무한』), 이효석은 식민지를 살아가는 하층민에 대한 연민이 비로소 깊어진다. 그는 1940년대에 들어 「하얼빈」, 「은은한 빛」, 「봄 의상」, 「엉겅퀴의 장」, 「청자와 소복」 같은 일본어 작품에서 의도적인 조선적 소재의 발굴을 꾀하였다. 박물관, 전람회, 고도古刀, 한복이 소설의 소재로 등장한 것은 작가의 관심이 이국적인 면에서 고풍스러운 것으로 변모하였다는 것을 반증하며, 1940년대를 전후한 불우한 창작 현실에도 소설 쓰기를 포기하지 않고 일어로라도 집필하였다는 것은 글쓰기를 향한 욕망의 표현이다.

이효석은 그간 서구적 소재와 전통적 소재, 모더니즘 문학과 리얼리즘 문학, 도시문학과 전원문학을 추구해왔다는 평가를 받아왔다. 이와 같은 이분법의 논리를 적용할 경우 이효석의 문학은 양쪽 모두에서 '결함'이 있는 작가로 머물기 쉬웠다. 그러나 이미 이효석은 「문학 진폭 옹호의 변」에서 "한 시대의 문학으로서 한 주조의 문학만을 허용한다는 것은 너무도 고루한 것"이라며 그의 독특한 문학관을 피력하고 있다. 그의 문학에서는 이항 대립의 형식을 해체할 가능성을 열어두고 끊임없이 미적 대상을 추구하고자 하는 작가 자신의 일관된 논리가 발견된다. 습작기부터 서른여섯 살에 결핵성 뇌막염으로 죽기까지, 이효석은 한 사상의 문학, 한 방향의 문학만을 내세우고 배타적인 껍질 속에 웅크리고 있지 않았다. 문학가의 무지와 오만을 혐오한 이효석의 다채로운 문학적 진폭은 식민지 시기를 소설 쓰기로 버텨온 작가적 솔직함에 그 의의가 있다.

2

이 책에 실린 소설들은 이효석의 작가 의식을 시기별로 살펴보고 있다. 「노령 근해」, 「상륙」, 「북국사신」 같은 동반자 작가 시기의 문학은 1920년대 후반에 집중적으로 쓰였으며, 1931년의 단편집 『노령 근해』에 함께 실린 작품들이다. 「돈」, 「성화」, 「산」, 「들」, 「메밀꽃 필 무렵」, 「개살구」, 「거리의 목가」, 「장미 병들다」, 「해바라기」는 이념의 퇴색 이후 자연과 성에 몰두한 시기의 단편 소설들이다. 앞서 언급하였듯이 이효석은 이국성과 토속성이 혼재된 다양한 소재를 즐겨 그렸지만, 1940년대 만주 여행 이후 식민지의 주변부를 살아가는 하층민들에 대한 인식이 기반이 되어 고전적인 소재들에 대한 깊은 관심을 보였다. 「여수」, 「은은한 빛」, 「하얼빈」, 「일요일」, 「풀잎」이 여기에 속한다.

「노령 근해」는 러시아를 향하는 삼등 선실이 배경이다. 여기에는 '북국을 환상하는 자'들이 모여 있다. 돈 많은 항구를 향해 일자리를 찾아 떠나는 여자, 동전으로 모은 뱃삯을 들고 뱃길에 오른 50 넘은 노인, 만국 지도 한 권과 러시아 회화책을 들고 삼등 선실에 오른 주의자들. 이들은 금을 발견하기 위해 캘리포니아를 찾아가는 서부 개척 시대 사람들처럼, 부자도 없고 가난한 사람도 없고 다 같이 살기 좋은 나라를 꿈꾼다. 그리고 이들은 북국에 도착하는 대로 조선에서 지내온 이제까지의 생활을 모두 버리겠다는 생각을 갖고 있다. 「상륙」 역시 동해안의 항구를 떠나 사흘을 달려 '꿈꾸던 나라'에 도착한 한 밀항자의 이야기다. 오래전부터 사모하던 땅에 도착하자마자 그는 고국의 가난한 어머니가 기워준 옷을 미련 없이 바다에 던진다. 「북국사신」은 주인공 '나'가 고국에 있는 R 군에게 북국의 첫 느낌을 전하는 편지 형식을 빌려 전개된다. 이 소설의 특이한 점은 카페 우스리에서 일하는 러시아 여인 샤샤의 키스를 받는 주인공이

'아무런 인종적 편견 없이' 조선 사람인 나를 사랑해주는 것에 대해 무한한 행복감을 느끼는 데 있다. 러시아나 북국의 상투적인 이미지와 더불어 서양에 대해 갖는 굴절된 환상들은 비루한 현실에 대한 결핍감에서 비롯된 것으로, 조선을 떠나는 주인공들로 하여금 새로운 문화를 찾아 적극적으로 탈향을 시도할 계기를 마련해주었던 것이다.

「돈」은 「노령 근해」 시절과 결별한 이후의 첫 작품이다. 주인공 식이는 종묘장에서 수퇘지와 암퇘지의 씨를 붙여 재산을 불려보고자 한다. 공들여 키운 돼지가 기차에 치여 죽자 식이는 산모퉁이를 돌아오는 기차 소리를 들으며 어디론가 떠나고 싶다는 생각을 한다. 현실에 패배한 자들이 모두 고향을 떠난다는 이러한 일관된 성향은 이효석의 자연관으로까지 이어진다.

「산」은 머슴살이를 하다가 주인의 첩을 건드렸다는 혐의로 집에서 쫓겨난 중실을 주인공으로 그린다. 첩을 건드렸다는 주인의 핑계는 사실 머슴 중실에게 밀린 '사경'(월급)을 주지 않으려는 핑계에 불과하였다. 중실은 첩을 믿지 못하고 늘그막에 속을 태우는 주인 영감이 오히려 불쌍하다. 중실은 세상에 미련이 없는 고독한 존재가 되어 산을 찾아가는데, 이때 중실은 '자작나무'와 '떡갈잎'을 보며 그의 괴로운 현실을 위로받는다. 「들」의 주인공 학보의 눈에 비친 자연도 이러하다. 학보는 학교에서 쫓겨나 서울을 떠나온 지식인 주인공이다. 학보는 들에서 만난 옥분과 하룻밤을 지낸다. 옥분과의 하룻밤은 그에게 죄의식을 안겨주지는 않는다. 소설에 인용된 "벌판서 장난치던 한 자웅"처럼 이효석은 인간의 내밀화된 성욕을 거침없이 그려내었던 것이다. 흥미로운 것은 마을 사람들에게는 아무렇지도 않은 들꽃들이 고향에 다시 돌아온 학보에게는 이국적인 서양의 꽃 이름처럼 아름답고 낯설게 보인다. 이는 이효석 소설의 주인공들이 고향에서조차 '이방인'이었기에 가능한 시선들이다.

인간의 거침없는 성욕과 자연을 바라보는 이방인의 시선은 「메밀꽃 필 무렵」에서도 동일하게 발견된다. 충북 제천과 영남, 강릉을 헤매면서 돌아다니는 허 생원. 그는 고향이 청주라고 자랑삼아 말하나 고향에 들른 일은 거의 없다. 허 생원에게 고향은 특정 장소가 아니라 장에서 장으로 가는 아름다운 강산이 바로 고향이다. 봉평-대화-제천의 강원도 영서 지방 칠십 리 길이 이 소설의 배경으로 설정된 이유가 여기에 있다. 고향에 머무르지 않고 떠도는 장돌뱅이 허 생원의 시선은 이효석 소설에서 다음과 같은 가장 유명한 장면을 그려내었다.

산허리는 온통 메밀밭이어서 피기 시작한 꽃이 소금을 뿌린 듯이 흐뭇한 달빛에 숨이 막혀 하였었다.

성 서방네 처녀와 하룻밤을 지낸 허 생원의 인연도 이렇게 달빛 아래에 하얗게 반사된 메밀밭에서 탄생한 것이다. 허 생원은 대화까지의 70리 밤 길을 걸으며, 성 처녀와의 젊은 날을 추억한다. 이때 그는 동행한 어린 장돌뱅이 동이가 왼손잡이인 것을 알고 자기 아들임을 직감한다. 이효석은 자연에 대한 미의식과 그 속에 스민 인간의 욕망을 자연스럽게 그려냄으로써 단편 소설의 기교를 완성해간다.

또한 이효석 소설은 첩이나 친구의 약혼남, 남편의 후배나 처제, 제자나 애인의 친구가 애정 행각을 맺는, 말하자면 남녀 관계를 복잡다단하게 그려내는 특징이 있다. 「개살구」는 오대산 박달나무를 벌채하여 갑자기 큰 부자가 된 김형태의 이야기이다. 주인공 김형태는 면장 자리를 두고 현직의 최 면장과 경쟁을 시작한다. 현직의 최 면장과 자신을 비교해보니

"선비와 역군의 집안 차이"가 있는 것 같아 그 열등감을 면장 자리를 차지함으로써 극복하고 싶다. 한편 그는 재물을 불리면서 미모의 후처 서울집을 얻었는데, 아들 김재수가 그 후처와 불륜을 저지른다. 이 같은 미묘한 구도들은 이효석 소설에서 심리적 열등감에 의한 경쟁 심리에서 비롯된 것이다.

「거리의 목가」는 가수가 꿈인 영옥의 사랑을 얻기 위해 명호, 민수, 윤주가 경쟁하는 이야기이다. 영옥은 자신을 후원하는 재벌보다 가난한 순도를 사랑한다. 영옥은 순도의 문학적 소양을 흠모하고 자신에게 냉정한 그에게 남성적 매력을 느낀다. 「풀잎」에서는 아내를 잃은 지 1년도 안 된 준보가 여류 성악가 옥실에게 반하는 장면이 나온다. 그녀는 〈토스카〉, 〈라보엠〉, 〈마담 버터플라이〉에 대한 지식이 출중하며, 결정적으로 앙드레 지드와 토마스 만 같은 작가를 비교할 정도로 문학적 지식이 풍부하다. 독서와 문화적 교양의 성숙은 이효석 소설의 주인공들이 서로에게 반하는 연애의 첫 번째 기준이다. 이렇게 타자와 자기 자신을 견주어보는 시선은 주인공들의 연애에만 국한한 것이 아니라 조선에 결핍된 문화적 요인들에 대해서 한층 더 민감하게 반응할 원인이 되기도 한다.

「장미 병들다」는 한때 운동권이었던 남죽의 이야기이다. 남죽은 여배우가 되었으나 극단의 해체로 성병을 옮기며 떠돌고 있다. 하지만 사실 그녀가 이 소설에서 던지는 메시지는 유진 오닐의 〈고래〉를 인용한, "이 적막. 가는 날 오는 날 허구한 날 똑같은 회색 하늘. 참을 수 없어요."에 있을 듯하다. 목표 없는 지난날의 연속은 이효석 소설의 주인공들에게 가장 참을 수 없는 현실이기 때문이다. 그래서 「해바라기」의 운해가 전주 사건 이전에는 사회운동가로, 어느 날 영화 촬영팀에서 각본을 쓰며, 약혼자와의 결혼 실패 이후에는 광산에 몰두하여 떠도는 것도 「장미 병들다」의 남죽과 유사한 심리일 것이다.

이효석은 1940년에 부인 이경원과 차남 영주를 잃고 만주 여행을 한다. 이 여행은 그간 한곳에 정착하지 못하고 떠돌던 이효석에게 식민지 지식인의 정체성을 깨닫게 하였다. 뿐만 아니라 서구 취향의 소재에서 벗어나 조선적인 소재에 대한 관심을 촉발하는 중요한 계기가 된다. 그 첫 번째 단초가 되는 것이 바로 1939년에 발표한 「여수」이다. 백계 러시아인이 주를 이루었지만 동유럽의 폴란드, 체코, 헝가리 사람들로 구성된 세르비안 쇼 가무단. 그들은 이국적인 풍모를 미끼 삼아 거리에서 진귀한 풍경을 연출하며 조선에서 근근이 돈을 번다. 평범한 생활에 파묻히기 싫은 주인공은 이들과 어울리면서, 그들이 갖는 구라파 의식을 상당히 흠모한다. 주인공은 러시아인들이 그들의 고향인 구라파를 그리워하는 '향수'조차 부러워한다. 이 심리는 그러나, 제정 러시아의 군인이 식민지 조선에서 죄수 취급을 당하는 것을 보고 큰 혼란을 겪는다. 이효석은 초기의 『노령 근해』 시절과는 달리 「여수」에서 부정적인 서양인상을 제시함으로써, 서양이나 구라파가 주는 환상이 깨졌을 때 겪는 식민지인의 고뇌를 제시한다. 「여수」에서 보이는 구라파에의 동경이 분열되는 지점들은 장편 『벽공무한』에서 보다 심도 깊게 확장되고 있다.

이효석의 후반기 소설들은 이효석의 정신세계를 이해할 의미 있는 작품이 많다. 작가로서 창작이 불가능한 상황에서, 이효석은 언어에 능숙한 그의 재능을 바탕으로 연이어 일본어로 글을 발표했다. 따라서 그의 요절은 사뭇 안타깝다. 「하얼빈」은 경성을 떠나 신경-봉천-하얼빈행 열차를 타고 여행을 떠나온 자기 자신에 대한 물음이기도 하다. 그는 하얼빈 여행을 통해서 본 수많은 '뽀이'들 중에서도 가장 가여운 스테판에게 강렬한 인상을 받는다. 본국으로 귀환하기 위해 찻삯을 푼푼이 모으고, 늘 죽음을 생각하는 유라를 보며, 그는 결국 "사람은 아무리 (극악한 상황에서) 발버둥쳐도 사는 수밖에 없다"는 생각을 한다. 조선의 결핍을 충족시킬 것만 같았던 하얼빈에서 그는 세상의 정설들에 대해 극도로 혼란을 일으키며 주변부를 사는 식민지 하층민들에 대해 연민을 느낀다. 즉 화려한 음식과 예술이 넘치는 도시로 그려졌던 하얼빈에 대한 작가의 환상은 만주 여행으로 그 실상이 폭로된 것이다. 이후 이효석은 몰두해 그렸던 서구적인 소재에서 벗어나 조선적인 소재를 즐겨 그렸다.

「은은한 빛」의 주인공 욱은 젊은 나이에 골동품에 광적으로 몰두해 있다. '고구려 시대'의 유물인 고도에 집착하는 욱을 보며, 친구 백빙서는 가난한 욱의 사정을 감안해 조선에 박물관을 지을 생각이 있는 호리 관장에게 칼을 팔라고 권유한다. 욱은 만주 등지를 여행할 때 가장 떠오르는 것이 조선의 된장과 김치라고 격렬하게 논박한다. 욱은 만주 여행 이후 고고학적 인식을 갖게 된 것이다. 이 시기 이효석의 소설은 조선적인 소재의 의도적인 발굴을 통해 그의 문학적 세계를 재구성해나가고 있었다. 이효석의 일본어 소설들은 친일의 논리에 부응한 것이라기보다는 이국적 소재나 전통적 소재를 가리지 않고 끊임없이 미적 대상을 추구하고자 한 작가 자신의 일관된 논리에 서 있었기에, 1940년대를 살아간 이효석의 솔직한 고민이 엿보인다.

노령* 근해

동해안의 마지막 항구를 떠나 북으로 북으로! 밤을 새우고 날을 지나
니 바다는 더욱 푸르다.

하늘은 차고 수평선은 멀고.

뱃전을 물어뜯는 파도의 흰 이빨을 차면서 배는 비장한 행진을 계속하
고 있다.

마스트 위에 깃발이 높이 날리고 연기가 찬 바람에 가리가리 찢겨 날린
다.

두만강 넓은 하구를 건너 국경선을 넘어서니 노령 연해의 연봉이 바라
보인다―하얗게 눈을 쓰고 북국 석양에 우뚝우뚝 빛나는 금자색 연봉이.

×　×　×

저물어가는 갑판 위는 고요하다.

살롱에서 술타령하는 일등 선객들의 웃음소리가 간간이 새어나올 뿐이
요 그 외에는 인기척조차 없다.

배꼬리 살롱 뒤 갑판. 은은한 뱃전에 의지하여 무언지 의논하는 두 사

---

* 러시아의 시베리아 일대를 가리킴.

람의 선객이 있다——한 사람은 대모테 쓴 청년이요 한 사람은 코 높은 '마우자馬牛子'*이다.

낙타빛 가죽 셔츠 위에 띤 검은 에나멜 혁대이며 온 세상을 구를 만한 굵은 발소리를 생각게 하는 툽툽한 구두가 창빠른 모자와 아울러 그를 한층 영웅적으로 보인다.

연해주의 각지를 위시하여 네르친스크 치타 방면을 끊임없이 휘돌아치느니만큼 그들에게는 슬라브족다운 큼직한, 호활한 풍모가 떠돈다.

'마우자'는 대모테 청년과 조선말 아닌 말로 은은히 지껄인다.

냄새 잘 맡는 ○○는 빨빨거리며 어디든지 안 쫓아오는 곳이 없다.

정신없이 의논하다가도 그들은 가끔 말을 그치고 살롱 쪽을 흘끗흘끗 돌아본다.

——거기에는 확실히 ○○에서 쫓아오는 친구가 있을 것이다.

푸른 바다는 안개 속으로 저물어간다.

어디서 나타났는지 흰 갈매기 두어 마리 끽끽 소리치며 배 앞을 건너 안개 속으로 사라진다.

갈매기 소리 사라지니 갑판 위는 더한층 고요하다.

× × ×

펭키** 냄새 새로운 살롱에서는 육지 부럽지 않은 잔치가 열렸다.

국경선을 넘어서 외지에 한 걸음 들여놓았을 때에 꺼릴 것 없이 진탕으로 마시고 얼근히 취하는 것이 그들의 하는 상습이다.

흰 탁자 위에는 고기와 과일 접시가 수없이 놓였고 술병과 유리잔이 쉴

* 러시아 사람을 낮추어 부르는 말.
** '페인트'의 일본식 발음.

새 없이 돌아다닌다.

대개가 상인인 만치 그들 사이에는 주권 이야기, 미두* 이야기가 꽃피었다.

그들에게는 모든 것이 유리한 시장에서 어떻게 하면 싫도록 돈을 짜내볼까 하는 것이 대머리를 기름지게 번쩍이는 그들의 똑같은 공론이다.

'서의 명령이니 쫓아만 오면 그만이지 바득바득 애쓰며 직무를 다할 것은 없다'고 생각하는 ○○의 친구도 한편 구석에서 은근히 어떻게 하면 배를 좀 불려볼까 하는 생각에 똑같이 취하고 있다.

유쾌한 취흥과 '유쾌한' 생각에 그들은 마음껏 즐거웁다.

술병이 쉴 새 없이 거품을 쏟는다.

유리잔이 쉴 새 없이 기울어진다.

흰옷 입은 뽀이가 쉴 새 없이 휘돌아 친다.

"놈들, 도야지같이 처먹기도 한다."

취사장에서 요리 접시를 나르던 뽀이는 중얼거리며 윈치** 옆을 돌아올 때에 남몰래 요리 접시 두엇을 감쪽같이 빼서 윈치 뒤에 감춰두었다.

"놈들의 양을 줄여서 나의 동무를 살려야겠다."

× × ×

살롱 갑판에서 몇 길 밑 쇠줄 사다리를 타고 내려간 곳에 기관실이 있다.

흰 식탁 위에 술이 있고 해가 비치고 펭키 냄새 새로운 선창에 푸른 바다 보이고 간혹 달빛조차 비끼는 살롱이 선경이라면 초열***과 암흑의 기

관실은 온전히 지옥이다—육지의 이 그릇된 대조를 바다 위의 이 작은 집합 안에서도 역시 똑같이 노골적으로 드러내 놓고 있다.

어둡고 숨차고 '보일러' 외열로 찌는 듯한 이 지옥은 이브를 꼬이다가 아흐레 동안이나 아래로 아래로 떨어진 사탄의 귀양 간, 불비 오는 지옥에야 스스로 비길 바가 아니겠지만 그러나 또한 이 시인의 환영으로 짜놓은 상상의 지옥이 이 세상의 간교로 짜놓은 현실의 지옥에야 어찌 비길 바 되랴.

얼굴을 익혀가며 아궁 앞에서 불 때는 화부들, 마치 지옥에서 불장난치는 악마들같이도 보이고 어둠 속에 웅크린 반나체의 그들은 마치 원시림 속에 웅크린 고릴라와도 흡사하다.

교체한 지 몇 분이 못 되어 살은 이그러지고 땀은 멋대로 쏟아진다.

폭이 두 간에 남지 않는 좁은 데서 두 간에 남는 긴 화저로 아궁을 쑤시면 화기와 석탄재가 보얗게 화실을 덮는다.

다 탄 끄르터기를 바케쓰에 그뜩그뜩 담아 내고 그 뒤에 삽으로 석탄을 퍼 던지면 널름거리는 독사의 혀끝 같은 불꽃이 확확 붙어 오른다.

둘째 아궁과 셋째 아궁마저 이렇게 조절하여놓으면 기관실은 온전히 불붙는 지옥이다.

아궁 위의 여섯 개의 보일러는 백 파운드에 넘는 증기를 올리면서 용솟음친다.

불을 쑤시고 또 석탄을 넣고…….

땀은 쏟아지고 전신은 글자대로 발갛게 익는다.

양동이에 떠 온 물이 세 사람의 화부 사이에서 볼* 동안에 사라지고 만

---

* '잠깐'의 방언.

다. 사실 물이라도 안 마시면 잠시라도 견뎌나갈 수가 없다.

북국의 바다 오히려 이러하니 적도 직하의 인도양을 넘을 때에야 오죽하랴.

—이렇게 하여 배는 움직이는 것이다. 살롱은 취흥을 돋우리만치 경쾌하게 흔들리는 것이다.

교체한 지 반 시간만 넘으면 화부의 체력은 낙지 다리같이 느른해진다. 부삽 하나 쳐들 기맥조차 없어진다. 보일러의 파운드가 내리기 시작한다.

면* 브리지에서 항구의 계집을 몽상하던 선장은 전화통으로 소리친다.

"기관에 주의!"

"속력을 늘여라!"

역시 항구 계집의 젖가슴을 환상하던 기관장은 이 명령에 벌떡 일어나 화실로 쫓아온다.

"무엇들 하느냐!"

화부는 느릿느릿 아궁에 석탄을 집어넣는다.

'무엇해, 일하지. 너의들같이 편한 줄 아니.'

그러나 이것이 입 밖에 나오지는 않았다. 폭발은 마땅한 때를 얻어야 할 것이다.

"부지런히 해라, 이놈들아!"

기관장의 무서운 시선이 화부들의 등날을 재촉질한다.

'부삽으로 쳐서 아궁 속에 태워버릴까. 삼 분이 못 되어 재가 되어버릴 것이다.'

이 똑같은 생각이 세 사람의 머릿속에 똑같이 솟아올랐다.

---

* '먼'의 오기로 보임.

× × ×

깊은 암흑.

이 세상과는 인연을 끊어놓은 듯한 암흑의 공간.

―철벽으로 네모지게 이 세상을 막은 석탄고 속은 영원의 밤이다.

간단없는 동요, 기관 소리가 어렴풋이 흘러올 따름.

이 죽음 속에 확실히 허부적거리는 동체가 있다. 허부적거릴 때마다 석탄 덩이가 와르르 흩어진다.

"으―"

"아―"

이 원시적 모음의 발성은 구원을 부르는 소리라느니보다는 자기의 목소리를 시험하려는, 즉 생명이 아직 남아 있나 없나를 시험하여보려는 듯한 목소리이다.

"으―"

"아―"

기맥이 쇠진하여 그 자리에 쓰러졌는지 잠시 고요하다.

와르르 흩어지는 석탄 더미 위에 성냥불이 켜졌다.

푸른 인광은 석탄 더미 위에 네 활개를 펴고 엎드린 청년의 초췌한 얼굴을 비추인다.

허벅숭이 밑에 끄스른 얼굴은 푸른빛을 받아 처참하고 저 혼자 살아 있는 듯한 말똥한 눈동자에는 찬바람이 획획 돈다.

"물!"

절망적으로 외치면서 다시 불을 그었다.

불빛에 조각조각 부서진 빵조각과 물병이 보인다.

흔드는 물병 속에는 한 방울의 물도 없다.

물병을 던지고 청년은 허둥지둥 일어서 또 외친다.

"물!"

"물!"

"무—울!"

어둠 속에서 미친놈같이 그는 싸움의 대상도 없이 혼자 날뛴다. 아니 싸움의 대상이 없는 것은 아니다. ○○이 없는 것은 아니다. 그러나 눈앞에 보이는 것은 어둠뿐이요 기갈뿐이다.

석탄 덩이가 어둠 속에서 날린다.

두 주먹으로 철벽을 두드리는 소리 난다.

그러나 세상과 담쌓은 이 암흑의 공간에서 아무리 들볶아 친다 하여도 그것은 결국 이 버림받은 공간에서의 헛된 노력에 지나지 못할 것이다. ─독에 빠진 쥐의 필사적 노력이 독 밖의 세상과는 아무 인연을 가지지 못한 것같이.

"아—앗!"

"물, 물, 무—울!"

그는 몸을 철벽에 부딪치면서 마지막 힘을 내었다.

급한 걸음으로 쇠줄 사다리를 타고 내려오는 발자쵀가 있다.

발자쵀 소리는 석탄고 앞에서 그쳤다.

회중전등의 광선이 달덩이 같은 윤곽을 석탄고 문 위에 어지럽게 던진다.

광선은 칠 벗은 검붉은 펭키 위에 한 점을 노리더니 그곳이 마침 열쇠로 열렸다.

찬 바람이 얼굴을 스치고 어둠이 앞을 협박한다. 회중전등의 광선이 석탄고 속을 어지럽게 비추더니 나중에 한가운데에 쓰러져 있는 처참한 청년의 얼굴 위에 머물렀다.

"물!"

"물!"

두 팔을 내밀면서 그는 부르짖는다.

세상과 인연 끊겼던 이 암흑의 공간에 한 줄기의 광명을 인도한 사람은 살롱의 뽀이였다.

"미안하에."

하면서 그는 청년을 붙들고 그의 입에 물병을 기울인다.

"술을 따러라, 잔을 날러라 하면서 놈들이 잠시라도 놓아야지."

뽀이는 사과하는 듯이 그를 위로한다.

정신없이 물을 켜던 청년은 입을 씻고 숨을 내쉰다.

"정신을 차리고 이것을 먹게!"

뽀이는 가져왔던 바스켓을 열고 가지가지의 먹을 것을 낸다.

고기, 빵, 과일, 그리고 금빛 레테르 붙은 이름 모를 고급 양주―일등 선객의 요리를 감춘 것이니 범연할 리 없다.

"그들의 한 때의 양을 줄이면 우리의 열 때의 양은 찰 걸세."

고마운 권고에 청년은 신선한 식욕으로 빵 조각을 뜯으면서 동무에게 묻는다.

"대관절 몇 리나 남었나?"

"눈 꾹 감고 하루만 더 참게."

"또 하루?"

"하루만 참으면 목적한 곳에, 그리고 자네 일상 꿈꾸던 나라에 감쪽같이 내리게 되네."

"오― 그 나라에!"

청년은 빵 조각을 떨어뜨리고 비장한 미소를 띠우면서 꿈꾸는 듯이 잠시 명상에 잠겼다가 감동에 넘쳐 흘러내리는 한 줄기 눈물을 부끄러운 듯이 손등으로 씻는다.

"그곳에 가면 나도 이놈의 옷을 벗어버리고 이제까지의 생활을 버리겠네."

"아! 그곳에 가면 동무가 있다. 마우자와 같이 일하는 동무가 있다!"

울려오는 배의 동요에 석탄 덩이가 굴러 내린다.

파도 소리와 기관 소리가 새롭게 들려온다.

"그럼 난 그만 가보겠네. 종일 동안만은 충실해야 하잖겠나."

동무는 자리를 일어선다.

"하루! 배나 든든히 채우고 하루만 꾹 참게. 틈나는 대로 그들의 눈을 피해 내 또 한 번 오리."

회중전등을 청년의 손에 쥐이고 입었던 속옷을 한 꺼풀 벗어 몸을 둘러주고는 그는 석탄고를 나갔다.

× × ×

두 층으로 된 삼등 선실은 층 위나 층 아래가 다 만원이다.

오래지 않은 항해이지만 동요와 괴롬에 지친 수많은 얼굴들이 생기를 잃고 떡잎같이 시들었다.

누덕* 감발에 머리를 질끈 동이고 '돈 벌러' 가는 사람이 있다.—돈 벌기 좋다던 '부령 청진 가신 낭군'이 이제 또다시 '돈 벌기 좋은' 북으로 가는 것이다. 미주 동부 사람들이 금 나는 서부 캘리포니아를 꿈꾸듯이 그는 막연히 '금덩이 구는' 북국을 환상하고 있다.

---

* '누더기'의 방언.

‘부자도 없고 가난한 사람도 없고 다 같이 살기 좋은 나라’를 막연히 찾아가는 사람도 많다. 그중에는 ‘삼 년 동안이나 한 닢 두 닢 모아두었던 동전’으로 마지막 뱃삯을 삼아서 떠난 오십이 넘은 노인도 있다.

‘서울로 공부 간다고 집 떠난 지 열세 해 만에 아라사에 가서 객사한’ 아들의 뼈를 추리러 가는 불쌍한 어머니도 있다.

색달리 옷 입고 분 바른 젊은 여자는 역시 ‘돈 벌기 좋은 항구’를 찾아가는 항구의 여자이다. ‘돈 많은 마우자는 빛깔 다른 조선 계집을 유달리 좋아한다’니, ‘그런 나그네는 하룻밤에 둘만 겪어도 한 달 먹을 것은 넉넉히 생긴다’는 ‘돈 많은 항구’를 찾아가는 여자이다.

이 여러 가지 층의 사람 숲에 섞여서 입으로 무엇인지 중얼중얼 외는 청년이 있다.

품에 지닌 만국지도 한 권과 손에 든 노서아어의 회화책 한 권이 그의 전 재산이다.

거개 배에 취하여 악취에 코를 박고 드러누운 그 가운데에서 그만은 말끔한 정신을 가지고 노서아어 단어를 한 마디 한 마디 외어간다.

‘가난한 노동자 —— 베드느이 라보취이.’

‘역사 —— 이스토리야.’

‘전쟁 —— 보이나.’

책을 덮고 눈을 감고 다시 한 마디 한 마디 속으로 외어간다.

‘깃발 —— 즈나먀.’

‘아름다운 내일 —— 크라시브이 자브트라.’

창구멍같이 뻥 뚫린 선창에는 파도가 출렁출렁 들이친다.

흐린 유리창 밖으로 안개 깊은 수평선을 바라보는 젊은 여자, 그에게는 며칠 전 항구를 떠날 때의 생각이 가슴속에 떠오른다.

　　—윈치가 덜컥덜컥 닻 감는 소리 항구 안에 요란히 울렸다. 닻이 감기자 출범의 기적 소리 뚜—하고 길게 울리며 배가 고요히 움직이기 시작하니 부두와 갑판에서 보내고 가는 사람 손 흔들며 소리 지르며 수건 날렸다. 어머니도 오빠도 이웃 사람도 자기를 보내는 사람은 아무도 없었으나 배와 부두의 거리가 멀어지자 그에게는 눈물이 푹 솟았다. 어쩐지 다시 돌아오지 못할 길을 마지막으로 떠나는 것 같아서 배가 항구를 벗어나 산모롱이를 돌 때까지 정든 산천을 돌아보며 그는 눈물지었다. 눈물지었다! 눈물을 담뿍 뿜은 깊은 안개 선창 밖에 서리었고 개일 줄 모르는 애수 흐린 가슴속에 서리었다.

　　대모테와 '마우자'는 무언지 여전히 은근히 지껄이며 삼등 선실 안으로 들어와 각각 자리로 간다.

　　노서아어에 정신없던 청년은 '마우자'를 보자 웃음을 띠우며 무언지 말하고 싶은 충동을 금할 수 없는 듯하다.

　　"루스키 하라쇼!"

　　"루스키 하라쇼!"

　　능치 못한 말로 되고 말고 그는 이렇게 호의를 표한다.

　　'마우자' 역시 반가운 듯이 웃음을 띠우며 그에게로 손을 내민다.

× × ×

밤은 깊었다.

바다도 깊고 하늘도 깊고.

깊은 하늘 먼 한편에 별 하나 반짝반짝.

연해의 하늘에 굽이친 연봉도 깊은 잠 속에 그의 윤곽을 감추었다.

높은 마스트 위의 붉은 불 푸른 불이 잠자는 밤의 아련한 숨소리같이 빛날 뿐이요 갑판 위는 고요하다. 고요한 갑판 난간에 의지하여 얕은 목소리로 수군거리는 두 개의 그림자가 있으니 대모테와 마우자이다.

인기척 없고 발자취 소리 끊어진 갑판 위에서 그래도 그들은 가끔 뒤를 둘러보며 무언지 은근히 의논한다.

뱃전을 고요히 스치는 파도 소리가 때때로 그들의 회화를 끊을 뿐이다.

—『노령 근해』, 동지사, 1931.

상륙

아세아 대륙의 동방. 소비에트 연방의 일단.

눈앞에 거슬리는 한 굽이의 산도 없이 훤히 터진 넓은 대륙의 풍경과 그 끝에 전개되어 있는 근대적 다각미를 띠운 도시를 정면으로 바라보면서 배가 반가운 기적을 뚜—뚜— 울리며 붉은 기 날리는 수많은 배 사이를 뚫고 두 가닥 진 반도의 사이를 들어가 항구 안에 슬며시 꼬리를 돌렸을 때에 그는 석탄고 속에서 문득 곤한 잠을 깨었다.

요란한 기관 소리와 끊임없는 동요가 별안간 문득 그쳤기 때문이었다.

"이제 다 왔구나!"

닻줄 내리는 요란한 윈치 소리를 들을 때에 그는 숨을 길게 내쉬었다.

동해안의 항구를 떠나 석탄고 속에 신음한 지 밤낮 사흘이었다. 미친놈같이 앉았다 섰다 누웠다 소리쳤다 하면서 암흑과 고독과 괴롬과 사흘 동안 싸워왔었다.

사흘 되는 이제 꿈꾸던 나라에 목적한 곳에 탈 없이 이르렀음을 깨달았을 때에 그는 어둠 속에서 정신을 가다듬고 석탄 더미 위에 일어나 앉았다.

파도는 잔잔하고 배는 고요히 섰으나 그는 아직도 배가 흔들리는 듯한 착각을 느꼈다.

갑판에서는 세관과 해상국가보안부에서 서기와 역원들이 와서 취조와 검사가 잦은지 배는 오랫동안 고요히 섰다가 다시 움직이기 시작하여 부두 석벽에 갖다 바싹 대는 듯하였다.

수많은 선객들이 갑판 위에 열을 짓고 비로소 대륙의 바람을 쏘이면서 일각을 다투어가며 상륙을 재촉하고 있으리라고 생각하매 그의 가슴도 시각이 바쁘게 울렁거렸다. 오래전부터 사모하여오던 땅! 마음속에 그려오던 풍경! 가죽옷 입고 에나멜 혁대 띤 굵직한 마우자들 숲에 한시라도 속히 싸여보고 싶었다.

—푸른 하늘. 푸른 항구. 수많은 기선. 화물선. 정크. 무수히 날리는 붉은 기. 돌로 모지게 쌓은 부두. 쿨리.* 노동자. 마우자. 기중기. 창고. 공장. 흰 연돌. 침착한 색조의 시가. 돌집. 회관. 거리거리를 훈련하고 돌아다니는 '피오닐'.** '콤소몰카'***들의 활보. 탄력 있는 신흥 계급의 기상—

어두운 석탄고 속에서 아직 밟지 않은 이 땅에 대한 가지가지의 환영을 마음속에 꽃피울 때 가슴은 감격과 초조에 몹시도 수물거렸다.

그러나 버젓하게 선표를 사가지고 선실에서 여행한 것이 아니니 남과 같이 제법 떳떳하게 상륙할 수는 없는 처지였다. 하는 수 없이 밤이 될 때까지, 어둠이 항구를 쌀 때까지 석탄고 속에서 초조하게 속을 앓으면서 더 기다릴 수밖에는 없었다.

---

* 육체노동에 종사하는 중국인, 인도인 노동자. 19세기 아프리카, 인도, 아시아의 식민지에서 혹사당함.
** 영어의 pioneer에 해당하는 러시아어. 개척자, 선구자, 혹은 아홉 살에서 열네 살 사이의 소년 공산당원을 지칭함.
*** 소련에서 사회주의 정치 교육을 위해 공산당의 지도하에 조직한 청년 단체인 콤소몰의 단원을 말함.

이윽고 밤이 되어서야 한 걸음 먼저 상륙하였던 살롱의 김 군이 총총한 걸음으로 석탄고를 찾아와 주었다. 그의 하얗던 뽀이 복색은 어느덧 검은 루바슈카*로 변하여 있었다.

"자, 이것으로 갈아입게."

하면서 역시 검은 루바슈카와 바지 한 벌을 그에게 주었다.

"결국 목적한 곳에 다 왔단 말일세그려!"

이렇게 새삼스럽게 반문하여보았으리만치 그의 마음은 끔찍이도 반가 웠던 것이다.

"박 군도 부두에 와서 기다리니 얼른 갈아입고 나가게."

하나에서 열까지 도와주고 위로하여주고 힘 돋아주는 김 군의 호의와 친절에는 눈물겨운 것이 있었다.

그의 비춰주는 회중전등의 광선을 의지하여 그는 새 옷을 갈아입고 헌 옷을 똘똘 뭉쳐 한 손에 들고 김 군과 같이 석탄고를 나갔다.

지루하던 석탄고—그것은 사흘 동안의 감옥이었고 암흑의 지옥이었 다. 그러나 동시에 그것은 그에게는 아름다운 꿈의 보금자리였고 이 땅과 저 땅을 행동과 행동을 연락하여주는 고마운 중매였다. 그보다 이전에 얼 마나 많은 친구가 이 고마운 중매의 은혜를 입었으며, 현재 수많은 바다 를 항해하고 있는 수많은 배 속 그 어두운 구석에서 얼마나 많은 동무가 아름다운 꿈을 꾸고 있으며, 장차 또 얼마나 많은 동무가 이 고마운 보금 자리를 이용할 것인가. 생각하면 우리의 생활과 뗄 수 없는 인연 깊은 곳 이다. 바라건대 새날이 올 그때까지 길이길이 우리의 비장한 꿈의 보금자 리가 되고 중매가 되어라!

---

* 블라우스와 비슷한 러시아의 남성 겉저고리.

그는 마음속으로 이렇게 부르짖으면서 칠 벗은 검붉은 석탄고의 문을 징그시 닫고 그 위에 마지막 고별의 시선을 오랫동안 던졌다.

쇠줄 사다리를 타고 올라가 인기척 없는 갑판 위에 나서니 신선한 바람이 얼굴을 스쳤다.

그는 헌 옷 뭉치를 들고 난간에 의지하였다.

주머니 속에 들었던 단 한 권의 노서아어 회화책을 새 호주머니 속으로 옮겨 넣고 헌 옷을 다시 똘똘 뭉쳐 들었다.

'자, 그럼 너와도 작별이다.'

아무 미련도 남기지 아니하고 그는 헌 옷을 바닷물 속에 장사 지내버렸다. 오랫동안 몸에 걸쳤던 단벌의 옷—어두운 등잔 밑에서 침침한 눈을 비벼가면서 고국의 가난한 어머니가 바늘귀 촘촘하게 정성껏 기워준 피눈물 나는 그 옷이언만 그는 이제 아무 미련도 남기지 아니하고 바닷속에 시원히 장사 지내버렸다. 물론 아울러 지금까지의 모든 과거도 헌 옷 뭉치와 함께 이 바다 속에 청산하여버렸던 것이다.

'고국의 어머니여, 다시 뵈올 그때까지 부디부디 건재하야주시오!'

마음속으로는 늙으신 어머니의 건재를 이렇게 빌어드렸다.

김 군이 따라주는 물에 낯을 씻고 머리를 가다듬어 올리고 나니 새 정신이 번쩍 들었다.

고국에 대한 새삼스러운 애수를 바다 멀리 떨쳐버리고 배를 내려 부두에 한 걸음 나서 굳은 땅을 밟으니 그립던 대륙! 말할 수 없는 감개와 안도를 일시에 느꼈다.

부두 한편 등불 밑에서 기다리고 섰던 동지 로만 박이 어느덧 쫓아왔었다.

"칵 파쥐빠예테?"

거친 이 한마디를 건네면서 억센 손아귀와 손아귀가 한데 맞닿으니 단순한 이 동작 가운데에 수만 언*으로도 바꾸기 어려운 깊은 동지의 정미가 스스로 넘쳐흘렀다.

밤의 부두는 안개 속에 자욱하였다.

때마침 오월이라 항구는 한창 안개의 시절이었던 것이다. 석 달 동안 항구 안에 꽁꽁 얼었던 얼음이 사월에 들어가서야 풀려버리고 그믐께부터는 안개의 시절이 시작되어 오월을 잡아들면 바야흐로 농후하여지는 때이다.

굵은 기선의 선체, 높은 마스트, 육중한 기중기, 연하여 늘어서 있는 창고, 얼크러진 철로—이 모든 것이 마치 필름 속의 화폭같이 안개 속에 웅장하게 흐려져 있는 부두 지대를 벗어나 세 사람은 묵은 회포를 이야기하면서 약간 경사진 높은 거리로! 밝은 시가로! 걸어 올라갔다.

—이렇게 하여 그는 처음으로 이 땅을 밟았고 새살림의 첫 계단에 올랐던 것이다.

—『노령 근해』, 동지사, 1931.

---

* '언어, 말'의 뜻으로 보임.

북국사신北國私信

R군!

북국의 이 항구에 두텁던 안개도 차차 엷어갈 젠 아마 봄도 퍽은 짙었나 부에. 그동안 동지들과 무사히 건투하여왔는가? 항구에 안개 끼고 부두에 등불 흐리니 고국을 그리워하는 회포 무던히도 깊어가네.

내가 이곳에 상륙한 지도 어언 두 주일이 넘지 않았나. 그동안에 찾을 사람도 찾았고 볼 것도 모조리 보았네. 모든 인상이 꿈꾸고 상상하던 것과 빈틈없이 합치되는 것이 어찌도 반가운지 모르겠네. 남녀노소를 물론하고 다 같이 위대한 건설 사업이 힘쓰고 있는 씩씩한 기상과 신흥의 기분! 이것이 나의 얼마나 보고자 하고 배우고자 한 것인지, 이것을 이제 매일같이 눈앞에 보고 접대하는 내 자신 신이 나고 흥이 난다면 군도 대강은 짐작할 수 있겠지. 더구나 차근차근 줄기 찾고 가지 찾아서 빈틈없이 일을 진행하여나가는 제삼인터내셔널*의 비범한 활동이야말로 오직 탄복하고 놀라지 않을 수밖에 없네.

---

* 공산당의 통일적인 국제 조직. 1919년 레닌의 주도하에 소련 공산당과 독일 사회민주당 좌파를 중심으로 창립되어 국제 공산주의 운동을 지도하다가 1943년 해산됨.

여기에 관한 자세한 이야기야 하려 들면 한이 없을 듯하기에 그것은 다음 기회로 밀고, 이 편지는 내가 이곳에 온 후의 첫 편지이고 군 역시 이곳을 무한히 그리워하던 터이므로 여기서는 대강 이 도시의 인상과 나의 사생활에 관한 재미있는 한 편의 에피소드를 군에게 소개하려네—

두 가닥의 반도가 바다를 폭 싸고 있는 것만큼 항구는 으슥하고도 잔잔하네. 잔잔한 그 안에 새로운 기를 펄펄 날리는 수많은 기선과 정크와 화물선. 항구 위로 훤히 터진 도시. 발달된 지 오래인 만큼 건축이 대개는 낡았고 생각하였던 것보다는 좀 고색을 띠운 듯하네. 가장 번화한 거리인 해안과 평행하야 길게 뻗친 레닌 가, 그 속에 즐비한 건축—은행, 극장, 호텔, 국영 백화점, 그 외 각 회관, 구락부, 극동 ××대학 등이 모두 제정 시대의 건물 그대로 있고 언덕 중턱에는 백의동포의 거리가 있으니 역시 정결치 못한 낡은 거리이데. 그러나 대체로 보아 희고 노란 석조의 건축들이 시가의 전체에 밝은 색조를 주는—밝은 풍경, 맑은 도시임은 틀림없네.

국영 판매소 앞에는 언제든지 사람의 행렬이 끊일 새 없고 노파, 젊은 이, 아이 들이 길게 열을 짓고 움직이면서 차례를 기다려서 여러 가지의 필요한 식료품을 사는 것이네. 흐레쁘(빵), 먀쏘(고기), 아보스취(야채), 싸하르(사탕), 보드카* 등의 모든 식료품이 국영 판매소에서만 팔리고 사사로이 경영하는 소매상이라고는 시중에 극히 희소하다는 것은 군도 아는 바이겠지. 빵을 사려는 노파는 바구니를 들고, 보드카를 사려는 늙은 이는 병을 들고 긴 행렬 속에 끼어서 결코 조급하게 덤비는 법 없이 행렬과 같이 유유히 움직이는 풍경, 이것은 오로지 새시대의 풍경의 하나일

---

* 원문에는 '윗카'임.

것이니 옛날의 생활 형태를 철저히 청산하여버린 이 신흥의 도시에서만 볼 수 있는 풍경일 것이네. 오후 다섯 시만 되면 시가는 온전히 노동자의 거리이니 한 시간 에누리 없이 꼭 여덟 시간의 노동을 마친 수많은 노동자들이 공장에서 일터에서 무수히 거리로 쏟아져 나오네. 검소하게 옷 입은 그들이 자랑스러운 걸음으로 당당하게 거리를 활보할 때, 거리는 우리의 것이다, 세상은 우리의 것이다!—그들의 자랑스러운 태도와 굵은 보조가 이것을 또렷이 말하는 듯하네.

이것으로 보면 고색을 띠운 이 거리가 실상은 가장 활기를 띠운 새날의 거리라는 것은 누구나 다 느끼겠지. 신흥의 기상이, 신선한 생장력이 거리의 구석구석에 충만하여 있고 그 속에서 굵은 조직이, 크나큰 건설이 한층 한층 굳어가는 것이네. 노동자들이 노동을 마치고도 날마다 각가지 의회에 출석하기 위하여 분주히 돌아치고 젊은 학생들과 청년들이 질소한 옷을 입고 책을 끼고 역시 건설의 사업에 분주히 휘돌아치고 있는 것은 물론이어니와 오직 남자뿐이 아니라 신흥 계급의 여자 역시 그러하네. 노동 부인이나 여학생이나 다 같이 수건으로 머리를 싸고 굽 얕은 구두를 신고 건강한 걸음으로 거리를 걸어 다니네. 북국의 능금같이 신선한 그들의 얼굴빛. 밋밋하고 탄력 있는 그들의 다리! 굽 높은 구두 끝에 불안정한 체력을 싣고 휘춘휘춘 걸어가는 얇은 다리에 멸망하여가는 계급의 불건강한 미학이 있다면, 굽 얕은 구두에 전신을 든든히 싣고 탄력 있게 걸어가는 밋밋한 다리에는 신흥한 이 나라의 건강한 미학이 있다고 나는 생각하네.

이 나라의 미인—자유롭고 순진하고 건강하고 그야말로 기쁨과 힘의 상징이요 새날의 매력이 아니면 무엇일까.

도시의 인상은 이만 하여두고 나는 아까 말한 나의 사생활에 관한 에피소드라는 것을 다음에 소개하겠네. 그것은 나답지 않은 끔찍이도 달콤하고 재미있는 이야기니—다른 것이 아니라 이 내가 (결코 자랑스러운 일은 아니나) 아름다운 이 나라의 미인의 키스를 받고 사랑을 얻은 이야기라네. 설마 군이 사치하고 불건강하다고 비웃지는 않을 줄 믿네. 일상 소설을 좋아하는 나는 이 이야기에 예술적 윤택을 가하여 소설의 형식으로 쓰겠으니 난센스의 한 편이 되고 말지라도 이 북국의 봄, 나의 첫 선물로만 알고 과히 허물은 말게.

상륙한 지 일주일이 되니 항구의 지리도 대강 터득되고 그들의 기풍도 차차 알아는졌으나 아직 할 일이 손에 잡히지 않은 관계상 나는 일정한 숙소도 없이 박 군과 김 군에게 번차례로 폐를 끼칠 뿐이었다.

'카페 우스리'—안정치 못한 이 며칠 동안 자주 출입하게 된 것은 이 부두 가까이 외롭게 서 있는 '카페 우스리'였다. 저녁부터 자옥한 안개 속에 붉은 불을 희미하게 던지고 있는 '카페 우스리'—그곳은 온전히 노동자들의 오아시스였다. 모보*들이 재즈를 추고 룸펜들이 호장**된 기염을 토하는 곳이 아니요, 그야말로 똑바른 의미에서의 노동자의 안식처이었다. 마도로스파이프에서 피어오르는 담배 연기 속에 서리운 이 나라의 제일 큰 공로자의 초상 밑에는 유쾌한 노동자의 웃음이 있고 건강한 선원들의 흥이 있었다. 하루의 노동을 마치고 긴 항해를 마치고 동무들과 '카페 우스리'를 찾아오는 것은 곧 그들의 기쁨의 하나인 듯도 하였다. 그것은 물론 순진한 노동자 숲에서만 우러나오는 이 집의 유쾌하고 건강한 기분

---

* '모던 보이'를 가리킴.
** 호탕하고 씩씩함. 호화롭고 장쾌함.

을 사랑하여서지만 솔직하게 말한다면 보담 더 카페 주인의 딸 되는 사샤의 매력에 끌려서라고 할까.

늙은 아버지의 타는 수풍금에 맞춰 기타를 뜯는 사샤. 낭랑한 목소리로 슬라브의 민요를 노래하는 사샤. 손님 숲을 유쾌히 돌아치는 사샤. 그의 한마디 한 동작이 다 말할 수 없이 귀여운 사샤였다. 슬라브 독특한 아름다운 살결. 능금같이 신선한 용모. 북국의 하늘같이 맑은 눈. 어글어글한 몸맵시. 풍부한 육체.—북국의 헤렌*이다. 손가락 하나 대지 말고 신선한 향기 그대로, 맑은 자태 그대로를 하루면 종일 바라보고도 싶고 가지째 곱게 꺾어 향기째, 꽃송이째 한입에 넣고 잘강잘강 씹어버리고도 싶은 아름다운 꽃이다.

상륙 당시 내가 이 카페에 자주 출입하게 된 것도 실상인즉 사샤의 매력에 끌린 까닭이었다. 붉은 수건으로 머리를 싸고 기타에 맞춰서 순박한 민요를 읊을 때의 사샤. 한 번 보고 두 번 봄을 따라 넓은 세상에는 그와 같은 존재는 다시 없으리라고까지 생각되었다. 사샤! 세상에 둘도 없는 사샤! 가련한 웃음을 띠우고 낭랑한 목소리로 "야 류뿌류— 빠스" 하면서 품에 와서 넘싯 안긴다면 그 순간에 죽어도 이 세상에 났던 보람이 있겠다고 평소의 나답지 않은 이러한 당치 않은 생각에 나중에는 센티멘털하게까지 되었다. 일이 많고 짐이 무거운 몸에 이러한 헛된 생각과 사치한 욕심에 마음을 괴롭게 할 처지가 아니라고 스스로 꾸짖어보았으나 사람으로서의 이 영원한 감정만은 어찌할 수 없었다.

'우스리'를 찾은 지 사흘 되는 밤이었다.

육중한 기중기와 창고와 기선의 허리가 안개 속에 몽롱한 밤 부두에는

---

* 헬레네. 그리스 신화에 나오는 미녀로, 트로이 전쟁의 원인이 되었다.

‘우스리’의 창에서 흐르는 향기로운 불빛을 향하여 선원들의 검은 그림자가 하나씩 둘씩 모여들기 시작하였다.

김 군과 박 군과 나의 세 사람도 그들 중에 가까이 쓸렸던 것이다.

넓은 카페 안에는 어느덧 사람들이 그득하였고 값싼 마홀카의 푸른 연기가 방 안에 자옥하였다.

늙은 아버지는 손님 시중들기에 분주하였고 사샤는 한편 구석 소파 위에 걸어앉아서 기타의 줄을 한 오리 한 오리 맞추고 있었다.

붉은 수건으로 머리를 싸고 기타의 줄을 은은히 울리는 사샤의 목가적 자태를 볼 때에 그가 낮 동안에 부두에 나와 바닷바람을 쏘여가면서 새로 닻 내린 배에 올라 정신없이 무엇을 적으면서 선객들을 한 사람 한 사람 취조하는 해상국가보안부의 여서기인 줄이야 누가 첫눈에 짐작할 수 있으랴. 그리고 그가 몇 해 전에 모스크바에 있을 때에 열렬한 콤소몰카의 한 사람으로 낮 동안에는 회관에서 일 보고 밤에는 또한 동무들과 혁명사 강의를 들으러 다니던 그 사샤일 줄이야 누가 짐작하랴. 혁명에 오빠와 어머니를 잃은 사샤는 모스크바에서 열심으로 공부하고 일 보던 그때에도 외로이 떨어져 있는 늙은 아버지를 지극히 사랑하였던 끝에 마침내 도읍을 떠나 동쪽 항구까지 멀리 아버지를 찾아왔던 것이다. 그리하여 여서기로서 바쁜 일을 보아가면서도 아버지를 위하여 그의 경영하는 카페를 또한 도와나가던 것이다. 낮에는 바쁘게 휘돌아치면서도 밤에는 수많은 노동자와 선원들을 상대로 목가와 기쁨에 취하는 이 두 가지의 생활을 사샤는 가장 자유롭고 양기롭게 해나가던 것이다.

사샤는 한참이나 기타의 줄을 맞추더니 익숙한 기술로 마주르카의 한 곡조를 뜯기 시작하였다.

우리 세 사람은 한편 구석 탁자를 차지하고 유쾌한 흥에 잠기면서 사샤의 기타 소리에 귀를 기울였다.

잡담과 웃음에 요란하던 사람들도 그 음조에 취한 듯이 방 안은 고요하였다. 힘과 땀의 노동을 마친 뒤에 고요한 마주르카의 한 곡조는 사실 한 모금의 청량제일 것이다. 방 안은 이 고요한 맛에 취한 듯하였다. 그러나 나는 은은한 음조보다도, 능란히 놀리는 그의 손 맵시보다도 더 많이 어여쁜 사샤의 용모에 정신이 쏠렸었다.

한 곡조가 그치자 박수하는 소리가 파도같이 일어나고 치하의 소리가 물 퍼붓듯 쏟아졌다.

"사샤!"

"푸라뽀!"

이 물 끓듯 하는 환조의 사이에서 선원인 듯한 건장한 한 사나이가 문득 자리를 일어서더니 무엇이라고 높게 외치면서 사샤의 앞으로 걸어갔다.

"크라씨빠야 떼뽀슈카!"

만면에 웃음을 띠우고 이렇게 외치더니 그는 다짜고짜로 사샤를 번쩍 들어 탁자 위에 올려 세웠다. 사람들은 의아하여서 그의 거동을 잠자코 보고만 있었다.

사샤 역시 영문을 모르나 그러나 그는 여전히 양기로운 웃음을 띠우면서 기타를 한 손에 든 채 탁자 위에 서슴지 않고 올라섰다.

사나이는 또 소리 높이 외쳤다.

"아욱손니 톨기."

"……!"

"……?"

"아나 파쎄루이."

당돌한 그 사나이의 거동에 의아해하고 있던 사람들은 그의 외치는 이한마디에 기뻐하고 소리치고 박수하면서 찬동의 뜻을 표하였다.

"하라쇼!"

"푸라쁘!"

그러나 나는 생각할 수 없었다. 그리고 그들의 장난에는 놀라지 않을 수 없었다. 키스를 경매하다니! 나의 은근히 생각하여오던 사샤의 키스를! 생각할 수 없었다. 허락할 수 없었다. 나의 가슴은 알 수 없이 떨렸다.

그러나 사샤의 얼굴을 보았을 때에는—이 순진한 처녀는 그들의 제의를 승낙하는 듯이 양기롭게 웃고만 있었다. 그리고 그의 아버지 역시 박수를 하면서 동의의 뜻을 표하고 있었다.

'모를 백성들이다.'

그들의 미친 장난을 이해키 어려운 나는 속으로 이렇게 중얼거렸다.

세 사람이 수군수군 이야기하고 있는 동안에 열광적 흥분과 환조 가운데에서 경매의 막은 드디어 열리고 말았다.

건장한 사나이는 사샤의 옆에 선 채 군중을 향하여 소리쳤다.

"취토 스토야트?"

이 말이 끝나기가 무섭게 먼 구석 한편 탁자 옆에 앉았던 키 작은 노인이 일어서면서 마도로스파이프를 입에서 빼더니 모기 소리만 한 목소리로 가늘게 불렀다.

"아딘 루브랴."

별안간 웃음소리가 봇살 터지듯이 방 안에 그득히 터져 나왔다. 키스한 번에 일 루블이라는 것이 결코 망발된 값은 아니었으나 개시로 그것을부른 것이 호호한 노인이었고, 또 그의 태도가 하도 우스운 까닭에 모두들 터지는 웃음을 금할 수 없었던 것이다.

"오첸 됴쉐보!"

무참하여서 자리에 도로 주저앉는 노인을 보고 사나이는 이렇게 말하고 다시 "취토 스토야트!"를 부르니 시세는 차차 올라가기 시작하였다.

"드바 루브랴."

"트리 루브랴."

"퍄티 루브랴."

오 루블까지 오르더니 시세는 더 오르지 않고 잠깐 머물렀다.

건장한 사나이는 "퍄티" "퍄티"를 연발하면서 사람 숲을 휘돌아보았으나 거기에는 침묵이 있을 뿐이요 값을 더 올리는 사람은 없었다.

그러자 한참이나 있다가

"데퍄샤티!"

하고 한편 구석에서 벌떡 일어서는 사나이가 있었으니 그것이 곧 나였다.

처음에는 그들의 당돌한 행동에 자못 놀랐으나 차차 그들의 무작위한 태도와 사샤의 유쾌한 자태를 봄을 따라 나도 그 속에 한몫 끼어 아름다운 사샤의 한 송이의 사랑을 얻어볼까 하고 알맞은 때를 기다려오던 터이었다.

십 루블이 결코 많은 돈은 아니다. 그러나 그것으로 사샤의 아름다운 입술을 살 수가 있다면 그것은 얼마나 귀중한 십 루블이며 영광스러운 십 루블일 것인가! 흥분된 나는 이런 생각을 하면서 탁자 옆에 일어서서 사샤를 바라보았다.

사샤 역시 나를 똑바로 바라보았다. 징그시 이쪽을 바라보는 묵직한 응시 속에는 그 무슨 깊은 의미가 있다—고 적어도 나는 생각하였다. 사흘이나 이곳을 찾아온 만큼 그는 나의 존재도 이미 짐작하였을 것이다. 그의 응시에는 차차 미소가 떠올랐다. 미소를 띠운 그를 이렇게 정면으로 대하니 그는 얼마나 더 아름다운가. 아름다운 그의 입술이 십 루블에……

단 생각에 취하면서 나는 나에게 쏠려 있는 수많은 시선을 무시하면서 정신없이 사샤를 바라보았다.

그러나 이 단 생각도 중턱에서 끊어져버리고야 말았다.

"드바따티!"

엄청나게 큰 소리로 부르짖으면서 나의 옆 탁자에 앉았던 늠름한 한 사나이가 나의 흥정을 가로챘기 때문이다. 그리고 그가 뭇사람의 시선과 사샤의 시선을 독점하였기 때문이었다.

그러나 이 역시 또 다른 사람에게 가로채여 버리고 시세는 또다시 차차 폭등하기 시작하였다.

"트리따티."

"소로크."

"퍄티데샤티."

처음에는 일 루블씩 오르던 것이 이제 와서는 십 루블씩 올라갔다. 그리고 한 사람이 봉을 떠놓으면 웬일인지 그것이 가속도적으로 급속하게 올라갔다. 올라갈 때마다 나의 속은 죄이고 떨리고 흥분되어갔던 것이다.

"쉐스티데샤티."

"쎔데샤티."

"부쎔데샤티."

드디어 팔십 루블까지 올라갔다. 키스 한 번에 팔십 루블, 그것을 아름다운 사샤와 달아볼 때에는 별로 무거운 것이 아니지만 넉넉지 못한 노동자나 선원들의 처지와 달아볼 때에는 팔십 루블은 곧 저울대가 휘리만치 무거운 돈일 것이다. 사샤의 아름다운 자태를 눈앞에 놓고도 시세가 이 팔십 루블까지 와서는 그대로 침체하여버리고 더 올라갈 형세를 보이지 않은 것도 그 때문일 것이다.

이 팔십 루블을 부른 사나이는 몸이 부대한 것이라든지 해군모를 엇비슷하게 쓴 품이 틀림없는 선장 격의 사나이였다. 그는 그가 부른 가격에 십분의 만족과 자신을 가지고 자랑스럽게 주위를 휘돌아보았다. 그리고 그를 좇으려는 사람이 없음을 깨달았을 때에 그는 유유히 자리를 일어서서 사샤에게로 가려 하였다.

처음에는 무작위하게 장난으로 시작한 것이 일이 차차 이렇게 참스럽게 되고 나중에는 한 사나이가, 그것도 그다지 마음먹지 않은 사나이가 자기 앞으로 서슴지 않고 달려듦을 볼 때에 사샤는 적지 아니 실망한 듯하였다.

드디어 그는 군중을 돌아보면서 호소하는 듯이 두 손을 들었다. 그러는 즈음에 기타줄에 걸려선지 그의 치마가 높이 들리며 양말 속에 향기로운 하얀 두 다리가 무릎 위에까지 드러났다. 새빨간 드로어즈 밑으로 기름지게 드러난 백설 같은 감각이 전깃불을 받아 눈이 부시게 현란하였다.

"데뱌노스토."

이 우연히 드러난 현란한 관능의 공인지는 모르나 잠시 중단되었던 시세는 별안간 팔십 루블을 차버리고 구십 루블로 올랐다.

구십 루블을 부른 사나이는 역시 모자를 엇비슷하게 쓴 젊은 사나이였다. 그는 늠름히 일어서서 백분의 자신을 가지고 주위를 휘돌아보았다. 그러나 벌써 더 부를 만한 사람은 보이지 않았다. 이 분이 지나고 삼 분이 지나고 오 분이 지났다. 그러나 이 시세를 돌파할 새 시세는 나오지 않았다. 구십 루블이 최후의 결정적 기록인 듯하였다. 젊은 사나이는 최대의 자신을 가지고 한 걸음 두 걸음 사샤의 앞으로 걸어갔다.

한 걸음 두 걸음…… 나는 참을 수 없었다. 사샤의 사랑이 결국 이 사나이의 것이 된단 말인가 하고 생각할 때에 나는 모욕이나 받은 듯하였다. 안 된다. 안 된다. 그럴 수 없다. 사샤가 사샤가…… 나는 부지중에 벌떡 자리를 일어섰다. 그리고 어느 결엔지도 모르게

"스토!"

하고 정신없이 백 루블을 불러버렸다. 물론 아무 분별도 주책도 없이였다. 다만 머릿속에 있는 것은 사샤를 뺏겨서는 안 되겠다는 생각뿐이었다.

박 군과 김 군은 의아하여 나를 똑바로 바라보았고 뭇사람의 시선 역시 일제히 나에게로 쏠렸다. 나를 정면으로 응시하는 사샤의 얼굴에는 말할 수 없이 요조한 미소가 떠올라 있었다. 그리고 그 미소 가운데에는 처음에 내가 "데샤티!"를 불렀을 때에 보여준 그것 이상 몇몇 배의 깊은 의미와 호의의 표정이 떠올라 있는 것은 속일 수 없는 사실이었다. 그의 눈은 나를 부르는 듯도 하지 않았던가.

사샤의 옆에 섰던 건장한 사나이는 군중을 향하여 "스토!" "스토!"를 연호하였으나 그 이상 올리는 사람도 올릴 만한 사람도 보이지는 않았다.

사샤는 결국 내 차지였다. 나는 당당히 자리를 나서서 한 걸음 두 걸음 사샤에게로 발을 옮겨 놓았다.

사샤 역시 반기는 낯으로 두 팔을 내밀면서 나에게로 가까이 달려왔다.

결국 나는 사샤의 손을 잡고 그 역시 말없이 나의 손을 든든히 잡았다. 그의 맑은 눈, 거룩한 미소, 든든한 파악—이 모든 그의 무언의 자태가 기실 나의 꿈꾸고 있던 "야 류뿌류— 빠스"를 한 마디 한 마디 또렷또렷이 속삭였다. 나는 꿈이나 아닌가 하였다. 꿈이 아니고는 이렇게 끔찍한 행복이 나에게 굴러떨어질 리 만무할 것이다. 세상에도 아름다운 사샤— 희랍의 '헤렌'인들 애란*의 '데아드라'인들 어찌 사샤에게 미칠 수 있었을까—해를 비웃고 달을 비웃을 사샤! (동무여 나의 이때의 이 감상을 허락하

라) 그는 나의 생애에 처음으로 나타났고 또 마지막으로 나타난 유일의 사람인 듯하였다.

황홀과 행복감에 흥분된 나는 몽롱한 의식 가운데에서도 감사의 눈으로 사샤를 똑바로 대하면서 손을 옮겨 그의 팔을 붙들었다.

별안간 나의 팔을 꽉 잡고 사샤와 나의 사이를 가로막는 것이 있으니 그것은 곧 처음부터 사샤의 옆에 서 있던 건장한 사나이였다.

그는 사샤를 나에게서 떼더니 자기 옆에 세워놓고

"드베스티!"

하고 부르짖더니 주머니 속에서 이백 루블의 지폐 뭉치를 집어냈다.

처음에 경매를 제의한 것이 이 사나이였던 것을 보고 이제 또 이 그의 행동을 보매 그가 처음부터 사샤에게 마음을 둔 것이 확실하였다. 시세가 오를 대로 올라 그 이상 더 오르지 못할 그 형세를 살펴서 그보다 높은 시세로 사샤를 손에 넣겠다는 것이 이 사나이의 처음부터의 계획이었던 것이 틀림없었다.

나는 말할 수 없이 흥분되고 당혹하였다.

사샤의 표정 역시 적지 아니 혼란되어 있음을 보았을 때에 나는 정신없이 부르짖었다.

"트리스타!"

삼백 루블이 나의 주머니 속에 있고 없고는 문제가 아니었다. 나는 아무 분별도 없이 당혹한 가운데에서 그저 이렇게 불렀던 것이다.

"체트레스티!"

그 사나이 역시 나에게 지지 않을 만한 높은 소리로 이렇게 부르짖으면

---

* '아일랜드'의 음역어.

서 또 이백 루블의 지폐 뭉치를 주머니 속에서 집어내서 합 사백 루블의 지폐를 두 손에 갈라 쥐었다.

이렇게 되면 죽든 살든 필사적이었다.

"퍄티소티!"

나는 백 루블을 더 올렸다.

이때까지 늠름하던 그 사나이는 여기서는 적지 않은 당혹의 빛을 나타 냈다. 눈을 동그랗게 뜨고 불안과 의혹의 표정으로 나를 똑바로 바라보더 니 손등으로 입을 씻고 어떤 결의의 빛을 보이면서 에라 마지막이다 하는 듯이 최후의 분발을 하였다.

"쉐스티소티!"

주머니 속을 툭툭 긁어모아 합 육백 루블을 탁자 위에 던지더니 입맛이 쓴 듯이 그는 맥없이 의자에 주저앉아서 나의 입만 쳐다보았다.

이것이 마지막이로구나 하고 깨달았으나 나는 더 올려야 좋을지 안 올 려야 좋을지 반은 광태에 빠진 나의 의식은 몽롱할 뿐이었다.

사샤의 애원하는 듯한 시선이 매질하는 듯이 나의 전신에 흘렀다. 나는 그 시선을 배반하여버릴 수 없었다. 온전히 미친 듯이 나는 목소리를 다 하여 마지막으로

"티샤차!"

하고 외치고는 의식을 잃고 그 자리에 쓰러져버렸던 것이었다. 나의 입만 바라보고 앉았던 그 사나이가 실망한 듯이 탁자 위의 지폐 뭉치를 도로 주섬주섬 주머니 속에 넣고 알지 못할 웃음을 커다랗게 웃으면서 군중 숲 에서 사라진 것과 그 뒤에 파도 같은 박수와 환조가 군중 사이에서 일어 난 것과, 그리고 영문 모를 〈신세계〉의 노래가 집을 들어갈 듯이 높게 울 린 것이 어렴풋이 짐작될 뿐이요, 그 뒷일은 도무지 의식 밖의 일이었다.

어느 맘 때는 되었는지 새로 의식을 회복하였을 때 나는 그 카페 안의 넓은 소파 위에 누워 있었다.

요란하던 손님들은 다 가버리고 밤 깊은 카페 안은 고요하였다.

나의 깨나기를 기다리기에 지쳤는지 박 군과 김 군은 건너편 탁자 위에 두 팔로 머리를 괴인 채 잠들어 있고 나의 옆에는 사샤가 꿇어앉아 있었다.

내가 눈을 방끗 떴을 때에 거기에는 두 팔을 소파에 걸치고 곤하지도 않은지 징그시 나를 바라보고 있는 사샤의 시선이 있었다. 그는 그때까지 나를 지키고 있었던 것이다. 나의 옆에 꿇어앉아 나의 깨나기를 기다리고 있었던 것이다.

나는 그의 키스를 사려고 모든 대적을 물리치고 천 루블을 불렀다. 그러나 물론 나의 수중에 천 루블이라는 큰돈이 있는 것은 아니었다. 천 루블은커녕 백 루블도, 아니 단 십 루블도 없었던 것이다. 몸을 전부 팔아도 단 십 루블이 안 될 내가 대담하게도 천 루블이란 값을 붙인 것은 온전히 광태 속에서였다. 사샤를 뺏겨서는 안 되겠다는 열중된 광태 속에서였다. 그러나 이제 이렇게 새 정신으로 실상 그를 대하였을 때에는 그에 대한 미안한 생각과 부끄러운 마음을 금할 수 없었다. 무슨 주제에 천 루블의 끔찍한 대금을 부르고 그를 이렇게 붙들어 두었던가.

사샤를 생각하던 열정도 간곳없고 다만 짝 없이 부끄럽기만 한 나는 말없이 소파에서 일어나서 동무를 깨워가지고 이 집을 나갈 작정으로 자리를 일어섰다.

그러나 나의 표정을 일일이 바라보고 있던 사샤는 벌떡 일어나면서 나를 붙들었다.

"니에트! 니에트!"

다시 나를 소파 위에 앉히고 그 역시 나의 앞에 바싹 다가앉더니 두 팔을 나의 어깨 위에 걸었다.

나는 그의 이 행동을 이해하기 어려웠다.

그러던 차에 다음과 같은 연연한 그의 한마디는 나를 이를 데 없이 혼란케 하였다.

"야 류뿌류— 카레이스쿠!"

"……?"

나는 잠시 멍멍하였다. 그러나 그것은 어처구니가 없어서가 아니라 너무도 큰 기쁨에 놀라서였다. 그는 그의 입으로 틀림없이 "야 류뿌류— 카레이스쿠!"를 연연히 부르짖었다.

모든 것은 명백하였다. 내가 사샤를 생각하였던 것같이 그 역시 처음부터 나를 생각하였던 것이다. 그는 아무러한 인종적 편견도 가지지 아니하고 조선 사람인 나를 사랑하였던 것이다.

나는 기쁘고말고 정신이 없이 좋았다.

만면에 웃음을 띠우고 두 팔로 그의 어깨를 든든히 잡았을 때에 거기에는 모든 것을 허락하는 사샤가 있었다. 향기로운 용모가 애원하는 듯한 가련한 눈초리가 방끗 열린 입술이— 황홀한 사랑이 나를 기다리고 있었던 것이다—

이렇게 하여 나는 아름다운 사샤의 키스와 사랑을 샀네—아니 얻었네. 그리고 지금 역시 받고 있네. 그나 내가 낮에는 바쁘게 일하고 밤에 다시 '우스리'에서 만날 때에는 사랑과 안식이 있다네. 이제는 벌써 '우스리'에 모이는 사람들 가운데에는 누구 한 사람 그의 키스를 경매하려고 하는 사람은 없다네.

경매라니 말이지 처녀의 키스를 경매한다면 퍽 음란하고 야비하게 들릴 것일세. 그러나 알고 보면 그것이 이곳에서는 극히 건강하고 허물없는 장난에 지나지 못하네. 퇴폐적 비열한 행동인 줄 알았던 것이 실상인즉 단순하고 무작위한 노름에 지나지 못함을 나는 깨달았네. 여기에 또한 슬라브다운 기풍이 나타나 있으니 이곳이 아니면 도저히 보기 어려운 장난일 것일세.

R 군!

내가 지금 이런 쓸데없는 이야기를 이렇게 길게 써 보낼 처지는 아니로되 낯모르던 땅에 처음으로 상륙하자마자 우연히 겪은 나의 사생활의 잊지 못할 한 장의 이야기인 만큼 큼직한 슬라브의 풍모의 일단도 소개할 겸 허물없는 군에게만은 기탄없이 말하고 싶었던 것일세. 그런 줄 알고 너그럽게 용서하게.

요다음에는 무게 있는 좋은 소식 많이 들려줌세. 내내 군과 여러 동지의 건투를 빌고 이만 그치네.

―『노령 근해』, 동지사, 1931.

돈豚

옛 성 모롱이 버드나무 까치 둥우리 위에 푸르둥둥한 하늘이 얕게 드리웠다. 토끼우리에서는 하아얀 양토끼가 고슴도치 모양으로 까칠하게 웅크리고 있다. 능금나무 가지를 간들간들 흔들면서 벌판을 불어오는 바닷바람이 채 녹지 않은 눈 속에 덮인 종묘장 보리밭에 휩쓸려 도야지 우리에 모질게 부딪친다.

우리 밖 네 귀의 말뚝 안에 얽어매인 암도야지는 바람을 맞으면서 유난히 소리를 친다. 말뚝을 싸고도는 종묘장 씨돝*(종돈種豚)은 시뻘건 입에 거품을 품으면서 말뚝의 뒤로 돌아 그 위에 덥석 앞다리를 걸었다. 시꺼먼 바위 밑에 눌린 자라 모양인 암도야지는 날카로운 비명을 울리며 전신을 요동한다. 미끄러진 씨돝은 게걸덕거리며 다시 말뚝을 싸고돈다. 앞뒤 우리에서 응하는 도야지들 고함에 오후의 종묘장 안은 들썩한다.

반 시간이 넘어도 여의치 않았다. 둘러싸고 보던 사람들도 흥이 식어서 주춤주춤 움직인다. 여러 번째 말뚝 위에 덮쳤을 때에 육중한 힘에 말뚝이 와싹 무지러지면서 그 바람에 밑에 깔렸던 도야지는 말뚝의 테두리로

---

* '돝'은 '돼지'의 방언.

벗어져서 뛰어 났다.

"너무 어려서 안 되겠군."

종묘장 기수가 껄껄 웃는다.

"황소 앞에 암탉 같으니 쟁그러워서 볼 수 있나."

"겁이 나서 달아나는데."

농부는 날쌔게 우리 옆을 돌아 뛰어가는 도야지의 앞을 막았다.

"달포 전에 한번 왔다 갔으나 씨가 붙지 않아서 또 끌고 왔는데요."

식이는 겸연쩍어서 얼굴이 붉어졌다.

"아무리 짐승이기로 저렇게 어리구야 씨가 붙을 수가 있나."

농부의 말에 식이는 다시 얼굴을 붉혔다.

"빌어먹을 놈의 짐승."

무안도 무안이려니와 귀찮게 구는 짐승에 식이는 화를 버럭 내면서 농부의 부축을 하여 달아나는 도야지의 뒤를 쫓는다. 고무신이 진창에 빠지고 바지춤이 흘러내린다.

도야지의 허리를 매인 바를 붙들었을 때에 그는 홧김에 바를 뒤로 잡아나꾸며 기운껏 매질한다. 어린 짐승은 바들바들 뛰면서 비명을 울린다. 농가 일 년의 생명선—좀 있으면 나올 제일기분 세금과 첫여름 감자가 나올 때까지의 가족의 양식의 예산의 부담을 맡은 어린 짐승에 대한 측은한 뉘우침이 나중에는 필연코 나련마는 종묘장 사람들 숲에서의 무안을 못 이겨 식이의 흔드는 매는 자연 가련한 즘생 위에 잦게 내렸다.

"그만 갖다 매시오."

말뚝을 고쳐 든든히 박고 난 농부는 식이에게 손짓한다 하였다. 〔중략〕

젖이 그리워서인지 한 달도 못 돼서 수놈이 죽었다. 나머지의 암놈을 식이는 애지중지하여 단 한 벌의 그의 밥그릇에 물을 받아 먹이기까지 하였다. 물도 먹지 않고 꿀꿀 앓을 때에는 그는 나무하러 가는 것도 그만두고 종일 짐승의 시중을 들었다. 여섯 달을 기르니 겨우 암도야지 티가 났다. 달포 전에 식이는 첫 시험으로 십 리가 넘는 읍내 종묘장까지 끌고 왔었다. 피돈 오십 전이나 내서 씨를 받은 것이 종시 붙지 않았다. 식이는 화가 났다. 때마침 정을 두고 지내던 이웃집 분이가 어디론지 도망을 갔다. 식이는 속이 상해서 며칠 동안 일이 손에 잡히지 않았다. 늘 뾰로통해서 쌀쌀하게 대꾸하더니 그 고운 살을 한 번도 허락하지 않고 늙은 아비를 혼자 둔 채 기어코 도망을 가버렸구나 생각하니 분이가 괘씸하였다. 그러나 속 깊은 박 초시의 일이니 자기 딸 조처에 무슨 꿍꿍이수작을 대었는지 도무지 모를 노릇이었다. 청진으로 갔느니 서울로 갔느니 며칠 전에 박 초시에게 돈 십 원이 왔느니 소문은 갈피갈피였으나 하나도 종잡을 수 없었다. 이래저래 상할 대로 속이 상했다. 능금꽃 같은 두 볼을 잘강잘강 씹어 먹고 싶던 분이인 만큼 식이는 오늘까지 솟아오르는 심화를 억제할 수 없었다.—

"다 됐군."

딴전만 보고 가던 식이는 농부의 목소리에 그쪽을 보았다. 씨돝은 만족한 듯이 여전히 꿀꿀 짖으면서 그곳을 떠나지 않고 빙빙 돈다.

파장 후의 광경이언만 분이의 그림자가 눈앞에 어른거리는 식이는 몹시도 겸연쩍었다. 잠자코 섰는 까칠한 암도야지와 분이의 자태가 서로 얽혀서 그의 머릿속에 추근하게 떠올랐다. 음란한 잡담과 허리 꺾는 웃음소리에 얼굴이 더한층 붉어졌다. 환영을 떨쳐버리려고 애쓰면서 식이는 얽어매었던 도야지를 풀기 시작하였다. 농부는 여전히 게걸덕거리며 어른어른 싸도는 욕심 많은 씨돝을 몰아 우리 속에 가두었다.

"이번에는 틀림없겠지."

장부에 이름을 올리고 오십 전을 치러주고 종묘장을 나오니 오후의 해가 느지막하였다. 능금밭 건너편 양옥 관사의 지붕이 흐린 석양에 푸르등등하게 빛난다. 옛 성 어귀에는 드나드는 장꾼의 그림자가 어른어른한다. 성안에서 한 채의 버스가 나오더니 폭 넓은 이등 도로를 요란히 달려온다. 도야지를 몰고 길 왼편가로 피한 식이는 퍼뜩 지나는 버스 안을 흘끗 살펴본다. 분이를 잃은 후로부터는 그는 달아나는 버스 안까지 조심스럽게 살피게 되었다. 일전에 나남에서 버스 차장 시험이 있었다더니 그런 데로나 뽑혀 들어가지 않았을까, 분이의 간 길을 이렇게도 상상하여보았기 때문이다.

'장이나 한 바퀴 돌아올까?'

북문 어귀 성 밑 돌 틈에 도야지를 매놓고 식이는 성을 들어가 남문 거리로 향하였다.

분이가 없는 이제 장꾼의 눈을 피하여 으슥한 가게 앞에 가서 겸연적은 태도로 매화분을 살 필요도 없어진 식이는 석유 한 병과 마른 명태 몇 마리를 사 들고 장판을 오르락내리락하였다. 한동리 사람의 그림자도 눈에 띄지 않기에 그는 곧게 성 밖으로 나와 마을로 향하였다.

어기죽거리며 도야지의 걸음이 올 때만큼 재지 못하였다. 그러나 이제 매질할 용기는 없었다.

철로를 끼고 올라가 정거장 앞을 지나 오촌포 행길에 나서니 장 보고 돌아가는 사람의 그림자가 드문드문 보인다. 산모롱이가 바닷바람을 막아 아늑한 저녁 빛이 행길 위를 덮었다. 먼 산 위에는 전기의 고가선이 솟고 산 밑을 물줄기가 돌아내렸다. 온천 가는 넓은 도로가 철로와 나란히 누워서 남쪽으로 줄기차게 뻗쳤다. 저물어가는 강산 속에 아득하게 뻗친 이 두 줄의 길이 새삼스럽게 식이의 마음을 끌었다. 걸어가는 그의 등 뒤에서는 산모롱이를 돌아오는 기차 소리가 아련히 들린다. 별안간 식이에게는 이상한 생각이 들었다.

'이 길로 아무 데로나 달아날까.'

장에 가서 도야지를 팔면 노자가 되겠지, 차 타고 노자 자라는 곳까지 달아나면 그곳에 곧 분이가 있지 않을까. 어데서 들었는지 공장에 들어가기가 분이의 소원이더니, 그곳에서 여직공 노릇 하는 분이와 만나 나도 '노동자'가 되어 같이 살면 오죽 재미있을까. 공장에서 버는 돈을 달마다 고향에 부치면 아버지도 더 고생하실 것 없겠지. 도야지를 방에서 기르지 않아도 좋고 세금 못 냈다고 면소 서기들한테 밥솥을 뺏길 염려도 없을 터이지. 농사같이 초라한 업이 세상에 또 있을까. 아무리 부지런히 일해도 못살기는 일반이니…… 분이 있는 곳이 어데인가……. 도야지를 팔면 얼마나 받을까. 이 도야지. 암도야지 양도야지…….

"앗!"

날카로운 소리에 번쩍 정신이 깨었다.

찬 바람이 휙 앞을 스치고 불시에 일신이 딴 세상에 뜬 것 같았다. 눈 보이지 않고, 귀 들리지 않고 잠시간 전신이 죽고 감각이 없어졌다. 캄캄하던 눈앞이 차차 밝아지며 거물거물 움직이는 것이 보이고 귀가 뚫리며 요란한 음향이 전신을 쓸어 없앨 듯이 우렁차게 들렸다. 우레 소리가…… 바닷소리가…… 바퀴 소리가……. 별안간 눈앞이 환해지더니 열차의 마지막 바퀴가 쏜살같이 눈앞을 달아났다.

"앗, 기차!"

다 지나간 이제 식이는 정신이 아찔하며 몸이 부르르 떨린다.

진땀이 나는 대신 소름이 쪽 돋는다. 전신이 불시에 비인 듯이 거뿐하다. 글자대로 전신은 비었다. 한쪽 팔에 들었던 석유병도 명태 마리도 간

곳이 없고 바른손으로 이끌던 도야지도 종적이 없다.

"아, 도야지!"

"도야지구 무어구 미친놈이지, 어데라구 후미끼리*를 막 건너."

따귀를 철썩 맞고 바라보니 철로 망보는 사람이 성난 얼굴로 그를 노리고 섰다.

"도야지는 어찌 됐단 말이오."

"어젯밤 꿈 잘 꾸었지 네 몸 안 치인 것이 다행이다."

"아니 그럼 도야지 치었단 말요."

"다음부터 차에 주의해!"

독하게 쏘아붙이면서 철로 망꾼은 식이의 팔을 잡아나꿔 후미끼리 밖으로 끌어냈다.

"아 도야지가 치였다니, 두 번이나 종묘장에 가서 씨받은 내 도야지 암도야지 양도야지……."

엉겁결에 외치면서 훑어보았으나 피 한 방울 찾아볼 수 없다. 흔적조차 없다니—기차가 달롱 들고 간 것 같아서 아득한 철로 위를 바라보았으나 기차는 벌써 그림자조차 없다.

"한방에서 잠재우고 한그릇에 물 먹여서 기른 도야지, 불쌍한 도야지……."

정신이 아찔하고 일신이 허전하여서 식이는 금시에 그 자리에 푹 쓰러질 것도 같았다.

―《조선문학》 제3호, 1933. 10.

---

* 일본어로 '건널목'을 뜻함.

성화聖畵

　스스로 비웃으면서도 어린아이의 장난과도 같은 그 기괴한 습관을 나는 버리지 못하였다. 꿈을 빚어내기에 그것은 확실히 놀라운 발명이었던 까닭이다. 두 개의 렌즈를 통하여 들어오는 갈맷빛* 거리는 앙상한 생활의 바다가 아니요, 아름다운 꿈의 세상이었다.

　그 세상을 바라보고 있는 동안만은 귀찮은 현실도 나의 등 뒤에 멀다. 생각하기에 따라서는 굳이 도망하여야 할 현실도 아니겠지만 나는 모르는 결에 그 방법을 즐기게 되었다.

　비밀은 간단하다. 쌍안경 렌즈에 갈맷빛 채색을 베푼 것이다. 나의 생활의 거의 반은 이 쌍안경과 같이 있다. 우두커니 앉아 궁리에 잠기지 않으면 렌즈를 거리로 향하는 것이 이층에서 보내는 시간의 전부였다. 그 쌍안경의 마술이 뜻밖에 놀라운 발견을 하게 된 것을 생각하면 그 기괴한 습관을 한결같이 비웃을 수만도 없다.

　'유례가 아닌가.'

　거리 위를 대중없이 거닐던 렌즈의 방향을 문득 한곳에 박고 나는 시선

---

* 짙은 초록빛.

의 주의를 집중시켰다. 그러나 비치는 것은 안정된 정물이 아니요, 움직이는 물화인 까닭에 인물의 걸음을 따라 핀트가 틀어지고 동그란 화폭이 이지러진다. 나사를 풀었다 감았다 하면서 초점을 맞추기가 유난스럽게 힘들다.

'유례일까.'

손가락이 가늘게 떨린다. 눈이 아프고 숨이 막히는 것은 전신이 극도로 긴장된 까닭일까. 한 사람의 인물의 정체를 판정하기에 사실 나는 우스꽝스러우리만치 있는 노력을 다하였다. 행길의 거리가 줄어듦을 따라 흐렸던 렌즈가 차차 개어지더니 초점이 바로 박혀 마침 인물의 모양이 또렷이 솟아올랐다. 듬직한 고기를 나꾸었을 때와 같은 감동에 마음이 뛰놀았다. 오똑한 얼굴, 검소한 차림, 찌그러진 구두가 한 걸음 한 걸음 눈 속으로 뛰어 들어온다. 렌즈의 장난으로 전신이 갈맷빛이라고는 할지라도 그것은 꿈속의 인물이 아니요, 어김없는 현실의 인물이다.

"유례!"

두 치 눈앞의 유례를 나는 급스럽게 정답게 불렀다. 그러나 눈 아래 검은 점까지 보이는 지경이면서도 실상인즉 먼 거리에 반가운 목소리가 통할 리 없음을 속 간지럽게 여겨 나는 쌍안경을 그 자리에 던지고 이층을 뛰어 내려갔다. 천 리 밖에서 온 반가운 손님을 맞이하는 듯한 감격이었다.

가가*는 며칠 닫치고 있는 중이라 아래층 홀이 광 속같이 어둡게 비어 있는 것도 요행이었다. 뒷문을 차고 골목을 나가 큰 행길 모퉁이에서 손쉽게 유례를 찾아낼 수 있었다.

"옳게 맞혔군."

* '가게'의 원말.

인사를 한다는 것이 뭡데* 이런 딴소리를 하면서 앞을 막고 섰을 때 유례는 주춤하고 나를 바라보더니 비로소 표정의 긴장이 풀렸다.

"언제 나오셨소? 보석이 된다는 소식은 들었으나."

"선생이 나와서 뵈는 첫 분예요. 그러나 노상에서 이렇게 뵈옵게 되긴 우연인데요."

"유례를 어떻게 발견한 줄 아시우. 망원경으로 거리를 샅샅이 들췄다면 웃으실까."

필요 이상의 이런 말까지를 전할 제는 나의 마음은 확실히 즐겁게 뜬 모양이었다.

"가시는 방향은?"

"또렷한 것이 없어요. 어쩐지 정신이 얼떨떨해서 지향이 잡히지 않는군요. 그러나 하긴 누구보다도 먼저 선생을 찾을 생각은 생각였지만. 만나는 사람이 많으면 자연 수다스럽고 귀찮을 뿐이니까요. 무엇보다도 먼저 몸을 푹 휴양해야겠어요."

"마춤이군요. 가가로 가십시다."

주저하지 않고 선뜻 발을 떼어 놓는 것이 반가웠다. 유례와 나란히 서서 걸으면서 비로소 나는 그에게 물어야 할 가장 중요한 말을 잊은 것을 깨달았다.

"건수 무사한가요?"

"별일 없는 모양예요."

질문도 간단은 하였으나 유례 자신도 짧게 대답할 뿐이지 같이 들어갔던 남편의 소식을 장황히 전하지는 않았다. 통달치 못한 까닭일까, 필요

---

* 도리어.

치 않다고 생각한 까닭일까?

"몸이 튼튼한 편이니 고생만 안 되면 다행이죠."

쓸데없는 소리를 하면서 유례를 볼 수밖에는 없었다. 피곤—이라는 것보다는 주림의 빛이 유례의 전신을 폭 쌌다. 먹을 것, 입을 것, 얼굴은 기름에 주렸고 발에는 구두가 필요하다. 윤택이 없고 굽이 닳아빠진 헌 구두가 나의 신경을 유심히도 어지럽혔다.

가가에 이르렀을 때 나는 그를 이층으로 인도하고 피로의 포도주 대신에 아침에 온 우유를 제일 큰 잔에 가득 따라서 권하였다. 그에게는 축배보다도 먼저 이것—영양이 필요하다고 느낀 까닭이다.

바에 올 만한 계급은 산이나 바다에 피서를 떠났는지 가가가 한산하기 짝이 없으므로 여름 한 고패를 문을 닫기로 하였다. 그것을 기회로 보라는 듯이 란야는 함손을 데리고 해수욕을 내뺀 지 여러 날이 되었다. 실상인즉 가가까지 닫은 것은 요사이 생활이 어지간히 문란하여온 란야에게 대한 꾸지람이요 경계인 셈이었으나 란야는 도리어 담차게도 그 기회를 이용한 것이다. 거리의 룸펜이요 부랑자인 함손의 어느 구석에 쓸모가 있느냐고 물으면, 돈 없고 일 없는 궁측*스러운 꼴이 알 수 없이 마음을 당긴다고 대답하는 란야였다. 가난을 싫어하는 란야에게 궁측스러운 꼴이 마음에 들 리는 만무하나 극도로 유물적이요 감각적인 란야의 경우이니 아마도 눈에 띄지 않는 그 어느 곳에 그를 끄는 요소가 있으리라고는 짐작된다. 용돈이 떨어지면 나에게서 졸라다가 모르는 곳에서 함손과 같이 탕비하여버리는 눈치까지 알면서도 나는 두 사람의 관계에 한 마디도 입

---

* 살림이 궁꿉하고 측은함.

을 넣지 못하는 마음이었다. 일없이 거리에서 건들거리는 란야를 끌어다가 가가를 연 지 일 년이 넘는 동안에 나는 그에게서 받을 것은 받았고, 그 역 나에게 줄 것을 다 준 후이라 두 사람의 마음이 어느덧 늘어지고 심드렁하여진 관계도 있기는 있겠지만, 나는 벌써 란야의 처신에 대하여서는 천치같이 되어서 드러내놓고 질투라는 것을 느끼지 못하리만치 속이 누그러진 모양이다. 그러기에 그의 마음의 자유를 말같이 놓아주는 것은 반드시 나의 게염*에 끓는 마음을 부처 같은 참을성으로 누른 연후의 일은 아니었다. 함손과 지내는 동안의 그의 시간은 나의 알 바 아니요, 나의 방으로 돌아왔을 때의 그를 나는 천연스럽게 받아들일 수 있었다. 이런 태도가 란야의 탕일한 마음을 더욱 기르게 되었는지는 모르나 그는 확실히 두 사람과의 생활을 각각 칼로 벤 듯이 쪼개어 생활하는 놀라운 기술을 가졌다. 란야들이 내뺀 뒤의 시간을 나는 이층에 앉아 쌍안경과 씨름하면 그만이었다. 쌍안경에 지치면 맞은편 벽에 걸린 한 폭의 성화聖畵를 하염없이 바라보는 법도 있다.

호프만의 그 성화는 언제부터인지도 모르게 은연히 나의 마음을 끌게 되었다. 크브로의 청년에게 딴 세상을 가르치는 기독**의 손길이 나에게는 무한한 유혹이었다. 청년 대신에 나 자신을 그 자리에 세워보면 그 유혹은 한층 더하였다. 기독의 말을 이해치 못하고 무거운 번민을 품은 채 하염없이 가버린 청년과는 달라 나는 나 자신의 뜻으로 기독을 이해할 수 있고 나 자신의 '아직도 한 가지 부족한 인생'을 느낄 수 있었다.

그러한 요구는 란야와의 현세적 생활의 피곤에서 결과되었음에 틀림없

* 부러워하며 시샘하여 탐내는 마음.
** '그리스도'의 음역어.

는 것이, 나의 마음속에는 이 역 어느 때부터인지도 모르게 란야와 대차적으로 유례의 자태가 우렷이* 떠오르기 시작한 것이다. 욕심과 피부와 감각밖에 없는 란야에게서 떠나 근대적 이지의 덩어리와도 같은 유례에게로 생각은 말같이 달렸다. 그러나 그렇다고 기독의 손길이 가르치는 세상이 나에게 있어서 유례들의 행동의 세상을 의미하는 것은 아니었다. 하기는 그들의 행동의 세상이라는 것도 나에게는 그다지 먼 것이 아니고 종이 한 장의 벽이 놓였을 뿐이었다. 그만큼 나는 그들을 이해하고 동감할 수는 있었으나 끝내 그것을 행동으로 옮길 수는 없었다. 행동에는 용기가 필요하고 용기는 생각이 편벽된 때 솟는 것이다. 인류가 쌓아온 전 지식의 이해는 나에게서 온전히 용기를 뺏어버렸다. 따라서 유례들의 행동을 물끄러미 바라볼 뿐이요, 그들의 세상은 여전히 종이 한 장 건너편의 것이었다. 그런고로 유례는 나에게는 유물적 행동의 대상이 아니고 일종의 정신적 우상으로 비치었다. 유례를 데리고 행동의 세상을 떠나 더 높은 세상으로 들어감이 나에게 있어서는 바로 그 성화의 의미였다. 그 길은 하나밖에 없다. 유례와 함께 현실 세상을 떠남이다. 생각이 여기에 이르러 '낙타가 바늘구멍으로' 나가기보다도 어려운 그 길을 생각할 때 몸에 소름이 쪽 끼치면서도 한편 마음은 즐거웠다.

이때부터 나는 일종의 예감을 가지고 한결같이 유례를 기다리기 시작하였다. 유례가 많은 동무들과 함께 들어간 지는 거의 반년이 넘었다. 들어가는 마지막까지도 길은 다르면서도 나는 그를 은밀히 보호하였고 두 사람 사이에는 최대한도의 우정이 흘렀다. 가지가지의 기억을 되풀이하면서 나는 이층에 혼자 앉아 호프만의 그림을 바라보며 쌍안경으로 유례를 찾

* 눈앞에 보이거나 떠오르는 모양 따위가 좀 희미한 가운데 은근하면서도 뚜렷하게.

은 셈이다. 그러므로 이날의 해후는 몹시도 암시적이요 기쁜 것이었다.

받은 우유를 다 마시고 난 유례는 어머니의 젖꼭지에서 떨어진 어린아이와 같이 적이 얼굴이 빛났다.

"더 드릴까."

"욕심쟁이로 아시나 봐요."

"차입할 동무도 없었을 텐데 벌충으로 실컷."

"한 잔이면 그만이죠."

"한 잔의 젖으로 해결되는 인생."

나는 유례의 겸양의 얼굴을 엿보면서 다음 말을 잇기까지에는 한참이나 걸렸다.

"현대의 이상은 기껏 그뿐일까."

역시 한참이나 있다가 유례는

"더 무엇이 있단 말예요?"

"유물의 싸움이 전부라면 인생은 너무도 가엾지 않을까?"

유례의 눈은 별같이 맑아 보인다.

"영혼을 말씀하시고자 하는 셈이죠?"

"반동으로 몰릴까."

"적어도 오늘의 문제는 아닐 거예요."

"그럼 내일의."

"죽은 후에나 있거나 말거나."

농이겠지만 유례의 답변에 나는 뭉클하여 '죽은 후에나'의 뜻이 머릿속에 아롱아롱 어른거렸다. 그것은 또한 유례에게 대한 나의 생각의 종점인 까닭이다. 나는 극히 자연스럽게 벽 위의 그림으로 시선을 옮겼다. 마치 유혹을 받은 듯이 유례의 눈도 나의 시선을 따랐다.

"기독이 가르치는 세상을 알게 되었다면 나를 비웃으려우?"

"그 세상으로 들어가시고 싶단 말예요?"

"동무만 있다면."

나는 여기서도 나의 속뜻을 얼마간 노골적으로 표시한 셈이었다.

"무엇을 즐겨 그 좁은 문으로 들어가겠어요."

"즐겨서가 아니라 참고 들어가야지요."

"참을 필요가 있을까요?"

유례의 뜻과 나의 뜻의 핀트가 꼭 들어맞지 않음이 슬펐다. 차라리 그가 딴소리를 꺼내는 것이 나에게는 그 자리에 도움이 되었다.

"지금 제게는 기독의 그림보다도 이것이 더 긴할 법해요."

하고 책상 위의 그림책을 집어 든 것이다. 불란서에서 오는 모드의 잡지였다. 파리 남녀의 가지가지의 양자가 사치한 채색에 싸여 페이지마다 꽃피었다. 유례는 누그러진 표정으로 장을 번겨갔다.

"옳은 말이오. 유례에게는 지금 무엇보다도 생활이 필요하오. 반년 동안 잃었던 생활을 한꺼번에 가장 풍부하게 빼앗아야 할 것이오. 생활의 테두리가 만월같이 꽉 찼을 때 내 말한 뜻이 알려지리다."

단숨에 내지껄이고 나는 유례가 들추는 책장을 넘겨다보며

"어느 맵시, 어느 감이 마음에 드는지 말해보시우. 우선 옷을 장만합시다. 다음엔 구두를 갈고."

재촉하는 듯한 어조에 유례는 어안이 벙벙한 모양이었다.

"뼈부터 궁골로 생겼는지 평생 가난이 비위에 맞아요. 생활이 찼다간 짜장* 딴생각이 들게요?"

진정으로 들을 필요 없는 나는 그 말을 무시하고 뒤미처

"두말 말고 생활을 설계합시다."

하고 마치 건축을 설계하려는 고명한 기사와도 같이 책상 위의 종이와 연필을 집어 들었다.

"갖은 진미를 먹어야 할 것. 음악을 풍성히 들어야 할 것. 좋은 그림을 보아야 할 것. 영화를 적당히 감상해야 할 것. 몸을 충분히 휴양해야 할 것."

지껄이는 한편 번호를 따라 조목조목 내려 적고는 얼마간 자신 있는 눈초리로 유례를 바라보았다.

"보시오. 다 건강한 것이지 하나나 불건전한 조목이 있소?"

"뜻은 감사하오나 과분한 사치는 동무에게 죄예요."

"쓸데없는 겸손이지, 많은 동무 중에서 한 사람이라도 회복되고 충실하여지면 반가운 일이 아니겠소. 죄니 양심이니 하는 것이야말로 도리어 일종의 장식물이 아니오. 오는 대로 받아들이는 것이 더 인간적인가 하오. 인간을 떠나 무엇이 있소?"

나는 됩데 내 일류의 역설로 장황하게 그를 꾸짖는 것이었다. 그가 잠자코 있음을 보고 마지막으로 못을 박는 듯이 나 자신의 결론으로 그를 휘이고야 말았다.

"의견을 버리고 내 설계대로만 좇으시오. 불과 얼마 안 가 온전한 몸을 만들어드릴게."

들어간 후로 숙소가 어지러워진 까닭에 우선 알맞은 셋집을 골라 옮기도록 한 후에 시절에 맞도록 외양을 정돈시키니 유례는 신부와도 같은 초초한 인상을 주었다. 새 구두의 감상을 그는 처음으로 요트를 탄 것 같다

---

* 과연, 정말로.

고 표현하였다. 외모가—형식이—정리되니 마음도 적이 조화되어 유례
는 차차 나의 계획에 순응되어가는 모양이었다. 순응이라기보다는 거의
짐승 같은 탐욕을 가지고 주렸던 생활을 암팡지게 먹으려는 듯도 한 탐탁
한 열정이 보였다고 함이 옳을는지 모른다.

"거리에서 가장 생활적인 곳이 어딜까요?"

그의 이러한 질문도 극히 자연스럽게 들렸다.

"가장 생활적—"

다따가*의 물음에는 나도 문득 막히지 않을 수 없었다.

"노래 듣고 춤추고—거리낌 없이 마음껏 천치같이 즐거워할 수 있는."

"그럴듯한 청이오."

그러나 카페로 인도할 수도 없는 터이므로 문득 호텔이 있음을 생각한
것은 나로서는 지당한 처치였다.

오후가 늦어 우리는 거리에서 하나인 호텔을 찾았다. 검은 드레스를 입
은 유례는 호텔의 문을 들어서자 소년같이 흥분하여 다변이었다. 행여나
동무들의 눈에라도 뜨일까 하여 일부러 뒷골목을 돌아온 그였마는 문을
들어서서부터는 거리낄 것도 없고 어색하지도 않은 늘 드나드는 인종같
이 익숙하고 천연스러운 걸음임에 나는 얼마간 놀라기까지 하였다. 사치
한 카펫도 부드러운 그의 발밑에서는 만날 임자를 만난 듯이 아깝지 않게
밟혔다.

하루 동안의 그 속의 생활을 온전히 즐기기 위하여 각각 방까지 정하고
는 그 안의 설비를 이용함이 마치 일류의 손님같이 손 익었다. 식당에는
사람들이 웬만큼 빈 때를 깐보아서 내려갔으나 그래도 유례는 남은 사람

---

* 난데없이 갑자기.

들의 시선을 알뜰히 끌었다. 천연스럽게 앉았으면서도 처음 받는 찬란한
만찬의 식탁에 적이 현혹한 모양이었다.

"무슨 고긴 줄 아시우?"

나는 농담 삼아 접시의 고기로 그를 떠보았다.

"닭고기요."

"천만에, 칠면조외다."

유례는 오도깝스럽게―가 아니라 침착하게 눈알을 굴렸다.

"이 술은?"

"백포도준가요?"

"하긴 샴페인도 백포도주 같기는 하지요."

"샴페인이란 말예요?"

납작한 유리잔을 어색하게 입술에 대었다. 처음 받는 진미에 유례는 도
리어 대담하여져서 등대하고 섰는 뿌이의 눈치도 무시하고 마음대로 거
동하였다.

"팔자 없는 곳에 한몫 드랴니 왜 이리도 편편치 못해요. 어차피 귀부인
이 아닌 바에야 되고 말고 하지요."

식도를 함부로 쓰고 냅킨으로 입까지 훔쳤다.

식후 식당을 나가 정원을 거닐 때에는 옴츠렸던 사지가 활짝 펴져 자유
로운 자세로 돌아갔다. 정원의 규모를 말하고 화단 꽃을 칭찬하는 나긋나
긋한 양자는 익숙한 부인의 그것이었다. 지붕 밑을 떠나 하늘 아래로 나
갈 때 유례의 거동은 한결 자유로워지는 것 같다.

그러나 산보를 마치고 다시 안으로 들어가 로비에 앉았을 때에는 수많
은 시선이 어지럽게 흐르는 속임에도 유례의 자태는 의젓하고 부드러웠
다. 음악이 이미 시작되었고 남녀는 한 패, 두 패씩 겨르고 나서기 시작하

였다.

탱고의 리듬이 마음을 달뜨게 간질렀다. 겨른 짝들은 물고기같이 미끄럽고 풍선같이 가볍고 바다 위에 뙤똑거리는 요트의 무리다. 휩쓸리고 싶은 유혹을 느끼면서도 초보의 스텝도 못 밟는 유례와는 겨를 수도 없는 까닭에 나는 하는 수 없이 소파에 들어붙어 '벽의 꽃' 노릇을 할 수밖에 없었다.

"움직이는 꽃밭이라고 할까요."

춤추는 무리를 유례는 이렇게 비유하고 곧 뒤를 이어 비평적으로

"그러나 그뿐예요. 꽃이란 아름다울 뿐이지 속이 있어서는 안 되니까요."

"그 꽃이 되기를 원하지 않으려우."

"천치가 되란 말이지요."

"오늘 밤은 천치같이 생활을 탐험하러 온 터가 아니오. 맑은 정신으로야 생활에 취할 수 있소."

"도저히 취할 수야 있나요. 이런 곳이 비위에 맞을 리 없어요."

음악이 끝나고 새 곡조의 반주가 시작되었을 때 낯모를 사나이가 와서 유례에게 춤의 상대자 되기를 청하였다. 유례는 거절하고 뒤미처 자리를 일어섰다. 그 결에 나도 같이 일어나 로비를 나갔다. 역시 사람의 숲을 떠나 넓은 천장 밑으로 나가는 편이 자유롭고 거북하지 않은 것 같다. 어두운 정원을 유례와 같이 나 역 해방된 느낌으로 거닐 수 있었다.

"유례의 당장의 원이 무엇이오?"

돌연한 질문에 유례는 의아하여 반문하였다.

"무슨 뜻예요?"

"가령 지금 눈앞에 한 덩이의 횡재가 있다면 그것으로 무엇을 하시겠소?"

"샘 속 벌레에게 바다를 말씀하시는 셈예요."

"횡재란 있으려면 있는 것이니까."

"가난한 사람들을 모아놓고 그 위에 뿌릴 수도 없고—어떻게 했으면 좋을까요."

"농담이 아니오. 알다시피 내게 얼마간의 사유재산이 있지 않소. 가가까지 훌두드려 팔면 상당한 액일 것이나 지금의 내게는 벌써 필요치 않은 것이오. 생활에 소용된다면 나는 즐겨 그것을 유례에게 제공할 작정이오."

이어서 나는 오래전부터의 원이던 해외여행의 계획을 버렸다는 것, 이 거리에서 족히 모든 생활을 꿈으로 살았다는 것, 가령 파리에 간댔자 꺼진 열정을 다시 불붙일 신통한 것이 없으리라는 것, 결국 나는 생활에 피곤하였다는 것을 대충 이야기하였다.

"가방 속에 가득 든 지전을 가지고 항구의 호텔 한 간 방에 있는 신세—이것이 현대인의 최대의 원이라고 하나 그것이 꿈만치 생각될 젠 확실히 나는 생활할 힘을 잃은 것 같소. 아무것도 다 집어치우고 산속에 널집이나 한 간 짓고 자작나무와 백양나무를 심고 그 속에서 염소나 한 마리 길러보았으면 하는 소극적 원이 있을 뿐이오. 염소는 종이를 좋아하니 지리한 소설책이나 한 장 뜯어 먹이면서 날을 지우고 싶소."

"왜 그렇게까지 생각하여요. ……피곤하신 것은 란야 때문일까요."

란야를 드는 것은 유례로서는 당연하다고 할까. 그러나

"란야를 통하여 여자란 여자는 죄다 안 셈이나 그렇다고 란야쯤이 전폭의 이유는 아닐 거요. 앞으로 올 생활의 전 내용을 지금에 있어서 벌써 전 육체를 가지고 짐작할 수 있는 까닭에 미래라는 것은 내게 아무 매력도 흥미도 일으키지 못하는 거요. ……하긴 란야와의 사이도 쉬이 청산하여야 하겠고 이어서 가가도 그만두어야겠는데 그렇게 되면 자연 생활도 갈아야 될 터이니 과분의 재산은 필요치 않은 것이오.”

“그렇다고 제가 그것을 받을 무슨 값이 있어요? 너무도 과만한 뜻을.”

“유례 이외에 그 뜻을 이을 만한 사람은 없으니 말요.”

그러는 동안에 정원을 여러 차례나 왔다 갔다 하면서도 결국 아무 결정도 해결도 없이 그대로 각각 방으로 돌아갔다. 야단스럽게 생활하러 왔으면서도 너무도 고요한 그림이었다. 나는 일부러 불을 끄고 창에 의지하여 하염없이 밤거리를 내려다보았다. 멀리 불란서 교회의 뾰족 지붕이 어둠 속에 우렷이 나타나고 그 위에 검은 십자가가 그럴듯이 짐작되었다.

보고 있는 동안에 차차 윤곽이 선명하여지자 문득 호프만의 그림이 머릿속에 떠올랐다. 다시 십자가가 눈에 보이더니 그것이 볼 동안에 커지며 삽시간에 눈앞까지 육박하여온다. 무서운 착각에 나는 날쌔게 외면하여 버렸다. 앞에 놓인 길은 피할 수 없는 십자가의 길 같다.

지난날 란야와 같이 같은 방에서 같이 유숙할 때와는 얼마나한 차이인가. 그때에는 다만 생각 없는 열정만이 있었다. 그러던 것이 지금에는— 나는 여기서 별안간 유례를 생각하고 밤 인사를 보내러 이웃 방까지 갔다. 그러나 유례의 자태는 어느덧 사라졌던 것이다.

이튿날 그의 숙소에서 유례를 발견하였다. 아무 일도 없었던 듯한 천연스러운 태도와 웃음으로 나를 맞이하였다.

“그런 법이 있소?”

“용서하세요. 그렇게 할 수밖에 없었어요. 주무시는 것도 같기에 깨울 수도 없고 혼자 도망했지요.”

"무엇 때문에 그렇게까지 조급히 군단 말요."

"어쩐지 죄 되는 것 같허서요."

나는 문득 입을 다물었다. 그의 '죄'의 뜻이 짐작되었기 때문이다. 건수의 의식이 응당 그를 지배하고 있을 것을 나는 깜짝 잊고 있었음을 깨달았다.

"무얼 그리 심각하게 생각하고 계셔요."

침묵을 거북하게 여겨 유례는 웃음소리를 냈다.

"호텔은 제게 당치 않은 것이에요. 로비는 사람을 주럽*만 들게 하고 금빛 벽은 이유 없이 사람을 압박하는걸요. 거리에서는 얼마든지 생활도 즐겨 할 수 있으나 호텔이란 이 세상에서 갈 마지막 곳 같아요."

"당초에 제의는 왜 했소?"

"그 대신 호텔 외의 생활이라면 어디든지 설계대로 좋겠어요. 분부라면 어디든지 가지요. 자 거리로 나가실까요."

확실히 미안은 해하는 태도나 유례는 몸을 가볍게 쓰면서 마음도 역 가벼운 눈치였다. 핸드백을 들고 사뿐히 일어섰다.

거리에 나가 백화점에 들렀을 때, 그의 소위 '대중적'인 그곳 식당에서는 호텔 식당에서와 같은 거북한 예절을 무시할 수 있었으므로 유례는 한결 누그러진 태도였다. 접시의 고기를 가리켜

"이것이야 칠면조 아닌 틀림없는 닭고기겠지요."

하고 농을 거는 그였다.

"더한층 떨어져 오리 고긴지도 모르지."

"고기에도 사람만큼 계급이 있군요."

유례는 식도를 함부로 쓰고 냅킨으로 입까지 훔쳤다. 그러나 그것은 호텔에서 한 것과 같은 꾸며낸 대담한 태도가 아니고 극히 자연스럽게 주위에 어울리는 것이었다.

학생이 전람회를 구경하는 것과도 같이 공들게 우리는 백화점의 층층을 세밀히 보아 내려갔다. 그동안의 시민의 생활 경향을 자세히 살펴보자는 유례의 청으로였다. 소시민을 비평하는 것보다는 그 속에 휩쓸려 사는 편이 유례의 축난 건강에는 더 자양이 되리라고 나는 생각하였으나.

복작거리는 지하층에 내려갔을 때에 유례는 별안간 발을 멈추고 나를 돌아보았다.

"무슨 향기예요?"

나도 그 자리에 서서 그가 발견한 향기를 감식하려 하였다.

"거리에서 맡은 향기는 아니에요."

"향수 냄샐까, 화장 냄샐까."

"그런 사람 냄새가 아니에요."

"그럼 꽃 냄새."

"솔잎 냄새 같기도 하고 나뭇진 냄새 같기도 한데요."

"옳지."

말을 듣고 생각을 하니 그제서야 겨우 짐작되었다.

"알았소—오존* 냄새요."

나는 나의 판단이 틀리지 않음을 단언하고 큰 백화점에는 거개 오존 발생기를 장치하였다는 것을 설명하였다.

"오존.—어쩐지 금시에 속이 시원해지는 것 같아요."

---

* 원문에는 '오송'임.

"당연하죠. 사람 냄새가 아니요, 거리 냄새가 아니오—산이나 바다 냄새니까."

"실컷 맡았으면 몸이 당장에 회복될 것 같아요."

"옳게 말했소. 산이나 바다로 갑시다. 응당 가야 할 곳을 미처 생각지 못했소그려."

그 자리에서 그 시간에 여행을 결정하고 그 길로 여행에 들 것을 준비하러 층 위로 올라갔다. 새로이 커다란 트렁크를 두 개 장만하고 옷벌과 일용품을 될 수 있는 대로 풍부하게 갖추었다. 아직 떠나지도 않은 여행의 감동에서 나는 오래간만에 생활의 활기를 얻어 마음이 짝 없이 유쾌하였다.

떠날 시간과 목적지를 결정한 후 유례를 보내고 혼자 가가로 돌아와 이 층에서 여행에 필요한 물건을 더 생각하고 있을 때 별안간의 손님이었다. 문을 익숙하게 열고 성큼 뛰어 들어온 것은 오랫동안 없던 란야였다.

"바다가 독하긴 하군. 인도 병정같이 새까맣게 탔을 젠."

"첫인사가 그뿐예요?"

란야는 불만한 듯이 모자를 벗어 던지고 방 가운데 우뚝 섰다.

"사슴같이 기운차구."

"더 형용해보세요."

짜장 사슴같이 껑충 달려들어 란야는 나의 목을 얼싸안았다.

"성인인가요. 돌부천가요. 놀고 들어와도 이렇게 천연스러울 젠."

목에 감긴 그의 팔을 풀어 슬며시 물리치며 나는

"때려달란 말인가."

하고 여전히 표정을 이지러뜨리지는 않았다.

"도리어 그편이 낫지요. 노염도 없고 게염도 없는 것보다는. 그렇게 천치같이 천연스러우면 퉁길 힘조차 없어져요."

"게염이라니, 게염은 애정의 표시인데 그 꼴에 여전히 내게 애정을 요구한단 말인가?"

"이젠 그런 권리도 없단 말예요? 그럼 차라리 내쫓지요. 왜 문지방을 넘게 해요."

"맘대로 나갈 게지."

소리는 쳤으나 짜장 나는 천치나 아닐까 하는 생각도 들지 않음은 아니었다.

"옳지, 나가라고 했지요."

란야는 입술을 비쭉하고 영화 속에서와 같이 어깨를 으쓱하였다.

"정말예요. 또 한 번 말해봐요."

성큼 달려들어 무릎 위에 올라앉더니 야살스럽게 나의 턱을 쥐어흔들었다.

"아닌 때 짐은 웬 짐예요."

나는 아무 감동도 주지 않는 그의 몸을 굳이 밀어 떨어뜨리려고도 하지 않고 눈은 딴전을 보았다.

"바다에 가려고."

"철 지난 바다로 가시는 법도 있나요. 사람도 없는 파도 소리만 있는."

"그래야 해수욕복을 입지 않거든."

"오라! 해수욕복을 싫어하시는 성미요.──월계나무 잎새 대신에 호박 잎새나 잔뜩 뜯어 가시지요. 아담같이 앞을 가리게. 호박 잎새는 잔가시가 있어서 조심 안 하시면 살이 아플걸요."

오도깝스럽게 깔깔 웃고 목덜미를 더운 입으로 물었다. 이 미치광스러운 애정의 표현에도 나는 돌같이 동하지 않는다. 란야는 나의 다리를 꼬집으며 건강한 전신으로 육박한다.

"이브는 누구예요? 대세요."

거의 여자의 본능적 신경으로 그것을 알아챈 것 같다.

"내게 무엇을 속이세요. 일언일동이 역력히 설명하는 것을. 나를 돌려놓고 결국 곱절의 재미를 보셨으니 하긴 큰소리도 할 만하렷다. 사람 없는 가을 해변에 한 쌍이 서면 옛날의 낙원같이 즐겁겠지요."

"……."

"들으니 유례도 나왔다지요. 탄 자리에 다시 불이 붙으면 좀체 끌 수 없을걸요."

"……."

"왜 뜨끔은 하세요. 유례라면 돌에도 감정이 통하는 모양인가요."

"웬 소리요. 대중없이 함부로."

나는 금시에 정색하고 란야를 밀쳐버렸다.

"유례와의 사이를 오해하지 마오."

유례에게 대한 미안한 답변을 겸하여 나는 나의 입장을 선명하게 성명하려는 듯이 목소리를 높였다.

"돌부처도 노여하시네. 서쪽에서 해가 뜬 것같이 어울리지 않아요. 차라리 가만히 계시지 황급하게 구시면 더 수상치 않아요?"

조롱이 끝나기 전에 나의 손은 란야의 볼을 갈기고 있었다.

란야의 마지막 마디가 이상하게도 마음속에 젖어들며 나는 곧 나의 경솔한 거동을 뉘우쳤다. 그의 말마따나 도리어 그에게 수상한 느낌을 주었을 것을 생각하면 부끄럽기도 하였다. '돌부처'의 낯짝에다 제 손으로 흙을 끼얹은 셈임을 생각하면 치가 떨렸다.

순간 상기되었던 란야의 얼굴빛이 즉시 풀어지고 아무 대거리도 없이 온순하고 침착한 태도로 돌아간 것도 나에게는 도리어 심히 겸연쩍은 노릇이었다. 그의 목소리조차 부드럽다.

"말이 과했다면 용서하세요. 유례에게 대한 제 인식만 고치면 그만 아녜요. 모든 것을 옛 동지에게 대한 존경으로 돌려보내면 그뿐 아녜요.—어서 여행이나 즐겁게 하세요. 바다 생활이나 재미있게 하고 돌아오세요."

란야가 이렇게 풀어지면 풀어질수록 나는 더욱 겸연쩍고 나의 흥분의 이유가 어디 있었던지를 이해하기 어려웠다. 차라리 그의 화제가 빗나가 피차의 주의가 다른 방향으로 흐름이 원이었다. 그렇기 때문에 다음과 같은 그의 제의는 나를 괴롭히는 것이 아니요 도리어 누그러트리는 효과가 있었다.

"유례의 말이라면 놀라셔도 제 말이라면 놀라시지 않으니—어디 얼마나 냉정하신가 볼까요."

"또 무슨 장난을 하려고."

"오래간만에 돌아와도 놀라지 않으며, 짜증을 내도 놀라지 않으며, 목을 물어도 놀라지 않으셔—어떻게 하면 놀라신단 말예요."

"어떻게든지 놀라게 해보구려."

란야는 문득 새로 그와는 다른 문제를 꺼내는 듯이 어조를 갈아 침착하게 말줄을 풀었다.

"……사나이가 있어요. 항산도 없고 할 일도 없는 거리의 가난뱅이. 설마 금덩이가 우러날까 하고 바란 것은 아니었으나 풍신이 아까워 발에 차이는 돌멩이를 줍는 셈치고 주워 올렸지요. 튼튼만 한 줄 믿었더니 차차 알고 보니 초라한 신세에 병까지 폭 씌었어요. 어차피 거리의 죄겠지만 이상하게도 그런 신세이므로 마음이 더욱 쏠림은 무슨 까닭인지요. 회복되어야 할 바다에서는 도리어 피를 게웠어요. 기쁨의 바다가 아니요 우울의 바다였어요. 병세는 날로 더한 것 같고 가난은 물같이 새어들고—기구한 인연을 어쩌면 좋아요."

"옛날이야기로 들어야 옳소? 란야의 현실로 들어야 옳겠소?"

장황한 그의 이야기에 나는 얼마간 현혹한 느낌이 없지 않았다. 란야의 어조는 확실히 애원하는 듯도 한 부드러운 것이었다.

"처분대로 하셔요."

"이야기라면 차라리 소설책을 읽는 편이 낫지."

"소설가 아닌 제가 재미있게 이야기할 수야 있나요.—이 무미한 이야기를 어떻게 전개시켰으면 좋겠어요?"

나는 더 농담을 계속할 수도 없어 진담으로 돌아가며

"함손이 그런 졸장부인 줄은 몰랐구려. 부량스러운 거리의 '갱'으로만 여겼더니 듣고 나니 병든 이야기의 주인공이란 말요. 가련한 약질의 지골로."

동정의 어조일지언정 물론 모욕의 어조는 아니었다. 한참이나 있다가 란야는

"아까 어떻게든지 놀라게 해보라고 말씀하셨지요—지금 이 자리에 문뜩 함손이 나타난다면 놀라시겠어요?"

"놀라기보다도 진저리가 나겠소. 아예 그런 연극은 꾸미지 마오. 해쓱한 병든 얼굴을 굳이 내게 보일 필요가 있소?"

손을 들어 굳게 사절하고 나는 말을 이었다.

"해결의 길은 한 가지밖에 없잖우. 내겐 그 이야기 속에 참례할 권리도 의무도 없으나 될 수만 있다면 좋게 처리하는 것이 국외자로서도 기꺼운

일임에는 틀림없으니까."

하면서 책상 서랍을 열고 여럿 되는 예금통장 중에서 하나를 들춰냈다. 내용을 살펴볼 필요조차 없으므로 그대로 란야에게 내밀었다.

"한 반년 동안의 요양비는 될 거요. 될 수 있는 대로 한적한 곳에 가서 회복에 힘쓰도록 함이 좋을 것이오."

그것이 바란 것이면서도 란야는 한참 동안이나 넋을 잃은 것같이 서 있을 뿐이었다.

"어떻게 하면 감사의 뜻을 나타낼 수 있을까요."

천치같이 우두커니 서서 손을 가늘게 떨면서—이윽고 눈썹 끝에 눈물이 맺히며—이것이 그의, 나에게 대한 감사의 표현이었다.

나는 문득 란야에게서 '운명의 여자'를 본 듯하였다. 이어서 곧 내 자신이 더한층 '운명적'임을 깨달았다. 란야가 함손을 받들듯이 나는 그 란야 자신과 아울러 유례까지를 섬기는 셈이 아니었던가. 실로 마음속에는 유례의 그림자가 있으므로 나는 란야에게 대하여 그와 같은 너그러운 태도를 가질 수 있게 되었음을 깨닫고 가슴은 부끄럽게 수물거렸다. 그러나 백지장같이 해쓱한 함손의 꼴을 목전에 보지 않고 지낸 것은 다행이었다고 마음 한편으로는 은근히 기뻐도 하였다.

란야의 일건을 처리하고 난 나는 무거운 짐이나 벗어놓은 듯싶었다. 몸이 개운하여 날개가 돋친 것 같다. 유례와 여행도 즐겁게 기대되었다. 란야가 함손과 고요한 생활을 시작할 것과 같이 나는 유례와 고요한 생활을—하고 생각하다 문득 엄격한 반성으로 돌아가며 나와 유례와의 사이는 물론 함손과 란야의 사이와는 의미가 근본적으로 다르며 앞으로 올 생활도 그 양식이 스스로 같지 않다는 것을 마음속에 밝히고 설명하려고 애쓰는 것이었다.

란야는 예금 통장을 가진 채 어디론지 사라져버렸다. 눈앞에 보이지 않는 란야와 함손과의 생활은 나에게는 말하자면 제목만을 알고 내용은 펴보지 않은 야릇한 이야기책인 셈인 고로 그들의 간 자취와 있을 곳도 나에게는 안개 속인 것이며 알아낼 필요조차 없는 것이다. 나는 나대로 혼자 뒤떨어져 가가를 닫치고 행장을 들고 집을 나오면 그만이었다. 가가문은 자물쇠로 잠근 위에 군데군데 못까지 박고 휴업의 간판을 내걸었다. 다시 돌아오지 않을 폐가와 같이도 보였다. 꿈의 보금자리인 이층과도, 나를 무한히 유혹한 호프만의 성화와도 영영 하직일 듯한 느낌이 났다. 알 수 없는 한 줄기의 감상이 유연히 가슴속에 솟는 것이었다. 슬픈 탓인지 기쁜 탓인지도 모르게 발꿈치는 땅에 들어붙어 무거웠다.

일부러 유례의 집을 찾아 첫걸음부터 동행이 되었다. 새 생활에 대한 감동으로 유례는 빛나는 아침을 맞이한 아이와 같이 부드러운 표정이었다. 간 지 얼마 안 되는 새 구두도 벌써 발에 꼭 맞아 조금도 어색함 없이 그의 레모*에 어울렸다. 새 구두의 경우와 마찬가지로 나와의 사이도 어느덧 익숙하여져서 티끌만큼도 겸연하고 서투른 점이 없었다. 거리에서의 그의 자태는 구름같이 가볍게 보였다.

여행의 목적지로 동해안의 먼 곳을 고른 데는 별다른 이유가 없었다. 될 수 있는 대로 서울을 멀리하고 싶었고, 차 속의 시간을 지루하지 않을 정도에서 길게 가지고자 하였고, 끝으로 아름다운 동해의 창파와 그 부근의 고요한 피서지를 그 어느 곳보다도 사랑한 까닭이었다. 물론 유례의 의견도 그와 일치되어 별다른 제의가 없었다. 기차 속의 시간을 될 수 있

---

* 예모. 예복을 입을 때 격식에 맞추어 쓰는 모자.

는 대로 즐겁게 하기 위하여 일부러 오후 차를 골랐다. 차 속은 상당히 복잡하였으나 건듯하면 가라앉으려는 마음에는 그편이 도리어 도움이 되었다. 기실 평범한 사람들의 얼굴이 모두 각각 그 무슨 비밀을 품은 것같이 나에게는 신비롭게만 보였다.

거의 일주야가 걸리는 여행에 지칠까를 두려워하여 많은 시간을 식당차에서 보냈다. 나는 흰 식탁 위에 트럼프 쪽을 펴놓고 의미 없이 하트의 여왕을 고르려고 애썼다. 알맞게 흔들리는 차 안의 기분은 마치 기선의 선실과도 같으며—여객기의 객실도 그러려니 짐작된다. 차라리 기선을 타고 멀리 바다를 건너거나 그렇지 않으면 여객기에 올라 첩첩한 산맥을 넘어 대륙을 내뺐으면 하는 공상도 들었으나 혼자라면 몰라도 유례와는 하릴없는 노릇이었다.

고원 지대에 들어서 높은 영嶺에 걸린 것은 황혼에 가까운 때였다. 영은 얼마든지 길고 차는 돼서 기운이 부치는 모양이었다. 창밖에 새풀*이 손에 잡힐 듯이 흔들린다. 나는 씨근거리는 기차와 호흡을 맞추며 눈은 한결같이 밖을 바라보며 그 무엇을 찾았다. 이윽고 차는 기적 소리와 함께 그곳에 다다랐다. 나는 감동의 어조로 유례의 주의를 끌었다.

"보시오. 여기가 분수령!"

차는 산맥의 최고 지점을 지나는 중이었다. 그러나 유례는 나의 새삼스러운 주의와 은근한 속뜻을 알 바 없어 평범한 표정을 지녔을 뿐이었다.

"이 분수령이 또한 내 생활의 분수령이 될는지도 모르오. 이곳을 넘는 때 나는 서울과 지금까지의 생활과 영영 작별하는 셈일 듯하니 말이오."

"왜요. 무슨 말씀예요."

---

* '억새'의 방언.

하기는 유례가 내 뜻을 알 리는 없었다. 나 자신 나의 결심의 정도를 확실히 잡지 못한 형편이 아니었던가. 나는 '그것'을 이미 확적히 마음속에 작정하였는지 못 하였는지 마음은 갈팡질팡하여 안개 속같이 아리송할 따름이었다.

"해발 팔백 미터!"

유례의 주의에 나도 분수령의 표식을 내다보았다. 하아얀 기둥이 삽시간에 눈앞을 지나갔다. 순간 이상하게도 그것은 나에게 한 폭의 환영을 번개같이 가져왔다.―바다 위에 솟은 팔백 미터의 간드러진 기둥 꼭대기에서 일직선으로 바다에 떨어지는 나 자신의 꼴이 펀뜩 눈을 스친 것이다. 이 돌연한 어지러운 환영에 나는 주물트려 놀라며 전신에 소름이 쪽 돋는 것이었다.

잠 안 오는 밤을 침대차에서 고시랑거리다가 날이 밝자 뛰어내려 세수를 마치는 길로 식당차에 들어갔다. 거기서 나는 우연히 꼭두새벽부터 예측지도 못한 광경에 부딪쳤다. 마치 그 광경을 보러 그렇게 일찍이 그곳에 들어간 것과도 같았다.―두 사람의 뽀이가 무슨 까닭으로인지 식탁 위에 진을 치고 맹렬한 육박전에 열중되어 있는 중이었다. 식탁 위에 깔린 뽀이는 부치는 기운에 꼼짝달싹 못하고 적수의 공격에 몸을 맡기다시피 하고 높은 고함을 치는 법도 없이 약한 목소리로 어르고 있을 뿐이었다. 내가 들어가자 두 사람이 문득 싸움을 중지하고 깔렸던 편도 날쌔게 몸을 일으켜 아무 일도 없었던 듯이 어슬어슬 몸을 움직였다. 불같은 분을 품은 욕지거리일 터임에도 불구하고 두 사람의 건네는 말은 은근한 회화같이 부드럽고 입은 저고리같이도 하아얀 얼굴에는 이렇듯한 노기를 찾아볼 수는 없었다. 그 싸움 가운데에서 이상한 것은 그것을 방관하고 섰는 다른 한 사람의 뿌이였다. 그는 한편에 가담하는 법도 만류하는 법도 없이 냉정하게 그러나 부드러운 낯으로 동료의 싸움을 바라만 보고 있었다. 모든 것이 부드럽게 보이면서도 기실 눅진한 끈기가 흘렀다. 이상스러운 한 폭의 그림이었다.

그 평화스럽고도 격렬한 싸움은 나에게는 우연히도 진한 암시였다. 여행의 목적지에 도착한 날 새벽부터 목격하게 된 그 괴이한 인연을 나는 결코 유쾌히 여기지 않으며 식당문을 닫쳤다.

목적지에 도착되자 우리는 바다도 멀지 않고 산도 가까운 온천 거리에 행장을 내렸다. 개울로 향한 여관 이층에 각각 방을 잡고 산속의 생활이 시작되면서부터 나의 마음속에는 식당에서 목격한 것과 같은 진득한 싸움이 일어나게 되었다.

"저는 지금 꿈속 사람인 셈예요."

유례는 짐을 정리하고 나서 말하였다.

"꿈속 아니고는 이러한 행동을 할 리 없어요. 정신없이 짐을 싸가지고 기차를 타고 이런 곳에 내려 이런 방에까지 들게 된 것이 모두 꿈예요. 무슨 까닭에 무엇하러 왔는지를 도모지 분간할 수 없군요. 이 꿈이 깨일 때 저는 얼마나 부끄러워하고 뉘우치게 되는지 몰라요."

유례가 이런 반성에 잠길 때 나는 또한 나 자신의 생각과 괴롬 속에 잠겼다. 두 가지의 마음이 두 사람의 뿌이같이 평화스럽게 은근히 싸우는 것이었다.

울착한 심사를 뿌리칠 겸 나는 유례를 꼬여 즉시 산속으로 산보를 떠났다.

산속은 드문드문 별장이 선 외국 사람들의 피서촌이었다. 초행인 유례에게 나는 그 마을에 관한 여러 가지 지식을 이야기하면서 걸었다. 유례는 적지 않은 흥미를 가지고 캐물으므로 나에게는 그것이 한 큰 도움이 되었다. 여름이 지난 까닭에 피서객들은 거반 하얼빈이나 상해로 가버린 뒤이므로 마음이 쓸쓸하였으나 그 한적한 맛이 첫가을의 정취로는 도리어 맞는 것이었다. 나는 언덕을 올라가 행여나 주인이 있을까 생각하면서 비행기식 저택을 기웃거렸다. 별장의 주인 콜니에프 씨와 면목이 있는 까닭이었다. 아직 도회로 돌아가지 않은 콜 씨는 다행히 뜰 안을 거닐고 있었다. 나는 그 중년의 노인과 반갑게 인사하고 유례와 함께 뜰 안에 들어감을 얻었다. 어디서인지 뒤미처 젊은 부인이 나타나 친절하게 맞이하여 앞장을 서서 응접실로 베란다로 후원으로 안내하면서 새삼스럽게 집의 규모를 자랑하는 것이었다.

꽃 없는 온실 앞에 이르렀을 때 부인은 문득 유례를 가리키며 '레이디'냐고 나에게 물었다. 너무도 당돌하고 급스러운 질문인 까닭에 나는 두 사람의 사이를 장황하게 설명할 수도 없어 그렇다고도 그렇지 않다고도 대답할 겨를이 없이 웃어만 보였다. 부인 자신이 어떻게 짐작하였는지는 모르나 유례는 나의 그 태도를 별로 불쾌히 여기는 빛도 없이 나와 같이 픽 웃을 뿐이었다. 그러는 동안에 콜 씨는 두 송이의 달리아*를 꺾어다 나와 유례의 옷자락에 꽂아주었다. 꽃밭에서 해바라기씨를 정신없이 까먹는 콜 씨의 막내딸인 어린 소녀조차 우리를 유심히 바라보는 것이다.

"주인에 비겨 부인이 너무도 젊어요."

비행관을 나와 다시 언덕을 내려오면서 유례가 이렇게 의아해할 때 나는 기다렸던 듯이 마침 설명하려던 터요 하고 부부의 비밀을 귀띔하여주었다.

---

* 원문에는 '띠리야' 임.

"하얼빈서 얻은 제이 부인이라나요."

"오라, 그러니까 벽지에다 별장을 지어놓고 여름 동안 단둘만이 와서 지내는 모양이죠."

별 뜻 없이 하였을 유례의 이 말에 나는 섬찟하여지며 우리 두 사람의 경우가 다시 새삼스럽게 의식에 떠오르며 반성의 채찍을 휘두르는 것이었다.

산속은 시절에 대하여 한결 예민한 듯하다. 가을을 잡아들었을 뿐이나 나뭇잎들은 물들기 시작하였고 마을길은 쓸쓸하게 하얗게 뻗쳐 있다. 길 위에도 나무 사이에도 별장 베란다에도 피서객 남녀의 그림자는 벌써 흔하게 눈에 뜨이지 아니한다. 그들은 한여름 동안 기르고 익힌 꿈을 싸가지고 푸른 능금이 익으려 할 때 손을 마주 잡고 하얼빈으로 상해로 달아난 것이다. 붉은 푸른 흰 지붕의 빈 별장들은 알을 까가지고 달아난 뒤의 새 둥우리요, 머루 넝쿨과 다래 넝쿨 아래 정자는 끝난 이야기의 쓸쓸한 배경이다. 조그만 극장 닫힌 문간에는 가을청결검사증의 표지가 싸늘하게 붙었고 홀 안에는 울리지 않는 피아노가 거멓게 들여다보인다. 벽 위의 그림이 칙칙하고 무대에 장치한 질그릇의 독들이 앙상하다. 운동장 구석의 먼지 앉은 벤치에도, 때 묻은 그넷줄에도, 지천으로 버려진 초콜릿 종이에도, 사라진 꿈의 찌꺼기가 고요하게 때 묻었을 뿐이다. 한 잎 두 잎 떨어지는 낙엽은 이야기의 부스러기와도 같다.

남이 꿈을 깐 뒷자리를 하염없이 거닐기란 웬일인지 이야기를 잃은 초라한 거지 같은 느낌이 문득 든 까닭에 쇠를 잠근 별장 앞을 지나기도, 먼지 앉은 벤치에 걸어앉기도 멋쩍어 우리는 양코스키 씨의 터 안으로 발을 옮겨 놓았다. 꿀을 치는 벌 떼, 풀 먹는 소들, 뛰노는 사슴들―쓸쓸한 마을 속에서 그곳만은 생활이 무르녹아 있는 듯하다. 그러나 기운찬 사슴 떼를 바라보고 있는 동안에 별안간 란야의 자태가 머릿속에 떠올랐다. 필요치 않은 환영을 떨쳐버리려고 애쓰며 나는 즉시 그곳을 떠나 골짝 아래 식당으로 유례를 이끌었다.

산에서 짠 우유와 꿀과 머루잼과—사치하지는 못할망정 산골 식당의 점심으로는 신선한 풍미였다. 개울물 소리며 벽에 꼽힌 새풀과 단풍 잎새가 떨린다. 헹뎅그레한 긴 식탁 맞은편 구석에 앉아 이쪽을 연해 바라보는 한 쌍의 남녀, 그들이 아마도 피서지의 마지막 한 쌍일 듯싶다. 쉴 새 없이 소곤거리는 품이 이날 밤으로 떠나자는 마지막 의논이 아닐까. 단발한 동그란 얼굴에 붉은 입술을 재게 놀리는 여자—란야와 흡사한 종류의 인상을 주는 여자이다. 나는 여기서도 또 필요 없는 란야의 그림자에 마음을 어지럽힐 까닭이 없으므로 웬만큼 앉았다 자리를 일어섰다.

바위억설을 지나 험한 개울 위에 어마어마하게 높게 걸린 널다리에 이르렀을 때 나는 문득 아찔하였다. 누긋누긋 휘는 다리 아래 수십 길 되는 곳에 새파란 물이 거품을 품기며 바위 사이로 용트림하여 흐르고 있음을 보려니 별안간 기차로 분수령을 넘을 때에 본 환영이 생생하게 눈을 스친 까닭이다. 바다 위에 솟은 팔백 미터의 간드러진 기둥 꼭대기에서 일직선으로 떨어지는 나 자신의 꼴이 바로 그 다리 위에서 떨어지는 꼴로 변하였던 것이다. 순간 나는 주춤하여 몸을 끌고 새삼스럽게 유례를 보았다. 다리가 휘는 바람에 유례도 겁을 먹고 나를 붙들었다. 나의 마음은 순식간에 다시 풀리며 즉시 겁을 먹은 어리석음을 뉘우치고 도리어 그 무엇을 결심하기에 넉넉한 마음의 여유조차 가질 수 있었다. 다리는 나에게 정다운 유혹이 아니었던가. 나는 순간의 어색한 공기를 풀기 위하여 다리에 관한 한 가지의 이야기를 유례에게 들려주었다.

　지난해 여름, 다리 아래 소에서 목욕하던 피서객 중의 한 여자가 다리 위에서 물에 잠기려 하다가 잘못 떨어져 목숨을 버려 지금에는 낯선 땅 무덤 속에 붉은 십자가와 함께 잠자고 있다는—나에게는 무한한 흥미를 주는 그 이야기가, 그러나 유례에게는 그닷한 감동을 주지 못하는 듯하였다.

　"실족해서 떨어졌다면 그다지 로맨틱할 것이 있어요?"

　"어떻게 돼서 떨어졌든지 간에 떨어진 그 사실이 내게는 유혹이오. 얼굴도 모르는 그 여자가 물속에서 나를 부르는 듯도 하오."

　"왜 그렇게 말씀하여요."

　유례는 흔들리는 다리 위에서 문득 나에게 전신을 쏠리고 둥그런 눈망울로 나를 똑바로 쳐다보는 것이었다. 그의 얼굴이 나의 얼굴 앞에 불과 몇 치의 거리로 가까이 있다.

　밤은 괴로웠다. 이웃 방의 유례가 의식의 전부를 차지하여 좀체 잠이 들지 않았다. 그러나 생활의 설계를 실천함이 유례를 그곳까지 이끈 목적임을 반성하고 이튿날 아침은 일찍이 일어나 그의 소원인 바다로 떠났다.

　차로 한 시간이 걸렸다. 누구나가 다 하는 것같이 해수욕복을 입고 모래 위에 뒹굴기도 멋쩍어 궁벽한 곳을 찾아 등대를 구경하기로 하였다. 그것은 확실히 신기한 생각이었다. 등대에는 통속소설의 세상과는 다른 아름다운 시가 있으려니 짐작된 까닭이다. 유례는 즐거운 기대에 차 속에서 유쾌하게 회화하였다.

　먼지와 해어* 냄새의 항구를 지나 고개를 넘은 높은 산기슭에 등대가 있다. 파란 산, 푸른 바다의 짙은 배경 속에 뜬 하아얀 집들은 호수 위에

---

* 바닷물고기.

뿌려진 조개껍질이다. 일면으로 깔린 조약돌, 우윳빛 펭키, 조촐한 화
단—모두가 종이 위에 채색된 수채화의 인상이지 흙덩이 위에 선 현실
의 풍경은 아니다. 바다로 깎아내린 산등에 솟은 등대는 꿈속의 탑. 속세
를 떠난 그 아름다운 그림 속에서는 사람의 거동조차 유창하고 넉넉하다.
우리의 청을 승낙하고 등대 안으로 길을 인도하는 젊은 당직 간수의 걸음
은 게걸음같이 느렸다. 아직도 세상에는 그렇게 아름다운 곳이 남아 있었
던가 하는 감격을 못 이기면서 한 조각의 풍경도 놓치지 않겠다는 면밀한
주의로 길 구석구석을 살피며 간수의 뒤를 따랐다.

　일등 선실과도 같은 등대의 탑 안은 어둠컴컴하고 탑 꼭대기 등불까지
에는 두 층으로 나누인 긴 층대가 섰다. 이십 해리를 비추는 사만 팔천 촉
광의 위대한 백열등—그것은 땅 위의 태양이다. 그 태양으로 오르는 층
대는 마치 천당으로 통하는 길과도 같이 좁고 험하여 겨우 한 사람만이
통하게 되었다. 길은 외통이요 오를 사람은 둘이다. 층대 어귀에 서서 (나
는 유례에게) 길을 사양하였다.

　유례는 서슴지 아니하고 앞장을 서서 층대에 발을 걸었다. 나는 무심히
뒤미처 그의 뒤를 따랐다. 올라보니 층대는 사다리같이 곧고 좁아 유례와
나는 거의 일직선 위에 서게 되었다. 다시 말하면 유례는 나의 목말을 타
고 두 어깨 위에 올라선 셈과도 같았다. 유례의 발은 바로 나의 코앞에 있
고 난간을 붙든 두 팔에는 치맛자락이 치렁거리는 지경이었다. 층대의 철
판이 턱에 부딪히므로 나는 하는 수 없이 얼굴을 위로 쳐들 수밖에는 없
었다. 그것은 극히 자연스러운 무심중의 행사였으나 나는 다시 급스럽게
얼굴을 내려뜨렸다. 그러다가 철판에 턱을 호되게 찧고 도로 떠받들리울
수밖에는 없었다. 그대로 탑 꼭대기에까지 올라가 찬란하게 타는 프리즘
의 백열등은 본체만체하고 탑문을 박차고 나왔을 때 나는 허둥거리는 몸

을 위태스럽게 철난간에 부딪쳐버렸다. 수십 길 되는 난간 아래는 물감 덩어리를 풀어놓은 듯이도 짙은 푸른 바다다. 그러나 나의 몸이 떨리고 다리가 허전거리는 것은 그 바다가 무서워서가 아니요 충대에서 받은 무서운 감동으로 인함이었다.

유례의 몸이 떨림은 발아래가 무시무시한 까닭일까. 난간에 의지한 몸을 부르르 떨더니 별안간 나의 곁에 쏠려 전신을 던져왔다.

품 안에 날아든 새를 붙드는 셈으로 나는 유례를 두 팔에 안았다. 몸이 허공에 뜬 것같이 떨린다. 유례의 얼굴이, 눈이, 입이, 나의 얼굴 밑에 가깝다. 번개같이 더운 입이 유례의 이마를 스쳤다. 바다가 고요하고 하늘이 높다. 그대로 한 몸이 되어 난간을 뛰어넘어 단숨에 바닷속으로—그것이 단 하나의 길이건만 오래간만에 유례의 몸을 안은 그 자리에서 나의 머릿속은 순간 꺼진 필름장같이 부옇게 비었을 뿐이었다.

오래간만에 유례의 몸을—오래간만에—꺼진 필름장같이 비었던 머릿속은 문득 환해지며 다시 그림이 연속되는 필름장같이 지난 기억의 한 폭이 비쳐지기 시작하였다.

유례에게는 아직 건수가 없고 나에게는 란야가 안 생겼을 때였다. 나는 학교를 마쳤을 뿐 아직도 생애의 지향이 서지 못한 채 셋방에 딩굴며 하는 일 없이 나날을 지웠다. 학교에서 강받은 철학의 체계도 인생의 향방을 결정하여주지는 못하였다. 해골을 모아 짜놓은 빈 탑과도 같은 쓸모없는 철학의 많은 노트를 모조리 뜯어 불살라버리고 굳이 활기를 찾으려고 생활의 앞길을 노렸으나 헛수고였다. 가령 직업으로 말하더라도 나의 마음을 당기는 직업은 하나도 없었고 그렇다고 가지고 있는 과만한 재산을 쓸 길도, 그것을 바치고 싶은 방향도 없었다. 그런 나의 무위의 성격을 비웃는 듯이 유례는 그 자신의 굳센 신념의 목표로 향하여 활기 있는 행동의 열정을 모조리 쏟는 것이었다.

마침 유례는 그를 길러준 여학교의 파업을 지도할 임무를 띠고 주야로 분주할 무렵이었다. 기어코 파업은 불성공으로 단결은 깨뜨려지고 희생자를 내기 시작하자 이윽고 등 뒤의 주동이 주목되었다. 벌써 구체적 인물이 판정되어 지칭을 받게 됨을 알았을 때, 유례는 하는 수 없이 거리의 눈을 피하여 이쪽저쪽 몸을 옮길 수밖에 없었다.

"마저마저 걸릴 듯한 형세예요."

신변에 가까운 그물 기슭을 피하는 물고기와도 같은 민첩한 자세로 나의 방에 뛰어든 것은 늦은 저녁때였다. 긴장된 때의 눈방울이란 공기같이 차고 전신에는 탄력이 넘쳤다. 방향 잃은 물고기를 나는 방 속에 가두었다. 방 안에서는 유리 항아리 안의 금붕어같이 연하고 부드러운 자세였다.

신변의 위험은 감쪽같이 잊어버리고 아무 일도 없었던 것같이 밤늦도록 제각각 책장을 번졌다. 무미한 파업의 경과보고를 듣기도 괴로운 일일 듯하여 나는 유례에게 책을 권하고 나는 읽던 소설책을 펴 든 것이었다. 그러나 유례 자신의 마음속은 알 바 없어도 나는 모처럼 숨었던 유례를 옆에 놓고 마음속에는 아무 파도도 없는 듯이 천연스럽게 독서에만 열중하고 있을 수가 없었다. 당시 나에게는 달리 애정의 대상 되는 여자가 (란야가 아니라) 있었다고는 하였으나 의식의 그 어느 구석에 유례의 자태도 늘 떠나지 아니하고 맴돌고 있었던 까닭이다. 그것이 곧 애욕을 의미하였던지 않았던지는 알 바 없다.

책에 지쳤던지 자정을 넘었을 때에는 유례는 한구석에 그대로 쓰러져 쉽게 잠이 들었다. 이불을 걸쳐주고 나는 내 자리에 누웠으나 눈은 말똥

말똥해지고 정신은 더욱 맑아갈 뿐이었다. 등불이 지나쳐 밝은 죄도 있었겠으나 그렇다고 불을 끌 수도 없었다. 하는 수 없이 이불을 푹 쓰고 고시랑거리다 어느 결엔지 약간 잠이 든 모양이었으나 그것은 짧고 어지러운 잠이어서 다시 눈이 뜨였을 때에는 골이 무겁고 관자놀이가 후둑후둑 뛰었다. 잠드는 약이라도 먹어볼까 하고 일어나 책상 서랍을 들칠 때 애써 안 보려고 하던 유례 쪽으로 자연 눈이 가는 것을 어찌할 수 없었다.

목석이 아닌 바에 사람을 옆에 두고 그렇게 곤하게 잠들 수 있을까. 유례는 이불을 차고 무례하게 아랫몸을 드러내놓고 얼굴을 불그레 물들이고 단잠에 폭 빠져 있지 않은가. 방 안에는 나밖에는 꺼릴 눈은 하나도 없었으나 그래도 그의 벗은 몸을 덮어주려고 가까이 가 이불을 끌어 올리다 나는 힘을 잃고 그 자리에 폭 주저앉아 버렸다. 정신없이 유례에게 몸을 부딪쳤다. 얼굴이 맞닿았다. 방 안이 어지럽게 핑핑 돌았다.

“웬일이세요. 이럴 법 있나요.”

깜짝 놀라 유례는 눈을 떴다. 그러나 짜증을 내며 불시에 나의 뺨을 치는—법도 없이 애써 나의 몸을 밀쳐버리려고도 하지 않았다.

“이미 사랑하는 사람이 계시지 않어요.”

다른 말도 많을 터인데 하필 이러한 말을 함은 무슨 뜻인지를 알 수 없었다. 겸양의 말일까. 연애의 공덕을 지키자는 뜻일까. 사랑하는 사람이 없었다면 모든 것을 나에게 바칠 수 있다는 의미일까. 나는 금시에 냉정한 반성으로 돌아가며 덥던 몸이 순간에 식어버리고 나의 꼴이 몹시 겸연쩍음을 느꼈다.

유례의 몸은 별안간에 따뜻한 피를 잃고 마치 신성한 그림같이, 엄숙한 ‘터부’같이, 싸늘하게 보여 더 다치기 어려운 것이었다. 그러므로 내가 불같이 유례를 훔치려고 한 것은 사랑이었던지 그렇지 않으면 단순한 짐승의 욕심이었던지를 모르고 말았다.

　그 밤과 이 밤과는 퍽도 다르다.

　바다에서 등대에서 돌아온 밤 한결같이 타오르는 열정의 불꽃은 도저히 끌 바 없었다. 그 밤에 시작된 열정은 이 밤에 맹렬히 살아나 곱절의 세력으로 불붙는 것이었다. 타는 몸을 어쩌는 수 없어 나는 잠자리를 일어나 아닌 때 목욕실로 내려갔다. 그러나 뜨거운 온수는 도리어 몸을 덥힐지언정 마음을 식히지는 못하였다. 바로 창밖 기슭에는 한 포기의 느릅나무인지 느티나무인지의 아름드리 고목이 우거져 가뜩이나 어두운 창을 칙칙한 검은 그림자로 압박하고 있다. 허물없는 그 고목까지도 깨끗하게 나의 답답한 마음을 뒤덮는 결과밖에는 되지 않았다. 이웃 간 여탕에서는 이 역 아닌 밤중에 목욕하는 사람이 있는 눈치였다. 그 역 잠 안 오는 사람임에 틀림없다. 유례나 아닐까 생각하며 고요히 철벅거리는 물소리를 들으면서 나는 욕실을 나가 잠옷을 걸쳤다.

　일단 방으로 돌아갔으나 마치 유령에게나 홀린 것같이 발은 허둥허둥 되돌아 정신없이 옆방으로 향하였다. 아무렇게 되거나 마지막 결단을 내자는 심판이었는지 모른다.

　그러나 유례는 방에 없었다. 유례 대신에 텅 빈 방에서 날쌔게 나는 무엇을 보았던가. 유례의 존재를 대변하는 듯도 한 한 장의 편지가 책상 위에서 나의 시선을 끌었다. 넓은 책상 위에 꼭 한 장 놓인 흰 봉투의 오뚝한 편지가.

　달려들어 그 편지를 집은 것과 멀리 떨어져 있는 건수에게로 보내는 유례의 편지임을 알고 순간에 그것을 꾸짓꾸짓 꾸겨 손아귀에 훔쳐 쥔 것은 삽시간의 거의 미치광이의 거동같이 황망한 것이었다. 편지를 다시 펴서 떨리는 손으로 죽죽 찢어 내용이 사라져버린 의미 없는 종잇조각을 뭉크려 쥐었을 때 복도에 발소리가 나며 유례가 들어왔다.

여탕에서 목욕하던 사람은 역시 유례였다. 잠옷의 앞을 되고 말고 두 손으로 여며 쥐고 수건을 어깨에 걸치고 들어오는 유례를 향하여 나는 다짜고짜로 찢어 쥔 편지의 뭉치를 뿌렸다. 유례는 영문을 몰라 그 자리에 주춤 섰다.

확실히 바른 정신을 잃은 착란된 꿈속의 거동이었다. 이어 나는 불같이 유례에게 달려들어 부서져라 그의 몸을 안고 얼굴을 찾았다. 유례는 순간에 모든 것을 이해한 것이었다. 굳이 발버둥치며 나의 몸을 밀쳐버리지는 않았다. 침착하게 입술을 허락하였다. 나는 욕심쟁이같이 언제까지든지 얼굴을 떼려고 하지 않았다. 입술은 솟는 피같이 더웠다.

나는 이 밤같이 건수에게 질투를 느낀 적은 없다. 불붙는 게염, 용솟음치는 미움—원시인이 던지는 창살과도 같은 날카로운 감정이 건수를 쏘았다. 그 무서운 질투로 말미암아 나는 비로소 내가 유례를 사랑하고 있음을 깨달았다. 오랫동안 유례에게로 기울어 맴돌던 갈피갈피의 감정—그것은 모두 사랑의 감정이었던 것이다. 장구한 마음의 방황은 그 사랑의 확증을 얻으려고 싸운 시험 과정임을 알 수 있었다. 실로 오래간만의 발견이었다. 그러나 그러한 발견도 그 자리에 무슨 결과를 가져올 수 있었던가. 아무 열매도 맺을 수는 없었다. 때가 늦었고 모든 형편이 너무도 뒤틀려진 것이다.

이윽고 유례는 얼굴을 돌리며 나의 몸을 밀쳤다. 무엇을 더 요구할 수 있었던가. 그 이상 더 사랑의 증거를 주고 사랑의 표시를 빼앗을 수 있었던가. 그의 몸을 놓치지 않으려고 벅서는 나의 팔을 물리치고 유례는 방 가운데 주저앉으며 팔로 얼굴을 가리어버렸다.

"더 괴롭게 하지 마세요. 제 처지를 생각해주세요."

금방 울 듯한 목소리였다.

더 손을 댈 수도 없어 나는 산란한 정신을 부둥켜안고 방을 뛰어나가 뜰에 내려섰다. 허둥지둥 골짝을 내려가 개울가 돌밭에 섰다. 방에 돌아가지 못할 운명을 잘 아는 나는 어두운 밤 돌 위에서 밤을 새울 수밖에는 없었다.

긴 꿈이라도 꾼 것 같다. 어찌 되어 그 개울가에 섰으며 그 전에는 무슨 일이 일어났던지가 머릿속에 까맣고 아득하다. 당금 서 있는 곳이 서울이 아니며 방 안이 아니며 틀림없는 개울가인가. 그것은 무슨 까닭인가 하는 갈피갈피의 착각이 마음속을 구름같이 휘저어놓았다…….

어느 맘 때나 되었는지 나는 문득 등 뒤에 울음소리를 들은 듯하여 돌아섰다. 어둠 속에 유례가 서서 느끼고 있는 것이었다. 나는 가까이 가서 어깨에 손을 얹었다.

"알고 보니 때가 너무 늦었었소. 달을 보러 나왔을 젠 이미 새벽이 가까웠구려. 좀 더 일즉이 마음의 의향을 종잡았던들—"

짜장 새벽이 가까웠는지 밤기운이 몸에 차다.

길은 하나밖에 없었다. 기어코 마지막으로 그 길이 왔음을 깨닫고 나의 마음은 설레는 법 없이 도리어 침착하였다.

무위의 생애에 끝으로 하나 남은 희망은 유례였으나 그것을 알게 된 순간이 곧 또한 유례를 떠나야 할 순간임은 확실히 저주된 인생인 것이다. 저주된 인생을 떠남이 나에게는 차라리 구원이다. 동시에 그것은 영원히 유례를 차지하는 수단도 된다.

그러나 그 길은 반드시 새삼스럽게 작정된 길도 아니다. 평소부터 늘

예감하여오던—호프만의 그림을 보기 시작한 때부터 마음속에 우렷이 짐작되고 유례와 같이 기차로 분수령을 넘을 때에 웬만치 작정된—말하자면 마음속에 익숙한 길이었다. 그것이 이 밤에 마침내 유례에게 대한 감정의 성질이 확정되자 동시에 결정적으로 작정되었을 뿐이다. 해발 팔백 미터의 기둥 꼭대기에서 일직선으로 바다로 떨어지던 어지럽던 환영이 절실한 현실의 요구로 변하여 눈앞에 나타났을 뿐이다.

유례의 몸을 옆에 가까이 두고도 그것이 '터부'인 까닭에 다치지 못하고 내 기쁜 것이 아니라면 슬픈 것이어야 할 것을 마음은 눈도 깜짝 안 하고 무감동하게 침착함은 대체 무슨 까닭이었을까.

간밤의 기억도 다 잊어버린 듯이 나는 무심히 행장을 정리하였다. 실상은 그럴 필요도 없었겠으나 일이 난 후에 어지럽게 널려 있을 꼴이란 상상하기도 을씨년스러운 까닭에 그런 주밀한 마음씨를 아끼지 않았다. 트렁크 속에 넣을 것을 다 수습한 후에 서울에 있는 가게의 처리와 예금 통장의 처치를 부탁하는, 유례에게 보내는 편지를 써서 그 속에 넣고 주인에게는 은밀히 유례가 머무르고 있을 동안까지의 숙박료를 넉넉하게 치러주고는 낮쯤 되었을 때 유례를 이끌고 여관을 나갔다.*

가을 하늘이 유리 조각같이 단단해 보인다. 바로 산기슭의 푸른 한 폭은 때리면 깨뜨러질 것같이 맑다. 산허리의 단풍이 날이 새롭게 물들었고 그것이 고기비늘 같은 조각구름과 아름답게 조화되었다. 이런 자연의 풍물을 한 폭 한 폭 감상할 만한 마음의 여유조차 잊었던 모양이다. 유례와의 마지막 산보의 한 걸음 한 걸음을 아깝게 여기면서 피서촌으로 향하였다.

한 줄기의 곧은 하아얀 마을길은 들어갈수록 낙엽이 어지럽다. 백양나

---

* 원문에는 '여관으로 갔다' 임.

무, 아카시아, 다래 넝쿨의 낙엽이 한층 민첩하고 빠른 것 같다. 머루 송이가 군데군데 떨어진 길바닥에 병든 나무 잎새가 한 잎 두 잎 펀득펀득 날아 떨어졌다. 문득 베를렌의 〈샹송 도톤〉의 구절이 가슴속에 흘렀다. 들리지 않는 비올롱*의 멜로디가 확실히 나의 걸음의 반주로 뼈를 아프게 긁는 것이다. 낙엽과 나—나와 낙엽! 두 번째 들어간 산 식당의 마지막 오찬—그것은 최후의 만찬과도 같이 검소한 것이었다. 빵과 포도주—포도주를 대신하는 꿀은 그다지 달지도 않았으나 그렇다고 쓰지도 않았다.

식당을 나가 기어코 다다를 곳에 마지막 목적지에 서게 되었다. 깊은 소 위에 어마어마하게 걸린 높은 널다리 위에 다시 선 것이다. 다리가 출렁거리고 물이 나뭇잎 같은 것은 전과 일반이다. 다른 것은 나의 마음뿐이다.

"좁은 문이 지금의 내게는 탄탄대로로 보이는구려."

나의 목적을 예료한 듯이 끝까지 나의 거동을 세밀히 관찰하던 유례는 그 한마디에 나의 마음을 간파한 눈치였으나 놀라는 표정을 하였을 뿐 다따가 말은 못 이었다.

나는 그가 못 미치는 동안에 꾀바르게 혼자 떨어져 어느덧 다리의 거의 복판까지 걸어가 섰다.

"내내 건투하시오. 현실의 유례에게는 내 손이 닿지 않으니 유례를 마음대로 가질 수 있는 세상으로 가려는 거요.—외국 여자의 본을 받아 붉은 십자가를 세울 필요도 없소."

농으로 보이려고 될 수 있는 대로 웃으면서 난간의 쇠줄을 잡고 널판 기슭에 나섰다. 벌써 일순도 주저할 필요는 없었다.

---

* 바이올린.

"참으세요. 기다리세요."

유례가 황겁히 외치면서 뛰어올 때에는 나는 벌써 발을 빗디디고 잡았던 쇠줄을 놓은 뒤였다.

얼굴이 뜨고 오금이 근실거리는 극히 짧은 순간 문득 눈앞에는 푸른 물 대신에 유례, 건수, 란야 세 사람의 모양이 회오리바람같이 휩쓸려 뱅 돌다가 다음 순간 탈싹 부서져버렸다. 몸이 찢어지는 것 같고 어깨가 쑤욱 솟는 것 같고 ─ 의식은 거기서 끊어졌다.

이야기는 끝났어야 할 것이나 질긴 목숨이 소생된 까닭에 더 계속된다. 소에 빠진 채 바위에 몸을 부딪치거나 영영 솟지 않거나 하였던들 그만이었을 것을 공교롭게도 혹은 공칙하게도* 몸은 길이로 살촉같이 물속에 잠겼다가 깊은 타격도 상처도 받지 않고 다시 쑤욱 솟으면서 물 위에 떠올랐던 것이다. 물론 그 당장의 감각이라든가 의식이라든가는 전혀 기억 속에는 없었고 다시 눈이 뜨였을 때는 여관방 복판에 누워 있는 자신을 발견하였을 뿐이었다.

의사가 막 다녀간 뒤였다. 새 요 위에 누운 나의 주위에는 시중드는 하녀들의 오락가락하는 그림자가 어지럽고 알코올 냄새 약 냄새가 코에 맡였다. 팔에는 주사를 맞은 뒷자리가 여러 군데요 머리와 다리에는 붕대가 친친 감겨 있었다. 무거운 환자의 병실같이 화로에는 숯불이 이글이글하고 주전자에서는 김이 무럭무럭 오르며 천장에는 여러 폭의 축인 수건이 걸려 있다. 물론 그 모든 어수선한 사이로 무엇보다도 먼저 유례의 자태가 눈에 뜨인 것은 두말할 것 없다.

---

* 공칙하다. 일이 공교롭게 잘못된 상태에 있다.

문득 눈을 뜨고 두리번거리기 시작하였을 때 유례는 선뜻 머리맡에 다가앉으며 나의 겨드랑 밑에서 체온계를 뽑았다. 들여다보더니 금시에 긴장되었던 얼굴이 풀리며 기껍게 나를 바라보면서 체온계를 흔들어 수은을 내린다.

"됐어요. 평온에 가까워왔어요."

되지 않아야 할 것이 된 것은─없어야 할 목숨이 붙여진 것은 나에게는 뼈저린 비꼬움이었다. 이루지 못한 비극은 희극보다도 더 우스꽝스러운 것이다. 미치광이 같은 주제를, 광대 같은 꼴을 유례의 앞에 드러내놓기가 겸연하고 부끄러웠다. 물론 차라리 물속에 고스란히 꺼져버렸다면 얼마나 다행이었을까. 다시 살아났댔자 거사 이전의 그 감정, 그 형편의 연장 이외에 아무것도 오지는 않을 것을.

"평온에 가깝다는 것이 나를 축복하는 말이오? 그놈의 체온계를 분질러버렸으면."

"안정하세요. 흥분은 금물예요."

유례는 침착하게 목소리를 부드럽혀 나의 감정을 문지르고 가라앉히려 애쓰는 눈치였다.

"허수아비는 논 가운데나 세우지, 산송장은 무엇에 쓴단 말요."

말도 끝나기 전에 나의 비웃음의 태도를 경계하는 듯이 유례는

"생명을 멸시함은 사랑을 성취하는 도리가 아닐 거예요. 길이 좁다면 참으면서 정성껏 걸어감에 값이 있지 않을까요."

"무슨 값이란 말요."

반문하면서도 언제인가 호텔방에서 바라본, 밤 교회당의 검은 십자가가 짜장 앞길에 놓였음을 문득 깨달았다. 무덤 앞에 세울 십자가가 죽은 후의 운명을 대신하여 생전의 앞길을 가로막은 것이다.

"반가운 소식 전해드릴까요."

무거운 침묵을 깨뜨리며 유례는 어조를 갈았다.

"놀라실까요.―란야가 맞은편 여관에 와 있어요."

별로 놀라지 않고 천연스럽게 듣노라니 유례는 어저께 변이 일어났을 때 우연히 거리에서 란야를 만났다는 것, 같이 여관까지 달려와 누구보다도 많이 나의 시중을 들었다는 것, 얼마 안 있으면 찾아올 법하다는 것을 이야기하였다.

말하는 그의 표정을 살필 필요도 없었으나 극히 천연스럽고 사실 반가운 듯도 한 말씨였다. 친한 동무의 소식을 말하는 그런 어조였다. 반드시 발뺌을 하는 것도 같지 않은 의젓한 태도였다. 그러나 그것이 물론 나에게는 슬픈 일이어서는 안 된다. 잠자코 들었다.

얼마 안 되어 정말 란야가 왔다. 세 사람의 태도는 서로 아무 속임도 없는 듯 능청맞은 것이었다.

차라리 눈앞에 유례를 보지 말게 되기를 원하였다. 안타까운 회포는 더 많이 눈으로부터 들어오는 까닭이다.

이 원을 풀어주려는 듯이 또는 꼴 보라는 듯이 일도 공교롭게 되었다.

저녁 무렵은 되어 유례는 신문을 얻어 들고 얼마간 급스럽게 들어왔다.

"한 걸음 먼저 떠나야겠어요."

이유를 말하는 대신에 신문을 내밀며 한곳을 가리켰다.

떨릴 것도 없고 놀랄 것도 없다.

건수가 중병으로 말미암아 보석으로 출옥하였다는 소식이 보도되어 있다.

그것이 힘든 노력이었는지는 모르겠으나 나는 냉정한 이성을 잃지는 않았다.

"가구말구. 얼른 떠나시오."

부드러운 충고라느니보다도 침착한 선언이었다.

"꿈을 깨고 현실로 행동으로 돌아갈 때요. 꿈—잠깐 동안의 꿈으로 생각하고 발을 돌리면 그만이니까."

"노여워하세요."

"권리가 있나."

"왜 웃는 낯으로 못 보내주세요."

"울 필요가 없는 것같이 웃을 필요도 없잖우."

정말 울 것이 없었던가. 나는 뜨거운 눈을 꾸욱 감았다.

"필요가 없는 것을 왜……."

유례는 나의 젖은 눈을 본 것이다. 눈물을 책망하려는 것이다.

"티가 들어도 눈물은 나고 하품을 해도 눈물은 나는 법이니까."

주책없는 눈물의 핑계는 이렇게밖에는 멜 수 없다. 거북스러운 마음에 눈을 뜰 수도 없어 감은 채 느끼는 마음을 꾹 누르고 있으려니 유례의 손가락이 눈을 훔치는 모양이었다. 나는 무거운 목소리를 힘껏 자아냈다.

"가시오. 눈을 감고 있는 동안에 내 곁을 떠나시오."

목소리가 사라진 뒤까지도 여음이 마음속에 길게 울려 마치 체조 교사의 호령 같은 목소리가 아니었던가 하는 쓸데없는 착각이 일어나는 것이었다…….

유례가 가버린 뒤는 가을벌레 소리가 문득 그쳤을 때와 같은 정서였다. 쓸쓸은 하나 평온하다. 아마도 마지막 작별이었겠건만 마음은 설레지 않았다. 건수에게 안부의 말이라도 한마디 전하였다면 하는 여유조차 생겼다.

　유례를 대신하는 듯이 란야는 나의 옆을 떠나지 않았다. 하녀들과 함께 나의 시중을 들기에 정성을 다하였다. 나에게 보이지 않는 곳에서 유례와의 사이에 어떤 교섭과 거래가 있었는지는 모르겠으나 유례와 나와의 그동안의 여러 가지의 과정을 아는지 모르는지, 알고도 깨달았는지 천연스럽고 의젓한 태도였다. 마치 온종일 집을 잊어버리고 밖에서 놀던 아이가 시침을 떼고 천연스럽게 집을 찾아 들어온 때와도 같다.

　"역시 사람을 잘못 봤어요. 속았어요. ──함손은 천생의 부량자예요. 주제넘게 그를 기르려고 한 것이 불찰이었지요. 가난뱅이 주제에 무서운 돈후안인 것을."

　함손에게는 다시 새 짝이 생겼다는 것, 정양차로 피서지까지 동행하였다가 그대로 갈라졌다는 것을 이야기하였다. 나에게는 아무 필요 없는 소식이었으나 그것을 실토하려는 란야의 속뜻은 짐작된다. 구태여

　"어떻게 하란 말요."

하고 물을 필요도 없기는 하였다.

　"뻔질뻔질하다고 책하시겠죠."

　날렵하던 그 기개는 간곳없고 거북스럽고 겸연쩍은 란야의 태도였다.

　──다시 나에게로 돌아오자는 것이다.

　물론 나에게는 그 뜻이 이제 와서는 아무 감격도 정서도 가져오지는 못하였다. 란야는 벌써 나에게는 향기를 잃은 고깃덩이요, 김빠진 한 잔의 술이었다. 등 뒤에 질질 끌릴 무거운 짐을 느낄 뿐이었다.

　"생활의 요구에는 얼마든지 응할 수 있으나 쓸모없는 열정은 천당으로나 날려 보냄이 어떻소."

　말이 가혹하였을까.

　"저를 죽이자는 셈이죠."

란야는 짧게 외치고 나의 가슴 위에 푹 꼬꾸라졌다. 두 어깨가 움쭐움쭐 파도치기 시작하였다.

그러나 나는 가슴 위에 사랑을 느끼는 대신에 물건을 느꼈다. 숨이 가빠 쳐들려고 하니 맥이 없다.

"됩데 사람을 죽이자는 셈인가."

뼈저린 어조임에도 시침을 떼고 어여뿐 희맑은 얼굴을 들려고도 하지 않았다. 몸을 얼싸안은 두 팔은 말 다리같이 탄력이 있다.

온천의 밤은 의미 없이 저물어갔다. ——마치 이 이야기와도 같이 고요하게.

−《조선일보》, 1935. 10. 11~31.

산

가

　나무하던 손을 쉬고 중실은 발밑의 깨금나무 포기를 들췄다. 지천으로 떨어지는 깨금*알이 손안에 오르르 들었다. 익을 대로 익은 제철의 열매가 어금니 사이에서 오드득 두 쪽으로 갈라졌다.

　돌을 집어 던지면 깨금 알같이 오드득 깨어질 듯한 맑은 하늘. 물고기 등같이 푸르다. 높게 뜬 조각구름 떼가 해변에 뿌려진 조개껍질같이 유난스럽게도 한편에 옹졸봉졸 몰려들었다. 높은 산등이라 하늘이 가까우련만 마을에서 볼 때와 일반으로 멀다. 구만 리일까. 십만 리일까. 골짝에서의 생각으로는 산기슭에만 오르면 만져질 듯하던 것이 산허리에 나서면 단번에 구만 리를 내빼는 가을 하늘.

　산속의 아침나절은 졸고 있는 짐승같이 막막은 하나 숨결이 은근하다. 휘엿한 산등은 누워 있는 황소의 등어리요 바람결도 없는데 쉴 새 없이 파르르르 나부끼는 사시나무 잎새는 산의 숨소리다. 첫눈에 띄는 하아얗게 분장한 자작나무는 산속의 일색. 아무리 단장한대야 사람의 살결이 그

---

* '개암'의 방언.

렇게 휠 수 있을까. 숲북 들어선 나무는 마을의 인총*보다도 많고 사람의
성보다도 종자가 흔하다. 고요하게 무럭무럭 걱정 없이 잘들 자란다. 산
오리나무, 물오리나무, 가락나무, 참나무, 졸참나무, 박달나무, 사수래나
무, 떡갈나무, 피나무, 물가리나무, 싸리나무, 고로쇠나무. 골짝에는 산사
나무, 아그배나무, 갈매나무, 개옻나무, 엄나무. 잔등에 간간이 섞여 어느
때나 푸르고 향기로운 소나무, 잣나무, 전나무, 향나무, 노가지나무……
걱정 없이 무럭무럭 잘들 자라는—산속은 고요하나 웅성한 아름다운 세
상이다. 과실같이 싱싱한 기운과 향기. 나무 향기, 흙냄새, 하늘 향기. 마
을에서는 찾아볼 수 없는 향기다.

　낙엽 속에 파묻혀 앉아 깨금을 알뜰히 바수는 중실은 이제 새삼스럽게
그 향기를 생각하고 나무를 살피고 하늘을 바라보는 것이 아니었다. 그런
것은 한데 합쳐져 몸에 함빡 젖어들어 전신을 가지고 모르는 결에 그것을
느낄 뿐이다. 산과 몸이 빈틈없이 한데 얼린 것이다. 눈에는 어느 결엔지
푸른 하늘이 물들었고 피부에는 산 냄새가 배었다. 바심**할 때의 짚북데
기보다도 부드러운 나뭇잎—여러 자 깊이로 쌓이고 쌓인 깨금잎, 가랑
잎, 떡갈잎의 부드러운 보료—속에 몸을 파묻고 있으면 몸뚱아리가 마
치 땅에서 솟아난 한 포기의 나무와도 같은 느낌이다. 소나무, 참나무, 총
중의 한 대의 나무다. 두 발은 뿌리요 두 팔은 가지다. 살을 베이면 피 대
신에 나뭇진이 흐를 듯하다. 잠자코 섰는 나무들의 주고받은 은근한 말
을, 나뭇가지의 고갯짓하는 뜻을, 나뭇잎의 소곤거리는 속심을, 총중의
한 포기로서 넉넉히 짐작할 수 있다. 해가 쪼일 때에 즐겨 하고, 바람 불

때 농탕치고, 날 흐릴 때 얼굴을 찡그리는 나무들의 풍속과 비밀을 역력히 번역해낼 수 있다. 몸은 한 포기의 나무다.

별안간 부드득 솟아오르는 힘을 느끼고 중실은 벌떡 뛰어 일어났다. 쭉 펴는 네 활개에 힘이 뻗쳐 금시에 그대로 하늘에라도 오를 듯싶다. 넘치는 힘을 보낼 곳 없어 할 수 없이 입을 크게 벌리고 하늘이 울려라 고함을 쳤다. 땅에서 솟는 산정기의 힘찬 단순한 목소리다. 산이 대답하고 나뭇가지가 고갯짓한다. 또 하나 그 소리에 대답한 것은 맞은편 산허리에서 불시에 푸드득 날아 뜨는 한 자웅의 꿩이었다. 살진 까투리의 꽁지를 물고 나는 장끼의 오색 날개가 맑은 하늘에 찬란하게 빛났다.

살진 꿩을 보고 중실은 문득 배가 허출함을 깨달았다. 아래편 골짝 개울 옆에 간직하여둔 노루 고기와 가랑잎에 싸둔 개꿀이 있음을 생각하고 다시 낫을 집어 들었다. 첫 참 때까지에는 한 짐을 채워놓아야 파장되기 전에 읍내에 다다르겠고, 팔아가지고는 어둡기 전에 다시 산으로 돌아와야 할 것이다. 한참 쉬인 뒤라 팔에는 기운이 남았다. 버스럭거리는 나뭇잎 소리가 품안에 요란하고 맑은 기운이 몸을 한바탕 먹 감긴 것 같다. 산은 마을보다 몇 곱절 살기 좋은가. 산에 들어오기를 잘했다고 중실은 생각하였다.

나

세상에 머슴살이같이 잇속 적은 생업은 없다.

싸울래 싸운 것이 아니라 김 영감 편에서 투정을 건 셈이다. 지금 와 보면 처음부터 쫓아낼 의사였던 것이 확실하다. 중실은 머슴 산 지 칠팔 년에 아무것도 쥔 것 없이 맨주먹으로 살던 집을 쫓겨났다. 원통은 하였으나 애통하지는 않았다.

해마다 사경을 또박또박 받아본 일 없다. 옷 한 벌 버젓하게 얻어 입은 적 없다. 명절에는 놀이할 돈도 푼푼히 없이 늘 개 보름 쇠듯 하였다. 장가들이고 집 사고 살림을 내준다는 것도 헛소리였다. 첩을 건드렸다는 생뚱 같은 다짐이었으나 그것은 처음부터 계책한 억지요 졸색의 등긁개 따위에는 손댈 염도 없었던 것이다. 빨래하러 갔던 첩과 동구 밖에서 마주쳐 나뭇짐을 지고 앞서고 뒤서서 돌아왔다고 의심받을 법은 없다. 첩과 수상한 놈팽이는 도리어 다른 곳에 있는 것을 애매한 중실에게 엉뚱한 분풀이가 돌아온 셈이었다. 가살스러운 첩의 행실을 휘어잡지 못하고 늘그막 판에 속 태우는 영감의 신세가 하기는 가엾기는 하다. 더욱 얼크러질 앞일을 생각하고 중실은 차라리 하직하고 나온 것이었다.

넓은 하늘 밑임에도 갈 곳이 없다. 제일 친한 곳이 늘 나무하러 가던 산이었다. 짚북데기보다도 부드러운 두툼한 나뭇잎의 맛이 생각났다. 그 넓은 세상은 사람을 배반할 것 같지는 않았다. 빈 지게만을 걸머지고 산으로 들어갔다. 그 속에서 얼마 동안이나 견딜 수 있을까가 한 시험도 되었다.

박중골에서도 오 리나 들어간, 마을과 사람과는 인연이 먼 산협이다. 산등이 평퍼짐하고 양지쪽에 해가 잘 쪼이고 골짝에 개울이 흐르고 개울가에 나무 열매가 지천으로 열려 있는 곳이다. 양지쪽에서는 나무하러 왔다 낮잠을 잔 적도 여러 번이었다. 개울가에 불을 피우고 밭에서 뜯어온 옥수수 이삭을 구웠다. 수풀 속에서 찾은 으름*과 나뭇가지에 익어 시든 아그배와 산사로 배가 불렀다. 나뭇잎을 모아 그 속에 푹 파고든 잠자리도 그다지 춥지는 않았다.

---

* 으름덩굴의 열매.

이튿날 산을 헤매이다 공교롭게도 주영나무 가지에 야트막하게 달린 벌집을 찾아냈다. 담배 연기를 피워 벌떼를 어지러뜨리고 감쪽같이 집을 들어냈다. 속에는 맑은 꿀이 차 있었다. 사람은 살라고 마련인 듯싶다. 꿀은 조금으로도 요기가 되었다. 개와 함께 여러 날 양식이 되었다.

꿀이 다 떨어지지도 않은 그저께 밤에는 맞은편 심산에 산불이 보였다. 백일홍같이 새빨간 불꽃이 어둠 속에 가깝게 솟아올랐다. 낮부터 타기 시작한 것이 밤에 들어가서 겨우 알려진 것이다. 누에에게 먹히는 뽕잎같이 아물아물 헤지는 것 같으나 기실은 한자리에서 아롱아롱 타는 것이었다. 악귀의 혀끝같이 널름거리는 불꽃이 세상에도 아름다웠다. 울 밑의 꽃보다도 비단결보다도 무지개보다도 수탉의 맨드라미보다도 곱고 장하다. 중실은 알 수 없이 신이 나서 몽둥이를 들고 산등을 따라 오르고 골짝을 건너 불붙는 곳으로 끌려 들어갔다. 가깝게 보이던 것과는 딴판으로 꽤 멀었다. 불은 산등에서 산등으로 둘러붙어 골짝으로 타 내려갔다. 화기가 확확 치트려 가까이 갈 수 없었다. 후끈후끈 무더웠다. 나무뿌리가 탁탁 튀며 땅이 쨍쨍 울렸다. 민출한 자작나무는 가지가지에 불이 피어올라 한 포기의 산호수 같은 불나무로 변하였다. 헛되이 타는 모두가 아까웠다. 중실은 어쩌는 수 없이 몽둥이를 쓸데없이 휘두르며 불 테두리를 빙빙 돌 뿐이었다. 그 불은 힘에 부치는 것이었다.

확실히 간 보람은 있었다. 끄슬려 쓰러진 노루 한 마리를 얻은 것이다. 불 테두리를 뚫고 나오지 못한 노루는 산골짝에서 뱅뱅 돌다 결국 불벼락을 맞은 것이다. 물론 그것을 얻은 때는 불도 거의 다 탄 새벽이었으나 외로운 짐승이 몹시 가여웠다. 그러나 이미 죽은 후의 고기라 중실은 그것을 짊어지고 산으로 돌아갔다. 사람을 살리자는 산의 뜻이라고 비위 좋게 생각하면 그만이었다. 여러 날 동안의 흐붓한 양식이 되었다. 다만 한 가지 그리운 것이 있었다. 짠맛―소금이었다. 사람은 그립지 않으나 소금이 그리웠다. 그것을 얻자는 생각으로만 마을이 그리웠다.

다

힘에 자라는 데까지 졌다.

이십 리 길을 부지런히 걸으려니 잔등에 땀이 내뱄다. 걸음을 따라 나뭇짐이 휘춘휘춘 앞으로 휘었다.

간신히 파장 전에 대었다.

나무를 판 때의 마음이 이날같이 즐거운 적은 없었다.

물건을 산 때의 마음도 이날같이 즐거운 적은 없었다.

그것은 짜장 필요한 물건이기 때문이다.

나무 판 돈으로 중실은 감자 말과 좁쌀 되와 소금과 냄비를 샀다.

산속의 호젓한 살림에는 이것으로써 족하리라고 생각되었다.

목숨을 이어가는 데 해어쯤이 없으면 어떨까도 생각되었다.

올 때보다 짐이 단출하여 지게가 가벼웠다.

거리의 살림은 전과 다름없이 어수선하고 지지부레하였다.* 더 나아진 것도 없으려니와 못해진 것도 없다.

술집 골방에서 왁자지껄하고 싸우는 것도 전과 다름없다.

이상스러울 것은 그런 거리의 살림살이가 도무지 마음을 당기지 않는 것이다. 앙상한 사람들의 얼굴이 그다지 그리운 것이 아니었다.

무슨 까닭으로 산이 이렇게도 그리울까 편벽된 마음을 의심도 하여보

---

* 모두 보잘것없이 변변하지 아니하였다.

았다. 그러나 별로 이치도 없었다. 덮어놓고 양지쪽이 좋고 자작나무가 눈에 들고 떡갈잎이 마음을 끄는 것이다. 평생 산에서 살도록 태어났는지도 모른다.

김 영감의 그 후의 소식은 물어낼 필요도 없었으나 거리에서 만난 박 서방 입에서 우연히 한 구절 얻어듣게 되었다.

병든 등곱개 첩은 기어코 김 영감의 눈을 감춰 최 서기와 줄행랑을 놓았다. 종적을 수색 중이나 아직도 오리무중이라 한다.

사랑방에서 고시랑고시랑 잠을 못 이룰 육십 노인의 꼴이 측은하게 눈에 떠올랐다. 애매한 머슴을 내쫓았음을 뉘우치리라고 생각되었다. 그러나 중실에게는 물론 다시 살러 들어갈 뜻도 노인을 위로하고 싶은 친절도 가지기 싫었다.

다만 거리의 살림이라는 것이 더한층 어수선하게 여겨질 뿐이었다.

산으로 향하는 저녁 길이 한결 개운하다.

라

개울가에 냄비를 걸고 서투른 솜씨로 지은 저녁을 마쳤을 때에는 밤이 저윽히 어두웠다.

깊은 하늘에 별이 총총 돋고 초생달이 나뭇가지를 올가미 지웠다.

새들도 깃들이고 바람도 자고 개울물만이 쫄쫄쫄쫄 숨 쉰다. 검은 산등은 잠든 황소다.

등걸불이 탁탁 튄다. 나뭇잎 타는 냄새가 몸을 휩싸며 구수하다. 불을 쪼이며 담배를 피우니 몸이 훈훈하다. 더 바랄 것 없이 마음이 만족스럽다.

한 가지 욕심이 솟아올랐다.

밥 짓는 일이란 머슴의 할 일이 못 된다. 사내자식은 역시 밭 갈고 나무하는 것이 옳은 짓이다. 장가를 들려면 이웃집 용녀만 한 색시는 없다. 용녀를 집어다 밥 일을 맡길 수밖에는 없다고 생각하였다.

용녀를 생각만 하여도 즐겁다. 궁리가 차례차례로 솔솔 풀렸다.

굵은 나무를 베어다 껍질째 토막을 내 양지쪽에 쌓아 올려 단칸의 조촐한 오두막을 짓겠다. 펑퍼짐한 산허리를 일궈 밭을 만들고 봄부터 감자와 귀리를 갈 작정이다. 오랍뜰*에 우리를 세우고 염소와 도야지와 닭을 칠 터. 산에서 노루를 산 채로 붙들면 우리 속에 같이 기르고. 용녀가 집일을 하는 동안에 밭을 가꾸고 나무를 할 것이며, 아이가 나면 소같이 산같이 튼튼하게 자라렷다. 용녀가 만약 말을 안 들으면 밤중에 내려가 가만히 업어 올걸. 한번 산에만 들어오면 별수 없지…….

불이 거의거의 으스러지고 물소리가 더한층 맑다.

별들이 어지럽게 깜박거린다.

달이 다른 나뭇가지에 걸렸다.

나머지 등걸불을 발로 비벼 끄니 골짝은 더한층 막막하다.

어느 만 때인지 산속에서는 때도 분별할 수 없다.

자기가 이른지 늦은지도 모르면서 나무 밑 잠자리로 향하였다.

낟가리같이 두두룩하게 쌓인 낙엽 속에 몸을 송두리째 파묻고 얼굴만을 빼꼼히 내놓았다.

몸이 차차 푸근하여온다.

하늘의 별이 와르르 얼굴 위에 쏟아질 듯싶게 가까웠다 멀어졌다 한다.

---

* ‘오래뜰’의 방언. 대문이나 중문 안에 있는 뜰.

별 하나 나 하나 별 둘 나 둘 별 셋 나 셋…….

어느 결엔지 별을 세고 있었다. 눈이 아물아물하고 입이 뒤바뀌어 수효가 틀려지면 다시 목소리를 높여 처음부터 고쳐 세곤 하였다.

별 하나 나 하나 별 둘 나 둘 별 셋 나 셋…….

세는 동안에 중실은 제 몸이 스스로 별이 됨을 느꼈다.

—《삼천리》 제69호, 1936. 1.

들

ㄱ

꽃다지, 길경이, 나생이*, 딸장이, 민들레, 솔구장이, 쇠민장이, 길오장이, 달래, 무릇, 시금치, 씀바귀, 돌나물, 비름, 능쟁이.

들은 온통 초록 전에 덮여 벌써 한 조각의 흙빛도 찾아볼 수 없다. 초록의 바다.

초록은 흙빛보다 찬란하고 눈빛보다 복잡하다. 눈이 보얗게 깔렸을 때에는 흰빛과 능금나무의 자줏빛과 그림자의 옥색빛밖에는 없어 단순하기 옷 벗은 여인의 나체와 같은 것이—봄은 옷 입고 치장한 여인이다.

흙빛에서 초록으로—이 기막힌 신비에 다시 한 번 놀라볼 필요가 없을까. 땅은 어디서 어느 때 그렇게 많은 물감을 먹었길래 봄이 되면 한꺼번에 그것을 이렇게 지천으로 뱉어놓을까. 바닷물을 고래같이 들이켰던가. 하늘의 푸른 정기를 모르는 결에 함빡 마셔두었던가. 그것을 빗물에 풀어 시절이 되면 땅 위로 솟쳐 보내는 것일까. 그러나 한 포기의 풀을 뽑아볼 때 잎새만이 푸를 뿐이지 뿌리와 흙에는 아무 물들인 자취도 없음은

---

* '냉이'의 방언.

웬일일까. 시험관 속 붉은 물에 약품을 넣으면 그것이 금시에 새파랗게 변하는 비밀—그것과도 흡사하다. 이 우주의 비밀의 약품—그것은 결국 알 바 없을까. 한 톨의 보리알이 열 낱으로 나는 이치는 가르치는 이 있어도, 그 보리알에서 푸른 잎이 돋는 조화의 동기는 옳게 말하는 이 없는 듯하다. 사람의 지혜란 결국 신비 테두리를 뱅뱅 돌 뿐이요, 조화의 속의 속은 언제까지나 열리지 않는 판도라의 상자일 듯싶다. 초록 풀에 덮인 땅속의 뜻은 초록 옷을 입은 여자의 마음과도 같이 엿볼 수 없는 저 건너 세상이다.

얀들얀들 나부끼는 초목의 양자는 부드럽게 솟는 음악. 줄기는—굵고 잎은—연한 멜로디의 마디마디이다. 부피 있는 대궁은 나팔 소리요, 가는 가지는 거문고의 음률이라고도 할까. 알레그로가 지나고 안단테에 들어갔을 때의 감동—그것이 봄의 걸음이다. 풀 위에 누워 있으면 은근한 음악의 율동에 끌려 마음이 너벗너벗 나부낀다.

꽃다지, 질경이, 민들레……. 가지가지 풋나물을 뜯어 먹으면 몸이 초록으로 물들 것 같다. 물들어야 될 것 같다. 물들어야 옳을 것 같다. 물들지 않음이 거짓말이다. 물들지 않으면 안 될 것 같다.

새가 지저귄다. 꾀꼬리일까.
지평선이 아롱거린다.
들은 내 세상이다.

ㄴ

언제까지든지 푸른 하늘을 우러러보고 있으면 나중에는 현기증이 나며 눈이 둘러빠질 듯싶다. 두 눈을 뽑아서 푸른 물에 이윽히 채웠다가 라무네* 병 속의 구슬같이 차진 놈을 다시 살 속에 박아 넣은 것과도 같이 눈망울이 차고 어리어리하고 푸른 듯하다. 살과는 동떨어진 유리알이다. 그렇게도 하늘은 맑고 멀다. 눈이 아픈 것은 그 하늘을 발칙하게도 오랫동안 우러러본 벌인 듯싶다. 확실히 마음이 죄송스럽다. 반나절 동안 두려움 없이 하늘을 똑바로 쳐다볼 수 있는 사람이란 세상에서도 가장 착한 사람이거나 그렇지 않으면 가장 용기 있는 악한이어야 할 것이다. 그렇게도 푸른 하늘은 거룩하다.

눈을 돌리면 눈물이 푹 쏟아진다. 벌판이 새파랗게 물들어 눈앞에 아물아물한다. 이런 때에는 웬일인지 구름 한 점도 없다. 곁에는 한 묶음의 꽃이 있다. 오랑캐꽃, 고들빼기, 노고초, 새고사리, 가처무릇, 대계, 맛탈, 차치광이. 나는 그것을 섞어 틀어 꽃다발을 겯기 시작한다. 각색 꽃판과 꽃술이 무릎 위에 지천으로 떨어진다. 그것은 헤어지는 석류알보다도 많다.

나는 들이 언제부터 이렇게 좋아졌는지를 모른다. 지금에는 한 그릇의 밥, 한 권의 책과 똑같은 지위를 마음속에 차지하게 되었다. 책에서 읽은 이론도 아니요, 얻어들은 이치도 아니요, 몇 해 동안 하는 일 없이 들과 벗하고 지내는 동안에 이유 없이 그것은 살림 속에 푹 젖었던 것이다. 어릴 때에 동무들과 벌판을 헤매며 찔레를 꺾으러 가시덤불 속에 들어가고, 소똥버섯을 따다 화로 속에 굽고, 메**를 캐러 밭이랑을 들치며 골로 말을 만들어 끌고 다니노라고 집에서보다도 들에서 더 많이 날을 지우던―그때가 다시 부활하여 돌아온 셈이다. 사람은 들과 떼려야 뗄 수 없는 인연

<hr>

* '레모네이드'의 일본식 표기.
** 메꽃의 뿌리.

에 있는 것 같다.

자연과 벗하게 됨은 생활에서의 퇴각을 의미하는 것일까. 식물적 애정은 반드시 동물적 열정이 진한 곳에 오는 것일까. 학교를 쫓기우고 서울을 물러오게 된 까닭으로 자연을 사랑하게 된 것일까. 그러나 동무들과 골방에서 만나고 눈을 기워* 거리를 돌아치다 붙들리고 뛰다 잡히고 쫓기고—하였을 때의 열정이나 지금에 들을 사랑하는 열정이나 일반이다. 지금의 이 기쁨은 그때의 그 기쁨과도 흡사한 것이다. 신념에 목숨을 바치는 영웅이라고 인간 이상이 아닐 것과 같이 들을 사랑하는 졸부라고 인간 이하는 아닐 것이다. 아직도 굳은 신념을 가지면서 지난날에 보던 책들을 들척거리다가도 문득 정신을 놓고 의미 없이 하늘을 우러러보는 때가 많다.

"학보, 이제는 고향이 마음에 붙는 모양이지."

마을 사람들은 조롱도 아니요 치사도 아닌 이런 말을 던지게 되었고, 동구 밖에서 만나는 이웃집 머슴은 인사 대신에 흔히

"해동지 늪에 붕어 떼 많던가."

고기 사냥 갈 궁리를 하거나 그렇지 않으면

"십리정 보리 고개 숙었던가."

하고 곡식의 소식을 묻게 되었다.

마을 사람들보다도 내가 더 들과 친하고 곡식의 소식을 잘 알게 되었다는 증거이다.

나는 책을 외듯이 벌판의 구석구석을 샅샅이 외고 있다. 마음속에는 들의 지도가 세밀히 박혀 있고 사철의 변화가 표같이 적혀 있다. 나는 들사람이요 들은 내 것과도 같다.

---

* '기이다'의 방언.

어느 논 두덩의 청대콩이 가장 진미이며 어느 이랑의 감자가 제일 굵다는 것을 알 수 있다. 새발고사리가 많이 피어 있는 진펄과 종달새 뜨는 보리밭을 짐작할 수 있다. 남대천이 어느 모퉁이를 돌 때 가장 고기가 흔하다는 것도 알게 되었다. 개리, 쇠리, 불거지가 덕실덕실 끓는 여울과 미유기, 뚜구뱅이가 잠겨 있는 웅덩이와 쏘가리, 꺽지가 누워 있는 바위 밑과—매재와 고들매기*를 잡으려면 철교께서도 몇 마장을 더 올라가야한다는 것과 쇠치네와 기름종개를 뜨려면 얼마나 벌판을 나가야 될 것을 안다. 물 건너 귀룽나무 수풀과 방치골 으름덩굴 있는 곳을 아는 것은 아마도 나뿐일 듯싶다.

학교를 퇴학 맞고 처음으로 도회를 쫓겨 내려왔을 때에 첫걸음으로 찾은 곳은 일갓집도 아니요, 동무 집도 아니요, 실로 이 들이었다. 강가의 사시나무가 제대로 있고 버들숲 둔덕의 잔디가 헐리지 않았으며 과수원의 모습이 그대로 남은 것을 보았을 때의 기쁨이란 형언할 수 없이 큰 것이었다. 고향을 그리워하는 마음이란 곧 산천을 사랑하고 벌판을 반가워하는 심정이 아닐까. 이런 자연의 풍물을 내놓고야 고향의 그림자가 어디에 알뜰히 남아 있는가. 헐리어가는 초가지붕에 남아 있단 말인가. 고향을 꾸미는 것은 사람이면서도 그리운 것은 더 많이 들과 시냇물이다.

ㄷ

시절은 만물을 허랑하게 만드는 듯하다.

짐승은 드러내놓고 모든 것을 들의 품속에 맡긴다.

---

* 원문에는 '고매기'임.

억새풀 숲에서 새 둥우리를 발견한 것을 나는 알 수 없이 기쁘게 여겼다. 거룩한 것을—아름다운 것을—찾은 느낌이다. 집과 가족들은 송두리째 안심하고 땅에 맡기는 마음씨가 거룩하다. 풀과 깃을 모아 두툼하게 결은 둥우리 안에는 아직 까지 않은 알이 너덧 알 들어 있다. 아롱아롱 줄이 선 풋대추만큼씩 한 새알. 막 뛰어 나려는 생명을 침착하게 간직하고 있는 얇은 껍질—금시에 딸깍 두 조각으로 깨뜨려질 모태—창조의 보금자리!

그 고요한 보금자리가 행여나 놀라고 어지럽혀질까를 두려워하여 둥우리 기슭에 손가락 하나 대기조차 주저되어 나는 다만 한참 동안이나 물끄러미 바라보고 섰다가 풀포기를 제대로 덮어놓고 감쪽같이 발을 옮겨 놓았다. 금시에 알이 쪼개어지며 생명이 돋아날 듯싶다. 등 뒤에서 새가 푸드득 날아 뜰 것 같다. 적막을 깨뜨리고 하늘과 들을 놀래며 푸드득 날았다—생각에 마음이 즐겁다.

그렇게 늦게 까는 것이 무슨 새일까. 청새일까. 덤불지일까. 고요하게 뛰노는 기쁜 마음을 걷잡을 수 없어 목소리를 내서 노래라도 부를까 느끼며 둑 아래로 발을 옮겨 놓으려다 문득 주춤하고 서버렸다.

맹랑한 것이 눈에 뜨인 까닭이다. 껄껄 웃고 싶은 것을 참고 풀 위에 주저앉았다. 그 웃고 싶은 마음은 노래라도 부르고 싶던 마음의 연장인지도 모른다. 다시 말하면 그 맹랑한 풍경이 나의 마음을 결코 노엽히거나 모욕한 것이 아니요, 도리어 아까와 똑같은 기쁨을 자아내게 한 것이다. 일반으로 창조의 기쁨을 보여준 것이다.

개울녘 풀밭에서 한 자웅의 개가 장난치고 있는 것이다. 하늘을 겁내지 않고 들을 부끄러워하지 않고 사람의 눈을 꺼리는 법 없이 자웅은 터놓고 마음의 자유를 표현할 뿐이다. 부끄러운 것은 도리어 이쪽이다. 나는 얼굴을 붉히면서 대중없이 오랫동안 그 요절할 광경을 바라보기가 몹시도 겸연쩍었다. 확실히 시절의 탓이다. 가령 추운 겨울 벌판에서 나는 그런 장난을 목격한 일이 없다. 역시 들이 푸를 때 새가 늦은 알을 깔 때 자웅도 농탕치는 것이다. 나는 그 광경을 성내서는, 비웃어서는 안 되었다.

보고 있는 동안에 어디서부터인지 자웅에게로 돌멩이가 날아들었다. 킬킬킬킬 웃음소리가 나며 두 번째 것이 날았다. 가제나 몸이 떨어지지 않는 자웅은 그제서야 겁을 먹고 흘금흘금 눈을 굴리며 어색한 걸음으로 주척*스러운 두 몸을 비틀거렸다. 나는 나 이외에 그 광경을 그때까지 은근히 바라보고 있던 또 한 사람이 부근에 숨어 있음을 비로소 알고 더한층 부끄러운 생각이 와락 나며 숨도 크게 못 쉬고 인기척을 죽이고 잠자코만 있을 수밖에는 없었다.

세 번째 돌멩이가 날리더니 이윽고 호탐스러운 웃음소리가 왈칵 터지며 아래편 숲속에서 사람의 그림자가 덥석 뛰어나왔다. 빨래함지를 인 채 한 손으로는 연해 자웅을 쫓으면서 어깨를 떨며 웃음을 금할 수 없다는 자세였다.

그 돌연한 인물에 나는 놀랐다. 한편 응겼던 마음이 풀리기도 하였다. 그는 옥분이었다. 빨래를 하고 나자 그 광경임에 마음속 은밀히 흠뻑 그것을 즐기고 난 뒤인 모양이었다. 그러나 나의 놀람보다도 옥분이가 문득 나를 보았을 때의 놀람─그것은 몇 곱절 더 큰 것이었다. 별안간 웃음을 뚝 그치고 주춤 서는 서슬에 머리에 이었던 함지가 왈칵 떨어질 판이었다. 얼굴의 표정이 삽시간에 검붉게 질려 굳어졌다. 눈알이 땅을 향하고 한편 손이 어쩔 줄 몰라 행주치마를 의미 없이 꼬깃거렸다.

---

* 머뭇거림. 큰 걸음으로 어청어청 느리게 걸음.

별안간 깊은 구렁이에 빠진 것과도 같은 그의 궁착한 처지와 덴 마음을 건져주기 위하여 나는 마음에도 없는 목소리를 일부러 자아내어 관대한 웃음을 한바탕 웃으면서 그의 곁으로 내려갔다.

"빌어먹을 짐승들."

마음에도 없는 책망이었으나 옥분의 마음을 풀어주자는 뜻이었다.

"득추 녀석쯤이 너를 싫달 법 있니. 주제넘은 녀석!"

이어 다짜고짜로 그의 일신의 이야기를 집어낸 것은 그의 주의를 다른 곳으로 돌리자는 생각이었다. 군청 고원* 득추는 일껀 옥분과 성혼이 된 것을 이제 와서 마다고 투정을 내고 다른 감을 구하였다. 옥분의 가세가 빈한하여 들고날 판이므로 혼인한 뒤에 닥쳐올 여러 가지 귀찮은 거래를 염려하여 파혼한 것이 확실하다. 득추의 그런 꾀바른 마음씨를 나무라는 것은 나뿐이 아니었다. 마을 사람들은 거개 고원의 불신을 책하였다.

"배반을 당하고 분하지도 않으냐."

"모른다."

옥분은 도리어 짜증을 내며 발을 떼 놓았다.

"그 녀석 한번 해내줄까."

웬일인지 그에게로 쏠리는 동정을 금할 수 없다.

"쓸데없는 짓 할 것 있니."

동정의 눈치를 알면서도 시침을 떼는 옥분의 마음씨에는 말할 수 없이 그윽한 것이 있어 그것이 은연중에 마음을 당긴다.

눈앞에 멀어지는 그의 민출한 자태가 가슴속에 새겨진다. 검은 치마폭 밑으로 드러난 불그레한 늘씬한 두 다리—자작나무보다도 더 아름다운

* 관청에서 사무를 돕기 위해 두는 임시 직원.

것—헐벗기 때문에 한결 빛나는 것—세상에도 가지고 싶은 탐나는 것
이다.

ㄹ

일요일인 까닭에 오래간만에 문수와 함께 둑 위에서 하루를 보낼 수 있
었다. 날마다 거리의 학교에 가야 하는 그를 자주 붙들어 낼 수는 없다.
일요일이 없는 나에게도 일요일이 있는 것이다.

바다를 바라볼 수 있는 둑에 오르면 마음이 활짝 열리는 듯이 시원하
다. 바닷바람이 아직 조금 차기는 하나 신선한 맛이다. 잔디밭에는 간간
이 피지 않은 해당화 봉오리가 조촐하게 섞였으며 둑 맞은편에 군데군
데 모여 선 백양나무 잎새가 햇빛에 반짝반짝 나부껴 은가루를 뿌린 것
같다.

문수는 빌려 갔던 몇 권의 책을 돌려주고 표해두었던 몇 구절의 뜻을
질문하였다. 나는 그에게는 하루의 선배인 것이다. 간독하게* 띄워주는
것이 즐거운 의무도 되었다.

'공부'가 끝난 다음 책을 덮어두고 잡담에 들어갔을 때에 문수는 탄식
하는 어조였다.

"학교가 점점 틀려가는 모양이다."

구체적 실례를 가지가지 들고 나중에는 그 한 사람의 협착한** 처지를
말하였다.

* 정성스럽고 돈독하게.
** 처한 사정이나 형편이 매우 어려운.

"책 읽는 것까지 들키었네. 자네 책도 뺏길 뻔했어."

짐작되었다.

"나와 사귀는 것이 불리하지 않은가."

"자네 걸은 길대로 되어나가는 것이 뻔하지. 차라리 그편이 시원하겠네."

너무 궁박한 현실 이야기만도 멋없어 두 사람은 무릎을 툭 털고 일어서 기분을 가다듬고 노래를 불렀다. 아는 말 아는 곡조를 모조리 불렀다.

노래가 진하면 번갈아 서서 연설을 하였다. 눈앞에 수많은 대중을 가상하고 목소리를 다하여 부르짖어 본다. 바닷물이 수물거리나 어쩌나 새들이 놀라서 떨어지나 어쩌나를 시험하려는 듯이도 높게 고함쳐본다. 박수하는 사람은 수만의 대중 대신에 한 사람의 동무일 뿐이나 지껄이는 동안에 정신이 흥분되고 통쾌하여간다. 훌륭한 공부 이외 단련이다.

협착한 땅 위에 그렇게 자유로운 벌판이 있음이 새삼스러운 놀람이다. 아무리 자유로운 말을 외쳐도 거기에서만은 '중지'를 당하는 법이 없으니까 말이다. 땅 위는 좁으면서도 넓은 셈인가.

둑은 속 풀리는 시원한 곳이며 문수와 보내는 하루는 언제든지 다시없이 즐거운 날이다.

ㅁ

과수원 철망 너머로 엿보이는 철 늦은 딸기―잎새 사이로 불긋불긋 돋아난 송이 굵은 양딸기―지날 때마다 건강한 식욕을 참을 수 없다.

더구나 달빛에 젖은 딸기의 양자란 마치 크림을 끼얹은 것과도 같아서 한층 부드럽게 빛난다.

탐나는 열매에 눈독을 보내며 철망을 넘기에 나는 반드시 가책과 반성으로 모질게 마음을 매질하지는 않았으며 그럴 필요도 없었다. 그것이 누구의 과수원이든 간에 철망을 넘는 것은 차라리 들사람의 일종의 성격이 아닐까.

들사람은 또한 한편 그것을 용납하고 묵인하는 아량도 가지고 있는 것이다. 나는 몇 해 동안에 완전히 이 야취*의 성격을 얻어버린 것 같다.

흐뭇한 송이를 정신없이 따서 입에 넣으면서도 철망 밖에서 다만 탐내고 보기만 할 때보다 한층 높은 감동을 느끼지 못하게 됨은 도리어 웬일일까. 입의 감동이 눈의 감동보다 떨어지는 탓일까. 생각만 할 때의 감동이 실상 당하였을 때의 감동보다 항용 더 나은 까닭일까. 나의 욕심을 만족시키기에는 불과 몇 송이의 딸기가 필요할 뿐이었다. 차라리 벌판에 지천으로 열려 언제든지 딸 수 있는 들딸기 편이 과수원 안의 양딸기보다 나음을 생각하며 나는 다시 철망을 넘었다.

멍석딸기, 중딸기, 장딸기, 나무딸기, 감대딸기, 곰딸기, 닷딸기, 배암딸기…….

능금나무 그늘에 난데없는 사람의 그림자를 발견하자 황급히 뛰어넘다 철망에 걸려 나는 옷을 찢었다. 그러나 옷보다도 행여나 들키지나 않았나 하는 염려가 앞서 허둥허둥 풀 속을 뛰다가 또 공교롭게도 그가 옥분임을 알고 마음이 일시에 턱 놓였다. 그 역 딸기밭을 노리고 있던 터가 아닐까. 철망 기슭을 기웃거리며 능금나무 아래 몸을 간직하고 있지 않았던가.

언제인가 개천 둑에서 기묘하게 만난 후 두 번째의 공교로운 만남임을 이상하게 여기고 있는 동안에 마음이 퍽이나 헐하게 놓여졌다. 가까이 가

---

* 자연의 아름다움에서 느끼는 흥취. 소박한 취미.

서 시룽시룽* 말을 건 것도 그리 어색하지 않고 도리어 자연스러웠다. 그 역시 시스러워하지 않고 수월하게 말을 받고 대답하고 하였다. 전날의 기묘한 만남이 확실히 두 사람의 마음을 방긋이 열어놓은 것 같다.

"딸기 따줄까?"

"무서워."

그의 떨리는 목소리가 왜 그리도 나의 마음을 끌었는지 모른다. 나는 떨리는 그의 팔을 붙들고 풀밭을 지나 버드나무 숲 속으로 들어갔다. 그의 입술은 딸기보다도 더 붉다. 확실히 그는 딸기 이상의 유혹이었다.

"무서워."

"무섭긴."

하고 퉁기기는 하였으나 기실 딸기를 훔치러 철망을 넘을 때와 똑같이 가슴이 후둑후둑 떨림을 어쩌는 수 없었다. 버드나무 잎새 사이로 달빛이 가늘게 새어들었다. 옥분은 굳이 거역하려고 하지 않았다.

양딸기 맛이 아니요 확실히 들딸기 맛이었다. 멍석딸기 나무딸기의 신선한 감각에 마음은 흐뭇이 찼다.

아무리 야취의 습관에 젖었기로 철망 너머 딸기를 딸 때와 일반으로 아무 가책도 반성도 없었던가. 벌판서 장난치던 한 자웅의 짐승과 일반이 아닌가. 그것이 바른가, 그래서 옳을까 하는 한 줄기의 곧은 생각이 한결같이 뻗쳐오름을 억제할 수는 없었다. 결국 마지막 판단은 누가 옳게 내릴 수 있을까.

---

* 경솔하고 방정맞게 까불며 자꾸 지껄이는 모양.

ㅂ

　며칠이 지나도 여전히 귀찮은 생각이 머릿속에 뱅 돈다. 어수선한 마음을 활짝 씻어버릴 양으로 아침부터 그물을 들고 집을 나섰다.

　그물을 후릴 곳을 찾으면서 남대천 물줄기를 따라 올라간 것이 시적시적 걷는 동안에 어느덧 철교께서도 근 십 리를 올라가게 되었다. 아무 고기나 닥치는 대로 잡으려던 것이 그렇게 되고 보니 불현듯이 고들매기를 후려볼 욕심이 솟았다. 고기 사냥 중에서도 가장 운치 있고 흥 있는 고들매기 사냥에 나는 몇 번인지 성공한 일이 있어 그 호젓한 멋을 잘 안다. 그중 많이 모여 있을 듯이 보이는 그럴듯한 여울을 점쳐 첫 그물을 던져보기로 하였다.

　산속에 오막하게 둘러싸인 개울—물도 맑거니와 물소리도 맑다. 돌을 굴리는 여울 소리가 티끌 한 점 있을 리 없는 공기와 초목을 영롱하게 울린다. 물속에 노는 고기는 산신령이나 아닐까.

　옷을 활짝 벗어부치고 그물을 메고 물속에 뛰어들었다. 넉넉히 목욕을 할 시절임에도 워낙 산골 물이라 뼈에 차다. 마음이 한꺼번에 씻겨졌다—느니보다도 도리어 얼어붙을 지경이다. 며칠 내로 내려오던 어수선한 생각이 확실히 덜해지고 날아갔다고 할까. 그러나 그러면서도 마지막 한 가지 생각이 아직도 철사같이 가늘게 꿰뚫고 흐름을 속일 수는 없었다.

　'사람의 사이란 그렇게 수월할까.'

　옥분과의 그날 밤 인연이 어처구니없게 쉽사리 맺어진 것이 도리어 의심쩍은 것이었다. 아무 마음의 거래도 없던 것이 달빛과 딸기에 꼬임을 받아 그때 그 자리에서 금방 응낙이 되다니. 항용 거기에 이르기까지의 두 사람의 마음의 교섭이란 이야기 속에서 읽을 때에는 기막히게 장황하고 지루한 것이었는데 그것이 그렇게 수월할 리 있을까. 들복판에서는 수월한 법인가.

'책임 문제는 생기지 않는가.'

생각은 다시 술술 풀린다. 물이 찰수록 생각도 점점 차게만 들어간다.

물이 다리목을 넘게 되었을 때 그쯤에서 한 훌기 던져보려고 그물을 펴 들고 물속을 가늠 보았다. 속물이 꽤 세어 다리를 훌친다. 물때 낀 돌멩이가 몹시 미끄러워 마음대로 발을 디딜 수 없다. 누르칙칙한 물속이 적확히 보이지 않는다. 몇 걸음 아래편은 바위요 바위 아래는 소가 되어 있다.

그물을 던질 때의 호흡이란 마치 활을 쏠 때의 그것과도 같이 미묘한 것이어서 일종의 통일된 정신과 긴장된 자세를 요구하는 것임을 나는 경험으로 잘 안다. 그러면서도 그때 자칫하여 기어이 실수를 하게 된 것은 필시 던지는 찰나까지도 통일되지 못한 마음이 어수선하고 정신이 까닥거렸음이 확실하다. 몸이 휘뚱하고 휘더니 팽팽하게 날려야 할 그물이 물 위에 떨어지자 어지럽게 흩어졌다. 발이 미끄러져 센 물결에 다리가 쓸리니까 그물은 손을 빠져 달아났다. 물속에 넘어져 흐르는 몸을 아무리 버둥거려야 곧추 일으키는 장사 없었다. 생각하면 기가 막히나 별수 없이 몸은 흐를 대로 흐르고야 말았다.

바위에 부딪혀 기어코 소에 빠졌다. 거품을 날리는 폭포 속에 송두리째 푹 잠겼다가 휘엿이 솟으면서 푸른 물속을 뱅 돌았다. 요행 헤엄의 습득이 약간 있던 까닭에 많은 고생 없이 허부적거리고 소를 벗어날 수는 있었다.

면상과 어깻죽지에 몇 군데 상처가 있었다. 피가 돋았다. 다리에는 군데군데 시퍼렇게 멍이 들어 있음을 보았다. 잃어버린 그물은 어느 줄기에 묻혀 흐르는지 알 바도 없거니와 찾을 용기도 없었다. 고들매기는 물론 한 마리도 손에 쥐어보지 못하였다.

귀가 메이고 코에서는 켰던 물이 줄줄 흘렀다. 우연히 욕을 당하게 된 몸뚱아리를 훑어보며 나는 알 수 없는 부끄러움을 느꼈다. 별안간 옥분의 몸이—향기가 눈앞에 흘러왔다. 비밀을 가진 나의 몸이 다시 돌려 보이며 한동안 부끄러운 생각이 쉽게 꺼지지 않았다.

ㅅ

문수는 기어코 학교를 쫓겨났다. 기한 없는 정학 처분이었으나 영영 몰려난 것과 같은 결과이다. 덕분에 나도 빌려주었던 책권을 영영 뺏긴 셈이 되었다.

차라리 시원하다고 문수는 거드름 부렸으나 시원하지 않은 것은 그의 집안사람들이다. 들볶는 바람에 그는 집을 피하여 더 많이 나와 지내게 되었다. 원망의 물줄기는 나에게까지 튀어 왔다. 나는 애매하게도(?) 그를 타락시켜놓은 안된 놈으로 몰릴 수밖에는 없다.

별수 없이 나날을 들과 벗하게 되었다. 나는 좋은 들의 동무를 얻은 셈이다.

풀밭에 서면 경주를 하고 시냇가에 서면 납작한 돌을 집어 물 위에 수제비를 뜨기가 일쑤다. 돌을 힘껏 던져 그것이 물 위를 뛰어가는 뜀 수를 세는 것이다. 하나 둘 셋 넷 다섯 여섯 일곱 여덟—이 최고 기록이다. 돌은 굴러갈수록 걸음이 좁아지고 빨라지다 나중에는 깜박 물속에 꺼진다. 기차가 차차 멀어지고 작아지다 산모퉁이에 깜박 사라지는 것과도 같다. 재미있는 장난이다. 나는 몇 번이고 싫지 않게 돌을 집어 시험하는 것이었다.

팔이 축 처지게 되면 다시 기운을 내어 모래밭에 겨루고 서서 씨름을 한다. 힘이 비등하여 승패가 상반이다. 떠밀기도 하고 샅바씨름도 하고 잡아나꾸기도 하고—다리걸이 딴죽치기—기술도 차차 늘어가는 것 같다.

"세상에서 제일 장하고 제일 크고 제일 아름답고 제일 훌륭하고 제일 바른 것이 무엇이냐?"

되고 말고 수수께끼를 걸고

"힘이다!"

라고 껄껄껄껄 웃으면 오장육부가 물에 헤운 듯이 시원한 것이다. 힘—무슨 힘이든지 좋다. 씨름을 해가는 동안에 우리는 힘에 대한 인식을 한층 더 새롭혀갔다. 조직의 힘도 장하거니와 그것을 꾸미는 한 사람의 힘이 크다면 더한층 아름다운 것이 아닐까.

ㅇ

문수와 천렵을 나섰다.

그물을 잃은 나는 하는 수 없이 족대를 들고 쇠치네 사냥을 하러 시냇물을 훑어 내려갔다.

벌판에 냄비를 걸고 뜬 고기를 끓이고 밥을 지었다.

먹을 것이 거의 준비되었을 때, 더운 판에 목욕을 들어갔다.

땀을 씻고 때를 흘리고는 깊은 곳에 들어가 물장구와 가댁질*이다. 어린아이 그대로의 순진한 마음이 방울방울 날리는 물방울과 함께 맑은 하늘을 휘덮었다가는 쏟아지는 것이다.

물가에 나와 얼굴을 씻고 물을 들일 때에 문수는 다따가

---

* 아이들이 서로 잡으려고 쫓고, 이리저리 달아나며 뛰노는 장난.

"어깨의 상처가 웬일인가?"

하고 나의 어깨의 군데군데를 가리켰다.

나는 문득 뜨끔하면서 그때까지 완전히 잊고 있던 고들매기 사냥과 거기에 관련된 옥분과의 일건이 생각났다.

어떻게 할까 망설이다가 그에게까지 기일 바 못 되며 기어코 고기잡이 이야기와 따라서 옥분과의 곡절을 은연중 귀띔하여주게 되었다.

이상한 것은 그의 태도였다.

"명예의 부상일세그려."

놀리고는 걱실걱실 웃는 것이다.

웃다가 문득 그치더니

"이왕 말이 났으니 나도 내 비밀을 게울 수밖에는 없게 되었네그려."

정색하고 말을 풀어냈다.

"옥분이―나도 그와는 남이 아니야."

어안이 벙벙한 나의 어깨를 치며

"생각하면 득추와 파혼된 후로부터는 달뜬 마음이 허랑해진 모양이데. 일종의 자포자기야. 죽일 놈은 득추지. 옥분의 형편이 가엾기는 해."

나에게는 이상한 감정이 솟아올랐다. 문수에게 대하여 노염과 질투를 느끼는 대신에―도리어 일종의 안심과 감사를 느끼는 것이었다. 괴롭던 책임이 모면된 것 같고 무거운 짐을 벗어놓은 듯이도 감정이 가벼워지고 응겼던 마음이 풀리는 것이다. 이것은 교활하고 악한 심보일까. 그러나 나를 단 한 사람으로 생각하지 않는 옥분의 허랑한 태도에 해결의 열쇠는 있다. 그의 태도가 마지막 책임을 져야 될 터이니까.

"왜 말이 없나? 거짓말로 알아듣나? 자네가 버드나무 숲에서 만났다면 나는 풀밭에서 만났네."

여전히 잠자코만 있으면서 나는 속으로 한결같이 들의 성격과 마술과
도 같은 자연의 매력이라는 것을 생각하였다.

얼마나 이야기가 장황하였던지 밥 타는 냄새가 코를 찔렀다.

ス

무더운 날이 계속된다.

이런 때 마을은 더한층 지내기 어렵고 역시 들이 한결 낫다.

낮은 낮으로 해두고 밤을—하룻밤을 온전히 들에서 보낸 적이 없다.

우리는 의논하고 하룻밤을 들에서 야영하기로 하였다.

들의 밤은 두려운 것일까. 이런 의문도 있었기 때문이다.

이왕 의가 통한 후이니 이후로는 옥분이도 데려다가 세 사람이 일단의
'들의 아들'이 되었으면 하는 문수의 의견이었으나 나는 그것을 일종의
악취미라고 배척하였다. 과거의 피차의 정의는 정의로 하여두고 단체 생
활에는 역시 두 사람이 적당하며 수효가 셋이면 어떤 경우에든지 반드시
찌울고 불안정하다는 의견을 가지고 있기 때문이다. 그러나 그것도 결국
나의 야성이 철저치 못한 까닭이 아닐까.

어떻든 두 사람은 들복판에서 해를 넘기고 어둡기를 기다리고 밤을 맞
이하였다.

불을 피우고 이야기하였다.

이야기가 장황하기 때문에 불이 마저 스러질 때에는 마을의 등불도 벌
써 다 꺼지고 개 짖는 소리도 수습된 뒤였다. 별만이 깜박거리고 바닷소
리가 은은할 뿐이다.

어둠은 깊고 넓고 무한하다.

창조 이전의 혼돈의 세계는 이러하였을까.

무한의 적막—지구의 자전 공전의 소리도 들리지는 않는 것이다.

공포—두려움이란 어디서 오는 감정일까.

어둠에서도 적막에서도 오지는 않는다.

우리는 일부러 두려운 이야기, 무서운 이야기로 마음을 떠보았으나 이렇듯한 새삼스러운 공포의 감정이라는 것은 솟지 않았다.

위에는 하늘이요 아래는 풀이요—주위에 어둠이 있을 뿐이지 모두가 결국 낮 동안의 계속이요 연장일 뿐이다. 몸에 소름이 돋는 법도 마음이 떨리는 법도 없다.

서로 눈만 말뚱거리다가 피곤하여 어느 결엔지 잠이 들어버렸다.

단잠을 깨었을 때는 아침 해가 높은 후였다.

야영의 밤은 몹시 시원하였을 뿐이요, 공포의 새는 결국 잡지 못하였다.

ㅊ

그러나 공포는 왔다.

그것은 들에서 온 것이 아니요 마을에서—사람에게서 왔다.

공포를 만드는 것은 자연이 아니요 도리어 사람의 사회인 듯싶다.

문수가 돌연히 끌려간 것이다.

학교 사건의 뒤맺이인 듯하다.

이어 나도 들어가게 되었다.

나 혼자에 대하여 혹은 문수와 관련되어 여러 가지 질문을 받았다.

사흘 밤을 지우고 쉽게 나왔으나 문수는 소식이 없다. 오랠 것 같다.

여러 가지 재미있는 여름의 계획도 세웠으나 혼자서는 하릴없다.

가졌던 동무를 잃었을 때의 고독이란 큰 것이다.

들에서 무료히 지내는 날이 많다.

심심파적으로 옥분을 데려올까도 생각되나 여러 가지로 거리끼고 주체스러운 일이다. 깨끗한 것이 좋을 것 같다.

별수 없이 녀석의 하루라도 속히 나오기를 충심으로 바랄 뿐이다.

나오거든 풋콩을 실컷 구워 먹이고 기름종개를 많이 떠 먹이고 씨름해서 몸을 불려줄 작정이다.

들에는 도라지꽃이 피고 개나리꽃이 장하다.

진펄의 새발고사리도 어느덧 활짝 피었다.

해오라기가 가끔 조촐한 자태로 물가에 내린다.

시절이 무르녹았다.

—《신동아》 제53호, 1936. 3.

메밀꽃 필 무렵

여름 장이란 애시당초에 글러서 해는 아직 중천에 있건만 장판은 벌써
쓸쓸하고 더운 햇발이 벌여놓은 전 휘장 밑으로 등줄기를 훅훅 볶는다.
마을 사람들은 거지반 돌아간 뒤요, 팔리지 못한 나무꾼 패가 길거리에
궁싯거리고들 있으나 석유병이나 받고 고기 마리나 사면 족할 이 축들을
바라고 언제까지든지 버티고 있을 법은 없다. 츱츱스럽게 날아드는 파리
떼도 장난꾼 각다귀들도 귀찮다. 얼금뱅이요 왼손잡이인 드팀전*의 허 생
원은 기어코 동업의 조 선달을 나꾸어보았다.

"그만 걷을까?"

"잘 생각했네. 봉평장에서 한 번이나 흐붓하게 사본 일 있었을까. 내일
대화장에서나 한몫 벌어야겠네."

"오늘 밤은 밤을 패서** 걸어야 될걸."

"달이 뜨렷다."

절렁절렁 소리를 내며 조 선달이 그날 산 돈을 따지는 것을 보고 허 생

---

* 예전에 온갖 피륙을 팔던 가게.
** 새워서.

원은 말뚝에서 넓은 휘장을 걷고 벌여놓았던 물건을 거두기 시작하였다. 무명필과 주단 바리가 두 고리짝에 꼭 찼다. 멍석 위에는 천 조각이 어수선하게 남았다.

다른 축들도 벌써 거진 전들을 걷고 있었다. 약빠르게 떠나는 패도 있었다. 어물 장수도 땜장이도 엿장수도 생강 장수도 꼴들이 보이지 않았다. 내일은 진부와 대화에 장이 선다. 축들은 그 어느 쪽으로든지 밤을 새우며 육칠십 리 밤길을 타박거리지 않으면 안 된다. 장판은 잔치 뒷마당같이 어수선하게 벌어지고 술집에서는 싸움이 터져 있었다. 주정꾼 욕지거리에 섞여 계집의 앙칼진 목소리가 찢어졌다. 장날 저녁은 정해놓고 계집의 고함 소리로 시작되는 것이다.

"생원, 시침을 떼두 다 아네. ……충주집 말야."

계집 목소리로 문득 생각난 듯이 조 선달은 비죽이 웃는다.

"화중지병이지. 면소 패들을 적수로 하구야 대거리가 돼야 말이지."

"그렇지두 않을걸. 축들이 사족을 못 쓰는 것두 사실은 사실이나 아무리 그렇다곤 해두 왜 그 동이 말일세, 감쪽같이 충주집을 후린 눈치거든."

"무어 그 애숭이가 물건 가지고 나꾸었나 부지. 착실한 녀석인 줄 알았더니."

"그 길만은 알 수 있나. ……궁리 말구 가보세나그려. 내 한턱 씀세."

그다지 마음이 당기지 않는 것을 쫓아갔다. 허 생원은 계집과는 연분이 멀었다. 얼금뱅이 상판을 쳐들고 대어 설 숫기도 없었으나 계집 편에서 정을 보낸 적도 없었고, 쓸쓸하고 뒤틀린 반생이었다. 충주집을 생각만 하여도 철없이 얼굴이 붉어지고 발밑이 떨리고 그 자리에 소스라쳐버린다. 충주집 문을 들어서 술좌석에서 짜장 동이를 만났을 때에는 어찌 된 서슬엔지 발끈 화가 나버렸다. 상 위에 붉은 얼굴을 쳐들고 제법 계집과 농탕치는 것을 보고서야 견딜 수 없었던 것이다. 녀석이 제법 난질꾼*인데 꼴사납다. 머리의 피도 안 마른 녀석이 낮부터 술 처먹고 계집과 농탕이야. 장돌뱅이 망신만 시키고 돌아다니누나. 그 꼴에 우리들과 한몫 보자는 셈이지. 동이 앞에 막아서면서부터 책망이었다. 걱정두 팔자요 하는 듯이 빤히 쳐다보는 상기된 눈망울에 부딪힐 때 결 김에 따귀를 하나 갈겨주지 않고는 배길 수 없었다. 동이도 화를 쓰고 팩하게 일어서기는 하였으나, 허 생원은 조금도 동색하는 법 없이 마음먹은 대로는 다 지껄였다—어디서 주워 먹은 선머슴인지는 모르겠으나, 네게도 애비 에미 있겠지. 그 사나운 꼴 보면 맘 좋겠다. 장사란 탐탁하게 해야 되지 계집이 다 무어야, 나가거라, 냉큼 꼴 치워.

그러나 한마디도 대거리하지 않고 하염없이 나가는 꼴을 보려니 도리어 측은히 여겨졌다. 아직도 서름서름한 사인데 너무 과하지 않았을까 하고 마음이 섬짓해졌다. 주제도 넘지, 같은 술손님이면서도 아무리 젊다고 자식 낳게 되는 것을 붙들고 치고 닦아세울 것은 무어야, 원. 충주집은 입술을 쫑긋하고 술 붓는 솜씨도 거칠었으나 젊은 애들한테는 그것이 약이 된다나 하고 그 자리는 조 선달이 얼버무려 넘겼다. 너 녀석한테 반했지, 애숭이를 빨문 죄 된다, 한참 법석을 친 후이다. 맘도 생긴 데다가 웬일인지 흠뻑 취해보고 싶은 생각도 있어서 허 생원은 주는 술잔이면 거의 다 들이켰다. 거나해짐을 따라 계집 생각보다도 동이의 뒷일이 한결같이 궁금해졌다. 내 꼴에 계집을 가로채서는 어떡할 작정이었누 하고 어리석은 꼴딱서니를 모질게 책망하는 마음도 한편에 있었다. 그러기 때문에 얼마나 지난 뒤인지 동이가 헐레벌떡거리며 황급히 부르러 왔을 때에는 마시던 잔

* 술과 색에 빠져 방탕하게 놀기를 잘하는 사람을 낮잡아 이르는 말.

을 그 자리에 던지고 정신없이 허덕이며 충주집을 뛰어나간 것이었다.

"생원 당나귀가 바를 끊구 야단이에요."

"각다귀들 장난이지 필연코."

짐승도 짐승이려니와 동이의 마음씨가 가슴을 울렸다. 뒤를 따라 장판을 달음질하려니 게슴츠레한 눈이 뜨거워질 것 같다.

"부락스런 녀석들이라 어쩌는 수 있어야죠."

"나귀를 몹시 구는 녀석들은 그냥 두지는 않는걸."

반평생을 같이 지내온 짐승이었다. 같은 주막에서 잠자고 같은 달빛에 젖으면서 장에서 장으로 걸어 다니는 동안에 이십 년의 세월이 사람과 짐승을 함께 늙게 하였다. 까스러진 목 뒤 털은 주인의 머리털과도 같이 바스러지고, 개진개진 젖은 눈은 주인의 눈과 같이 눈곱을 흘렸다. 몽당비처럼 짧게 쓸리운 꼬리는 파리를 쫓으려고 기껏 휘저어보아야 벌써 다리까지는 닿지 않았다. 닳아 없어진 굽을 몇 번이나 도려내고 새 철을 신겼는지 모른다. 굽은 벌써 더 자라나기는 틀렸고 닳아버린 철 사이로는 피가 빼짓이 흘렀다. 냄새만 맡고도 주인을 분간하였다. 호소하는 목소리로 야단스럽게 울며 반겨한다.

어린아이를 달래드키 목덜미를 어루만져 주니 나귀는 코를 벌름거리고 입을 투르러거렸다. 콧물이 튀었다. 허 생원은 짐승 때문에 속도 무던히는 썩었다. 아이들의 장난이 심한 눈치여서 땀 배인 몸뚱아리가 부들부들 떨리고 좀체 흥분이 식지 않는 모양이었다. 굴레가 벗어지고 안장도 떨어졌다. 요 몹쓸 자식들, 하고 허 생원은 호령을 하였으나 패들은 벌써 줄행랑을 논 뒤요 몇 남지 않은 아이들이 호령에 놀라 비슬비슬 멀어졌다.

"우리들 장난이 아니우. 암놈을 보고 저 혼자 발광이지."

코흘리개 한 녀석이 멀리서 소리를 쳤다.

"고 녀석 말투가."

"김 첨지 당나귀가 가버리니까 왼통 흙을 차고 거품을 흘리면서 미친 소같이 날뛰는걸. 꼴이 우스워 우리는 보고만 있었다우. 배를 좀 보지."

아이는 앵돌아진 투로 소리를 치며 깔깔 웃었다. 허 생원은 모르는 결에 낯이 뜨거워졌다. 뭇 시선을 막으려고 그는 짐승의 배 앞을 가려 서지 않으면 안 되었다.

"늙은 주제에 암새를 내는 셈야, 저놈의 짐승이."

아이의 웃음소리에 허 생원은 주춤하면서 기어코 견딜 수 없어 채찍을 들더니 아이를 쫓았다.

"쫓으려거든 쫓아보지. 왼손잡이가 사람을 때려."

줄달음에 달아나는 각다귀에는 당하는 재주가 없었다. 왼손잡이는 아이 하나도 후릴 수 없다. 그만 채찍을 던졌다. 술기도 돌아 몸이 유난스럽게 화끈거렸다.

"그만 떠나세. 녀석들과 어울리다가는 한이 없어. 장판의 각다귀들이란 어른보다도 더 무서운 것들인걸."

조 선달과 동이는 각각 제 나귀에 안장을 얹고 짐을 싣기 시작하였다. 해가 꽤 많이 기울어진 모양이었다.

× × ×

드팀전 장돌이를 시작한 지 이십 년이나 되어도 허 생원은 봉평장을 빼논 적은 드물었다. 충주 제천 등의 이웃 군에도 가고 멀리 영남 지방도 헤매이기는 하였으나 강릉쯤에 물건 하러 가는 외에는 처음부터 끝까지 군내를 돌아다녔다. 닷새만큼씩의 장날에는 달보다도 확실하게 면에서 면으로 건너간다. 고향이 청주라고 자랑삼아 말하였으나 고향에 돌보러 간 일도 있는 것 같지는 않았다. 장에서 장으로 가는 길의 아름다운 강산이 그대로 그에게는 그리운 고향이었다. 반날 동안이나 뚜벅뚜벅 걷고 장터 있는 마을에 거지반 가까웠을 때 거친 나귀가 한바탕 우렁차게 울면— 더구나 그것이 저녁녘이어서 등불들이 어둠 속에 깜박거릴 무렵이면 늘 당하는 것이건만 허 생원은 변치 않고 언제든지 가슴이 뛰놀았다.

젊은 시절에는 알뜰하게 벌어 돈푼이나 모아본 적도 있기는 있었으나 읍내에 백중이 열린 해 호탕스럽게 놀고 투전을 하고 하여 사흘 동안에 다 털어버렸다. 나귀까지 팔게 된 판이었으나 애끊는 정분에 그것만은 이를 물고 단념하였다. 결국 도로아미타불로 장돌이를 다시 시작할 수밖에는 없었다. 짐승을 데리고 읍내를 도망해 나왔을 때에는 너를 팔지 않기 다행이었다고 길가에서 울면서 짐승의 등을 어루만졌던 것이었다. 빚을 지기 시작하니 재산을 모을 염은 당초에 틀리고 간신히 입에 풀칠을 하러 장에서 장으로 돌아다니게 되었다.

호탕스럽게 놀았다고는 하여도 계집 하나 후려보지는 못하였다. 계집 이란 좀 쌀쌀하고 매정한 것이었다. 평생 인연이 없는 것이라고 신세가 서글퍼졌다. 일신에 가까운 것이라고는 언제나 변함없는 한 필의 당나귀 였다.

그렇다고는 하여도 꼭 한 번의 첫 일을 잊을 수는 없었다. 뒤에도 처음 에도 없는 단 한 번의 괴이한 인연. 봉평에 다니기 시작한 젊은 시절의 일 이었으나 그것을 생각할 적만은 그도 산 보람을 느꼈다.

"달밤이었으나 어떻게 해서 그렇게 됐는지 지금 생각해도 도무지 알 수는 없었다."

허 생원은 오늘 밤도 또 그 이야기를 끄집어내려는 것이다. 조 선달은 친구가 된 이래 귀에 못이 박히도록 들어왔다. 그렇다고 싫증을 낼 수도 없었으나 허 생원은 시침을 떼고 되풀이할 대로는 되풀이하고야 말았다.

"달밤에는 그런 이야기가 격에 맞거든."

조 선달 편을 바라는 보았으나 물론 미안해서가 아니라 달빛에 감동하여서였다. 이지러는 졌으나 보름 가제 지난 달은 부드러운 빛을 흔붓이 흘리고 있다. 대화까지는 칠십 리의 밤길, 고개를 둘이나 넘고 개울을 하나 건너고 벌판과 산길을 걸어야 된다. 길은 지금 긴 산허리에 걸려 있다. 밤중을 지난 무렵인지 죽은 듯이 고요한 속에서 짐승 같은 달의 숨소리가 손에 잡힐 듯이 들리며 콩 포기와 옥수수 잎새가 한층 달에 푸르게 젖었다. 산허리는 온통 메밀밭이어서 피기 시작한 꽃이 소금을 뿌린 듯이 흐뭇한 달빛에 숨이 막혀 하였었다. 붉은 대궁이 향기같이 애잔하고 나귀들의 걸음도 시원하다. 길이 좁은 까닭에 세 사람은 나귀를 타고 외줄로 늘어섰다. 방울 소리가 시원스럽게 딸랑딸랑 메밀밭께로 흘러간다. 앞장선 허 생원의 이야기 소리는 꽁무니에 선 동이에게는 확적히는 안 들렸으나 그는 그대로 개운한 제 멋에 적적하지는 않았다.

"장 선 꼭 이런 날 밤이었네. 객줏집 토방이란 무더워서 잠이 들어야지. 밤중은 돼서 혼자 일어나 개울가에 목욕하러 나갔지. 봉평은 지금이나 그제나 마찬가지나 보이는 곳마다 메밀밭이어서 개울가가 어디 없이 하얀 꽃이야. 돌밭에 벗어도 좋을 것을 달이 너무도 밝은 까닭에 옷을 벗으러 물방앗간으로 들어가지 않았나. 이상한 일도 많지. 거기서 난데없는 성 서방네 처녀와 마조쳤단 말이네. 봉평서야 제일가는 일색이었지."

"팔자에 있었나 부지."

아무럼 하고 응답하면서 말머리를 아끼는 듯이 한참이나 담배를 빨 뿐이었다. 구수한 자줏빛 연기가 밤기운 속에 흘러서는 녹았다.

"날 기다린 것은 아니었으나 그렇다고 달리 기다리는 놈팽이가 있은 것두 아니었네. 처녀는 울고 있단 말야. 짐작은 대고 있었으나 성 서방네

는 한창 어려워서 들고날 판인 때였지. 한집안 일이니 딸에겐들 걱정이
없을 리 있겠나. 좋은 데만 있으면 시집도 보내련만 시집은 죽어도 싫다
지…… 그러나 처녀란 울 때같이 정을 끄는 때가 있을까. 처음에는 놀라
기도 한 눈치였으나 걱정 있을 때는 누그러지기도 쉬운 듯해서 이럭저럭
이야기가 되었네…… 생각하면 무섭고도 기막힌 밤이었어.”

“제천인지로 줄행랑을 놓은 건 그다음 날이었나.”

“다음 장도막*에는 벌써 왼 집안이 사라진 뒤였네. 장판은 소문에 발끈
뒤집혀 고작해야 술집에 팔려 가기가 생수라고 처녀의 뒷공론이 자자들
하단 말이야. 제천 장판을 몇 번이나 뒤졌겠나. 하나 처녀의 꼴은 꿩 궈
먹은 자리야. 첫날밤이 마지막 밤이었지. 그때부터 봉평이 마음에 든 것
이 반평생을 두고 다니게 되었네. 평생인들 잊을 수 있겠나.”

“수 좋았지. 그렇게 신통한 일이란 쉽지 않어. 항용 못난 것 얻어 새끼
낳고 걱정 늘고 생각만 해두 진저리 나지. ……그러나 늘그막바지까지 장
돌뱅이로 지내기도 힘드는 노릇 아닌가. 난 가을까지만 하구 이 생애와두
하직하려네. 대화쯤에 조고만 전방이나 하나 벌이구 식구들을 부르겠어.
사시장철 뚜벅뚜벅 걷기란 여간이래야지.”

“옛 처녀나 만나면 같이나 살까…… 난 거꾸러질 때까지 이 길 걷고 저
달 볼 테야.”

산길을 벗어나니 큰길도 틔어졌다. 꽁무니의 동이도 앞으로 나서 나귀
들은 가로 늘어섰다.

“총각두 젊겠다 지금이 한창 시절이렷다. 충주집에서는 그만 실수를 해
서 그 꼴이 되었으나 설게 생각 말게.”

---

* 한 장날로부터 다음 장날 사이의 동안을 세는 단위.

"처 천만에요. 되려 부끄러워요. 계집이란 지금 웬 제격인가요. 자나 깨나 어머니 생각뿐인데요."

허 생원의 이야기로 실심해한 끝이라 동이의 어조는 한풀 수그러진 것이었다.

"애비 에미란 말에 가슴이 터지는 것도 같았으나 제겐 아버지가 없어요. 피붙이라고는 어머니 하나뿐인걸요."

"돌아가셨나."

"당초부터 없어요."

"그런 법이 세상에."

생원과 선달이 야단스럽게 껄껄들 웃으니 동이는 정색하고 우길 수밖에는 없었다.

"부끄러워서 말하지 않으려 했으나 정말예요. 제천 촌에서 달도 차지 않은 아이를 낳고 어머니는 집을 쫓겨났죠. 우스운 이야기나 그러기 때문에 지금까지 아버지 얼굴도 본 적 없고 있는 고장도 모르고 지내와요."

고개가 앞에 놓인 까닭에 세 사람은 나귀를 내렸다. 둔덕은 험하고 입을 벌리기도 대견하여* 이야기는 한동안 끊겼다. 나귀는 건듯하면 미끄러졌다. 허 생원은 숨이 차 몇 번이고 다리를 쉬지 않으면 안 되었다. 고개를 넘을 때마다 나이가 알렸다. 동이 같은 젊은 축이 그지없이 부러웠다. 땀이 등을 한바탕 쭉 씻어 내렸다.

고개 너머는 바로 개울이었다. 장마에 흘러버린 널다리가 아직도 걸리지 않은 채로 있는 까닭에 벗고 건너야 되었다. 고의를 벗어 띠로 등에 얽어매고 반벌거숭이의 우스꽝스러운 꼴로 물속에 뛰어들었다. 금방 땀을

---

* 대근하다. 견디기가 어지간히 힘들고 만만하지 않다.

흘린 뒤는 뒤였으나 밤 물은 뼈를 찔렀다.

"그래, 대체 기르긴 누가 기르구."

"어머니는 하는 수 없이 의부를 얻어 가서 술장사를 시작했소. 술이 고주래서 의부라고 전망나니*예요. 철들어서부터 맞기 시작한 것이 하룬들 편할 날 있었을까. 어머니는 말리다가 채이고 맞고 칼부림을 당하곤 하니 집 꼴이 무어겠소. 열여덟 살 때 집을 뛰여 나서부터 이 짓이죠."

"총각 낫세론 섬이 무던하다고 생각했드니 듣고 보니 딱한 신세로군."

물은 깊어 허리까지 채였다. 속 물살도 어지간히 세인 데다가 발에 채이는 돌멩이도 미끄러워 금시에 훌칠 듯하였다. 나귀와 조 선달은 재빨리 거의 건넜으나 동이는 허 생원을 붙드느라고 두 사람은 훨씬 떨어졌다.

"모친의 친정은 원래부터 제천이었든가?"

"웬걸요, 시원스리 말은 안 해주나 봉평이라는 것만은 들었죠."

"봉평. 그래 그 애비 성은 무엇인구."

"알 수 있나요. 도모지 듣지를 못했으니까."

그 그렇겠지, 하고 중얼거리며 흐려지는 눈을 까물까물하다가 허 생원은 경망하게도 발을 빗디뎠다. 앞으로 고꾸라지기가 바쁘게 몸째 풍덩 빠져버렸다. 허부적거릴수록 몸을 건잡을 수 없어 동이가 소리를 치며 가까이 왔을 때에는 벌써 퍽이나 흘렀었다. 옷째 줄짝 젖으니 물에 젖은 개보다도 참혹한 꼴이었다. 동이는 물속에서 어른을 해깝게** 업을 수 있었다. 젖었다고는 하여도 여윈 몸이라 장정 등에는 오히려 가벼웠다.

"이렇게까지 해서 안됐네. 내 오늘은 정신이 빠진 모양이야."

---

* 돈이라면 사족을 못 쓰고 못된 짓을 하는 사람을 가리키는 말.
** '가볍다'의 방언.

"염려하실 것 없어요."

"그래 모친은 아비를 찾지는 않는 눈치지."

"늘 한번 만나고 싶다고는 하는데요."

"지금 어디 계신가."

"의부와도 갈라져 제천에 있죠. 가을에는 봉평에 모셔 오려고 생각 중인데요. 이를 물고 벌면 이럭저럭 살아갈 수 있겠죠."

"아무렴, 기특한 생각이야. 가을이댔다."

동이의 탐탁한 등어리가 뼈에 사무쳐 따뜻하다. 물을 다 건넜을 때에는 도리어 서글픈 생각에 좀 더 업혔으면도 하였다.

"진종일 실수만 하니 웬일이오, 생원."

조 선달은 바라보며 기어코 웃음이 터졌다.

"나귀야. 나귀 생각하다 실족을 했어. 말 안 했던가. 저 꼴에 제법 새끼를 얻었단 말이지. 읍내 강릉집 피마*에게 말일세. 귀를 쫑긋 세우고 달랑달랑 뛰는 것이 나귀 새끼같이 귀여운 것이 있을까. 그것 보러 나는 일부러 읍내를 도는 때가 있다네."

"사람을 물에 빠치울 젠 딴은 대단한 나귀 새끼군."

허 생원은 젖은 옷을 웬만큼 짜서 입었다. 이가 덜덜 갈리고 가슴이 떨리며 몹시도 추웠으나 마음은 알 수 없이 둥실둥실 가벼웠다.

"주막까지 부즈런히들 가세나. 뜰에 불을 피우고 훗훗이 쉬어. 나귀에겐 더운물을 끓여주고. 내일 대화장 보고는 제천이다."

"생원도 제천으로."

"오래간만에 가보고 싶어. 동행하려나, 동이."

---

* 다 자란 암말.

　나귀가 걷기 시작하였을 때 동이의 채찍은 왼손에 있었다. 오랫동안 아둑시니*같이 눈이 어둡던 허 생원도 요번만은 동이의 왼손잡이가 눈에 띄지 않을 수 없었다.

　걸음도 해깝고 방울 소리가 밤 벌판에 한층 청청하게 울렸다.

　달이 어지간히 기울어졌다.

—《조광》 제12호, 1936. 10.

---

* '어둠의 귀신'을 뜻하는 방언으로, '눈이 어두워서 사물을 제대로 분간하지 못하는 사람'을 가리킴.

개살구

　서울집을 항용 살구나무집이라고 부르는 것은 바로 집 뒤에 아름드리 살구나무가 서 있는 까닭인데 오대조 전부터 내려온다는 그 인연 있는 고목을 건사할 겸 지은 집이언만 결과로 보면 대대로 내려오는 무준한 그 살구나무가 도리어 그 아래의 집을 아늑하게 막아주고 싸주는 셈이 되었다. 동리에서 제일 먼저 꽃 피는 것도 그 살구나무여서 한창 제철이면 찬란한 꽃송이와 향기 속에 온통 집은 묻혀 무르녹은 꿈을 싸주는 듯도 하지만 잎이 피고 열매가 맺기 시작하면 집은 더한층 그 속에 묻혀버려서 밖에서는 도저히 집 안을 엿볼 수 없는 형세가 되었다. 살구나무집이라도 결국은 하늘 아래 집이니 그 속에 살림살이가 있을 것은 다 같은 이치나 그 살림살이가 어떠한 것이며 그 속에서는 허구한 날 무엇이 일어나는지 외따로 떨어진 그 집안의 소식을, 호젓한 나무 아래 사정을 동리 사람들이 알아낼 수는 없었다. 모든 것이 나무 속에 감추어져서 하늘의 별조차도 나무 아래 지붕은 고사하고 나무를 뚫고 속사정을 엿볼 수는 없었다. 푸른 열매가 익어갈 때 참살구 아닌 그 개살구의 양은 보기만 하여도 어금니에 군물이 돌았다. 집안의 살림살이도 별수 없이 어금니에 군물 도는 그 개살구의 맛일는지도 모르나 그러나 그 살구를 훔치러 사람들은 집 뒤를 기웃거리기가 일쑤였다.

  도시 함석집이라고는 면내에서는 면소와 주재소, 조합과 학교, 그러고
는 서울집이어서 사치하기로는 기와집 이상으로 보였다. 장거리와 뒷마
을과의 사이의 넓은 터전은 거의 다 김형태의 것이어서 그 한복판에다 첩
의 집을 세웠다. 한들 계관할 바 아니나 푸른 논 가운데 외딸리 우뚝 서
있는 까닭에 회벽 함석지붕의 그 한 채가 유독 눈에 띄고 마음을 끌었다.
오대산에 채벌장이 들어서면서부터 박달나무의 시세가 한창 좋을 때에는
산에서 벤 나무토막을 실은 우차 바리*가 뒤를 이어 대관령을 넘었다. 강
릉 주문진 항구에 부려만 놓으면 몇 척이든지 기선에 싣고는 철로 공사가
있다는 이웃 항구로 실어 나르곤 하였다.

  오대산 속에 산줄기나 가지고 있던 형태는 버리는 것인 줄만 알았던 아
름드리 박달나무 덕택에 순시에 돈벼락을 맞게 되었다. 논 섬지기나 더
늘리게 된 것도 그 판이었고 살구나무집을 세운 것도 그때였다. 학교에
돈백이나 기부하여 학무의원의 이름을 가졌고 조합의 신용을 얻어 아들
재수를 조합의 서기로 취직시킨 것도 물론 그 무렵이었다. 흰 회벽의 집
이야 청으로서밖에는 소용이 없다고 생각하였던 동리 사람들은 그 깎은
듯이 아담한 집 격식에 눈을 굴렸다. 뜰 안에 라디오의 안테나가 들어서
고 유성기의 노랫소리가 밤낮으로 흘러나오게 되었을 때에는 혀를 말았
다. 박달나무가 가져온 개화의 턱찌끼**에 사람들은 온통 혼을 뽑히었던
것이다. 뒷마을 기와집 큰댁과 앞마을 살구나무집 작은댁과의 사이를 한
가하게 어슬렁어슬렁 거니는 형태의 양을 사람들은 전과는 다른 것으로

---

* 마소의 등에 잔뜩 실은 짐.
** 어떤 대상에 빌붙었을 때 받는 혜택이나 이익을 비유적으로 이르는 말.

고쳐 보기 시작하였다.

꿈속 같은 호사스러운 그 속에서도 가끔 변이 생겨 서울집은 두 번째 댁이었다. 첫 댁은 집이 서기가 바쁘게 강릉서 데려온 지 해를 못 넘어 달밤에 도망을 쳐버렸다. 동으로 대관령을 넘어서 강릉까지는 팔십 리의 길이었다. 아침에 그런 줄을 알고 뒤를 쫓는대야 헛일이었으며 강릉에 친가가 있는 것이 아니라 온전히 뜬 사람이었던 까닭에 찾을 길이 막막하였다.

다른 사내가 있었다는 말도 듣기도 하여 형태는 영동을 단념해버리고 이번에는 앞대*를 생각하게 되었다. 서로 서울까지는 문재 전재를 넘고 원주 여주를 지나 오백 리의 길이었다.

이틀 동안이나 자동차에 흔들려서 첫 서울의 길을 밟은 지 거의 달포 만에 꽃 같은 색시를 데리고 첩첩한 산을 넘어 돌아왔다. 뜨물같이 희여 멀쑥한 자그만하고 야무리진 서울 색시를 앞대 물을 먹으면 인물조차 그렇거니만 생각하면서 사람들은 자동차에서 내리는 그를 울레줄레 둘러쌌다. 하기는 그만한 인물이 시골에까지 차례지게 되기까지에는 상당한 물재의 희생이 있었으나 형태는 그 번 길에 속사리 버덩**의 일곱 마지기를 팔아버렸던 것이다. 들고나게 된 한 가호를 살려주고 그 값으로 외딸을 받아가지고 왔다는 소문이었다. 장안에서도 일색이었다는 서울집이 시골 와서 절색임은 물론이었고 마을 사람들은 마치 여자라는 것을 처음 보는 것과도 같이 탄복하고 수군들 거렸다.

첫 번 강릉집의 경우도 있고 하여 형태는 단속이 무서웠다. 별수 없이 새장에 갇힌 새의 신세였다. 형태는 집안 재미에 마음을 잡고는 즐겨 하

* 어느 지방을 중심으로 그 남쪽 지방을 이르는 말.
** 높고 평평하며 나무 없이 풀만 우거진 거친 들.

던 투전판에도 섞이는 법 없이 육중한 몸을 유들유들하게 서울집에 박혀
있는 날이 많았다. 검은 판장으로 둘러친 울과 우거진 살구나무와는 굳은
성벽이어서 안에서도 짐작할 수 없으려니와 밖에서 엿볼 수도 없었다. 그
러나 단속이 심하면 심할수록 갇혀 있는 사람의 마음은 더욱 허랑하게 밖
으로 날아서 강릉집이 영 너머 읍을 그리워하듯이 서울집 또한 첩첩한 산
을 넘어 앞대를 그리워하는 심정은 일반이었다. 집에 든 지 달포도 채 못
되어서 하룻밤은 별안간에 헛소동이 일어났다. 서울집이 집 안에 없음을
깨닫고 형태가 황겁결에 도망이라고 외쳤던 까닭에 이웃 사람들은 호기
심도 솟고 하여 일제히 퍼져 도망간 서울집을 찾으려 들었다. 마침 그믐
밤이어서 마을은 먹을 뿌린 듯이 어두운데 각기 초롱에 불들을 켜가지고
웬만한 곳은 샅샅이 헤매었다. 어두운 속 군데군데에서 초롱불이 반딧불
같이 움직이며 두런두런 말소리가 흘러왔다. 외줄 신작로를 동과 서로 몇
마장씩 훑어보고는 닥치는 대로 마을 안을 온통 뒤졌다.

 뒷마을서부터 차례차례로 산기슭 수수밭 과수원을 들치고 앞으로 나와
성황 숲에서는 느릅나무와 느티나무의 테두리를 샅샅이 살피고 거리를
새로 아래위로 훑어보고는 냇가의 숲 속과 물레방앗간을 뒤졌으나 종시
서울집의 자태는 보이지 않았다. 설레는 마음에 앞장을 서서 휘줄거리던*
형태는 홧김에 초롱을 던지고는 말도 없이 발을 돌렸다. 뒤를 따르는 사
람들도 입맛을 다시면서 풀린 맥에 초롱을 내저으며 자연 걸음이 느려졌
다. 아무래도 서쪽으로 길을 들었을 것이 확실하니 날이 밝은 후 강릉서
오는 자동차로 뒤를 쫓는 것이 상수라고 공론들이었다. 강릉집 때에 혼이
난 형태는 실망이 커서 그렇게라도 할 배짱으로 한시가 초조하였다. 담배

---

* 자꾸 휘젓고 다니면서 우쭐거리던.

들을 피우면서 웅얼웅얼 지껄이며 돌밭을 지나 물가에 이르렀을 때에 앞을 섰던 형태가 불시에 주춤하면서 걸음을 멈추고 어둠 속을 노렸다. 한 사람이 초롱불을 앞으로 획 내밀었을 때 물속에서는 철버덩 소리가 나며 싯허연 고래가 한 마리 급스럽게 숲 속으로 뛰어 들어갔다.

어둠 속에서도 유난스럽게 희고 퍼들퍼들한 몸뚱아리였다. 의외의 곳에서 그날 밤의 사냥에 성공하고 마을길을 더듬어 올 때 모두들 웃음에 허리를 꺾을 지경이었다. 도망했다고만 법석을 한 서울집은 좀체 나오기 어려운 기회를 타서 혼자 시냇가에 목물을 나왔던 것이다. 벌써 일 년 전의 일이었으나 그 일이 있은 후로 형태는 서울집의 심중에 적이 안심되어 덮어놓고 의심하지는 않게 되었다. 집안사람들의 출입도 잦지 못한 집안은 언제든지 고요하고 감감하여서 그 속에 무슨 일이 일어나며 변이 생기는지 알 도리가 없었다. 푸른 살구가 맺혀 그것이 누렇게 익어갈 때면은 마을 사람들은 드레드레 달린 그 개살구를 바라보고 모르는 결에 어금니에 군물을 돌리곤 할 뿐이었다.

가

들에 보리가 익고 살구도 완전히 누런빛을 더하여갔다.

달무리가 있은 이튿날 아침 뒷마을 샘물터는 온통 발끈 뒤집혔다.

당초에 말을 낸 것은 맨 처음 물 이러 온 금녀였고 그의 말을 들은 것이 다음에 온 제천이었다. 제천이는 이어 온 춘실네에게 그것을 귀띔하고 춘실네는 괘사 옥분에게 전하고 옥분은 히히덕거리며 방앗집 새댁에게 있는 대로 털어버렸다. 간밤의 변사는 순식간에 입에서 입으로 온통 번설되고야 말았다. 뒤를 이어 모여든 한 패는 물을 길어가지고는 냉큼 갈 줄을 모르고 물동이를 차례차례로 샘 전에 논 채 어느 때까지나 눈길을 흘끗거리면서 뒤숭숭하게 수군거렸다. 한번 말문이 터지면 좀체 수습하기 어려워서 있는 말 없는 말 주워섬기는 동안에 아침 시중이 늦어지는 줄도 모르고 횡설수설이었다. 새침데기이던 방앗집 새댁도 제법 말주머니여서 뒤에 오는 축들을 붙들고는 꽁무니가 무겁게 어느 때까지나 말질이었다.

"세상에 그런 법도 있을까. 집 안이 언제나 감감하길래 수상하다구는 노렸으나—하필 김 서기일 줄야 뉘 알았을구. 환장이지 그럴 수가 있나. 무서워라."

두 동이째 물을 이러 온 금녀는 아직도 우물터가 와글와글 뒤끓는 것을 보고 별안간 무서운 생각이 들었다. 처음으로 말을 낸 경솔을 뉘우쳤으나 그러나 한번 낸 말을 다시 입안으로 거둬들일 수는 없는 노릇이었다. 청을 받는 대로 간밤의 변을 몇 번이고 간에 되풀이하는 수밖에는 없었다. 되풀이하는 동안에 하기는 마음은 대담하여가고 허랑하여졌다.

"아마도 무엇에 홀렸든 게지. 아무리 달이 밝기로서니 아닌 밤에 살구 생각은 왜 나겠수. 살구 도적 간 것이 끔찍한 것을 보게 된 시초니."

금녀가 하필 그 밤에 살구나무집 살구를 노린 것은 형태가 마침 며칠 전에 읍내로 면장 운동을 떠난 눈치를 알아챈 까닭이었다. 개궂은* 그가 출타한 이상 집을 엿보기쯤은 어려운 노릇이 아니었다. 논길을 살며시 숨어들어 살구나무에 기어올라 우거진 가지 속에 몸을 감추기는 여반장이었으나 교교하게 밝던 보름달이 공교롭게도 별안간 흐려지면서 누리가 금시에 캄캄하여간 것은 마치 무슨 조화나 붙은 것 같았다. 알고 보니 그 날 밤이 월식이어서 그때 마침 온통 어두워진 하늘에서는 검은 개가 붉은

---

* '짓궂다'의 방언.

달을 집어먹으려고 노리고 있는 중이었다. 모든 것이 물속에 빠진 듯이나 고요하고 어두운 가운데에서 길을 잃은 듯한 박쥐의 떼가 파닥파닥 날아들고 뒷산의 부엉이 소리가 다른 때보다 한층 언짢게 들렸다.

멀리서 달을 보고 짖는 개의 소리가 마디마디 자지러지게 흘러왔다. 지척을 분간할 수 없는 나뭇잎 속에서 금녀는 불길한 생각에 몸서리를 치면서 살구 생각도 없어지고 나뭇가지를 바싹 붙들었다. 변이라도 일어날 듯한 흉한 밤이었다. 하늘의 개는 붉은 달을 입에 넣고 게웠다 물었다 하다가 드디어 온전히 삼켜버리고야 말았다. 천지는 그대로 몽땅 땅속에 묻혀버린 듯이 새까맣고 답답하여졌다. 부엉이 울음도 개 짖는 소리도 어느 결엔지 그쳐진 감감한 속에서 금녀는 무서운 김에 팔 위에 얼굴을 얹고 차라리 눈을 감아버렸다. 눈을 감으면 한결 귀가 밝아져서 어느 맘 때는 되었는지 이슥한 속에서 문득 웅얼웅얼하는 사람의 속삭임이 들렸다. 정신이 귀로만 쏠릴수록 말소리도 차차 확실해져서 바로 살구나무 아래편 서울집 뒤안에서 들려오는 것인 줄을 알았다. 방 안에는 등불이 켜지지 않았고 나무에 오르자 월식이 시작된 까닭에 당초부터 그 아래에 사람이 있는 줄은 몰랐던 것이다. 비록 얕기는 하여도 굵고 가는 한 쌍의 목소리가 남녀의 목소리임에는 틀림없었다. 여자의 목소리는 서울집의 것이라고 하고 남자의 목소리는 누구의 것일까. 부엌일 하는 점순이 외에는 남자의 출입이라고는 큰댁 식구들도 마음대로 못 하게 하는 형편에 아닌 밤에 서울집과 수군거리는 사내는 누구일까 하고 금녀는 무서움도 잊어버리고 이번에는 솟아오르는 호기심에 정신을 바짝 차리고 어둠 속을 노리기는 하나 워낙 어두운 데다가 나뭇잎이 우거져서 좀체 분간하기 어려웠다. 무시무시하면서도 한편 온몸이 근실근실하여서 침을 삼키면서 달이 밝아지기를 조릿조릿 기다렸다. 이윽고 하늘개는 먹었던 달덩이를 옳게 삭이지 못하고 불덩어리째로 왈칵 게워버리고야 말았다. 응겼던 구름이 헤어지고 맑은 하늘이 그 사이로 솟기 시작하자 달았던 불덩어리도 어느 결엔지 온전한 보름달로 변하여갔다. 하늘의 변화를 우러러보던 금녀는 어느 결엔지 환히 드러난 제 꼴에 놀라 움츠러들며 나무 아래를 날쌔게 나뭇잎 사이로 굽어보다가 별안간 기급을 할 듯이 외면하여버렸다.

수풀 속에서 배암을 만났을 때의 거동이었다. 뒤안에 내놓은 평상 위에 배암 아닌 남녀의 요염한 꼴을 보았기 때문이었다. 처녀인 금녀로서는 처음 보는 보아서는 안 될 숙은 광경이었다. 그러나 더 놀라운 것은 그 남녀가 서울집과 조합의 김 서기 재수란 것이다. 서울집의 소문은 이러쿵저러쿵 기왕부터 있기는 있어서 이제는 벌써 등하불명으로 모르는 부처님은 남편 형태뿐이라는 소문은 소문이었으나 사내가 재수일 줄야 그 아무도 짐작하지 못한 바이며 그렇기 때문에 금녀의 놀람은 컸다. 너무도 어처구니가 없어 다시 한 번 무시무시 아래를 훔쳐보았으나 속일 수 없는 밝은 달은 사정이 없었다.

금녀는 그것을 발견한 자기 자신이 큰 죄나 진 것도 같아서 몸서리를 치면서 애비 아들의 기구한 인연을 무섭게 여겼다. 그들 둘이 아는 외에는 하늘과 땅만이 알 남녀의 속일을 귀신 아닌 금녀가 엿볼 줄야 어찌 짐작인들 하였으랴. 하기는 그래도 달을 두려워함인지 뒤안이 훤히 밝아지자 남녀는 평상에서 내려와서 방 안으로 급스럽게 들어가는 것이었으나 어지러운 그 뒤꼴들을 바라볼 때 금녀는 다시 새삼스럽게 무서워지며 하늘이 벼락을 내린다면 바로 이런 곳이 아닐까 하고 머리끝이 선뜩하여져서 살구 생각도 다 잊어버리고 부리나케 나무를 미끄러져 내려왔다. 논길을 빠져 집까지는 거의 단숨에 달렸다. 밤이 맞도록 잠 한숨 못 이루고 고시랑고시랑 컴컴한 벽을 바라볼 뿐 하늘과 땅만이 아는 속일을 알았다는 두려움이 한결같이 가슴속에 물결쳤다. 그러나 시원한 아침을 맞아 샘물 터에서 동무를 만났을 때에는 응겼던 마음도 적이 누그러져 허랑하게 그 만 입을 열게 되었다. 하기는 그 끔찍한 괴변은 차라리 같이 알고 있는 것 이 속 편한 노릇이지 혼자 가슴속에 담아두기에는 너무도 무서운 것이었 다. 그날은 샘터도 별스러이 소란하여서 아침물이 지나고는 조금 뼘하더 니 낮쯤 해서 또 한바탕 들끓고야 말았다. 꽤 먼 마을 한끝에서까지 길러 가는 샘이므로 모이는 인물들도 허다한 속에 대개 아침 인물이 한두 사람 씩은 끼어 있었다.

"사내가 그른가, 계집이 그른고—하긴 그런 일에 옳고 그른 편이 있겠 소만."

"터가 글렀어. 강릉집 때에두 어디 온전히 끝장이 났수. 오대를 나려온 다는 그놈의 살구나무가 번번이 일을 치거든."

이렇게 수군거리는 패도 있었다.

"핏줄에서 난 도적이니 누구를 한하겠소만 면장 운동인가 무언가를 떠 난 것이 불찰이지. 버젓이 앉아 있는 최 면장을 떼고 그 자리에 대신 들어 앉으려니 그런 억지가 어디 있우. 박달나무 덕에 돈 벌고 땅 샀으면 그만 이지 면장은 해 무엇한단 말요. 과한 욕심 낸 죄로 하면야 싸지. 군수하고 단짝이라나. 이번 길에도 꿀 한 초롱과 버섯 말이나 가지고 간 모양인데 쉬이 군수가 갈린다는 소문이니까 갈리기 전에 한몫 얻으려고 바싹 붙는 모양이야."

"애비보다두 자식이 못나고 불측한 탓이 아니오. 장가든 지 불과 몇 달 에 아내를 뚜두드려 쫓더니 그 짓이란 말야. 춘천 가서 웃학교를 칠 년 만 에 마친 위인이니 제 구실을 할 수야 있겠소. 조합 서기도 애비 덕에 간신 히 얻어 한 것이 아니오."

"자식과 원수 된 것을 알문 형태는 대체 어떻게 할구."

샘물 둔치에는 돌배나무 한 폭이 서 있었다. 돌팔매를 던져 풋배를 와르르 떨어서는 뜻 없이 샘물 속에 집어 던지면서 번설들이었다.

"이 자리에서만 말이지 까딱 더 구설들 맙시다. 형태 귀에 들어갔단 큰일 날 테니."

민망한 끝에 발설을 한 것이 춘실네였다. 그러나 저녁때도 되기 전에 또 점순에게 그것을 귀띔한 것도 춘실네였다.

서울집 부엌데기로 있는 점순은 전날 밤을 집에서 지내고 아침에 일찍이 나가 진종일 집에서만 일한 까닭에 그 괴변을 보지도 듣지도 못하였다. 다시 집으로 갔다가 저녁참을 대고 나올 때에 수수밭 모롱이에서 춘실네를 만나 들으니 초문이었다. 재수는 전에 그에게도 한번 불측한 눈치를 보인 일이 있어서 그의 편성은 웬만큼 짐작은 하는 터였으나 역시 놀라지 않을 수는 없었다. 서울집을 극진히 여기는 점순은 그의 변이 번설되는 것을 민망히는 여겼으나 변이 변인 만큼 가만있을 수도 없어 그 걸음으로 다시 집에 들어가 남편 만손에게 전하고 내친걸음에 거리로 나가 가게 보는 태인에게도 살며시 뙤어주었다. 태인과는 만손 몰래 정을 두고 지내는 사이였다.

태인은 가게에 모이는 사람들에게 한두 마디씩 지껄이게 되고 만손은 그날 저녁 형태네 큰사랑에 마을 가서 모이는 농군들에게 말을 펴놓게 되었다.

이렇게 하여 소문은 하루 동안에 재빠르게도 마을 안에 쫙 퍼지게 되었다. 이제는 벌써 당사자 두 사람과 출타한 형태만이 몰랐지 마을 사람은 모두―형태 큰댁까지도 사랑 농군에게서 들어 알게 되었다. 큰댁은 놀라기는 무척 놀랐으나 제 자식의 처신머리가 노여운 것보다도 서울집의 빗나간 행동이 더 고소하게 생각되었다. 염라대왕에게 서울집 속히 데려가기를 밤낮으로 비는 큰댁은 남편이 돌아와 어떻게 이 일을 조치할까에 모든 생각이 쏠리는 까닭이었다.

나

그날 밤은 열엿샛날 밤이어서 간밤같이 월식도 없고 조금 늦게는 떴으나 달이 밝았다.

샘터 축들은 공연히 마음이 달떠서 달밤을 잠자코 지내기 어려운 속에서 옥분은 드디어 실무죽한* 금녀를 충충대서 끌어내고야 말았다. 하룻밤 더 살구나무를 엿보자는 것이었다. 옥분은 금녀보다도 바라지고 앙도라져서 금녀가 모르는 세상을 벌써 재빠르게 엿본 뒤였다. 오대산에서 강릉으로 우차를 몰아 재목을 실어 나르는 박 도령과는 달에 불과 몇 번밖에는 만날 수 없어서 그가 장날 장거리까지 내려오거나 그렇지 못하면 옥분이 웃마을 월정거리까지 출가 전의 눈을 훔쳐가지고 올라가지 않으면 안 되었다. 그런 때에는 대개 밭에 일하러 간다고 탈하고 근 오 리 길을 걸어 올라가 월정사에서 나오는 길과 신작로가 합하는 곳에서 박 도령을 기다렸다가 조이밭 머리나 개울가에 가서 무슨 회포를 이야기하곤 하였다. 나중에 어떻게 되리라는 계책도 서지 못한 채 다만 박 도령의 인금**만을 믿고 늘 두근거리는 마음에 위험한 눈을 훔치곤 하였다. 한 이태 더 모아서 돈백이나 모이거든 강릉에 가서 살자고 번번이 언약을 하고 우차를 몰고

* 어떤 일을 하는 것이 마음에 썩 내키지 아니한 듯한.
** 사람의 값어치, 됨됨이.

대관령 쪽으로 느릿느릿 걸어가는 뒷모양을 바라볼 때 번번이 가슴이 찌르르하였다. 거듭 만나는 동안에 남녀의 정이라는 것을 폭 안 옥분은 금녀와는 달라서 남녀의 세상에 유달리 마음이 쏠렸다.

금녀와 둘이 뒷마을을 나와 밭길을 들어갔을 때 달은 한창 밝아서 옥수수수염과 피마자 대궁이 빨갛게 달빛에 어리었다. 논뚝에서 기다리고 있는 점순을 만나더니 한패가 되어서 지름길을 들어서 살금살금 살구나무께로 향하였다. 사특한 마음으로가 아니다. 주인 동정을 살펴서 잘 알고 있으니 부리우는 사람으로서 마땅한 일 같아서 점순은 저녁 시중이 끝나자 약조하였던 금녀들을 기다리려 논뚝에 나와 앉았던 것이다.

말 없는 나무는 간밤이나 그 밤이나 같은 태도 같은 표정이었다. 금녀는 같은 나무에 두 번 오르기 마음이 허락지 않아 혼자 나무 아래에서 망을 보기로 하고 점순과 옥분을 올려 보냈다. 집에서는 유성기 소리가 쉴 새 없이 들리더니 판이 끝나도 정신없이 버려두어 판 갈리는 소리가 어느 때까지나 스르럭스르럭 들렸다.

나무 위에서 내려다보이는 집 안의 모양은 그 속에서 일할 때의 모양과는 퍽이나 달라서 점순은 모든 것을 신기한 것으로 굽어보았다. 평상 위에 유성기를 내놓고 금녀의 말과 틀림없이 서울집과 재수 단둘이 앉아 달 밝은 밤이라 월식의 괴변은 없으나 정답게 수군거리고 있는 것도 신기하였으나 열어젖힌 문으로 들여다보이는 방 안의 광경도 그 속에 있을 때와는 다르게 조촐하고 호화롭게만 보였다. 부러운 광경을 정신없이 내려다보는 동안에 점순은 이상하게도 다른 생각은 다 제쳐놓고 서울집 인물에 비겨 재수의 인금은 보잘것없고 그러므로 서울집을 훔친 재수는 호박을 딴 점이요, 서울집으로서는 아깝다는 그 자리에 당치 않은 생각이 불현듯이 솟기 시작하였다. 언제인지 한번은 경대 위의 금반지를 훔친 일이 있어서 즉시로 발각되어 호되게 야단을 듣고 집을 쫓겨난 일이 있었으나 그런 변을 당하여도 점순은 서울집을 미워는커녕 더욱 어렵게 여기고 높이고 싶었다. 사내가 그에게 반한듯이 점순도 그에게 반한 셈이었다. 여자로 태어나 마을의 뭇 사내들이 탐내하는 그의 곁에서 지내게 되는 것을 다행으로 여겼다. 그러기에 한번 쫓겨나면서도 구구히 빌어 다시 그 자리로 들어간 것이었다. 삼신할머니가 구석구석 잔손질을 해서 묘하게 꾸며 세상에 보낸 것이 바로 서울집이라고 점순은 생각하였다.

손발이 동자같이 작고 살결이 물에 씻긴 차돌같이 희었다. 콧날이 봉긋이 솟은 아래로 작은 입을 열면 새하얀 잇줄이 구슬을 머금은 것같이 은은히 빛났다. 점순이 아무리 틈틈이 경대 속의 분을 훔쳐서 발라도 그의 살결을 본받을 수는 없었다. 검은 살결과 걱실걱실한 체대와 큰 수족을 늘 보이는 것이건만 그에게 보이기가 언제나 부끄러웠다. 열두 번 다시 태어난다고 하더라도 그의 몸맵시를 따를 수는 없을 것 같았다. 뒤안에 물통을 들여다 놓고 그 속에서 목물을 할 때 그 희멀건 등줄기를 밀어주노라면 점순은 그 고운 몸뚱이를 그대로 덥석 안아보고 싶은 충동이 솟곤 하였다. 여름 한때 새끼손가락 손톱에 봉선화 물이나 들이게 되면 누에 같은 손가락 끝에 익은 꽈리알을 띄운 것도 같아서 말할 수 없이 귀여운 감동을 자아내는 것이었다. 그 서울집이 재수 따위의 손안에서 허름하게 놀고 있음을 내려다보노라니 점순은 아까운 생각만 들었다. 즉시로 뛰어내려가 그 자리를 휘저어놓고도 싶었다. 어느 때까지나 그대로 버려두기 부당한, 속히 한바탕 북새를 일으켜 사이를 갈라놓고 싶은 생각이 불현듯이 솟기 시작하였다. 그대로 살며시 덮어만 둔다면 어느 때까지나 애매한 형태에게까지 알려지지 않을 것이 한 되었다. 재수에게 대한 샘이 아니라 참으로 서울집에 대한 샘이었다.

그러나 점순이 그렇게 오래 걱정하지 않아도 좋은 것은 간밤 이상의 괴변이 금시에 눈 아래 장면 위에 일어난 것이다. 세상에는 기묘한 일이 간간이 생기는 까닭인지 혹은 그 불측한 장면을 오래도록 허락하지 않으려는 뜻인지 참으로 뜻하지 않은 어처구니없는 일이 일어난 것이다. 그렇게라도 되지 않으면 형태에게 그 숨은 곡절은 알릴 길이 없었던 탓일까. 읍내에 갔던 형태가 별안간 나타난 것이다.

집을 떠난 지 여러 날 되기는 하나 하필 그 밤에 돌아오게 된 것은 귀신이 알린 탓이라고밖에는 생각할 수 없었다. 하기는 어느 날 어느 때 그 자리에 당장 돌아올는지도 모르면서 유하게 정을 통하고 있는 남녀가 어리석은지도 모른다. 정에 빠진 남녀는 어리석어지는 법일까.

다따가 방문에서 불쑥 솟아 뒤안 툇마루에 나선 것이 형태임을 알았을 때 옥분은 기겁을 하고 점순에게로 몸을 쏠렸다. 나뭇가지가 흔들리며 살구가 후둑후둑 떨어졌으나 나무 위로 주의를 보내기에는 뒤안의 형세는 너무도 급박하였다.

평상 위에 서로 기대앉았던 남녀는 화다닥 자세를 바로잡으면서 물결같이 갈라졌다. 그 황급한 거동 앞으로 막아선 형태의 육중한 몸은 마치 꿈속의 무서운 가위 같아서 그 가위에 눌린 것이 별수 없이 두 사람의 꼴이었다. 움츠러들었을 뿐 쩍소리도 없는 데다가 형태 또한 바위같이 잠자코만 서서 한참 동안 자리는 고요할 뿐이었다. 검은 구름을 첩첩이 품은 채 천둥을 기다리는 무서운 순간이었다.

"대체 누구냐?"

지나쳐 상기된 판에 형태는 말조차 어리석었다. 하기는 재수가 아들임을 일순간 잊어버렸던지도 모른다.

"무엇들을 하고 있어?"

육중한 체대가 움직였을 때 서울집은 허둥허둥 평상에서 내려서 신을 신었다. 방으로 뛰어 들어가려고 툇마루 앞에 이르렀을 때 말도 없이 형태의 손에 머리쪽을 쥐었다. 새 발의 피였다. 한번 거세게 휘나꾸는 바람에 보잘것없이 폭싹 땅에 쓰러지고 말았다.

형태의 손질을 아는 점순은 아찔하며 그 자리로 기를 눌리고 말았다. 그 밤으로 무슨 변이 일어날지를 헤아릴 수 없는 판에 나무 위에서 유유하게 주인집 변사를 내려다보기가 무서웠다. 한시가 바쁘게 옥분을 붙들어 먼저 내려보내고 뒤이어 미끄러져라 하고 급스럽게 나무를 타고 내려섰다. 뒤안에서는 주고받는 말소리가 차차 똑똑해지고 금시에 큰 북새가 시작될 눈치였다. 간밤의 변괴보다는 확실히 더 놀라운 변고에 혼을 뽑힌 셋은 웬일인지 그 밤의 책임이 자기들에게도 있는 것 같아서 다시 돌아다볼 염도 못 하고 꽁무니가 빠져라 논길을 뛰어나갔다.

이튿날 아침 소문은 도리어 뒷마을에서부터 났다. 새벽쯤 해서 점순이 서울집으로 일을 하러 집을 나왔을 때 길거리에서 춘실네에게 간밤의 소식을 듣게 되었다. 재수는 당장에서 물푸레나무 가지로 물매를 얻어맞아 피를 흘리고 그 자리에 까무러쳐 쓰러진 것을 농군이 업어다가 뒷마을 집에 갖다 눕힌 채 아침까지 정신을 못 차리고 있다는 것이다. 전신이 부풀어 올라서 모습까지 변한 것을 큰댁은 걱정하여 울며불며 일변 약을 지어다가 달인다 푸닥거리 준비를 한다 집안은 야단이라는 것이었다.

궁금해서 두근거리는 마음에 점순은 부리나케 앞마을로 뛰어나가 닫힌 채로의 서울집 대문을 열고 들어섰을 때 집 안은 비인 듯이 고요하였다. 겁이 덜컥 나서 마루에 뛰어올라 의걸이 놓인 방문을 열었을 때 예료대로 놀라운 꼴이었다. 이불을 쓰고 누운 서울집을 벌써 운명이나 하지 않았나 하고 급히 이불을 벗겼을 때 살아 있는 증거로 눈을 뜨기는 하였으나 입에는 수건으로 재갈을 메웠고 볼에는 불에 덴 흔적이 끔찍하였다. 몸을 움짓움짓은 하면서 일어나지 못하는 것은 굵은 바로 수족을 얽어맨 까닭이었다. 바를 풀고 재갈을 빼었을 때 서울집은 소생한 듯이 간신히 일어나 앉았다. 흩어진 머리와 상기된 눈과 어지러운 자태가 중병이나 치르고 일어난 병자 모양이었다. 이지러져 변모된 얼굴을 볼 때 점순은 눈물이 핑 돌았다.

"죄를 졌기로서니 이럴 법이 있나 사람이 아니라 짐승이지."

이를 부드득 가는 서울집의 눈에도 눈물이 그렁그렁 어리었다. 구슬 같은 그 고운 얼굴이 뻘겋게 데어서 살뜰하던 모습은 찾을 수도 없었다.

"사지를 결박하구 입을 틀어막구 인두로 얼굴과 다리를 지지네나그려. 아무리 시골 놈이기루서 그런 악착한 것 본 적이 있나. 제나 내나 사람은 매일반 마음은 다 각각이지 인두를 달군대야 사람의 마음이야 어찌 휘일 수 있겠나. 이런 두메에 애초부터 자청하구 올 사람이 누군가. 산 설구 물 설구 인정조차 다른데, 게다가 허구한 날 집안에만 갇혀 한 걸음 길 밖에도 못 나가게 하니 전중이* 생활인들 게서 더할까. 피 가진 사람으로서 어찌 고향인들 안 그립구 사람인들 안 아쉽겠나. 갇힌 새두 하늘을 그리워 할랴니 내가 그른지 놈이 악한지 뉘 알랴만 내 이 봉변을 당하구 가만있을 줄 아나. 나 당장에 주재소에 가 고소를 하구 징역을 시키구야 말겠네. 그날이 나두 이곳을 벗는 날이야. 생각할수록 분하구 원통하구!"

입술을 꼬옥 무니 이슬 같은 눈물이 방울방울 솟아 상한 두 볼 위로 흘러내렸다. 점순도 덩달아 눈물이 솟으며 무도한 형태의 행실을 속으로 한없이 노여워하고 미워하였다. 만약 사내라면 그놈을 다구지게 해내고 싶

---

* 징역살이하는 사람을 속되게 이르는 말.

은 생각도 들었고 간밤에 달려들어 말리지도 못하고 변이 일어날 줄을 알면서도 그 자리를 피해 간 비겁한 행동을 그지없이 뉘우치기도 하였다. 반드시 태인과 남편 만손의 사이에 든 자신의 처지를 생각하여서가 아니라 참으로 마음속으로부터 서울집의 처지를 측은히 여겨서였다. 그러나 위로할 말을 몰라 다만 콧물을 들이켜면서 일상 쥐어보고 싶던 서울집의 고운 손을 큰 손아귀에 징그시 쥐어볼 뿐이었다.

다

형태는 부락스러운 고집에 겉으로는 부드러운 낯을 지니나 속으로는 심화가 솟아올라 그 어느 때나 술기에 눈알을 붉게 물들이고는 장거리에서 진종일을 보내곤 하였다. 옆 사람들의 수군거리는 눈치와 소문을 유하게 깔아버리고는 배포 유하게 거들거렸다. 화풀이로 면장 운동에 마음을 돌리는 수밖에는 없어서 술집에서 장 구장을 데리고 궁리와 책동에 해 가는 줄을 몰랐다. 장 구장은 기왕에 구장으로 있다가 최 면장이 들어서자 떨어진 축이어서 형태가 면장을 하게 되면 다시 구장으로 들어앉자는 것이 그의 원이었고 두 사람이 공모하는 뜻도 거기에 있었다.

원래 면장 운동은 가제 시작된 것이 아니라 벌써 오래전부터의 형태의 책모하여오던 바였다. 박달나무로 하여 돈을 벌게 되자 마을에서 상당히 낯이 높아진 것이 그 원을 품게 한 근본 원인이었고 면장이 되면 윗마을과 뒷마을에 있는 소유의 전답에 유리하도록 마을 사람들의 부역을 내서 길과 도랑을 고쳐내겠다는 것이 둘째 희망이었다. 그러나 그보다도 더 절실한 원인은 최 면장에 대한 감정이었으니 전에 역군을 다녔던 형태가 지벌이 얕다고 최 면장에게서 은근히 멸시를 받고 있는 것과 아들 재수가

최 면장의 아들 학구보다 재물이 훨씬 떨어지는 것을 불쾌히 여기는 편협
심에서 오는 것이었다. 부전자전으로 자기가 글을 탐탁하게 못 배운 까닭
으로 자식도 그렇게 둔재인가 하여 뒤치송을 할 재산은 있는데도 불구하
고 재수가 단지 재주가 부실한 탓으로 춘천고등보통학교도 칠 년 만에야
간신히 마치고 나오게 된 것을 형태는 부끄러워하고 한 되게 여겼다. 한
편 최 면장의 아들 학구는 재수와 동갑으로 한 해에 보통학교를 마쳤으나
서울 가서 웃학교를 마치고는 전문학교에까지 들어가게 되었다. 선비와
역군의 집안의 차이를 실제로 눈앞에 보는 것 같아서 형태로서는 마음이
괴로웠다. 최 면장은 어려운 가운데에서 자식 하나만을 바라고 그에게 정
성을 다 바쳤다. 몇 마지기 안 되는 땅까지 팔아버렸고 그 위에 눈총을 맞
아가면서도 면장의 자리를 눅진히 보존해가는 것은 온전히 자식 때문이
었다. 학구가 학교를 졸업할 때까지는 아무런 일이 있어도 그 자리를 비
벼나갈 생각이었다. 그런 점으로서 형태와는 드러나게 대립이 되어도 하
는 수 없는 노릇이었다. 그러나 그뿐이 아니었다. 참으로 무서운 최 면장
의 비밀을 형태는 손아귀에 움켜쥐고 있었다. 학비의 보충을 위하여 회계
원과 짜고 여러 번째 장부를 고치고 공금에 손을 댄 것이었다. 면장 운동
에 뜻을 둔 때부터 형태는 면장의 흠을 모조리 찾아내려고 하던 판에 회
계원을 감쪽같이 매수하여 그에게서 공금 횡령의 비밀을 샅샅이 들추어
냈던 것이다. 그런 눈치를 알아채었는지 어쨌는지 최 면장은 모든 것을
모르는 채 다만 학구가 학교를 마칠 때까지를 목표로 시침을 떼는 것이었
으나 형태는 형태로서 네 속을 다 뽑아 쥐고 있다는 듯한 거만한 배짱으
로 모든 수단이 다 틀리면 그 뽑아 쥔 비밀을 마지막 술책으로 쓰리라고
음특하게 벼르고 있었다. 하기는 그는 벌써 최 면장이 좀체 속히 물러앉
지 않을 줄을 짐작하고 이번 읍내 길에서도 군수에게 공금의 비밀을 약간

귀띔하고 온 터였다. 군수는 기회를 보아서 내막을 철저히 조사시켜 폭로시킨 후 적당한 조처를 하겠다고 언약하였다. 군수를 그만큼까지 후리기에는 상당히 물재도 들었으니 이번 길만 하여도 꿀과 버섯의 선사뿐이 아니라 실상은 논 한 자리까지 남몰래 팔았던 것이다. 군수의 일상 원이 일등 명기를 앞에 놓고 은주전자 은잔으로 맑은 국화주를 마시는 운치였다. 일등 명기야 형태의 수완으로도 어쩌는 수 없는 것이었으나 은주전자 은잔쯤은 그의 힘으로 족히 자라는 것이어서 이번 기회에 수백 금을 들여 실속 있는 한 쌍을 갖추어준 것이었다.

군수가 사양치 않은 것은 물론이며 그렇게 여러 번째 미끼를 흐뭇이 들여놓고 이제는 다만 속한 결과를 기다리게만 되었다. 평생 원을 풀 수만 있다면 그 모든 미끼의 희생쯤은 그에게는 보잘것없이 허름한 것이었다. 군수의 인품을 믿고 있는 것만큼 조만간 뜻대로의 결과가 올 것이 확실은 하였으나 될 수 있는 대로 그것이 속하였으면 하고 마음은 늘 초조하였다. 더구나 가정의 변이 생긴 후로는 어떠한 희생을 내서라도 기어이 뜻을 이루어야만 세상 사람들의 조롱과 웃음의 몇 분의 하나라도 설치*가 될 것이요, 지금까지 애써온 보람도 있을 것이며 맺힌 마음의 짐도 넌지시 풀어 부끄러운 집안의 변괴도 잊어버릴 수 있으리라고 생각되어 더욱 초조하였다. 술집에 자리를 잡고 허구한 날 거나하여서 충혈된 눈을 험상궂게 굴리곤 하였다.

장날 저녁이었다. 형태는 영월네 골방에서 장 구장과 잔을 거듭하다가 마침내 최 면장을 부르러 사람을 보냈다. 주석을 이용하여 마음을 떠보고 싸움을 거는 것이 요사이의 형세여서 장날과 평일도 헤아리지 않았다. 실

---

* 설욕.

상은 요사이 장 구장을 통하여 혹은 직접으로 그의 비밀을 한두 사람씩에게 차차 전포시키는 중이었다. 민심을 소란케 하여 그를 배반하게 하자는 생각이었다.

최 면장은 굳이 안 올 리가 없었으며 불과 두어 번 잔이 돌았을 때 형태는 차차 말을 풀어내기 시작하였다.

"정사에 얼마나 골몰한가. 덕택에 난 이렇게 술 잘 먹구 돈 잘 쓰구 태평하게 지내네만……."

돈 잘 쓴다는 말과 은근히 관련시키려는 듯이

"학구 공부 잘하나. 들으니 한다하는 사상가라지. 최씨 집안에야 인물이구말구. 그러나 쓸데없는 걱정 같지만 주의니 무어니 할 때 단단히 단속하지 않으면 까딱하다 큰일 나리. 푸른 시절에는 물들기두 쉽구 저지르기두 쉬운 법이요, 더구나 이게 무서운 시절 아닌가. 어련하겠나만 사귀는 동무 주의하라고 신신당부해두게."

비꼬는 말인지 동정하는 말인지 속뜻을 알 수 없어 최 면장은 대답할 바를 몰랐다. 장 구장과의 틈에 끼어 얼뻥뻥할 뿐이었다.

"다 아는 형편에 뒤치송하기 얼마나 어렵겠소만 면장, 이건 귓속말인데 사정두 딱하게는 되었소."

은근한 말눈치에 어안이 벙벙하여 있을 때 장 구장은 입을 가까이 가져오며 짜장 귓속말로 무서운 것을 지껄였다.

"미안한 말 같지만 사직을 하려거든 지금이 차라리 적당한 시기인가 하오. 더 끌다가는 큰 봉변할 것 같으니 말이오."

면장은 뜨끔도 하였거니와 별안간 홍두깨같이 불쑥 내미는 불쾌한 말투에 관자놀이에 피가 바짝 솟아오르며 몸이 화끈 달았다.

"무슨 소리요?" 단 한마디 짧게 퉁명스럽게 나갔다.

"노여워할 것이 아닌 것이 지금은 벌써 공연의 비밀이 되었소. 거리의 사람뿐이 아니라 멀리 읍내에까지두 알려져서 면내에서 모모하는 사람들 사이에는 공론이 자자한 판이오."

"대체 무슨 소리란 말요?"

면장은 모르는 결에 얼굴이 불끈 달며 어성이 높아졌다. 구장은 반대로 이번에는 목소리는 낮추었으나 그러나 다음 마디는 천 근의 무게가 있는 것이었다.

"아마도 윤 회계원의 입에서 말이 난 모양이오. 세상에서 누굴 믿겠소."

붉어졌던 면장의 낯은 금시에 새파랗게 질리며 입이 굳어지고 말문이 막혔다. 형태와 구장은 듬짓이 침묵하고 던진 말의 효과를 가늠 보고 있는 듯이 눈길을 아래로 향하였다. 불쾌한 침묵이었으나 그러나 면장은 즉시 침착을 회복하고 낯빛을 바로잡을 수 있었다. 설레지 않는 그의 어조는 막혔던 방 안의 공기를 다시 풀어버렸다.

"그만하면 말뜻을 알겠네만 과히 염려들 할 것은 없네. 일이라는 것이 나구 보아야 옳고 그른 것을 시비할 수 있는 것이지 부질없이 소문에 사로잡힐 것은 아니야. 난 나로서 충분히 내 각오가 있으니 염려들은 말게."

밉살스러우리만치 침착한 어조는 도리어 반감을 돋웠다. 형태의 말 속에는 확실히 은근한 뼈가 숨어 있었다.

"각오라니 무슨 각온지는 모르겠으나 일이 크게 되문 낭패가 아닌가. 들으니 읍에서는 군수두 쉬이 출장 와서 조사를 하리라는 소문인데 그렇게 되문 무슨 욕이 돌아올지 헤아릴 수나 있나. 일이 터지기 전에 취할 적당한 방책두 있지 않을까 해서 이르는 말이 아닌가."

마디마디 꼭꼭 박아대는 말에 면장은 화가 버럭 나서 드디어 고성대갈 호통을 하였다.

"일르는 말이구 무엇이구 다 그만둬. 그 속 다 알고 그 흉계 뉘 모르리. 군수를 끼구 책동하는 줄두 다 안다. 내야 어떻게 되든 어디 할 대루 해봐라."

"무엇을 믿구 큰소린구. 해보구 말구 나중에 뉘우치지나 말게."

벌써 피차에 감출 것이 없어 속뜻과 싸움은 노골적으로 드러나게 되었다.

"뉘우칠 것두 없구 겁날 것두 없다. 무슨 술책을 써서든지 뺏을 대루 뺏어봐라."

면장은 붉은 낯에 입술은 푸르면서 육신이 부르르 떨렸다.

"이 사람 어둡기두 하다. 일이 벌써 어떻게 된 줄두 모르구 큰소리만 탕탕 하니."

"고얀 것들, 이러자구 사람을 불러냈어, 같지 않은 것들."

차려진 술잔을 밀쳐버리고 면장은 성큼 자리를 일어섰다. 형태의 유들유들한 웃음소리가 터지자 참을 수 없는 노염에 술상을 발로 차버리고 문밖으로 뛰어나갔다. 통쾌하다는 듯이, 계획은 거의 다 성사되었다는 듯이 형태는 눈초리를 질멋이 주름 잡고 구장을 바라보면서 한바탕 데설웃음*을 쳤다.

면장 운동에는 차차 성공하여가는 형태지만 속은 늘 심화가 나고 지뿌둥하여서 변괴가 있은 후로는 아직 한 번도 서울집에는 들어가지 않고 큰집이 아니면 거리에서 밤을 지내오는 것이었다. 은근히 기뻐하는 것은 큰댁이어서 아들이 앓아누운 것을 보면 뼈가 아프기는 하였으나 그러나 그것을 한 기회 삼아 한편 남편의 마음을 돌리기에 애쓰고 밖에 나가서는

---

* 시원치 않게 웃는 웃음.

일방 앓아누운 서울집에 치성을 드리기가 날마다의 행사였다. 속히 일어나라는 치성이 아니라 그대로 살며시 가버리라는 치성이었다. 밤이 어둑어둑만 해지면 남편 몰래 새옹*에 메를 짓고 맑은 물을 떠가지고는 뒷동산 고목나무 아래나 성황 숲이나 개울가에 나가서 염라대왕에게 손을 모으고 비는 것이었다. 산귀신 물귀신 불귀신 귀신의 이름을 모조리 외우며 치마 틈에 만들어 넣었던 손각시를 불에도 사르고 물에도 띄우고 땅에 묻고 하여 은근히 서울집의 앞길을 저주하였다. 원래 강릉집 때부터 치성을 즐겨 하여 강릉집이 기어코 실족이 된 것은 온전히 치성 덕이라고 생각하였다. 서울집이 오면서부터는 더욱 심하여서 어떤 때에는 오십 리나 되는 오대산에 가서 고산 치성도 드렸고 내려오던 길에 월정사에 들러 연꽃 치성도 드렸다. 이번의 서울집의 변괴도 재수의 허물로는 돌리지 않고 치성 덕으로 서울집에게로 내려진 천벌이라고 생각하였다. 내친걸음에 서울집을 영영 없애달라는 것이 치성할 때마다의 절실한 원이었다. 형태로서는 치성은 질색이어서 큰댁의 우매한 꼴을 볼 때마다 한바탕 북새를 일으키고야 말았다.

재수가 자리에서 일어나자 하루아침 가만히 도망을 간 것은 여름도 한창 짙었을 때 형태의 심중이 가지가지 일에 무덥게 지글지글 끓어오를 때였다. 한편 걱정되지 않는 바도 아니었으나 차라리 한시름 놓은 것 같아서 시원도 했다. 신통치도 못한 조합 서기쯤 그만두고 멀리 가버림이 마을 사람들의 기억에서도 사라질 것이요, 차차 죄를 벗는 길도 될 것으로 생각되어서 차라리 한시름 놓은 것 같았다. 다만 걱정되는 것은 불미한 생각을 일으키고 그 어느 구석에 가서 자진이나 하지 않았을까 하는 것이

---

* 놋쇠로 만든 작은 솥.

었다. 그날 아침 집안은 요란하게 설레고 마을을 아래위로 훑으면서 헤매었다. 주재소에 수색원까지 내고 들끓었으나 그러나 그렇게까지 걱정할 것이 없은 것은 실상은 재수의 도망은 큰댁의 지시요, 계책이었던 것이다. 그날 새벽 장에 나가 치성을 마친 큰댁은 아들을 속사리재 아래까지 불러내다 등대하고 있다가 강릉서 넘어오는 첫 자동차에 태워서 앞대로 내보낸 것이었다. 거리에서 차를 타면 들킬 것을 염려하여 오 리 길이나 미리 나와 섰던 것이다. 전대 속에 알뜰히 모아두었던 근 백여 소수*의 돈을 전대째로 아들에게 주면서 마을에서 소문이 사라질 때까지 어디든지 앞대로 나가 구경 겸 어느 때까지든지 바람을 쏘이라는 당부를 거듭하면서 운전수가 재촉의 고동을 몇 번이나 울릴 때까지 차전을 붙들고 서서 눈물겨운 목소리로 작별을 서러워하였다. 그러나 물론 집에 돌아와서는 그런 눈치는 까딱 보이지 않으며 집안사람에게 휩쓸려 도리어 아들의 간 곳을 걱정하는 모양을 보였다.

재수의 처치가 제물에 된 후로 파였던 형태의 마음 한구석이 파묻힌 것은 사실이었으나 그렇게 되면 서울집의 존재가 머릿속에 더한층 똑똑하게 떠올랐다. 그러나 그대로 어느 때까지 버려두는 수밖에 별다른 처리의 방책은 없었다. 한번 흠이 든 것이니 시원히 버려볼까도 생각하였으나 도저히 할 수 없는 노릇임을 깨달았다. 속사리 버덩의 일곱 마지기를 팔아버린 것이 아까워서가 아니라 아무리 흠이 들었다고는 하더라도 아직도 그에게로 쏠리는 정을 끊어버릴 수는 없었다. 정이란 마치 허크러진 실뭉치 같아서 한쪽을 끊어도 다른 쪽이 매이고 끊은 줄 알았던 줄이 다시 걸리고 하여서 하루아침에 칼로 베인 듯이 시원히 끊어버릴 수는 없는 노릇

---

* 몇 냥, 몇 말, 몇 달에 조금 넘음을 나타내는 말.

이었다. 포악스럽게는 굴었어도 아직도 서울집에 대한 정은 줄줄이 허크러져 그의 마음 갈피에 주체스럽게 걸리고 감기는 것이었다. 그 위에 세월이라는 것은 무서워서 처음에는 살인이라도 날 것 같던 것이 차차 분이 사라졌고, 봉욕에 치가 떨리고 몸이 화끈 달던 것이 지금은 그것도 차차 식어가서 그대로 가면 가을에 찬 바람이 나돌 때까지에는 분도 풀리고 마음도 제대로 가라앉을 것 같았고 일이 뜻대로 되어 면장으로나 들어앉게 되면 무서운 상처는 완전히 사라질 듯도 하였다. 다만 서울집의 마음이 자기의 마음같이 가라앉고 회복될까 하는 것이 의심이었다. 한때의 실책이었던지 그렇지 않으면 정이 벌어졌던 탓인지 그의 마음을 좀체 들여다볼 수는 없었다. 늘 밖을 그리워하는 눈치를 보아서는 마음속이 심상치는 않은 것도 같았기 때문이다. 집에 누운 채 얼굴과 다리의 상처에는 약국에서 가져온 고약을 바르고 일변 보약을 달여 먹도록 시키기만 하고 형태는 아직 한 번도 들여다보지는 않았으나 서울집에 대한 의혹이 생길 때에는 불현듯이 정이 불꽃같이 타오르며 그를 만나고 싶은 생각이 유연히 솟아올랐다. 그럴 때에는 면장 운동보다도 오히려 더 큰 열정이 그를 송두리째 사로잡으며 서울집을 잃는다면 그까짓 면장은 얻어 해 무엇하노 하는 생각조차 들었다.

—《조광》, 1937. 10.

거리의 목가

1

"몇 점이요."

"스물다섯."

"요번에야—"

힘 맺힌 장대 끝에서 튀어난 골프알은 쏜살같이 둔덕을 넘어서 오목한 솥 안에 뛰어들기는 하였으나 지나친 탄력으로 하여 볼 동안에 다시 솥을 튀어나와 언덕 아래로 굴러떨어지고 말았다.

"두 점 하니—스물일곱."

골프알이 코스의 테두리를 벗어났음으로 말미암아 두 점을 더한 것이다.

명호는 거듭되는 실수에 혀를 차고 알을 다시 집어다가 제자리에 놓고 손수건을 내서 이마의 땀을 씻는다. 부드러운 미소 속에 떠오르는 지친 빛을 볼 때 영옥은 너무도 오래 끌어가는 그의 실수에 민망한 생각조차 들었다.

베이비 골프는 역시 마지막 코스가 제일 지루해서 단 두 사람만의 결전이면서도 벌써 한 시간을 훨씬 넘었다. 코스는 쉬운 데서부터 점차 까다로워져서 열째 코스가 가장 난관이었다. 당초부터 명호에게 유리하던 승산이 별안간 뒤집혀진 것은 참으로 이 열째 코스에서였다. 그렇다고 영옥의 재주가 더 익숙한 것은 아니었으니 그는 명호에게 끌려오자 오늘이 처음이었다. 온전히 그 순간순간의 손의 수요 재치여서 처음인 영옥이면서도 익숙한 명호와 거의 같은 점수로 진행되어온 것이 마지막 코스에 들어와서는 도리어 그보다 한 수 앞서 의외의 승패의 결단을 짓게 된 것이었다. 한번 이지러지기 시작한 명호의 수는 빗나가게만 되어 실수를 거듭하는 동안에 좀체 바른 호흡을 찾기 어렵게 되었다. 솥 안 구멍 속에 빠져버려야 할 골프알은 번번이 솥을 튀어나와 언덕을 굴러 내려왔다. 알은 알로서 손은 손으로서 피차에 고집을 피우는 셈이었다. 그 코스 나기를 기다리노라고 울레줄레 옆에 와 선 다른 패들 속에서 명호는 겸연한 표정을 지니고 알을 노리며 장대를 흔들었다.

거의 십 분이나 더 지나 스무 점 이상을 거듭하고서야 겨우 판은 끝났다. 지루하던 판에 알이 솥 안으로 굴러 사라졌을 때 영옥은 모르는 결에 박수를 하였다. 명호는 겸연한 낯에 빙그레 웃으며 오래된 그 자리를 떠나가 경기에 열중하고 있는 사람들 사이를 헤치고 코스 밖 벤치 있는 곳으로 걸었다. 저고리를 벗고 땀을 들이는 동안 영옥도 벤치에 걸어앉아 허공을 스쳐 오는 바람을 맞았다. 그곳은 백화점의 오층 위 옥상 정원이어서 도회의 상층을 흐르는 바람이 난간의 기슭을 스치고는 나무 아래로 흘러들었다. 먼 하늘에 거뿐하게 떠 있는 신문사의 경기구도 시원하게 보인다. 다섯 층 아래 거리가 불에 얹은 냄비 속같이 무덥고 답답한데 비겨 그곳은 다섯 층만큼 하늘에 가까운 천국인 셈이었다. 시원하고 즐겁고 한가들 하였다.

"졌소이다."

쪽지에 적힌 점수를 속으로 계산하고 나서 명호는 반드시 실망의 어조가 아이요 차라리 명랑하고 유쾌한 목소리로 영옥을 바라보았다.

"그것도 오십 점이나."

"부러 져주셨지요."

영옥은 미안한 어조였다.

"그럴 리 있나요. 승부라는 것은 언제든지 본능적으로 최선의 노력을 요구하는 것입니다."

"우연히 이긴 게지요."

"첫솜씨로는 대단히 훌륭하셨습니다―목적하시는 음악의 길도 그렇게 수월하게 성공하시기 바랍니다."

"예술에도 우연이라는 것이 있을까요. 골프와 음악과―꼬올로 통하는 길은 일반일까요. 장구한 세월의 기초의 노력이 없이 무엇이 되겠어요."

"음악의 길도 천차만층이겠지만 유행가수의 길쯤이야 골프의 요령과 다를 게 없겠지요."

"그럴까요."

영옥의 목표는 손쉬운 유행가수로서의 성공에 있었다. 미국 출신의 고명한 성악가인 명호의 말을 영옥은 믿고 싶었다.

유행가수의 길쯤이야 골프의 요령과 다를 게 없다고.

"골프에 이긴듯이 재치 있고 묘리 있게 목표만 향하고 나가시오."

지도는 얼마든지 아끼지 않겠다는 뜻이 말 속에 은연중 포함되어 있는 듯하여서 영옥은 기쁘면서도 한편 그를 알게 된 당초부터 느껴오는 일종의 무거운 감정을 억제할 수는 없었다. 무슨 까닭에 그는 그만큼의 지위로서 초면의 영옥의 지도를 그렇게 선선하게 맡았던가 하는 의문에서 오는 감정이었다. 그만한 호의와 친절에 값갈 만한 무슨 턱과 소질이 자기에게 있는가 하고 영옥은 생각한 까닭이었다.

"어떻든 유쾌한 승패였소이다."

명호는 하루의 행락을 마음으로 유쾌히 여기는 듯이 옷소매에 팔을 넣으면서 자리를 일어섰다. 영옥도 자태를 수습하고 약간 피곤한 걸음으로 뒤를 따랐다. 골프의 행락은 그것으로서 끝났으나 그날의 행사는 결코 그것으로 끝난 것이 아니었다. 골프의 승패의 결과는 파를 끌어서 스스로 다음의 행동을 작정하였다.

"진 때에는 진 만큼의 턱이 있는 법이지요."

명호의 거의 선언에 가까운 말이 들렸을 때에 두 사람은 마침 층계를 걸어 내려와 삼층 어귀에 서 있었다. 그 한구석에는 악기부가 있었다.

"드려야 할 선물이 있는데—"

악기부에 가서 별로 오래 따질 것도 없이 점원에게 분부하여 고급품 포터블 축음기 한 대를 골라서 고이 싸도록 이를 때까지 영옥은 다만 얼뻥뻥하여서 그의 거동을 눈부시게 바라볼 뿐이었다.

"숙소가 어디신가요."

점원이 별안간 묻는 바람에 영옥은 하는 수 없이 쪽지 위에 숙소를 적지 않을 수 없었다. 물건을 배달해주자는 뜻이었다. 집이 초라해서뿐만 아니라 여러 가지 의미로 아무에게도 알리지 않았던 숙소를 공교로운 서슬에 그 자리에서 그만 명호에게 알리게 된 것을 속으로 괴롭게 여겼다.

"성악 공부에는 역시 손쉬운 것으로 축음기가 필요하니까요."

필요한 줄은 처음부터 알고 있었고 속으로 은근히 원하고도 있기는 있었으나 그렇게 수월하게 생길 줄은 짐작하지는 못하였다. 너무도 과분의 선물을 미안히 여기노라니 문득 골프에서부터 시작된 오늘의 출발이 결국 이 결과를 위한 그의 성산이 아니었던가 하고도 생각되었다. 그러나 벌써 그 과당한 선물을 받을까 말까 망설일 여유조차 없었다. 점원과의 매매의 교섭은 간단하게도 끝난 뒤였다.

그 길로 지하층 식당에 내려가 다시 오찬의 대접을 받게 되었을 때까지 영옥의 마음속은 그날의 반성으로 채워졌다. 어차피 속세에 출마하여 적으나마 목표의 야심을 가진 이상 홀로 고결하고 상망하게만 굴 수는 없는 노릇이요, 때로는 텁텁하게 휩쓸리기도 하고 웬만한 정도의 타협이라면 용납해 들이자고 일종의 속세의 철학으로 배짱을 작정은 한 바였으나 그러나 오늘의 선물은 아무리 해도 과분하고 부당한 것으로밖에는 생각되지 않았다. 현재의 자기의 형편을 가늠 본 것이라면 오히려 견딜 수 있는 것이나 마음속까지 뽑히운 것이라면 부끄럽고 괴로운 노릇이라고 생각되었다.

서울 올라온 것부터가 불과 달포였다. 한번 접질린 생애를 가지고 새삼스럽게 새 출발을 하기에는 고향이 좁다고 생각한 까닭에 평양을 등지게 된 것이었다. 기구한 생애는 결혼에서 시작되었다. 딸의 뜻을 휘어서 어머니는 어떤 성심 아래에서 결혼을 강제하였으나 그 어머니조차도 결코 행복되지 못한 것은 결혼한 지 석 달 만에 남편이 우연히 세상을 떠났음이다. 결혼 석 달—이라는 것은 죽도 아니고 밥도 아니어서 어느 모로 보든지 불행만을 의미하는 것이다. 남편 거만의 재산에는 손가락 하나 댈 것 없이 영옥은 한 몸을 희생만 당한 채, 그러나 개운한 마음으로 친가로 돌아와 버렸다. 어머니는 못마땅하나마 이제는 더 딸의 마음을 휘일 수 없었다. 희생을 당하였을지언정 영옥에게는 차라리 생애의 한 기회가 되었다. 본격적인 음악의 길은 철 늦은 이제 감히 엄두를 못 낸다 하더라도 백 걸음을 사양하여 고른 유행가수의 길—그것이 그의 오래전부터 희망하여 오던 길이었다. 그만의 희망의 길이 아니라 어머니의 행복의 길도 의미하였으니 성공의 날, 그는 그것으로서 어머니를 봉양하려고 생각하였다. 몇 달 동안을 망설이다가 굳은 결심을 하고 드디어 낯설은 곳에 배수의 진을 치게 된 것이다. 신문사의 동무 애란을 의지하고 올라온 것이었으나 결국 은 외로운 가시길이었다. 애란의 소개로 음악비평가 민수를 알고 민수의 인도로 성악가 명호를 사귀게 되었다. 명호의 지도로 새삼스럽게 성악의 기본 지식인 호흡법, 발성법, 시창법을 연습해온 지 몇 주일이 되었다. 명 호는 믿음직하고 성실한 지도자였다. 그의 말은 별반 거역할 것이 없었으 나 오늘의 선물만은 아무리 생각해도 과만하였던 것이다—

정식의 긴 코스 동안 영옥은 더 많이 침묵을 지키게 되었다.

과실을 먹고 차를 마실 때에 난데없는 한 패가 별안간 등 뒤로부터 몰 려 들어와서 영옥을 놀라게 하였다. 민수와 낯모를 남녀와의 세 사람이었 다. 명호와 단둘만의 그 자리를 민수에게 보인 것이 그다지 유쾌한 일은 못 되었다. 민수는 위인이 데설데설하고 시원스럽기는 하였으나 그 반면 에 경한 데가 있어서 애란이 처음에 소개할 때에도 특별히 주의하라고 은 근히 귀띔하여준 인물이었다. 첫째 그의 굵은 알의 누런 안경이 비위에 거슬렸고 터놓고 선전하는 그의 독신주의라는 것이 수상하였다.

"소개를 할까요."

바로 옆 식탁에 자리를 잡고 나서 민수는 영옥의 편을 보았다.

"방송국 문예부의 남구 씨. 강남회사 전속 가수 박인실 씨."

남녀를 소개한 후 영옥을 마저 그편에 소개하였다. 이가 바로 그들인가 하고 영옥은 전부터 소개하겠다고 벼르던 남구와 인실을 찬찬히 바라보 면서 인사의 고개를 숙였다. 이들이 모두 그 방면의 유명한 사람들이며 앞으로 기어이 길을 같이하지 않으면 안 될 인물들임을 깨닫고 영옥은 일종의 감회와 흥분을 느꼈다.

"이름은 익히 듣고 있었습니다."

마치 구면인 듯이 남구는 말을 걸었다.

"명호 씨의 지도 아래서 공부하시니 어련하실까요."

"농담은 쉬엄쉬엄 하십시다."

영옥을 대신해서 명호가 한마디 갚았다.

"대단히 사무적이어서 미안합니다만 인사드리자 곧 부탁이 있는데요—"

남구가 말을 내자 민수가 꾀바르게 그 앞을 채었다.

"실상 내가 먼저 말씀 전하려고 하던 것인데 알맞은 기회가 없어서.—오는 달쯤에 신인의 밤의 방송을 연다는 것입니다."

뒤를 이어 남구가 자세히 설명하였다.

"—일종의 앙데팡당*이어서 말하자면 방송의 기회 없는 신인들에게 한 기회를 던져서 출세의 길을 주자는 것입니다. 성악이나 기악이나 각각 장기를 가지고 모여 재주껏 해서 세상 사람의 판단을 받자는 것이지요. 실력의 인정을 받으면 라디오의 가수로 출세할 수도 있겠고 혹은 레코드 회사에 채용될 수도 있겠고 특별히 전선 중계여서 방송국으로서는 대단한 용단이고 신인들에게는 둘 없는 기회라고 생각합니다. 영옥 씨께서도 한몫 끼어주신다면 국으로서는 영광이겠다고 민수 씨와 의론했던 터인데 의향이 어떠실는지요."

미처 생각의 여유도 주지 않고 민수가 뒤를 받았다.

---

* 프랑스에서 아카데미즘에 반대하는 화가들에 의해 1844년부터 개최되어온 자유출품제. 심사도 시상도 없는 미술 전람회를 가리킴.

"외람한 것 같으나 의향 여부가 없을 것 같습니다. 예술의 세상에는 실력을 충분히 가졌다고 하더라도 항상 기회라는 것이 중요하여서 알맞은 기회를 놓치면 세상에 나설 시기를 영영 잃어버리는 수조차 있는 것이니까요. 이번 기회 같은 것은 응당 붙들어야 할 것인데 주저 여부가 있습니까."

신인의 밤! 너무도 현란한 미끼요 유혹이었다. 영옥은 전신이 상기되어서 다만 얼떨떨할 뿐이었다. 사실 그것을 놓치고는 다른 기회가 그다지 흔할 것 같지도 않았다. 꿀같이 단 말은 기쁨과 함께 초조를 가져왔다.

"그러나 실력이 있어야지요."

하면서 명호를 바라보는 수밖에는 없었다.

"겸손의 말씀이겠지요."

민수는 어디까지든지 우겨든다.

"충분히 연습을 해서 나가보시는 것도 한 수겠지요."

명호의 한마디가 영옥에게는 묵직한 선언같이 믿음직하게 들렸다. 다만 얼굴을 붉히고 고개를 숙이고 그 말이 주는 흥분을 삭이고 있었다.

"승낙하였지요.—크게 기대하고 있겠습니다."

남구는 중대한 교섭이나 마친 듯이 대견한 표정을 띠었다.

"죄 없는 유행가수만 늘어간다. 그렇지 않아도 수가 많아서 먹고살기 어려운데 레코드쟁이 음악가 나부랭이가 제멋대로 자꾸 맨들어 내노니 어떻게 살아가란 말인고. 팔자 없는 유행가수가 되었더니 꼴사나워 살 수 있나."

인실의 암팡진 하소연이 좌중을 보기 좋게 휘젓고 찔렀다. 이 선진의 무례한 말씨를 영옥은 딴은 그럴 법도 하다고 생각하고 그 게정*꾼의 얼

---

* 불평을 품고 떠드는 말과 행동.

굴을 찬찬히 바라보았다. 예측하지 않았던 다른 한 폭의 현실이 별안간 눈앞을 가리우게 되면서 영옥에게는 그것이 또한 반성의 재료가 되는 것이었다.

좌석이 식어진 것을 기회로 명호가 자리를 일어서자 영옥도 따라서 일어났다. 문간에까지 이르렀을 때 민수가 와서 긴한 듯이 영옥에게 은근히 귀띔하였다.

"신인의 밤이 있기 전에 늘 말하던 윤주 강남레코드회사 문예부장을 만나두는 것이 유리할 것 같으니 그쯤 생각하고 기회를 엿보아두시오. 이건 한마디 충고요."

영옥은 황망한 마음에 영문을 모르고 우두커니 듣고만 있었다.

2

명호와 헤어진 후 저녁때는 되어서 숙소에 돌아왔을 때에 영옥은 말할 수 없는 피곤을 느꼈다. 몸도 피곤하였거니와 마음도 무척 피곤하였다.

노파가 반갑게 말을 걸며 배달된 짐을 내보였다. 명호의 선물 축음기였다.

축음기—신인의 밤—유행가수와의 회견—그날의 자극은 너무도 컸다. 마음이 갈피갈피 복잡하고 흥분되고 산란하였다.

어차피 돌릴 수 없는 선물이니 하고 풀어서 간직하였던 몇 장의 레코드를 걸었다. 일상 좋아하는 샌티스테반의 〈뱃노래〉의 멜로디가 고요하게 흘렀다. 이어 오펜바흐의 〈아름다운 밤〉과 슈베르트의 〈세레나데〉를 듣고 있는 동안에 설레던 마음도 차차 가라앉았다. 그러나 그 대신 고요한 가운데서 외로운 정회가 불현듯이 솟아올랐다. 화려하고 복잡하던 하루의 생활은 간곳없고 쓸쓸한 그림자만이 마음속에 어리어서 서글픈 심회가 가슴을 씹었다.

영옥은 거의 바른 정신 없이 자리를 차고 일어나서 갈아입지도 않은 그 옷 그대로 집을 뛰어나와 다시 거리로 발을 돌렸다.

"있을까."

마음이 적적할 때마다 그는 순도를 생각하는 것이었다.

그 고집쟁이 순도에게로 그같이 마음이 쏠리는 까닭을 알 수 없었다. 한 간 방구석에서 소설가가 되겠다고 밤이나 낮이나 들어 엎드려 궁싯거리는 양은 유행가수가 되려고 애쓰는 자기 자신의 꼴보다도 몇 곱절 초라한 것이었다. 그러면서도 마음은 높고 교만하여서 그 무서운 고집과 자신은 휠래야 휠 수 없었다. 웬일인지 그 고집이 영옥의 마음을 끌었다. 고향이 같은 탓보다도 그리울 것 없는 고향의 가정을 배반하고 떠나 무엇을 즐겨 하필 소설가가 되겠다고 객지의 가난한 방구석에서 고생하고 있는 그 꼴이 알 수 없이 마음을 울렸다. 한 고향 같은 객지라고 영옥은 그를 적지 아니 믿었으나 영옥의 목적에 대하여서는 처음부터 반대여서 그를 거들떠볼 염도 하지 않았다. 그러나 그러면 그럴수록 영옥의 마음은 더한층 간절히 그에게로 기울어졌다.

어두운 방 속에서 부엉이같이 눈만 빛내고 책상을 노리고 있던 순도는 영옥의 목소리를 듣고도 들어오란 말도 없이 됩더 주섬주섬 옷을 입더니 밖으로 나왔다. 어색한 침묵을 지킨 채 두 사람은 골목을 나와 가까운 공원으로 들어갔다. 그것이 늘 하는 그의 버릇이었다.

"마음이 울적해서 정신없이 찾아왔어요."

연못가 벤치에 이르렀을 때에 영옥은 처음으로 입을 열었다.

"유행가수는 되어서 무엇한단 말요."

생판 딴소리로 순도는 우겨대기 시작하였다. 영옥은 어이가 없었다.

"실례의 말이 아니에요."

"허영같이 해로운 것은 없소. 뭇 사내들과 얼려서 무시로 거리를 돌아다니는 꼴처럼 보기 사나운 것이 또 어디 있소."

"반드시 허영일까요."

영옥은 설명의 도리가 없어서 안타까웠다.

"장차 그것을 수단으로 먹고살아야만 한다면 어떻게 하나요."

"공장으로 들어가시오."

모진 한마디가 영옥의 마음을 후려치는 듯도 하였다. 영옥은 가슴이 무거워서 한참이나 할 말을 몰랐다.

"말이 과했는지는 모르나— 생활 수단으로 가수의 길을 골랐다면 아예 길을 잘못 들었소."

"잇속 없는 소설가 되려는 것이나 가수가 되려는 것이나 무엇이 다르단 말예요."

영옥은 겨우 반박의 말을 찾았다.

"소설과 유행가를 같이 본다면 더 할 말이 없소."

"가수 되려는 것을 허영이라고 하시면 실리지도 못하는 소설을 쓰노라고 허구한 날 궁싯거리는 것은 대체 무언가요."

순도는 벤치를 일어나서 연못가로 한 걸음 나섰다.

"하기는 피차에 그 무엇에 홀리었나 부오. 마치 귀신에게나 홀리우듯이."

연못에 던진 돌이 풍덩하고 파문을 일으키자 고기 떼가 물 위에 솟아올랐다. 우거진 나뭇가지에서는 새가 날았다.

"유행가에는 가까운 기회나 있지요."

영옥도 따라 일어서서 못가로 해서 순도의 뒤를 따랐다.

"─실상은 거기 대해서 조금 이야기드리려고 했는데요."

나무 그늘 속으로 사라지는 순도의 꽁무니를 영옥은 바싹 쫓았다.

"라디오의 신인의 밤이 있다는데 어떻게 했으면 좋을까 했어요."

"내가 아우. 고명한 선생들이 많은데 거기 졸 대로 하지."

뿌루퉁한 그 꼴이 반드시 즐겁게만 생각되지 않는 것은 순도의 그 말이 영옥을 위한 질투에서 나오는 말이 아니라 참으로 무관심하고 냉정한 태도에서 나온 것인 까닭이었다.

"그렇게 쌀쌀만 하시니 한 고향의 우정이라는 것도 없나요."

"예술에 우정이 무슨 아랑곳이오. 예술의 길은 피차에 다 제만의 외롭고 쓸쓸한 길인데."

"그렇다고는 해도 한마디의 충고라는 것도 없어요."

"소설이 유행가에게다 무슨 충고를 한단 말요."

생각 같아서는 그 자리에서 그에게 전신을 던지고 찬바람 도는 그 자리를 한 장의 웃음의 장면으로 변하고 맺힌 심회를 풀어보고도 싶었으나 한결같은 그의 태도에는 한 곳도 붙들 데가 없었다.

"끝끝내."

"내 뒤를 더 따라오지 마시오."

피차에 길이 다르니까.

순도는 돌아보지도 않고 그늘 속 길을 혼자 멋대로 내뺐다.

영옥은 홧김에 손에 쥐이는 얄븐 나뭇가지를 훑어 나뭇잎을 되구 말구 입에 품었다. 눈물이 빠지지 고였다. 하기는 나뭇잎이 쓴 까닭이었는지도 모르나.

창립된 후 처음으로 당해오는 공연이라 명호가 거느리고 나가는 음악협회에서는 날마다 회원들이 회관에 모여서 준비 연습에 분주하였다. 전에 무슨 회관으로 쓰이던 퇴물림일 듯도 한 두 간으로 된 넓은 방에 밤만 되면 이십 명에 넘는 남녀 회원이 모여들어 각각 맡은 곡조를 익히기에 이슥할 때까지 떠들썩하였다. 음악협회라고는 하여도 기악보다는 성악들이 위주여서 독창 이중창 사중창 혼성합창이 연주의 주목이었다. 높고 얕게 조화된 합창 소리가 회관 안에서 설렜다 가라앉았다 아름답게 울렸다.

영옥이 그날 밤 회관을 찾은 것은 명호의 간곡한 청을 저버릴 수 없었던 까닭이었으나 옆방에서 흐르는 〈아름다운 밤〉의 멜로디에 귀를 기울이고 있을 때 모르는 결에 가벼운 흥분 속에 잠겨지며 오기를 잘했다고 거듭 느꼈다. 흥분되는 음악적 분위기—외롭게 혼잣길을 걸어가는 영옥에게는 그것이 귀한 것이었다. 걸어가는 길에 의혹과 초조만을 느끼던 그에게 그날 밤의 흥분은 확실히 용기를 주고 결심을 새롭혀주기에 족하였던 것이다. '오펜바흐'의 그 고요한 노래가 눈물이 솟아날 지경으로 아름다웠다. 영옥은 살며시 한숨을 내쉬었다.

한 곡조의 연습이 끝났을 때 긴장이 풀린 회원들의 수선거리는 소리가 나며 지휘를 마친 명호가 곁방으로 들어와서 땀을 훔치며 연주의 효과를 묻는 듯이 싱글벙글 웃으며 피아노 있는 교의에 와서 주저앉았다. 영옥이 수고의 말을 미처 보낼 여유조차 없이 무엇을 생각하였는지 명호는 금시에 자리를 일어서 영옥의 앞으로 가까이 오더니 얼굴이 거의 맞닿을 정도로 몸을 굽히며 영옥의 두 손을 잡는다. 무서우리만큼 가까운 불같이 빛나는 그의 눈은 확실히 그 무엇을 구하는 듯이도 보였으나 사람이 피곤할 때에는 그러려니만 생각하며 영옥은 몸을 피하면서 자리를 냉큼 일어섰다. 그것을 기회로 명호는 영옥의 손을 잡은 채 일순간의 감정을 감추려는 듯이도 날렵하게 회원들 있는 옆방으로 끌고 들어갔다. 영문을 몰라 두근거리는 판에 초면인 수많은 남녀에게 밑도 끝도 없이 일장의 소개를 하는 것이다.

"오늘 처음으로 들어오신 동호자 임영옥 씨. 앞으로 우리 협회에도 드셔서 회원의 한 사람으로 힘쓰실 분. 여러분의 애호와 사랑이 날로 깊어 가기를 바랍니다."

아무 예고도 없었던 다따가의 소개에 영옥은 얼굴을 붉히면서도 하는 수 없이 몸을 굽혔다.

"오늘 밤 일부러 와주신 수고를 회원을 대표해서 감사드립니다."

명호는 이번에는 영옥을 향하여 맞선 허리를 굽히면서 미소를 띠었다.

뭇 시선 속에서 어쩔 줄을 모르고 무즛거리고 있는 가운데에서 남자 회원들의 눈살은 유난스럽게도 귀찮은 것이었다.

"회원이 부족해서 불편을 느끼던 차에 실력 있는 분이 뒤를 이어 참가해주시니 명호로서는 더없는 영광으로 생각됩니다."

실력이라는 말도 영옥으로서는 고맙지 않은 것이었으나 회원 되기를 승낙한 적도 아직 없는 것을 마치 벌써 회원인 듯이들 들추슬러대는 것이 괴로웠다.

"여회원 모아들이는 덴 권 선생은 펄펄 나셔. 어디서 찾아오는지 인물만 골라 오시니 솜씨가 놀랍단 말야."

한 사람의 남자 회원이 아마도 농을 겸하여서인지 명호와 영옥을 번갈아 보면서 괘사를 피우니 여자 회원 한 사람이 뒤를 받아 명호를 조롱하는 듯 맞장구를 쳤다.

"여회원에게 지나쳐 한눈을 파시다 옥주 씨에게 야단날려구 그러시지.

약혼 시대같이 몸 가지기 어려운 게 없다는데 가제나 옥주 씨 편이 좀 세신 터에—바로 말이지 제가 만약 옥주 씨라면 선생의 거동을 그냥 보고만 있진 않겠어요……."

"농이 지난 모양이오."

명호의 한마디가 그의 입을 막아버렸으니 망정이지 버려만 두면 무슨 말이 나올는지도 헤아릴 수 없는 경망한 여회원의 어세였다.

영옥은 불쾌하였다. 경솔한 여회원의 태도도 이해하기 어려운 것이었으나 그의 말이 여러 사람에게 줄 인상도 진저리 나는 것이며 그 말의 내용과—만약 내용대로라면 명호의 태도 그것조차도 불쾌하고 싫은 것이었다.

명호가 여학교 교사이자 피아니스트인 옥주와 약혼의 사이라는 것은 금시초문은 아니었으나 이제 막상 터놓고 그 사실을 들었을 때에는 결코 유쾌한 것은 아니었다. 명호의 지나쳐 친절한 태도는 여회원의 말마따나 한눈을 파는 셈인가. 그렇다면 그 또한 유쾌한 것은 아니었다. 장막 속에 은근히 가리어졌던 얼크러진 속을 들여다본 것도 같아서 영옥은 한결같이 불쾌한 심사를 금할 수 없었다. 어느 결에 어느 회원이 숨어들어 치는 것인지 이웃 방에서는 별안간 피아노 소리가 요란하게 울렸다. 그 무슨 광상곡인 양 어지러운 곡조는 돌연히 높아졌다 낮아졌다 하면서 수선스럽고 빠르게 울렸다. 마치 자기의 산란한 마음을 그대로 나타낸 것도 같아서 영옥은 별안간의 그 곡조에 몸이 쏠려짐을 느꼈다.

피아노는 피아노대로 울리건만 영옥이 돌연히 피아노의 정서에서 떨어지게 된 것은 회원의 한 사람의 외치는 소리에 문득 정신이 든 까닭이었다.

"옥주 씨. 옥주 씨가 오셨어요."

나갔던 회원이 외치며 들어오는 뒤로 옥주가 따라 들어온 것이다. 공교롭게도 그 자리에 나타난 옥주는 제 소리를 듣고 들어온 호랑이인 셈이었다. 방 안 사람들이 반갑게 맞이하는 그를 초면인 영옥은 복잡한 심정으로 대하지 않을 수 없었다. 빈틈없이 반들반들하고 팽팽한 데다가 안경까지 쓴 그 얼굴을 영옥은 닷치기 어려운 것으로 보았다.

명호도 옥주의 앞에서는 온전히 기맥이 없어서 그의 눈짓을 받자 다른 사람들의 존재는 완전히 잊어버린 듯이 한마디 말도 없이 둘만이 옆방으로 들어갔다. 필연코 그 무슨 의논이 있으려니는 짐작하면서도 영옥은 그 거동이 도무지 맞갖지* 않았다.

"그게 양식인지 무엔지는 모르겠으나 사나운 꼴 작작 보이구 얼른 결혼해버리지그래."

회원들의 눈에까지 날 제는 아마도 두 사람의 거동은 보기 어려운 것인 모양이었다.

"집이 돼야 결혼하지 결혼하자 곧 든다는데…… 지금 짓는 문화주택이 꼭 구천 원이 먹는데 선생이 삼천 원, 나머지 곱절을 옥주가 당한다나. 그러니 터세도 꼭 곱절을 쓸 모양이야."

"세야 쓰건 말건 구천 원짜리 문화주택이면 좋지 뭐냐. 피아노는 이미 있는 것 갖다 놀 테구."

장황한 소문도 귀에 거슬리는 것이었고 도무지가 불쾌한 것뿐이어서 영옥은 명호가 눈앞에 없음을 차라리 기회로 조금 퉁명스럽게 회관을 나와버렸다.

몹시도 서글퍼지며 외로운 생각이 금시에 등줄기에 찬물을 끼얹는 듯

---

* 마음이나 입맛에 꼭 맞지.

도 하였다. 명호들의 세상은 결국 그에게는 너무도 먼 것이었고 세상에는 혼자 걸어나가야 할 외줄기 지름길만이 있는 것이 쓸쓸하게 내다보였다. 그날 밤 회관을 찾은 것이 뉘우쳐도 졌다.

이튿날 명호가 찾아온 것은 영옥에게는 의외라면 의외였다. 아침도 일찍이 집도 수월하게 찾아서 뜰 안에 들어온 것을 바라보니 명호였다.

"왜 오셨어요."

어리석은 질문이나 영옥으로서는 중대한 문책이었다.

"어제밤엔 실례가 많았으나—그러나 왜 모르는 결에 말도 없이 오세요."

"무슨 낯짝을 들고 더 있으란 말예요."

협착한 방 안에 맞아들이기도 괴로워서 영옥은 옷을 쉽게 갈아입고 명호를 데리고 밖으로 나왔다.

"다따가 소개는 왜 하시구, 회원이라구는 왜 추수르세요. 승낙한 적도 없었는데."

"그게 노여우셨나요…… 워낙 소소리패*들이라 입들이 수다스러워서 짖어들 대다가 불쾌하게 해드린 모양인데 앞으론 충분히 주의시킬 테니 과히 허물 마세요."

"아녜요. 선생의 태도 그것부터가 불쾌하단 말예요."

하고 뒤미처 호되게 반박하고도 싶었고 구천 원의 문화주택과 피아노의 생활과는 저는 인연이 너무도 멀어요, 하고 욱박아대고도 싶었으나 다시 생각하면 모두가 쓸데없는 말 같아서 영옥은 입을 굳게 다물었다. 그러한 비꼼이 웬일인지 일종의 질투에서 나오는 것 같고 명호들에게 대하여서

---

* 나이가 어리고 경망한 무리.

질투를 느낄 아무것도 없음을 차게 반성은 하면서도 모순된 자기의 심정을 제 스스로도 이해하기 어려웠다.

"결국 선생들의 처지와 제 처지와는 거리가 너무도 멀어요. 선생의 현재 처지로는 제게 지나친 후의와 친절을 보이시지 말아야 해요. 이미 작정된 행복의 길을 살리세야 하잖어요."

"그런 그런 쓸데없는……."

"아녜요. 그렇구말구요. 어젯밤 회원의 말마따나 지금 한눈을 파시는 건 선생으로선 금물이 아녜요."

"그건 오 오해요. 한눈을 파느니 무어니 그런 말로 표시할 감정이 아닌데."

흥분된 서슬에 손을 와서 덥석 잡는다. 그 무슨 간절한 감정을 하소연하려는 것도 같다.

"어떻든 너무 가깝게 하시진 마세요."

잡히운 손을 징그시 빼면서 영옥은 순간 부질없고 끝없는 사내의 마음이라는 것을 생각하였다. 애정 위에 애정을 구하고 사랑 위에 또 사랑을 받아서 그칠 줄 모르는 마음—사내의 마음이란 그렇게도 다정다한하고 수심* 많은 것일까. 애정에 대한 수심이란 그렇게도 무한한 것일까. 철없이 꾀 없이 허둥허둥 쫓아오는 명호의 손에서 냉정한 마음으로 몸을 막고 빼쳐야 할 것은 도리어 자기 편임을 생각하고 영옥은 냉정한 반성을 해야 하는 것이 왜 하필 남자 편보다도 여자 편이어야 하나를 슬퍼하였다.

"제발 앞으론 지나친 후의는 끊어주세요."

"영옥 씨 영옥 씨……."

* 짐승같이 사납고 모진 마음.

여전히 외치면서 쫓아오는 명호를 돌아보아서는 안 된다. 영옥은 앞만을 곧게 내다보면서 들은 체 만 체 혼잣길을 재게 걸었다.

4

이제는 벌써 외가닥의 나갈 길이 빤히 보이는 것 같았다.

그 외줄 길에 대한 열정이 불현듯이 곧게 솟아올랐다. 그 열정은 물론 명호와의 사이에 실망과 환멸을 느끼게 됨으로 인한 서글픔과 고독에서 나오는 것이었으나 그러므로 마치 외줄기의 철사와도 같이 날카롭고 곧은 것이었다.

명호에게서 뿌리치고 온 그 길로 영옥은 거리에 들어와 단골 찻집에 들렀다. 거기에서 민수를 만난 것은 더없는 기쁨이었다. 물론 그가 이미 그곳에 있을 줄을 뻔히 짐작하고 온 것이었으면서도 우연히 만나게 된 것 같아서 새삼스럽게 기뻤던 것이다. 조금 찹찹스러운 그 독신주의자를 그때까지 꺼려온 영옥이언만 그 당장에서는 그는 벌써 자기를 구해줄 주인공과 같이도 반갑게 보였다. 지금에는 벌써 붙들고 솟아오를 생명의 줄은 그밖에 없다고 생각되었기 때문이었다.

탁자에 마주 앉자마자 영옥은 다짜고짜로 첫마디의 사정이었다.

"라디오 방송 신인의 밤에 나가보기로 결심했어요."

불현듯이 열정이 북돋은 외줄의 길이라는 것이 바로 그것이었던 것이다. 마음속에 싸두었던 중요한 한마디를 말해버렸을 때 영옥은 무거운 짐을 풀어버린 듯이도 개운하였다. 민수는 그 한마디에 별안간 생기를 얻은 듯이 누른 안경을 번쩍이며 영옥보다도 오히려 이상의 기쁨을 보이는 것이다.

"듣던 중 반가운 소식이외다. 그러기를 바라왔고 또 응당 그래야죠. 아시다시피 그런 알맞은 기회는 다시 없고 나가시기만 한다면 어떻게든지 성공하시도록 뒤에서 일을 꾸며놓을 작정이었으니까요."

장황한 설교를 듣고만 있으면 항상 한이 없는 것이기에 영옥은 급히 앞을 서둘렀다.

"방송국에다 속히 출연 가입 수속을 마쳐놔야 할 텐데요."

"암 하구말구요. 속할수록 좋을 테니까."

민수는 마시던 찻잔을 놓고 마치 소년같이 민첩하게 자리를 일어섰다.

"남구 군에게 전화를 걸죠."

그 자리로 구석 편 전화실로 들어갔다.

마치 가게의 차인꾼같이도 고분고분히 분부대로 움직이는 민수의 자태를 바라볼 때 영옥은 통쾌하다느니보다는 마음이 서글펐다. 민수의 태도가 비굴한 것일까. 그보다도 자기 자신의 태도가 더한층 비굴한 것이 아닌가.—영옥의 심사는 이미 일을 시작해놓은 그 당장에 있어서도 오히려 갈피갈피 복잡하였다.

전화실을 나온 민수는 벙글벙글 웃으며

"일이 잘돼 들어가기는 하는데."

다시 자리에 앉지 않고 탁자 위의 담배 책자 등속을 주머니 속에 수습하면서

"자리를 뜹시다. 오늘 마침 노는 차례라나요. 같이 점심을 먹기로 했지요. 거기서 이야기도 하시고 타협도 하시고……."

영옥은 굳이 거역하지 않고 자리를 일어서 함께 찻집을 나왔다. 이제는 벌써 범의 새끼를 잡으려면 범의 굴까지라도 사양하고 싶지 않은 처지였다. 민수와 나란히 서서 거리를 걷는 것이 시스럽지도 않았다.

"녀석 요새 번민이 심한 모양인데."

담배를 붙여 물며 혼잣말이라기에는 좀 크게 중얼거렸다

"누가요."

"남구 말예요."

연기를 내뿜더니

"—아마도 아시겠지만 성악도 하고 피아노도 좀 공부한 유명한 보배라고 있지 않습니까. 남구와 약혼의 사이였던 것이 요새 완전히 갈라진 모양이에요. 남구가 사람 잘못 골랐죠. 허영밖에는 없는 여자와 무슨 결혼이 온전히 되겠습니까. 여배우로 행세하기가 평생의 원이라더니 남구도 모르게 어떤 놈팽이와 동경으로 달아났다나 봐요. 금시에 결혼할 것같이 말하더니— 별것 아니죠, 남구가 속았죠. 한 가지 재미있는 사실은 그 놈팽이가 삼천 원짜리 백금반지를 보배에게 선사했다나요. 그 선사에 홀리었는지도 모르죠."

보배의 이름은 영옥도 들은 적이 있기는 하나 민수가 그 길에서 왜 하필 그런 소식을 전하는가가 영옥에게는 모를 일이었다. 다만 한 조각의 거리의 가십을 전하는 셈일까. 그렇지 않으면 그 무슨 뜻을 두자는 것일까.

"별 뜻 없죠. 다만 남구가 요새 번민이 심하다는 것을 말하려는 것뿐이죠. 상처가 대단히 큰 모양인데 마음 보낼 곳 없어 더한층 쓸쓸한 눈친데요."

"민수 씨에겐 그만한 얘기 한 토막쯤 없나요."

"없죠 없죠. 품행 방정한 청교도인 줄 모르시나요."

질색을 하고 펄쩍 뛰면서 잡아떼는 것이 영옥에게는 도리어 우습게 보였다.

빌딩 지하층 그릴에서 남구를 기다려서 세 사람이 식사를 하면서 출연에 대한 타협은 비교적 수월하게 끝났다.

남구는 영옥의 일신에 관한 것을 몇 가지 적고 연주할 곡목을 작정하였다. 영옥이 늘 좋아하고 또 장기인 슈베르트의 〈세레나데〉와 브람스의 〈들장미〉의 두 곡목이 선택되었다. 피아노 반주자의 선택은 남구에게 맡기고 그에게서 몇 가지의 주의를 들은 것으로 이야기는 끝났다.

방송이 있기 전 며칠을 기약하고 먼저 시험 연주회가 있다는 것이었다. 그 테스트를 통과하여야 방송에 출연할 수 있다는 것이나 그만한 실력과 자신은 이미 준비된 뒤이다. 영옥은 방송의 날이 은근히 기다려질 뿐이었다.

"성공하시면 한턱 있어야 합니다."

남구의 말을 영옥이 대답하기 전에 민수가 가로채어서

"여부 있겠나. 자네는 자네로서 난 나로서 배후의 원조나 단단히 하세 그려."

식사도 거반 끝났을 때 민수는 차를 저으면서 남구를 찬찬히 바라보았다.

"아까도 말했지만 자네 요새 번민이 과한 모양이야. 얼굴이 못됐을 젠."

"머 무슨 말을 했단 말인가."

남구는 별안간 정신이 번쩍 뜨이는지 들었던 식도를 놓으면서 민수를 바로 건너보았다.

"자네 파혼한 얘기 말일세."

"파 파혼한 얘기를 누 누구와 했단 말인가."

"영옥 씨와."

"미 미쳤나 이 사람."

남구는 금시에 빛을 변하며 눈썹이 험해졌다.

"쓸데없이 실없는 소리는 왜 하나."

"못할 말 무엇인가. 그렇게 허물 되나."

"할 말 따로 있고 말할 처지 따로 있지 남의 속일을 그렇게 함부로 지껄인단 말인가."

남구의 노염은 예측 이상으로 큰 것이었다. 무슨 까닭의 노염인지 영옥 자신도 그의 태도를 이해하기 어려울 정도였다. 아무리 말을 들은 상대자가 자기로서니 한 구절의 로맨스의 실패담이 그렇게도 그를 상하는 것일까. 말을 들은 책임상 영옥의 처지는 딱하고 곤란하였다.

"자네는 자네만 유독 청교도인 척 자처하나 자네 속사정을 지금 영옥 씨 앞에서 얘기한대도 자네 탄하지 않겠나. 인실과의 얘기, 연희와의 곡절⋯⋯."

"딴은 그럴 법도 하네. 그만두게. 자, 빌 테니."

이번에는 민수가 뜨끔하면서 정색을 하였다가 금시에 빛을 풀며 웃음으로 그 자리를 얼버무리려고 하였다.

"윤주와 친한 인실을 가로채인 건 자네가 아닌가."

민수는 기급을 할 듯이 일어나서 남구에게 손을 모고 빌었다.

"제발 살려주게, 그만두게."

"자네가 버린 백화점 연희가 지금 어떤 난경에 있는지를 자네 생각이나 해봤나. 그래두 청교돈가. 못된 청교도. 음흉한 돈 팡⋯⋯."

민수는 저린 상처를 다치운 듯이도 절절매면서 하는 수 없이 남구를 뒤로 돌아가 안고 손으로 그의 입을 막아버렸다.

뜻하지 않은 그 한 토막의 우스꽝스러운 희극을 눈앞에 보면서 영옥은 어안이 벙벙하여 해석의 도리를 몰랐다.

무슨 까닭에 친한 동무인 두 사람이 그렇게까지 안달을 하고 법석을 하는지가 도시 이해하기 어려웠다. 두 사람의 그만한 정도의 내막을 들었대야 영옥 자신으로서는 아무 감동도 자극도 받지 않았고 두 사람에게 대한 인상도 처음과 별반 다른 것이 없는 것을 두 사람은 헛되이 자기 한 사람을 둘러싸고 불필요한 감정을 낭비하는 것으로밖에는 보이지 않았다. 결국 자기 한 사람 때문에 일어난 결과임을 생각할 때 어리석은 두 사람의 꼴들을 겉으로는 웃으면서 대하나 속으로는 우울하기 짝 없었다.

"녀석 말을 그대로 다 믿지는 마십시오."

입을 풀리운 남구는 마지막 결론이듯이 영옥을 바라보며 민수를 손가락질하였다.

영옥은 여전히 부드러운 웃음을 띠우면서 일부러 고개를 끄덕여 보였다.

마음은 한없이 우울하고 답답하였으나 다만 하나 눈앞에 닥쳐오는 목표의 길만을 바라보고 그 큰 것을 위하여서는 조그만 우울의 감정쯤은 억지로라도 희생해버리고 말살해버리려고 생각하였다.

모처럼의 오찬의 뒷맛이 이지러져버린 것을 아깝게 여기며 영옥은 식은 차를 단모금에 마셔버렸다.

5

시험 연주가 있은 지 며칠 안 되어 방송 연주의 날이 왔으나 이미 몇 차례의 시험으로 배짱을 든든히 다진 후였건만 영옥은 그날 유독 설레는 마음을 금할 수 없었다. 시험 연주 때에 벌써 충분한 실력을 보였고 그것이 단지 발라맞춤이든 무엇이든 간에 관계자들의 지나친 칭찬의 소리를 들어왔건만 막상 목적의 날을 당하였을 때 그날은 그날로서의 불안과 초조가 있었던 것이다.

자기에만 유독히 과한 대접이라고 생각하면서 방송국에서 온 자동차에 남구들과 같이 올라 거리를 달릴 때에 가슴과 머릿속에 금시에 그 무엇이 가득 차지며 애써 마음을 가라앉히려고 할수록 육신은 더한층 굳어갔다.

자랑스러운 것보다도 근심스러운 것이 앞서며 영광의 자리가 아니라 도리어 수난의 자리로 끌려가는 듯한 생각이 들며 차의 요동과 창밖에 흐르는 거리의 풍경의 심상한 한 폭이 유난스럽게도 순간순간의 마음을 잡는 것이었다. 한자리에 앉은 남구와 민수의 격려의 말은 도리어 뜻 없이 한편 귀로 흘려버렸다.

다 각각 이런 마음으로 모여들었을 신인들로 하여 방송국의 응접실은 방송국의 시간을 앞두고 수선거리고 설렜다. 안타까운 꿈들은 가슴에 품고 닥쳐올 운명의 고패*를 바라들 보며 어두운 초조의 빛이 얼굴들을 한 빛으로 칠하였다. 즐거운 듯이 이야기를 하고 웃고들 할 때 그것은 모두 억지로 꾸민 표정이요 거짓 자세에 지나지 못하는 듯이 보였다. 남자들 속에 섞인 몇 사람의 여자—별수 없이 영옥과 비슷한 길을 걷는 처지가 아닐까. 재주조차 팔기 어려운 세상—이라는 느낌이 그 안타까운 분위기 속에 그 어디인지 들여다보였다. 설레는 속을 떠나 영옥은 휴게실 소파에서 피아노 반주자와 몇 가지의 곡목에 대한 주의를 타협하고 있었다. 타협이라는 것보다는 차라리 침착한 태도를 준비하려는 것이었다. 어느덧 방송이 시작되어 응접실 확성기에서는 노래가 흐르기 시작하였다. 방 안의 공기도 가라앉은 듯한 고요한 속에서 누구인지 신인의 목소리가 제

---

* 고비, 고개.

법 유창하게 들려옴이 영옥에게는 일종 신기한 느낌조차 주었다. 가슴이 한층 달아지는 속에서 악보에 적힌 노래의 마디를 외우려고 애쓰는 동안에 확성기에서 흐르는 연주의 인물도 몇 차례나 갈렸건만 얼마나의 시간이 지났는지 흥분된 마음에 꿈결같이만 생각되는 판에 문득 눈앞에 남구의 자태를 발견하고 영옥은 암시나 받은 듯이 제물에 자리를 일어섰다. 연주의 차례가 온 것이었다. 반주자와 함께 거의 또렷한 정신 없이 복도를 걸어가 방송실에 들어가는 걸음걸이조차 약간 떨리는 듯하였다.

"정성껏—믿습니다."

한마디 귀띔하고는 이어서 방송 소개를 하는 남구의 말소리가 먼 바다 속에서 오는 것과도 같이 아련하게 들렸다. 눈앞에 마이크로폰이 꿈속의 괴물같이 이쪽을 노리고 있는 것을 볼 때 전신이 화끈 달며 머리끝이 솟았다. 그 괴물 앞에 수많은 사람이—명호가 옥주가 민수가 남구가 애란이 인실이 그 외 수천 혹은 수만의 낯모를 사람이 귀를 기울이고 있을 것이 문득 생각되자 몸은 불덩이같이 달았다. 피아노 소리가 떨어지자 또 한 사람 문득 마지막으로 마이크폰 앞에 떠오르는 사람이 있었다. 순도였다. 언제인가 공원에서 헤어진 후 다시 만나지 않은 순도가 그 순간 거리의 어느 구석에 묻혀 있을까가 돌연히 생각나며 그가 부르려는 노래가 결국 모두 단 한 사람 순도에게 바치려고 한 것임을 새삼스럽게 깨닫자 그의 그림자가 금시에 눈앞에 활짝 다가오는 듯도 하여 상기된 몸에다 마음의 열성까지를 부어 영옥은 사랑의 노래의 첫마디를 대담하게 불러냈다. 첫마디가 떨어지자 생각은 생각을 잇고 곡조는 곡조를 낳아 노래는 줄줄이 흘렀다.

× × ×

순도는 그때 거리의 찻집에 앉아 있었다. 그것은 반드시 우연이 아니라 실상인즉 그날 밤의 신인의 밤 방송의 예정을 알아듣고 그렇다고 영옥에게 펴 보일 수도 없는 은밀한 마음으로 그 자리에 앉게 되었다. 식어가는 찻잔을 앞에 놓고 맞은편 벽에서 흘러오는 라디오의 소리에 정신을 쏠리고 영옥의 차례를 조릿조릿하게 기다리고 있었던 것이다.

공원에서 영옥의 태도를 나무라고 유행가와 소설의 구별을 엄격하게 판단하고 서글프게 헤어진 후 다시 영옥을 만나고 싶은 생각은 간절하면서도 실상 그를 만나지 못하고 있는 복잡한 순도의 마음이었다. 유행가를 비웃고 소설의 값을 한층 치하하였건만 아직 한 편의 소설도 쓰지 못하고 있는 순도의 심경이었다. 소설을 생각할수록에 소설을 쓰게 되지는 않았다. 참된 소설은 마음속에 있을 수 있는 것같이만 생각되었고 참된 괴롬은 가슴속 깊이 묻어두어야만 옳을 것같이 생각되었다. 한번 입 밖에 나오면 글자로 나타나면 그것은 벌써 괴롬이 아니요, 소설도 아니요, 김빠진 허수아비일 듯이만 생각되었기 때문이다. 그렇기 때문에 세상의 소설은 모두 마음속에 고여 있을 때만이 참된 것이요 한번 소설로 나타나면 거짓말인 것이다. 차라리 붓을 꺾어버릴지언정 거짓말을 써낼 수는 없다고 생각한 곳에 그가 소설을 못 쓰는 이유가 있었다. 그러나 한 자도 쓰지는 못하고 허구한 날 궁싯거리고만 있는 괴롬은 더한층 큰 것이었다. 쓰다가는 꾸기고 쓰다가는 버리고 하여 휴지 된 원고지만이 책상 앞에 늘어갔다. 화를 내고는 거리에 나와 한 잔 차에 분풀이를 하고 하는 요사이의 그였다. 안타까운 심정에 영옥의 생각만이 늘어갔다. 냉정하게 비웃기는 하였으나 소설 못 쓰는 자기가 유행가를 부르려는 영옥보다 별로 나을 것도 없이 생각되었다. 쌀쌀하게 그를 떨쳐버린 것이 마음에 저리게 뉘우쳐졌다. 부질없이 냉정하게 군 것은 결국 완고한 고집에서 나온 것이었으나 생각하면 그 모든 것이 영옥에게 대한 질투가 아니었던가를 짐작할 때 마음속에 숨어 있는 것이 결국 그에게 대한 사랑이었던 것을 깨닫기 시작하였다. 그날 밤은 이러한 마음의 고패를 겪은 후이라 영옥의 자태를 가슴속 깊이 간직하고 애달픈 마음으로 라디오 앞에 자리를 잡았던 것이다. 찻잔에서 김이 피어오르듯 마음속에서는 잡을 수 없는 애수가 피어올랐다.

한 사람의 노래가 끝나고 영옥의 소개의 말소리가 들려올 때 순도는 모르는 결에 허리를 세우고 정신을 차렸다. 반사적으로 라디오를 우러러보고는 시선을 탁자 위로 떨어트렸을 때 슈베르트의 사랑의 노래가 고요히 흐르기 시작하였다. 바로 귀밑에서 부르는 듯도 한 영옥의 목소리를, 연연한 노래의 구절구절을 그 모두가 자기 한 사람에게 보내진 것으로 생각하면서 순도는 한 마디 한 마디를 놓치지 않으려 하였다. 듣고 있는 동안에 피가 수물거리고 얼굴이 빛나갔다.

내 노래 사붓이
밤새도록 그대에게 구하노라
고요한 숲을 내려와
님이여 내게 옵소사고.

× × ×

그대도 떨리는 가슴으로
님이여 내 노래 들으소서
내 떨면서 기다리니
오소서 내게 사랑 주소서…….

× × ×

떨리는 목소리로 노래를 마쳤을 때 영옥은 눈물이 핑 돌며 피아노 앞에 그대로 쓰러질 듯도 하였다. 마이크로폰 앞에 그때까지 귀를 기울이고 있던 순도가 금시에 먼 곳으로 쏜살같이 달아난 듯한 착각이 눈을 후려갈겼던 까닭이다.

반주자가 일어나서 그를 붙드는 동안 남구가 달려오고 민수가 문을 열고 들어오고 하여 다음 순간에는 칭찬의 소리가 그의 귀를 덮을 지경이었다.

"대성공이오."

"오늘 밤 으뜸의 성적이오."

"방송국 총출동으로 함빡들 취하였었소."

방송실을 나가 응접실에 이르렀을 때 신인들과 등대하고 있던 국원들 속에 영옥은 둘러싸였다. 수다스러운 말소리에 마음이 현혹할 뿐이었다. 어안이 벙벙하고 얼굴이 달았다. 성공 여부를 자기로 알 수는 없었으며 결국 성적보다는 사람들이 요란히 떠드는 속에 성공이라는 것이 있음을 깨달을 때 문득 서글퍼지며 그 수선스러운 자리를 속히 피하고 싶은 생각뿐이었다.

"반가운 손님이 두 분 있는데─감격해서 기다리고 있는."

민수가 전하는 말소리에 영옥은 문득 귀가 뜨이며 반가운 손님이라니─행여나 순도가 아닐까 하는 순간의 생각이 머릿속을 스쳤다. 더 물을 여가도 없이 그를 따라 다른 방으로 들어갔다.

눈앞에서 실망의 빛을 보일 수도 없어 웃음을 띠우기는 하였으나 기쁘던 마음은 금시에 움츠러드는 듯도 하였다. 부인란 기자로 있는 한 고향 동무 애란과 또 한 사람 모를 사나이였다.

"뛰어오니까 벌써 방송이 시작됐더구나. 오늘 밤같이 감격한 때도 적었다. 그만하면 큰 성공이지."

애란이 속임 없이 던져주는 칭찬의 말이 다른 사람들의 그것보다도 한층 기쁘기는 하였다. 그러나 이런 때 순도의 한마디를 듣는다면 얼마나 기쁠까를 생각할수록에 마음 한편으로는 섭섭함을 금할 수 없었다.

"늘 말씀드린 강남레코드회사 문예부장 윤주 씨."

민수의 소개를 따라 맞은편에 앉았던 사나이는 허리를 엉거주춤 일으키고 말을 이었다.

"이런 기회에 뵙기 영광으로 생각합니다."

자름하고 비대한 그 사나이가 소문에 익은 윤주임을 듣고 영옥은 하는 수 없이 덩달아 허리를 굽히고 애란의 옆에 자리를 잡았다. 어지러운 마음속을 정리도 못한 채 딴 사람을 차례차례로 만나기가 본의는 아니었으나 현재 놓여 있는 처지상 하는 수 없는 노릇이라고 새삼스럽게 마음을 먹었다.

"오늘 밤 노래는 재미있게 들었을 뿐 아니라 침착한 천분에 실상은 놀라고 있습니다."

윤주의 말을 민수가 괴덕스럽게 채어서

"내 말이 헛말이 아니죠. 칭찬은 천천히 하시구 어서 사무부터 시작하시지."

윤주도 하는 수 없이 본색을 내는 수밖에는 없었다.

"직업이 직업인만큼 무엇보다도 먼저 늘 상담이 앞서는데—"

잠시 동안을 두었다가

"민수 씨에게서 들어서 희망하시는 바를 대강 짐작해서 말씀인데 이번 기회에 우리 회사에 나와주실 의향은 없으신지. 전속 가수로 승낙만 하신다면 계속해서 작품은 얼마든지 맨들 작정이고—"

다따가의 청이 영옥에게는 웬일인지 거짓말같이만 생각되어서 대답하기조차 얼뻥뻥하였다.

"승낙 여부가 있나요. 물론 좋으시겠죠."

민수의 말을 이어 애란조차가 추서드는 것이다.

"하룻밤 동안에 출세의 길을 잡았구나. 기회로 생각하고 해보렴."

그러나 한번 목표를 정하기는 한 영옥이언만 갈피갈피 복잡한 심정을 가진 그로서 그 자리에서 선뜻 단마디의 대답을 할 수는 없었다. 기쁘지 않은 것은 아니었다. 그러나 그것을 받아들이기에는 마음이 너무도 산란하였고 무엇보다도 말이 너무도 수월하고 조건이 너무도 좋았다. 영옥은 우선 겸양의 말을 한마디 보냈을 뿐이었다.

"천천히 생각해보죠."

6

방송이 끝난 후 신인을 망라한 피로연이 있었다. 그 자리에서도 영옥은 국원들에게서 남달리 혀끝에 걸리는 값싼 칭찬의 말을 들으면서 마음으로부터 즐길 수는 없었다. 도무지가 우울한 시간의 연속이었다.

이날 밤의 연속으로 다음 날 하는 수 없이 민수에게 끌려 그의 아파트를 찾게 되었을 때 우울은 절정에 달하였다. 독신주의자의 방을 찾기가 어색하고 싫었으나 연주 비평에 관한 타협이 있다고 하여 거의 그에게 끌리다시피 되었다.

북쪽으로 창이 난 어두운 방에 침대가 놓이고 어지러운 품이 애란이 처음 소개할 때에 하던 말이 생각나며 영옥은 두려운 느낌만이 솟았다.

별반 긴한 타협도 아니건만 이번 그가 쓸 원고에 대한 몇 가지의 의논이 끝났을 때 민수는 어조를 변하였다.

"왜 그렇게 잠자코만 계십니까. 좀 더 적극적으로 절 이용하려고 하시지 못합니까. 실상은 전 그것을 원하는데—”

정신을 차리라는 듯이 별안간 와서 어깨를 흔드는 것이다. 잠깐 침묵을 지켰다가 어조는 다시 변하였다.

“……사내가 여자에게 할 말이 있다고 할 때에는 늘 뻔한 속 같지만—”

“무슨 말씀이세요.”

“……남녀가 처음 만날 때의 인상이란 대개 거의 결정적인 것인데 영옥 씨를 처음 뵐 때의 인상도 역시 그런 것이었었죠. ……저같이 사생활이 복잡하고 불평한 사람은 아마도 드물 거예요. 그 한 가지 예가 아시다시피 연희—일전 남구 군이 지껄인 그 연희의 일건인데, 세상에서는 저 혼자만이 비난의 목표가 되어 있으나 그런 경우 애정 문제가 있어서 대체 옳고 그른 편이 있을까요. 옳고 그르다느니보다는 일종의 건질 수 없는 숙명이 있을 뿐이죠. 이 숙명에서부터 시작되는 비극이 옛날부터 얼마나 많습니까. ……저같이 불행한 사람도 없을 법예요. 밤에 혼자 고요히 자리에 누우면 세상에는 꼭 나 혼자만 남은 것 같은—어둡고 바람 부는 지구 꼭대기에 나 혼자만이 우뚝 서 있는 듯도 한 쓸쓸한 마음을 금할 수 없어요. 금방 그 자리에서 그대로 사라져버리고도 싶은 그런 외로운 마음, 공부도 음악도 다 귀찮아지는 마음, 그저 그 자리에서 살곳이* 없어지고 싶은 마음…….”

“…….”

“……영옥 씨는 늘 즐겁고 유쾌하고 희망만이 있습니까. 쓸쓸한 때는 없습니까. ……문득 가슴이 쓰라려지고 모르는 결에 눈물이 징그시 고여

---

* 살곳이. 은연중에 조용히.

지고—어린애같이 몸부림쳐보고 싶은—그런 쓸쓸한 때 없습니까. ……
허구한 날 무엇을 생각하시며 댁에 계실 때 무엇을 하시는지가 절실히 알
고 싶어지는 것은 무슨 까닭인지 저도 실상은 모르겠어요."

민수의 표정은 전에 없이 부드럽고 그의 태도는 애잔하였다. 듣고 보니
결국 마음의 하소연이었으나 하소연을 할 때의 사람의 마음이란 예외 없
이 다 아름다운 것이다. 그의 말 속에는 반드시 거짓이 있어 보이지는 않
았다. 한 마디 한 마디가 절실한 실감에서 나온, 듣는 가슴에 울려오는 말
임에는 틀림없었다. 애란이 말한 민수의 인금과는 또 다른 그의 인면에
접한 듯도 한 느낌조차 생겼다. 그러나 물론 그의 하소연은 영옥으로서는
귀로 들을 것이지 마음으로 들은 것은 아니었다. 부드러운 발음이 한 구
절 한 구절 즐겁게 귀를 간지를 뿐이었다.

"제 청이 그다지 불측한 것 같지는 않은데 영옥 씨는 어떻게—"

"사람을 잘못 고르셨어요.—저로서는 들을 취지가 못 되는걸요."

"오해는 하시지 않으시는지."

"오해가 아니라—근본 문제로요."

"……근본 문제라면—애정 말씀이죠. 즉 제가 영옥 씨에게 느낀 인상
과는 반대 인상을 제게 느끼셨단 말이죠.—아픈 곳을 쏘셨습니다. 상당
히 대담하세요."

민수는 적이 실망한 듯한 서글픈 표정을 지었다.

"……반드시 대담해서가 아니라."

"알만 합니다—순도 말씀이죠. 순도는 저도 압니다만 순직한 청년이
죠. 비록 소설은 못 써도 누구보다도 무서운 소설가라고 할 수 있구요. 고
집쟁이구 변통이 없구—그러나 믿음직한 사람. 순도와 겨루면 저도 한
수 꺾이겠는걸요."

"그런 줄 아신다면 아까 같은 말씀 더 마시죠."

민수는 무안한 듯이 한참이나 말을 잊었었으나 무엇을 생각하였는지 다시 자리를 일어나서 이번에는 영옥에게로 가까이 갔다.

"아무리 그러기로서니 말을 그렇게 문덕문덕 막 하세요. ……영옥 씨의 마음이 순도에게로 기운 것을 번연히 알면서두 사내의 마음이란 그렇게 수월하게 벗겨지는 것이 아니니까요.―저를 아무리 따보세두 제 마음은 떨어지지 않는걸요. 원래 끈끈한 것이 사내의 마음인지는 몰라두."

몸이 가까이 오면서 영옥은 별안간 목덜미에 더운 숨결을 느꼈다. 황겁결에 벌떡 일어나려 할 때 그의 몸은 완전히 민수의 품 안에 있었다.

"오늘만 뵐 것이 아닌데 왜 이리 무례한 짓을 하세요."

몸을 잡아나꾸고 몇 걸음 떠났으나 민수는 즉시 와서 팔을 붙들었다.

"아무리 노여하셔두 전 저대로 제 마음을 표현하지 않구는 못 견디겠어요. 특별히 저를 원망하실 것이 없는 것은 사내의 마음이란 한번 벗겨만 보면 다 일반인걸요. 순도에게서 기어코 영옥 씨를 뺏어보고야 말걸요."

어쩌는 수 없이 몸은 다시 그의 팔 안으로 끌려 들어갔다. 부치는 힘에 영옥은 고함이라도 치고 싶었으나 부끄러운 마음에 그러지도 못하고 몸을 요동할 뿐이었다. 우러러보던 민수였건만 그 순간 한 마리의 짐승으로밖에는 보이지 않았다. 분이 머리끝까지 치받치며 전신이 화끈 달았다. 그러나 몸을 움직일수록에 더한층 굳세게 붙들릴 뿐이었다. 손에 장기가 있다면 그 자리로 그를 해하고도 싶은 심정이었다.

짜장 고함이라도 치려고 하던 순간 그 겸연한 장면에 별안간 공교롭게도 방문이 열린 것은 영옥에게는 다행인지 불행인지 분간할 수 없었다. 열어젖힌 문으로 나타나자 순간 놀라는 표정을 지닌 것은 영옥에게는 모를 한 사람의 여인이었다.

민수는 기겁을 할 듯이 물러서며 상기된 눈으로 그 돌연한 침입자를 노려보았다. 영옥이 이지러진 몸을 수습하면서 영문을 몰라 한편에 서 있는 동안에 민수와 여인은 한참이나 앙칼진 눈으로 서로 바라만 보고 있더니 이윽고 여인의 입에서는 불이라도 뱉는 듯이 모진 어세가 쏟아져 나왔다.

"어떤 순둥이를 끌어들이구 또 이 짓야. 그놈의 버릇 언제나 고치누, 악마 같으니."

민수도 펄펄 뛸 듯이 별안간 목소리를 높였다.

"무슨 원수로 허구한 날 나타나 이 발광인지 모르겠네."

"발광? 누가 발광이야. 사람을 요 모양을 맨들어놓구두 누굴 발광이래. 하루를 살아두 아내겠지. 신신이 일 보고 있는 사람을 꼬여내다간 짓밟아 망쳐놓구 자식까지 버리게 하구두 그래도 부족해서 허구한 날 이 꼴야. 악마가 아니구 무엇인구."

고래고래 소리를 치고는 분김에 손에 닥치는 대로 책상 위 것을 집어 민수의 면상에 던지는 것이었다. 마개 열린 잉크병이었다. 쏟아져서 그의 얼굴과 옷자락에 한바탕 엉키고도 오히려 똑똑 떨어졌다. 바로 바라보기 어려운 꼴이었다.

"오늘은 어떤 일이 있든지 결단을 내고야 말걸."

"온전히 미쳤구나."

민수의 짧은 한마디를 여인은 그대로 푹 씌워 엎으며

"미치구말구. 마지막 판에 헤아릴 것이 무엇인데. 자, 어떻게 해줄 테야. 죽이든지 살리든지—살자고두 하잖는다. 눈앞에서 시원하게 죽어버리면 그만일 게니, 누가 죽음을 두려워할까."

문득 치마 틈에서 집어낸 것이 조그만 약병인 것을 보고 영옥은 무서운 생각에 뜨끔하면서 모르는 결에 몸을 쏠렸다. 발악을 들으면서 눈치로 헤아려보니 수척한 그 여인이 바로 언제인가 남구가 지껄인 연희—백화점에 있다가 민수에게 발견되고 그와 지낸 지 해를 못 넘어 버림을 받았다는 연희임을 알았다. 두 사람 사이의 자세한 곡절은 물론 알 바 없었으나 그 살기를 띤 어지러운 여인의 꼴이 영옥에게는 가엾다느니보다도 두렵게만 생각되었다.

마지막으로 약병을 집어낸 것을 보았을 때에는 벌써 그 자리에 더 서 있을 수 없으리만치 몸이 떨리고 마음이 수선거렸다. 책상 위에 놓인 핸드백을 찾아 쥐는 손도 유난스럽게는 떨렸다.

"같이 먹기 싫으면 내 혼자라두 먹을 테야. 사내라는 건 비겁하게 야비하게……."

연희의 고함 소리에 영옥은 더 참을 수 없어 그만 열려진 문 밖으로 쏜살같이 나와버렸다.

앞으로 몇 시간 동안에 방 안의 비극이 어떻게 될까를 생각하면 소름이 돋고 머리끝이 으쓱해지는 것이었다.

벌써 민수 개인에 대한 판단의 힘조차 없어지고 한결같이 두려운 생각만이 들어 하필 그날 그 시간에 민수를 찾게 된 것을 아무리 뉘우쳐도 한이 없었다.

지난날부터 계속하여오는 우울한 생각이 한껏 절정에 이른 것이었다.

목표의 가수의 길이 새삼스럽게 가시덤불같이 험하게 내다보이는 듯도 하였다.

7

신인 방송의 밤이 지난 지 일주일이 넘었으나 윤주는 그날 밤의 영옥의 인상을 잊을 수 없었다. 혼자 있을 때의 그의 마음을 차지하는 것도 영옥의 자태였고 친구와 지낼 때의 그의 입을 스치는 화제도 자연 영옥의 위로 향하여갔다. 남달리 몸이 육중하고 허울이 위대한 육척 장정의 거한이언만 가정에 있어서의 지위는 그 반대로 초라하고 가엾어서 거센 아내의 앞에서는 소리를 잊은 쥐 행세를 하게 되었다. 세상의 비극은 항상 비뚤어진 대조에서 오는 것이어서 윤주의 처지도 이 예에서 벗어나지 않았다. 아내와 그와의 지위와 대조는 처음부터 거의 숙명적이어서 억지로 꾸며 낸 노력으로써는—즉 애써 아내를 달래본다든가 혹은 억지로 위엄을 보이려고 한다든가 하는 후천적 노력으로써는 도저히 건질 수 없는 것이었다. 이러한 가정적 불행이 그의 마음을 밖으로 향하게 하였는지 혹은 그의 마음이 너무도 허랑하고 정이 많은 까닭에 도리어 가정적 불행이 늘어가는지는 알 바 없으나 어떻든 그의 밖에서의 생활은 어지간히 어지러운 것이었다. 수많은 예기와의 거래는 고사하고라도 가까이 인실과의 관계도 아직 부자연스러운 인연을 그대로 끌어가는 중이며 그러면서도 이제 또다시 영옥의 출현에 한눈을 팔게 된 것이다. 그러나 그 모두가 결국 가정의 불행에서 오는 것이라고 생각하는 까닭에 남구는 이날의 윤주의 하소연을 달게 들으며 맞장구까지를 치게 되었다. 바의 오후는 고요하며 두 사람의 음성만이 꺼릴 것 없이 자유롭게 흘렀다.

"대강 이만저만한 줄 알았지 그렇게 뛰어난 줄야 짐작이나 했겠소. 더 말할 것 없이 장안의 일색이구료."

"웬만하게 야단들이지 그렇지 않으면야 그렇게까지 법석을 하나요."

"명호, 민수…… 또 누구요. 남구 씨도 한몫 끼었죠 아마."

"그다지 명예롭지도 않습니다만 헛물들을 켜면서—생각하면 우습죠들."

"땅 위 일이란 결국 그런 것이 아니오. 우스울 것도 불명예 될 것도 없지. 자리만 있다면 나도 한구석 비집고 들겠소. 서로들 싸우고 겨루고 떠보고 하다들—이기고 지는 것이지. 그 격식이 짐승 사회와 같다구 반드시 부끄러울 것은 없잖우."

"문제는 저편 뜻에 달렸는데 가장 중요한 편의 의사는 접어놓고 이편에서들만 법석을 해야 헛일이란 말이죠."

술들이 웬만치 돈 까닭에 말들이 허랑하여갔으나 남구는 취중에서도 한편 맑은 정신으로 반성할 때에 애매한 한 사람의 의젓한 인격을 도마 위에 올려놓고 뭇 머슴들이 멋대로 의논하고 작정하고 난도질하는 것이 한없이 부끄러워졌다. 사내인 까닭으로의 그러한 특권이 용납되어야 옳을까, 되지 않아야 옳을까 하는 의혹이 늘 마음속에 뱅 돌면서 윤주의 술과 말을 받음이 도무지 꿈속의 일같이만 생각되었다.

"그의 맘이 그렇게도 굳은가."

"수월한 줄 알았나요."

"아무리 굳어도 이편 정성만 지극하다면야."

"어디 최대한도의 정성을 보여보시죠. 휘어드나 어쩌나."

"될 법하오. 한몫 대서*보게."

윤주는 바짝 마음이 당기는지 그 육중한 몸을 앞으로 쏠리고 남구의 눈을 떠보려는 듯이 노리며 술잔을 들었다. 그 야단스러운 꼴이 남구에게는 어리석게도 보이고 한편 두렵게도 보였다.

"—그이만 얻을 수 있다면 난 현재의 모든 것을 버려도 좋겠소.—지위도 사람도 집안도 모든 것 다."

---

* 대들어 맞서.

민수는 아파트에서의 그 변이 있은 후로는 다시 영옥과도 만날 수 없는 처지에 인실과 가까이 지내는 날이 별안간 많아졌다. 연희의 절박한 자살극의 한 막이 있었건만 어떻게 두루뭉수려 해결을 지었는지 적어도 인실과 거리를 걸을 때의 민수의 거동에는 그런 복잡한 기억의 자취는 티끌만큼도 보이지 않음이 신기하였다. 뱀장어같이 미끄러워 손아귀에 휘어잡을 수 없는—잡았다고 생각하면 어느 결엔지 손가락 사이로 미끄러져 빠지는—그것이 그의 살아가는 태도인지도 모른다. 그런대로 사랑과 사랑 사이를 능란하게 헤엄쳐 건너는 것이 그의 일생일는지도 모른다. 인실과 만날 때에는 늘 천연스럽고 그 천연스러운 속에서 놀랍게도 애정을 익혀가는 것이었다.

인실은 인실로서 또한 정이 많아서 윤주와의 오래된 애정의 거래가 있으면서도 민수와의 사랑은 또 그것으로서 충분히 천연스러운 것이었다. 일종의 사랑의 '카멜레온'이라고 할까. 윤주를 대할 때에는 윤주의 빛으로, 민수를 대할 때에는 민수의 빛으로—경우경우를 따라서 각각 몸에 맞는 빛으로 몸을 채색하고 장식하는 것이 인실의 놀라운 천재였다. 민수의 생활에 연희와의 파탄이 있은 후로는 더욱 그와 밀접하게 되어 윤주의 눈앞을 거리낄 사이 없었고 고삐 놓인 말의 자유를 그는 마음껏 즐길 수 있었다. 윤주 편에도 인실의 행동에 참견할 아무 힘도 없었고 감정적 요구도 굳이 느끼지는 않았다. 가령 서로 한자리에 앉게 되었을 때에도 피차의 행동은 극히 자유로워서 거역을 하든 한눈을 팔든 피차의 임의였다.

민수와 인실의 동행은 요사이에 들어 별안간 잦아진 것이다. 그날도 두 사람은 늘 하는 버릇으로 거리를 휘돌아 찻집을 모조리 들춘 끝에 술까지 구하게 되었다. 민수의 그 드러내놓은 자포자기적 태도는 물론 영옥과의 실패에서 온 것이기는 하나 그렇게 부질없이 거리를 휘돌아치는 꼴이란 별수 없이 한 사람의 무위의 거리의 청년의 표본으로밖에는 보이지 않았다. 두 사람이 들어간 바가 공교롭게도 윤주와 남구가 앉아 있는 바로 그곳이라고 하여도 민수와 인실은 조금도 뜨끔할 것이 없으리만치 마음들이 유하여졌고 윤주 또한 심드렁한 태도로 두 사람을 천연스럽게 맞이하였다.

“시위운동인가 낮부터 이렇게 무장들을 하구 돌아다니게.”

오히려 이 정도의 농을 거는 윤주였다.

“만나구 보니 정말 시위행동같이 됐으나 용서하시오. 숨어서 농간을 부리는 것보다는 도리어 내놓고 무장하는 편이 속임은 없으니.”

농은 농으로 이렇게 넌지시 받게 된 것이 민수의 요사이의 발전이라면 발전이었다.

“용서니 무엇이니—민수쯤이 그런 촌스러운 소리를 할 줄은 몰랐소. 나 역 피차의 그만쯤의 도덕을 이해하지 못할 내가 아닌데.”

“도덕—악덕이지 도덕이야.”

인실이 따끔하게 쏘아붙일 때에 그를 곁눈으로 비스듬히 가로보며

“인실에게서 도덕의 항의를 들을 줄은 꿈에도 몰랐네.”

싱글싱글 웃는 윤주.

“……어떻든 잘 만났소. 지금 막 영옥 씨 얘기를 하고 있던 판에 민수 씨야 영옥 씨에 관해서야 행하실 테니 이야기두 더 듣구 도움두 받을 테구……”

윤주는 새삼스럽게 남구를 곁눈질하고 다음으로 민수를 바라보았다.

“내 앞에서까지 뻔질뻔질하게 그런 소리를 할 젠 상당히 대담해졌는데.”

인실은 여자로서 자기 앞에서의 다른 여자의 화제를 못마땅하게 여기는 눈치였으나 윤주에게는 벌써 인실과 영옥은 같은 뜻의 여자는 아니었다. 그의 앞을 꺼릴 것 없이 얼마든지 말할 수 있었고 그것으로써 도리어 인실의 마음을 찔러보고도 싶은 충동까지 없지 않았다.

"영옥에게 관해서 횅하다구요.—글쎄요, 잘 안다면 알고 모른다면 모르고—그는 벌써 내 뜻 밖에 사람 내 힘 밖에 사람이니까요."

이렇게 말하는 민수의 가슴 한구석에는 물론 영옥과의 쓴 한 장면의 기억이 새로 솟아 나와 그것이 그를 불유쾌하게 비웃는 것이 사실이었다.

"영옥—난 되려 그를 미워할는지도 모르죠."

"그렇다면—그런 다행은 없소. 그를 미워하고 그가 뜻 밖에 사람이라면 내겐 더 큰 기쁨이 없겠소. 내가 가장 두려워한 것이 터놓고 말하면 민수 씨였었소. 민수 씨가 참으로 영옥을 미워한다면 그때엔 날 도와주어도 좋잖겠소. 참으로 미워한다면—어떻소, 대답해보시오."

윤주의 한 마디 한 마디는 동요하는 민수의 마음을 마치 마술같이 한 고리 한 고리 잡아나꾸어 목적의 함정에 빠치기에 족한 효과를 가진 것이었다. 설레는 마음이 부채질하는 바람에 짜장 활활 불붙어서 뜻에 있는지 없는지 나중에는 흥분된 구절을 뱉게 되었다.

"미워하구말구요. 내가 지금 세상에서 제일 미워하는 것이 영옥이오. 제일 경멸하고 싶은 것이 영옥이오."

처음부터 잠자코 있던 남구는 민수의 뜨거운 그 한마디에서 말 뒤의 그 무슨 곡절을 민첩하게 짐작하고 불쾌한 시선을 동무에게서 옮기면서 딴 전을 보았다. 두 사나이의 회화가 도무지 마음에 거슬리는 불측한 것으로밖에는 들리지 않았다.

"그러면 모든 것이 해결이오."

윤주는 기운을 얻은 듯이 호기롭게 술을 마시고 잔을 민수에게 권하면서

"—이왕 이렇게 된 바에야 꺼릴 것이 있겠소. 우리 피차 친구로서 한 개의 약속을 가지는 것이 어떻소. 이미 민수 씨의 마음을 들었고 내 맘이 또 얼마나 간절한가를 아신다면 그다지 이해하기 어려운 것이라고는 생각지 않는데—"

"무슨 조약이든지 맺읍시다."

"—이미 인실을 차지하신 터이니 대신으로 영옥을 사양하시란 말이오."

"좋구말구요 얼마든지."

"남구 씨와도 말했지만 난 지금 모든 것을 희생하여도 좋소. 가령 내 지위—민수 씨의 힘으로 뜻을 이룬다면 난 현재의 지위를 그대로 드릴 작정이오. 농담이 아니라 정말."

"옆에는 사람이 없는 듯이들—뻔질뻔질하구 아니꼬워서 못 듣겠네."

인실은 사실 더 견딜 수 없어 날카롭게 외치고는 자리를 차고 일어나 앞 탁자로 가버렸다. 남구야말로 처음부터 불쾌한 생각을 참기 어려워 자리를 뜨려던 차에 인실의 거동에 암시나 받은 듯이 같이 자리를 일어나 자연 그와 동석이 되었다.

"사내 녀석들같이 주제넘고 불측한 동물들이 있을까. 여자를 마치 물건인 양 중간에 세우고 제멋대로들 거래를 하려는—어느 세상이 되면 그 버릇들 고쳐질까."

남구도 인실이 말하는 그런 한 사람의 사내이기는 하나 그 자리에서는 도리어 인실의 말에 절대의 동감을 느끼게 되리만치 두 사람이 동무의 꼴들이 비록 취중이라고는 하여도 한없이 불쾌한 것이었다.

"문예부장의 자리와 사랑과—교환 조건이 그다지 삐뚤지는 않죠."

"힘껏 해보리다."

두 사나이의 배포는 어지간히들 유들유들하여서 아마도 조약의 마지막 다짐인 듯이 악수를 한 후 술잔을 나누는 것이 옆눈으로 보였다.

윤주의 태도는 잠시 묻지 말고 확실히 그때까지 영옥을 사모하여오던 민수의 그 경망한 태도가 남구에게는 수수께끼였다. 그 무슨 변이 있었다고 하고 거기에 대한 복수의 심사에서 나온 것이라고 하더라도 한 사람의 인격에 관한 일인 만큼 경솔하고 비추한 그의 행사를 동무로서 슬퍼하였다. 그 자리로 일어나서 정신이 번쩍 들게 두 사람에게 톡톡히 주먹다짐이라도 하고 싶었으나—그것도 못 하는 자기 자신을 더한층 슬퍼하였다. 그러나 그 원한을 약간이라도 풀어준 것이 있다면 그것은 인실의 별안간의 의분에 넘치는 짤막한 거동이었다.

"야비한 짐승들."

민수와 윤주의 악수가 끝나고 막 술잔들을 쳐들었을 때에 인실은 더 견딜 수 없어 한마디 짧게 외치며 들었던 자기의 잔을 두 사나이에게로 다따가 내던진 것이다. 문득 들었던 잔들을 떨어트리고 이쪽을 노릴 때에 인실은 뒤이어 술병을 던졌다. 민수는 안경을 잃어버리고 윤주의 낯에는 술이 번지르르 흘렀다. 어안이 벙벙하여 한마디의 말도 없을 때 인실은 갈퀴진 한마디를 날카롭게 던졌다.

"안된 것들 같으니. 세상의 착한 사람을 위해서 그 자리로 혀를 물고 꼬꾸라져도 싸겠다—"

그 꼴들을 더 보기 어려워 남구는 눈을 징그시 감으며 자리를 벌떡 일어섰다.

8

사랑의 기쁨은 굴복을 할 때보다 굴복을 받을 때가 가장 크다.

비록 한 장의 엽서였건만 영옥이 그렇게까지 기뻐한 것은 순도가 은근히 굴복해온 까닭이다. 피차에 고집스러운 마음으로 어느 편이 꺾이어드나 하고 기다리던 판에 기어코 순도 편에서 먼저 말을 걸어온 까닭이다. 문밖 고요한 교외에서 하루를 이야기하고 지내자는 간단한 사연이 영옥을 날 듯이 기쁘게 하였다. 날을 두고 달을 두고 괴어온 수심이 한꺼번에 개이는 듯도 하였다.

이튿날 영옥은 원족*을 떠나는 아이같이 가벼운 마음으로 집을 나서 약속한 교외를 찾았다. 오래간만에 보는 벌판, 언덕, 초목 들이 모두 마음을 뛰놀게 하는 것들뿐이었다. 푸른 하늘을 우러러보면 흰 구름을 잡아타고 금시에 날 듯도 싶었다.

순도를 만난 것은 언덕을 넘은 풀밭에서였으나 일껏 사람을 불러내 놓고도 막상 만나서는 인사 한마디 걸지 않았다. 영옥은 마음 같아서는 오래간만에 만난 터에 순도에게 몸을 쏠리고 실컷 응이래도 부리고 싶었으나 말이 없는 이상 그럴 수도 없이 그의 곁에 묵묵히 앉은 채 그의 입이 떨어지기만을 기다렸다. 마음을 뛰놀게 하던 초목도 하늘도 구름도 사랑의 말이 없는 속에서는 다시 의미 없는 것으로 변하였다. 은근한 사랑에는 말이 필요하지 않을까, 말의 실마리를 얻기가 부끄러운 탓일까, 먼저 휘어들기가 싫은 탓일까, 세상에 문학청년이라는 것은 대체 무슨 턱에 무엇을 믿고 그렇게도 교만하고 고집스러울까.—의미 없이 풀을 쥐어뜯으면서 영옥은 순도의 마음속을 이모저모로 헤아려보았다. 누가 어디 먼저

---

* 소풍.

말을 걸게 되나 보자 하고 은근히 마음속으로 으르고 있는 듯도 한 무거운 침묵이 두 사람 사이에 가로막혔다. 물론 비록 말은 없다 하더라도 순도와 같이 있는 시간이 영옥에게는 가령 명호나 민수나 남구나 그 어떤 사람과 같이 있는 시간보다도 행복스러운 것이기는 하나 그만큼 침묵은 한결 안타까운 것이었다. 먼바다의 기선같이도 굼뜬 한 조각의 흰 구름이 맞은편 언덕 위 백양나무 사이를 완전히 벗어날 때까지도 두 사람은 그 구름을 우러러볼 뿐 벙어리같이 잠잠하였다.

"어느 때까지나 잠자코만 계시구—실례라고 생각지 않으세요."

구름에서 암시나 얻은 듯 영옥은 이윽고 몸을 일으키면서 한마디 게정을 부렸다.

"할 말이 픽도 많은 듯하더니 막상 만나고 보니—"

순도도 덩달아 일어서면서 비로소 입을 열었다.

"무엇보다도 앞으로 어떻게 할 작정인지도 알고 싶고—"

지향 없이 발을 옮기기 시작하였다. 앞에는 또 다른 언덕이 가리워 있었다. 두 사람은 풀밭을 걸어 내려 좁은 언덕길을 더듬어 올랐다.

"어떻게 했으면 좋겠어요."

"내 길도 옳게 못 잡는 형편에 다른 사람 몫까지 알 수야 있소."

"기껏 그렇게 대답하실 것을 당초에 말은 왜 내세요."

영옥은 샐룩해지면서 발끝으로 대중없이 풀잎을 찼다.

"어떻게 대답하면 좋단 말요."

속에는 가득히 품으면서도 그것을 마음껏 표현하지 못하는 안타까움에 순도도 할 바를 모르고 실상은 마음을 죄일 뿐이었다. 길바닥의 돌멩이를 집어 뜻 없이 언덕 위로 팔매를 던지는 것이 화풀이도 되고 심심풀이도 되었다. 돌은 언덕을 휘엿이 넘어서는 보이지 않는 그 너머로 떨어지곤

하였다. 순도는 어린아이와 같이도 몇 번이고 돌을 집어서는 언덕 너머를 겨누었다.

"위험해요—그 너머에 집이 있어요."

보다 못해 영옥이 순도의 팔을 나꾸었다.

"빈집인걸—상관있나요."

"아무리 빈집이래도 집에 돌을 던지면 꾸중을 듣잖아요."

"누구에게서."

"서양 마마에게요."

어느덧 언덕 너머 지붕이 보이기 시작하더니 언덕을 오르는 동안에 산허리에 선 외채의 양옥이 드러났다. 회사엔지 다니는 외국 사람 부부가 들었다가 조그만 가정적 갈등으로 해서 아내가 본국으로 돌아가자 남편 혼자 빈집에 살기도 멋쩍어서 어딘지로 옮겨버린 후 완전히 비인 지가 거의 반년에 가깝다는—그런 곡절 있는 집이었다. 거리의 풍편으로 들은 그런 이야기를 마음속으로 새기면서 두 사람은 언덕을 내려 빈집 후원께로 가까이 갔다. 닫친 창 안으로는 휘장이 가리워져 있고 짐승 소리 한마디 없는 감감한 속에서 후원의 나무와 풀만이 철망 안에 우거질 대로 우거져 있는 것이 그 무슨 이야기 속의 집과도 같은 신비로운 느낌을 두 사람에게 주었다. 벽으로 얼크러져 올라간 담장이 그늘에는 그 무슨 이야기의 나머지가 서리어 있는 듯도 해서 그것이 알 수 없이 마음을 당겼다. 보지 못한 외국 사람 두 양주는 담장이넝쿨 속 벽 안에서 어떤 살림을 하였을까. 두 사람이 갈라진 이유는 대체 무엇이었을까.

"이왕 빈집이니 기웃거려볼까요."

문득 호기심을 느끼면서 영옥이 제의하였다.

"돌을 던지면 꾸중을 들어두 기웃거리면 꾸중 듣지 않나."

순도가 싫은 소리로 대답할 때 영옥은 그러나 벌써 철망 사이에 다리를 걸고 있었다. 몸만은 들어섰으나 철망에 걸린 치마폭을 수습하노라고 애를 쓰건만 순도는 그것을 부축해줄 만큼의 재치도 보이지 않는다. 영옥이 완전히 철망에서 손을 떼인 후에야 순도는 혼자 스스로 뒤를 이어 뜰 안으로 들어섰다. 확실히 불만을 품은 영옥은 한 걸음 먼저 그 자리를 떠나 담장이를 등지고 남쪽 벽에 기대어 섰다.

"여자가 항상 제일 원하는 것이 무엇인지 아세요."

"수수께끼를 거는 셈이오."

"친절이에요. 따뜻한 마음이에요.—아무리 사내 양반이기루 왜 그리 무뚝뚝하세요, 늘."

"내겐 원래 그런 미덕이 없나 부오. 억지로 친절하게 하고 싶지 않을 젠."

"마음에 없으니까 그렇죠."

"그런 뜻의 따뜻한 마음이라면 난 굳이 보이고 싶지 않소. 웃음이라든지 아첨이라든지 재미있는 이야기라든지라면 얼마든지 그런 것을 보이는 사람들이 있잖우—가령 명호나 민수나 그런 지도자들."

"지도자들이 어쨌단 말예요."

영옥은 짜증을 내며 몇 걸음 옆으로 물러섰다.

"—왜 그렇게 늘 빈정만 대세요. 그것이 사랑이에요? 사랑이 그래야 돼요? 왜 좀 더 달리 사랑의 마음을 표현하시지 못해요. 늘 욱박어만 댄다면 그것이 미움*이지 사랑인가요."

"어떻게 표현하란 말요.—이것이 내겐 기껏의 표현인데. 나도 실상 어

---

* 원문에는 '표움'임.

쨌으면 좋을는지 몰라서 그러우."

순도는 사실 어쩔 줄을 몰라서 그 자리에 그대로 아이 모양으로 주저앉아 버렸다.

"—가령 내가 달아날 때 쫓아와서 왜 붙들어 주시지 못하세요. 따뜻한 말을 던져주시지 못하세요."

영옥도 넘치는 감정을 억잡을 수 없어서 문득 순도에게 달려들며 전신은 쏠렸다.

"—제발 더 빗나가지 마세요. 솔직한 마음을 보여주세요. 냉정하게 구실 젠 제 마음을 저며내는 것같이 괴로워요."

두 사람은 복받치는 감정을 못 이기고 한데 휩쓸려 그 자리에 쓰러졌다. 순도는 영옥의 따뜻한 체온 속에서 목소리를 놓고 울고 싶었다. 맞닿은 그의 부드러운 입술을 어느 때까지나 놓고 싶지 않았다. 늘 원하고 바라온 것이 그런 무더운 사랑의 기쁨이었었건만 그것을 대담하게 구하지 못하고 표현하지 못한 것이 생각하면 부끄러웠다. 대체 무엇을 가운데 두고 마음이 지금까지 그 테두리를 한결같이 뱅 돌았던지를 알 수 없다. 피차에 처음으로 주고받는 열정에 두 사람은 꿈속에 있는 듯이 혼몽하였다. 잠시 동안 온전히 말을 잊었다. 말 없는 열정 속에서는 무슨 생각이 솟아야 옳을 것인지 순도는 모든 것을 잊어야 할 그 무더운 사랑 속에서 오히려 한 갈피의 욕심이 솟아오름을 슬퍼하였다. 사랑의 욕심은 항상 질투에서부터 온다.

"강남레코드에 나갈 작정이오?"

문득 이렇게 물은 순도의 한마디는 질투 이외의 아무것도 아니었던 것이다.

"글쎄요. 모처럼 희망했던 길을 중간에서 일부러 버릴 수도 없고 어떻게 했으면 좋을는지요."

"윤주라는 위인이 웬일인지 비위에 안 맞는구려—생긴 품이 음탕한 짐승 같아서 은근히 걱정돼서 하는 말이오."

"세상의 사내란 사내는 왜 모두 그런지요. 윤주뿐이겠어요. 민수란 양반도 점잖은 줄 알았더니 알고 보니 망나니예요."

"그런 것을 날 보고 그 사람같이 하란 말요. 어쩌자는 생각인지 속을 알 수 없구려. 내가 그 사람들을 결코 좋아하지 않는 줄을 뻔히 아는 처지가 아니오."

"그럼…… 나를 의심하시는 말씀이죠."

영옥은 문득 불쾌한 생각이 들면서 혼자 자리를 일어섰다.

"정색할 필요야 있소.—의심하지 말라는 말요."

"얼마든지 의심해보세요."

영옥은 손을 번긴 듯이 화를 내며 달아나는 듯이 철망께로 내뺐다. 그 거동에 문득 순도도 노염을 품고 자리를 일어섰다.

"의심하구말구.—밤낮 마음을 괴롭히는 것이 그 생각이오."

"사람을 무시해두 분수가 있죠."

영옥은 얼굴을 붉히면서 혼자 허둥허둥 다시 철망을 타 넘었다.

"사람의 속을 뉘 알꼬."

순도의 이 한마디가 거의 치명적이었다. 날카로운 소리가 나며 급스럽게 서두는 영옥의 치맛자락이 철망에 걸려 보기 좋게 찢어졌다. 노염과 격동을 못 이겨 영옥은 너펄거리는 치마폭을 돌아다보지도 않고 도망이나 하는 듯이 쏜살같이 언덕을 달았다.

'—사람의 속을 뉘 알꼬.'

순도는 고집스럽게 한 번 더 마음속으로 이것을 외쳐보며 아무 감정도

없는 목석같이—기실은 용솟음치는 뭇 감정으로 가슴이 터질 듯도 하였
으나—영옥의 뒷모양을 우두커니 바라만 보고 섰었다.

마음의 싸움이 왜 항상 사람을 이렇게도 괴롭히나를 생각할 때 영옥은
숨차게 달으면서도 안타까운 심정에 차라리 이대로 솔곳이 사라졌으면
하고 느꼈다. 물론 우두커니는 서 있을지언정 순도도 똑같은 생각을 마음
한편에 떠올리고 있기는 일반이었다.

9

영옥이 명호와 옥주의 결혼식에 참례한 것은 교외에서 어설프게 작별
하게 된 순도에게 대한 일종의 심술인 셈이었다. 보라는 듯이 보내온 청
첩을 받았다고는 하더라도 굳이 출석할 필요는 없었고 아니꼬운 마음에
도리어 싫은 생각도 들었으나 부러 고집을 피우려는 심사로 몸단장까지
를 가뜬하게 한 것이었다.

결혼식도 유달리 야단스럽기는 하였다. 음악협회 일동의 축하의 합창
이 있었다. 성스러운 합창 소리가 장내를 더한층 높게 보이고 엄숙하게
가라앉혔다. 음악 속에서는 신랑과 신부의 자태도 한층 엄연하게 보이는
것이었다.

영옥도 지난날에 꿈결 같은 속에서 몸으로 한번 겪어본 광경이언만 떨
어져서 그것을 방관할 때에는 또 다른 감상이 솟았다. 이미 헤적거려본
육체요 헤벌어진 마음인지도 모르건만 단지 예복으로 단장하고 면사포로
얼굴을 가리웠을 뿐으로 그렇게도 엄숙하고 단정한 것으로 보이는 것일
까. 그 한 쌍은 마치 주위 사람들과는 동떨어져서 세상에서 특별히 선택
된 신령스러운 한 쌍과도 같이 보였다.

결혼식이란 결국 예복과 면사포로 어마어마하게 무장하고 세상 사람에게 장엄한 인상을 주는 일종의 시위운동일는지도 모른다. 옛사람이 예식이라는 것을 꾸며냈을 때에는 으레 그런 뜻에서 나온 것이겠지만 예복의 우상에서 벗어난 신랑과 신부의 다음 날부터의 누그러진 가정생활이라는 것을 생각할 때 사람의 하는 짓이 도대체 야단스럽고 주체스럽게만 여겨져서 영옥은 아닌 때 생각이 자꾸 비판적으로만 들어갔다.

그러나 어떻든 의젓한 두 사람의 자태에 비길 때 그 외 사람들은 모두 금줄을 친 테두리 밖 사람같이만 보였고 더구나 자기의 자태는 외모로나 마음으로나 너무도 초라한 것으로 영옥에게는 느껴졌다. 안경을 쓴 옥주의 야물어진 얼굴이 한층 자랑스럽게 보이고 가슴속에 갈피갈피의 비밀을 감추었을 명호의 태도가 능청스럽고 점잖게 보였다. 모르는 숲 속에 외롭게 섞여서 두 사람을 바라보기가 쓸쓸하여지면서 자신의 꼴이 새삼스럽게 내려다보이곤 하였다.

"왔었구먼."

등 뒤에서 귀 익은 목소리 들린 것이 도리어 다행이었다. 애란이었다.

"왜 이런 데 숨어서—"

동무의 목소리를 반갑게 여기면서 영옥은 그의 손을 붙들었다.

"—남의 틈에 숨어서 결혼식을 보는 것같이 초라한 꼴은 없는데."

"눈에 뜨이는 건 더 창피할 것 같애서."

영옥은 픽 웃어 보였다.

"그래두 명호의 요량으론 영옥이 오늘의 주빈일 듯싶은데."

애란도 웃음으로 대답한다.

"비꼬는 요량으로."

"사람의 속을 뉘 알게. 저렇게 나란히 선 것을 보면 세상에는 저 둘밖엔 없는 것같이 정답고 평화롭게 보이지. 그러나 알고 보면 오늘 이 시간까지두 둘 사이에 옥신각신이 삐지 않았다나. 영옥이 이름두 두 사람 입에 안 올랐을 줄 아나."

"그래서 꼴 좀 봐달라구 청첩을 보냈단 말인가."

"적어두 옥주의 짓 같애. 내 짐작으론—생긴 걸 보지 여간내기 아닌가. 그러니깐 차라리 앞에 나서 버젓하게 노려주는 것두 대거리가 돼서 좋을 것 같애."

"대거릴 해선 무얼 하누."

영옥이 움직일 양도 하지 않고 섰는 것을 보고 애란도 그 자리에 머무르기로 하였다.

"놀라운 소식 또 하나 말할까."

장황한 주례의 말을 듣기도 지루하여서 애란은 한참이나 있다가 또 귓속말을 지껄였다.

"—오늘만에 드는 결혼비가 얼마나 되는지 짐작이나 하나. 놀라지 말라. 일금 오천 원야라. 그 대부분을 옥주 편에서 댄다나. 신랑 측보다두 저 신부 측의 위세들을 보지 얼마나 장관인가. 피로연은 호텔서, 신혼여행은 금강산으로."

단둘이 훗훗하게 만난 까닭인지 애란은 전에 없이 말이 많고 수다스러웠다. 영옥은 오래간만에 입이 무겁던 동무에게서 한 사람의 가십쟁이를 본 듯도 하였다.

"옥주 학교 사직한 소문 들었나. 결혼 후에는 구천 원짜리 문화주택에 얌전한 가정인으로 들어앉는대. 현모양처가 또 한 분 생기는 셈이지. 양처—제발 착한 아내가 되라지."

거의 혼자만 지껄이다시피 하는 애란의 입살이 명호는 싸두고 여자끼

리인 옥주 한 사람에게로만 던져짐이 영옥으로서는 야속도 하였다. 그러
나 한편 잠자코만 있기가 미안도 하였다.

"쓸데없는 말을 내가 왜 이리 야단스럽게 늘어놓는고 하면—"

애란의 말은 가려운 데까지 손이 닿았다.

"—도대체 오천 원이니 문화주택이니 피아노니 하는 것이 아니꼬아서
하는 말야. 오천 원을 쓰려거든 쓰고 문화주택을 지으려거든 짓지 그런
것은 가만히 잠자코나 할 일이지 무엇이 장하다구 소문을 내구 거리의 이
야깃거리를 만들려고 하느냐 말이지. 옥주의 약은 계책으로 은근히 왁짝
선전을 하구 소문을 낸 눈치니 천하에 근성머리가 더럽단 말야. 뒤집어
보면 그게 우리 여성 전체에 대한 도전이 아니구 무어야. 모욕이 아니구
무어야. 왼통 누가 부러워하구 장해 여기나 부지. 비위 사납게 천박한 것.
—그런 눈치를 알면서 오늘두 올 걸 왔나, 꼴 좀 비웃으러 왔지. 내 주장
하구 인제 집 꼴 되나 보지. 제일 가여운 게 명호야. 평생 판관 노릇을 하
구 집안에선 깔리어만 지낼 신세니."

장황은 하였으나 듣고 보니 그럴 법도 하였고 애란의 말 속에는 영옥
자신이 하고 싶던 말도 많았다. 명호와 옥주의 숨겨진 내막을 우연한 기
회에 톡 털어 본 듯도 하여서 시원도 한 한편 가엾기도 하였다. 그러려니
짐작하지 못한 바는 아니었으나 막상 너무도 또렷이 듣고 보니 일종의 환
멸조차 느껴졌다. 대답할 말을 몰라 짐짓 잠자코 있는 동안에 결혼식도
거의 끝나는 모양이었다.

백년해로의 계약을 마친 새 부부는 나갔던 길을 되돌아 나왔다. 양편
숲 속에서 날아드는 오색 테이프의 얼크러진 줄이 걸어 나오는 두 사람을
친친 얽고 뿌려지는 쌀이 길 위에 천하게 널려졌다. 장내가 어지럽게 수물
거렸다. 내막을 털어 본 후이므로 그런지 영옥에게는 두 사람의 자태가 새

삼스럽게 찬찬히 바라보였다. 알뜰히 바라보려고 고개를 사람들 어깨 사이로 기웃거리는 동안에 수물거리는 파도에 휩쓸려 영옥의 몸도 밀리고 있었다. 두리번거리는 사이에 어디로 사라졌는지 애란의 자태조차 놓쳐버리고 어느덧 회당 문이 미어지게 꾸역꾸역 나가는 숲 속에 쌓여 있었다.

움직이는 사람들 가운데에는 면목 있는 얼굴도 간혹 눈에 뜨이기는 하였으나 그 복잡한 속에서 자기의 모양이 문득 민수의 눈에 뜨일 줄은 몰랐다.

"어디 계신가구 찾었더니—"

옆을 스치고 나선 것을 보니 뜻밖에 민수였던 것이다.

"드릴 말두 있구 한데 마침 잘 만났습니다."

언제인가 그의 아파트에서 그 불측한 짓이 있은 후로 처음 만나는 것이었으나 그 당장 같아서는 노여운 마음에 다시 만나고 싶지도 않고 눈도 지릅떠 볼 것 같지 않던 것이, 시간이 흐르면 마음도 누그러지는지 그 자리에서 영옥은 노염을 피울 수도 없었다. 민수의 태도부터가 아무 일도 없었던 듯이 천연스러웠고 그 판에 영옥도 굳이 그를 꾸짖을 수는 없었다.

"우선 피로연에 같이 가셨다가—"

민수는 혼자 작정으로 은근히 영옥의 마음을 나꾸어보려는 눈치였다.

"거길 뭣하려요. 여기 나온 것도 가장껏 정성인데."

어느덧 마당에까지 밀려 나왔었다. 넓은 마당에서는 밀렸던 파도도 헤벌어지면서 빽빽하던 사람들이 제물에 듬성듬성 헤트려졌다. 등대하고 선 여러 대의 자동차가 기우는 햇빛을 받고 검은 속으로 눈부시게 빛났다. 신랑 신부가 탄 뒤로 차례차례로 가족들 들러리들이 올라타는 한 대씩 뒤를 이어 움직이기 시작하였다.

"명호의 특청두 있구 했으니 가시죠.—오늘 손두 바쁘다구 해서 친한 대빈들의 뒷갈망을 제가 맡다시피 했는데요."

민수는 차 소리에 충동을 받은 듯이 조급하게 재촉한다.

"안 가요."

"얼른 타세요."

자동차를 가리켰으나 영옥의 대답은 한결같았다.

"싫다니까요."

"실상은 피로연보다두 더 중요한 일이 있어서 그러는데요―"

민수는 기어코 하는 수 없이 말머리를 돌리는 수밖에는 없었다.

"―강남회사에서는 영옥 씨의 전속 입사를 자기들끼리 임의로 결정해 버렸다는데 늦은 인사지만 거기 대한 영옥 씨 자신의 의견도 듣고 싶고 구체적으로 취입할 레코드의 곡목도 작정해야겠고 테스트도 한번 해봐야겠고, 해서 실상 오늘 윤주의 청으로 같이들 만나기로 했는데요. 피로연이 끝나는 대로 곧 적당한 곳에서 모이려고―"

오래전부터 말썽이 많던 강남회사의 교섭의 되풀이였으나 진저리가 날 지경의 그 말이언만 영옥은 그래도 번번이 그것을 단번에 차버리지 못하는 처지였다. 가슴에 걸리는 감정의 체증이 있으면서도 청을 받을 때 외마디에 선뜻 따버리지 못하는 그였다. 더구나 신인 방송에 출연하였을 뿐 그 후 아무런 계획도 없이 지내오던 판에 일종의 불안과 초조조차 느끼게 되어 언제나 거게서 고집만을 피울 수도 없었던 것이다. 한참이나 잠자코 대답이 없음은 은연중에 그의 말을 받아들이는 셈이었다.

"―오늘 기회만은 놓치지 마십시오."

"피로연엔 아무래두 안 가겠어요."

"그럼 곧 윤주는 만나더래두―"

민수는 벌써 완전히 영옥의 마음을 붙들고 민첩하게 눈치를 나꾸었다.

"어떻든 차를 타시죠."

찌뿌듯은 하면서도 영옥은 마치 모르는 결에 보이지 않는 힘에 이끌리듯 차 앞으로 나서는 것이었다.

10

영옥이 싫어하는 바람에 피로연으로 이끌 수는 없었으나 윤주를 만날 것을 청탁하고 민수는 차를 어떤 바 앞에 세웠다. 그것으로써 결혼식 행사에서는 온전히 벗어져난 셈이었으나 그것이 도리어 민수의 처음부터의 작정이었지 명호에게서 결혼식 내빈의 뒷갈망을 맡은 법도 없었고 그 이상 더 식의 행사에 참례할 의무도 없었던 것이다.

영옥도 피로연에서 벗어져나게 된 것을 크게 다행으로 여기며 그 바람에 민수가 권하는 대로 수월하게 바로 들어갔다.

민수는 차 대신이라고 하면서 큐라소의 병을 분부하였다. 한 잔의 술이 아니라 한 병의 술이 탁자 위에 올랐다. 밑이 밭은 유리잔에 진득한 누른 술을 따라놓고 민수는 전화를 걸러 안으로 들어갔다. 회사에 있을 윤주를 부른다는 것이었다.

차 대신이라는 바람에 영옥은 잔의 술을 입에 대었다가 단 바람에 한 모금 머금어보았다. 단술과도 같아서 달고 눅진하게 목을 눅이는 품이 만만할 듯싶어서 한 잔을 완전히 켜버리는 판에 민수는 마침 윤주가 잠깐 자리에 없다는 뜻을 전하면서 전화에서 돌아왔다.

"좀 있다 다시 걸기로 하구. ―술맛이 아니라 홍차 맛쯤밖엔 안 되죠."

비인 영옥의 잔을 채우고 자기 몫을 단모금에 마시는 것이다. 기름한 질그릇 병에서 나오는 감빛 술을 영옥은 짜장 홍차쯤으로 짐작하면서 그

단맛에 유혹을 느끼기 시작하였다.

"병째로 청했으니 얼마든지 드시죠. 그까짓 차쯤."

농을 농으로 받으면서 영옥은 술잔을 사양하지 않았다.

"언제인가 아파트에서 실례가 많았으나 벌써 잊어주셨겠죠."

차차 누그러져가는 영옥의 모양을 가늠 보면서 민수는 묵은 이야기를
풀어냈다.

"그러나 불측한 소리 같지만 과히 노여하지 마실 것은 그만한 허물은
남자치고는 여사란 거요. 남자 된 특권—이야 무슨 특권이겠습니까만 일
종의 숙명이라고두 할까요. 아마도 지금 이 거리의 사내치구 누구나 그만
한 장면 겪지 않은 사람, 그만한 허물을 가지지 않은 사람은 없을 게니요.
적어도 마음을 쪼개보면 누구나 그만한 일 저지를 위험성은 다 가졌고—
결국 평생에 그런 기회가 닥쳐오나 안 오나가 문제일 뿐이라는 걸 알아주
십시오."

"……."

"제 입으로 말하긴 변명 같애서 대단히 불리합니다만 알구 보면 남자
란—사람이란 그런 겝니다. 내가 지금 이 자리에서 세상의 남자를 대신
해서 이 비밀을 고자질한다구 내게 항의할 남자두 없겠거니와 그런 자격
을 가진 사내라곤 세상에 태어나지도 않았겠죠."

"……."

"연희 말만 들으면 내가 세상에서 제일 고약한 사내인 셈이지만 피차
에 이해만 어그러지면 사람이란 별말이래두 다 하는 법. 날더러 말하라면
내가 그다지 고약한 사내두 아니거니와 연희의 처지가 그렇게 불행한 것
두 없구—실상은 현재두 될 수 있는 대로 정성껏 뒤를 보살펴주는 처지
인데 지나친 발악은 쓸데없는 센티멘털리즘일 뿐."

술잔을 거듭하면서 민수는 싱숭생숭 말이 많았으나 단 술에 맛을 들인 영옥에게는 그것이 그다지 불쾌한 말들은 아니었다. 별반 반감도 동감도 없이 한 귀로 흘릴 정도로 심드렁하게 듣고 있었다.

"여자를 두고 움직일 때의 사내의 마음이란 것이 원래 고약한 것은 아니지만 경우에 따라 빗나갈 때에 고약하게 나타나는 수도 있겠죠. 결국 생각하면 항상 원인은 여자에게 있기 때문에 죄는 그편이 더 많은 것 같은데─가령 세상의 악마라는 것도……."

무엇을 생각하였던지 민수는 거기에서 말을 멈추고 문득 다시 전화를 걸러 안으로 들어갔다. 노엽던 마음이 그만큼이라도 풀리는 것은 술의 덕일까 하고 영옥은 큐라소의 잔을 신기한 것으로 노려보았다. 마음은 별 궁리 없이 단순하게 가라앉아 갔다.

민수는 부리나케 전화에서 돌아오더니 부랴부랴 영옥을 재촉하였다. 윤주는 벌써 장소를 정하고 먼저 그리로 가서 두 사람 오기를 기다린다는 것이었다. 급스럽게 서두르는 바람에 영옥은 바를 나온 것이며 자동차에 오른 것이며가 거나한 정신에 도무지 꿈속 일만 같았다. 벌써 불이 들어온 거리를 달리는 차가 하늘을 달리는 날개인 듯 유쾌하였다.

"좀 야단스러운 것 같지만 오늘은 회사로서의 정식 초대라나요. 그래서 특별히 이런 장소를 골랐다는군요."

어두워가는 뒷골목에서 차가 섰을 때 민수의 설명을 듣고 보니 딴은 조금 거추장스럽게 큰 요정이었다. 그런 길은 처음인 영옥이 문간에서 얼마간 주저는 하였으나 결국은 수월하게 들어서게 된 것은 역시 술김이었을까. 사실 만만히 보고 잔을 거듭한 단 술의 효과는 처음에는 몰랐던 것이 차차 그 효험을 나타내는 것이었다. 요정에 들어섰을 때의 그의 눈청은 벌써 바를 나올 때의 아직도 맑던 그 눈청은 아니었다. 다리의 맥도 어딘지 없이 허전거렸다. 복잡한 복도를 꼬부라져* 구석 편 방에 들어갈 때까지 도무지 온전한 걸음은 아니었다. 방 가운데 도사리고 앉은 윤주를 보았을 때 문득 부끄러운 생각이 나며 정신이 들었다.

"잘 오셨습니다. 장소가 좀 어떤까도 생각했으나 과히 허물 마시구—"

장소에 관한 설명을 윤주에게서까지 마저 듣게 되는 영옥은 비로소 섬짓한 생각이 나면서 조심스럽게 앉았다.

"제 마음대로는 했습니다만 입사는 이미 작정되신 게니 오늘은 축하를 위한 피로의 잔치를 사로서 드리고도 싶고 해서—"

사실 영옥은 교섭의 회담을 하러 온 것이 아니라 잔치의 대접을 받으러 온 셈이었다. 넓은 식탁에는 야단스럽게 진미가 올랐다. 교섭이래야 문예부의 작곡 작사로 취입할 곡목이 작정되었다는 것과 그 연습을 하러 일차 사에 나와달라는 것과의 통지와 분부이지 그 이상 별 내용도 없이 즉시 만찬이 시작되었다. 극히 어렵고 까다로워야 할 일이 왜 이리도 수월할꼬, 생각하면서 영옥의 마음속은 그다지 편편한 것은 아니었다. 기어이 마셔야 된다는 축배의 석 잔 술이 의외에도 전신에 활짝 피기 시작하였다. 잡담을 건네면서 고래같이 술을 켜는 두 사나이를 영옥은 혼몽한 정신으로 바라보았다. 민수는 꾀바른 사냥꾼으로 친다면 육중한 윤주는 갈 데없이 짐승이었다. 사물거리는 눈앞에서 망아지로 보였다가 산돼지로 어리었다 하였다……. 얼마나 시간이 흘렀는지 실상은 얼마 안 지났겠건 만 퍽도 오래된 듯이 생각되는 속에서 영옥은 문득 민수의 흐리멍덩한 한마디를 들었다.

"취한걸.—바람 좀 쐬구 오리다."

---

* 원문에는 '아부러져'임.

비틀비틀 나가는 민수를 물끄러미 바라보다가 그의 자태가 문밖으로 사라졌을 때 영옥은 문득 정신이 들며 새삼스럽게 고요하여진 방 안 공기가 몸을 선뜻 스쳐 오고 웅크리고 있는 윤주의 자태가 위험한 짐승으로 느껴지며 별안간 몸서리가 치는 것이었다.

복도에 나선 민수는 문밖에 장승같이 한참이나 우두커니 서 있었다. 짜장 술도 취하기는 하였으나 그러나 거나한 속으로 한 줄기 맑은 정신이 마치 곧은 철사같이 날카롭게 전신을 꿰뚫고 있었다.

'어떻게 해야 옳을꼬.'

짧은 순간의 일이었으나 이런 번개 같은 생각이 머릿속에 펀적*이고 있었다.

'동무의 우의가 중할까, 정조가 중할까.'

언제인가 윤주와 맺은 신사 조약을 생각하고 있는 것이었다. 문예부장의 지위와 사랑과의 교환을 걸었던 약속의 일건을 생각하고 있었다. 사내들끼리의 멋대로의 작정이었으나 윤주의 영옥에게 대한 욕망과 민수의 영옥에게 대한 노염—이 두 감정의 합류에서 시작된 것이었다. 윤주로서는 야욕이었고 민수로서는 일종의 분풀이요 복수의 심사였던 것이다. 그러나 처음에는 불측한 농으로 시작된 것이었으나 일단 약속이 성립되었을 때에는 거기에는 스스로 사내로서의 배짱도 서고 위신도 보여야 되게 되었다.—민수의 마음의 괴롬은 그 점에 있었던 것이다.

답답한 판에 창을 열고 어두운 뜰을 내다보면서 무더운 얼굴에 바람을 맞다가 민수는 문득 그러고만 있을 수도 없는 듯이 결의를 하고 창 기슭

---

* '번쩍'의 오기로 보임.

을 내려섰다.

'결국 내 손가락 하나에 달린 일이다.'

방문 옆 벽 위 스위치를 눈 꾹 감고 손가락으로 누르면 그만인 것을 안다. 방 안의 불이 꺼질 것이요 민수의 앞에 어둠의 세상이 놓여질 것이요 따라서 그와의 약속은 이행되는 것이다.

등불 아래에서 어둠을 기다리면서 웅크리고 앉았을 윤주의 꼴이 눈앞에 떠오른다. 짐승 같은 꼴이라니! 뒤이어 우두커니 마주 앉아 잠시 후에 올 운명도 모르고 있을 영옥의 자태가 떠오른다. 불한당들의 계책으로 그 줄도 모르고 지금 막 희생의 단 위에 오르려는 가여운 양! 참으로 가여운 양! 숭한 불한당들! 가여운 양!

민수는 어지러운 생각에 삼삼거리던 방문 앞을 떠나 다시 창 기슭에 올라 가슴을 헤치고 바람을 맞았다. 맞은편 창에서 등불이 흘러 초목이 그 속에서 신선하게 빛났다. 복도에는 어른거리는 뽀이들의 그림자가 보이고 그 어디인지 방에서는 유흥의 소리가 은은히 들려왔다. 고요한 속에서 시간이 무한히 흐르는 듯한 느낌이 불현듯이 솟으며 민수는 초조하게 창에서 내렸다.

'악마 되기가 이렇게도 어려운가.'

고개를 흔들며 복도를 거니는 발이 떨린다. 아직까지도 할 바를 모르고 방 안에 우두커니 웅크리고 앉았을 윤주의 꼴이 별안간 딱하게 생각되자 견딜 수 없이 몸이 숭숭거린다. 우의와 정조와—우의가 반드시 정조보다 허름한 법은 없을 것이다. 약속은 약속이다. 한번 입 밖에 낸 장부의 한마디가 그렇게 허수하게 버려질 법은 없다. 조약이란 이행하기 위한 것이다. 아무리 주석에서 맺은 언약이기로 헌신짝같이 버려질 법은 없는 것이다. 행할 뿐이다. 말은 행하여야 한다.

'악마가 되려다가 미끄러진 팔동이는 악마보다 더 못난 것이다. 어차피 악마의 심정으로 시작된 것이니 차라리 악마가 되어버리는 것이 편한 노릇이다. 무엇을 주저하랴.'

마음이 작정되자 민수는 더 뭉갤 필요는 없었다. 짜장 금시에 악마로나 환생한 듯이 얼굴을 괴롭게—가 아니라 무섭게 찡그리고 문밖 벽 앞으로 달려들었다. 운명의 골패쪽이 떨어지는 순간같이 엄숙하고 긴장된 순간이 있을까. 골패쪽을 쥐인 악마의 손—스위치를 잡은 민수의 손은 나무같이 굳으면서 떨렸다. 항상 망설이는 동안이 길었지 떨어지는 시간은 한순간에 지나지 않는 것이다. 한순간—골패쪽은 떨어지고 말았다.

민수는 벽에서 번개같이 손을 떼고 장승같이 굳은 몸으로 문 앞에 한참이나 우두커니 섰었다. 무엇이 어떻게 되었는가. 세상이 별안간 함정 속에 빠졌는가. 하늘의 별이 떨어졌는가……. 빙글빙글 돌던 지구 덩이가 금방 문득 서버린 듯도 한 착각이 일어나며 민수는 정신이 아찔하여졌다. 문틈으로 들여다보이는 방 안이 어두울 뿐 아니라 복도도 어둡고 세상 전체가 암흑으로 변한 듯싶었다.

'흠, 대체 무엇을 저질렀노. 무엇이 일어났노.'

현기증으로 금시 그 자리에 쓰러질 듯도 한 것을 간신히 몸을 곤추세우고 골을 흔들어보았다. 골이 떨어지지 않고 그대로 붙어 있음이 신기하였으나 눈앞이 핑핑 도는 판에 그 자리에서 발을 돌리는 수밖에는 없었다. 저주받은 방문 앞에 한시도 더 머물러 있기가 괴로웠다. 거의 미칠 듯이도 수선거리는 머리를 부둥켜안고 복도를 허둥허둥 뛰어가는 것이었다. 어덴지도 모르게 복도를 구부러져서는 대중없이 달았다. 그 무엇에 쫓기는 듯도 한 참혹한 그 꼴은 자랑에 넘치는 악마의 꼴이 아니라 싸움에 짓찢기우고 달아나는 광대의 꼴이었다.

11

　오후의 강가는 고요하였으나 그러나 또 이날같이 맑은 강물과 찬 바람과 신선한 초목이 민수의 마음을 괴롭힌 적은 드물었다. 흔하게 흐르는 물과 강기슭을 스쳐 내리는 바람이 무거운 마음을 개운하게 덜어줄 줄만 알았던 것이 도리어 효과는 반대여서 나부끼는 풀잎 하나까지도 그의 마음속을 갈피갈피 헤치고 들어 생각을 더 하게 하였다.

　그날 밤 요정에서 아무것도 모르고 함정에 들어온 영옥을 싸고 윤주와의 사이에 무서운 계책을 썼던 그 저주의 밤이 있은 후 며칠 동안의 날과 밤을 민수는 무거운 번민 속에서 지내왔다. 거리에 나가기조차를 피하고 집 안에서 궁싯거리다가 견디지 못하고 뛰어나온 것이 날마다 교외의 강가였다. 그러나 아무리 바람을 맞아도 한번 저지른 마음의 짐이 좀체 덜어지지는 않았다.

　죄라는 것이 무엇인지를 그는 진심으로 생각해본 적이 없었고 다만 가벼운 입으로 비판해보고는 수월한 것으로 여겨왔을 뿐이었다. 무엇이 죄이냐는 둥—시대를 따라 죄의 의식이 다르다는 둥—입으로 지껄이기만 할 때에는 픽도 수월한 것이었으나 일단 실감으로 그것을 느낄 때에는 무섭고 무겁고 드세임을 깨달았다.

　죄는 죄인 것이다. 죄를 결정하는 저울과 자는 다른 아무것도 아니요 참으로 마음인 것이다. 제아무리 이치를 캐고 장담을 해보았어도 결국 마음이 무섭고 무거워질 때 그것이 바로 죄이라는 것을 깨달았다. 그 마음의 무겁고 음산한 짐을 덜어줄 사람은 다른 아무도 아니라 참으로 자기 자신임을 깨달았다. 그 의지할 곳 없는 외로운 생각이 두 겹으로 마음을 눌렀다. 죄진 사람의 설레고 음산한—그것이 요사이의 민수의 표정이었다.

　'그만 정도의 악마두 돼보지 못한단 말인가.'

물론 이렇게도 생각은 해보았다. 당초에 윤주와 계약을 맺을 때에는 제법 악마의 역할을 호돌스럽게 할 수 있을 것 같았고 현대에 있어서 악마 노릇을 함에는 성인 노릇을 하는 이상의 자랑이 있다고 생각하였던 것이다. 그것이 일단 일을 저질러놓고 볼 때에는 큰 오산이었음을 알고 예측하지 못했던 괴롬이 가위같이 육신을 누르는 것이다. 악마 노릇을 함은 성인 노릇을 하는 것과 똑같은 정도로 어려운 일이요, 여간내기가 아니고는 감히 그 노릇을 해낼 장사 없다는 것을 또렷이 깨달았다. 줄을 타다가 미끄러진 광대와도 같은 희극의 인상을 악마가 되려다가 미끄러진 자신의 꼴에서 보았다.

그렇게 생각할수록에 민수는 자신의 옹졸한 꼴에 비겨 윤주의 배포 유한 태도가 장하게도 우러러보이고 밉살스럽게도 느껴졌다. 체질로나 기질로나 애초부터 맞수가 아니었는지도 모른다. 자기와는 반대로 악마의 소질을 처음부터 갖추어 있었던 윤주임이 틀림없는 것이 차례진 무서운 역할을 늠실하게* 감당하였을 뿐이 아니다. 오늘은 그 보수로서의 민수와의 계약의 조건을 이행하러 강으로 나온다는 약속이었다.

'악마일까, 영웅일까.'

어처구니가 없어 민수는 속으로 중얼거려보면서 윤주의 위인을 알 수 없는 괴물로 생각하는 수밖에는 없었다. 그와 겨루다가 딴죽걸이로 보기 좋게 쓰러진 자신의 꼴이 한층 가엾게 떠오른다. 너무도 감감한 것이 괴로워 돌을 집어 올려 강물에 던져본다. 풍덩 소리가 나며 파문이 일고 강 속에 길게 뻗친 자신의 그림자가 깨트려진다. 파문이 사라지자 그림자는 제자리에 모여들었다가 돌을 던지면 다시 흩어지곤 한다. 돌을 수없이 던

----

* 늠실하다. 부드럽고 조금 가볍게 움직이다.

지는 동안에 물속에 어지럽게 수선거리다가 맑게 가라앉았을 때 민수는 문득 자기 그림자 아닌 또 하나 다른 그림자를 물속에 발견하고 뒤를 돌아보았다. 윤주가 와 있었다. 민수는 홧김에 또 한 번 돌을 집어 물속의 윤주를 힘껏 깨트려버리고는 돌아서서 언덕 위로 뛰어올랐다.

"자네게 할 말도 많네만.—감사하다구 하면 옳을는지, 어쩌면 옳을는지."

윤주가 어슬렁어슬렁 뒤를 따르는 것을 알고 민수는 한층 급스럽게 발을 떼었다.

"하긴 입으로만 감사하려는 것이 아니네. 조약을 조약대로 이행해준 자네가 신사라면 나두 사내대장부 간대루 일구이언을 하겠나. 약속은 약속대로 지키겠네."

민수가 풀 위에 덜썩 주저앉으니 윤주도 덩달아 그의 옆에 자리를 잡는다.

"그 눈치 누가 모르겠나만 자네겐 아직두 감상이니 무어니 하는 귀찮은 게 남아 있는 모양이야. 내 눈으로 보면 그게 다 아직두 어린 탓. 그다지 괴로워할 법은 없어."

담배를 내서 불을 붙여 물고는

"고지식한 자네에게 비하면 난 아마 악한 중에서두 상악한인지는 모르겠으나 감상은커녕 마음속에 손톱만큼의 심책두 안 느끼니 대체 웬 까닭인가. 모든 것이 그저 있을 대로 있었고 될 대로 된 것같이밖엔 생각되지 않네. 그다지 야단을 칠 만한 큰일두 아무것두 아니구 넓은 세상 그 어느 구석에서 꽃 한 송이가 깜박한 것쯤밖엔 생각되지 않으니."

"암, 악한이구 말구. 자네 같은 위인을 알게 된 것이 내겐 일생의 불행이었었네. 일대의 실책이었었네."

민수는 입에 고인 신물이라도 뱉어버리는 듯 어세가 급스럽다.

"그러나 당초에 자네의 제의로부터 시작된 일이었지 내가 시킨 일인가. 자네로선 그만하면 복수가 됐겠구 내가 그 복수를 사서 한 셈이니 벼르던 복수를 한 이상에 무슨 더 잔소린가. 그날 밤의 자네의 행동을 칭찬하러 왔지 그 우울한 꼴 보러 여기까지 나온 줄 아나."

"딴은 악한의 배짱은 그만큼은 서야 되렷다. 악한과 씨름을 한댔자 편편히 질 뿐이지 내야 밑천이나 찾겠나."

민수는 벌떡 자리를 일어서면서 한 옴큼 뜯어 쥔 풀잎을 윤주의 면상에 던졌다.

"쓸데없이 흥분하지 말게. 아직 판이 다 끝난 것은 아니야. 내 자네에게 갚을 게 있으니 말이네. 약속한 문예부장의 자리—언제든지 그것을 자네에게 물려줄 마음의 준비가 내게 있네. 자네 원하는 때 언제든지."

"그래두 조롱인가. 무엇이 부족해서 두구두구 사람의 맘을 성가시게."

소리가 절걱 나게 윤주의 볼을 쥐어박고 민수는 그래도 화를 못 이겨 돼지 목심 같은 그의 목을 팔에 걸었다.

"기어코 쌈을 하자는 셈이지. 어쨌다구 엉뚱하게 내게 화풀이야. 그까짓 분은 강물에나 띄워버리잖구."

팔에 목을 감기어 말소리조차 끊어지면서 한참 동안이나 꼼짝부득이던 윤주였으나 문득 차력이나 한 듯 힘을 쓰면서 몸을 일으키는 바람에 민수의 몸이 거꾸로 곤두서며 두 몸이 한데 휩쓸려 볼 동안에 언덕을 굴러 내려갔다.

한참 동안 모양들은 안 보이고 깔리거니 누르거니 두 몸이 한데 엉긴채 욱박아대는 소리만이 고요한 강가에 세차게 들렸다. 유유한 강물과 나부끼는 초목들은 당초부터 순간순간에 명멸하는 인간에는 관심을 안 가진 듯 천연스럽게 제 몫만을 보고 있는 그 속에서 그 유유한 자연에 거역이라도 해보려는 듯이 뛰어나게 두 사람의 기운은 세찼다. 두 몸은 떨어졌다 어울렸다 하면서 강기슭으로 밀려 나갔다. 윤주의 몸은 허울만 클 뿐 민수에게 깔리기가 일쑤였다. 목을 눌리면서 간신히 토막토막의 말소리를 자아냈다.

"……무슨 까닭에 이 짓인지를 다 안다. 아직까지두 영옥을 못 잊어서 그러지. 복수란 얼토당토않은 몽상이었어. 내게 사랑을 사양한 것이 얼마나 원통한가. 더 좀 둬두구 지긋지긋 정성껏 사랑을 구해볼걸. 자네 맘속 다 들여다보네……."

힘을 불끈 써서 몸을 세우고 민수를 눕히려다가 다시 됩데 깔리고야 말았다. 이제는 벌써 전신을 맞을 대로 맞아 기운도 어지간히 쇠진하였었다. 반대로 민수는 더욱 생기가 팔팔하여지고 기운을 더하여갔다.

"난 왜 그리 경솔하였던지 모른다. 너 같은 악마와 애초에 쓸데없는 농을 건 것이 내 잘못이었지. 죽어두 이 원한 풀어질 성싶지 않다. 고약한 것, 어떡하면 모든 것이 제대로 돌아설까."

"그만두세. 그만하면 자네가 이겼네. 내가 이긴 줄 알았으나 결국 겉뿐이구 정말 이긴 건 자네네. 마음으로 이겼네. 사랑에 이겼네. 나만 결국 참패네……."

손을 모고 빌면서 발을 구른 서슬에 윤주는 간신히 몸을 빼치고 민수의 팔을 벗어났다. 민수가 쓰러져 있는 틈을 타서 다시 더 겨룰 염도 못 하고 허둥허둥 언덕을 올라갔다. 민수가 몸을 일으켜가지고 뒤를 따르려 할 때에는 벌써 도망의 자세를 하고 쏜살같이 언덕 위를 달아나는 것이었다.

"잠깐 먼 데루 갔다 오려네. 가서 생각해보겠네. 오늘의 쌈은 이것으로 헤치세."

"도망을 가다니 비겁한 것. 잠깐만 참게, 잠깐만……."

"더 따라오지 말어. 자네가 이겼달밖엔……."

살려달라고 숨이 차게 줄행랑을 놓는 윤주의 꼴을 우습게 여기면서 뒤를 쫓던 민수는 별안간 그 꼴이 가엾게 보여져서 도중에서 걸음을 늦추어버리고 말았다. 도망가는 참패병의 뒤를 굳이 쫓을 것은 없다고 생각한 까닭이다. 두 사람 싸움에서 이긴 것은 확실히 자기 편임을 느끼면서 민수는 밭은 숨을 쉬면서도 가슴을 내밀고 거리로 들어가는 교외의 길을 자랑스럽게 걸었다.

가쁘면서도 그 길로 민수는 순도를 찾았다. 내친걸음에 그에게 대한 무거운 감정마저 정리해버리자는 생각이었다. 그러나 순도의 태도는 엽렵*하였고 국면은 의외에도 예측치 아니한 방향으로 흘렀다.

"자네게 할 말도 많네만—"

서름서름한 사이였으나 민수는 배짱을 세우고 속을 털어 보일 작정이었다.

"왜 긴치 않게 눈앞에 어른거려. 아예 꼴두 보기 싫다."

외마디에 퉁명스러운 호통이었다.

"내가 지금 얼마나 뉘우치고 있다는 것을 알면 자네 생각도 달러지리. 무엇하러 이렇게 구구하게 자네게까지 오겠나. 마음속이나 알아주게."

목소리를 부드럽히며 굽혀도 보았으나 순도의 기색은 여일하였다.

"도대체 꼴이 보기 싫어. 생쥐같이 꾀로만 살아가는 그 꼬락서니가 처음부터 보기 싫었다. 나쁜 짓들은 도맡아놓고 해감 직한 세상에서두 가증한 동물."

---

* 분별 있고 의젓함. 슬기롭고 민첩함.

"욕 받으러 온 게 아니다. 와준 것만 고맙다구 해라."

당초부터 어울리지 않는 말에 민수도 화가 버럭 나서 그만 마루를 내려서려 할 때 순도의 손이 번개같이 날아오며 볼에 불이 번쩍 났다.

"사람을 조롱하러 왔나 이 녀석이."

몸을 피하려 하였으나 미처 뺄 새도 없이 뒤에서 덮치는 순도의 팔에 전신을 감기어버렸다. 싸움이로구나 하고 느끼자 민수는 문득 강가에서 자기가 윤주에게 한 바로 그 공격의 시늉을 이제 거꾸로 순도에게서 당하고 있음을 깨달았다. 별수 없이 뱃심을 정하고는 힘을 쓰면서 몸을 일으키는 바람에 순도의 몸이 곤두서며 두 몸은 한데 휩쓸려 뜰아래로 쓰러졌다.

"그렇게 노여워할 것이 없는 것이 뭐니 뭐니 해두 자네가 제일 행복자이네. 영옥의 사랑을 완전히 차지한 건 자네뿐이니 우리는 결국 헛물만 켜면서 가장자리로만 빙글빙글 돌아댄 셈야."

"쓸데없는 걱정은 그만두구.──저질러논 흠집을 어떻게 도로 바로잡아줄 테냐 말이다."

순도의 팔팔한 기운은 박세고, 벌써 두 번째의 싸움이라 민수는 기진한 눈치가 완연하였다. 힘이 부치는 데다가 도무지 악이 나지 않고 흥이 솟지 않았다. 당초부터 싸움의 산수는 기울었던 것이다. 날아오는 주먹을 일일이 막아내기가 귀찮고 몸 그 어느 구석이 마치 금시에 신경이나 빠진 듯이도 둔해짐을 느꼈다.

"그만두세. 때리려거든 얼마든지 맞기는 하겠네만 더 싸우지 않아두 승패는 이미 결정된 것이네. 자네가 이겼네. 사랑에두 싸움에두 난 참패야……."

간신히 몸을 뺐을 때에 날쌔게 일어서면서 달려드는 순도의 가슴을 힘차게 지르니 무르게도 쓰러져버린다. 더 싸울 필요도 없었거니와 노곤하고 귀찮은 마음에 그 틈을 타서 민수는 대문을 나와버렸다.

"도망을 가다니 비겁한 것."

뒤미처 순도가 쫓아 나오는 것을 보고 민수는 천연스럽게 하려다도 귀찮은 마음에 자연 빨라졌다.

"쫓아오지 말게. 자네가 이겼달밖엔."

알고 보니 쫓아오는 순도의 앞에서 자기는 어느 결엔지 달아나고 있는 것이었다. 부리나케 뛰는 동안에 숨조차 막혀졌다. 숨차게 도망가는 자기의 꼴—민수의 머릿속에는 문득 강가에서 자기에게 쫓기는 윤주의 꼴이 번개같이 떠오르며 그 꼴이 흡사 지금의 자기의 꼴임을 느꼈다. 윤주와의 싸움에서는 자기가 이겼다고 생각되었으나 이제 순도와의 싸움에서 완전히 참패를 당한 것을 알았다. 그러나 그것이 자기가 범한 허물을 지워주는 보상이 된다면 또한 원한이 없다고 생각하면서 부끄럼도 없이 정신없이 길을 달리는 것이었다.

12

공원의 아침은 맑다.

순도와 영옥의 마음속도 연못의 물같이 고요하고 맑은 것이었다.

영옥의 마음이 한결 개운한 것은 그날 아침 순도가 먼저 자기를 찾아주고 공원까지 끌어내준 까닭이었다. 사랑의 고집은 마지막까지도 끈끈스럽게 마음을 지배하는 모양이었다.

영옥에게는 그 변이 있은 후 오늘에 이르기까지에 무서운 번민의 날과 밤이 있었다. 봉욕의 순간을 생각하면 살이라도 에우고 싶은 듯한 지옥의 괴롬이었으나 그러나 날이 지날수록에 상처도 사라져가고 무엇보다도 순도가 그것을 허물하지 않고 용서하여줌이 그에게는 더없는 구원이었던 것이다. 어디론지 사라져버린 윤주에게 대하여서는 징계의 길이 없었으나 짐승이 아닌 이상 제 스스로의 뉘우침에 맡겨두기로 하였고—그보다도 영옥과 순도 두 사람에게는 어느 결엔지 큰 깨달음이 생겼던 것이다. 그 깨달음 앞에 지난날의 흠쯤은 그다지 문제가 아니었다.

공원에서 그렇게 두 사람이 조용히 만나기는 언제인가 서글프게 싸우고 헤어진 후 여러 달 만에 처음이었다. 몇 날의 시간이 많은 마음의 변천을 가지고 와서 그때와 오늘과의 두 사람의 처지는 같은 것이 아니었고 마음과 표정 또한 퍽도 다른 것이었다. 험한 한 고패를 지난 후의 평화로운 표정이었다.

"생각할수록에 사람이란 어리석고 앞 눈이 어두운 것이 한 되는구려."

순도는 나뭇잎을 뜯어 입술에 물면서 나무 그림자 사이로 영옥의 뒤를 천천히 따랐다.

"—첨부터 이날이 올 것을 알았다면 무엇을 즐겨 굳이 파란곡절을 꾸며놓고 그 속을 괴롭게 헤매왔단 말요. 단걸음에 순순하게 결말을 잡았더면 될 것을."

"제 생각엔 꼭 무슨 조물주 같은 것이 있어서 사람의 길을 심술궂게 요리조리 틀어놓고 사람의 걸어가는 등 뒤에서 농간을 부리는 것만 같애요. 마치 소설가 모양으로 부질없이 인생을 기구하게만 꾸며놓구—조물주란 꼭 소설가와 마찬가지로 심술궂은 것인 듯해요."

"소설가—소설가는 걸작인데. 그러나 나 같은 소설가야 그런 꾀를 부릴 줄이나 아우. 그러게 당초부터 소설가두 아니요 그런 의미의 소설가라면 되구 싶지두 않으나."

"애매한 소설가를 걸어서—말이 빗나갔어요. 용서하세요. 어떻든 결국은 되돌아오게 되는 첫길인 것을 공연히 장황하게 빙 돌다가 전신에 상처투성이를 해가지구 다 저녁때 어슬어슬 돌아오게 되는 것이 피할 수 없는 일이라군 해두 생각하면 원통해요. 같은 값이면 첨부터 순조로웠으면 오죽 좋겠어요."

"조물주의 농간으로만 돌리지 말구 피차의 마음에두 비쳐봅시다—터놓구 말이지 영옥 씨가 당초부터 괜한 고집을 피우지 않았다면 그렇게 빗이야 나갔겠소."

어느덧 두 사람은 나란히 서서 걸었다. 나뭇잎의 그림자가 두 사람의 얼굴과 몸에 아롱아롱 무늬를 놓으면서 지나간다.

"고집이라니요. 아니 누가 먼저 고집을 피셨어요. 생판 고집 없는 양반이."

영옥은 거의 펄쩍 뛸 듯이 발을 멈추고는 순도를 찬찬히 바라보는 것이다. 순도는 웃음을 머금으면서 부드러운 낯으로 그의 시선을 받는다.

"그렇게 정색할 게야 있소."

"정색하구말구요. 고집을 누가 먼저 피웠게."

귀엽게 짜증을 내면서 영옥은 벤치에 가서 덜썩 앉는다.

"그럼 말할까.—명호들에게 지도를 받느니 뭐니 하구 서두른 것두 고집. 강남회사에 들어가느니 뭐니 하구 법석을 한 것두 고집……."

영옥은 참을 수 없다는 듯이 발을 톡 구르고 일어나서 순도의 앞을 가로막고 섰다.

"당초에 길을 옳게 잡아둘 생각은 하잖구 그렇게 되도록 부러 꾸민 것은 대체 누구의 고집이었어요. 누구의 고집이었어요. 얼른 말씀하세요."

목이 메이는 듯 잠깐 숨을 돌려가지고는

"—늘 뿌루퉁하구 빼지구 쌀쌀하구 심술궂구 화만 지르구. —그 고집엔 그만 지쳤어요."

"한마디 더 하지.—공연한 일에 이렇게 쓸데없이 법석을 하는 것두 고집이 아니오."

그 말에는 영옥도 대꾸를 몰라 입을 다문 채 두 사람은 다시 나무 그늘을 걷기 시작하였다.

"어떻든 생각하면 결국 고집의 비극이었었소. 앞으론 고집을 버립시다."

"제발요."

"정말—"

순도는 발을 머무르고 마치 미친 사람 양으로 영옥의 두 어깨를 억세게 붙들었다. 타는 눈이 녹일 듯이 그를 쏜다.

"—고집을 버리겠소? 그리구 내 시키는 대로만 하겠소? 내 명령대로만—일절 거역 없이."

"아무렴요. 무엇이든지 분부하세요.—땅속에래두 들어가죠."

대답이 떨어지기도 전에 순도는 열광적으로 영옥을 안으면서 숙인 그의 얼굴을 찾았다. 바로 머리 위 나뭇가지가 새의 짓인지 바람의 짓인지 별안간 나부끼며 두 사람의 자태를 어른어른 싸고도는 것이 마치 그들과 농을 하자는 것과도 같다.

"그럼 우선 오늘부터 내 분부대로 움직이시오.—자, 먼저 하숙으로 갑시다."

영옥은 마치 최면술에 걸린 것과도 같이 온전히 순도의 의지대로 발을 떼어 놓았다.

"물론 오늘 문득 작정한 것이 아니라 전부터 생각해오던 것이지만—"

영옥의 하숙에 이르렀을 때에 순도는 침착한 어조로 분부—가 아니라 선언을 하는 셈이었다.

"—얼른 짐을 싸시오. 오늘루 서울을 떠납시다. 불결한 분위기를 시원하게 떠나서 고요한 속에서 장래의 계책을 다시 세웁시다."

듣고 싶던 말이 바로 그 말이었던 듯이 영옥은 한마디 거역은새로에* 눈 한번 깜박거리는 법 없이 침착하게 짐을 싸기 시작하였다. 그 억센 고집도 어디로 갔는지 사랑의 말을 좇는 그의 양은 어른 말에 순종하는 어린아이의 바로 그 양이었다.

"어디로 가느냐구두 묻지 마시오. 고향으로 가든 어디로 가든 내게 맡기구 내 뒤만 따르시오—모든 준비 벌써부터 다 해가지구 있었던 거요."

서울 그것이 싫증이 난 영옥에게 초라한 하숙방에 도대체 미련이 남을 것이 없었다. 마치 잠깐 걸어앉았던 대합실 벤치를 떠나는 정도의 심사로 하숙을 나왔다. 두 짝의 트렁크가 양편 손에 들렸을 뿐인—개운한 나그네의 자태였다.

순도의 숙소에 들러 짐을 꾸려가지고 차 시간을 살펴 역까지 나온 것은 오후를 훨씬 지나서였다. 거리에서 아무도 만나지 않은 것도 요행으로 생각되었다.

어디까지가 한정인지 목적지 모를 두 장의 차표—그것이 순도의 손에 쥐인 것을 볼 뿐 굳이 물어볼 것도 없이 영옥은 순도의 뒤를 따라 기차 속에 몸을 던졌다. 하루 동안에 차례차례로 급스럽게 일어난 모든 거동이 꿈속 일같이만 생각되었다. 행여나 거짓말이나 아닌가 하고 영옥은 손으로 차창을 만져보았다, 자리를 더듬어보았다 하면서 신기한 생각에 가슴을 떨었다.

아직 해는 길었으나 이미 준비되어 있는 침대차를 올랐던 까닭에 그다

---

* '고사하고, 물론, 커녕'의 뜻을 나타내는 보조사.

지 번잡하게 서두르지도 않고 두 사람은 수월하게 자리에 마주 앉을 수 있었던 것이다. 이제야말로 속임 없이 바라던 세상이 눈앞에 닥쳐오는 것을 느끼며 영옥은 알 수 없이 마음속이 그득 차지는 것이었다.

"이때까지 명령만 들어왔으니 이번엔 제가 명령할 차례예요.──제 질문을 꼭 대답해주세요."

막 차가 움직이기 시작하였을 때 영옥은 응석을 하는 어린아이 양으로 다따가 순도의 손을 잡았다.

"절 얼마나 생각하세요. 어디가 그렇게 좋아요."

"하늘만큼. 구슬이라면 그대로 입에 삼키고 싶소."

윈스러운 이 대답을 비록 짧기는 하건만 하늘 아래에서 가장 행복스러운 말로 느끼면서 영옥은 얼굴만이 아니라 전신에다 함빡 미소를 머금었다.

"또 한 가지 분부──"

별안간 정색을 하고 눈으로 창을 가리키면서

"──창을 닫아주세요. 그리고 휘장을 내리구."

그러나 그 어여쁜 분부를 좇기 전에 순도는 그저 영옥의 상기된 볼을 마치 꽈리를 주무르듯 손가락 사이에 징그시 집어보는 것이었다.

─《여성》 제19~25호, 1937. 10.~1938. 4.

장미 병들다

싸움이라는 것을 허다하게 보아왔으나 그렇게도 짧고 어처구니없고—
그러면서도 싸움의 진리를 여실하게 드러낸 것은 드물었다. 받고 차고 찢
고 고함치고 욕하고 발악하다가 나중에는 피차에 지쳐서 쓰러져버리
는—그런 싸움이 아니라 맞고 넘어지고 항복하고—그뿐이었다. 처음도
뒤도 없이 깨끗하고 선명하여 마치 긴 이야기의 앞뒤를 잘라버린 필름의
몇 토막과도 같이 신선한 인상을 주는 것이었다. 그 신선한 인상이 마침*
영화관을 나와 그 길을 지나던 현보와 남죽 두 사람의 발을 문득 머무르
게 하였는지도 모른다. 그러나 두 사람이 사람들 속에 한몫 끼여 섰을 때
에는 싸움은 벌써 끝물이었다.

영화관, 음식점, 카페, 매약점 등이 어수선하게 즐비하여 있는 뒷거리
저녁때, 바로 주렴을 드리운 식당 문 앞이었다. 그 식당의 쿡으로 보이는
흰옷에 흰 주발 모자를 얹은 두 사람의 싸움이었으나 한 사람은 육중한
장골이요, 한 사람은 가무잡잡한 약질이어서, 하기는 그 체질에 벌써 승
패가 달렸던지도 모른다. 대체 무엇이 싸움의 원인이며 원한의 근거였는

* 원문에는 '마치' 임.

지는 모르나 하루아침에 문득 생긴 분김이 아니요, 오래 두고두고 엉겼던 분만의 화풀이임은 두 사람의 태도로써 족히 추측할 수 있었다. 말로 겨루다 못해 마지막 수단으로 주먹다짐에 맡기게 된 것임은 부락스러운 두 사람의 주먹살에 나타났었으니 약질의 살기를 띤 암팡진 공격에 한 번 주춤하였던 장골은 곱절의 힘을 주먹에 다져 쥐고 그의 면상을 오돌지게 욱박았다.

소리를 치며 뒤로 쓰러지는 바람에 문 앞에 세웠던 나무 분이 넘어지며 분이 깨뜨러지고 노가주나무가 솟아났다. 면상을 손으로 가리어 쥐고 비슬비슬 일어서서 달려들려 할 때 장골의 두 번째 주먹에 다시 무르게도 넘어지고 말았다. 땅 위에 문질러져서 얼굴은 두어 군데 검붉게 피가 배고 두 줄의 코피가 실오리 같은 가느다란 줄을 그으면서 흘렀다. 단번에 혼몽하게 지쳐서 쭉 늘어졌음에도 불구하고 약질은 간신히 몸을 세우고 다시 한 번 개신개신 일어서서 장골에게 몸을 던지다가 장골이 날쌔게 몸을 피하는 바람에 겨뤄보지도 못한 채 또 나가쓰러지고 말았다. 한참이나 죽은 듯이 고요한 속에서 코만 흑흑 울리더니 마른 땅에는 금시에 피가 흘러 넓게 퍼지기 시작하였다.

"졌다."

짧게 한마디—그러나 분한 듯이 외쳤으니 그것으로 싸움은 끝난 셈이었다.

"항복이냐."

장골은 늠실도 하지 않고 마치 그 벅찬 힘과 마음에 티끌만큼의 영향도 받지 않은 듯이 유들유들하게 적수를 내려다보았다.

"힘이 부쳐 그렇지 그리 쉽게 항복이야 하겠나."

"뼈다구에 힘 좀 맺히거든 다시 덤비렴."

"아무렴. 그때까지 네 목숨 하나 살려둔다."

의젓하고 유유하게 대꾸하면서 약질이 피투성이의 얼굴을 넌지시 쳐들었을 때 현보는 그 끔찍한 꼴에 소름이 끼쳐서 모르는 결에 남죽의 소매를 끌었다. 남죽도 현장에서 얼굴을 피하며 재촉을 기다릴 겨를 없이 급히 발을 돌렸다. 한참 동안 말이 없었다. 우연히 목도하게 된 그 돌연한 장면에서 받은 감격이 너무도 컸다.

강하고 약하고, 이기고 지고—이 두 길뿐. 지극히 간단하다. 강약이 부동으로 억센 장골 앞에서는 약질은 욕을 보고 그 자리에 폭삭 쓰러져버리는 그 한 장의 싸움 속에서 우연히 시대를 들여다본 듯하여서 너무도 짙은 암시에 현보는 마음이 얼떨떨하였다. 흡사 약질같이 자기도 호되게 얻어맞고 피를 흘리며 쓰러져 있는 듯도 한 실감이 전신을 저리게 흘렀다.

"영화의 한 토막과 같이 아름답지 않아요. 슬프지 않아요."

역시 그 장면에서 받은 감동을 말하는 남죽의 눈에는 눈물이 그리어 보였다. 아름답다는 것은 패한 편을 동정함일까. 아름다운 까닭에 슬프고, 슬프리만큼 아름다운 것—눈물까지 흘리게 한 것은 별수 없이 그나 누구나가 처하여 있는 현대의 의식에서 온 것임을 생각하면서 현보는 남죽을 뒤세우고 거리목 찻집 문을 밀었다.

차를 청해 마실 때까지도 현보와 남죽은 그 싸움의 감동이 좀체 사라지지 않아서 피차에 별로 말도 없었다. 불쾌하다느니보다는 슬픈 인상이었다. 슬픔으로 인하여 아름다운 것이었음을 남죽과 같이 현보도 느끼게 되었다. 그렇게까지 신경을 민첩하게 일으켜 세우게 된 것은 잠깐 보고 나온 영화 때문이었던지도 모른다.

영화관에는 마침 〈목격자〉가 걸려 있어서 우연히 보게 된 그 아름다운 한 편이 장면 장면 남죽을 울렸다.

전체로 슬픈 이야기였으나 가련한 주인공의 운명과 애잔한 여주인공의 자태가 한층 마음을 찔렀다. 억울한 혐의로 아버지를 여읜 어린 자식을 데리고 늙은 어머니가 어둡고 처량한 저녁에 무덤 쪽을 바라보는 장면과 흐린 저녁때의 빈민가 다리 아래 장면과는 금시에 눈물을 솟게 하였다. 다리 아래 장면에서는 거지의 자동 풍금 소리에 집집에서 뛰어나온 가난한 구민들이 그 슬픈 음악에 맞추어 춤을 추기 시작하였다. 요란한 소리를 듣고 순검이 달려와서 춤을 금하고 사람들을 헤칠 때 억울한 혐의로 아버지를 재판한 늙은 검사는 양심의 가책을 조금이라도 덜려고 가난한 사람들을 위해 항의를 하나 용납되지 못하고 사람들은 하는 수 없이 비슬비슬 그 자리를 헤어진다. 그 웅성거리는 측은한 꼴들이 실감을 가지고 가슴을 죄었다. 어두운 속에서 남죽은 흐르는 눈물을 손수건으로 몇 번이고 훔쳐냈다. 눈물로 부덕부덕한 얼굴을 가지고 거리에 나오자 당면하게 된 것이 싸움의 장면이었다. 여러 가지의 감동이 한데 합쳐서 새 눈물을 자아내게 한 것이다.

하기는 남죽들의 현재의 형편 그것이 벌써 눈물 이상의 것이기는 하다. 두 주일 이상을 겪고 갓 나온 것이 불과 며칠 전이었다. 남죽은 현재 초라한 꼴, 빈 주머니에 고향에 돌아갈 능력도 없고 그렇다고 다른 도리도 없이 진퇴유곡의 처지에 있는 셈이었다. 〈목격자〉 속의 주인공들보다 조금도 나을 것이 없었다. 현보와 막연히 하루를 지우러 영화 구경을 나선 것도 또렷한 지향 없는 닥치는 대로의 길 그 자리의 뜻이었다. 온전히 그날 그날의 떠도는 부평초요, 키 잃은 배요, 목표 없는 생활이었다.

극단 '문화좌'가 설립되자마자 와해된 것이 두 주일 전이었다. 지방 공연이라는 점에 중점을 두려고 일부러 서울을 떠나 지방의 도회로 내려와 기폭을 든 것이었으나 그것이 도리어 화 되어 엄격한 수준에 걸린 것이었

다. 인원을 짜고 각본을 선택하고 모든 준비를 마친 후 첫째 공연을 내려
왔던 것이 그닷한 이유 없이 의외에도 거슬리는 바 되어 한꺼번에 몰아가
버렸다. 거듭 돌아보아야 그럴 만한 원인은 없었고 다만 첩첩한 시대의
구름의 탓임이 짐작될 뿐이었다. 각본을 맡은 현보는 고향이 바로 그곳인
탓으로인지 의외에도 속히 놓이게 되고 뒤를 이어 남죽 또한 수월하게 풀
리게 되었으나 나머지 인원들은 자본을 댄 민삼, 연출을 맡은 인수, 배우
인 학준, 그 외 몇몇은 아직도 날이 먼 듯하였다. 먼저 나오기는 하였으나
현보와 남죽은 남은 동무들을 생각하고 또 한 가지 자신들의 신세를 돌아
보고 우울하기 짝 없었다. 하는 노릇 없이 허구한 날 거리를 헤매이는 수
밖에 없던 현보와 역시 별 목표 없이 유행가수를 지원해보았다 배우로 돌
아서 보았다 하던 남죽에게 극단의 설립은 한 희망이요 자극이어서 별안
간 보람 있는 길을 찾은 듯도 하여 마음이 뛰고 흥이 나는 것이, 의외의
타격에 길을 꺾이우고 나니 도로 제자리에 주저앉은 셈이었다. 파랗게 우
러러보이던 하늘이 조각조각 부서져버리고 다시 어두운 구렁텅이로 밀려
빠진 격이었다.

  현보의 창작 각본 〈헐어진 무대〉와 오닐의 번역극 〈고래〉의 한 막이 상
연 예정이어서 남죽은 그 두 각본의 여주인공의 역할을 자기의 비위에 맞
는 것으로 그지없이 사랑하였다. 예술적 흥분 외에 또 한 가지의 기쁨은
그런 줄 모르고 내려왔던 길에 구면인 현보를 칠 년 만에 뜻밖에 다시 만
나게 된 것이었다. 이 기우는 현보에게도 물론 큰 놀람이자 기쁨이었다.
  극단의 주목을 보게 된 민삼이 서울서 적어 내려보낸 인원의 열 명 속
에 여배우 혜련의 이름을 발견하고 현보는 자기 작품의 주연을 맡은 그
여배우가 대체 어떤 인물일꼬 하고 호기심이 일어났을 뿐 무심히 덮어두

었던 것이 막상 일행이 내려와 처음으로 상면하게 되었을 때 그가 바로 남죽임을 알고 어지간히 놀랐던 것이다. 혜련은 여배우로의 예명이었다. 칠 년 전에 알고는 그 후 까딱 소식을 몰랐던 남죽은 그런 경우 그런 꼴로 우연히 만나게 될 줄이야 피차에 짐작도 못 하였던 것이다. 지난날을 돌아보면서 그날 밤 둘은 끝없는 이야기와 추억에 잠겼다. 서울서 학교에 다닐 때 우연히 세죽 남죽 자매를 알게 된 것은 그들이 경영하여가는 책점 대중원에 출입하게 된 때부터였다. 대중원은 세죽이 단독 경영하여가는 것이었고 남죽은 당시 여학교에서 공부하는 몸으로 형의 가게에 기식하고 있는 셈이었다. 세죽의 남편이 사건으로 들어가기 전에 뒷일을 예료하고 가족들의 호구지책으로 미리 벌인 것이 소규모의 책점 대중원이었다. 남편의 놓일 날을 몇 해고 간에 기다려가면서 세죽은 적막한 홀몸으로 가게를 알뜰히 보면서 어린것과 동생 남죽의 시중을 지성껏 들었었다. 남죽은 어린 나이에도 철이 들어서 가게에 벌여놓은 진보적 서적을 모조리 읽은 나머지 마지막 학년 때에는 오돌지게도 학교에 일어난 사건을 지도하다가 실패한 끝에 쫓겨나고 말았다. 학업을 이루지도 못한 채 고향에 내려갈 수도 없어 그 후로는 별수 없이 가게 일을 도울 뿐, 건둥건둥 날을 지우는 수밖에는 없었다. 소설을 닥치는 대로 읽어대고 아름다운 목청을 놓아 노래를 불러대곤 하였다. 목소리를 닦아서 나중에 성악가가 되어볼까도 생각하고, 얼굴의 윤곽이 어글어글한 것을 자랑삼아 영화배우로 나갈까도 꿈꾸었다. 그 시기의 그를 꾸준히 관찰할 수 있는 기회를 가졌던 현보는 그 남다른 환경에서 자라가는 늠출한 처녀의 자태 속에 물론 시대적 열정과 생장도 보았으나 더 많이 아름다운 감상과 애끓는 꿈을 엿보았던 것이다. 단발한 머리를 부수수 헤뜨리고 밋밋하고 건강한 육체로 고운 멜로디를 읊조릴 때에는 그의 몸 그대로가 구석구석에 아름다운 꿈을 함빡 머금은 흐뭇한 꽃이었다. 건강한, 그러나 상하기 쉬운 한 송이의 꽃이었다. 참으로 아담한 꽃을 보는 심사로 현보는 남죽을 보아왔다. 그러나 현보가 학교를 마치고 서울을 떠날 때가 그들과의 접촉의 마지막이었으니 동경에 건너가 몇 해를 군 뒤 고향에 나와 일없이 지내게 된 전후 칠 년 동안 다만 책점 대중원이 없어졌다는 소문을 풍편에 들었을 뿐이지, 그 뒤 그들이 고향인 관북으로 내려갔는지 어쨌는지 남죽과 세죽의 소식은 생각해보지도 못했고 미처 생각에 떠오르지도 않았다. 그만한 여유조차 없는 것은 다른 사람의 생각은커녕 자신의 생활이 눈앞에 가로막히게 되었고, 무엇보다도 현대인으로서의 자기 개인에 대한 생각이 줄을 찾기 어렵게 갈피갈피로 찢어졌다 갈라졌다 하여 뒤섞이는 까닭이었다. 칠 년 후에 우연히 만나고 보니 시대의 파도에 농락되어 꿈은 조각조각 사라지고 피차에 그 꼴이었다. 하기는 그나마 무대 배우로 나타난 남죽의 자태에 옛 꿈의 한 조각이 아직도 간당간당 달려 있는 셈인지도 모르나 아담하던 꽃은 벌써 좀먹기 시작한, 그 어디인지 휘줄그러진 한 송이임을 현보는 또렷이 느꼈다.

시간을 보고 찻집을 나와 현보는 남죽을 데리고 큰 거리 백화점으로 향하였다. 준구와 만나자는 약속이었다. 가난한 교원을 졸라댐은 마치 벼룩의 피를 긁어내려는 격이었으나 그러나 현보로서는 가장 가까운 동무이므로 준구에게 터놓고 남죽의 여비의 주선을 비추어둔 것이었다. 남죽에게는 지금 '살까 죽을까가 문제'가 아니라 〈목격자〉 속의 빈민들에게 거리의 음악이 필요하듯이 고향으로 내려갈 여비가 필요하였다. 꿈의 마지막 조각까지 부서져버린 이제 별수 없이 고향으로 내려가 몸도 쉬이고 마음도 가다듬는 수밖에는 없었다. 고향은 넓은 수성평야의 한가운데여서 거기에서는 형 세죽이 밭을 가꾸고 염소를 기르고 있다는 것이었다. 남편이 한번 놓였다 재차 들어가게 된 후 세죽은 이번에는 고향에다 편편하게 자리를 잡고 책점 대신에 평야의 한복판에서 염소를 기르게 되었다는 것이다. 도회에 지친 남죽에게는 지금 무엇보다도 염소의 젖이 그리웠다. 염소의 젖을 벌떡벌떡 마시고 기운차게 소생됨이 한 가지의 원이었다.

몇십 원의 노자쯤을 동무에게까지 빌리기가 현보로서는 보람 없는 노릇이었으나 늘 메말라서 누런 '현대의 악마'와는 인연이 먼 그로서는 하는 수 없는 것이었다. 찻집이라도 경영해볼까 하다가 아버지에게 호통을 들은 후부터는 돈을 타 쓰기도 불쾌하여서 주머니에는 차 한 잔 값조차 동떨어질 때가 있었다. 누구나 다 말하기를 꺼려하고 적어도 초연한 듯이 보이려고 하는 '돈'의 명제가 요사이 와서는 말하기 부끄러우리만치 자나 깨나 현보의 머리를 차지하게 되었다. 그 '악마'에 대한 절실한 인식은 일종의 용기를 낳아서 부끄러울 것 없이 준구에게 여비 일건을 부탁하고 남죽에게는 고향 언니에게도 간청의 편지를 내도록 천연스럽게 일렀던 것이다.

그러나 막상 휘줄그레한 보라 양복에 땀에 절은 모자를 쓴 가련한 그를 대하였을 때 현보는 준구에게 그것을 부탁하였던 것을 일순 뉘우쳤다. 휘답답한 그의 꼴이 자기의 꼴과 매일반임을 보았던 까닭이다.

그래도 의젓한 걸음으로 층계를 걸어 올라 식당에 들어가 두 사람에게 자리를 권하고 음식을 분부하고 난 후, 준구는 손수건을 내서 꺼릴 것 없이 얼굴과 가슴의 땀을 한바탕 훔쳐냈다.

"양해하게. 집에는 아이들이 들끓구 아내는 만삭이 되어서 배가 태산 같은데두 아직 산파도 못 댔네. 다달이 빚쟁이들은 한 두렴씩 문간에 와서 왕메구리같이 와글와글 짖어대구——어쩌다가 이렇게 됐는지 이제는 벌써 자살의 길밖에는 눈앞에 보이는 것이 없네……. 별수 있던가, 또 교장에게 구구히 사정을 하구 한 장을 간신히 둘러 왔네. 약소해서 미안하나 보태 쓰도록이나 하게."

봉투에 넣고 말고 풀 없이 꾸겨진 지전 한 장을 주머니에서 불쑥 집어내서 현보의 손에 쥐여주는 것이다. 현보는 불현듯이 가슴이 찌르르하고 눈시울이 뜨거웠다. 손안에 남은 부풀어진 지전과 땀 배인 동무의 손의 체온에 찐득한 우정이 친친 얽혀서 불시에 가슴을 죄인 것이다.

남죽은 새삼스럽게 고맙다는 뜻을 표하기도 겸연쩍어서 똑바로 그를 바라보지도 못하고 시선을 식탁 위에 떨어뜨린 채 손가락으로 머리카락을 오리오리 매만질 뿐이었다. 낯이 익지도 못한 여자의 앞에서까지 가릴 것 없이 집안 사정 이야기를 터놓고 하지 않으면 안 되는 가난한 시민의 자태가 딱하고 측은하고 용감하여서―그 순간 그 자리에서 살며시 꺼지고도 싶은 무더운 좌중의 기분이었다.

거리에 나와 준구와 작별한 뒤까지도 현보들은 심사가 몹시 울가망*하였다. 현보는 집에 돌아가기가 울적하고 남죽 또한 답답한 숙소에 일찍 들어가기가 싫어서 대중없이 밤거리를 거닐기 시작하였다. 동무가 일껏 구해준 땀내 나는 돈을 도로 돌릴 수도 없이 그대로 지니기는 하였으나 갖출 것도 있고 하여 여비로는 적어도 그 다섯 곱절이 소용이었다. 현보는 다른 방법을 생각하기로 하고 그 한 장 돈의 운명을 온전히 그날 밤의 발길의 지향에 맡기기로 하였다.

레코드나 걸고 폭스트롯**이나 마음껏 추어보았으면 하는 것이 남죽의

---

* 근심스럽거나 답답해 기분이 나지 않는 상태.
** 1910년대 초기에 미국에서 시작한 사교 춤곡 또는 그 춤. 2분의 2박자 또는 4분의 4박자의 비교적 빠른 템포의 곡이다.

청이었으나 거리에는 춤을 출 만한 곳이 없고 현보 자신 춤을 모르는 까닭에 뒷골목을 거닐다가 결국 조촐한 바에 들어갔다. 솔내 나는 진을 남죽은 사양하지 않고 몇 잔이고 거듭 마셨다. 어느 결에 주량조차 그렇게 늘었나 하고 현보는 놀라고 탄복하였다. 제법 술자리를 잡고 얼굴을 붉게 물들이고 뭇 사내의 시선 속에서 어울려나가는 솜씨는 상당한 것으로 보였다. 술이 어지간히 돌았는지 체면 불고하고 레코드에 맞추어 몸을 으쓱거리더니 나중에는 자리를 일어서서 춤의 자세를 하고 발끝으로 달가닥 달가닥 춤을 추는 것이었다. 현보 역시 취흥을 못 이겨 굳이 그를 말리지 않고 현혹한 눈으로 도리어 그의 신기한 재주를 바라볼 뿐이었다. 술은 요술쟁이인지 혹은 춤추는 세상의 도덕은 원래 허랑한 것인지 이해하기 어려운 것은 맞은편 자리에 앉았던, 아까 남죽의 귀에다 귓속말로 거리의 부량자 백만장자의 아들이라고 가르쳐주었던 그 사나이가 성큼 일어서서 남죽에게 춤을 청하는 것이었고, 더 이상한 것은 남죽이 즉시 응하여 팔을 겨르고 스텝을 밟기 시작한 것이다. 그것이 춤의 도덕인가 보다만 하고 현보는 웃는 낯으로 한참이나 바라보고 있었으나 손님들의 비난의 소리 속에서 별안간 여급이 달려와서 춤은 금물이라고 질색하고 두 사람을 가르는 바람에 현보는 문득 정신이 들면서 이 난잡한 꼴에 새삼스럽게 눈썹이 찌푸려졌다. 남죽의 취중의 행동도 지나쳐 허랑한 것이었으나 별안간 나타난 부량자의 유들유들한 심보가 괘씸하게 느껴져서 주위에 대한 체면과 불쾌한 생각에 책임상 비틀거리는 남죽의 팔을 끌고 즉시 그 자리를 나와버렸다. 쓸데없이 허튼 곳에 그를 끌어온 것이 뉘우쳐도 져서 분이 좀체 가라앉지 않았다.

"아무리 부량자기로 생면부지에 소락소락—안된 녀석."

"노여하실 것 없는 것이 춤추는 사람끼리는 춤을 청하는 것이 모욕이 아니라 도리어 존경의 뜻인걸요. 제법 춤에 격식이 익숙하던데요."

남죽의 항의에는 한 마디도 대꾸할 바를 몰랐으나 그러면 그 괘씸한 심사는 질투에서 나온 것이었던가, 그렇다면 남죽을 얼마나 사랑하고 있는 셈인가. 하고 현보는 자신의 마음을 가지가지로 의심하여보았다.

"……참기 싫어요, 견딜 수 없어요—죄수같이 이 벽 속에만 갇혀 있기가. 어서 데려다 주세요 떼에빗. 이곳을 나갈 수 없으면—이 무서운 배에서 나갈 수 없으면 금방 미칠 것두 같아요. 집에 데려다 주세요 떼에빗. 벌써 아무것두 생각할 수 없어요. 추위와 침묵이 머리를 가위같이 누르는걸요. 무서워. 얼른 집에 데려다 주세요."

남죽은 남죽으로서 딴소리를—듣고 보니 오닐의 〈고래〉의 구절구절을 아직도 취흥에 겨운 목소리로 대로상에서 마치 무대에서와 같은 감정으로 외치는 것이었다. 북극 해상에서 애니가 남편인 선장에게 애원하고 호소하는 그 소리는 그대로가 바로 남죽 자신의 절실한 하소연이기도 하였다.

"……이런 생활은 나를 죽여요.—이 추위, 무섬. 공기가 나를 협박해요.—이 적막. 가는 날 오는 날 허구한 날 똑같은 회색 하늘. 참을 수 없어요. 미치겠어요. 미치는 것이 손에 잡힐 듯이 알려요. 나를 사랑하거든 제발 집에 데려다 주세요. 원이에요. 데려다 주세요……."

이튿날은 또 하루 목표 없는 지난날의 연속이었다. 간밤의 무더운 기억도 있고 남죽에게 대한 말끔하게 청산하지 못한 뒤를 끄는 감정도 남아 있고 하여 현보는 오후도 훨씬 늦어서 남죽을 찾았다. 아직도 눈알이 붉고 정신이 개운하지 못한 남죽의 청을 들어 소풍 겸 강으로 나갔다.

서선 지방의 그 도회는 산도 아름다우려니와 물의 고을이어서 여름 한

철이면 강 위에는 배가 흔하게 떴다. 나룻배 외에 지붕을 덩그렇게 단 놀잇배와 보트와 모터보트가 강 위를 촘촘하게 덮었다. 놀잇배에서는 노래가 흐르고 춤이 보여서 무르녹은 나무 그림자를 띄운 고요한 강 위는 즐거운 유원지로 변한다. 산 너머 저편은 바로 도회에서 생활과 싸움으로 들복닥거리건만 산 건너 이편은 그와는 별세상인 양 웃음과 노래와 흥이 지천으로 물 위를 흘렀다.

현보와 남죽도 보트를 세내서 타고 그 속에 한몫 끼어서 시원한 물 세상 사람이 된 듯도 싶었다. 백양나무가 늘어선 위로 흰 구름이 뭉실뭉실 떠서 강 위에서는 능라도 일대의 풍경이 가장 아름다웠다. 현보는 손수 노를 저으면서 물결을 거슬러 올라가 섬께로 향하였다. 속을 헤아릴 수 없는 푸른 물결이 뱃전을 찰싹찰싹 쳤다.

"언니에게서 편지가 왔는데—요새는 염소 젖두 적구 그렇게 쉽게 노자를 구할 수 없다나요."

남죽은 소매 속에서 집어낸 편지를 봉투째 서너 조각으로 쭉쭉 찢더니 물 위에 살며시 띄웠다. 별로 언니를 원망하는 표정도 아니요 다만 침착한 한마디의 보고였다.

"—며칠 동안 카페에 들어가 여급 노릇이나 해서 돈을 벌어볼까요."

이 역 원망의 소리가 아니고 침착한 농담으로 들리긴 하였으나 그 어디인지 자포자기의 기색이 보이지 않는 것도 아니었다.

"차차 무슨 방법이든지 있을 텐데 무얼 그리 조급하게 군단 말요."

현보는 당치 않은 생각은 당초에 말살시켜버리려는 듯이 어세가 급하고 퉁명스러웠다. 그러나 고향을 그리는 남죽의 원은 한결같이 절실하였다.

"얼음 속에 갇혀 있으면 추억조차 흐려지나 봐요. 벌써 머언 옛일 같아요—지금은 유월 라일락이 뜰 앞에 한창이고 담 위 장미는 벌써 봉오리가 앉았을걸요."

이것은 남죽이 늘 즐겨서 외는 〈고래〉 속의 한 구절이었으나 남죽의 대사는 이것으로서 그치는 것이 아니었다. 물 위에 둥둥 떠서 멀리 사라지는 찢어진 편지 조각을 바라보며 남죽의 고향을 그리는 정은 줄기줄기 면면하였다.

"솔골서 시작해서 바다 있는 쪽으로 평야를 꿰뚫은 흰 방축이 바로 마을 앞을 높게 내달고 있어요. 방축이라니 그렇게 긴 방축이 어디 있겠어요. 포플러나무가 모여 서고 국제 열차가 갈리는 정거장 근처를 지나 바다까지 근 십 리 장간을 일직선으로 뻗쳤는데 인도교와 철교 사이를 거닐기에두 이십 분이나 걸려요. 물 한 방울 없는 모래 개천을 끼고 내달은 넓은 둑은 희고 곧고 깨끗해서 마치 푸른 풀밭에 백묵으로 무한대의 일직선을 그은 것두 같수. 둑 양편으로 잔디가 깔린 속에 쑥이 나고 패랭이꽃이 피어서 저녁 해가 짜링짜링 쪼이면 메뚜기와 찌르레기가 처량하게 울지요. 풀밭에는 소가 누운 위로 이름 모를 새가 풀 위를 스치면서 얕게 날고 마을로 향한 쪽에는 조, 수수, 옥수수 밭이 연하여서 일하는 처녀 아이가 두어 사람씩은 보이죠. 여름 한철이면 조카아이와 같이 염소를 끌고 그 둑 위를 거닐면서 세월없이 풀을 먹여요. 항구를 떠난 국제 열차가 산모퉁이를 돌아 기적 소리가 길게 벌판을 울려올 때 풀 먹던 염소는 문득 뿔을 세우고 수염을 드리우고 에헤헤헤헤헤 하고 새침하게 한바탕 울어대군 해요. 마을 앞의 그 둑을—고향의 그 벌판을—나는 얼마나 사랑하는지 몰라요. 그리운지 모르겠어요."

남죽의 장황한 고향의 묘사는 무대 위에서와는 또 다르게 고요한 강물 위를 자유롭게 흘러내렸다. 놀잇배에서 흘러나오는 레코드의 음악이 속된 유행가가 아니고 만약 교향악의 반주였던들 남죽의 대사는 마디마디 아름다운 전원 교향악으로 들렸을 것이다.

그의 '전원 교향악'에 취하였던 것은 아니나 그의 고향에 대한—적어도 현재 이외의 생활에 대한 그리운 정이 얼마나 간절한가를 느끼며 현보는 속히 여비를 구해야 할 것을 절실히 생각하면서 능라도와 반월도 사이의 여울로 배를 저어 올렸다. 얕아는 졌으나 센 물살을 거슬러 저으면서 섬에 오를 만한 알맞은 물기슭을 찾았다.

"첫가을이면 송이의 시절—좀 이르면 솔골로 풋송이 따러 가는 마을 사람들이 둑 위를 희끗희끗 올라가기 시작하겠어요. 봉곳이 흙을 떠받들고 올라오는 송이를 찾았을 때의 기쁨! 바구니에 듬짓하게 따가지고 식구들과 함께 둑길을 걸어 내려올 때면 송이의 향기가 전신에 흠뻑 배이지요. 풋송이의 향기—〈고래〉 속의 라일락의 향기 이상으로 제겐 그리운 것예요."

듣는 동안에 보지 못한 곳이언만 현보에게도 그의 말하는 고향이 한없이 그리운 것으로 생각되었다. 모랫바닥이 보이는 강가로 배를 몰아놓고 섬 기슭을 잡으려 할 때 배가 몹시 요동하는 바람에 꿈에 잠겼던 남죽은 금시에 정신이 깬 모양이었다. 백양나무가 늘어선 사이로 새풀이 우거져서 섬 속은 단걸음에 뛰어 들어가고도 싶게 온통 푸르게 엿보였다. 발을 벗고 물속을 걷기도 귀찮아서 남죽은 뱃전에 올라서서 한걸음에 기슭까지 뛰어 건너려 하였다. 뒤뚝거리는 배를 현보가 뒤에서 붙들기는 하였으나 원체 물의 거리가 먼 데다가 남죽은 못 미치는 다리에 풀뿌리를 밟은 까닭에 껑청 발을 건너자 배가 급각도로 기울어지며 현보가 위태하다고 느꼈을 순간 풀뿌리에서 미끄러지며 볼 동안에 전신을 물속에 채워버렸다. 현보가 즉시 신발째로 뛰어들어 그의 몸을 붙들어 일으키기는 하였으나 전신은 물에 빠진 쥐였다. 팔에 걸린 몸이 빨랫짐같이도 차고 무거웠다.

하루의 작정이 흐려지고 섬의 행락이 틀어졌다. 소풍이 지나쳐 목욕이 된 셈이나 물에 빠진 꼴로는 사람들 숲에 섞일 수도 없어 두 사람은 외따로 떨어져 섬 속의 양지를 찾았다. 사람들 엿보지 못하는 호젓한 외딴 곳에서 젖은 옷을 대충 말리는 수밖에는 없었다. 현보는 신과 바지를 벗어서 널고 남죽은 속옷만을 남기고 치마저고리를 벗어서 양지쪽 풀 위에 펴놓았다. 차라리 해수욕복이나 입었던들 피차에 과히 야릇한 꼴들은 아니었을 것이나 옷을 반씩들 벗은 이지러진 자태—마치 꼬리와 죽지를 뽑히우고 물벼락을 맞은 자웅의 닭과도 같은 허수한 꼴들은 한층 우스운 것이었다. 더구나 팔다리와 어깨를 온전히 드러내고 젖어서 몸에 붙은 속옷 바람으로 풀밭에 선 남죽의 꼴은 더욱 보기 딱한 것이어서 그 자신은 그다지 시스러워 여기지 않음에도 현보는 똑바로 보기 어려워 자주 외면하지 않을 수 없었다.

별수 없이 그 꼴 그대로 틀어진 반날을 옷 말리기에 허비하고 해가 진 후 채 마르지도 못한 축축한 옷을 떨쳐입고 다시 배를 젓고 내려올 때, 두 사람은 불시에 마주 보고 껄껄껄 웃어댔다. 하루의 이지러진 희극을 즐겁게 끝막으려는 듯 웃음소리는 고요한 저녁 강 위에 낭랑하게 퍼졌다.

그 꼴로 혼자 돌려보내기가 가여워서 현보는 그 길로 남죽의 숙소에 들른 채 처음으로 밤이 이슥할 때까지 같이 지내게 되었다. 뜻 속*의 것이었든지 혹은 뜻밖의 것이었든지 그날 밤 현보는 또한 남죽과 모든 열정을 주고받았다. 그것은 반드시 한쪽만의 치우친 감정의 발작이 아니라 피차의 똑같은 감정의, 말하자면 공동 합작이었으며 그 감정 또한 우연한 돌발적의 것이 아니요 참으로 칠 년 전부터 내려오는 묵고 익은 감정의 합

---

* 원문에는 '뜻밖'으로 되어 있음.

류였다. 늦은 밤거리에 나왔을 때 현보는 찬란한 세상을 겪은 뒤의 커다란 피곤을 일시에 느꼈다.

일이 일인 만큼 큰 경험 후에 오는 하루를 현보는 집에 묻힌 채 가지가지 생각에 잠겼다. 묵은 감정의 합류라고는 하더라도 하필 그 시간에 폭발된 것은 이때까지 피차에 감정을 감추고 시험해왔던 까닭일까, 그런 감정에는 반드시 기회라는 것이 필요한 탓일까 생각하였다. 결국 장구한 시기를 두었다가 알맞은 때를 가늠 보아 피차에 훔쳐낸 감정에 지나지 않았다. 사랑이라기에는 너무도 어처구니없는 것인지는 모르나 그러나 사랑이 아니라고 할 수도 없는 것이, 비록 미래의 계획이 없는 한 막의 애욕극이었다고는 하더라도 거기에 이르기까지는 오랜 시간의 양해가 있었던 것이라고 생각하였다. 남죽의 마음 또한 그러려니는 생각하면서도 현보는 한편 남자 된 욕심으로 남죽의 허랑한 감정을 의심도 하여보았다. 대체 지난 칠 년 동안의 그에게는 완전히 괄호 안의 비밀인 남죽의 생활이 어떤 내용의 것이었을까 하는 것이었다. 그에게 있어서 간간이 생리의 정리가 필요하듯이 남죽에게도 그것이 필요하지 않았을까, 혹은 한 번쯤은 결혼까지 하였다가 실패하였는지도 모르며—더 가깝게 가령 그와 다시 만나기 전에 친히 지냈던 민삼과는 깊은 관계가 없었을까 하는 생각이 갈피갈피 들었으나 돌이켜 보면 그렇게 그의 결벽하기를 원하는 것은 순전히 자기 자신의 지나친 욕심이며 그것을 희망할 자격은 자기에게는 없다는 것을 느끼게 되었다. 괄호 안의 비밀, 그의 눈에 비치지 않은 부분의 생활은 그의 계관할 바 아니며 다만 그로서는 자기에게 보여준 애정만을 달게 여기면 족한 것이라고 결론하면서 그의 애정을 너그럽게 해석하려고 하였다.

값으로 산 애정은 아니었으나 남죽의 처지가 협착한 만큼 현보는 애정에 대한 일종의 책임을 느껴서 그의 여비 일건을 더욱 절실히 생각하게 되었다. 그를 오래도록 붙들어 둘 수 없는 이상 원대로 하루라도 속히 고향에 돌려보내는 것이 애정의 의무일 것같이 생각되었다.

여비를 갖춘 후에 떳떳이 만날 생각으로 그 밤 이후 며칠 동안은 남죽을 찾지 않았다. 여비를 갖춘대야 생판 날탕인 현보에게 버젓한 도리가 있을 리는 없었다. 이미 친한 동무 준구에게 한번 청을 걸어 여의치 못한 이상 다시 말해볼 만한 알맞은 동무는 없었으며 그렇다고 그의 일신에 돈으로 바꿀 만한 귀중한 물건을 지닌 것도 아니었다. 옳은 길이라고는 생각지 않았으나 별수 없이 남은 한 길을 취할 수밖에는 없었다. 진종일을 노리다가 사랑 문갑에서 예금 통장을 집어내기에 성공하였던 것이다. 은행과 조합의 통장이 허다한 속에서 우편예금 통장을 손쉽게 집어내서 도장까지 위조하여 소용의 금액을 감쪽같이 찾아내기는 하였으나 빽빽한 주의 아래에서 그것에 성공하기에는 온 이틀을 허비하였다. 가정에 대한 그 불측한 반역이 마음을 괴롭히지 않는 바도 아니었으나 그만한 희생쯤은 이루어진 애정에 대한 정성과 봉사의 생각으로 닦아버리려고 생각하였던 것이다.

그 밤 이후 처음으로 만나는데 소용의 금액을 넌지시 내놓음이 받은 애정의 대상을 갚는 것도 같아서 겸연쩍기는 하였으나 그러나 한편 돈을 가진 마음은 즐겁고 넉넉하였다. 마음도 가뿐하고 걸음도 시원스럽게 현보는 오후는 되어서 남죽의 여관을 찾았다.

여관 안은 전체로 감감하고 방에는 남죽의 자태가 보이지 않았다. 원체 아무 세간도 없는 방인 까닭에 텅 빈 방 안을 현보는 자세히 살펴볼 것도 없이 문을 닫고 아마도 놀러 나갔으려니 하고 거리로 나왔다. 찻집과 백화점을 한 바퀴 돌고는 밤에 다시 찾기로 하고 우선 집으로 돌아왔을 때 뜻밖에 남죽의 엽서가 책상 위에 있었다.

연필로 적은 사연이 간단하게 읽혔다.

왜 며칠 동안 까딱 오시지 않았어요. 노여운 일 계세요. 여러 날 폐만 끼친 채 여비가 되었기에 즉시 떠납니다. 아마도 앞으로는 만나 뵙기 조련치* 않을 것 같아요. 내내 안녕히 계서요. 남죽 올림.

돌연한 보고에 현보는 기를 뽑히고 즉시로 뒷걸음을 쳐서 여관으로 향하였다.

여러 날 안 왔다고 칭원을 하면서 무슨 까닭에 그렇게도 무심하고 급스럽게 떠나버렸을까. 여비라니 다따가 오십 원의 여비를 대체 어떻게 해서 구하였을까. 짜장 며칠 동안 카페 여급 노릇이라도 한 것일까―여러 가지로 생각하면서 여관에 이르러 다시 방문을 열어보았을 때 아까와 마찬가지로 텅 빈 것이었으나 그 줄 알고 보니 사실 구석에 가방조차 없었다. 경솔한 부주의를 내책하면서 그제서야 곡절을 물어보러 안문을 들어서서 주인을 찾았다.

궂은일을 하던 노파는 치맛자락으로 손을 훔치면서 한마디 불어대고 싶은 듯도 한 눈치로 뜰 안에 나서며 간밤에 부랴부랴 거둬가지고 떠났다는 소식을 첫마디에 이르고는 뒤슬뒤슬 속 있는 웃음을 띠었다.

"그게 대체 여배우요 여학생이오. 신식 여자들은 겉만 보군 알 수가 없으니."

무슨 소리를 하려는 수작인고 하고 그다지 반갑지는 않았으나 현보는 잠자코 있을 수만 없어서

"여학생으로두 보입디까."

되려 한마디 반문하였다.

"그럼 여배우군. 어쩐지 행동거지가 보통이 아니야. 아무리 시체 여학생이기루 학생의 처신머리가 그럴까 했더니 그게 여배우구려."

"행동이 어쨌단 말요."

"하긴 여배우는 거반 그렇답디다만."

말이 시끄러워질 눈치여서 현보는 귀찮은 생각에 말머리를 돌렸다.

"식비는 다 치렀나요."

그러나 그 한마디가 도리어 풀숲의 뱀을 쑤신 셈이었다. 노파의 말주머니는 막았던 봇살같이 한꺼번에 터져 나오기 시작하였다.

"식비 여부가 있겠수. 푸른 지전이 지갑 속에 불룩하든데. 수단두 능란은 하련만 백만장자의 자식을 척척 끌어들이는 걸 보문 여간내기가 아닌, 한다하는 난군입디다. 그런 줄 알구 그랬는지 어쨌는지 아마두 첫눈에 후려댄 눈친데 하룻밤 정을 쥐두 부자 자식이 좋기는 좋거든. 맨숭한 날탕이든 것이 하룻밤 새에 지전이 불룩하게 쓸어든단 말요. 격이 되기는 됐어. 하룻밤을 지냈을 뿐 이튿날루 살랑 떠난단 말요."

청천의 벼락이었다. 놀라고 어처구니가 없어서 노파의 입을 쥐어박고도 싶었으나 그러나 실성한 노파가 아닌 이상 거짓말도 아닐 것이어서 현보는 다만 벌렸던 입을 다물 수 없었다.

"백만장자의 자식이라니 누 누구란 말요."

아마도 말소리가 모르는 결에 떨렸던 상싶다.

"모르시오. 김 장로의 아들 말이외다. 부량자루 유명한."

현보는 아찔해지며 골이 핑 돌았다. 더 물을 것도 없고 흉측한 노파의
꼴조차가 불현듯이 보기 싫어져서 뒤도 돌아다보지 않고 허둥허둥 여관
을 나와버렸다.

'그것이 여비의 출처였든가.'

모르는 결에 입술이 찡그려지며 제 스스로를 비웃는 웃음이 흘러나왔
다. 김 장로의 아들이라면 며칠 전 바에서 돌연히 남죽에게 춤을 청한 놈
팽이인데 어느 결에 그렇게 쉽게 교섭이 되었던가. 설사 여비를 구하기
위한 수단이라고 하더라도 어둠의 여자와 다를 바가 무엇인가 생각할 때
무서운 생각에 전신에 소름이 쪽 돋으며 허전허전 꼬이는 다리에 그 자리
에 쓰러져 울고도 싶었다.

남죽은 그렇게까지 변하였던가. 과거 칠 년 동안의 괄호 속의 비밀까지
가 한꺼번에 눈앞에 보이는 듯하여 현보는 속았다는 생각만이 한결같이
들어 온전히 제정신 없이 거리를 더듬었다.

우울하고 불쾌하고—미칠 듯도 한 며칠이었다. 칠 년 전부터 남죽을
알아온 것을 뉘우치고 극단이고 무엇이고를 조직하려고 한 것조차 원 되
었다. 속은 것은 비단 마음뿐이 아니고 육체까지임을 알았을 때 현보는
참으로 미칠 듯도 한 심정이었던 것이다. 육체의 일부에 돌연히 변조가
생기기 시작한 것은 다음 날부터였으나 첫 경험인 현보는 다따가의 변화
에 하늘이 뒤집힌 듯이나 놀랐고, 첫째 그 생리적 고통은 견딜 수 없이 큰
것이었다. 몸에는 추접한 병증이 생기며 용변할 때의 괴롬이란 살을 찢는
듯도 하여 이루 헤아릴 수 없었다. 세상에서 흔히 말하는 병이 바로 이것
인가 보다 즉시 깨우치기는 하였으나 부끄러운 마음에 대뜸은 병원에도
못 가고 우선 매약점에를 들렀다가 하는 수 없이 그 길로 의사를 찾았다.

진찰의 결과는 예측과 영락없이 들어맞아서 별수 없이 의사의 앞에서 눈을 감고 부끄러운 치료를 받기 시작하면서 찡그린 마음속에는 한결같이 남죽의 자태가 떠올랐다.

마음과 몸을 한꺼번에 속인 셈이나 남죽은 대체 그 줄을 알았던가 몰랐던가. 처음에는 감격하고 고맙게 여겼던 애정이었으나 그렇게 된 결과로 보면 일종의 애욕의 사기로밖에는 생각되지 않았다. 칠팔 년 전 건강하고 아름다운 꿈으로 시작되었던 남죽의 생애가 그렇게 쉽게 병들고 상할 줄은 짐작도 할 수 없었던 것이다. 굳건한 꿈의 주인공이 칠 년 후 한다하는 밤의 선수로 밀려 떨어질 줄은 생각할 수 없었던 것이다. 아담하던 꽃은 좀이 먹었을 뿐이 아니라 함빡 병들어 상하기 시작하지 않았던가. 책점 대중원 뒷방에서 겨울이면 화롯전을 끼고 앉아서 독서에 열중하다가 이론 투쟁을 한다고 아무나를 붙들고 채 삭이지도 못한 이론으로 함부로 후려대다가는 이튿날로 학교의 사건을 지도한다고는 조금 츨츨한* 동무들이면 모조리 방에 끌어다가는 의론과 토의가 자자하던 칠 년 전의 남죽의 옛일을 생각할 때 현보는 금할 수 없는 감회에 잠기며 잠시는 자기 몸의 괴로움도 잊어버리고, 오늘의 남죽을 원망하느니보다는 그의 자태를 측은히 여기는 마음이 끝없이 솟았다. 어린 꿈의 자라가는 것은 여러 갈래일 것이나 그 허다한 실례 속에서 현보는 공교롭게도 남죽에게서 가장 측은하고 빗나간 한 장의 표본을 본 듯도 하여서 우울하기 짝이 없었다.

부정한 수단을 써가면서까지 여비로 만든 오십 원 돈이 뜻밖에도 망측한 치료비로 쓰이게 된 것을 생각하고 그 돈의 기구한 운명을 저주하면서 답답한 마음에 현보는 그날 밤 초저녁부터 바에 들어가 잠겼다. 거기에서

---

* 씩씩하여 보기 좋은. 보기에 싱싱하여 질이 좋은.

또한 우연히도 문제의 거리의 부량자 김 장로의 아들을 한자리에서 마주
치게 된 것은 얼마나 뼈저린 비꼼이었던가. 반지르르하면서도 유들유들
한 그 꼬락서니가 언제 보아도 불쾌하고 노여운 것이었으나 그러나 남죽
자신의 뜻으로 된 일이었다면 그도 하는 수 없는 노릇이며 무엇보다도 그
당장에서 그 녀석을 한 대 먹여서 꼬꾸라트릴 만한 용기와 힘 없음이 현
보에게는 슬펐다. 녀석도 또한 그 자리로 현보임을 알아차리고, 가소로운
것은 제 술잔을 가지고 일부러 현보의 탁자에 와 마주 앉으며 알지 못할
웃음을 띠는 것이다.

"이왕 마주 앉았으니 술이나 같이 듭시다."

어느 결엔지 여급에게 분부하여 현보의 잔에도 술을 따르게 하였다. 희
고 맑은 그 양주가 향기로 보아 솔내 나는 진인 것이 바로 그 밤과 같은
것이어서 이 또한 우연한 비꼼으로밖에는 생각되지 않았다.

"……이렇게 된 바에 무엇을 속이겠소. 터놓고 말이지 사실 내겐 비싼
흥정이었었소. 자랑이 아니라 나도 그 길엔 상당히 밝기는 하나 설마 그
런 흠이 있을 줄이야 뉘 알았겠소. 온전히 홀린 셈이지. 그까짓 지갑쯤 털
린 거야 아까울 것 없지만 몸이 괴로워 못 견디겠단 말요. 허구한 날 병원
에만 단기기두 창피하구 맥주가 직효라기에 날마다 와서 켰으나 이 몸이
언제나 개운해질는지……."

술잔을 내고는 얼굴을 찡그리고 쓴웃음을 띠는 것을 보고는 녀석을 해
낼 수도 없고 맞장구를 칠 수도 없어서 현보는 얼떨떨할 뿐이었다.

"……당신두 별수 없이 나와 동류항이리오. 동류항끼리 마음을 헤치구
하로밤 먹어봅시다그려."

하면서 굳이 술잔을 권하는 것이다. 현보는 녀석의 면상에 잔을 던지고
그 자리를 일어나고도 싶었으나—실상은 웃지도 못하고 울지도 못할 난

처한 표정대로 그 자리에 빠지지 앉아 있는 수밖에는 없었다.

—『해바라기』, 학예사, 1939.

해바라기

1

언제인가 싸우고 그날 밤 조용한 좌석에서 음악을 듣게 되었을 때 즉시 싸움을 뉘우치고 녀석을 도리어 측은히 여긴 적이 있었다. 나날의 생활의 불행은 센티멘털리즘의 결핍에서 오는 것이 아닐까. 사회의 공기라는 것이 깔깔하고 사박스러워서* 교만한 마음에 계책만을 감추고들 있다. 직원실의 풍습으로만 하더라도 그런 상스러울 데는 없는 것이 모두가 꼬불꼬불한 옹생원이어서 두꺼운 껍질 속에 움츠러들어서는 부질없이 방패만은 추켜든다. 각각 한 줌의 센티멘털리즘을 잃지 않는다면 적어도 이 거칠고 야만스러운 기풍은 얼마간 조화되지 않을까—아닌 곳에서 나는 센티멘털리즘의 필요라는 것을 생각하면서 모처럼의 일요일도 답답한 것이 되기 시작했다. 확실히 마음 한 귀퉁이로는 지난날의 녀석과의 싸움을 되풀이하고 있었다. 싸움같이 결말이 늦은 것은 없다. 오래도록 흉측한 인상이 마음속에 남아서 불쾌한 생각을 가져오곤 한다. 즉 싸움의 결말은 그 당장에서 나는 것이 아니라 오래도록 마음속에서 얼마든지 계속되는 것

* 성질이 보기에 독살스럽고 야멸친 데가 있어.

이다. 창밖에 만발한 화초 포기를 철망 너머로 내다보면서 음악을 들을 때와도 마찬가지로 나는 녀석을 한편 측은히 여겨도 보았다. 별안간 운해가 찾아온 것은 바로 그런 때였다.

제 궁리에 잠겨 있던 판에 다따가 먼 곳에서 찾아온 동무의 자태는 퍽도 신선한 인상을 주었다. 몇 해 만이건만 주름살 하나 없는 팽팽한 얼굴에 여전히 시원스러운 낙천가의 모습 그대로였다.

"싸움의 기억에 잠겨 있는 판에 하필 자네가 찾아올 법이 있나."

"싸움두 무던히는 좋아하는 모양이지."

"욕을 받구까지야 가만있겠나."

"싸웠으면 싸웠지 기억은 뭔가. 자넨 아직두 그 생각하구 망설이는 타입을 벗어나지 못한 모양이야. 몇 세기 전의 퇴물림을. 개운치두 못하게 원."

"핀잔만 주지 말구──센티멘털리즘의 필요라는 건 어떤가?"

"센티멘털리즘으로 타협하잔 말인가, 싸우면 싸웠지 타협은 왜. 싸움이란 결코 눈앞에서 화다닥 끝나는 게 아니구 길구 세월없는 것인데 오랜 후의 결말을 기다리는 법이지 타협은 왜──"

"자네 낙관주의의 설명인가."

"낙관주의 아니면 지금 이 당장에 무엇이 있겠나. 방구석에 엎드려 울구불구만 있겠나."

운해는 더운 판에 저고리를 벗고 부채를 야단스럽게 쓰기 시작했다.

"내 낙관주의의 설명을 구체적으로 함세──봄부터 어떤 산업 회사에 들어가 월급 육십 원으로 잡지 편집을 해주고 있네. 틈을 타서 영화 회사 촬영대를 따라 내려온 것은 촬영 각본을 써주었던 까닭──"

간밤에 일행들과 여관에 들었다가 아침에 일찍이 찾아온 것은 묵은 회포를 이야기할 겸 내게 야외 촬영의 참관을 권하자는 뜻이었다. 물론 이런 표면의 사정이 반드시 그의 낙관주의의 설명은 아닌 것이요, 그것을 터놓고 이야기하는 그의 태도가 낙관적일 뿐이다. 그의 처지를 설명하는 어조에는 오히려 일종의 그 스스로를 비웃는 표정조차 있었던 것이요, 그런 그의 태도 속에 나는 낙관의 노력의 자취를 역력히 보는 듯했다. 과거에 있어서도 문학의 세상과 인연이 없는 것은 아니어서 열정의 나머지를 기울여 평론도 쓰고 문학론도 해오던 그였다. 영화에 손을 댄 것도 결국은 막힌 심정의 한 개 구멍을 거기서 찾자는 셈이라고 짐작하면 그만이다.

그가 쓴 각본 「부서진 인형」 속에 남녀 주인공이 강에서 배를 타다가 물속에 빠지는 장면이 있다는 것이다. 그 장면의 촬영을 보러 가자고 운해는 식모가 날라 온 차를 마시고 나더니 나를 재촉한다. 물에 빠진 가엾은 남녀의 꼴을 보기보다도 내게는 나로서 강에 나갈 이유가 있기는 있었다.

"올부터 모래찜을 시작했네. 어떤 때엔 매생이*를 세내서 고기두 더러 낚아보구, 일요일마다 강에 안 나가는 줄 아나. 오늘은 망설이든 판에 뜻밖에 이렇게 자네에게 끌리게 됐을 뿐이지."

"됐어, 모래찜과 낚시질과."

운해는 무릎을 칠 듯이 소리를 높였다.

"강태공의 곧은 낚시를 물에 드리우는 그 일밖엔 우리에게 오늘 무엇이 남았나. 금방 세상이 두 동강으로나 나는 듯 법석을 하구 비판을 할 것은 없어. 사람 있는 눈치만 나면 언제까지든지 웅크리고 엎드리는 두꺼비를 본 적이 있나. 필요한 건 다른 게 아니라 그 두꺼비의 재주라네."

듣고 보니 능청하고 일어서는 그의 자태가 그대로 두꺼비의 형용이었

---

* 노로 젓게 된 작은 배를 가리키는 방언.

다. 오공이 같은 체격이며 몽종*한 표정이 바로 두꺼비의 인상임을 나는 신기한 발견이나 한 것처럼 바라보았다. 옷을 갈아입고 같이 집을 나섰을 때 나는 더욱 그를 주의해 바라보며 짜장 두꺼비를 느끼기 시작했다.

운해가 동무들과 함께 전주를 다녀온 것이 오 년 전이었다. 그가 막 전주서 올라왔을 때의 인상—그것이 내가 이 몇 해 동안 그에게서 받은 인상 중에서 가장 선명한 한 폭이기는 하나 그러나 그때의 인상이 반드시 전주로 가기 전의 파들파들한 열정 시대의 그것보다 초라한 것은 아니었으며 오늘의 그의 인상이 또한 과히 그때에 떨어지는 것도 아니다. 생각건대 이 두꺼비의 인상을 그는 열정 시대부터 벌써 육체와 마음속에 준비해가지고 오늘에 미친 것인 듯도 하다. 물론 다만 소질의 문제만이 아니요, 노력의 결과 〔중략〕…… 없는 오늘 그가 그의 유의 철학을 마음속에 세우게 되었음으로 인해서 짜장 두꺼비의 형용을 가지게 된 것으로서 설명할 수 있을 듯하다.

"석재 소식 자주 듣나."

거리에 나섰을 때 운해는 역시 같은 한 사람의 서울 동무의 이야기를 꺼냈다. 전주 시대부터 운해와 걸음을 같이한 나와보다도 물론 그와 더 절친한 사이에 있는 석재였다.

"녀석두 체질로나 기질로나 나와는 달라서 꼬물거리는 성질이거든. 요새 죽을 지경이지."

"두꺼비 되긴 어려운 모양인가."

"직업두 웬만한 건 다 싫다구 집에서 번둥번둥 놀구만 있으려니깐 하루는 부에서 나와서 방어 단원으로 편입해버리지 않았겠나. 공교로운 일

---

* 몽총. 푸접없고, 아랑곳함이 없이 냉정함.

도 있지. 등화관제 연습 날 밤 불 꺼진 거리를 더듬고 걸으려면 방어 단원들이 여기저기서 소리를 치면서 포도를 걸으라고 경계가 심하지 않은가. 나두 거리 복판을 걷다가 한 사람에게 호되게 꾸중을 받고 포도 위로 올라섰을 때 가로수 곁에 웅크리고 선 것이 누구였겠나. 어렴풋한 속에서도 그렇듯이 짐작되는 국방색 단원복과 모자를 쓴 것이 석재임을 알았을 때 얼마나 놀랐겠나. 자네에게 보이고 싶은 광경이었었네. 이튿날 벼락같이 찾아와서 하는 말이 단원복을 맨드는 데 십오 원이 먹혔는데 그 십오 원을 맨들기 위해서 다따가 하는 수 없어 츨츨한 책을 뽑아가지구 고물 서점을 찾았다나—"

운해는 껄껄 웃었으나 석재의 자태가 너무도 선명하게 눈앞에 떠오르는 바람에 목이 눌리우는 것 같아서 나는 웃으려야 웃음이 나오지 않았다.

"정직한 대신 사람이 외통곬이래서 마음의 괴롬이 한층 더하거든."

"나두 집에 두꺼비나 길러볼까."

농이 아니라 사실 내게는 운해의 탄력 있고 활달한 심지와 태도가 부러운 것이었다.

배로 강을 건너 반월도에 이르렀다.

강 위에는 수없이 배가 떴고 언덕과 섬에는 사람들이 들끓었다. 강 건너편에 운해의 일행인 촬영대의 일동이 오물오물 몰켜 있는 것이 보였으나 운해는 군이 참견하러 갈 필요를 느끼지 않는 모양이었다.

섬의 풍경은 해방적이어서 사람들이 뒤를 이어 꼬여들건만 수영복을 입은 사람이 드물었다. 몸에 수건 하나 걸치는 법 없이 발가숭이 채로 강에 뛰어들었다가는 기슭에 나와 모래 속에 몸을 묻고들 했다. 거개가 장골들이었다.

"저것두 내 부러운 것의 한 가지."

운해는 내 시선의 방향을 더듬으면서 이쪽저쪽에 지천으로 진열된 육체의 군상을 바라보았다.

"결국 저 사람들이 가장 잘 사는 사람들일는지두 모르네. 곰상거리는 법 없이 날마다 고깃근이나 구워 먹구 모래찜을 하는 동안에 신경이 장작같이 무즈러지거든."

그러나 굳이 모르는 그 사람들을 탄복할 것 없이 나는 운해 자신이 옷을 벗고 수영복을 갈아입었을 때 그의 장한 육체에 솔직하게 놀라지 않을 수 없었다. 목덜미가 떡메같이 굵고 배꼽은 한 치가량이나 깊은 듯하다. 그 어느 한구석 빈 데가 없이 옷을 입었을 때의 인상보다도 몇 곱절 충실하다.

"훌륭한걸!"

내 눈 안에 꽉 차는 그의 육체를 나는 그 무슨 탐탁한 물건같이도 아름답게 보았다.

"몇 관이나 되나?"

"십팔 관*이 넘으리. 저울에 오를 때마다 느니까."

"훌륭해. 그 육체 외에 더 바랄 것이 무엇이겠나. 자네 낙관주의라는 것두 결국은 그 육체에서 시작된 것인가 부네."

"육체가 먼전지 정신이 먼전진 모르나 요새 부쩍 몸이 늘기 시작한단 말야. 그렇다구 저 사람들같이 고기를 흔히 먹는 것두 아니네만 월급 육십 원으로야 고긴들 마음대루 먹겠나. 결혼두 아직 못 하구 있는 처지에—"

결혼이란 말이 다따가 내게는 또 한 가지 신선한 인상을 가지고 들려왔다. 운해는 내 표정을 살피는 눈치더니 좀 더 자세한 이야기가 있는 듯 자

---

* 약 67킬로그램.

리를 내려서며 걷기 시작한다.

"실상은 오늘 자네에게 들리려고 한 중요한 이야기가 그 결혼의 일건이구, 오늘 이 당장에 자네에게 그 약혼자까지 선뵈려는 것이네."
하면서 운해는 섬 위를 이쪽저쪽 살피는 눈치나 아직 그 약혼자가 나타나지는 않은 모양이었다. 금시초문의 그의 사정 이야기에 나는 정색하면서 그의 곁을 따라 걸었다.

"평생 독신으로 지낼 수도 없겠구 결혼하는 편이 역시 합리적이라구 생각한 까닭인데, 아무래두 집 한 채는 장만해야 할 테니 삼천 원은 들 터―자네두 알다시피 내게 돈 삼천 원이 있을 리 있나. 규수는 바로 이곳 사람으로 현재 여학교에 봉직하고 있는 중이지만 결혼하면 서울로 데려가야 할 터, 이것이 한 가지의 곤란이구, 당초에 동무의 소개로 알게 된 것이나 워낙 거리가 떨어져 있는 까닭에 연애니 뭐니 하는 감정적 과정이 아직 생기지두 못한 채 타성으로 질질 끌어 오늘에 이른 것인데 자네두 알다시피 내게 미묘하고 세밀한 연애의 감정이니 하는 것이 있을 리가 없구, 무엇보다두 그런 쓸데없는 감정의 낭비를 극도로 경멸하는 내가 아닌가. 그런 까닭에 지금까지 약혼의 사이라는 형식으로 오기는 했으나 실상인즉 그를 아직두 완전히 모르고 또 이해도 못 하고 있다는 것이네. 연애니 뭐니 하구 경멸은 했으나 이런 어리석을 데가 있겠나. 지금 와서 결혼이 촉박하게 되니 비로소 불찰이 느껴지면서 마음이 황당해간단 말이네. 결말이 짜장 어떻게 되는지 해서 마음이 설레고 불안해간단 말야. 오늘두 사실은 자네와 한데 어울려 시스럽지 않은 분위기 속에서 그의 마음을 가늠도 보구 불안한 공기를 부드럽혀두 볼까 한 것이네. 자네에겐 폐가 될는지두 모르나 친한 사이에 허물할 것두 없을 법해서."

들고 보니 그가 나를 찾았던 이유의 속의 속뜻도 비로소 알려지고 그의 연애라는 것도 과연 그다운 성질의 유유한 것임을 느끼면서 나는 마음속에 생각하는 바가 많았다.

"낙관주의자두 연애에 들어선 초년병이네그려."

"너무 낙관했기 때문에 이제 와 이렇게 설레게 된 것인지두 모르지. 그러구 한 가지의 불안은—"

말을 끊더니 먼 하늘을 보며 빙그레 미소를 띠었다.

"—그가 너무도 미인이라는 것이네."

"흠, 행복자야!"

"오거든 보게만 평양서두 이름이 높다네. 약혼자가 미인인 까닭에 느끼는 불안—자네 읽은 소설 속에 그런 경우 더러 없었나."

"연애에 성공하기를 비네."

모래 위를 두어 고패나 곱돌아 물가를 오르내리는 동안에 짜장 그의 약혼자가 나타났다. 멀리 보트를 저어 오는 것을 운해가 눈 빠르게 발견하고 내게 띄워주었다. 배는 사람이 드문 물가를 찾아서 한 귀퉁이에 대었다. 운해가 쫓아가 그를 부축해서 내려주고는 한참 동안이나 서서 이야기가 잦더니 이리로 걸어오는 것이었다. 아닌 게 아니라 나는 별안간 눈이 번쩍 뜨이는 '이름 높은 미인'을 보고 인사하는 말조차 어색해졌다. 짙은 옥색 적삼 위에서 그의 눈과 코는 아로새긴 것같이 또렷하고 선명하다. 상스러운 섬의 풍속 속에서 그를 보기가 외람한 듯한 그런 뛰어난 용모였다.

"운해 군에게서 말씀 들었습니다만 쉬이 경사를 보신다구요."

나로서는 용기를 다해서 한 말이었으나 그에게는 그닷한 영향도 안 준 듯

"글쎄요."

하고 고개를 약간 숙였을 뿐이었다.

글쎄요—이 말의 뜻을 생각하면서 두 사람의 모양을 바라볼 때 나는
그 속에 낀 내 존재의 무의미한 역할을 깨닫기 시작했다. 운해의 부탁으
로는 나도 한몫 끼어 시스럽지 않은 분위기를 만들고 불안한 공기를 부드
럽혀달라는 것이었으나, 두 사람의 모양을 바라볼 때 그것이 도저히 내
역할이 아님과 남의 연애 속에 들어가 잔말질을 함이 얼마나 쑥스러운 짓
인가를 즉시 느끼게 되었다. 무엇보다도 그 약혼자가 결코 범상한 여자가
아님을 안 것이요, 그가 뿌리는 찬란한 색채와 자극이 너무도 큰 까닭에
그의 옆에 주책없이 머물러 있기가 말할 수 없이 겸연쩍던 것이다.

"잠깐 물에 잠겼다 올 테니 얘기들 하구 계시죠."

운해가 빌 듯이 붙드는 것이었으나 굳이 그 자리를 사양하고 물가로 나
갔다. 걸으면서도 머릿속에 새겨진 두 사람의 인상의 대조가 너무도 선명
하게 마음을 괴롭혔다. 두꺼비와 공작—별수 없이 이것이다. 운해가 잘
아는 어색한 공기라는 것이 결국은 이 너무도 큰 대조에서 오는 것이요,
두 사람 사이의 비극—만약 그런 것이 온다고 하면—은 참으로 약혼자
의 너무도 뛰어난 용모에서 시작된 것이라고밖에는 생각할 수 없다. 내가
그렇듯 탄복한 십팔 관을 넘으리라는 탐탁하고 훌륭하던 운해의 육체건
만 약혼자의 맑은 자태와 비길 때 그렇게도 떨어지고 손색 있어 보임이
웬일인지를 알 수 없었다. 기울어진 대조에서 오는 불길한 암시를 떨어버
리려는 듯 나는 물속에 텀벙 잠겨 깊은 곳으로 헤엄치기 시작했다. 모래
언덕에 앉은 두 사람의 자태가 차차 멀어지는 것을 곁눈질하면서 자꾸만
헤엄쳐 들어갔다.

밤거리에서 단둘이 술상을 마주 대했을 때 운해는 낮에 섬에서의 내 행
동을 책하며 결국 단둘이 앉았어도 별 깊은 이야기를 못 했다는 것을 고백
하고 눈치가 어떻더냐고 도리어 내게 자기들의 판단을 맡기는 것이었다.

"글쎄."

나는 얼뻥뻥해서 이렇게 적당하게 대답해두는 수밖에는 없었으나 대답하고 나서 문득 그 한마디가 바로 그의 약혼자가 섬에서 내게 대답한 같은 한마디였음을 깨닫고 놀라지 않을 수 없었다. 시대에 민첩한 낙관주의자도 연애에는 둔하고 불행한 것인가 하고 마음속으로 동무를 가엾게도 여겨보았다.

"막차로 일행들보다 먼저 떠나겠으나 자네 알다시피 이런 형편이니까 틈 있는 족족 내려는 오겠네. 즉 자네와 만날 기회두 많다는 것이네."

"부디 연애에 성공하구 속히 결혼하도록 하게."

축배인 양 나는 술잔을 높이 들어 그에게 권했다.

2

두어 주일 후였다. 일요일 오후는 되어서 운해는 두 번째 나를 찾았다. 내가 그때까지 집에 머물러 있었던 것은 그의 방문을 예측하고 있었던 까닭이요, 그의 찾아온 목적까지도 짐작하고 있었던 것이다. 영화 각본의 책임자로 촬영대 일행과 온 것도 아니요, 그렇다고 약혼자와의 결혼 때문에 온 것도 아니었다. 결혼—은커녕 가엾게도 그와 반대의 목적으로 온 것이다. 끝난 연애—놓쳐버린 연애의 뒷 소식을 알리러 온 것임을 나는 안다.

"자넨 무서운 사람이네. 자네 신경 앞에는 모든 것이 발각되구 마는 것을 이제야 겨우 깨달았네. 그러면은 그렇다구 그때에 왜 그런 눈치 못 뵈어주었나. 솔직하게 일러만 주었던들 다른 방책이 있었을 것을."

두꺼비같이 털썩 주저앉더니 운해는 원망하듯 늘어놓는다.

“나두 민망해서 못 견디겠네만 그러나 일이 그렇게 대담하게 될 줄이 야 뉘 알았겠나.”

“내가 비록 호인이기로 그렇게까지 눈치를 몰랐을까. 아침에 그 집에 를 갔더니 되려 반가워하면서 내게 곡절을 물으려고 드는 것을 보니 집안 사람들두 까딱 모르고 지냈나 부데.”

“대담한 계획이야.”

“영원의 여성, 나를 인도해 가—지는 못할지언정 나를 버리고 가다니 무서운 세상이다.”

주의해 보니 운해는 벌써 술잔이나 기울이고 온 모양이었다. 슬픈 표정 이라기보다는 울적한 낯에 거나한 기운이 돌고 있었다. 그의 그런 심정을 나는 이해할 수 있으며 그에게서 듣지 않아도 그의 사정을 거리의 소문으 로 이미 잘 알고 있었던 것이다.

약혼자가 며칠 전에 달아난 것이다. 교직을 버리고, 성악을 공부한다는 사람의 뒤를 따라서 동경으로 건너갔다는 것이다. 거리에는 크게 소문이 나고 구석구석에서 이야깃거리가 되었다. 공작같이 찬란하던 그의 용모 의 값을 한 셈이다. 소식을 들은 순간 나는 섬에서 느낀 예감이 적중한 것 을 느끼고 한참 동안 가슴이 설렘을 어쩌는 수 없었다. 운해를 위해서는 그지없이 섭섭한 일이기는 하나 엄숙한 사실 앞에는 하는 수 없는 노릇이 다. 운해와의 약혼을 표면으로 내세우고 그 그늘에서 참으로 즐기는 사내 와 만나고 있었던 것이 짐작되며, 섬에서의 그의 표정과 말투 속에 벌써 그것이 암시되어 있지 않았던가. 운해는 그것을 모르고 일률로 결혼의 길 만을 생각하고 있었던 셈이다.

“내 사랑 끝났도다.”

노랫조로 부르는 운해의 목소리는 그러나 반드시 비장한 것은 아니었다. 오장육부를 찌르고 뼈를 긁어내고—응당 그런 심경이어야 할 것이지만 운해의 경우는 반드시 그런 것이 아니고 그 어디인지 넉넉하고 심드렁한 태도조차 보였다.

"그러나 내 마음 편하도다."

사랑이 끝났으므로 참으로 그의 마음은 편한 듯도 보였다. 결국 연애도 그에게 있어서는 생활의 전부가 아닌 것일까. 그의 모든 생활의 다른 경우와 같이 간단하고 유유하게 정리할 수 있는 것일까—나는 그의 모양을 새삼스럽게 찬찬히 바라보았다.

밖에서 만찬을 같이하려고 함께 집을 나오자마자 운해는 다시 걸음을 돌리면서 나를 집으로 끌어들였다. 불란서어나 독일어 책을 빌려달라는 것이다.

"어학이나 시작하면 생활에 풀이 좀 날까 해서."

"기특하구 장한 생각이야."

나는 초보적인 독일어 책 몇 권을 뽑아가지고 나와서 그에게 전했다.

"이히 바이스 니히트 바스 솔 에스 베도이텐 다아스 이히 소우 틀라우리히 빈!"

큰 거리에 나왔을 때 운해는 문득 언제 기억해두었던 것인지 하이네의 시인 듯한 한 구절을 외이는 것이었으나 노래의 뜻같이 반드시 슬픈 것이 아니요, 그의 어조는 차라리 한시라도 읊는 듯 낭랑한 것이었다. 흥에 겨워 몇 번이고 거듭 외이었다.

"이히 바이스 니히트 바스 솔 에스 베도이텐 다아스 이히 소우 틀라우리히 빈!"

술이 고주가 된 위에 밤이 깊은 까닭에 이튿날 아침에 떠나보낼 생각으로 나는 운해를 집으로 끌고 왔다.

　나란히 자리를 펴고 누웠으나 담배를 여러 개째 갈아 물어도 좀체 잠이 오지 않았다. 고요하기에 그는 이미 잠이 들었으려니 하고 운해 편을 바라보았을 때 감긴 눈 속으로 한 줄기 눈물이 흘러 귓방울을 적시고 있는 것이다. 나는 가슴이 뭉클해지면서 얼굴을 반듯이 돌리고 말았다.

　"자네 감상주의를 비웃었으나 오늘 밤은 내 차례네."

　눈을 감은 채 목소리가 부드럽다.

　"보배를—약혼자 말이네—내 얼마나 사랑했는지 아무두 모르리. 끔찍이두 사랑하기 때문에 어쩔 줄을 모르다가 결국 그를 놓치구야 말았네. 다른 그 누구와 결혼하게 되든지 간에 평생 그를 잊을 수는 없을 듯해."

　"아직두 여자 생각하구 있었나. 술 취하면 눈물 나는 법이니."

　농으로는 받았으나 그의 심중을 모르는 바는 아니었다.

　"지금의 이 심중을 한 마디로 표현할 수 없을까. 꼭 한 마디로, 자네 좀 생각해보게."

　나는 궁싯거리면서 생각하려고 애썼다. 그의 슬픈 심경의 적절한 표현이라는 것을 찾으려고 무한히 애를 쓰면서 시간을 보내나 종시 그것이 떠오르지는 않는 것이다. 밤이 얼마나 깊었을까. 그러나 나는 그런 헛수고를 할 필요는 도무지 없었던 것이다. 애쓰는 나를 버려두고 운해는 혼자 어느 결엔지 잠이 들어 있었으니까. 눈물은 꿈에도 흘린 법 없듯 코 고는 소리가 점점 높게 방 안에 울렸다.

3

　다음 일요일, 나는 운해의 세 번째의 자태에 접하게 되었다.

　일주일 전과는 퍽도 다른, 아니 그 어느 때보다도 달라서 씻은 듯이 신선한 인상으로 나타났다. 쉴 새 없이 발전해가는 유기체라고 할까. 나는 사실 그의 번번의 자태에 눈을 굴리는 것이나 그날의 인상이란 그 어느 때보다도 신선하고 당돌해서—참으로 나는 놀라는 수밖에는 없었다.

그의 대담하고 거뿐한 차림차림부터가 내 눈을 끌기에 족했다. 그런 차림으로 기차를 타고 거리를 지나온 것일까. 마치 소년 선수같이 신선한 자태가 아닌가. 넥타이 없는 셔츠 바람에 무릎 위로 달롱 오르는 잠방이를 입고 긴 양말에 등산 구두, 둥근 모자에 걸빵을 진—별것 아니다. 한 사람의 등산객의 차림인 것이나 그것이 다른 사람 아닌 바로 운해 군의 차림이기 때문에 물론 나는 신기하게 본 것이다. 손에 든 것도 자세히 보니 늘 짚는 단장이 아니고 피켈인 모양이었다.

"자넨 번번이 나를 놀래려구만 나타나나. 이담엔 대체 또 어떤 꼴로 찾아올 작정인가."

"필요에 따라서야 무슨 옷인들 못 입겠나. 자네가 무례하다구 생각해주지 않는 것만 다행이네."

"필요라니, 등산이 자네 목적 같은데 등산하러 평양까지 왔단 말인가?"

"등산은 등산이래두 뜻이 달러. 자네, 들으면 또 놀라리."

"그 룩색인지 한 것 속에는 무엇이 들었나?"

걸빵을 내리더니 부스럭부스럭 봉투에 든 것을 집어냈다.

"놀라지 말게—광산으로 가는 길이네."

"광산!"

"중석 광산을 발견했어."

"미친 소리."

"자넨 눈앞에 보물을 두고두 방구석에서만 꼼질꼼질 대체 하는 것이 무엔가. 성천 있는 동무가 하루는 산에 나갔다가 이상한 돌을 주워서 곧

내게로 보내지 않았겠나. 나두 그런 덴 눈이 좀 밝거든. 식산국 선광 연구
소와 그 외 사사로운 광무소 몇 군데를 찾아서 감정을 해보니 아니나 다
를까 중석이라는 거네. 함유량두 상당해서 육십 퍼센트는 된다지. 부랴부
랴 광산과 조사실에서 대장을 열람했더니 아직두 출원하지 않은 장소란
말이네. 그것을 안 것이 어제 낮, 실제로 한번 돌아보고 곧 올라가 출원할
작정으로 급작스레 밤차로 떠난 것이네. 형편에 따라서는 회사두 하루 이
틀 쉴 생각이네."

　봉투 속에서 나온 것은 몇 개의 까무잡잡한 돌멩이였다. 내 눈으로는
알 바도 없으나 납덩어리같이 윤택도 아무것도 없이 다만 은은하고 굳은
무게만을 가지고 있는 그것이 딴은 그 무슨 귀중한 뜻을 가지고 있으려니
는 막연하나마 짐작되었다. 그의 흉내를 내서 나도 한 개를 집어 들고는
멋도 모르면서도 이모저모 살피기 시작했다.

　"흰 것은 촬석영이네. 중석이란 원래 촬영 맥에 붙어 있는 것이거든. 그
붙은 모양과 형식에도 여러 가지 구별이 있는 것이지만 어떻든 그 석영을
깨뜨리고래야 중석을 얻는 것이네."

　운해의 설명도 내 귀에는 경 읽는 소리였다. 중석이란 명칭부터가 먼
세상의 암호로밖에는 생각되지 않았다.

　"중석이란 대체 무엇하는 것인가?"

　"자네 무지에는 놀라나는 수밖엔 없어. 중석두 모르구 오늘 이 세상에
살아간단 말인가―텅스텐 말이네. 철물 중에서 가장 강하고 견고한 것이
기 때문에 요새 군수품으로 쓰이게 된 것인데 시세가 어느 정돈지 아나.
한 톤에 평균 칠천 원이라네. 육십 퍼센트의 함유량이래두 사천 원이 되
는 것이구, 단 십 퍼센트래두 칠백 원은 생기거든. 중석광이라구 이름만
붙으면 시작해두 채산이 맞는다는 것이네. 그러게 조선에만도 출원하는

수가 전에는 일 년에 단 삼십 건이 못 되던 것이 요새 와서는 하루에 평균 삼십 건을 넘는다네. 지금 특수광 지대로 충청북도와 금강산을 세나 평안 남북도의 지경 일대두 상당하구 성천 같은 곳도 장차 유망하지 않은가 생각하네."

"자네의 풍부한 지식과 세밀한 조사에는 놀라는 수밖엔 없으나 성천이 유망하다면 자네 얼마 안 가 백만장자 되게."

그의 설명으로 나는 적지 않이 계몽이 되어 중석에 대한 일반 지식을 얻기는 했으나 어쩐 일인지 모든 것이 꿈속 일같이만 생각되었다.

"문제는—지금 가보려는 산 일대가 정말 중석광 지댄가 아닌가, 동무가 주운 이 돌이 읜처*에서 굴러 온 것이나 아닌가, 중석 지대라면 얼마나 큰 범위의 것인가 하는 것인데, 전문가 아닌 내 눈으로 확실히야 알겠나만 가보면 짐작은 되리라고 생각하네. 참으로 유명한 것이라면 자네 말마따나 백만장자 될 날두 멀지 않네."

"제발 백만장자나 돼주게. 동무 가운데 한 사람쯤 백만장자가 있다구 세상이 뒤집힐 리는 없으니."

"오늘은 바빠서 이렇게 한가하게 할 순 없어. 자네에게 한 가지 청은—"

운해는 주섬주섬 돌덩이를 봉투에 넣어서 류색 속에 수습하고는 나를 재촉했다.

"오후 차까지 아직두 몇 시간이 있으니 자네 아는 광무소에 가서 자네 눈앞에서 한 번 더 감정시켜보겠네. 앞장을 서서 광무소까지 안내를 하게."

---

* 본고장이 아닌 다른 곳을 뜻하는 '외처'의 방언.

여가가 있었던 까닭에 쾌히 승낙하고 같이 집을 나섰다.

오전의 산들바람을 맞으며 피켈을 단장 삼아 내저으면서 걸어가는 운해의 자태는 일종의 독특한 매력을 가진 것이었다. 옷맵시가 오돌진 육체에 꼭 들어맞아서 평복을 입었을 때의 두꺼비의 인상과는 또 달라 한결거뿐하고 슬슬한 것이었다. 걷어 올린 소매 아래에 알맞게 탄 두 팔이 뻗치고 다리 아래가 훤히 터져서 보기에도 시원스러웠다. 무엇보다도 그 등산의 차림이야말로 그에게는 가장 잘 맞고 어울리는 차림인 듯도 했다. 그 차림으로 휘파람이나 한 곡조 길게 뽑으면서 걷는다면 도회의 가로수 아래서의 오전의 풍경으로는 그에 미칠 것이 없을 듯했다.

나는 친히 아는 사람의 광무소를 찾았다. 거기서 내가 다시 놀란 것은 젊은 주인의 즉석에서의 판단에 의해서 그것이 상당히 우수한 중석광이요, 함유량도 육십 퍼센트를 내리지는 않으리라는 확언을 얻은 것이다. 정확한 분석을 하려면 방아로 돌멩이를 찧고 가르고 해서 하루가 걸린다기에 그것을 후일로 부탁하고는 우선 그곳을 나왔으나 그 대략의 판단만으로도 그 자리에서는 족했고 나는 짜장 신기한 생각을 금할 수 없었던 것이다.

차 시간을 앞두고 식당에 들어갔을 때 또 한 번 그를 따져보았다.

"자네 정말 출원할 작정인가?"

"오만분지 일 지도 다섯 장과 출원료 백 원 벼락같이 구해놓고 내려왔네."

더 묻지 말라는 듯이 큰소리였다.

"……뭘 그리 또 꼼질꼼질 생각하나. 군수 공업으로 쓰인다니까 번민하는 모양인가. 아무 걸루 쓰이든 광석은 광석으로서의 일을 하는 것이네. 그렇게 인색하고 협착한 것은 아니니 걱정할 건 없어."

"……이왕이면 석재두 한몫 넣어주지."

"암 출원하게 되면 녀석 한몫 안 끼이게 될 줄 아나. 그렇지 않아두 일이 없어 번둥번둥하는 판인데 일만 되면 같이 산에 들어가 어련히 일 보게 안 될까. 녀석뿐이겠나. 짜장 성공하게 되면 자네게두 응당 한몫 노나주겠네. 자네 일생의 원인 극장두 지을 테구, 촬영소두 꾸밀 테구, 문인촌두 세울 테구, 문학상 제도두 맨들 테구……."

"잡기 전부터 먹을 생각만."

"기적이라는 것이 있을려면 있게 되는 법이네."

"어서 남의 계획만 장하게 하지 말구 자네 월급 육십 원 모면할 도리나 생각하게—육십 원이 화 돼서 결혼두 못 하게 되지 않았나."

말하고 나서 나는 번개같이 뉘우쳤다. 무심히 던진 말이지만 결혼이라는 구절이 그의 마음의 상처를 다시 스칠 것은 당연하지 않은가.

"쓸데없는 소리에 밥맛 없어진다."

그러나 운해로서는 사실 그것이 농이었음을 알고 나는 안심했다.

"결혼이구 보배구 벌써 그다음 날부터 잊어버리기루 했었네. 연애가 생활의 전부가 아닌 게구, 결혼 문제 같은 것두 일생일대의 중대사라고는 생각지 않네. 하려면야 앞으로도 얼마든지 기회가 있을 테구, 되려 한 번 실패가 새옹마의 득실루 더 큰 행복을 가져올는지 뉘 아나."

반드시 그가 거짓말을 하고 있다고는 생각지 않았으나 보배 개인에게 대한 그의 특별한 심정을 묻지만 않는다면 대체로 그는 벌써 그 자신을 회복하고 바른 키를 잡은 것이 사실이었다.

"그까짓 연애가 다 무엔가. 속을 골골 앓구 눈물을 쫄쫄 흘리구."

사실 임박한 차 시간에 역에 나가 표를 사가지고 폼에 들어갔을 때까지—그의 자태 속에서 지난날의 괴롬의 흔적이라고는 한 점도 찾아볼 수 없었다. 연애란 어느 나라 잠꼬대냐는 듯이 상쾌한 그의 모양에는 다만 앞을 보는 열정과 쉴 새 없이 그 무엇을 꾸며나가려는 진취적 기력만이 보일 뿐이었다. 잠시도 쉬는 법 없이 기차 시간표를 세밀히 조사하면서 쓸데없는 잡스러운 밖 세상의 물건은 하나도 그의 주의를 끌지 않는 눈치였다.

차에 올라 창 옆에 자리를 잡은 그를 향해 나는 다시 한 번 축원의 말을 던졌다.

"부디 성공하게. 갈 때 또 들르게."

차가 움직이기 시작할 때 그는 모자를 벗어서 창밖으로 흔들어 보였다. 두루뭉수리 같은 그의 오돌진 머리가 그 무슨 굳센 혼의 덩어리같이도 보여올 때 짜장 그는 광산으로 성공하게 되지 않을까 하는 찬란한 환상이 문득 가슴속을 스쳤다.

―『해바라기』, 학예사, 1939.

여수旅愁

1

　미레이유 발랭의 얼굴을 나는 대여섯 장째나 그리고 있었다. 결국 한 장도 만족스럽지는 않아서 새로운 목탄지를 내서는 또다시 그의 얼굴의 데생을 시험하는 것이었다. 내일부터 봉절*될 영화 〈망향〉의 석간 신문지 속에 넣을 조그만 광고지의 도안이었다. 별이 총총히 빛나는 하늘을 배경으로 발랭과 가뱅의 얼굴을 그리고, 그 속에 출연자의 스태프와 자극적인 광고문을 넣자는 고안이었으나 광고문은커녕 나는 발랭의 얼굴에서 그만 막혀버린 것이 좀체 운필이 뜻대로 되지는 않아 마음이 초조하고 답답해지기 시작했다.

　"여배우 얼굴 하나 가지구 벌써 몇 시간을 잡아먹나. 얼른 끝을 내야 인쇄소에 넘겨 저녁때까지에 박어내지 않겠나."

　맞은편에 책상을 마주 대고 앉은 동료는 나의 궁싯거리는 양이 보기 민망해서 기어코 자리를 일어선다.

　"웬일인지 모르겠네. 그리다 그리다 이렇게 맥힐 법은 없어. 고 눈과 코

---

* 개봉.

가 종시 말을 들어야 말이지."

동료는 등 뒤로 돌아오더니 어깨 너머로 내 그림을 바라보며

"자네 벌써 발랭과 연앤가?"

"연애라니?"

"암, 연애구 말구. 그렇게 망설이는 자네 마음이 심상치 않어."

쓸데없는 말을 걸어온 까닭에 결국 망쳐버리고야 말았다.

"연애!"

스스로 비웃으면서 나는 붓을 던지고 그림을 두 조각으로 찢어버리는 수밖에는 없었다. 그 깊은 눈과 불룩한 콧방울이 내 마음을 한꺼번에 잡으면서도 붓끝으로는 종시 표현할 수 없는 것이다. 참으로 연애인지도 모른다. 여러 해 동안 수많은 영화의 뭇 남녀를 그려왔어도 이번같이 마음이 뜨고 설레는 때는 없었다. 대체로 영화관 사무실에서 장구한 세월을 두고 그런 업에 종사해나가노라면 그 많은 자태 없는 화상에다가 그때그때 일종의 정을 느끼게 됨은 자연스러운 사실일는지도 모른다. 일상생활에서보다도 그림들을 상대로 꿈의 교통을 하게 되는 것이다. 그러나 이번 발랭의 경우와 같이 내 마음을 잡은 때는 드물었고 가령 디트리히를 그릴 때나 가르보를 그릴 때나 다리외를 그릴 때나 그 어느 때보다도 가슴이 뛰고 설레는 것이다. 어제 낮에 본 〈망향〉의 시사의 구절구절—망명의 도적, 페페 르 모코와 파리 여자 가비와의 위험한 연애의 장면장면이 가슴을 흔들면서 가비로 분한 발랭의 자태가 땅 위에 둘도 없는 염염한 꽃송이같이 무시로 눈앞에 어린다.

"연애, 발랭과의 연애! 어차피 우리는 그런 환상의 연애밖에는 하지 말라는 팔잔가 부다. 허수아비인 사진 쪽지와 연애니 무어니—다 귀찮다."

나머지 데생을 마저 찢어버리려 할 때 동료의 손이 와서 그것을 빼앗아

들면서

"잔소리 말구 어서 여기다 광고문이나 적어 넣게. 별수 있나. 시간두 없
는데 이대로 인쇄소에 돌릴 수밖에——"

시계를 바라보니 오후도 늦은 때이다. 석간이 돌 때까지는 광고지의 체
재를 갖추어야 신문지 속에 끼여 배달이 될 것이다. 불과 몇 시간이 남았
을 뿐이다. 나는 하는 수 없이 다시 붓을 들어 불만스러운 대로 이왕 그린
얼굴에다 색을 칠하고는 붓을 갈아 굵은 획으로 광고문을 쓰기 시작했다.

——남쪽 고을 알제리에 전개되는 모코와 가비의 숙명적 연애! 세기의 경이
발랭의 출현. 새 시대의 디트리히 발랭을 보라! 이국정서의 결정인 발랭——
그는 오늘의 별이다——

여기까지 적어 내려갔을 때 문득 사무실 옆 문간이 요란스러우면서 귀
선 목소리가 흘러왔다. 창밖으로 흘긋 눈을 돌리니 세르비안 쇼의 한 패
들이었다. 내일부터 〈망향〉와 함께 막 사이 출연하기로 계약이 된 외국인
어트랙션*의 일단이었다. 거리에 나갔다가 무대 준비를 하러 들어옴인지
찬란한 남녀의 복색이 문간에 환하게 어리었다.

2

세르비안 쇼는 노래와 춤을 밑천 삼아 이곳으로 흘러든 가무단으로
반드시 세르비아 사람들로만 조직된 것이 아니라 십여 명 단원이 백계노

---

* 극장에서 손님을 끌기 위해 짧은 동안에 상연하는 공연물.

인*을 주로 하여 폴란드, 유태, 헝가리, 체코 등 각기 국적을 달리하고 가운데에는 유러시안도 끼어 있는—마치 조그만 인종의 전람회를 이룬 혼잡한 단체였다. 그들의 노래와 춤이 그닥 놀라운 것은 못 되었으나 그들의 색다른 자태가 낯설은 곳에서는 사람들의 눈을 끌기에 족했고 우리의 관주가 상당히 비싼 조건으로 그들과 선뜻 계약을 맺은 것도 그 점을 노려서였다. 삼십 분가량씩 하루 세 번씩 출연에 대한 사례가 오백 원, 엿새 동안에 삼천 원이라는 것이 그들을 맞이하는 거의 최고의 대접이었으며 생각건대 만주 등지에서 일없이 딩굴던 동호자들이 가지고 있는 재조들을 모아 일거에 탐탁한 벌이나 해보려고 멀리 외지로 원정을 나온 그들로서도 역시 재조보다는 자기들의 그 이국적 풍모를 미끼 삼아보겠다는 심리가 없지도 않을 듯하다. 조선을 한 바퀴 돌고 나서는 또 어디로 가려는지 그것은 알 바 없으나 어떻든 그들의 풋날리는 이국정서는 거리에서는 진귀한 것이어서 그들을 계약한 관주의 수완과 야심을 우리들 사무원도 절대로 찬성하는 바였다. 실상인즉 그들의 걸음은 벌써 두 번째에 지난가을에 왔을 때에도 우리와 계약이 되어 의외의 호평으로 예상 이상으로 배를 불린 일이 있어서 이번에 관주의 마음이 두 번째 혹한 것이나, 그들로서도 전번보다는 더욱 충실을 기하기 위해 여덟 사람밖에 안 되던 단원이 네 사람을 더해 열두 사람의 상당히 흥성한 일단을 이루었던 것이다. 두 사람의 처녀 마리와 일리나, 소년 소녀 미샤와 안나의 네 사람이 처음 보는 얼굴이었으나 그 거창한 한 식구들을 바라볼 때 각각 얼마나 숨은 재조들을 감추고 있나 싶어서 출연이 기대되었다. 무시로

---

* '백계 러시아인'의 음역어. 1917년 러시아 혁명 때 혁명을 반대한 러시아인의 한 파. 혁명 당시 좌익적인 파가 붉은색을 상징으로 삼은 데 대해 보수적인 반대파는 흰색을 상징으로 삼아 이렇게 불림.

외국 영화를 바라보고 그들 남녀의 사진을 그리던 내게는 눈앞에 직접으로 노란 고수머리와 푸른 눈을 보게 된 것이 한 가지 기쁨이었고, 일상 품고 있던 이국정서에 대한 갈증을 얼마간 축일 수도 있었다. 그들은 바로 어제 차로 내려서 무대 뒤에 여장을 풀었을 뿐이나, 새로 더한 네 사람 외에는 모두 내게는 두 번째의 구면이라 낯이 선 법 없이 가장 친밀하게 대하고 말을 걸 수 있음이 또 하나의 기쁨이었다. 더구나 내게는 하찮은 그림장이나 그려서 먹고사는 몸이기는 하나 외국어의 소양이 얼마간 있었던 까닭에 그들의 서투른 일어와 맞서는 것보다는 여러 가지 외국어의 범벅으로 의사를 소통하는 편이 피차에 편한 노릇이어서 관주도 그들과의 교섭에 나를 내세운 점이었고, 그들 역 나를 의뢰하고 믿는 바 많았다. 이것이 내가 그들의 사정을 남달리 깊게 관찰하게 된 원인이라면 원인이었다. 가령 조그만 일이 있거나 원이 있어도 그들의 누구나는 반드시 사무실로 쫓아오거나 복도에서 나를 붙들고는 피차에 통함직한 말을 뒤섞어 용건을 말하는 것이었다.

3

이날 이때에도 내가 막 광고지에 광고문을 적고 났을 때 문간과 복도에서 지껄지껄 요란하던 총중에서 한 사람 문득 사무실 안으로 들어와 내 앞에 나타났으니 일행 중에서 춤으로는 으뜸 격에 가는 카테리나였다. 별안간 방 안이 환해진 것은 그의 누런 머리카락과 흰 살결과 사치한 차림차림으로만이 아니라 그의 손에 쥐인 한 묶음의 꽃으로 말미암음이었다.

간단히 인사의 말을 던졌을 때 카테리나는 방긋 웃으며 하는 말이 꽃을 꽂을 터인데 혹시나 남는 화병이 없느냐는 것이었다.

"화병? 화병쯤이야 있구말구."

나도 웃음으로 대답하면서 일어서서는 영화 잡지, 신문, 포스터 등이 어지럽게 쌓여 있는 책궤를 열고는 뒤적뒤적 묵은 화병을 찾아내는 것이었다.

요행 화병을 찾아서 책상 위에 내놓았을 때 카테리나는 기뻐하면서 "메르시!"라고도 해보았다 "하라쇼!"라고도 했다 하며 혼합된 단어로 감사를 표한다. 내친걸음에 나는 플라스크의 물을 화병에 붓고 그 속에 꽃 꽂는 것을 도와줄 때 옆에 섰던 동료는 능청맞게 딴전을 보면서 나만이 알아들을 말로 "괜히 그림 속의 발랭에게 반해서 그러지 말구 가까운 눈앞의 떡이나 후려보지그래? 발랭보다 어디가 못해. 오히려 나으면 낫지. 모습부터가 비슷하잖은가."

"실컷 놀려보게나."

"찬찬히 뜯어보라니까. 비슷한 바가 많잖은가."

그의 말로 새삼스럽게 깨달을 것도 없이 카테리나는 참으로 발랭과는 같은 바탕의 미인이었다. 동그스름한 윤곽도 같으려니와 깊고 부드러운 눈매며 불룩한 콧방울이 발랭을 그대로 떼어 붙인 것도 같고, 다만 다른 것이 있다면 입술이 엷고 두 볼이 팽팽해서 발랭보다는 조금 쌀쌀한 듯한 인상을 주는 점이었다. 그러나 이것이 반면에 다른 효과를 자아내서 그 냉정하고 침착한 속에 말할 수 없이 으늑한 일종의 애수를 담은 것이었다. 눈앞을 깔아 보고 그 어디인지 먼 곳을 생각하고 있는 듯한 기색이 눈과 볼에 나타나서 그것이 알 수 없는 매력을 더한다.

꿈의 매력이라고 할까—발랭에게도 그것이 없는 것은 아니나 그의 남국적인 데 비해 카테리나의 그것은 북국적인 향기를 풍겨 그와는 또 다른 힘으로 사람을 잡는다. 참으로 동료의 말마따나 나는 가장 가까운 내 눈앞에 꿈의 대상을 보고 있는 셈이었다.

"어서 용기를 내서 한몫 대서보지. 이런 기회가 얼마든지 있는 것이 아 닐 텐데—용기가 첫째야."

조롱인지 격려인지 동료가 뜨끔 눈짓을 하고는 인쇄소로 간다고 내가 그린 광고지의 원고를 가지고 사무실을 나갔을 때 나도 꽃을 다 꽂은 꽃 병을 카테리나의 앞으로 내밀었다.

"무대 옆방이 너무 침침해 꽃이나 놓아야 조화가 될 것 같아서요."

그래서 사 온 꽃이라는 뜻이었다.

"그 방이 원래 어두워요. 창이 작은 까닭에 여름엔 더웁구."

"좀 와보세요. 창을 떼야 할 텐데 떼도 좋은지 어쩐지."

꽃병을 들고 나가면서 흘끗 눈을 돌리는 카테리나의 뒷모양을 바라보고 는 마침 손에 일이 뻠했던 차이라 나도 그의 뒤를 따르지 않을 수 없었다.

오후의 두 번째 영사가 시작되었던 까닭에 관 안으로 들락날락하는 관 객으로 복도는 어지러웠다. 옆 복도를 종종걸음으로 들어가 무대 옆방에 이르렀을 때 활짝 열어젖힌 문 안으로 울긋불긋한 방 안의 모양이 들여다 보였다. 좁은 방 안에서 어쩔 줄들을 모르면서 트렁크들을 열고 무대 의 상들을 내서 벽에 걸며 화장품 그릇을 책상 위에 놓고 하면서 복작거리는 것이 답답하게들 보였다. 처음 보는 초면의 처녀 그이들 아마도 새로 단 원이 된 마리와 일리나일 듯 소년소녀가 미샤와 안나일 듯하고는 그 외는 모두 구면이었다. 피아니스트인 스타호프, 수풍금을 울리는 크리긴, 기타 를 타는 아킴, 북을 치는 이바노프, 바이올린을 켜는 피에르—모두가 나 를 보고는 방긋이들 웃으면서 구면임을 그 스스로들 기뻐한다. 그 한 커 다란 가족에 대한 반가움이 버쩍 솟으면서 나도 창께로 가서는 그들을 조 력해서 한편 창을 떼어냈다. 답답하던 방이 한결 시원해진 것 같다. 카테

리나를 비롯해서 모두들

"메르시! 스파시보!"

하면서 감사의 말을 던지는 것을 나는 아이같이 솔직하게 기쁜 것으로 들었다. 문득 등 뒤에 나타난 것은 일좌의 지배인 빅토르였다. 거리에서 막 돌아온 그의 얼굴에는 땀이 이슬 같고 뚱뚱한 몸집에는 늘 보이는 그 너그러운 웃음을 벙글벙글 띠고 있다.

"가스파딘 킴!"

하고 내게 손을 내미는 그의 등 뒤에는 그의 아내인 그라샤가 막 따라 들어오는 중이었다.

4

무대의 준비도 있고 한 까닭에 그날 밤 영화가 끝난 후 거의 열 시가 넘었으나 쇼의 일행은 전부 한번 무대에 모이기로 되었다. 스크린 뒤편에 배경을 세워야 하고 그 옆으로 조그만 막을 층층으로 드리워야 하고──관객들이 헤어져버린 빈 홀에서 숨을 놓고 그들은 설렐 대로 설렜다. 나는 책임상 관의 대표자 격으로 남아서 피곤한 것을 무릅쓰고 그들과 동무하게 되었다. 조용한 속에서 꺼릴 것이 없이 못 박는 소리를 탕탕 내면서 며칠 후이면 다시 뜯어버려야 할 객지의 살림살이를 차려놓느라고 법석들을 하는 양이 내게는 엄숙하면서도 한편 애달프게 보였다. 좌중의 장골은 뚱뚱한 빅토르와 이바노프여서 거센 일은 대개 그들이 앞서서 하는 것이었으나 그 아무 자리에 내놓아도 손색이 없을 늠름한 의장부들이 하필 할 일들이 없어서 낯선 외지 조그만 무대에 와서 하찮은 그 일들을 하고 있노, 느껴지면서 웬일인지 '인생의 애수'라는 제목이 가슴속에 굵게 맺혀

오는 것이었다. 의장부라면 그 두 사람뿐이 아니라 조금 몸이 호리호리들은 하나 기타와 수풍금의 아킴과 크리긴도 유러시안인 바이올리니스트 피에르(독일 성에 동양의 피가 섞였다고 한다)도 미목이 수려하고 총명하게 보이던 의장부여서, 그들이 어쩌다 그런 삼류급 예술가의 행세를 시작했으니 말이지 그런 초라한 배경 속에서 벗어나서 의젓하고 소중한 사회의 자리에 앉혀본다면 넉넉히 그 위품을 보존해갈 만한 인품들이다. 그런 그들로서 기껏 그 자리에서 못질을 한다, 피아노를 끌어다 놓는다, 의자의 위치를 작정한다 하는 것이 천하게만 보이면서 인물들이 아까워 견딜 수 없다. 총중에서 제일가는 예술가는 역시 스타호프일 듯 타고난 풍모가 가장 순수할 뿐 아니라 그의 피아노의 실력도 그 정도의 무대에 내세우기는 아까울 만큼 높고 본격적인 것이었다. 그 실력 있던 피아니스트의 그날 밤 무대에서 맡은 일은 악기의 소제였다. 피아노의 안과 밖을 닦고 갖은 장기를 내서 키의 음을 조절하는 그의 모양은 피아니스트라느니보다도 한 사람의 공인의 자태였다. 그와 친한 것이 카테리나인 모양이어서 피아노 옆에 붙어 서서 잔손질을 돕는 것이 보기에도 다정한 풍경이었다. 그 앞을 어릿광대같이 어깻짓을 하면서 빙빙 도는 것이 그라샤, 단장 빅토르와는 나이로써 벌써 짝이 되어 비록 몸은 작아도 중년의 올찬 태도 속에 일좌를 은연중에 누르고 있는 힘이 보인다. 밤불에 비추어져서 그런지 처음 보는 마리의 자태는 뛰어나게 아름다웠다. 카테리나와는 갑을을 나누기가 어려울 정도의 용모로서 그보다도 도리어 젊고 수줍어하는 자태가 한층의 매력조차 더한다. 날씬한 맵시에다 부드러운 얼굴이 귀한 집 외딸의 품격을 띠었다. 그에게 비기면 일리나는 같은 낫세이면서도 용모가 수단 떨어져 설레지 않고 잠자코 서만 있는 것이 흡사 인형같이만 보인다. 대체 무슨 재조를 감추었는지 조용한 모양으로는 무대에서 관객을 놀라게 할 수 있을 것 같지도 않았다. 나어린 미샤와 안나의 한 쌍은 무대 한 편 구석에 웅크리고 서서는 서먹서먹한 눈매로 나를 바라볼 뿐이다. 어린 그들이 왜 그리도 기운이 없을까 하면서 찬찬히 바라보니 둘 다 여윈 얼 굴이 퍽도 창백하다. 서리 맞은 새같이 앙크런 그들이 왜 고생을 하면서 어른들과 함께 무대에 서야 되는가. 측은히 여기는 내 눈초리를 짐작했는 지 빅토르가 가까이 오더니 함께 그들을 바라보며

"남맨데 약해서 큰일 났어요. 무대를 좀 더 흥성히 해볼 양으로 하얼빈 서 특별히 구해냈는데 몸들이 어찌 가냘픈지 무대에서 쓰러지지나 않을 까 겁이 나요."

일단의 주인으로서 지당한 걱정이라고 생각되는 것은 그만큼 그들은 누구의 눈에도 잔약하게 보이는 것이다. 그들의 며칠 동안의 무대 생활에 별 탈이 없기를 축원하는 것은 참으로 거짓 없는 나의 진정이었다.

거의 열한 시가 넘어서야 일들을 마치고 일행은 관을 나왔다. 나도 길 이 같은 까닭에 그들이 유숙하고 있는 호텔 가까이까지 동행했으나 비단 소년 소녀뿐이 아니라 그들 전부에 대한 일종의 애감이 곡절 없이 가슴속 에 솟으면서 그러므로 그들을 유달리 친밀히 느끼게 되어 나의 걸음은 약 간의 흥분조차 띠어갔다.

5

이튿날 오전, 아직 개관하기 전에 무대에서 올리는 피아노 소리를 듣고 나는 사무소를 뛰어나갔다. 스타호프가 혼자 피아노 앞에 앉아 있었다. 아무도 나타나기 전의 한적한 시간을 연습에 열중하고 있는 중이었다. 요 란한 재즈가 아니고 고요한 명곡임을 느끼고—나는 곧 파데레프스키의

〈미뉴에트〉임을 쉽게 깨달았다. 삼박자의 경쾌하면서도 애수를 띤 무도곡이 빈 홀을 사치하게 치장했다.

불도 안 켠 어둑스레한 홀 복판 의자에 검은 그림자를 보았다. 아무도 없을 줄 안 것이 웬 사람인고 하고 가까이 갔을 때 검은 웃옷을 걸치고 의자에 푹 묻혀 앉은 카테리나였다.

"놀라라."

흘끗 고개를 돌리면서 오도깝스럽게 눈을 떴다.

"되려 내가 놀랬쉬다. 이렇게 혼자 우두커니 앉았다니."

별로 앉으라는 권고도 없었으나 나는 내 멋대로 옆 의자에 허리를 걸치면서

"조그만 음악회의 단 한 사람의 청중이란 말이죠."

"그래요. 스타호프의 예술을 가장 잘 이해하는 것이 나라면 나니까요."

"한 사람의 청중과 한 사람의 연주자와—대단히 아름다운 음악회요."

"스타호프는 저래 뵈어도 예술가라나요."

"상당히 능한 피아노인 줄을 나두 대강 짐작합니다만."

"우리 단원으로는 아까운 한 사람이에요. 큰 뜻을 가지면서도 기회를 못 잡아서 이렇게 방황은 하나."

"송곳이 뾰족하면 어느 때나 염낭을 뚫을 날 있겠죠."

"들으세요. 저 아름다운 터치와 감정이 바른 해석."

카테리나는 말도 채 못 마치고 음악 속에 정신을 뺏겨갔다. 곡조는 다시 첫 대문의 모티브로 돌아가 가벼운 리듬이 반복되었다. 어디선가 먼 곳에서 울려오는 것 같은 아련하고 애끓는 정서이다. 파데레프스키 자신의 연주를 레코드에서 늘 들었으나 지금 무대의 연주도 거의 그 명장의 재조를 쫓아감 직한 것인 듯 느껴졌다. 자세를 바로 하고 앉아 엄숙하게

뜯는 그 태도부터가 범인의 것은 아닌 듯싶었다.

곡조가 끝났을 때 그는 두 사람의 청중을 내려다보며 미소를 띠우고 카테리나는 거기에 대답하는 듯이 박수를 울렸다. 나도 그를 본받아 박수를 한다는 것이 소리가 지나치게 커져서 앙코르인 줄 짐작했는지 스타호프는 또 한 곡조를 시작했다.

"오, 쇼팽! 쇼팽의 왈츠."

카테리나는 뛸 듯이나 기뻐하면서 몸을 흔들었다. 나도 그 곡조를 대강은 짐작하는 터이었으나 쇼팽의 왈츠가 그들에게 그렇게도 큰 기쁨을 주는 것일까.

화려하면서도 슬픈 곡조이다. 동양적인 애수가 구절구절에 넘쳐흐른다.

"폴란드의 음악은 왜 저리도 모두 슬픈고. 파데레프스키도 쇼팽도……"

중얼거린다는 것이 그만 소리를 치게 되었다.

"그래요, 슬퍼요. 나라가 슬프니 음악이 슬픈지, 음악이 슬프니까 나라가 슬픈 것인지."

카테리나는 대답하고는 내 귀밑에다가 거의 입속말로

"스타호프도 폴란드 사람이에요."

"오라 그래서……"

그의 음악이 그렇게 슬픈 이치를 터득한 것 같았다.

6

"왈소오*의 국립극장에서 세계적으로 이름 낼 날을 꿈꾼 적이 있었다나요. 한번 동쪽으로 흘러온 후로는 예술도 점점 타락해서 저 모양이 됐죠. ……지금은 왈소오는커녕 하루아침에 조국이 없어지지 않았어요. 스타호프의 꿈도 영원히 사라진 셈예요."

"흠……."

"우리 모두가 그렇지만 스타호프의 지난 경력을 생각하면 눈물이 나요."

나는 카테리나의 눈물을 보기를 두려워하는 듯 고개를 무대 편으로 길쭉이 뽑았다. 작은 아침의 음악회는 아직도 끝날 줄을 몰랐다.

흥행은 예측대로 대단한 인기여서 첫날부터 관내는 만원의 성황을 이루었다. 영화 〈망향〉이 시작되었을 때 홀은 빈자리가 없이 차서 문밖에는 '만원사례'의 붉은 간판을 내세우고 손님을 거절하는 수밖에는 없었다.

〈망향〉의 영사 다음이 어트랙션의 시간이었다. 영화가 반쯤 진행되었을 때 일행은 한 사람 두 사람씩 모여들기 시작했다. 무대 옆방에 들어가 행장을 풀고 조급하게 무대 화장을 시작하는 패들도 있었으나 거개 더운 김에 홀 안을 질숙거렸다 복도 의자에 주저앉았다들 했다. 이바노프는 일리나와 한 짝인 듯 대개 동행하는 눈치였고 관 안에 들어오더니 복도에 놓인 소파에도 나란히 걸터앉았다. 짝이라면 그들은 맞춤인 짝이어서 뚱뚱한 몸집이며 불그스름한 얼굴이며가 남매인 양 비슷하게 보였다. 일리나는 몸집이 건강한 데다가 무뚝뚝하고 말이 적은 것이 도리어 애티가 나고 애잔해 보였다. 항상 번잡하게 말을 거는 것이 이바노프이었다. 손바닥으로 부채질하는 시늉을 내면서 나를 보더니 꽃송이같이 입을 연다.

"아 덥다 현기증이 나면서."

그 무슨 불만같이도 들리길래 나는 내 고장을 변호하려는 듯이

"여름은 더우라는 법이 아니오. 어디나 일반으로."

이바노프는 만만히 휘어들지 않는다.

“그럴 리가 있나. 세상에서 안 더운 곳이 꼭 한 곳 있지. 송화강. 송화강은 아무리 복더위에도 시원하다나.”

“왜 여기도 강이 있다우. 송화강보다 더 맑은 강이. 모두들 나가 헤엄치고 놀고 하는 강이.”

지껄이다가 나는 문득 그런 소리가 그에게는 무의미함을 느꼈다. 고향을 그리워하는 나그네에게 딴 고장의 자랑이 무슨 위안이 되랴. 차라리 고향의 회포에 잠기는 편이 그에게는 더 보람 있지 않을까.

“그러니까 고향이 하얼빈이란 말이죠 송화강 근처라면.”

“내 고향은 치타.* 학교도 다니다 농사도 짓다 군인으로도 뽑혔다가 지금은 이 노릇. 고향에 가서 살고는 싶으나 전과는 달라 지금은 아주 재미없는 곳이 됐다우. 하얼빈은 일리나의 고향. 고향이라도 이름뿐이지 부모를 다 여읜 곳이 무슨 고향이겠수. 일리나는 고아라우.”

듣고 보니 그런지 얼굴을 쳐드는 일리나의 모양이 애처롭다. 허부룩한 머리조차가 돌보아줄 사람 없는 것이거니 생각하니 쓸쓸해 보인다. 그러나 일리나의 그 허부룩한 머리와 애티 나는 몸집이 쓸쓸한 것이라면 마리의 호리호리하고 가냘픈 자태는—그것은 대체 쓸쓸한 것이 아니란 말일까. 아킴과 함께 팔을 끼고 들어오는 뒤를 크리긴이 따라 들어온다. 세 사람 가운데에서 유독 눈을 끄는 것이 마리였고 앞으로 다가오는 것을 똑똑히 보니 흰 얼굴에 푸른 눈이다. 먼 고향의 하늘빛인 푸른 눈으로 사람을 바라보는 마리의 자태는 쓸쓸한 것이 아니었던가. 세 사람의 한 패가 무대 옆방으로 들어가는 것을 보고 이바노프는

---

* 부랴트 자치 공화국 동쪽에 있는 도시. 바이칼 호 동쪽 야블로노비 산맥 기슭에 있음.

"마리의 아버지는 제정 시대의 육군 소장이었다우. 지금은 외딸을 저렇게 밖으로 버려둘 지경으로 하얼빈 뒷골목에서 답답한 나날을 보내지만 한때는 다 이름을 날리던 사람이라나요."

"그래 아버지를 구하려고 이번에 한몫 새로 끼어 나왔나요."

"아버지까지를 구하다니 자기 한 몸을 살리기가 간신인데. ……아킴도 저래 뵈어도 명문의 집안에 태어난 귀족의 아들이구 크리긴도 한때는 한다하는 군인이었다우."

일리나만이 고아의 외로운 정경이 아니라 듣고 보면 그들 모두가 비슷한 처지였던 것이다. 그런 것을 들을 때 나는 좁던 내 마음의 세계가 조금씩 넓어짐을 깨닫게 되면서 모르던 정회를 그들과 함께 느낄 수 있는 것이었다.

7

"고향은 없어도 고향이 그리워요. 송화강은 이웃 사람들과의 단란한 곳이거든요. 얼른 이번 흥행이 끝나고 그곳에 가서 함께들 잠길 날을 생각해요."

그럴 것이라고 나도 이바노프의 감정을 그대로 품을 수 있었다.

영화가 끝나고 어트랙션이 시작되었을 때 홀 안은 조금의 여지도 없이 관객으로 찼고 박수가 파도같이 번거롭게 울렸다. 나도 지난해에 본 후로는 처음이라 두 번째의 기대로 얼마간 흥분에 사로잡히면서 뒤편에 자리를 잡았다. 관주며 안내하는 아이들이며 관내가 총출동으로 들락날락하며 사무실의 동료도 내 옆에 앉아서 호기심에 눈을 똑바로 무대로 보낸다.

빅토르는 단장일 뿐이 아니라 무대에서도 한몫을 보아서 서투른 일어와 괘사스러운 몸짓으로 틈틈이 나와서는 관객을 웃겼다. 그의 사회의 역할이 일단으로서는 확실히 중요한 부문으로 짐작되었으나 그만큼 그의 무대에서의 노력은 눈물겨우리만치 필사적이었다. 관객을 웃기고 끊임없는 흥을 돋워주는 곳에만 그의 생명이 있는 듯 보기에도 딱하리만큼 갖은 노력을 다했다. 우리의 흥미의 대부분도 사실 그에게 걸려 있었다.

피에르는 그의 양친 중에서 어느 편이 독일 사람인지는 모르겠으나 자그마한 몸에는 동양의 피가 더 세게 흐르고 있는 듯 눈매나 코 맵시가 부드럽고 연하다. 켜는 바이올린 소리도 부드럽고 가늘어서 애끓는 대문에 나 이르면 빅토르는 그의 앞을 막아서면서

"먼 데 둔 아내 생각이 간절해서 바이올린 소리가 이렇게도 구슬프답니다."

하고 괘사를 피워서 관객을 웃기고 피에르의 얼굴을 붉혀주고 하는 것이었다.

빅토르와 피에르가 어릿광대같이 앞에서 설레는 뒤편에는 밴드의 패가 바른편에서부터 차례차례로 피아노의 스타호프, 수풍금의 크리긴, 기타의 아킴, 북 치는 이바노프의 차례로 늘어앉고 무대 복판에 마이크로폰을 세우고 마리와 그라샤가 번갈아로 나와서 노래를 부르고 간간이는 크리긴과 아킴이 밴드 좌석에서 빠져나와 노래에 섞어 수풍금과 기타 독주를 했다. 빅토르의 아내인 그라샤는 노래도 춤도 온전하지 못하고 남편 모양으로 무대 위를 부질없이 건들거리는 넌덜꾼이요, 마리의 노래도 대단한 것은 아니었으나 가는 목소리로 〈아리랑〉을 부른 것은 확실히 장내의 인기를 한꺼번에 가로채게 되어 요란한 갈채로 두 번 세 번 무대 위에 불리게 되었다. 외국 소녀가 부르는 〈아리랑 타령〉이 왜 그리도 마음을 잡아 흔드는지 사실 나도 그 애끓는 곡조에는 눈물이 핑 돌 지경으로 가슴이 벅찼

다. 그가 외국의 다른 어떤 노래를 부른대도 그토록 사람의 가슴을 뒤흔들지는 못했으리라고 생각한다. 아리랑 고개로 넘어가는 간들간들한 그의 푸른 눈은 그렇게 흔하게 어디서나 볼 수 없는 쓸쓸한 정감을 북돋우게 했다.

마리의 〈아리랑〉은 확실히 한 토막의 성공된 예술이었다.

그러나 그뿐 그에게서 더 신기한 재주는 볼 수 없었고 귀족의 후생인 푸른 눈의 처녀에게는 결국 외국의 그 한 곡조 노래가 단 하나의 준비된 예술인 모양이었다. 여러 번 앙코르를 받고 나오는 그의 모양을 카테리나는 무대 한구석에 차라리 측은한 눈초리로 바라보는 듯도 했다. 물론 조롱도 아니요 시기도 아니겠지만 그의 냉정한 시선에는 확실히 한 줄기의 불만이 엿보이는 듯하다. 그만큼 카테리나의 무대에서의 노력은 성의 있고 열중된 것이어서 흡사 그 혼자가 일단의 운명을 짊어지고 동행의 체면을 살리기 위해 만신의 힘을 다하고 있음을 알았다. 카자크의 춤, 헝가리의 춤을 비롯해서 다채한 의상을 차례차례로 갈아입고 나와서는 거의 무대를 휩쓸어 가려는 듯 열정적으로 각가지의 춤을 추어댔다. 요란스러운 관중의 박수 소리와 함께 스스로의 열정으로 점점 피곤해가는 모양이 역력히 관객석으로 보여온다. 참으로 성의 있는 예술가는 카테리나 한 사람이었다.

8

그에게 비기면 일리나는 무대의 허수아비였다. 노래 한 곡조 부르는 법 없이 춤 한번 추는 법 없이 마치 벽의 꽃인 양 밴드 뒤편 막에 붙어 서서 한 송이의 치장의 역할 밖에는 더 하지 않았다. 소년 소녀의 미샤와 안나의 한 쌍 역시 대단한 재롱은 피우지 못하고 손을 잡고 탭을 밟는 것이 위태스럽게만 보였다. 그러면 그럴수록 무능한 그들까지를 긁어모아 가난한 무대를 번거롭게 하려는 그들의 마음씨가 내게는 아프게 흘러오면서 예술의 성과를 떠나서 그들의 속사정에 마음이 부딪치게 되는 것이었다.

한 시간 남짓한 무대가 그렇게도 피곤하게 하는지 출연이 끝났을 때 그들의 수고를 말할 겸 무대 옆방을 들어서니 화장을 떤다 의상을 갈아입는다 하면서 볶아치는 그들의 얼굴에는 확실히 피곤의 빛이 보였다. 한판의 싸움을 하고 난 뒤와도 같을 법 싶었다.

"돼서 이 노릇도 못 해먹겠다 이젠."

빅토르는 수건으로 이마의 땀을 훔치면서 빙글빙글 겸연쩍게 웃어 보인다. 사십이 넘은 장년 신사의 절구통 같은 목덜미는 불그스름하게 상기되었고 손가락에까지 땀이 내배인 것이 보인다.

"사람을 웃기기가 세상에 얼마나 어려운 노릇이라구요."

"이곳 사람들은 돌부처요 샌님들이 돼서 좀처럼 웃어봐야 말이죠."

"그만큼 사람을 웃김은 상당한 예술가가 아니면 못할 일이오. 나도 허리를 꺾다시피 했소."

내가 빅토르를 위로하고 있는 동안에 아킴은 마리를, 스타호프는 카테리나를 각각 추어주고 위로해주는 눈치였다. 밤 출연까지에는 여러 시간의 여유가 있었다. 이바노프는 일리나를 데리고 누구보다도 먼저 어디론지 가고 뒤를 이어 빅토르 부처가 거리로 나간 후로는 남은 패들은 자유로운 시간을 어떻게 허비할까 망설이는 눈치였다. 스타호프에게 영화 구경을 권했을 때 그는 금시 찬성하고 카테리나와 함께 나를 따라 홀 안에 들어가 알맞은 자리를 잡고 앉았다. 마리와 아킴도 우리를 본받고 크리긴도 어느 결엔지 우리들의 앞, 아킴과 마리의 옆에 앉아 있는 것이었다.

〈망향〉은 벌써 퍽 많이 나가 알제리의 그 야릇하고 복잡한 거리의 묘사를 거쳐 파리의 여자 가비의 출현의 대목에 이르고 있었다. 가비로 분장한 발랭의 요염한 자태에는 거듭 보아도 다기를 수 없는 신선한 매력이 넘쳤다. 현실의 모든 것을 잊고 우리들은 가비의 매력으로 정신이 쏠렸다. 내게는 그 순간 카테리나의 생각도 없었다. 영화는 미처 숨도 갈아쉴* 새 없는 긴장된 박력을 가지고 차례로 페페와 가비의 상면—두 사람의 약속—호텔에서의 가비의 불만—페페의 초조한 연정—정부의 질투—결심한 페페의 출발—의 대목으로 발전하다가 드디어 페페가 우연히 거리에서 가비를 만나는 장면에 이르렀다. 페페는 낙심하던 끝에 문득 만나자 말없는 감격 속에서 그를 이끌고 방에 이른다. 야릇한 방, 페페의 정성, 준비된 식탁, 가비의 호기심, 페페의 열정—두 사람의 사랑은 세상에서 제일가는 신기하고도 뜨거운 것이다. 가비의 두 눈은 별같이 탄다…….

그 불타는 화면에서 문득 내 시선을 떼게 한 것은 몇 자리 앞에 앉은 아킴과 마리의 돌연한 거동이었다. 영화에서 감동을 받음인지 별안간 페페와 가비를 모방해서 그들의 열정을 연장시킨 것이다. 충동적으로 몸을 쏠리더니 번개같이 얼굴을 댄다. 어둠 속으로도 그 열광적인 자태는 또렷하게 눈에 띄었다. 그 순간 눈을 끌린 것은 나만이 아닐 듯싶다. 그들은 한참이나 있다가 얼굴을 뗐으나 몸은 그대로 가까웠다. 나는 영화에서는 벌써 마음이 떠서 두 사람만을 쏘아보게 되었다. 변괴는 뒤를 이어 일어났다.

두 사람의 거동을 보고서인지 옆에 앉았던 크리긴은 벌떡 자리에서 일어섰다.

---

* 갈아쉬다. 숨을 내쉬고 들이쉬고 하는 것을 거듭하다.

9

무죽거리다가 아킴들을 향해 무어라고 지껄이더니 마리의 손을 잡는 것이었다. 함께 밖으로 나가자는 눈치인 듯했다. 아킴이 대꾸하면서 엉거주춤 자리를 일어서서 실랑이를 치다가 관객의 눈을 끌 것을 두려워함인지 주저앉으니까 크리긴도 자리에 앉았다. 앉아서도 오고 가는 말이 한참이나 많은 모양이더니 이윽고 크리긴은 혼자 자리를 일어서서 사이길을 지나 비틀비틀 밖으로 나가버렸다. 남은 아킴과 마리는 아까와는 다른 조금 불안한 듯한 기색으로 정신없이 지껄거린다. 마음을 가라앉히기에는 오랜 시간이 걸리는 눈치였다. 크리긴은 다시 안 들어오고 두 사람은 수군거리면서 벌써 영화는 보면 말면 하는 기색이었다.

마리를 사이에 두고 아킴과 크리긴이 은연중에 대립하고 있는 눈치는 벌써 내게는 첫눈에 짐작된 것이었다. 두 사나이는 호리호리한 몸맵시며 신경질로 보이는 기질이며가 흡사해서 마치 형제인 듯한 인상을 준다. 이바노프의 말대로 아킴은 귀족의 후신이요 크리긴은 훌륭한 군인이었었던 관계인지 아킴의 부드럽고 상냥한 데 비겨 크리긴은 그 어디인지 뻣뻣스럽고 억센 데가 보이기는 하나, 그러나 대체로 비슷한 풍격과 기질이 마리에게 대해서도 같은 정감과 호의를 품게 한 듯하다. 연연한 목소리로 〈아리랑〉을 부르던 마리의 온순한 마음씨가 두 사람에 대해서 태도를 선명하게 구별하지 못했던 까닭에 두 사람도 얼뻥뻥해서 함께 속을 태우는 듯했으나 아킴과의 사이가 크리긴과보다도 현저하게 기울었던 것도 사실이다. 그것을 눈앞에 보는 크리긴의 심사가 안온할 리는 없어서 두 사람에게 대해서 자연 눈에 모가 서는 것이 국외자인 내게조차 확적히 보였다. 더구나 객지에 나와 헤매이는 몸으로 따뜻한 여자의 정이 몸에 사무쳐서 그리울 것도 사실 일단이 도착한 날부터 크리긴의 쓸쓸한 자태는 내 눈을 속일 수 없었다. 영화 〈망향〉으로 하여 마음이 불시의 충동을 받았던지 기어코 그 당장에서 두 사람에게 대한 감정이 터졌던 것인 듯하다. 아킴의 태도가 지나쳐 노골적이었던 것만큼 크리긴의 딱한 심정도 추측하기에 족하다.

"사람들두 왜 하필 우리 앞에서 저 처신인구."

그 장면에서 받은 인상이 카테리나에게도 유쾌하지는 않은 듯 확실히 불만스러운 어조였다.

"아킴이 너무 햇둥거리는 것 같아. 좋아지내는 건 자유지만 뭘 하필 보라는 듯이 크리긴의 앞에서 그럴 것이 있나. 안 보는 데서라면 또 몰라두……. 마리두 철이 좀 없구."

스타호프의 맞장구도 내게는 바른 것으로 들렸다.

"쓸쓸하기야 피차일반이지. 남의 눈을 자극시킬 법은 없을 텐데……."

마리의 거동이 크리긴만을 찌른 것이 아니라 카테리나 자기의 눈도 자극했다는 듯한 말투이다.

"두구 보지. 저들이 꼭 한 북새 일으키지 않나. 좀 더 삼가지들 않구."

벌써 더 앉았을 경*이 없어진 듯 스타호프는 자리를 일으키고 카테리나도 그를 본받았다. 영화에서 흥미가 사라진 지는 벌써 오래였다. 나도 혼자 머무르기가 멋쩍어 앞에 앉은 아킴과 마리 한 짝만을 남겨두고 자리를 일어섰다.

관을 나와본댔자 별로 가야 할 신통한 곳도 없는 것 같기에 나는 그들과 더 이야기나 할 기회를 얻을까 해서 앞을 섰다.

"깨끗한 찻집을 아는데 어떠슈들."

---

* 경황.

"글쎄 심심도 한데."

스타호프와 카테리나는 선선하게 뒤를 따랐다.

단골로 다니는 '세르팡'이 가까웠고 요행 손님도 뺌했다. 오후의 참 때이라 차와 샌드위치를 분부하고 음악을 주문했다. 낯선 손님들을 대접하려는 듯 차이코프스키의 〈호두 인형〉이 흘러왔다. 흰 커튼 사이로 바람이 간들거리고 분의 종려나무 잎새가 숨 쉰다. 두 사람은 조국의 음악 소리에 폭 잠긴 듯 잠시 말을 잊었다. 농민의 춤의 리듬이 흐를 때 스타호프는 차에 사탕을 넣으면서 침착하게 중얼거렸다.

"이번 흥행이 끝나면 난 북으로 갔다가 바로 구라파로 갈는지 모르오."

음악으로 구라파를 생각해냈다는 말인지 일단의 어수선한 사정에 싫증이 났다는 말인지는 알 수 없으나 고향인 구라파에 대한 애수가 그의 가슴속에 서리어 있을 것은 확실했다. 비록 안 지가 며칠 안 된다고는 해도 그의 말—보다도 그의 어조는 역시 내게는 섭섭한 것이었다.

"카테리나도 가나요."

스타호프보다는 나는 카테리나 편을 보려고 애썼다.

"글쎄요. 전 어떻게 될는지……."

"카테리나 같은 여자가 얼마든지 있다면 나도 한 번은 구라파를 찾구야 말 것이오."

지껄이고 나는 겸연쩍기도 해서 탁자에 시선을 떨어뜨렸다. 카테리나도 웃음을 머금고 탁자 위를 보았다. 나는 손가락에 찻물을 찍어가지고 카테리나의 얼굴을 그리고 있었던 것이다. 찻잔 옆에서 그의 아름다운 데생이 역시 웃고 있었다.

10

구라파에 대한 애착을 나는 가령 구라파 사람이 동양에 대해서 품는 것과 같은 그런 단지 이국에 대한 그리움이라는 것보다도 한층 높이 자유에 대한 갈망의 발로라고 해석해왔다. 문화의 유산의 넉넉한 저축에서 오는 풍족하고 관대한 풍습이야말로 가장 그리운 것의 하나이다. 막상 밟아본다면 그 땅 역시 편벽되고 인색한 곳일는지는 모르나, 그러나 영원히 마지막의 좋은 세상은 올 턱이 없는 인간 사회에서 얼마간의 편벽됨은 피할 수 없는 사정인 것은 실제로 밟아보지 않은 이상 그리운 마음이 뻴 수는 없는 것이다. 아무리 고집을 피우고 뻗디뎌도 간에 오늘의 세계는 구석구석이 그 어느 한 곳의 거리도 구라파의 빛을 채색하지 않는 곳이 없으며 현대 문명의 발상지인 그곳에 대한 회포는 흡사 고향에 대한 그것과도 같지 않을까. 지금의 내 심정은 구라파로 가고자 하는 스타호프의 회포와도 같은 것, 다 함께 일종 고향에 대한 정임에 틀림없다.

"구라파가 원이오. 그야 카테리나 같은 여자도 많지요. 물론 카테리나는 여기 꼭 한 사람밖에는 없지만."

스타호프는 카테리나에게 대한 존경을 표시하려는 듯 그와 나를 번갈아 보면서 웃는다.

"고향 타령은 왜 이리들 해요. 그러지 않아도……."

아닌 때 무시로 고향 생각을 되풀이하는 것이 카테리나에게는 도리어 서글픈 노릇인 모양이었다. 외국에서 고향을 말함은 금물이라는 어조이다.

"나는 지금 내 고향 속에 살면서도 또 다른 곳에 고향이 있으려니만 생각되는 건 웬일인지 모르겠소."

내게 이런 실토를 하게 한 것이 역시 그들과 같이 있게 된 그 분위기였다.

그들과의 교제가 내게는 결코 서먹서먹한 것이 아니요, 도리어 정 붙고 즐거운 노릇이었다. 반드시 호기심과 숭배에서 오는 것이 아니라 그 역 일종 향수의 표현임을 나는 안다. 차이코프스키의 음악은 핏속에 사무쳐오고 탁자 위에 그린 카테리나의 얼굴이 말라가면 나는 손가락에 물을 찍어 가장 익숙한 운필도 또다시 그리기 시작하는 것이었다. 확실히 광고지 위에 미레이유 발랭의 얼굴을 그릴 때 이상의 친밀한 감동이었다.

그날 밤 단골집에서 혼자 술을 마시면서도 나는 같은 정서에 잠기며 찻집에서 느낀 회포가 더욱 간절히 솟았다. 취흥에서 오는 감상도 덮쳐서 보통 때보다 감정이 한층 과장되었다. 마치 구라파가 지금 가까운 눈앞에 놓여 있는 듯이 그곳에 이름이 가장 쉬운 노릇인 듯이 마음이 알 수 없이 대견했다. 긴하게 와서 술을 따라주고 정성을 보이는 유라조차도 내 눈에는 심드렁하게 보였다.

"어트랙션이 재미있다죠. 한번 가봐야겠는데. 미인이 많다는데 더러 좀 데리구 오게요."

"요새 이국정서 속에 흠뻑 잠겨 있는 셈이지."

"늘 원하던 터에 잘됐군요."

싫은 소리였던지도 모르나 나는 될 수 있는 대로 무관심한 태도를 지녔다. 유라는 나를 존경하고 내 마음의 지향을 오래도록 기다리고 있는 터였다. 내 마음은 그에게로 타오르려 하다가도 냉정한 반성과 원대한 희망을 일깨울 때 다시 식어지면서 유라의 심정을 안타깝게만 만들었다. 범상한 연애를 하다가 범상한 결혼을 하고 그것으로 말미암아 평생을 얽어매고 희생하기에는 내 이상이 허락지 않는다. 유라는 단지 직업이 초라할 뿐이었지 여자로는 출중한 인물이다. 내 값이 그보다 몇 곱절 윗길이라고는 생각지 않는다. 그렇기 때문에 사실 나는 그 유혹을 이기기에 무한한 인내와 노력을 해온다. 쇼 일행의 출현은 내 마음을 한 번 더 매질하려는 의지의 채찍인 셈이었다. 여러 해 동안 공들여 모은 저금이 수천 원에 가까웠다. 그것이 점점 차가는 것이 더없는 기쁨이었고 내 결심을 더욱 조여주는 나사였다. 저금을 한정하고 나는 내 길 떠나는 날을 작정할 수 있을 터이니까 말이다.

"술이 과하지 않으세요."

"아 유쾌하다."

유라야 실망하든지 말든지 그의 심중이야 어찌 되었든지 나는 내 유쾌함을 막을 수 없었고 알 수 없는 희망이 취흥과 함께 도도히 가슴을 치밀었다.

11

어트랙션으로 말미암아 낮이나 밤이나 만원이었으나 내게는 변화 없는 같은 연기를 거듭 볼 흥미는 벌써 없었다. 연기에서 오는 흥미는 고사하고 단순한 재주를 가지고 관객을 끌고 나가려는 일행의 무한한 노력이 보기에 딱했다. 몇 번이고 같은 무대를 보고 그들의 밑천의 바닥을 긁어내고 그들의 전부를 알아버린다는 것이 잔인한 것같이만 생각되어서 부질없이 관객석에 앉던 버릇을 삼갔다. 그것이 가난한 그들을 사랑하고 존경하는 도리였던 것이다.

되풀이에서 오는 싫증은 그러나 나보다도 그들 자신이 몇 곱절이나 더 심각하게 느끼는 눈치였다. 신선한 풍미를 갖춘 식탁을 대할 때와 같은 항상 새로워지는 감격을 가지고 무대에 나가는 것이 아니라 깔깔한 모래를 씹으러 억지로 목을 끌려 나가는 셈이었다. 힘써 목소리를 높이고 몸을 너털거리고 웃음을 꾸미면서 그러는 속으로 그 모든 것을 의식하고 헤아림은 얼마나 그들을 피곤하게 할 것인가. 무대에서 뛰어나오면 땀을 흘리고 가슴을 헤치면서 말할 수 없이 노곤하고 싫증이 나는 모양들이었다. 그러나 무대 밖 생활 역시 단조해서 무대에서 받은 그 피곤을 풀어줄 변화는 흔하게 없었다. 나날의 생활의 연구가 그들에게는 또한 한 가지의 난사인 모양이었다.

이틀이 지난 날 밤 무대가 끝난 뒤에 나는 스타호프에게서 함께 호텔로 안 가겠느냐는 청을 받았다. 무슨 신기한 수나 있느냐고 물으니까 밤마다 로비에서 심심파적으로 무도회를 연다는 것이었다. 호기심도 없지 않아 나는 사무실 일을 정리하고 그들과 걸음을 같이했다.

일행이 많은지라 호텔에서 방들은 각각 위층의 조그만 것을 차지했으나 밤이 늦은 후의 로비는 거의 그들의 독차지가 되었다. 구석으로 의자를 모니 가운데가 넓게 비었고 맥주들을 마시면서 그들만의 즐거운 한때였다. 축음기에 레코드를 걸고 곡조를 따라 번갈아들 일어섰다. 여자가 네 사람에 사내가 여섯 사람인 까닭에 아무래도 한꺼번에 일제히 일어설 수는 없었고 번번이 짝이 기울었다. 일리나는 대개 이바노프와 일어섰고 그라샤는 빅토르와 결고 하는 속에서 마리가 역시 가장 인기가 높아 개개 한 번씩은 그에게 가서 춤을 비는 지경이었다. 아킴과 크리긴은 거의 경쟁이나 하는 듯, 피에르도 그에게로 발이 향하고 빅토르도 간간이 아내 그라샤를 달래놓고는 마리에게로 손이 갔다. 아킴과 크리긴은 영화관에서 일이 있은 후 내게는 특히 눈에 띄게 된 두 사람이었으나 미묘한 신경의 갈등을 감추면서도 다른 눈 앞에서는 지극히 평온한 자태를 꾸미려고 애쓰는 것이 속일 수 없었다. 내 눈에 그들보다도 더욱 기괴하게 비친 것은 빅토르였다. 두 사람 속에 끼어 마리를 상대로 확실히 그도 한몫을 보고 있음을 나는 그날 밤 적확히 깨달을 수 있었다. 아내 그라샤의 빛나는 눈도 벌써 그의 마음의 고삐를 붙들 수는 없는 모양이었다. 마리를 사이에 두고 그들 세 사람의 은근한 마음의 고백은 나를 놀라게도 하고 어지럽게도 했다.

카테리나의 호의로 나는 두어 번이나 그와 서투른 스텝을 밟게 되었다. 무대에서 발레가 훌륭한 만큼 그의 발 맵시는 고와서 나는 도리어 그의 부드럽고 가벼운 몸짓으로 리드를 당하고 있는 셈이었다. 그렇기 때문에 스타호프가 내 춤을 비평해서 제법 됐다고 말한 것은 순전히 카테리나의 덕이었던 것이다. 없는 재조에 흥만이 들어서 탱고와 왈츠가 즐기는 바였다. 나는 욕심스럽게 음악이 울릴 때마다 은근히 카테리나의 손이 비기를 바랐다. 세 번째인가 그와 왈츠를 걸고 일어선 때였다. 느릿한 삼박자의 리듬으로 몸이 유쾌하게 요동하기 시작했을 때 문득 카테리나의 등 너머로 수선스러운 기색이 들렸다. 음악의 박자는 여전히 변치 않고 흐르건만 좌중의 리듬은 금시 깨트러지면서 몸이 뒤틀거리는 것이 벌써 춤의 분위기가 아니요 심상치 않은 변동이 일어나 있음을 알 수 있다.

12

"염치들을 알게나. 이리떼와 다를 것이 무언가."

빅토르가 마리의 손을 나꾸면서 소리를 높인 데서부터 동요가 시작되었다.

"오늘만이 날인가. 그렇게 욕심들을 부리게."

확실히 아킴과 크리긴에 대한 비난인 모양이었으나 비난이고 뚱딴지고 간에 그의 손에 잡혔던 마리는 벌써 그의 눈앞에서 흘려버리지 않았는가.

아킴이 그의 앞에 날쌔게 나서면서 마리와의 사이를 막아버린 것이다. 빅토르가 허수아비같이 서 있는 동안에 두 사람은 맞붙들고 슬금슬금 움직였다.

"다른 데가 아니라 눈 뽑을 세상이 바로 여기구나."

빅토르는 어이가 없어서 두 손을 버리고 초점 없는 시선을 하염없이 던졌다.

그러나 그것으로써 자리가 수습된 것이 아니었다. 아킴과 마리가 불과 몇 걸음을 디디지 않았을 때 그들은 크리긴으로 말미암아 같은 봉패를 당하게 되었다. 흡사 아킴이 빅토르에게 했던 것과 같이 크리긴은 별안간 아킴과 마리의 사이에 선뜻 들어서면서 두 사람을 갈라버린 것이었다. 농담도 아니요 장난도 아닌 것은 그의 표정으로 역력히 알 수 있었다. 그가 농으로 하는 것이 아니라면 아킴도 그것을 농으로 받을 리는 없어서 나긋나긋 휘던 몸이 금시 말뚝같이 빳빳해지면서 됩데 크리긴의 앞에 막아선 격이 되었다. 마리는 그 서슬에 슬그머니 손을 놓고 옆에 나서게 되었을 때 벌써 세 사람이 두 사람으로 정리되어 그 두 사람의 대립이 선명하게 좌중에 드러나게 되었다. 내가 카테리나의 어깨 너머로 주의하기 시작한 것은 바로 그 장면부터였다. 춤추던 다른 사람들의 몸 자체도 그것을 목격하면서부터 이지러지기 시작했고 나도 서투른 발이 더욱 비틀거려짐을 느꼈다.

이윽고 나는 춤의 자세를 풀면서 카테리나의 손을 놓았고 이바노프와 일리나도 피에르와 그라샤도 각각 떨어지면서 몸을 돌린 것은 아킴과 크리긴 사이에 드디어 복닥질이 일어난 까닭이었다.

"예의를 모르는 자이다."

라는 아킴의 고함에 크리긴도 발끈하면서

“욕심쟁이는 예의로 대할 수 없는 것이야.”

고 대거리를 한 것이다.

“욕심쟁이건 무어건 왜 자꾸 남을 귀찮게 굴어.”

“뭇사람 앞에서 혼자만 욕심을 부리는 것부터가 예의에 어그러난 것이다.”

하며 두어 마디 건네고 받고 하더니 누구 편에선지도 모르게 주먹을 건네자 금시 두 사람은 그 자리로 얼러붙은 것이었다.

“마리는 우리 단체의 여자이지 한 사람만의 차지는 아닌 것이야.”

“단체는 단체, 사생활은 사생활이지, 남의 속일까지가 아랑곳이냐?”

“쓸쓸한 외지에서는 서로 겸손해야 하는 것이지 욕심은 결국 이기주의일 뿐이다.”

“나는 마리를 사랑한다. 사랑에 무슨 연설이 필요한가.”

“나도 마리를 남으로는 생각지 않는다. 내게도 내 이유가 있는 것이다.”

한꺼번에 치고 박는 것이 아니라 피차에 할 말은 다 하면서 번갈아 치고 갚고 하는 싸움이었다. 기운과 결이 비등한 까닭에 쉽사리 끝장이 안 나고 질질 끌 모양이었다. 마리는 그 꼴이 보기 싫은 듯이 의자에 가 주저앉았고 다른 패들도 별로 두 사람을 말리는 법 없이 우줄우줄 섰기도 하고 앉기도 하는 속에서 혼자 약이 올라 설레는 것은 그라샤였다. 결국 두 사람의 싸움으로 되었으나 실상은 남편 빅토르도 그 속에 한몫 끼었던 셈이요, 그야말로 장본인이라는 듯이 싸움과는 떨어져 남편을 못살게 쑤셔대는 것이었다.

“부끄러워하시오 당신도.”

마리도 눈앞에 있고 한 터에 감정을 노골적으로 나타내지는 않았으나 은근히 남편을 노리는 두 눈에는 불이 철철 흘렀다.

"조금도 부끄러울 것이 없어."

"한 식구의 어른으로 머리가 허얘가지고 무슨 꼴이란 말요."

두 패로 갈라지려는 싸움을 보기 민망해서인지 스타호프는 빅토르 부처의 사이를 가르더니 아킴과 크리긴의 팔을 잡아나꾸었다.

"무슨 꼴들이오. 우리 모두의 수치가 아니오."

13

뽀이들이 달려오고 카운터에까지 싸움의 기색이 알려진 까닭에 스타호프의 만류함이 차라리 한 기회가 되어 두 사람은 싸움의 흥을 잃어버린 모양이었다. 조그만 사사로운 일로써 뭇사람 앞에서 더구나 동족끼리도 아닌 다른 사람의 눈에까지 그런 꼴을 보이게 된 것을 즉시 뉘우친 눈치였다. 싸움의 흥분이 크지 않았던 것은 아니나 즉시 냉정하게 반성하게 되는 그들의 교양의 정도를 나는 살필 수 있었다. 그러나 뭇시선 앞에서 싸움을 멈추었을 뿐이지 두 사람의 반감이 서로 마음속으로 푸슥푸슥 타들어 가고 있을 것도 사실이었다.

원래 그들의 싸움이 뿌리 깊은 적의에서 오는 것이 아니고 일종 애달픈 향수에서 온 것임이 사실이매, 낯선 곳에서의 근심이 삐지 않는 한 마음이 개운하게 개일 리도 없어 우울의 글거리*가 쉽사리 사라지지 않음도 당연한 일일 것이다. 아킴과 크리긴이 각각 방으론지 올라간 후로는 로비의 공기는 쓸쓸한 침묵 속에서 견딜 수 없이 적막한 것이었다. 총중에서도 서성거리는 빅토르의 양은 마치 어린아이와도 같아서 어지러운 신경

* '줄거리, 줄기, 그루터기'의 방언.

을 좀처럼 수습하지 못하는 모양이었다. 뚱뚱한 의장부의 체격으로 마음의 중심을 잃고 설렁거리는 모양은 한층 보기 딱했다.

이 밤의 싸움을 계기로 하고 일단에는 확실히 변화가 생기기 시작한 듯하다. 생활의 중추를 뺏긴 듯 통일이 없어지고 안정이 잃어졌다. 신경이 곤추선 데다가 울적한 심사까지가 덮쳐서 흡사 병든 기계같이 어긋나고 뒤틀리기 시작하는 것이 보였다.

이튿날 낮 무대 때의 빅토르의 전에 없던 심한 짜증은 전날부터의 심사의 폭발에서 왔음이 명확했다. 소년 소녀 미샤와 안나의 무대 솜씨가 물론 처음부터 설핀 것이기는 했으나 그날 유독 빅토르가 어린 그들을 상대로 그렇듯 화를 낼 법은 없었다. 흰 복색을 하고 실크해트를 쓰고 탭을 추는 미샤의 주위에서 같은 소복을 하고 머리에 리본을 단 안나가 손을 잡고 맴을 돌았다. 가제나 푸른 안색에다가 소복을 하니 한층 애잔하게들 보이면서 무대를 휘돌아치는 가는 다리가 휘춘휘춘 휘이면서 금시 그대로 쓰러질 듯이나 위태스럽게 보였다. 막 옆에 붙어 선 빅토르는 그들에게서 시선을 옮기지 않으며 맥이 풀리려는 그들을 쉴 새 없이 격려하고 편달했다. 요행 쓰러지지 않고 몇 분 동안의 힘찬 연기를 마치고 무대를 들어가게 되면 그것으로 보고 있는 내게는 큰 성공이라고 느껴졌으나 빅토르의 눈에는 번번이 대단한 불만인 모양이었다. 기어코 두 번째 〈주정꾼의 춤〉을 추고 옆방으로 들어섰을 때 빅토르는 소리를 높였다.

"너희들은 무대를 놀음터로 아는 모양이지. 그게 춤이냐 장난이냐. 수백 명이 보고 있는 속에서는 한 발자국도 소홀히 해서는 안 된다. 그건 연기가 아니고 놀음이요 장난이야."

마침 나는 그때 방 문간에 서서 아이들의 무대 모양을 잘 보고 있었던 까닭에 빅토르의 꾸지람이 부당한 듯이도 생각되었으나 그는 나를 그다지 주의하는 법도 없이 책망을 계속했다.

"무대에서 장난들을 치라고 너희들을 여기까지 데리고 왔겠니. 어른들의 애쓰는 꼴들이 보이지 않니. 다 같이 힘쓰는 속에서 일단의 생명이 간신히 지탱해나감을 보지 못할 리 없지."

"그만하면 개들도 힘껏 최선을 다한 것이 아니오."

보기 민망해 내가 한마디 참견한 것이 빅토르를 더한층 노엽힌 결과가 되었다.

"아니오. 무대를 업수이 여긴 것이오. 꾀를 피운 것이오. 의지가지없는 측은한 몸이라고 우리 일단이 주워 올려준 호의를 잊어버린 것이오. 측은하다고 생각하지 않으면 누가 저런 애들을 데리고 다니겠소."

"측은하니까 그만치만 하는 것이 좋지 않소."

벨이 울리고 다음 무대의 시작을 고한 까닭에 피에르와 카테리나들이 와서 빅토르를 만류하고 그의 출연을 알렸으나 고집스럽게 버티고서는 요지부동이었다.

"아이들이 불쌍할 뿐 아니라 우리 모두가 불유쾌하지 않소. 어서 그만두시오."

"불유쾌하다면 나같이 불유쾌한 사람이 또 어디 있소. 이까짓 일단쯤 오늘 이 자리로 헤쳐버려도 좋은 것이오."

미샤가 입술을 물고 뻣뻣이 섰을 때 소녀 안나는 맥이 풀렸는지 무릎이 휘면서 그 자리에 주저앉았다. 고개를 숙인 품이 눈물을 흘린 모양이었다.

밤 출연 때 미샤와 안나는 빅토르의 시선 앞에서 기를 잃고 더구나 맥을 못 추었다. 미샤는 그래도 사내꼬치라 다구지게 무대를 휘돌아쳤으나 안나는 너무도 겁을 먹은 데다가 몸까지 노곤한 듯 간신히 미샤의 손을 잡고 그의 주위에서 비슬거렸다. 눈에 보이는 이상으로 피곤한 모양이었다. 기어코 그는 그 힘찬 무대를 감당하지 못하게 되었던 것이다.

마지막 막까지 불과 얼마 안 두고 별안간 무대 도중에서 벨이 울리고 막이 내린 듯 관객석의 소란거리는 소리를 듣고 나는 사무실에서 뛰어나갔다. 홀에는 확실히 가벼운 동요가 일어나 있는 눈치였다. 무슨 일인고 하고 홀로 통하는 검은 막을 쳐들었을 때 관객의 한 사람이 마침 자리를 일어서 나오면서

"아이가 쓰러졌어요."

하고 고한다.

막은 내렸고 등불이 켜져 있다.

즉시 나와 무대 옆방으로 가는 복도를 걸어갈 때 마침 뛰어나오는 이바노프와 마주쳤다.

"쓰러졌다니요?"

"안나가 무대에서 졸도했어요."

황겁지겁 더듬으며

"포도주를 곧 구할 수 없을까요."

"사 오죠."

이바노프의 걸음을 가로채서 나는 곧 되돌아서 밖으로 뛰어나갔다.

이웃 약국에서 약용 포도주 한 병을 사 들고 무대 옆방으로 뛰어 들어갔을 때 안나는 소파 위에 눈을 감은 채로 번듯이 누워 있었다. 안색이 누렇고 입술이 희다. 포도주를 거의 반 잔이나 먹여도 간신히 눈을 떴을 뿐이지 금시 퍼들퍼들 소생되지는 않았다. 단순한 빈혈증만은 아닌 듯싶었다.

"의사를 불러보는 것이 어떻소."

내친걸음에 내가 제의하는 수밖에 없었다.

14

"글쎄 빈혈증이라면 대개 기운을 차릴 텐데."

이바노프가 대답하면서 손으로 소녀의 골을 짚어본다. 머리맡에서는 일리나가 앉아서 안나의 작은 손을 잡고 흡사 어머니나 누나처럼 부드러운 말을 걸고 있고 의자에는 미샤만 앉아 있다. 다음 막이 곧이어 열린 까닭에 다른 축들은 소녀를 어루만지고 앉았을 수만도 없어서 무대로 몰려나간 뒤이다. 설레던 방 안이 별안간 비어진 것이 고요하기 짝 없는데 미샤는 말없이 앉았고 일리나는 단 한 사람의 육친같이 소녀를 어루만지고 있고 이바노프는 그 앞에 우두커니 서 있고—그 한 순간의 방 안의 포즈가 내게는 그지없이 쓸쓸한 것으로 보였다. 등불이 외롭고 벽에 걸린 각색의 의상들이 그림자같이 괴괴하다. 감상에 젖을까를 두려워해서 나는 의사를 부르러 방을 나왔다. 전화를 건 것이 늦은 밤이라 거의 반 시간이 넘어 밤무대가 다 끝났을 때에야 의사가 왔다. 설레는 속에서 진찰을 마쳤을 때까지도 안나는 쾌한 기색이 없었다.

"빈혈증만이 아니라 감기를 겸한 모양이오. 열이 대단히 높소."

듣고 보니 소녀의 얼굴은 불그스름하게 상기되었고 눈매에 정기가 없다. 손을 쥐어보니 불덩이같이 달았다.

"아직 무언지 확실히 진맥할 수는 없으나 극히 안정하게 해서 하룻밤을 지내보시오."

"무대 형편도 있고 하니 한시라도 속히 낫게 해야겠소."

"내일이면 증세가 확실히 알려지리다. 그럼 곧 약을 처방해 보내지요."

의사가 나간 뒤 빅토르는 자기 화를 못 이기는 듯이 골을 흔들면서 무의미하게 주먹을 부르쥐곤 했다.

"왜 이리 모든 것이 내 뜻을 거스르는고."

누구에겐지도 없이 짜증을 내면서

"아무나 얼른 자동차를 못 불러오는가."

말없는 속에서들 무대 의상을 갈아입고 차림들을 하고 있는 속에서 이바노프가 한 걸음 먼저 방을 나갔다. 묵묵히들 참으로 그것은 고집스러운 침묵이었다. 빅토르가 혼자 견딜 수 없이 약을 올리는 것이었다.

"어린것을 쓸데없이 왜 그리 꾸짖으랴우 누가. 어른들의 허물을 아이들에게 씌울려구."

그라샤의 말이 채 끝나기도 전에 빅토르는 고함을 쳤다.

"시끄러워."

자동차가 왔을 때 안나를 태우고 일리나가 따라 먼저 호텔로 가고* 나머지 패들은 여전히 말없는 속에서들 뚜벅뚜벅 영화관을 나갔다.

이튿날 오전 나는 한 묶음의 꽃을 사 들고 호텔을 찾았다. 복도에서 처음으로 만난 피에르에게 안나의 병세를 물으니 고개를 절레절레 흔들며 대단히 근심스러운 표정이다.

"밤새도록 열이 사십 도를 내리지 않는구려."

"병명은 진단됐나요?"

"의사가 막 다녀간 뒤인데 아마도 말라리아인 모양이오."

"말라리아."

듣고 생각하니 딴은 무더운 여름철이라 감기로부터 학질이 도섬이 첩경일 듯도 하다. 그러나

"그 어린것이 이 복더위에 학질을 앓고 어떻게 견디나요."

남의 일 같지 않게 걱정되었다.

---

* 원문은 '보내고'임.

"아무튼 열이 너무 높아요. 몸은 약한 데다가."

피에르의 근심 소리를 들으면서 나는 구름다리를 뛰어 올라갔다.

삼층 층계를 올라서 바로 모퉁이 방이 안나의 병실이었다. 열어젖힌 문으로 서슴지 않고 들어서니 침대에 누워 있는 안나의 옆에 미샤가 앉아 있고 빅토르와 그라샤 부부가 앞에 서서 무엇인지 말다툼하고 있는 눈치였다. 다른 패들은 벌써 영화관으로 가야 할 시간이 임박해 있는 까닭에 아래층 로비에들 모여 있고 빅토르 부부만이 안나의 조처로 그 방에 남아 있었던 모양이었다.

확실히 흥분되어 있는 듯하면서도 빅토르는 내게 침착하게 감사의 말을 던지고 꽃묶음을 받아서 탁자 위에 얹었다.

"지금 어떻게 했으면 좋을지를 몰라 서성거리고 있는 중이오. 아닌 때 병이 났으니 출연을 계속할 수도 없고 그만둘 수도 없고 참으로 진퇴유곡의 처지인걸요. 오늘 위선 나는 부득이 극장으로 나가야겠으므로 그라샤에게나 병시중을 맡길까 하는 중인데."

"딱하외다."

하면서 의자에 앉는 나를 안나는 침대에서 물끄러미 바라본다. 저녁 햇빛같이 애잔한 시선이다. 하룻밤 동안에 얼굴은 깎은 듯이 핼쑥해지고 밀같이 마알갛게 나를 보는 그의 눈 속에는 무슨 마음이 숨어 있을까. 아마도 백지같이 흰 마음이리라. 하늘같이 맑은 마음이리라.

"속히 그를 낫게 해줍소서."

소리를 높여서 효험이 난다면 그러고도 싶은 내 마음이었다. 일단 중에서 왜 하필 잔약한 그가 괴롬의 희생으로 뽑혀졌단 말일까.

"당신은 당신의 허물을 일곱 번 뉘우쳐도 부족해요."

문득 그라샤의 말이 터져 나온 것은 빅토르와의 말다툼의 계속인 모양이었다.

벌써 안나의 병과는 딴 문제로 그라샤의 감정은 남편에게 대해 적지 아니 격해 있는 것이었다.

"지금 이 자리에서 법석을 해야 무슨 소용이 있단 말요. 괜히 시끄럽기만 했지."

빅토르는 벌써 한 수 접혀서 될 수 있는 대로 말을 피하는 눈치였다.

"법석을 안 하고 될 노릇이오. 결과를 생각해보시오. 뉘 허물인가를 안다면 당신 맘이 그렇게 편편할 리는 없잖소."

"허물을 알면 그럼 대체 지금 여기서 어떻게 하란 말요."

"부끄러워하시오. 백번 부끄러워하시오. 책임을 질 사람으로서의 체면을 생각하시오."

무엇이 그다지도 견딜 수 없는지 그라샤는 사람의 앞임을 헤아리지 않고 제 스스로 핏대를 세우는 것이었다.

15

"그 잘난 계집애 하나 때문에 사족을 못 쓰면서 일단의 통일까지를 잃게 했단 말이오. 결국 어린것까지를 병들게 하구."

"쓸데없는 소리를 자꾸 늘어놓는다."

빅토르는 이마를 찌푸리면서 아찔이라는 듯이 손을 터나 그라샤는 여전히 고집스럽다.

"쓸데없긴 왜 쓸데없어요. 그래도 아직 그 맘을 버리지 못하나 부다."

빅토르는 질색을 하면서 내 앞을 부끄러워함인지 문밖으로 획 나간다. 그라샤의 눈에는 병인도 아무것도 없는 모양이었다. 찰거머리같이 남편의 뒤를 따라 나가면서 오히려 목소리를 높였다.

"그래도 그년을 일단에서 안 쫓아낼 테요. 마리를 냉큼 처치하지 못한단 말요. 재조도 아무것도 없는 치마저고리를 이 이상 더 붙여두겠단 말요."

"시끄럽달밖엔."

그라샤의 발악을 들으면서 나도 미상불 놀랐다. 남편에 대한 장황한 충고가 결국 마리에게 대한 질투에서 나온 것이요, 그것을 그렇게까지 노골적으로 말해올 때 빅토르뿐이 아니라 국외자인 나까지도 사실 어안이 벙벙해졌다. 남편이나 아내나 그렇게까지 마음이 달뜨고 거칠어들 졌던가. 소녀의 병이 내외 싸움까지 불붙이게 되도록 그토록 일단의 평화는 이지러져버린 것임을 바라보고 있는 동안 문밖 복도에서는 한참 동안이나 부부의 격렬한 말소리가 오고 가는 눈치더니 별안간 툭하며 무엇인지 떨어지는 소리가 났다. 그라샤가 핸드백을 던진 모양이었다. 그토록 그는 냉정한 이지를 잃었던 것이었다.

나는 그들 사이에 끼인 내 처지가 괴로워서 소년과 소녀에게 한껏 부드러운 위안의 말을 남기고는 자리를 일어서는 수밖에는 없었다. 복도에서 으르고 섰는 부부의 앞을 지나기가 겸연했으나 빅토르에게는 그것이 도리어 도움이 된 모양, 그는 시간이 늦었음을 칭탁하고 내 뒤를 따라 내려왔다. 다른 패들은 벌써 나가버린 뒤였다. 결국 그라샤만을 간호로 남겨놓고 다들—빅토르까지도 나와 영화관으로 동행하게 되었다. 일상 다변하던 그였건만 그날만은 관에 이르기까지 한 마디도 말이 없었다.

그날부터 무대는 물론 전에 없이 설핀 것으로 되기 시작했다. 소년 소녀의 한 쌍이 빠져서만이 아니라 전체로 단체의 공기가 늦추어지고 긴장이 풀려져서 모든 연기에 성의가 없어진 것이 명확하게 드러나 보였다. 밴드의 반주가 조화의 장단을 잃었을 뿐이 아니라 노래를 해도 흥이 적고 춤을 추어도 흥이 줄어져서 흡사 단원 전체가 그 무슨 보이지 않는 요괴에게 사로잡힌 것과도 같았다. 출연을 시작한 지 며칠이 안 되는 때 무대의 계약이 채 끝나지도 못한 도중에서 그들의 의기가 그렇게까지 가라앉은 것이 보기에 딱할 뿐이 아니라 그들을 계약한 관의 입장으로 보아도 불리한 것으로서 그럴 줄은 예측도 못 했던 관주는 의외의 변에 실망이 적지 않아서 부질없이 나를 따지고 내게 싫은 소리를 하며 했다. 나로서는 그런 관주의 잔소리를 그대로 일일이 일단에게 전할 수도 없는 터에 중간에서 볶이우느라고 정신이 얼떨떨한 지경이었다. 오월동주로 이 사람 저 사람을 긁어모아서 된 일단의 성질로서 그런 부조화는 처음부터 약속되었다는 것일까. 소녀의 병으로 인해서 그렇게도 급작스러운 변화가 온다는 것은 아무래도 괴이하고 뜻밖의 일이었다. 그들을 맞이했을 처음의 일종의 감격과 흥미로 긴장되었던 나도 웬일인지 마음이 설레며 실망을 느끼기 시작했다. 실망은 동정으로도 변하고 서글픔으로도 변했다. 그들 단체의 운명은 마치 그들 한 사람 한 사람의 운명과도 같이 이유 없이 서글프고 애달픈 것이었다. 며칠 전 찻집에서 스타호프들과 함께 들은 차이코프스키의 음악과도 같이 서글픈 것으로 나는 그들을 생각하게 되었다. 일단을 흔들기 시작한 변조와 함께 나의 이 느낌은 더욱 더해갔다. 반드시 나의 지나친 주관의 채색이 아니라 그들의 그 후락한 모양을 보고는 누구나가 똑같이 느낄 수 있는 인상이었다.

소녀의 병은 날이 지나도 차도가 없었으나 그 뒤를 잇는 듯 그러나 그보다 더 큰 일이 일단에 일어나게 되었다. 이튿날 오후 연기가 끝난 후 일차 호텔에들을 갔다가 밤 연기 시간을 대서 다시 영화관으로들 나왔을 때였다. 빅토르는 사무실로 나를 찾아오더니 적지 아니 황당한 어조였다.

"아킴과 마리를 못 보았소?"

"왜 또 무슨 변이 있었단 말인가요."

유유한 내 반문을 빅토르는 초조하게 여기면서

"오후부터 두 사람의 자태가 안 보인단 말요. 이때까지 그런 법이 없었는데 저녁 식사에도 참례하지 않고 방에도 없고 그렇다고 지금쯤에 거리를 헤매고 있을 리도 없을 텐데."

16

"그럼 설마—"

"연기 시간까지 더 기다려보는 것이 어떻소."

"물론 기다려는 보지만 암만해도 수상하단 말요. 다시는 나타나지 않을 것 같은 예감이 자꾸만 들면서."

아킴과 마리의 두 사람은 밤 연기 시간까지도 물론 나타나지 않아서 그날 밤 무대는 엉망이었다. 소년 소녀의 출연이 없는 데다가 아킴의 기타와 그나마 마리의 〈아리랑 타령〉이 빠지게 되니 연기의 차례는 흠뻑 줄어지고도 흥 없고 쓸쓸한 것이었다. 남은 단원들이 쓸쓸한 무대를 흥성하게 할 양으로 갖은 애를 다 써야 원체 사람의 수효가 부족함은 어쩌는 수 없는 모양이었다. 관객석 이 구석 저 구석에서 불만의 소리가 들리고 조롱의 고함이 터져 나올 때 단원들은 보기에 딱하리만치 겸연해서 얼굴을 붉히고들 했다. 그 모양으로는 같은 무대를 남은 며칠 동안이라도 옳게 지탱해나갈 성싶지는 않았다.

그러나 그런 무대 성적보다도 더 긴급한 것이 아킴과 마리 두 사람의 종적이었다. 대체 어디를 갔는고 어떻게 되었는고 해서 아마도 그날 밤이 새도록 일단의 걱정은 빠지 않은 모양이었다. 다음 날 오전 내가 소식을 물으러 호텔로 가기 전에 빅토르는 일찍이 영화관으로 나왔다.

"여기도 물론 소식이 없지요."

"막 호텔로 갈랴던 차였소."

"대체 웬일일 것 같소. 무슨 취칙은 없으시오."

"경찰에 수색원을 내봄이 어떻소."

"창피만 했지 무슨 소용이 있겠소. 어디로 내뺐다면 벌써 수천 리는 갔겠소."

그날 하루도 물론 두 사람은 안 나타났고 그다음 날이 되어도 소식이 없어서 결국 두 사람은 실종한 것으로 단정되었다. 피차의 열정을 억제할 수 없어 어수선한 분위기를 빠져나기 위해 손을 잡고 대담하게 사랑의 줄행랑을 놓은 것이다. 아마도 만주로나 들이뛰었을 것이다. 수중에 지닌 얼마간의 비용으로써 그 어느 거리에서 두 사람만의 생활을 가질 것이다. 그것이 두 사람에게는 견딜 수 없는 향수에서 벗어나서 장해 많은 사랑을 이루는 단 하나의 방법이었을 것이다. 이 외지로 나오기 전에 두 사람의 사랑이 결정되었던 것이 아니다. 낯선 곳에서 주물리는 동안에 사랑이 익고 불붙었을 것이다. 귀족의 후손이라는 아킴의 기름하고 하얀 얼굴과 후리후리한 키와 부드러운 표정이 떠오른다. 마리의 푸른 눈과 〈아리랑〉을 부를 때의 연연한 자태가 생각난다. 짝이라면 일행 중에서 그들은 가장 맞는 짝이다. 마리에게 다른 남자를 배치해보아도 어색하고 아킴에게 다른 여자를 짝지어본대도 맞지 않을 듯하다. 두 사람은 용모로 보나 기질로 보나 참으로 자연스럽게 들어맞는 선택을 피차에 한 것이다. 마음의 선택을 한 그들에게는 벌써 외지의 분위기는 견딜 수 없는 것이었고 따라서 당돌한 도피행도 그들로서는 극히 자연스러운 일이었을 것이다. 단체에 대한 책임이나 의리 같은 것은 사랑의 필요 앞에서는 사소한 일이었을

지도 모른다.

　그러나 자연스러운 그들의 행위가 반면에 의외로 큰 희생을 요구했으니 그것은 단체에 끼치게 된 불리보다도 참으로 크리긴과 빅토르 두 사람에게 던지게 된 불행이다. 빅토르가 조바심을 하고 안달을 하면서 두 사람의 종적을 찾으러 휘돌아치는 꼴에는 단의 책임자로서의 심정보다도 마리에게 대한 실망과 초조가 드러나 보이는 듯하다. 며칠 전 호텔 병실에서 그의 아내 그라샤가 마리를 냉큼 내쫓아 달라고 고함을 쳤던 것이 그럴 필요조차 없게 제물에 해결이 되어 마리 쪽에서 마치 그 말을 엿든기나 한 듯이 스스로 해결 짓게 된 것이 신통하다면 신통할까. 그라샤에게는 숨은 만족을 주었을 반면에 빅토르에게는 얼마나 큰 상처를 주었을까는 추측하기에 넉넉하다. 주체스러운 몸을 이끌고 휘돌아치는 빅토르의 양이 딱하기 짝 없는 것이었다.

　그러나 빅토르보다도 한층 속이 타는 것은 크리긴이 아니었을까. 아킴과 같은 모습이기는 하나 신경질이요 빳빳스러운 그의 기질이 애태우고 맞서던 사랑을 뺏기고 얼마나 속이 휘둘리었을까. 말하는 법 없이 고함치는 법 없이 더욱 벙어리같이 침묵해가는 그의 마음속이 얼마나 울가망하고 답답한 것이었을까. 가령 나는 그의 옆을 지나는 길에 무어라고 한마디쯤 말을 걸어보려는 것이나 첫째 그의 시선을 잡을 수가 없는 것이다. 눈앞을 보지 않고 그 어디인지 먼 데를 보고 있다. 그리고 그 노리고 있는 한 가지 생각에 열중해 있음은 그 우악스러운 눈매와 모가 져 보이는 턱의 각도로 짐작할 수 있다. 아마도 마리일 듯한 그 한 가지 환영에 불같이 마음을 뺏기고 있는 것이었다.

17

그날은 아침부터 비가 왔다.

나는 비를 무릅쓰고 며칠 변졌던 까닭에 일찍이 꽃을 사 들고 호텔로 안나의 병실을 찾았다.

하루 건너씩 열을 내는 소녀의 병이 아직 쾌하지는 못했으나 그날은 마침 열을 벗기는 날이라 침대에 일어나 앉은 그의 얼굴은 괴롬의 빛 없이 개이고 평온한 것이었다. 침대 옆에는 일리나가 앉아 안나와 미샤를 상대로 그림책을 뒤적거리면서 동무하고 있었다. 일리나는 비록 무대의 재조는 없으나 그렇게 아이들을 상대로 하고 있을 때에는 참으로 인자한 어머니나 누나라는 인상을 준다. 소녀는 일리나의 이야기에 정신을 뽑히고 잠시 육신의 괴로움도 잊은 듯했다. 탁자에는 깨끗한 쟁반에 약병들과 과일 접시가 놓이고 화병에는 꽃이 새로워서 그날 아침은 별스럽게도 근심 없는 즐거운 병실이라는 느낌이 났다. 다만 창밖에는 가는 비가 추근히 뿌리고 있는 까닭에 방 안이 조금 어두울까 한 것이 건뜻하면 마음을 답답하게 하려고 했다. 그림책을 손가락질하며 설명에 열중하다가도 창밖에 시선을 보낼 때에는 일리나의 가슴속도 흐려지는 듯해서—다시 말하면 그는 그 흐려지는 마음을 바로잡기 위해서 그림책에 일부러 열중해 있는 것이라고도 보면 볼 수 있었다. 창밖은 바로 호텔의 후원으로서 백양나무와 벚나무 잎사귀를 흠뻑 적시고 있는 빗발이 회색의 실 다발같이 내다보인다.

"마리가 없어져서 쓸쓸들 하지요."

공연한 소리도 아닐 것 같아 위로 겸사 말을 거니 일리나는 창에서 눈을 돌리지 않고 혼잣말같이 중얼거렸다.

"우리야 쓸쓸하지만 차라리 잘들 했지요. 더 묵어야 별수 없는 노릇이니.”

“무대도 며칠 안 남었는데 그렇게 조급하게들 할 법이 있었나요.”

“무대가 끝나도 단체와 같이 있으면 좀체 빠지기 어렵거든요. 뭇사람 속에 끼어 있노라면 옥신각신이 빼날 있어야지요.”

“하긴 사랑에는 용기가 첫째긴 하지만.”

“잘들 하구말구요. 하얼빈에는 마리의 아버지가 있고 아킴에게도 일가붙이가 있으니 거기 가면 활개도 펴고 맘들도 편편할 테니까요.”

“부럽단 말입니까.”

“사실 부러워요.”

창밖 빗발을 통해서 문득 바이올린 소리가 들리기 시작했다. 얕게 가라앉은 으늑한 멜로디가 흡사 나뭇잎 사이에서 솟는 듯이 빗발 속에서 생겨나듯이 바깥세상과는 완전히 구별되어서 깨끗한 음도 그대로 흘러왔다. 금시 어디선지도 모르게 솟아 나온 한 줌의 영감과도 같은 것이었다. 한 줌의 영감같이 티끌 한 점 없이 순수하게 흘러와서는 그대로 마음을 오붓하게 둘러싸는 것이다.

“또 〈로맨스〉. —피에르는 집에서는 저 곡조밖에는 모르나 봐요. 사시장철 켠다는 게 〈로맨스〉.”

일리나의 말투는 감동의 어조가 아니라 확실히 불평의 표현이었다. 사실 베토벤의 〈로맨스〉는 가라앉은 마음을 잡아 흔드는 것이었고 늘 듣는 일리나에게는 감동에서 드디어 불평으로 변한 것인 모양이었다.

“〈로맨스〉는 늘 들어도 왜 저리 구슬픈 것일까요.”

“뉘 아나요. 베토벤같이 청승맞은 음악가가 있을까. 로맨스가 왜 그리 슬퍼야 하는지.”

탄식하는 일리나 앞에 더 머무르기도 구접스러운 노릇이기에 나는 그만 안나의 앞을 일어섰다. 일변해진 방의 분위기에도 견디기 어려웠던 까닭이다. 음악에 이끌리는 듯 이 층 아래로 내려와 로비에 들어섰을 때 창기슭에 피에르가 서서 바이올린에 정신이 없었다. 곡조는 첫 대문 반복되는 구절에 돌아와 구슬프게 계속되었다. 열어젖힌 창밖 백양나무에 비는 자꾸 내려 쏟고 날은 무겁고 어둡다. 아킴과 마리 두 사람 빠진 것이 왜 그리도 횡횡한지 나머지 사람들은 거의 다 모여 있건만 자리는 쓸쓸하기 짝 없다. 그 유난스럽게 소슬한 느낌은 모두들 말없이 웅충거리고 앉은 그 자태에서 오는 것인 듯도 했다. 기어코 빅토르는 벌떡 자리를 일어나더니 피에르를 향해 고함을 쳤다.

"그래도 그만두지 못할까. 그 빌어먹을 놈의 곡조."

그러나 피에르는 못 들은 척 떨리는 활은 쉬지 않았다.

18

내게는 음악이 슬프고 그들의 처지와의 관련이 애달플 뿐 아니라 며칠 안 가 그들과 작별하게 될 것이 서글펐다. 사오일 동안의 그들과의 교제가 비상히 마음에 배는 것이었고, 더구나 예측하지 않은 가지가지 불행한 일의 목격이 더욱 그들에게 내 마음을 얽어놓게 하였다. 사랑의 갈등이니 부부의 싸움이니 소녀의 병이니 아킴들의 실종이니 하는 사건들이 없었던들 나는 다만 색다른 정서의 대상으로서 그들을 볼 뿐이었을 것이나 불행이 뒤를 거듭함을 따라 그들에게 대한 동감이 더욱 솟게 되고 마치 내 자신의 불행이나 당한 것처럼 마음속 깊이 그들의 자태가 새겨지게 되었다. 곡절 많던 그들의 무대도 앞으로 이틀이면 끝나고 따라서 관과의 계약도 끊어지는 것이다. 그들은 또 어디로 근심 많은 연주의 길을 계속할 것인가를 생각하면 이틀 후에 그들과 작별하게 될 것이 한없이 서글퍼진다. 결국 진지하게 한번 이야기하고 놀아보지도 못하고 어수선한 변화 속에서 흐지부지 헤어진다는 것이 얼마나 경없는 노릇인가. 애끊는 음악 소리를 듣노라니 그들 한 사람 한 사람이 전에 없이 친밀히 생각되면서 다시 한 번씩들 바라다보이는 것이었다.

스타호프와 카테리나 두 사람에게 대한 정이 나머지 사람들에게 대한 그것보다 좀 더 두터웠던 것도 사실이었다. 더도 말고 두 사람에게 대해서라도 내 한껏의 친절을 마지막으로 베풀어서 작별의 기념을 삼을까 해서 나는 두 사람에게 오찬의 초대를 권해보았다. 동료들의 앞도 있고 한 관계인지 처음에는 사양했으나 거듭 청해볼 때 그들 역시 내게 대해서는 좀 더 정을 주고 온 터이라 쾌히 대답하고 나와 함께 차 속에 앉았다. 비 오는 거리를 밟고 닫는 것도 한 가지 흥이라면 흥이었다. 특히 조선 음식이 소원이라기에 강으로 향한 조촐한 요정에 올라 강을 내려다보는 깨끗한 방에 앉게 되었다.

항용 서쪽 사람들은 딴 고장의 음식이나 절차에 대해 보수적이요 배타적인 것이나 두 사람은 모든 것을 신기한 것으로 보며 솔직하게 그대로를 받아들였다. 음식이나 의복이나는 순전히 풍토에서 차이가 생겼을 뿐이지 문화의 높고 낮음이 계관된 바 아닌 듯싶다. 비록 동쪽과 서쪽이 다르기는 하나 그러나 코와 잎이 한 모양이듯 모든 음식 절차도 그 어디인지 근본적으로 근사한 데가 있는 것이다.

"오체니 브쿠우스노!"

"야 볼리쉐 류블류……."

두 사람이 수저를 어색하게 쓰면서 찬탄을 마지 않음이 반드시 헛말로만 들리지 않아서 내게는 유쾌한 것이었다.

확실히 두 사람은 만족한 것같이 보였고 그 짧은 오찬의 시간은 즐거웠다. 그들에게 동양을 맛보였다는 기쁨이 마치 내가 서양을 맛보았을 때와도 마찬가지로 내게는 뿌리 깊은 것이었다.

식사를 마치니 낮이 조금 지났다. 출연 시간에는 아직도 두어 시간의 여유가 있었던 까닭에 관에 나가기도 이른 것 같아서 우리는 다시 호텔로 차를 몰았다. 문을 들어가 로비로 들어선 때였다. 사람들의 시선이 우리를 원망스럽게 보면서 망간 일어난 사건을 직각시키는 것이었다. 대체 무슨 조화로 어떻게 된 곡절로 단에는 또 거듭 변이 일어난 것이었을까. 이때까지 일어난 변만으로는 부족하다는 것일까. 일단의 운명은 더 기구해야 한단 말인가. 그 무슨 짓궂은 뜻이 있어서 그것이 단의 평화를 심술궂게 자꾸만 뒤흔들려고 하는 것과도 흡사하다.

무슨 이유론지 크리긴이 망간 검속을 당했다는 것이다. 부고등계에서 두 사람이나 나와서 의사도 잘 소통되지 못한 채 크리긴은 변을 당했고 빅토르도 책임상 따라갔다는 것이었다. 남은 두 사람은 큰일이나 치고 난 뒤의 한식구들같이 불안한 얼굴들을 하고 근심스럽게 몰켜들 있었다.

돌연한 소식에 나도 미상불 놀라면서 혼자만 자유롭게 거리에 나가 있느라고 그 불행을 당하는 현장에 참례해 있지 못한 것이 미안한 것 같아서 살며시 의자에 가 앉았다.

"대체 무슨 일이었을까."

아무도 대답해주는 사람은 없다. 다만 일을 당한 것만으로 마음이 가득하고 더 여유가 없다는 듯한 눈치들이다. 나도 빅토르가 돌아오기 전까지는 그들과 같이 말없이 앉아 있을 수밖에는 없었다.

빅토르가 돌아왔대도 크리긴의 검거의 이유에 관해서는 그 역 아무 수긍할 만한 조목을 밝히지 못하고 온 것이었다.

"무 무슨 혐의랍디까."

궁금해서 감질들을 내나 빅토르는 대답할 바를 모르는 모양이었다.

"무슨 혐의인지 말을 하니 알겠나."

"이유 없이 그럴 법이야 있소."

"전에 까삭*병으로 있었던 것이 말썽 되는 눈치인데 우리가 알다시피 그에게 지금 무슨 일을 칠 주변이 있단 말인가."

"까삭병의 장교 노릇을 했던 것이 지금에 와서까지 화 된다. 만주서 번번이 당하던 그 같은 혐의란 말이지."

"만주서 이곳으로 통지를 했나 부데. 행동을 감시하고 주의하라고. 어디를 가나 인젠 꼬리표를 단 죄수지. 꼼짝달싹할 수 있는 줄 아나."

"속히 몸이나 받아 내오지 못했소."

"취조니 무어니 하구 아무래도 며칠 걸릴 눈치야."

"그럼 무 무대는 어떻게 하란 말인구."

"큰일이야."

19

빅토르는 두 손을 벌리면서 눈을 멀거니 뜨는 것이었다. 기운 없는 눈이 이제는 모든 것이 끝나고 마지막 고패에 이르렀다고 말하는 듯하다.

출연 시간이 임박해 있는 것이다. 그들의 일은 곧 내 일이요 관의 일이다. 나는 잠자코만 있을 수 없어서 곧 빅토르를 끌고 영화관으로 나갔다. 물론 놀라고 급한 것은 우리보다도 도리어 관주 편이었다. 그는 당장 눈

---

* 카자크.

앞에 낮 연기를 어떻게 하노 하고 황겁지겁 설레면서 솔선해서 빅토르와 나와 세 사람이 함께 또 한 번 서를 찾았다. 관주는 거리에서는 옷섶이 꽤 넓은 편이었고 더구나 그 방면과는 밀접한 교섭이 있어서 그의 말이 대단히 소중히 여겨지는 때가 있었으나 그날만은 막무가내요 당국의 뜻은 의외로 완고했다. 영화관에는 벌써 어트랙션의 연기를 기대하는 수천 관객이 차 있어서 그들에의 약속을 저버릴 수 없다는 것을 누누이 관주가 설명해도 헛일이었고, 그럼 이틀 동안만 모든 책임을 지고 몸을 맡아내겠다고 장담을 해도 들어주지 않았다. 관주의 실망은 초조로 변하고 초조는 일단에 대한 분개로 변하는 것이었다.

열두 사람 단원 중에서 거의 반, 크리긴까지 도합 다섯 사람이 빠지게 되었으니 아무리 곤추서는 재주가 있다고 하더라도 무대는 계속할 수 없는 것이었다. 춤과 노래는 둘째 치고 첫째 밴드가 성립되지 않는다. 무대는 물론 중지여서 나는 관주의 이름으로 확성기를 통해 관객들에게 백배 천배 간곡한 사과를 하고 스크린에는 어트랙션 대신에 창고에서 부랴부랴 찾아 내온 낡은 사진을 걸게 되었다. 관객들은 수물거리면서 불평들이 많았으나 사진이 이미 영사되게 되니 차차 가라앉아 갔다. 가라앉지 않는 것은 관주였다. 서에서의 불성공이 원인되어서인지 그의 낯빛은 좋지 않고 드디어 일단에 대해서 싫은 소리를 늘어놓기 시작했다.

"이 꼴을 보자고 애초에 당신들과 비싼 약속으로 계약을 했겠소. 작년에 왔을 때에 호평을 받았던 호의로 모든 것을 굽혀서 이번에 특별히 맺은 것이 그래 결국 이 모양이 된단 말요."

"미안하외다. 모든 일이 되지 못할 사정으로 제물에들 일어나게 되니 낸들 어찌 그것을 막아내겠소. 우리도 사실 작년 요량만 댔던 것이 그만 어쩌다 뜻밖에 뒤틀려지면서 이 결과가 되는구려."

빅토르가 목소리를 부드럽히고 허리를 고분히 해서 거의 빌 듯이 하는 것이나 관주의 마음은 즉시로는 풀리지 않았다.

"죽도 아니고 밥도 아니니 수천의 관중을 상대로 하고 있는 나로서 꼴이 됐단 말요. 신용도 신용이려니와 내 체면이 무어란 말요."

"그러게 이렇게 미안해하는 것이 아니오. 올은 대단히 불길한 해였소. 나그네의 길이 언젠들 그다지 행복스러울까만."

빅토르의 하소연이 어떤 것이든지 간에 관주에게는 관주로서의 배짱이 있었던 것이요, 무엇보다도 그는 상인인 것이다. 항상 주판을 머릿속에서 쩔그럭거리는 장사치인 것이다. 모든 거래에 있어서 이익이 주목인 것이었다.

"그럼 오늘로서 계약이 실상에 있어서는 끊어지는 셈이니 약속한 액에서 이틀 분은 탕감해야 할 것이오. 알겠소."

그 말이 옳다는 것인지 야박하다는 것인지 빅토르는 말이 없이 한참이나 관주를 멀거니 바라보는 것이었다.

삼천 원의 약속에서 이틀 분을 제하니 이천 원이 채 차지 못했다. 장사하는 사람의 도덕으로서 그렇게 정확함이 물론 당연한 것이겠지만 관주로서는 어트랙션 대신에 묵은 사진을 집어내서 걸게 된 것이니 이익에 있어서는 일단과의 계약 해제로 인해서 받는 손해는 없었다. 일단의 처지를 생각해줄 아량을 가지려면 가질 수 있는 것이다. 일단으로서도 맡은 일에 대한 보수였으므로 결한 시간에 대해서는 배당을 요구할 처지가 못 되는 것이기는 하나 그러나 단지 수입을 목적으로 하고 외지로 흘러온 그들에게 역시 귀중한 것은 넉넉한 수입의 액수였다. 사무실 금고에서 관주가 소절수*장을 집어내서 일금 이천 원을 적어서 빅토르에게 줄 때 그의 얼굴에 실망의 빛이 나타난 것보다도 옆에서 보던 나로서 일종의 섭섭한 느낌을 금할 수 없었다. 단돈 이천 원이 많은 식구를 거느린 그에게 결코 많은 액이 못 될 것이며 만약 그렇게 될 줄을 그가 애초에 예료했던들 그것을 바라고 이 먼 곳까지 나왔을 리도 없었을 것이다.

"이것도 무슨 인연인가 부오. 약소하나마 섭섭하게 생각지 말고 다음 기회에나 또 만날 수 있다면 얼마나 반갑겠소."

관주의 판에 박은 듯한 말을 그다지 반갑게도 여기지 않으며 소절수를 주머니 속에 수습하는 빅토르의 자태가 내 눈 속에 엉겨 붙는 듯도 하다. 이천 원! 며칠 동안 그들의 수고의 값이 이천 원인 것이다. 싸우고 병들고 도망하고—그 수다스러운 희생의 값이 이천 원인 것이다. 그 모든 희생을 이천 원에 팔기 위해 그들은 일부러 이곳을 찾은 셈이다. 짧은 동안의 어수선한 일들을 생각한 때 빅토르의 가슴속에는 그 이천 원의 뜻이 얼마나 뼈저리게 맺혀질까가 넉넉히 추측되었다. 빅토르가 사무실을 나갈 때 나는 문득 가슴이 벅차지면서 자리를 벌떡 일어나 그의 뒤를 쫓았다.

"아니 그래 이것으로 모든 것이 끝났단 말요."

"그동안 여러 가지 일이 일어났고 폐가 많았소이다."

"그래 작별이란 말요. 이것으로 작별이란 말요."

"어처구니없게 됐소. 너무도 일이 어그러져서 지금 어쩌면 좋을지를 모르겠소. 호텔에 가서 좀 생각을 해봐야겠소."

사실 그것으로 끝이었다. 계약이 끊어졌고 보수를 받았고—이제 벌써 할 일은 남지 않은 것이다. 극장과도 하직이요 이 고장과도 하직이다. 짐을 싸가지고 어디든지로 떠나는 것이 그들에게 남겨진 일인 것이다.

우울한 심사에 나는 더 호텔로 그들을 찾지도 않았으나 그날 밤 영화가

---

* 수표.

끝났을 때 일행들은 짐을 거두러 관으로 왔다. 무대 옆방에서 의상들을
거두어 트렁크 속에 수습한다, 화장품 그릇들을 치운다, 무대에서 막을
뜯어 건사한다, 악기들을 살펴서 넣는다 하면서 며칠 전에 같은 그곳에서
같은 살림을 차려놓기에 열중했던 그들이 오늘은 그것을 헐고 뜯고 수습
하기에 분주하다. 우두커니 서서 그 모양들을 바라보고 있으려니 눈앞이
아찔아찔해지면서 인간의 살림살이라는 것이 한없이 서글픈 것으로 어리
었다. 살림살이는 왜 그런고. 그런 것이 살림살이인가. 변하고 불행하고
슬픈 것이 살림살이인가.

"정녕코들 떠난단 말요."

나도 모르게 소리를 지르니 이바노프가 쓸쓸하게 웃어 보인다.

"떠나는 게 우리의 일인가 부오. 왔다 떠났다 왔다 떠났다―풀었다 쌌
다 풀었다 쌌다."

"왜, 왜 떠난단 말요. 왜 그리 어처구니없이……."

20

나는 감상 속에 잠기게 됨을 극력 경계는 했었으나 가슴이 빠지근해짐
을 억제하는 수가 없었다. 아찔아찔한 내 눈앞에 별안간 카테리나가 와
섰다.

"스파시이보!"

감사의 말과 함께 내드는 것은 화병이었다. 꽃을 뽑아버린 빈 병이었
다. 그가 처음 왔을 때 사무실로 꽃을 사 들고 와서 내게서 빌려 간 그 꽃
병이 이제 다시 내 손으로 돌아온 것이다.

"잘 썼어요. 얼마나 방이 생색 있게 빛났던지 몰라요."

그대로 버려두든지 어쩌든지 하지 왜 그렇게 긴하게 꽃병을 들고까지 와서 상하기 쉬운 남의 기억을 일깨워 주는고 하고 나는 카테리나의 목소리를 도리어 얄궂게 듣는 것이었다.

울적한 심사를 이길 수 없어 나는 기어코 밤늦은 거리를 걸어 유라에게로 갔다. 대중없이 취해 집으로 돌아온 것은 거의 새벽이 가까운 때였다. 괴로운 밤이었다. 날이 새어도 골은 여전히 무겁고 아프면서 세상사가 귀찮게만 생각되었다. 나도 이 기회에 저금을 찾아가지고 어디로든지 내빼볼까 하는 생각조차 들면서 늦은 걸음으로 집을 나섰다. 관에 이르니 벌써 쇼 일행의 간판은 갈리었고 광고 창에 내놓았던 일행의 사진과 포스터도 뜯어버린 뒤였다. 새로 봉절될 영화의 스틸이 나붙었고 포스터가 장식되어서 일단의 출연은 벌써 먼 옛날의 기억인 듯 그들의 종적도 냄새조차도 관에서는 사라져버린 것이었다. 그 변화의 양을 보려니 별안간 가슴이 뭉클해져서 나는 그 길로 바로 호텔로 향했다. 하루밤 동안에 대체 어떻게들 되었는지 그 짧은 사이가 몹시 궁금했다.

늦은 아침때라서 그랬던지 늘 오붓이들 모여 있던 로비에는 썰렁한 속에 이바노프와 스타호프의 자태만이 보였다. 여자들은 방에들 있고 빅토르는 아마도 외출한 모양이었다. 두 사람 다 나를 전에 없이 반기는 품이 그들 역시 작별이 섭섭한 마음에 한결 친밀함을 느낀 모양이었다. 일없이 피곤함을 느끼면서 나는 권하는 의자에 주저앉았다.

"언제들 떠나시오."

긴 이야기를 하다가 마지막 구절에나 이른 듯한 나지막한 어조여서 그랬든지 대답하는 스타호프도 한참 동안을 두었다.

"언제 떠날지도 의문이오. 뚝 떠나지도 못하게 된 것이 안나의 병은 아직도 완쾌되지 못했고 크리긴마저 저 모양이 됐으니 두 사람을 남겨두고야 떠나는 도린들 있소."

"진퇴양난이구려."

"빅토르는 또 한 번 사정해볼까 해서 서로 갔는데 웬걸 뜻대로 되겠소."

이바노프가 뒤를 받아서

"크리긴은 크리긴대로 두고라도 아이나 일어났으면 개운치나 않겠소."

"각각 따로따로 떠날 수도 없는 노릇이고 사실 어떻게 했으면 좋을지를 모르는 중이오."

영화관과의 결말이 났을 뿐이지 단으로서의 정리는 아직 못 된 것이다. 떠난다는 것이 뜻뿐이요 사정은 아직도 뒤죽박죽이다. 삐지 않는 근심이 차례차례로 그들을 낫자루같이 얽어놓는 셈이었다. 어떻게 했으면 좋은지는 사실 그들도 나도 아무도 모르는 것이다.

안나를 생각하고 나는 마지막으로 삼층 병실을 찾았다. 거기에도 길 떠날 행장이 정돈되어 있다. 침대 밑에는 커다란 트렁크가 놓여 있고 탁자 위도 말끔하게 건사되어 있다. 정리되지 못한 것은 안나의 병뿐이다. 몇 날 동안 밖 날을 못 보고 병원에서만 구느라고 얼굴은 콩나물같이 멀겋다. 침대에서는 일어났으나 걸어앉은 그의 자태가 불면 날 듯이 해까워*보인다. 그와 동무하노라고 그런지 미샤도 홀쭉하게 축이 나 보인다.

그들을 보는 것도 그것이 마지막이라는 것이 웬일인지 거짓말만 같아서 나는 종시 단 한 마디의 알맞은 이별의 말도 못 걸고 방을 나왔다.

다시 로비에 들어섰을 때 스타호프는 방으로 갔는지 종적이 없고 이바노프가 혼자 고개를 숙이고 앉아 내 기척을 모르고 손장난을 하고 있다. 기겁을 할 듯이 놀란 것은 그의 손에 쥐인 것이 한 자루의 피스톨인 것이

---

* 가벼워.

다. 나는 뜨끔하면서 쏜살같이 그에게로 달려갔다.

"아니 웬일이오?"

"놀랄 것이 없소. 심심하기에 장난삼아 만지고 있는 것이오."

"장난에도 분수가 있지."

"나는 답답할 때 항용 이런 장난을 해요. 이건 내 마지막 위안이거든요. 우울해 못 견딜 때 이것을 생각하면 마음이 가라앉아요. 이 이상 가는 생각은 없으니까요."

죽음*을 생각할 때 마음이 되려 위안된다는 그의 말을 나도 알 법하다. 죽음을 생각해서밖에는 사람은 근심을 잊을 수 없는 것이다.

카테리나가 나타나지 않았던들 그는 종시 무기를 수습하지 않았을는지도 모른다. 외출을 할 작정인지 화려하게 단장한 카테리나의 자태가 방 가운데 나타났을 때 이바노프는 황급하게 그것을 감추었다. 나도 비로소 마음을 놓았다.

"저금이나 찾아가지고 나도 짜장 길이나 떠날까."

놀란 마음을 가라앉힐 겸 카테리나의 아름다운 모양을 바라보면서 나는 진심으로 중얼거려보았다.

—《동아일보》, 1939. 11. 29.~12. 28.

---

* 원문에는 '주검'임.

은은한 빛*

먼지 냄새를 난생 처음 맡아보기라도 한 것처럼, 욱郁은 진열장을 어루만지고는 더러워진 손가락을 코끝으로 가져갔다. 비좁고 옹색하며 누추한 가게 가득 들어찬 고물 위에, 훔치고 닦고 하는 동안 어느 사이엔지 먼지가 쌓이고 쌓여, 그 자체가 하나의 가치를 주장하는 것 같았다. 낙랑과 고구려를 주로 하여 고려, 조선 시대 것을 합쳐 오백 점 정도의 도자기 외에도, 수백 장의 기와 등속이 여러 칸으로 된 진열장에 빽빽이 진열되어 있었다. 흙 속에서 주운 이들 고대의 정물靜物은 제각각 옛날 그대로의 의지를 지닌 듯하여, 욱은 며칠씩 시골을 돌아다니다 가게로 돌아오면 조용한 벽 속에서 영혼의 숨소리를 듣는 것만 같아 먼지 냄새가 의외로 반가웠다.

진열창으로 기울어가는 오후의 둔한 햇빛이 들이비치고 토방에는 푸르스름한 그늘이 떠돌고 있다. 가게는 바로 좁은 한길로 닿아 있고, 만주 호두나무 가로수가 그 나무 그늘 속으로 가게를 고스란히 싸고 있어서 토방은 늘 어둑어둑 그늘져 있었다. 밤새 내린 비로 나무는 거의 이파리를 떨

어뜨려, 병원이다 가구점이다 과일 가게다 너저분하게 들어선 골목 가득 낙엽을 흩뜨려놓아 근처의 물웅덩이고 창가고 할 것 없이 지저분하게 몰아치고는 소소한 계절감을 짙게 하고 있었다.

욱은 이삼일 강서 방면의 시골을 돌고 어젯밤에야 막 돌아온 참이었다. 추수가 끝난 마을의 밭에서 오래된 기와 수십 점을 주울 수 있었다. 뜻밖의 수확에 흡족한 마음으로 피곤함도 잊은 채 정리에 여념이 없었다. 이지러진 주름에 파고든 흙을 후벼 떨어내고 있자니, 먼지 냄새에 섞여 흙냄새가 그윽하게 번졌다. 분류하는 빈 진열장에 다시 그 수십 점의 새 유물이 더해진 장관은 욱으로 하여금 기뻐 어찌할 줄 모르게 하기에 충분했다.

"틀림없는 고구려 시대 것입니다. 색채로 보나 선으로 보나 의장意匠으로 보나, 어느 모로 보나 그보다 덜 되진 않아요. 천 년의 세월은 좋이 됐지요. ……이만하면 기와로선 햇수로나 질로 보나 박물관 소장품을 훨씬 능가하게 된 셈입니다."

혼잣말을 한 건 아니었는데, 툇마루 끝에 정좌하고 벼루에 먹을 갈고 계시던 아버지는 무뚝뚝한 표정으로 아무 말도 없었다. 연갑 옆에는 지필이 준비되어 있었다. 가게에 앉아 있는 무료함에서, 언제쯤부터인가 소일거리로 서도書道를 시작하신 것이다. 여생도 얼마 남지 않으신 아버지는 외아들인 욱이 그 젊은 나이에 골동 취미에 몰두하여 보잘것없는 생업으로 느긋하게 지내는 것이 못마땅했다. 가게는 자기한테 맡겨두고 달리 어엿한 직장을 잡든가 해서 집안 형편을 되돌려놓아 주었으면 싶었다. 기와 한 장이나 도기 하나를 찔끔찔끔 팔아치운들 뭐가 될꼬, 하고 입에 신물이 나도록 말해보기는 하지만, 고질이 돼버린 아들의 취미를 이제 와서 어떻게 해볼 도리가 없었다. 욱의 광적인 흥분과 감격에 대해서는, 항상 시치미를 떼고 외면하고 마는 아버지였다.

"틀림이야 없겠지만 만약을 위해 관장한테 가서 확인하고 오겠습니다. 대체로 제 감정이 잘못될 리야 없겠지만, 문제는 낙랑 시대의 것이냐, 고구려 시대의 것이냐 하는 점입니다. 절대로 그 이후 건 아닙니다."

"……아, 그래, 깜박 잊고 있었다."

아버지는 욱의 말을 듣고 비로소 뭔가 생각난 모양이었다.

"그제였나, 호리〔堀〕 관장이 찾아와서 말야, 돌아오거든 전해달라고 이걸 두고 갔다."

작은 상자에서 명함 한 장을 꺼내 주었다.

그 고집 센 관장이, 무슨 일로 일부러 걸음을 했을까 하고 뒤집어보니, 연필로 흘려 쓴 글씨로, 뵙고 싶은즉 돌아오시는 대로 조속히 나오시기 바람 운운, 하는 의미의 말이 적혀 있었다.

"급하게 서두르는 모양이더라. 무슨 일이냐고 물어도, 물론 말해주지 않았지만 말이다."

명함을 만지작거리면서 그다지 놀란 기색도 없이 한참을 잠자코 있던 욱은 오히려 냉담하게 중얼거렸다.

"알 만해요. 그 일이겠지요, 필시."

"뭐냐, 도검〔刀劍〕 말이냐?"

아버지도 대체로 짐작하고 있었던 모양이었다.

"분명, 그걸 겁니다. 요 달포 동안 빌다시피 사정사정하며 절 못살게 굴었으니까요. 이제 와서 보니 그때 보여주지 말았어야 했나 봐요. 꼭 뭔가에 홀린 사람처럼 조르더라고요. 그렇지만 누가 넘기나요? 우리 가게에 있는 물건을 다 넘길 수는 있어도 그것만은 넘길 수 없어요. 절대로 못 넘깁니다.“

"너야말로 뭔가에 홀린 것 아니냐. 고구련지 뭔지는 모르겠으나, 그 녹

슨 낡은 칼 어디가 그렇게 좋단 말이냐? 내 눈에는 서푼어치도 안 되는
것 같은데."

"그것의 가치를 모른다면 이 땅에 태어난 걸 부끄럽게 생각해야 합니
다. 그건 오랜 영혼의 소립니다. 천 년 후까지 남아서 옛날의 긍지를 말하
려는 겁니다."

욱은 흥분했다. 아버지도 그런 심정을 모르는 건 아니었으나, 더욱 막
다른 길에 몰린 신변의 문제를 제쳐두고, 고지식하게 그런 것에 집착하는
건 어리석기 짝이 없는 노릇이라고 생각하고 있었다.

"관장은, 너만 생각이 있으면 함께 와서 일을 해줬으면 한다고, 자리까
지 마련해놓고 친절을 베풀고 있지 않느냐. 그 쓸모없는 낡은 칼이 다 뭐
냐? 이번 기회에 남김없이 몽땅 내다버리고 조신하게 직업을 가질 생각
을 하는 건 어떠냐? 집안일은 구구하게 말 안 해도 네가 보는 대로다. 누
추한 가게 꼴은 또 뭐란 말이냐?"

이것이 여느 때의 입버릇인 아버지와 옥신각신해봐야 결말이 나지 않
는다는 걸 알자, 욱은 기왓장 두세 장을 싸 들고 가게를 나섰다.

잘 맞지 않은 유리문이 옹색하게 삐걱거렸다. 여러 해를 수리하지 않고
견디고 있으므로, 비단 유리문만이 아니라 기울어지기 시작한 판자벽의
페인트도 벗겨진 지 오래여서 바깥에서 보면 특히 더 촌티 나는 누옥 같
은 느낌이었다. 기왓장 틈에 쌓인 낙엽이 밑에서 올려다보일 만큼 낮은
지붕에, 흰 바탕에 고려당高麗堂이라고 파랗게 부조한 옥호屋號가 비스듬히
쓰러질 듯 앞으로 기울어져 집 전체에 일그러진 느낌을 주고 있었다.

만주 호두나무 아래에 기대놓은 애용하는 자전거도 고물의 하나인데,
시골길의 진창 속에 빠지기도 하고 밭의 붉은 흙을 차고 달리기도 하여
차바퀴는 항상 흙투성이었고, 페달도 혹사에 견디다 못해 한쪽 페달의 반

토막은 어디론가 떨어져 나간 모양이었다. 그 한쪽 페달조차 생각처럼 새 것으로 바꿔 끼지 못하고 있는 형편이었다.

바로 눈앞에서 그런 것을 보는 욱에게 집안 사정이 딱하게 느껴지지 않을 리는 없었다. 그저 입을 다물고 있는 수밖에. 아버지에게나 자기 자신에게나 잠자코 있는 게 수였다. 눈을 멀리 한곳에 집중시키고 신변의 현실에 대해서는 냉담해지려고 애쓰고 있다.—좋든 싫든 그것이 욱에게 남겨진 단 하나의 방법이었다. 비겁한 짓일까 하는 생각이 들 때도 있었으나, 그의 경우 그것은 이제 가장 자연스럽게 몸에 밴 생활 방식이었다.

지루한 전차를 버리고 모란대 비탈길에 당도했을 때, 욱의 마음은 벌써 옆구리에 낀 기왓장이나 고도古刀로 내달렸다. 백양나무나 벚나무 낙엽이 아름다웠고, 온 산 가득 짙은 가을 색이었다. 멀리 산 중턱 골짜기에 석조박물관의 산뜻한 모습이 올려다보였다. 언제 걸어도 유쾌하고 정겨운 길이었다.

문제의 고구려 고도라는 것은 욱이 한 달포 전에 입수한 것으로, 그날의 감격은 오래도록 잊을 수가 없었다. 강서 고분의 벽화를 모사하러 가려고 여느 때보다 일찌감치 채비를 하고 있는 참에, 항상 발굴한 물건을 가지고 찾아오는 상오리上五里의 한 농민이 달려왔다.

"굉장한 것이 나왔어요. 능금밭을 파고 있자니, 오 척도 넘는 장검이 나오지 뭡니까. 보러 가지 않겠어요?"

그 말을 들은 쪽이 오히려 허둥대는 모양으로, 욱은 자전거를 끌고 농군을 따라서 강을 낀 아침 오솔길을 십 리 이상이나 상류 쪽으로 걸어 올라갔다.

마을에서도 높다란 언덕의 경사면이었다. 능금나무를 옮겨 심은 자리에 오두막을 세운다 하여 밭은 온통 파헤쳐져 있었다. 오륙 척 깊이의 한 그루 나무 밑에서 나왔다는 흙투성이의 그 고도를 보았을 때, 욱은 덥석 움켜쥔 채 한동안 목이 멘 기분이었다. 수중에 수십 원은 있었을까, 있는 대로 사례금을 쥐여주고는 그 훌륭한 발견품을 손에 꽉 움켜쥐었던 것이다.

대성산大城山 기슭의 그 일대는 고구려 시대의 궁전과 불사拂寺 터로, 종래도 자주 불상이나 고물 등속이 발굴되어 군침을 흘리는 표적이 되었던 것인데, 그날 아침의 고도도 고구려 시대의 것임에 틀림없어 욱의 기쁨은 더할 나위가 없었다. 낙랑 시대의 도검은 박물관에도 그 소장품은 풍부했지만 고구려 시대의 것은 그 수도 아주 보잘것없어서 그만큼 소중히 여기는 것도 각별했다. 욱의 기쁨이 그런 것으로 인해 배가된 것은 사실이었다.

칼집은 떨어져 나갔지만 거의 오 척에 가까운 도신刀身에는 청록색 반점이 아름다워 고색창연한 가운데 고대의 모습이 잘 그려져 있었다. 집에 와서 닦고 자세히 살펴보니 순금으로 된 고리 모양의 칼자루는 은은한 금빛으로 빛나고, 날밑*으로 보이는 곳에는 조각을 새겨 넣은 정교한 의장이어서 왕후의 소지품처럼 보이는 고귀한 만듦새였다. 칼끝도 이 빠진 데가 없으며 칼등마루[鎬]의 한 가닥 선도 뚜렷했는데, 그만큼 완전하게 원형을 남기고 있는 것은 드문 일이었다.

욱은 골동품에 손을 댄 지 십수 년이나 되었지만 그날만큼 감동한 예는 없었다. 하루 종일 만지작거리면서 쾌재를 불렀는데, 감정을 청하기 위해 호리 관장에게 가져간 것이 애당초 고민거리를 얻게 된 시초였다. 그 틀림없는 고구려의 고도를 관장은 한눈에 갖고 싶어 했다. 골동 취미에서만이 아니라 박물관의 소장 품목에 보태고 싶다는 것도 하나의 절절한 바람

---

* 칼날과 칼자루 사이에 끼워 칼자루를 쥐는 한계를 삼으며, 손을 보호하는 테.

이었다. 절친한 사이여서 욱은 망설였으나 이번만큼은 그도 끝까지 고집을 부렸다. 몸에 붙이기라도 하듯이 집으로 가지고 돌아오면서, 무슨 일이 있어도 내놓지 않겠다고 마음속으로 굳게 다짐했다. 그 이래 궤짝에 넣어 집 안 깊숙한 곳에 보관해두고 가보로서 받들어 모셔온 것이다…….

박물관은 문 닫을 시간 뒤라서 뒤쪽 사택으로 돌아가 보니, 희한하게도 마침 고미술 애호회의 후쿠다[福田] 영감도 와 있었다.

욱이 기와를 내보이자 호리 관장은 대충 살펴본 다음, 좋은 물건을 가지고 돌아왔다, 틀림없는 고구려 시대의 유물이다, 기념으로 박물관에 두고 가면 어떻겠느냐, 하고 웃는 얼굴로 얼버무리고 일어서면서

"후쿠다 옹도 오시고 했으니 다 같이 산보라도 할까요?"라고 청하자 후쿠다는 벌써 싱글벙글 신발을 걸쳐 신고 있었다. 욱도 무슨 일인가 하고 의아해하면서 두 사람과 나란히 나섰다.

을밀대에서 부벽루, 전금문轉錦門으로 해서 산을 한 바퀴 돌고 물가를 따라서 강변의 마을로 들어서자, 잠깐 한숨 돌리고 가자며 깨끗이 치워진 고풍스러운 집 앞에 걸음을 멈추었다.

욱은 마지못해 생각지도 못한 그 잔치에 불려 가게 되었는데, 어느 틈에 알려두었는지 월매까지 나와 분위가 무르익기 시작했을 때, 가까스로 그날 밤 관장의 꿍꿍이속을 알 수 있었다.

"달리 까닭이 있어서가 아니오. 오랜만에 조선 음식이 먹고 싶어서 말이지."

이런 말을 했으나 월매한테까지 생각이 미칠 만큼 그 용의주도한 행동에는 당황하지 않을 수 없었다.

남월매南月梅가 호리 관장과도 가까이 지내면서 욱과 기묘한 인연을 맺

게 된 것은 수년 전의 왕관 사건 이래의 일이었다. 지금은 항간의 기억에서도 희미해져버렸지만, 그 당시는 조선 전체에 화제를 던진 사건으로, 주인공인 월매도 덕분에 기생 세계에서 한때 이름을 날린 사람이었다. ―월매에게 살짝 마음이 있었던 당시의 지사가 취흥에 분간을 못 하고 박물관에 비장되어 있던 신라조의 왕관을 화장한 월매에게 씌우고 다 함께 사진을 찍어두었는데, 그 일을 안내한 사람이 호리 관장이었다. 이 하룻밤의 은밀한 놀음이 일단 들통이 나자, 왁자지껄 국보의 존엄을 모독한 지사의 경거망동에 대한 비난의 소리가 높았고, 신문 기자와 변호사들로 구성된 일단의 사람들은 지방 행정관의 부패를 탄핵하기 위해 궐기했다. 월매의 집에 몰래 숨어들어 문제의 사진을 찾아내 사회면에 폭로하고, 시민의 여론에 호소하여 지사 등의 책임을 철저히 규명하게 되었다. 지사는 실각하지 않을 수 없었고, 호리 관장은 지위를 보아 간신히 유임만은 허락되었다. 일단 속에 끼어 욱도 한몫을 했다. 이상하게도 이 일이 있고 나서 욱과 관장 사이의 교제는 한층 격의 없게 되었고, 욱은 월매와도 맺어지게 되었다. 왕관 기생이라는 명성을 드날린 그녀이긴 했으나, 그 일을 계기로 항간의 인기는 이미 내리막길로 접어들었고, 그런 점에서 오는 남모를 고민을 진심으로 털어놓을 수 있는 사람이 욱 정도였다. 두 사람 사이는 나날이 가까워져 술자리에서는 반드시 그녀를 부르게 되어 있었고, 관장도 좌중의 흥취에 지금도 그녀에게 즐겨 술을 따르도록 했다. 그날 밤의 그런 호들갑스러운 배려는 욱에게는 아무래도 유별난 것으로 생각되지 않을 수 없었다.

"요즘에는 조선 음식도 점점 격이 떨어져서 말야, 어딜 가나 순수성을 잃고 있거든. 특히 요정에서 내는 게 심하지. 도대체 어디 건지도 알 수 없는 게 밥상에서 함부로 설쳐대고 있으니. 난 경주와 경성에서 두어 번

진짜 조선 음식을 먹어봤는데 말야, 그 진한 풍미는 지금도 잊지 못하지. 그런 걸 좀 더 아끼고 보급시킬 방법은 없을까?"

그날 밤의 요점을 좀체 꺼내지 않고 관장은 쓸데없는 말을 늘어놓기 시작했으며 후쿠다도 그에 동조하는 태도였다.

"음식만이 아니라, 격이 떨어졌다고 하면 건축이나 복장도 그런 상태인데, 특히 요즘 젊은이들로 말할 것 같으면 언덕 위에 양관洋館 세울 꿈은 꾸어도 기와나 통나무로 짓는 멋들어진 조선식 건축은 깨끗이 잊어버리고 있고, 괴상한 양장보다는 넉넉한 조선 옷이 기품이 있어 더 좋은데, 어쨌든 고래의 것은 경멸하고 외래 것에만 정신이 팔려 있는 모양이야. 또 어디서 들은 얘긴데, 전문학교 정도의 교육을 받은 어떤 청년이 서양 사람 집에 놀러 갔다가 응접실에 장식되어 있는 조선의 오래된 목갑과 놋그릇을 보고서야 비로소 그 아름다움을 알고 집에 돌아오자마자 그것을 애용하기 시작했다는 이야기를 들었거든. 역수입을 한 이 청년은 그래도 기특한 편이고, 아예 불감증인 젊은이들은 정말 곤란해."

이렇게 말하며 웃어대자 욱은 부끄럽고 창피하다는 생각마저 들었다. 그의 입장에서 보면 웃을 일이 아니었다.

"일반적으로 그런 풍조 같아요. 한심할 뿐입니다. 자기 것에 관한 건 아무것도 모르고 흉내 내기에만 열중하고 있거든요. 가난 속에서 자라왔으니 무리도 아닙니다만, 자신의 장점만은 확실히 분별해야지요."

"그렇지만 말야, 현 군처럼 완고한 외고집도 곤란하거든."

후쿠다는 욱에게 말하고는 의젓하게 계속 웃어댔다.

"요컨대 노래도 말야, 요즘 기생들은 유행가를 부를 수 있는 정도지, 옛날 노래는 통 모른단 말야. 시조나 수심가를 못 부르다니, 적어도 잡가나 단가 한 가락쯤은 당연히 부를 수 있어야지. 옛날 기생은 노래도 잘했을 뿐 아니라 춤도 잘 추고 서화에도 능했으며 시를 읊는가 하면 사서四書도 줄줄 뀄지. 요즘 기생은 영 재주가 없단 말야. 그렇지, 월매. 자네 같은 사람은 참 드물어. 역시 왕관 기생뿐이야. 오늘 밤은 옛날 노래 한 곡 뽑아주게. 자, 저기 가야금이 있네."

관장은 교묘하게 구슬려서 마침내 월매에게 한 곡 뽑게 한 정도였다. 노련한 선율에 정확한 격조의 고풍스러운 노래가 애조를 띠고 느긋하게 흘렀다. 노래와 술의 흥에 취해 관장이 갑자기 끄집어낸 말은 아니나 다를까 예의 고도 건이었다. 한 번만 더 보여달라는 부탁에 욱은 어쩔 수 없이 보이에게 시켜 가게에서 만부득이 그것을 가져오게 하지 않을 수 없었다.

포장한 상자에서 꺼낸 거대한 고도의 기백에 압도되어 방 안 공기는 일변했다. 청록의 도신에는 일종의 귀기마저 감돌아 취흥도 깨져버린 듯 좌중의 신경은 팽팽해졌다. 관장은 칼자루를 잡고 간신히 한 손으로 치켜올려 전등빛에 비췄다. 고구려의 대도大刀는 섬세한 현대인의 하얀 손에는 버거웠다. 위태로운 모습에 겁이 나서 월매는 자기도 모르게 뒤로 물러앉았다.

"내가 이곳에 온 지 이십 년, 머지않아 뼈도 이 땅에 묻히겠지만, 조그마한 박물관을 가지고 주야로 진력해봤는데 생각만큼의 성적은 올리지 못했소. 낙랑 고분의 모형을 만들어본 것이 대수롭지 않지만 업적이라면 업적이랄 수 있을까, 나머진 보시는 대로 빈약한 것이어서, 참 부끄러운 이야기요. 다만 조선을 사랑하는 마음만은 남들에게 뒤지지 않는다고 생각하오. 이 고장에 대한 커다란 애정 없이는 이런 수수한 일을 할 수 있는 건 아니라고, 그 점은 다소 자부하고 있는데, 아무튼 무엇보다도 박물관을 충실하게 해나가고 싶은 바람 외에는 솔직히 아무것도 없소."

고도가 보고 싶다고 한 것은 그것을 갖고 싶다는 의미였다. 거듭되는 간청에 욱은 정말 곤혹스러웠다. 거짓 없는 관장의 심정을 알기에 더더욱 괴로웠다. 고토古土를 그리는 정이 욱만큼 강한 사람도 없었지만, 그 경우 그러한 애정의 경중을 재보는 것은 무의미한 일이었다.

"아무것도 모르는 농부한테 이걸 넘겨받을 때 오래도록 몸에 지니고 싶다고 한 체면도 있고, 지금 이걸 내놓는 것은 순진한 마음을 배반하는 일입니다."

"내놓는다고 해서 버리는 것도 아니고 박물관의 유산은 당신의 유산이기도 하오. 보존 장소가 바뀌는 것일 뿐이고. 게다가 그러는 편이 널리 많은 사람들한테 사랑받게 되지 않겠소?"

마침내 후쿠다도 거들고 나섰다.

"난 내가 갖고 있고 싶습니다. 내 몸에서 떨어뜨려놓지 않고 가지고 있고 싶습니다."

"나로서도 일부러 꺼낸 말이고, 서로 미술 애호 회원으로서의 인연도 있고 하니, 적당한 선에서 타협하는 게 어떻겠소? 이걸로 안 된다면 이렇게는 어떻소?"

이렇게 말하며 관장은 손가락 하나를 둘로 만들어 보였다. 욱은 허둥지둥, 순식간에 얼굴을 붉혔다. 입술에 약간 경련이 일어났다.

"욕보이는 것도 너무 심합니다. 당신들은 내 마음을 잘못 보았소."

손가락 두 개는 이천 원이라는 의미였다. 천 원에 넘겨주지 않겠느냐고 끝까지 졸라댔던 것이 이제 기회를 보아 그것을 두 배로 올린 셈이었다. 욱은 차츰 창백해지더니 진정되었다.

"분명히 전 보잘것없는 장사를 하고 있습니다만, 이 칼에 대해서만은 장사치가 아닙니다. ……좋은 말씀들 해주었소. 당신이 그 말을 한 만큼 나도 거절하기가 쉬워졌소. 딱 잘라 거절하겠소. 절대로 넘겨줄 수 없소."

"아, 그렇게 화내지 말고. 천천히 다시 한 번 생각해주시오."

"아아뇨, 안 됩니다. 두말 안 합니다."

'미션' 중학교에 근무하는 백빙서白憑西가 어디서 들었는지 고도를 보러 와서 그날 밤의 이야기를 듣자

"자네다운 행동일세. 하지만 나한테 이런 건 한 푼의 가치도 없다네. 요즘 세상에 자네의 편집광은 그것만으로 충분히 골동적 가치가 있지." 하고 오히려 야유조였다. 욱은 후쿠다 영감한테서 들은 서양 사람의 집에서 조선 식기를 역수입한 청년의 이야기를 해주고, 자네야말로 그런 부류일걸세, 라고 힐책하자

"그럴지도 모르지. 그게 수치란 말인가. 하지만 우리의 장점을 발견해준 건, 솔직히 말해서 그들일지도 모르지. 적어도 타인의 풍부함이 우리에게 반성을 환기해주었다고 말할 수도 있지 않을까?"

백빙서는 태연하게 지껄였다.

"파렴치한 소리 좀 작작 하게. 우리의 장점이란 원래 우리한테 있는 거네. 남들이 가르쳐주어야 겨우 알게 된다면 그런 건 없어도 좋아. 치즈와 된장, 자넨 어느 게 구미에 맞던가? 만주 등지를 일주일 넘게 여행하고 집에 돌아왔을 때 뭐가 제일 맛있던가? 조선 된장과 김치 아니었나? 그런 걸 누구한테 배운단 말인가? 체질의 문제네. 풍토의 문제인 거지. 그것마저 외면하는 자네들의 그 천박한 모방주의만큼 같잖고 경멸할 만한 건 없다네."

욱의 어조가 뜻밖에 격렬했던 탓인지 백은 잠자코 말꼬리를 음미하는 듯하다가

"문제는 현재라네. 자네의 심정을 모르는 바 아니네만, 요즘 세상에 옛날 자랑에 매달려본들 그게 뭐가 된다는 건가? 현재의 가난을 자각하면서

도 짐짓 남의 풍요로움을 싫어하는 것은 고의적인 반발이고 오기고, 괜히 손해만 볼 뿐이라네.”

“손해란 확실히 자네가 할 만한 말이네만, 난 좀 더 중요한 걸 말할 생각이네. 필요한 건 정신이야. 거지같이 썩어빠진 정신으로 오래 살기보다는 깨끗하게 죽는 편이 낫지 않을까?”

“자, 너무 흥분하진 말게.”

백도 마침내 못 당하겠다는 듯 얼굴의 긴장을 누그러뜨렸다.

“나도 이 고도의 기품은 안다네. 그저 지금의 나한텐 필요도 없거니와 가치가 있다고 생각되지도 않는다는 것뿐일세. 고도보다는 차라리 이게 더 멋질지도 모르네. 자네가 좋아할 것 같아서 서울 다녀오는 길에 선물로 사 왔네. 마음에 들면 월매한테라도 주게나.”

그렇게 말하고 손가방에서 꺼낸 것은 여자용의 꽃신 한 켤레였다. 평평한 가죽 밑창 위에 바느질 자국 형태의 화사한 테가 둘러졌고, 그 연두색 바탕 위에 빨강, 파랑, 노랑의 꽃무늬가 수놓아져 있어 흙에 묻히기도 아까울 만큼 고아하고 화려한 것이었다. 꽃다발을 펼쳐놓은 듯 주위가 환해졌다.

“이것 참 귀한 물건이군. 이런 것의 좋은 점은 자네도 분별할 안목이 있나 보군. 전부터 갖고 싶었는데, 고맙게 받겠네.”

욱의 표정이 풀어지는 것을 보고, 백도 다행이라고 조금 득의양양한 얼굴이었다.

“조선 된장보다 좋은 게 있네. 여자의 복장이지. 신여성의 짧은 치마도 좋지만 자락을 질질 끌 정도로 긴 치마도 좋지. 여름의 얇은 것도 좋지만, 봄가을 색옷의 겹옷을 입는 계절도 좋고, 적갈색 저고리와 파란색 치마에 이 꽃신을 신은 아름답고 기품이 있는 자태는 아마 천하일품이 아닐까?

어디다 내놓아도 손색이 없을 거야. 태평하고 고상한 느낌은 독창 바로 그것일세."

"묘한 데서 감동하는군. 여자한텐 뭘 입혀놔도 예뻐 보이는 법이야. ……그렇게 좋으면 이번에 미국 갈 때 잔뜩 사 가는 게 어때? 역수입이 아니라 직수입이네. 거기서 대대적으로 선전하면서 조선 여성을 위해 기염을 토하고 오게나."

"그렇군. 한밑천 잡아서 돌아올까, 마네킹이라도 가지고 가면 팔리는 건 틀림없을 텐데."

백빙서는 얼마 안 있어 학교에서 안식년 휴가를 얻게 되는데, 그것을 이용해 일 년 정도 미국을 유람하고 올 예정이었다. 사실 그 일로 '미션' 본부나 영사관과의 문제를 해결하기 위해 최근 경성길이 잦았다. 오랜 동경의 실현인 만큼 서양 문화의 싱싱한 면을 실컷 음미하고 와서 동서를 비교 연구하겠다고 허세를 부리고 있었다.

"농담은 그만두고, 잠깐이라도 좋으니까 그 신을 신은 월매의 모습을 보여주게. 아름다운 걸 독차지할 수는 없지."

"틀림없이 기뻐할 거야. 월매한테는 다른 사내들도 많을 거고, 꼭 내 뜻만을 받아들일 여자도 아니지만 일간 보여주겠네."

약속은 했으나 욱은 이것저것 바쁜 일에 쫓겨 월매에게 꽃신을 건넬 겨를도 없이 사오일이 지났을 무렵, 또다시 백빙서에게 이끌려 연극 〈춘향전〉을 보러 갔다가 뜻하지 않게 거기서 그녀와 딱 마주쳤다.

경성에서 온 성실한 극단인 만큼 즐거운 기대로 첫날의 가설극장은 만원이었다. 욱은 특별히 연극을 즐기는 것은 아니었으나 지금까지 어떤 단체도 그리 성공을 거둔 것 같지 않은 그 고전극의 연출 방법과 고대 의상의 고안 등이 보고 싶어서 이끄는 대로 동행한 것이었다. 뜻밖의 열연으로 제사막째 만고의 정녀貞女 춘향의 수형 장면에서 욱은 자기도 모르는 사이에 눈시울이 뜨거워질 정도였다. 아마 같은 감회였을 것이다. 어느새 어디에선가 옆에 나타나 있던 월매도 빨개진 눈에 손수건을 대고 있었다.

"당신한테 가야지 가야지 하면서도 그만 게으름을 피웠는데…… 연극 구경이라니 한가한 모양이군."

"혼자 온 게 아니에요. 억지로 끌려왔어요."

넌지시 손가락으로 가리킨 앞좌석에는 정해두丁海斗가 혼자서 우두커니 난간에 기대고 앉아 있었다. 그래, 하고 욱은 고개를 끄덕이면서, 철공장을 가지고 요즈음 경기로 돈을 엄청나게 벌었다는 그 땅딸막한 사내의 둥근 옆얼굴을 바라보았다. 무대의 조명을 받아 뾰족한 코하며 부어오른 뺨언저리가 번들번들 빛나 보였다. 얼이 빠져서 귀찮게 말을 걸며 접근하기 때문에 월매도 어떻게 해야 좋을지 어지간히 난처한 모양이었다. 기적妓籍에 몸을 두고 있긴 하지만 너무 질겨 곤란할 정도인 그녀의 그런 최근의 고민을 욱도 어렴풋하게나마 알고 있긴 했다.

"정말 난처해요. 요즘엔 매일 스무 시간은 붙어 다녀요. 산보를 가자거나 영화관에 데려가거나…… 달갑지 않은 친절이에요. ……잠깐 바깥까지만 같이 있어주지 않을래요? 할 얘기가 있어요. 아니면 연극이 중요하나요?"

느닷없이 이런 말을 듣고 어찌할 바를 몰라 허둥지둥하며 다시 한 번 정해두 쪽을 보자, 괜찮아요, 혼자 내버려두세요, 하고 월매는 거의 팔을 끌어당기다시피 했다. 욱은 정해두보다도 백빙서에게 미안한 감이 들었지만, 득의의 미소를 짓는 백을 보고는, 그럼 하고 거리낌 없이 월매의 뒤를 따라나섰다.

가설극장 밖은 다방 거리였다. 가장 가까운 한 집으로 들어가 월매가 조급하게 꺼낸 이야기는 역시 한가한 이야기가 아니었다.

"……어머니가 나쁜 건지도 몰라요. 부지런히 갖다 바치고 듣기 좋은 말만 하니까 완전히 정해두가 하라는 대로 하게 되었어요. 적당히 발을 빼고 살림을 차리라고, 입버릇처럼 말하던 어머니잖아요? 어느새 정해두와 약혼이라도 한 것처럼 요즘에는 서슴지 않고 집에 들락거리기도 하고, 어머니는 무턱대고 절 야단치기도 해요."

"당신 어머니도 골칫거리군. 적어도 춘향이 어머니만큼의 기골이 있다면야."

"교외 언덕배기에 집을 산다면서 봄부터 법석을 떨더니만, 언제 그랬는지 정해두한테 천 원 정도의 선금을 받아서 지불하지 않았겠어요? 최근에 그 사실을 알고 사실 깜짝 놀라고 있는 참이에요. 경솔한 짓을 하고는 어머니도 그 때문에 꼼짝 못하는 모양 같은데, 자승자박이라고 실컷 비웃어주고 싶은 심정이에요. 다만 괴로운 건, 내 탓이라며 심하게 대하는 거예요. 생지옥이 따로 없다니까요."

"천 원짜리 올가미라, 난감한 일이군."

욱에게는 버거운 난제였다. 절박한 일이라고는 하나 아무한테나 할 수 있는 이야기도 아니고, 들을 만해서 들은 이야기이니만큼 욱은 더욱 괴로웠다. 믿고 사정을 말하는 여자의 모습이란 애처로운 것으로, 월매의 다소 내리깐 시선은 평소와 달리 아름다워 보였다.

"정말이지 다 내팽개치고 집을 나와버릴까 하는 생각도 해요. 이대로 있으면 어처구니없는 일이 일어날 것 같아요. 몸 하나쯤이야 어디선들 건사하지 못하겠어요?"

월매가 욱에게 남몰래 뭔가를 바라기 시작한 것은 왕관 사건 이래의 일이었다. 그녀의 표정이 의미하는 바를 충분히 알고 있으면서도, 욱은 어디까지나 냉정을 유지해야 하는 자신의 처지가 부끄러웠다. 독립할 나이가 훨씬 지나버린 오늘날까지도 여전히 독립하지 못한 채, 여자 하나 정도를 짐으로 생각하고 멀리하는 지금의 사정이 서글펐다. 그의 망설임을 채찍질하듯 지금 그녀는 암시를 갈망하고 있다. 욱은 기개 없음에 뼈가 깎이는 느낌이었다.

'어떻게 해야 좋을까? 세상이 나한테는 어려워졌구나.'

이제는 월매보다도 자신에 대해 말하고 있었다. 쓰디쓴 차를 앞에 두고 해결되지 않는 그 밤을 원망하는 것 같기도 했다.

생각지도 못한 고민을 얻어 욱은 지혜도 없이, 결단도 없이 며칠이나 상심만 하고 있었다. 가게에 있으면 이것저것 아버지한테 꾸중만 듣게 되고, 초조한 신경을 농락당할 뿐이었다.

마침내 아버지와 심하게 말다툼을 한 날, 욱은 표연히 시내에 있는 한 증막으로 들어갔다. 백빙서 같은 이들의 눈에 띄면 야인 취미라고 일언지하에 경멸당하겠지만, 욱은 몇 년 전부터 그 원시적인 풍습을 즐겨왔다. 장작불로 뜨겁게 달군 캄캄한 토굴 안에서 네다섯 명이 한패가 되어 거적을 뒤집어쓰고 엎드려 있으면, 온몸이 불에 구워지는 듯한 느낌이 든다. 거적이 불에 그슬려지는 냄새와 맵싸한 연기에 목이 메고, 눈은 보이지 않으며, 숨 쉬기도 괴롭고, 의식은 혼돈 상태로 그대로 타 죽는 게 아닌가 하는 그 초열지옥을, 욱은 즐겨 '망각의 굴'이라 불렀다. 살인적 고행 속에서 속세는 이미 먼 망각의 피안으로 사라져 안 보이기 때문이다.

오후 네 시라면 첫 번째 가마가 가장 뜨거운 때라서 단련이 돼 있는 욱도 그날만은 삼백도 세기 전에 더는 배겨낼 수가 없었다. 상대의 직업도 인품도 알 까닭이 없으며 그저 알몸뚱이로 모여서 몸을 바싹 붙인 채 사이 좋게 한 불가마 속에 누워 있는 풍습인데, 그 집에 모이는 이들은 대개 노인네들로, 욱은 그들에게서 젊은 사람답지 않게 기특하다고 별나게 생각될 정도였지만 그날은 분명히 몸 상태가 이상했다. 열기가 콧구멍을 막아서 호흡이 곤란할 뿐 아니라 몸이 비틀려 잘려나가는 듯한 고통이었다. 옆자리 사내는 아무렇지 않은 듯 콧노래를 부르며 거침없이 숫자를 세고 있다. 그것이 꼭 지옥의 염불처럼 들려왔다. 오백까지 셌을 때 욱은 창피함을 무릅쓰고 거적을 걷어차고 가마에서 튀어나왔다. 오백을 세는 데 걸리는 시간은 십 분 정도로, 한증막에 있는 사람들치고는 부끄러운 숫자였다.

노천의 바닥에 서자 내리쬐는 햇빛이 눈부시고 살구처럼 익은 피부는 만지면 벗겨질 듯 아릿아릿 아팠다. 눋는 냄새가 주위를 떠돌았다. 욕실로 들어가 욕조의 테두리에 걸터앉으니 온몸이 녹초가 되었다. 아버지와의 일을 생각하고 있었는지도 모른다. '망각의 굴'도 그날만은 별 효능이 없었다.

"내년은 아버지의 환갑이잖니, 평생에 한 번뿐인 잔치 하나 시끌벅적하게 못 하면 아마 근방의 웃음거리가 될 게다. 지금부터라도 준비해두지 않으면 아무래도 늦을 거야."

어머니가 찬찬히 말하는 옆에서 성난 기색인 아버지는

"그런 일에 생각이 미칠 만한 자식을 가졌다면, 난 이 나이가 될 때까지 고생하진 않았어. 낡은 칼 같은 것에 정신이 팔려서 원. 세상 사람들이 어떻게 생각하는지 아는 게 좋을 거다. 그런 건 팔아버리는 게 낫다. 무슨 일에나 적당한 때가 있는 법이야. 지금 처분하는 것이 관장한테도 체면이 선다는 말이다."

"제 물건입니다. 제가 어떻게 하든 그냥 내버려두세요."

욱도 그만 발끈해서 쓸데없는 참견이라는 듯 목소리를 높인 것이 아버지의 노여움을 사게 되었고, 이 못난 놈, 불효자식이라는 호통을 듣고서야 가게를 뛰쳐나왔던 것이다.

월매를 생각하고 있던 참이었으므로, 천 원이라는 선금과 아버지 환갑잔치 같은 것이 함께 얽히고설키어 마음을 꾸짖고 있었다. 막다른 골목에 몰린 것처럼 빠져나갈 곳이 없는 괴로움이 극심한 초조감을 불러일으켰다. 한증막은 너무 뜨거워 망각 같은 걸 이야기할 계제가 아니었다.

좋이 천은 세고 시뻘겋게 타서 나온 사람들이, 오늘은 웬일인가, 오백에 튀어나가다니 자네답지 않군, 이렇게 놀리는데도 상대하지 않고, 욱은 멍하니 생각에만 잠겨 있는 불미스러운 꼴이었다.

'모두들 나만 못살게 굴고 있어. 아버지도 어머니도 월매도, 모두가 합세해서 나 한 사람을 놀림감으로 만들 생각인 거야. ……넘길 것 같아. 넘길 성싶으냐고. 고도를 내놓다니 그게 어디 될 말이야.'

의기양양하게 격앙된 마음속에는 다분히 자조의 뜻도 들어 있었다. 목욕탕을 나와서도 곧장 집으로 돌아가지 않고 반나절 동안 거리를 어슬렁거리자니 들개와도 같은 비참한 심정이었다.

해가 저물 무렵이 되어 가게 문을 들어섰을 때, 집 안의 텅 빈 공기에 망설이면서 안으로 들어가자 음식을 장만하고 있던 어머니가 어딘지 허둥거리는 모습으로 묻지도 않은 말을 하는 것이었다.

"어딜 갔던 거냐? 가게가 비어 곤란한데. 아버지는 급한 볼일이 생겨서 좀 전에 막 성천 시골로 나가셨다."

"성천이라뇨, 무슨 급한 일인데요?"

욱이 성급하게 추궁하자, 어머니는 머뭇머뭇 아들의 안색을 살피면서

"토지를 보신다며 중개인과 같이 가셨다."

"토지를 봐서 뭘 하시게요?"

"창평의 사흘 갈이 보리밭 말이다. 아버진 내내 그걸 얼마나 탐내고 계셨는지 모른단다. 마침 매물로 나왔다는 말을 들은 터라, 다시 한 번 손에 넣을 수 없나 해서 요 며칠 초조해하신 모양이다. 보리밭 뒤쪽에는 대대로 모신 산소도 있고, 아버지도 거기에 뼈를 묻고 싶다는구나……."

욱 일가가 창평이라는 시골에서 이곳 시내로 이사해 온 지도 벌써 십 년 가까이나 되었다. 근소한 것이긴 하지만 대대로 갈아먹던 땅을 팔아버린 것이 아버지에게는 골수에 사무치게 유감스러운 일이 아닐 수 없었다. 노인에겐 시내 살림이란 걱정거리가 많은 거라서, 할 수만 있다면 다시 한 번 시골로 돌아가 여생을 흙이나 풀과 접하며 살고 싶다는 아버지의 숙원을 욱도 알고는 있었다.

"하지만 손에 넣을 수 있다고 해도 삼천 평이나 되는 밭이 어떻게 찢어지게 가난한 우리 손에 쉽사리 들어오겠어요? 무슨 생각으로 그런 당치 않은 일을 하는 거예요?"

날카롭게 추궁당하자 어머니는 쩔쩔매는 모양이었으나 금세 침착한 목소리로 바뀌었다.

"어차피 말해야 할 일이지만, 화를 내서는 안 된다. 아버지는 그 고도를 오늘 관장한테 가지고 가셨다. 사례금은 아직 받지 않았지만 말이다."

"뭐, 뭐라구요, 다시 한 번 말씀해보세요."

욱은 등허리가 딱딱하게 굳어지고 코언저리부터 창백해져갔다. 입술이 파르르 떨렸다.

"사례금은 아직 안 받았다고요, 그걸 팔아서 밭뙈기를 살 요량이었어요? 정말, 어처구니가 없네요."

"그렇게라도 하지 않으면 평생 구렁에서 헤어날 길이 없잖니? 아버지 생각이 틀린 게 아니다."

"어쩌면 그렇게 경멸할 만한 짓을. 정말, 부끄러운 줄도 모르고……."

욱은 말만으로는 미지근하고 도저히 가만히 있을 수 없어서 근질근질한 손으로 책상 위에 놓인 벼루를 집어 들었던 모양이다. 진열장 위의 도기에 맞아 와장창 커다란 파편이 흩어졌다. 무슨 짓이냐고 어머니가 주뼛주뼛하면서 나왔을 때는 시가 수십 원이나 하는 조선 시대의 오래된 항아리는 망측한 몰골로 변해 있었다. 욱의 눈은 시뻘겋게 살기를 띠고 있었다.

"멋대로 그건 짓을 하게 둘 것 같아. 그건 내가 발굴한 거야. 아무도 손가락 하나 까딱할 수 없어."

흐트러진 모습으로 드르륵 유리문 여는 것을 보자 어머니는 완전히 당황한 기색이었다.

"어딜 가는 거냐? 그렇게 씩씩거리며 대체 어쩔 셈이냐?"

욱은 뒤도 돌아보지 않고 앞으로 거꾸러질 듯한 자세로 가게를 나왔다.

……한 한 시간쯤 지났을까. 박물관 뒤 모란대의 어스레한 황혼 속을 시내 쪽으로 표표히 내려오는 그림자가 있었다. 오른손에는 거의 사람 크기만 한 고도를 치켜들고 있었다. 욱이었다. 관장한테 따지러 가서 고구려의 고도를 되찾아 오는 길이었다.

청류정清流亭에 이르자 단청이 벗겨진 처마 밑을 지나 난간에 기대섰다. 발아래로는 대동강이 머물다 흐르고, 능라도의 버드나무 숲에도 가을 색이 쓸쓸하게 깊었다. 강 너머로는 벌판이 이어지고 그 끝에 나지막한 산의 윤곽이 검푸르게 보인다. 보름이 가까운 때라 살짝 이지러진 달빛에, 수천 년 변하지 않은 산하가 희뿌연 가운데 묵묵히 있었다. 예컨대 이천 년 전 고구려의 저녁, 사람들은 똑같은 이 강가에 우두커니 서서 지금과 변함없는 강물을 바라보았을 거라 생각하니 욱에게는 감상마저 솟아올랐고, 그러한 감상 속에서 오른쪽으로 멀리 내려다보이는 아득한 시가의 모습은 더한층 감개무량한 것이었다.

정자를 나와 오솔길로 접어들자 정면으로 펼쳐지는 시가는 끝없이 이어지고, 그 속에서 꿈틀거리는 수십만 창생의 삶은 자신의 손아귀에 쥐어져 있다는 터무니없는 환각이 솟아올라 대담한 기분이 들었다. 온몸의 힘을 다해 고도를 치켜들어 보았다. 도신은 간신히 어깨를 지나 하늘로 올라갔나 싶더니, 무게로 인해 저절로 슬슬 내려왔다. 그 탄력을 이용해 길섶의 풀을 후려쳐 베고는 다시 치켜들고, 아이들 장난 같은 그 짓을 몇 번이고 되풀이하면서 흐뭇해하는 욱이었다.

"월매도 아버지도 관장도 모두가 합세해서 날 놀림감으로 만들려고 한 거다. 넘길 성싶으냐고. 누가 와도 굽히나 봐라."

중얼거리는 그의 모습을 그때 지나가다 지켜본 사람이 있었다면, 아마 그를 미쳤다고 생각하지 않았을까?

"이걸 넘길 바엔 차라리 내 목숨을 넘겨주는 게 낫다. 밭이나 계집 같은 건 하잘것없다."

녹슨 청록의 오래된 색은 혼연히 저녁 어스름 속에 녹아들고, 금빛 칼자루가 달빛을 받아 은은하게 빛났다. 정말로 욱은 미쳐버렸는지도 몰랐다.

여전히 칼을 휘두르고 있는 팔에는 점점 더 힘이 들어갔으며 얼굴은 뜨거워지고 눈은 번쩍번쩍 빛나고 있었다.

—『은빛 송어』, 해토, 2005.

하얼빈

호텔이 키타이스카야*의 중심지에 있자 방이 행길 편인 까닭에 창 기슭에 의자를 가져가면 바로 눈 아래에 거리가 내려다보인다. 삼 층 위의 창으로는 사람도 자그만하게 보이고 수레도 단정하게 보이며 모든 풍물이 가뜬가뜬 그 자신 잘 정돈되어 보인다. 그러면서도 쉴 새 없는 요란한 음향은 어디선지도 없이 한결같이 솟으면서 영원의 연속같이 하루하루를 지배하고 있다. 이른 새벽 침대 속으로 들려오는 우유를 나르는 바퀴 소리에서 시작되는 음향이 점점 우렁차게 커지면서 밤중 삼경을 넘어 다시 이른 새벽으로 이어질 때까지 파도 소리같이 연속되는 것이다. 인간 생활에는 반드시 음향이 필요한 모양이다.

나는 이 삼층의 전망을 즐겨 해서 방에 머무르고 있는 대부분의 시간을 창가 의자에서 지내기로 했다. 아침 비스듬히 해가 드는 거리에 사람들의 왕래가 차츰차츰 늘어가려 할 때와 저녁 후 등불 켜진 거리에 막 밤이 시작되려 할 때가 가장 아름다운 때이다. 조각돌을 깔아놓은 두툴두툴한 길바닥을 지나는 마차와 자동차와 발소리의 뚜벅뚜벅 거치른 속에 신선한

---

* 하얼빈의 중앙대로.

기운이 넘쳐 들리고 여자들의 화장한 용모가 선명하게 눈을 끄는 것도 이런 때이다. 그러나 반드시 또렷한 주의와 목적이 없이 다만 하염없이 그 어지럽게 움직이는 그림을 바라보는 것이다. 바라보는 동안에 번번이 슬퍼져감을 느낀다. 이유를 똑똑히 가리킬 수 없는 근심이 눈시울에 서리어진다. 인간 생활은 또 공연히 근심스러운 것인지도 모른다.

사실 나는 그 근심의 곡절을 따져낼 수 없는 것이, 그 짧은 여행이 원래 걱정에서 시작된 것이 아니어서 고향에 불행을 두고 떠난 것도 아니요 눈앞에 불행이 놓인 것도 아닌 까닭이다. 마음에 드는 거리를 실컷 보고 입에 맞는 음식을 실컷 먹으면서 흡족할 때까지 소풍을 하면 그만인 것이요, 또 그 요량으로 떠났던 여행인 것이나 마음은 반드시 무시로 즐겁지만은 않다. 호텔 아래편 식당에는 늙은 뽀이의 은근한 시중과 함께 기름진 빠터며 노서아 수프며 풍준한 진미가 준비되어 있는 것이나 그 깨끗한 식탁을 대하면서도 어딘지 없이 마음 한구석이 답답한 것은 웬일일까. 며칠 만에는 식당으로 내려가기조차 귀찮아서 방 뽀이에게 분부해 늦은 아침 식사는 대게 방에서 빵과 커피로 대신하게 되었다. 초인종으로 뽀이를 불러 그릇을 치우고는 다시 창에 가서 의자에 앉곤 한다. 행길에는 사람들이 훨씬 늘었다. 그 한 사람 한 사람의 가는 길과 목적을 뉘 알 수 있으랴. 나는 키타이스카야 거리를 사랑한다. 사랑하므로 마음에 근심이 솟는 것일까.

"왜 이리도 변해가는구 이 거리는. 해마다."

변해간다는 것이 안타까운 일이 아닐 수 없다는 듯 시선은 초점을 잃고 아득해간다.

지금 눈 아래의 거리는 사실 벌써 작년 여행에 본 그 거리는 아니다. 각각으로 변하는 인상이 속일 수 없는 자취를 거리에 적어간다. 오고 가는 사람들의 얼굴도 변했거니와 모든 풍물이 적지 아니 달라졌다. 낡고 그윽한 것이 점점 허덕거리며 물러서는 뒷자리에 새것이 부락스럽게 밀려드는 꼴이 손에 잡힐 듯이 알려진다. 이 위대한 교대의 인상으로 말미암아 하얼빈의 애수는 겹겹으로 서리어가는 것이다.

"나는 이 변화를 보러 해마다 오는 것일까. 이 변화를 보러."

혼자 속으로 생각하자는 것이 그만 남에게 들려주는 결과가 되었다.— 우연히 등 뒤에 나타난 사람이 있었던 까닭이다. 노크를 듣고 뽀이인 줄만 알고 콧소리를 질렀더니 살며시 들어와 선 것이 뜻밖에도 유라이다. 돌아다보고 나는 놀랐다.

"왜 놀라세요."

"너무도 의외여서."

"오겠다구 약속하지 않았어요."

"약속받은 것은 나두 기억하지만.—아무리 약속을 했기로서니."

"말을 어기는 사람인 줄 아세요. 밤까지 별로 일두 없구 해서 일찌감치 나서봤지요."

"하얼빈의 변화라는 것을 생각하구 있는 중인데—"
하며 다시 창을 향하니 유라도 의자를 끌어다가 탁자 맞은편에 앉는다.

"어찌는 수 없는 일이죠. 될 대로 되는 수밖엔요."

철없는 무관심일까. 대담한 체관일까. 표정 없는 순간의 그의 눈이 아름답다. 슬픈 얼굴보다도 평온한 그 얼굴이 얼마나 더 효과적이었을까.

"—보세요. 저 잡동사니의 어수선한 꼴을. 키타이스카야는 이제는 벌써 식민지예요. 모든 것이 꿈결같이 지나가 버렸어요."

유라는 판타지아에서도 으뜸가는 용모였다. 불끈 뜨는 커다란 눈이 간

담을 서늘하게 하면서도 어딘지 어린 태가 드러나 보인다. 몸도 작고 팔다리도 소녀같이 애잔하다.

"폴란드 태생인 어머니의 피를 받아서 그런지 나두 여기서는 외국 사람 같은 생각이 난답니다."

새빨간 드레스를 입고 볼에 새까만 점을 붙이고 의자에 앉은 그의 모양은 밤 홀의 분위기와 꼭 어울리건만 그로서 보면 그 자신도 또한 그 홀에서는 한 사람의 이국인이란 말일까. 그렇다고 듣고 보면 딴은 그는 가령 무대 위에서의 노래나 무용이나의 짤막한 연기를 고집스럽게 열심히 바라보는 버릇이 있다. 그럴 때의 그의 자태는 속일 수 없는 한 사람의 이국인의 그것이다. 조금 어색스러우리만치 잠자코 앉아서 무대로 향한 눈동자에 주의보다는 명상을 담고 있는 모양은 참으로 그 자리에서는 서먹서먹하게밖에는 보이지 않았다.

밴드가 울리면 한자리에 앉았던 리나와 끼고 일어나 춤을 추는 것이 여자끼리라 그런지 부드럽고 익숙하게 보이건만 나와 곁게 되면 그만 발이 걸리고 몸이 끌리면서 주체스럽게 어긋나 버린다. 반드시 내 춤이 어색한 까닭이 아니라 유라의 심중이 복잡한 탓이려니 생각한다. 복잡한 심서로는 주의의 방향을 어거*할 수 없는 모양이다.

유라가 잠깐 자리를 비운 새 리나가 묻지 않는 말로 동무의 비밀의 한 토막으로 들려준 것은 대체 무슨 까닭이었을까.

"유라는 홀에서 독판 점잖은 척은 해두 실상은—"

"훌륭한 얼굴이 아니오. 기품이 있고 명상적인 것이."

"실상은 작년까지 니싸에 있었다나요. 거리에선 다 알죠."

---

* 거느려 바른길로 나가게 함.

재빠르게 지껄이는 어조에 날카로운 적의가 펀적임을 나는 놀랍게 여기며 리나의 얼굴을 쏘아붙인다. 리나는 조금도 동하는 기색 없이 담배 연기를 천장으로 뿜어 올린다. 나는 들을 말을 들었는지 안 들을 말을 들었는지 분간할 수 없어—순간의 놀람과는 반대로 마음은 즉시 침착하게 비어감을 느낀다.

니싸는 결코 명예롭지 못한 곳이다. 유라의 몸에 찍혀진 그 지옥의 치욕의 표정은 평생을 가야 벗어질 날이 없을 것이다. 그런 치명상을 몸에 입지 않으면 안 되리만큼 절박했던 것인가.

"판타지아로서는 이같이 불명예로운 일은 없어요.—행여나 우리 모두를 유라와 같은 부류의 여자인 줄 생각들 할까 봐서 겁이 나요."

이런 리나의 불평이 그로 하여금 유라의 비밀을 털어놓게 한 것일까. 그의 어세는 의외에도 격하고 세다.

"그러나 리나와 유라는 누구보다두 친한 사이가 아니오."

"우정과 신분은 다른 것이니까요. 신분만은 서로 확적히 해두는 것이 옳지 않겠어요."

카바레는 즐거운 곳만도 아니다. 사람사람의 가슴속에는 심리의 갈등과 감정의 거래가 거미줄같이 잘게 드리워 그것을 목도하고 경험함은 답답하고 피곤한 일이다. 더욱이 유라들의 일건에 관해서는 나는 결코 행복된 입장에 서 있다고는 생각할 수 없는 것이다.

유라가 나 같은 뜬 나그네를 그렇게 수월하게 찾아온 것을 구태여 그의 그런 허름한 신분의 탓이라고까지 생각할 필요는 없었고 다만 약속을 지키자는 그의 교양의 발로라고 여기면 그만이어서 함께 거리에 나왔을 때에도 나는 그와 나란히 선 것을 그다지 부끄러워할 것이 없었다.

키타이스카야를 강 쪽으로 걸어가다가 왼편으로 고부라져 들어간 비교적 한산한 부두구埠頭區 일대의 주택 지대를 거니는 것이 또한 나의 기쁨의 하나이다. 마당같이 넓은 행길에는 느릅나무의 열이 두 줄로 뻗쳐 있고 양편의 주택은 대개가 보얀 계란빛으로 되어서 침착하고 고요한 뒷골목인 셈이다. 대체 느릅나무와 보얀 집과 교당의 둥그런 지붕과 종소리를 제한다면 하얼빈의 운치로는 남을 것이 무엇일까. 부두구의 가로수 그늘을 지나면서 집 문패의 노서아 문자를 차례차례 서투르게 읽어가는 것이 아이다운 기쁨을 자아내게 한다. 어느 집이나 넓은 뜰이 달렸고 나무와 화초가 화려하다. 옥수수와 강낭콩을 심은 뜰도 있어서 어느 고장에서나 전원의 풍경으로는 이에 미치는 것이 없는 모양이다.

"불란서 영사관예요."

수풀 속에 커다란 이층집이 들여다보이는 문간에 이르렀을 때 유라는 나의 주의를 일깨웠다.

규모가 클 뿐이지 집 모양이 사택과 다를 것 없는 것이 흥미를 끈다. 민주주의 문화의 표시인 것일까.

"변한 것은 키타이스카야뿐이 아니라 이 영사관두 어제와는 다르답니다."

"독일과의 싸움에 졌으니까 말이지."

"불국佛國과의 연락이 끊어진 까닭에 돈두 안 오구 통신두 맥히구 해서 영사의 가족들은 요새 와선 생활조차 곤란이라나요. 자동차를 팔었느니 지니구 있는 보석까지를 넘겼느니─신문은 가지가지의 소식을 전해요."

"세상은 변하라구 생긴 모양이야."

불란서 영사관을 몇 집 지나놓고가 또 바로 화란 영사관이다. 규모는 조금 작으나 나뭇가지 사이로 들여다보이는 조촐한 집이 그 구역에서는 제일 단정한 듯하다. 화단에는 새빨간 샐비어가 한창 찬란하게 피어 있다. 그러나 철문에 자물쇠가 걸려 있음은 웬일인가.

"아주 폐쇄해버렸단 말인가."

"폐쇄한 셈이죠.—관원들은 뒤꼍 한 간으로 살림을 줄이곤 거의 전채를 어떤 회사에 빌려주었다니까요."

"영사관이 셋집이 됐다."

닫혀진 철문 속을 한참이나 물끄러미 바라보다가 나는 유라와 함께 천천히 그 앞을 떠났다.

머릿속이 아찔해지면서 느릅나무의 푸른 잎새가 눈 속에 엉겨 붙을 듯이 압박해온다. 수수께끼나 풀고 있는 듯 오후의 골목은 고요하다. 깨끗하게 정돈된 행길 위에 우리들의 발소리만이 저벅저벅 울린다.

나는 혼란한 머릿속을 수습하느라고 잠시 침묵을 지키는 수밖에는 없었다. 순간의 착각에서 깨어난 듯이 나는 내 육신이 제대로 멀쩡한 것을 새삼스럽게 신기하게 느낀다. 행길도 수풀도 집들도 제대로 늘어서 있다. 있던 모양대로 그대로 있는 것이다.

"유라두 혹 그런지—난 가끔가다 현재라는 것에 대해 커다란 놀람과 의혹이 솟군 하는데."

"현재가 왜 이런가 하구 말이죠."

유라도 내 마음속에 떠오르고 있는 생각의 정체를 옳게 살핀 모양이었다.

"가령—이 행길은 왜 반드시 이렇게 났을까—집들은 왜 하필 이런 모양일까—이 거리는 왜 꼭 지금 같은 규모로 세워졌을까—하는 생각……."

"키타이스카야는 왜 지금같이 변하구 불란서 영사관은 왜 저 모양이 되구 했나 말이죠."

"더 가까이—손가락은 왜 하필 다섯 가락일꼬, 네 가락이면 어떻구 여섯 가락인들 어떻단 말인구—얼굴에만 두 눈이 박히지 말고 뒤통수에 하나 더 있던들 어떻다 말이구—배꼽이 옆구리에 붙으면 왜 못쓸까.— 내 머리는 왜 검구—유라의 눈은 왜 푸른지……."

나는 얼마든지 내 의혹의 예를 들 수 있다. 눈에 보이는 것, 귀에 들리는 것이 생각하기에 따라서는 내게는 모두 수수께끼인 것이다.

"학자들은 진화의 법칙으로 설명하구 필요의 이치를 따지지만—손가락이 여섯인들 그다지 거추장스럽구 불필요할 것이 무언구. 그따위 옅은 설명보다두 내가 알구 싶은 건 창조의 진의—무슨 까닭으로 하필 현재의 이 우연한 결정이 있게 되었는가—현재가 이미 우연일 때 현재와 다른 우연의 결정을 생각할 수 없을까—내 머리가 노래졌대두 좋은 것이구 이 행길이 남쪽으로 났대두 무방한 것인 걸 다만 우연한 기회로 말미암아 다르게 결정된 까닭에 지금의 이 머리 이 행길로 변한 것이 아닐까—그렇기 때문에 지금보다 다른 세상이라는 것을 생각할 수 있는 것이구 생각하지 않고는 견딜 수 없는 것이구……."

"당신은 무서운 회의주의자예요. 그러니까 언제나 그런 우울한 얼굴을 지니구 있죠."

"나는 지금 왜 이곳으로 여행을 왔구 유라는 왜 나와 걷구 있구……."

"너무 어려운 것을 생각하면 마음이 안타까울 뿐이죠 괜히. 사람의 힘에 부치는 것을 생각함은 자연에 대한 반역이 아닐까요. 괴로운 마음은 그 반역에 대한 벌이겠죠."

유라는 마치 타이르는 듯도 한 부드러운 목소리다.

문득 고개를 드니 먼 맞은편 나무 사이에 교회당의 둥근 지붕이 솟아 보인다. 그 의젓하고 엄숙한 자태는 전지전능자의 위엄을 보이자는 것일까.

지붕 위의 높이 솟은 십자가는 회의주의자인 나를 꾸짖고 있는 것일까.

송화강가로 나가 긴 둑을 걸어 요트 구락부에 이르러 '떽 파러'*에 앉으니 넓은 강이 바로 눈 아래에 무연하게 열린다.

파러에는 식사하는 손님들이 거의 꼭 차 있고 홀 안 무대에서는 벌써 오후 여섯 시가 되었는지 밴드의 음악이 흘러나온다. 나는 그 음악을 하얼빈의 큰 사치의 하나라고 아까워한다. 식사하는 사람들이 그 음악을 대단히 여기는 것 같지도 않고, 첫째 그것을 이해하고 즐기는 사람이 몇 사람이나 될까. 차이코프스키의 실내악은 개 발에 편자같이 어리석은 군중의 귀를 무의미하게 스치면서 아깝게도 흐른다. 하얼빈은 이런 사치를 도처에서 물같이 흘리고 있다.

뽀이에게 음식을 분부하고 음악에 귀를 기울이고 있을 때 유라는 내가 지니고 온 쌍안경으로 강 위와 건너편 태양도의 구석구석을 샅샅이 정탐하고 있다. 이곳저곳에다 정신없이 초점을 맞추면서 연방 미소를 띤다.

굉장한 것을 발견했다고 히히덕거리며 한 곳을 손가락질하고 쌍안경을 내게 주는 것이나 그의 눈과 내 눈은 시력이 다른 까닭에 나는 내 눈에 맞도록 초점을 다시 조절하지 않으면 안 된다. 눈에 대고 함부로 나사를 돌리노라면 두 개의 렌즈 속에 혹은 태양도의 붉은 지붕이 들어오고 베란다에 나앉은 가족들이 들어오고 물에서 헤엄치는 남녀의 자태도 어려온다. 강 위를 닫는 유람선 이층에는 사람들이 빽빽이 붙어 섰고 기슭에 댄 조그만 어선 속에는 평화로운 부부의 자태가 보인다. 남편이 낚시질하는 한편에서 수영복을 입은 아내는 책을 읽고 있다. 책의 작은 활자가 바로 내

---

* 갑판.

손에 쥐여 있는 듯이도 똑똑히 비쳐온다. 아내가 문득 고개를 돌린 것은 남편이 고기를 낚았다고 소리를 친 까닭이다. 뱃전에 흰 고기가 푸득푸득 뛰면 부부는 미소와 흥분으로 고요하던 배 속에 한동안 생기가 넘친다. 이 단란의 풍경은 아무리 오래 보아도 싫지 않다. 아마도 이날 강에서는 제일가는 풍경이었으리라.

쌍안경으로 그토록 히히덕거리고 기뻐하던 유라언만 뿌이가 날라다가 식탁 위에 늘어놓는 음식 그릇을 보고 그다지 반가워하지 않음은 웬일이 었을까.

각각 접시에다가 음식을 노나 놓고는 포크를 드는 대신 여전히 담배를 피운다. 맥주잔을 권해도 간신히 입술에 대는 정도로 들었다가는 놓는다.

"이런 진미가 입에 맞지 않는다니.—이 집 요리는 하얼빈서두 유명하 다는데."

혼자만 식도를 움직이기가 미안해서 이렇게 말하면 유라는

"도무지 식욕이 없답니다."

"담배를 너무 피우니까 그렇지."

"담배를 피워서 식욕이 없는 것이 아니라 식욕이 없으니 담배밖엔 피 울 것이 없어요."

카바레에서도 그는 담배가 과했다. 잠시도 쉬지 않고 무시로 연기를 뿜 는 것이다. 손가락 끝이 익은 누에같이 노랗다.

"어서 그런 소리 안 할 테니—음식을 많이 먹구 몸 좀 주의해요. 그 팔 목의 꼴이 무어요. 황새같이 가느니."

"몸이 좋아져선 뭘 하게요."

종시 접시에 노나 담은 음식의 반도 못 치우는 그의 식량이다.

파러를 나와 문간에서 모자를 찾을 때 나는 늙은 뿌이에게 은전 한 닢

을 쥐여주다가 문득 어디선가 본 얼굴 같아서 고개를 갸웃거리면서 뜰로
내려섰다.

"옳지, 스테판.—어쩌면 저렇게 스테판과 같은 얼굴일까."

그 늙은 뽀이는—이름이 무엇일까, 흔한 이반이나 안톤일까—모습이
스테판과 흡사한 것이다. 스테판은 판타지아의 변소를 지키는 늙은 뽀이
이다. 손님의 손에 물을 부어주고 수건을 빌려주는 뽀이이다.

하얼빈에는 왜 이다지도 도처에 늙은 뽀이가 많으며 그들의 얼굴이 또
한 비슷비슷한 것인가. 불그스름한 바탕에 주름이 거미줄같이 잡히고 머
리카락이 흰 것이 모두가 스테판 같고 이반 같고 안톤과 흡사하지 않은
가—생각하면서 나는 스테판의 얼굴을 떠올려보았다. 취한 손님이 비틀
비틀 변소에서 나와 수도 앞에 서면 스테판은 빙글빙글 웃으며 가까이 와
컵에 준비해두었던 물을 손에 끼얹어 주고 손에 들었던 수건을 내민다.
손님이 손을 훔치고 날 때면 다시 빙글빙글 웃으며 얼굴을 똑바로 본다.
그 웃음에는 뜻이 있다. 돈푼을 던져달라는 것이다. 그렇게 알고 보면 그
웃음을 띤 얼굴이 원숭이같이 교활하고 불쾌하게 여겨지는 것이나 그러
나 그렇게 해서 모은 돈이 하룻밤의 그의 필요한 수입이 됨을 생각할 때
미워할 수만도 없는 것이다. 하얼빈의 수많은 뽀이들 중에서도 스테판같
이 천하고 가엾은 사람은 없을 법하다. 내게 그토록 강렬한 인상을 주게
된 것도 그 까닭일지 모른다.

뜰에는 초록이 신선하고 화단이 깨끗해서 제물로 휴게소를 이루었다.
흰 벤치가 놓여 있는 나무 그늘로 가서 유라와 함께 걸어앉으면서도 나는
스테판의 인상을 떨어버릴 수가 없다. 스테판을 생각하면 한 가지 미안한
일이 있었던 까닭도 있다.

"난 스테판에게 조그만 죄를 진 게두 같구려."

내 말에 유라는 내 얼굴을 듬직이 바라보면서

"그날 밤에 팁을 좀 더 못 주었던 것 말이죠. 그 말씀을 벌써 몇 번 되풀이하시는 셈예요. 하룻밤에 한 번 두 번 그만이지 어떻게 번번이야 주겠어요."

"그래두 스테판은 그것을 바라는 표정이든데."

몇 번째 출입이었던지 나는 잔돈이 없었던 까닭에 그의 미소에 대답할 수 없었던 것이다. 지전 한 장을 덤석 주지 못했던 것은 확실히 나의 인색한 탓이라고 해도 할 수 없는 것이 지전 한 장쯤이 그의 그 은근한 태도에 대해서는 그다지 과하고 불필요한 보수는 아니었을 것이니 말이다. 나는 확실히 지전을 아꼈던 것이다. 없는 잔돈을 찾다가 그만 부끄럽게도 그의 앞을 비슬비슬 물러서는 수밖에는 없었다. 생각할수록 미안한 일이었다.

"암마를 줘두 좋기는 하겠지만 어디 세상에 그렇게 관대한 손님이 있어요."

유라는 나를 위로하려고 애쓰는 눈치인 듯도 하다. 그러나 그가 전하는 스테판의 신세 이야기는 도리어 더한층 내 마음을 울리게 되었다.

"하긴 스테판은 그렇게 푼푼이 모아서 본국으로 갈 노자를 맨들구 있답니다. 한 푼이래두 더 긴하긴 하죠."

"본국으로."

"그는 소베에트로 가야 하구 가기를 원하구 있어요."

"흐음. 그럼 변소에서 버는 한 푼 한 푼이 십만 리 먼 길을 주름잡는 한 킬로 한 킬로의 찻삯이 된단 말이지."

"그렇게 그는 평상의 꼭 한 가지 그 원을 위해서는 어떤 비굴한 웃음이든지 띠지 않을 수 없어요."

"그럼 난 더 미안한 셈이 되게."

“스테판의 꿈은 먼 곳에 있답니다. 눈앞에는 아무것두 없어요.”

“유라의 꿈은?”

나는 뒤미처 물으려다가 그만 입을 다물고 강을 내다보았다. 누런 탁류가 아득하게 넓고 무수한 배가 혹은 움직이고 혹은 서 있다.

나는 문득—밑도 끝도 없이 문득

‘스테판은 혹시나 유라의 아버지나 아닐까.’

하고 느끼자 공연히 내 스스로 그 당돌한 생각에 놀라면서 고개를 돌려 유라를 보았다.

역시 강을 바라보고 있던 유라는 그 내 거동을 눈치 채임인지 얼굴을 돌려 함께 나를 본다. 나는 그의 복잡한 마음속을 그 시선만으로는 읽을 길이 없다. 그는 그 수심스러운 눈을 보낼 곳이 없는 듯 다시 강으로 던지면서

“강을 바라보면 저는요—”

들릴락 말락 목소리가 가늘다.

“—언제나 죽구 싶은 생각뿐예요.”

“주 죽다니.”

나는 모르는 결에 목소리를 높이면서 황새같이 가는 그의 팔목을 새삼스럽게 바라본다.

“아예 그런 위험한 생각은—”

하면서 생각하니 유라야말로 나보다도 몇 곱절 윗길 가는 회의주의자였던 것이다. 무시로 담배만을 먹고 식욕이 없고 황새같이 여윈 그는 속으로 죽음을 생각하고 있었던 것이 아닌가.

“죽다니 아예 그런.”

거듭 외이는 내 말투는 죽음을 생각함은 되려 사치한 생각이라는 것,

사람은 아무리 발버둥쳐도 사는 수밖에는 도리가 없다는 뜻을 표시하자
는 것이었으나 유라가 받은 뜻은 무엇인지를 알 길이 없다. 그렇다고 다
시 죽음을 장황하게 설명함은 내 맡은 일도 아닐 법하다.

"마지막 판에는 언제나 그걸 생각하군 해요. 그것만이 즐거운 일이에
요."

내가 내 딴의 생각에 잠겨 있듯 유라도 역시 그 자신의 생각의 껍질 속
에 잠겨 있는 것이다. 그 껍질 속으로는 국외의 다른 사람은 도저히 비집
고 들 길이 없다. 죽음 이외의 무슨 말로 대체 나는 그를 위로할 수 있는
것일까.

파러에서는 여전히 답답한 음악이 들려오고 강은 저녁빛 속에 점점 흐
려간다. 사람을 싣고 섬으로 건너가는 이층의 유람선이 저무는 속에서는
먼 세상의 것같이 아득하게 보인다.

―《문장》 제19호, 1940. 10.

일요일

잡지사에서 부탁 온 지 두 달이 되는 소설 원고를 마지막 기일이 한 주일이나 넘은 그날에야 겨우 끝마쳐가지고 준보는 집을 나왔다. 칠십 매를 쓰기에 근 열흘이 걸렸다. 그의 집필의 속력으로는 빠른 편도 늦은 편도 아니었으나 전날 밤은 자정이 넘도록 책상 앞에 앉았었고, 그날은 새벽부터 오정 때까지 꼽박 원고지와 마주 대하고 앉아서야 이루어진 성과였다. 그런 노력의 뒷마춤이라 두툼한 원고를 들고 오후는 되어서 집을 나설 때 미상불 만족과 기쁨이 가슴에 넘쳤다. 손수 그것을 가지고 우편국으로 향하게 된 것도 시각을 다투는 편집자의 초려를 생각하는 한편 그런 만족감에서 온 것이었다. 더욱이 그날은 일요일이다. 일요일의 한가한 오후를 거리에서 지내고 싶은 생각도 없지 않았던 것이다.

십일월이 마지막 가는 날이언만 날씨는 푸근해서 외투가 휘답답할 지경이다. 땅은 질고 전차는 만원이다. 시민들은 언제나 일요일의 가치를 잊지들은 않는다. 평일을 바쁘게 지냈든 놀면서 지냈든 일요일에는 일요일대로의 휴양의 습관을 가짐이 시민 생활의 특권이라는 듯도 하다. 치장들도 하고 어딘지 없이 즐거운 표정들로 각각 마음먹은 방향으로 향한다. 전차 속의 공기가 불결하고 포도 위의 군중이 답답하다고 해도 그것은 아무의 허물도 아닌 것이다. 준보는 관대한 심정으로 차 속 한구석에서 원고를 펴 들고 있었다. 붓을 떼자마자 가지고 나온 까닭에 추고는커녕 다시 읽어보지도 못했던 것이다. 촉박한 시간의 탓으로, 까다로운 그의 성미로서도 어쩌는 수 없는 노릇이었다. 체면 불고하고 한 손에 붓을 쥔 채 더듬어 내려썼다.

연애의 일건을 적은 소설이었다. 두 사람의 연애에 대해 세상이 얼마나 무지하고 부질없는 번설을 일삼았던가, 그런 상식과 악의에 대한 항의, 사랑의 자유의지의 옹호—그것이 이야기의 테마였다. 어지러운 소문과 비방에도 불구하고 두 사람의 뜻은 더욱 굳어가서 드디어 결혼을 결의하게 되었다는 것, 여주인공이 잠시 여행을 떠나게 되었을 때 마치 육체의 일부분을 베어나 내는 듯 남주인공의 마음은 피가 돋아날 지경으로 아팠다는 것을 장식 없이 순박하게 기록한 한 편이었다. 세상에 사랑을 표현하는 말은 천 마디 만 마디 되고 준보는 기왕에 사랑의 소설을 많이도 써왔지만 그 한 편같이 진실한 것은 드물었다고 스스로 생각했다. 그런 문학적인 자신이 그날의 만족을 한 겹 더해준 것도 사실이었다.

국에서 서류 우편으로 원고를 부치고 나니 무거운 짐이나 내려놓은 듯 마음은 상쾌하다. 다음 일이 생길 때까지 당분간 편하게 쉬고 조바심을 안 해도 좋다는 기대가 한꺼번에 마음을 풀어준 것이다. 가벼운 마음에 거리는 어느 때보다도 즐거운 것으로 보인다. 땅 위에 벌어진 잔치다. 그 어디서인지 횃불이 타오르고 웃음소리가 터져 오르는 것이 들리는 듯도 하다.

혼잡한 네거리의 표정은 화려하고 야단스럽다. 잔치에 초대를 받은 사람들은 감정을 치장하고 그 분위기에 맞추어 걸음도 가볍다. 오늘 이 지구의 제전에 먼 하늘에서는 축하의 사절을 보내렴인지 구름 사이로 푸르게 갠 얼굴을 빼꼼히 기웃거리고 있다. 준보도 초대객의 한 사람인 양 밝은 표정으로 사람들 속에 휩쓸린다. 사랑의 소설을 쓰고 사람들의 감정을 헤아릴 수 있는 그야말로 누구보다도 가장 즐거운 한 사람일지 모른다. 사람들의 그 기쁨의 비밀의 열쇠나 잡은 듯이 자랑스러운 표정이었다.

꽃 가게에는 온실에서 베어 온 시절의 꽃들―카네이션, 튤립, 난초, 금잔화의 묶음과 동백꽃의 아람이 봄같이 피어 있다. 꽃묶음은 그대로 일요일의 상징이다. 꽃 가게에는 잔칫날 만국기를 단 장식장이다.

영화관은 사람들의 인기를 끌어 잔치 마당의 특별관이라고 할까. 그 훈훈하고 어두운 굴속은 꿈을 배는 보금자리이다. 현실과 꿈의 야릇한 국경선을 헤매이면서 사람들은 벌겋게 상기되어 문을 밀치고 드나든다.

이날 유난히도 복작거리는 백화점은 여흥의 추첨장이라고 함이 옳을 듯싶다. 여자들의 인기를 독점한 듯 치장한 그들의 뿜는 향기가 가게 안에 욱욱히* 넘친다. 준보에게는 그들이 모두 아름답고 신선해 보인다. 세상 인류의 반을 차지하고 있는 이 반쪽들은 남은 반쪽들의 한평생의 가장 큰 희망의 대상으로 조물주가 작정해놓은 모양이다. 희망과 포부와 야심과 광명의 근원을 이 반쪽에게서 찾도록 마련해놓은 듯하다. 각각 한 사람씩을 잡아서 그 작정된 반쪽들을 서로 찾아내면 그만인 것이나 그릇된 숙명의 희롱으로 말미암아 간간이 비극이 꾸며지곤 한다. 준보가 아내를 잃은 지 이미 일 년이 된다. 어쩌다 이 비극의 제비를 뽑게 된 그에게는 일시 세상에서 태양이 없어버린 듯 온실의 보일러가 꺼져버린 듯 커다란 고독과 적막이 엄습해왔었다. 그러나 사람은 비극으로 말미암아 자멸되지 않으려면 그것을 정복하는 수밖에는 없다. 각각 반쪽을 찾아내는 순라

---

* 매우 향기롭게.

잡기*에서 상대자를 잘못 잡아서 생긴 비극이라면 필연코 예정된 배필은 또 달리 있을 것이 아닐까. 그 예정된 판도라를 마음속에 그리면서 두 눈을 싸맨 채 한정 없는 인생의 순라잡기를 계속하는 수밖에는 없었다. 아내를 동반했을 때에는 거리의 여자들이 거의 무의미한 것으로 대수롭지 않게 보이던 준보였건만 이제 외로운 눈에 그들은 새로운 뜻을 가지고 등장하는 것이었다. 인간 생활의 마지막의 성스러운 표식을 한 몸에 감추운 듯 보이는 화려한 그들 앞에서 자랑스럽고 교만하던 준보도 초라하고 시산한 심정을 어쩌는 수 없었다. 다구지게 마음을 벋디뎌 보아야 흡사 꽃밭에 선 거지와도 같아서 한 몸의 외로움이 돌려다 보일 뿐이다. 백화점은 꽃밭이었다. 준보는 욱욱한 파도 속에서 몸을 헤어내면서 전신의 감각과 감정을 한때 찬란하게 장식해보는 것이었다.

이 카니발의 자극에서 벗어나서 준보는 찻집에서 피난처를 발견한다. 조용한 가게 안은 잔칫날의 사교실이다. 웅성웅성하는 말소리와 노을 같은 담배 연기에 섞여 야트막한 실내악이 방 안의 분위기에다 독특한 한 가지의 성격을 준다. 그 성격 속에 화해 들어가는 동안에 준보는 차차 꽃다발같이 열렸던 관능의 문이 조개같이 옴츠러들어 가고 그 대신 정신의 문이 열리기 시작함을 느낀다. 음악은 정신의 문을 열어주는 신기한 요술쟁이다. 마음속에 조그만 우주의 신비를 자유자재로 계시해 보이는 기막힌 요술쟁이다. 땅 위의 생활에서 판도라의 다음가는 행복은 음악이라고 준보는 생각한다. 모차르트와 베토벤의 천재는 바로 조물주의 천재의 버금가는 것이다. 음악은 참으로 잔칫날의 반주로는 행복되고 즐거운 것이다.

잔칫상의 초대를 준보는 가장 점잖은 자리로 받아야 한다. 호텔로 전화

---

* 술래잡기.

를 걸어 식사의 준비를 분부해놓고 찻집에서 아무나 마주 앉을 동무 한 사람을 잡아내면 그만이었다.

"자네 무얼 제일 진미로 생각하나."

"무엇일꾸 제일 먹구 싶은 것 오래간만에—빠터 그래 빠터나 먹었으면 하네. 가짜 말구 진짜 말야. 모두가 가짜의 세상이니 원."

"진짜 빠터를 대는 곳은 한 군데밖에 없다네."

호텔의 식탁은 희고 정결하다. 꽃묶음이 놓이고 상 옆에 등대하고 섰는 깨끗한 여급사—이건 또 하나의 덤이요 우수리인 꽃이다. 알맞은 절차와 예의—이건 일요일의 또 하나의 덤이요 우수리인 행복이다.

포도주와 빵과—이 두 가지의 만찬의 원소 위에 수프와 고기와 과실과 차가 더함은 열두 제자의 절도 위에 현대의 행복을 더함이다. 준보들은 확실히 옛사람들의 희생의 행복보다도 현대적인 문화의 혜택 속에 사는 보다 행복한 후손들이다. 오늘 일요일의 행복은 호텔의 식탁에서 그 마지막 봉오리에 다다른 심이다. 오찬으로는 늦을 정도의 이른 만찬의 식탁에서 그 차려진 반날의 절차를 준보는 즐겁게 생각하는 것이었다. 자주 거리에 나오지 않는 그에게 사실 그 하루는 특별히 신선한 인상과 즐거운 감동을 주려고 마련된 것과도 같았다.

"빵과 포도주로 예수의 살과 피를 상징할 줄만을 알았지 옛사람들은 빠터로 지방과 비계를 상징할 줄은 몰랐나 부지, 활동의 연료요 원동력인 비계를. 난 빠터를 먹을 때같이 행복을 느끼는 때는 없네. 구라파 문명의 진짜 맛이 여기에 있단 말야."

동무도 그날의 만찬에는 저으기 만족해하는 눈치였다. 소태를 씹어 머금은 것같이 일상 쓴 표정을 하고 있는 시니컬한 그 동무로서는 가장 솔직한 고백이었다. 세상의 어둠 속밖에는 보고 살아오지 못한 듯한 그에게까지 일요일의 행복을 나눈 것이 준보의 만족을 두 겹으로 더했다.

"행복이라는 건—아무렴 빠터를 먹을 때 자네 얼굴의 주름살이 펴지는 걸 보면 사실 행복이라는 건 바로 그것인가 하네."

"사탕을 먹을 때의 어린애의 표정을 주의해 본 일이 있나. 그것이 행복의 표정이라는 것일세."

"우유를 입안에 가뜩 머금을 때—모차르트의 소나타를 들을 때—하늘의 비늘구름을 우러러볼 때—아름다운 이의 시선을 받을 때—청받은 소설 원고를 다 썼을 때—이런 것이 행복이라면 난 어느 날보다도 오늘 그 모든 행복을 한꺼번에 맛본 듯두 하네."

"개혁가가 단두대에 오를 때—예수가 십자가에 오를 때—그런 것은 행복이 아닐까."

"맙소서. 오늘은 땅 위의 행복을 말하는 날이네. 정신주의자들의 가시덤불의 행복은 내 알 바 아니야."

"아름다운 것을 잃을 때의 불행—나두 사실 반생 동안 그 수많은 불행으로 얼굴의 표정까지 이렇게 되고 말았네만, 오늘 자네의 이런 행복의 날에도 내겐 또 한 가지 불행이 기다리구 있다네."

동무는 식탁의 행복에서 문득 그날의 현실로 돌아가면서 소태를 씹어 머금은 것 같은 일상의 쓴 표정을 회복했다.

"죽음을 당할 때같이 맘 성가신 노릇은 없는데 왜 사랑과 함께 죽음이 마련됐는지 모를 노릇이야. 난 오늘 죽음을 기다리구 있다네. 좀 있다가 내게로 올 죽음을 맞이해야 된단 말야."

"기어코 자넨 나까지 불행 속으로 끌고 들어가고야 말 작정인가. 왜 하필 오늘 이 식탁에서 그런 불길한 소리를 해야 한단 말인가. 주 죽음이라니 무슨 죽음을 맞이한단 말인가."

준보는 찻숟가락을 접시 위에 내던지면서 적지 아니 불유쾌한 어조였다. 하루의 행복이 동무의 그 한마디로 금시 사라지는 것과도 같았다. 사랑의 소설을 끝마치고 거리의 행복에 잠겼던 그의 마음에 다시 우울의 그림자가 덮치기 시작했던 것이다. 가혹한 운명의 장난같이 그것은 모르는 결에 왔다.

"연이라면 자네두 암 즉한 미인으로 이름 높은 음악가가 있잖었나. 동경서 돌연히 세상을 떠나서 그 주검이 오늘 이곳에 도착된다네. 나두 그 것을 맞으러 나가야 할 사람의 하나란 말야."

연을 사모해서 동경으로 유학을 떠난 사람은 열 손가락에도 남았다. 연은 땅 위의 태양이었다. 가까이 가서는 스스로 몸을 태워버리는 것이 사람들의 작정된 운명이었다. 수많은 희생을 요구한 태양은 스스로 자멸할 때가 왔던 것이다. 아름다운 것은 꺼지는 법—꺼지는 것만을 아름다운 것으로 작정해놓은 제우스의 당초부터의 법칙이었던 것이다.

동무도 연을 사모해온 사람들 중의 하나였던가, 혹은 자진하고 혹은 실성해지고 혹은 도망가고 한 중에서 동무는 그 태양체를 멀리다 두고 오로지 한 줄기의 고요한 심회를 돋우어온 것이었을까. 그는 주검을 맞이하려 함을 고요히 말하면서 그것이 도착하기까지의 시간을 호텔에서 준보와 같이 지우고 있는 것이다. 그의 슬픔도 그와 같이 고요한 것이었던가.

"앞으로 몇 시간만 있으면 아름다운 주검을 실은 검은 수레가 바로 이 앞길을 고요히 지날 테구, 나두 그 뒤를 따르는 한 사람이 될 것일세."

"자넨 결국 자네 할 말을 다 한 셈이지. 나의 오늘 하루를 완전히 밟아버리구 부셔놓았단 말이지. 하필 자네를 고른 것이 오늘의 내 불찰이구 불행이었었네. 어서 주검이든지 무엇이든지 맞으러 가게나. 자 오늘 자네와는 작별이네. 행복의 파괴자, 불길한 그림자."

준보는 동무를 버려둔 채 휭하니 호텔을 나섰다. 흡사 뒤를 쫓는 불행의 마수에서 몸을 빼치려고 하는 것과 같은 시늉이었다. 식탁 위의 진미도 꽃도 여급사도 등 뒤에 멀어졌다. 동무가 말한 몇 시간 후에 그 앞길을 지날 검은 수레가 눈앞에 보여오는 것 같아서 몸서리를 치면서 호텔 앞을 잰걸음으로 떠났다.

가버린 아내의 기억이 새삼스럽게 마음을 점령하기 시작하면서 그 하루의 거리의 현실은 벌써 먼 옛일같이 멀어져가는 것이었다. 가장 아픈 상처인 아내의 기억을 들치우는 것같이 무서운 노릇은 없어서 일상에 조심하고 주의해오던 것이 그 우연한 시간에 동무의 말로 말미암아 다시 소생될 때 마음은 도로 저리기 시작했다. 저리기 시작하는 마음에 즐겁던 하루의 인상은 종적 없이 사라져가는 것이었다. 만찬의 기쁨도 음악의 신비도 백화점의 관능도 꽃묶음의 사치도 한꺼번에 줄달음질 치면서 비누거품같이도 허무하게 꺼져버리는 것이었다.

두 달 장간을 병석에 누웠던 아내는 마지막 시기에는 병원 침대에서 호흡조차 곤란해갔다. 산소 탱크를 여러 통씩 침대맡에 세우고 그 신선한 기체를 호흡시킨다고 했댔자 단 돌에 한 방울 물만큼의 효과도 없었다. 가슴을 뜯으며 안타까워하는 동안에 육체의 조직은 각각으로 변해갔다. 운명한 후 육체는 한때 마알간 밀같이 참으로 아름다웠다. 초조도 괴롬도 불안도 없이 고요한 안식이었다. 그것이 죽음이라는 것이었다. 영혼은 금시 어디로 도망해버렸는지 남겨진 육체만이 흰 관 속에서, 어두운 무덤 속에서, 영원한 절대의 어둠 속에서 차차 해체되고 분해될 것을 생각할 때 준보는 무딘 쇠몽둥이로 오장육부를 푹, 푹, 찔리우는 것 같아서 그 아프고 마비된 감각 속에서는 아무것도 헤아릴 수가 없었다. 왜 그런 마련인구—생명과 함께 왜 반드시 죽음이 있어야 하는구—그 허무한 죽음

앞에서 이 현실이란 대체 무엇인구—현실과 죽음과 어느 편이 참이고 어느 편이 거짓인구—아무것도 알 수가 없었다. 진정으로 나사로의 기적을 믿어보려고 아내의 차디찬 몸 앞에 우두커니 앉아보았으나 참혹하게도 가혹하게도 기적은 종시 일어나지 않았다. 어두운 날을 둘러싸고 일월성신의 운행만이 전날과 같이 계속될 뿐이었다. 발버둥을 치고 통곡을 해보아야 까딱 동하지 않는 무심하고 냉정한 우주의 운행이었다.

이때부터 준보에게는 우주의 운행에 대한 커다란 불신이 생기기 시작했으나 너무도 위대한 우주의 의지 앞에 그 불신쯤은 아무 주장도 가지지 못하는 하잘것없는 것이었다. 그러면 그럴수록 한 줄기의 회의는 여전히 날카롭게 솟아올랐다. 아내는 대체 어디로 간 것일까. 아내와 동무의 애인 연이와 그들 이전에 현실을 버린 수많은 영혼들은 대체 어디로 간 것일까. 그들만이 꾸미고 있는 또 하나의 세상이라는 것이 있지 않을까. 이 현실의 등 뒤에 커다란 제이세계라는 것을 생각하는 것이 왜 그른 것일까. 그렇다면 현실의 세계는 그 제이세계의 단순한 껍질에 지나지 않는 것일까. 지금 가령 지구의 표피를 한 꺼풀 살며시 벗겨서 드러내버린다면 그 뒤에 무엇이 남을 것인가. 광막한 황무지에 여전히 사랑이며 야심이며 만족이며 행복이며 하는 것이 남을 것인가. 잔칫날같이 번화한 거리의 행복이—꽃묶음이, 백화점의 관능이, 음악의 신비가, 만찬의 기쁨이 남을 것인가. 그렇다면 이런 것들은 대체 무엇하자는 것인가. 얼마나 허무하고 하잘것없는 것인가. 지구의 제전은 허공 위에 널쪽을 깔고 그 위에서 위태한 춤을 추는 광대의 놀음과 무엇이 다르단 말인가. 인생이란 너무도 속절없고 어처구니없고 야속한 것이다. 무엇을 믿고 무엇에 의지하고 무엇을 위해서 살아갈 수 있으며 살아가야 할 것이랴.

준보는 사실 아내와 함께 자기도 세상을 버렸으면 하고 생각해본 적이 한두 번이 아니었다. 사랑 없는 생활은 너무도 견디기 어려운 것이었고 고독은 엄청나게 정신을 메말리는 것이었다. 고독은 사람을 귀족으로 만드는 것이 아니라 거지로 만들었다. 쓸쓸하고 초라한 거지의 신세로 살아서는 무슨 일을 칠 수 있을꾸 생각되었다. 잠들 때에나 잠을 깰 때 눈물이 자꾸만 줄줄 흘러서 베개를 적시는 것은 세상에서 단 한 사람 자기 혼자만이 아는 노릇이었다. 목청을 놓아서 울래도 넉넉히 울 수 있는 노릇이었다. 우유를 따뜻하게 데울 때에나 커피 냄새를 맡을 때 문득 아내의 생각이 나면서 목이 막혀 느끼곤 한다. 다시 두 번 결코 해도 달도 볼 수 없는 아내의 처지를 생각할 때, 지구가 여전히 돌고 세상일이 여전히 진행되어나가는 것이 알 수 없는 노릇이었다. 불측하고 교만하고 이상스러운 일이었다. 가는 날 오는 날 아내가 부활되는 기적은 일어나지 않고 막막한 고독만이, 허무한 행운만이 남을 뿐이었다.

이날은 또 하루 그런 쓰라린 적막심을 품고 준보는 집으로 향하게 되었다. 모처럼 즐겁게 시작된 날이 우연한 실마리로 인해 불행한 추억 속으로 뒷걸음질 쳐 들어가서 일껏 느끼기 시작한 행복감이 산산이 부서져버렸다. 이제 되걸어 나가는 거리는 몇 시간 전 들어올 때와는 판이한 인상을 가지고 비치기 시작했다. 아내의 추억과 연이의 죽음 앞에서 거리는 응당 엄숙하고 경건해야 할 것이다. 잔치가 끝난 뒷마당가의 너저분히 어지러운 행길은 허분허분하고 쓸쓸하다. 이 거리의 껍질을 다시 한 꺼풀 살며시 벗겨놓는다면 참으로 얼마나 더 쓸쓸할 것인가. 준보는 마음속으로 그 쓸쓸함을 족히 느끼는 것이었다.

차 속 사람들은 화장이 지워지고 웃음을 잃었고 포도 위 걸음에는 어딘지 없이 풀이 빠져 보인다. 하늘은 흐려 눈이라도 내릴 듯 어둡고 답답하다—일요일의 오전과 오후는 성격이 이렇게도 달라졌다. 사랑의 소설로 시작된 오전은 우울한 불행의 오후로서 끝나려는 것이었다.

밤은 조용하고 괴괴하다.

준보는 방에 불을 지피고 아이들을 데리고 책상 앞에 앉았다.

마루방 난로에 불을 피우고 음악을 들을까 하다가 별안간 기온이 내리며 방이 추워질 것 같아서 온돌에 불을 때기로 했다.

따뜻한 방바닥에 몸을 붙이고 어린것들과 동무하고 앉으니 평화로운 마음에 한 줄기 고요한 빛이 숏기 시작했다. 예측하지 않았던 이것은 또 하나 다른 행복이었다.

풍로에 우유를 끓여서 사탕을 넣고 어린것이 그것을 입안에 머금는 그 행복스러운 표정을 살피노라니 준보의 마음에도 점점 그 따뜻한 감정이 옮아오기 시작했다.

아이들은 신통하게도 간 엄마를 찾아서 보깨지 않는 것이 준보에게는 큰 도움이었다. 준보는 도리어 자기가 눈물을 흘리게 될 때 아이들에게 들킬까 겁이 나서 외면하고 살며시 눈을 훔치고 한숨을 죽이는 때가 많았다.

우유들을 마시고 나더니 그림책을 들척거리고 색종이와 가위를 내서 수공을 시작하고 하는 것이었다.

밝은 등불 아래에서 재깔거리는 그 무심한 양을 바라보면서 책상 앞에 우두커니 앉아 있는 준보에게는 낮에 거리에서 느낀 것과는 또 다른 행복감이 유역히 숏아올랐다. 어른의 세상의 행복이 아니라 아이들 세상의 행복이었다. 어린 혼들의 자라가는 기쁨을 바라보는 데서 오는 맑은 행복감이었다. 흠 없고 무욕하고 깨끗한 행복감이었다. 어느 결엔지 마음이 따뜻하게 녹아지면서 차차 그 어린 세상 속에 화해 들어감을 느꼈다.

"옳지 이것을 쓰자. 아이들의 소설을 쓰자. 어린것들의 자라는 양을 그리자."

책상 위에는 원고지와 펜이 놓였다. 때 묻지 않은 하아얀 원고지가 등불을 받아 눈같이 희고 눈부시다. 그 깨끗한 처녀지 위에 적을 어린 소설을 생각하면서 준보의 심경도 그 종이와 같이 맑아갔다.

"일요일의 임무는 또 한 가지 남았든 것이다—어린 세상을 그리는 것이다. 인류에 희망을 두고 다른 행복을 약속할 것이다."

아침에 사랑의 소설을 쓴 준보는 이제 또 다른 행복을 인류에게 선사하려고 잉크병 속에 펜을 잠뿍 담았다. 흰 원고지 위에 까맣게 적힐 이야기를 기대하면서 등불은 교교히 빛나고 있다.

조용한 밤 적막 속에 어린것들의 재깔거리는 소리만이 동화 속에서나 우러나오듯 영롱하게 울리는 것이었다.

―《삼천리》 제14호, 1942. 1.

풀잎

―시인 월트 휘트먼을 가졌음은 인류의 행복이다.

1

"세상에 기적이라는 게 있다면 요 며칠 동안의 제 생활의 변화를 두구
한 말 같어요. 이 끔찍한 변화를 기적이라구밖엔 뭐라구 하겠어요."

부드러운 목소리가 어딘지 먼 하늘에서나 흘러오는 듯 삼라만상과 구
별되어 귓속에 스며든다.

준보는 고개를 돌리나 먹 같은 어둠 속에서는 그의 표정조차 분간할 수
없다. 얼굴이 달덩어리같이 훤하고 쌍꺼풀진 눈이 포도알같이 맑은 것은
며칠 동안의 인상으로 그러려니 짐작할 뿐이다. 실과 사귄 지 불과 한 주
일이 넘을락 말락 할 때다.

"그건 꼭 내가 하구 싶은 말요. 지금 신비 속에 살고 있는 것만 같아요.
이런 날이 있을 줄을 생각이나 해봤겠수. 행복은 불행이 그렇듯 아무 예
고두 없이 벼락으로 닥쳐오는 모양이죠."

"되래 걱정돼요. 불행이 뒤를 잇지 않을까 하는.―그만큼 행복스러워
요."

"행복이구 불행이구 사람의 뜻 하나에 달렸지 누가 무엇이 우리들을
어떻게 할 수 있단 말요. 사람의 의지같이 무서운 게 세상에 없는데."

"그 말이 제게 안심과 용기를 줘요. 웬일인지 자꾸만 겁이 났어요. 날과 밤이 너무두 아름다워요. 모든 게 요새는 꼭 우리 둘만을 위해서 마련돼 있는 것만 같구먼요."

방공 연습이 시작된 지 여러 날이 거듭되어 밤이면 거리는 등화관제로 어둠 속에 닫혀졌다. 몇 날의 밤의 소요를 계속하는 두 사람은 외딴 골목을 골라 걸으면서 단원들의 고함을 들을 때 마음의 거슬리는 것이 없지는 않았으나 평생의 중대한 시기에 서 있는 준보에게는 그 정도의 사생활의 특권쯤은 그다지 망발이 아니리라고 생각되었다. 하물며 낮 동안에 일터에서 백성으로서의 직책과 의무를 다했다면야 그만큼의 밤의 시간은 자유로워도 좋을 법했다.

아내를 잃은 지 채 일 년을 채우지 못했으나 그 한 해 동안의 적막이 준보에게는 지난 반생의 어느 때보다도 크고 쓰라린 것이었다. 사랑 속에 있으면서 때때로 느끼는 적막감은 오히려 사치한 감정이요, 사랑을 잃었을 때 비로소 사람은 사랑이라는 것이 단순한 추상적인 용어가 아님을 절실히 느끼게 된다. 야심이며 희망이며 청춘의 모든 욕망을 가리고 밭치고 걸러서 마지막으로 쳇바퀴 속에 남는 것이 역시 사랑임을 새삼스럽게 느낀 듯도 했다. 준보에게 사랑이 없은 것은 아니었다. 쉴 새 없이 뒤를 이어 그 무엇이 앞에 나타나고 생활 속에 숨어들기는 했으나 그 전부가 반드시 사랑이라고만도 할 수는 없었다. 사랑으로까지 발전하기 전에 선 채로 끝나버린 적도 있었고 단순한 감상적인 경우도 있었고 또 일시의 허물에 지나지 않는 때도 있었다. 동무들이 그를 염복*가라고 부러워하는 그런 의미의 행복감의 연속 속에서 살아왔다고는 생각되지 않았다. 아내를

* 아름다운 여자가 잘 따르는 복.

잃은 후만 해도 지난날의 어느 때보다도 인물들은 가장 많이 나타나서 그 짧은 일 년이 다른 때의 십 년 맞잡이는 되게 풍성풍성은 했으나 마음속을 파고드는 한 줄기 쇠사슬 같은 쓸쓸한 심사는 어쩌는 수 없었다. 현재의 만족감 이상으로, 가버린 아내에게 대한 슬픔과 뉘우침이 큰 까닭이었다. 결국 준보는 그를 둘러싼 화려하고 다채하게 장식된 분위기 속에서 단 한 사람 아내를 사랑해왔다고 할까. 비늘구름 같은 자자부레한* 꿈의 조각들을 허다하게 가슴속에 가지면서도 단 하나 아내에게 사랑을 길러 오고 북돋아왔음을 아내를 잃은 후에야 비로소 자각하게 된 셈이다. 아내의 추억 속에서 남은 반생을 살아야겠다는 순교자다운 경건한 마음을 먹어본 적도 없지는 않았으나 준보의 체질과 기질로는 필경은 당치 않은 일만 같아서 역시 다음 숙명을 기다리는 희망이 그 어디인지 마음 한 귀퉁이를 흐르고 있었다. 사랑을 얻는 것도 잃는 것도 다 같이 하나의 숙명적인 인연이다. 아내를 대신할 만한 정성과 열정이 아무 때나 작정된 때에 반드시 차려져 오려니 하는 기대가 없다면 사실 살인적인 그 한 해의 고독은 견디어올 수 없었을는지도 모른다. 헐어진 가정을 쌓아서 새로운 생활을 설계해야 하고 고독을 다스려서 보다 높은 사업을 이루어야 함이 인간 경영에 주어진 영원한 과제인 까닭이다. 자멸의 길을 버리고 창조의 길을 찾아야 함이 인류의 행복을 가져오는 까닭이다.

다음 숙명을 준보는 실에게서 발견했다고 생각했다. 너무도 빠르고 이른 발견인지는 모르나 발견이란 원래 그렇게 당돌하고 돌발적인 것이다. 실 이전에 나타난 뭇 인물 중에서 숙명의 대상을 보지 못하고 띄엄띄엄 몇 고비를 넘어가서 하필 실에게서 그것을 찾아낸 것도 숙명의 숙명 된

* '자질구레하다'의 방언.

까닭일 듯싶었다. 애써 말한다면 간 아내가 가졌던 인상의 그 어떤 향기를 그에게서 맡은 까닭이라고나 할까. 그 어디인지 구석구석 방불한 곳이 있어서 그것이 모르는 결에 준보의 마음을 끌어당긴 모양이었다. 불과 며칠에 감정이 통하고 정서가 합하고 생각과 취미가 맞음을 알았다. 걸어드는 피차의 걸음이 무섭게도 빨랐다. 순라잡이의 순라같이 왈칵 서로 부딪쳐서 이마가 맞닿았을 때 깜짝들 놀라면서 그 며칠 동안의 순식간의 변화를 기적이니 신비니 하고들 느끼는 수밖에는 없었던 것이다. 두 사람에게 다 기적이요 신비요 꿈이요—사랑이란 그런 것인지도 모른다.

"세상에서 꼭 한 사람 제일 존경할 수 있는 분을 찾자는 것이 오늘까지의 저의 노력이었어요. 복잡하다면 복잡할까, 지난날은 제겐 오늘 이 목표에 이르기까지의 오랜 방랑 생활이었다구두 할 수 있어요. 그 방랑이 오늘 끝났어요. 선생을 만나자 생애가 새로 시작됐어요."

"당신같이 날 존경하는 사람두 난 드물게 봤소. 세상 사람들은 흔히 서로 좋다는 말만들을 하는데 그 위에 존경할 수 있다는 것은 사랑에 한층 빛을 더하는 것이라구 생각해요."

공회당 앞 언덕길을 몇 차례나 오르내리며 지척을 분간할 수 없는 어두운 거리를 눈앞에 짐작만 하면서도 두 사람의 마음속은 점점 밝아가고 빛나갔다. 사랑의 길은 의논하지 않아도 제물에 옳게 찾아진다. 그렇게 해서 두 사람이 며칠 동안에 찾아낸 길은 지도에도 오르지 않았을, 지금까지 걸어본 적도 없던 여러 갈래의 숨은 길이었다. 좁은 골목을 들어서 주택 지대를 올라서니 바로 서기산 뒤턱이었다. 아직 낙엽 지지 않은 나무들이 지름길 양편에 늘어서 어두운 속에서 한층 으슥하고 깊은 느낌을 준다. 산 위 주택에서 새어 나오는 한 줄기의 창의 등불이 두 사람의 마음을 상징하는 듯 따뜻하고 포근하다.

"커다란 한이 있어요. 왜 선생을 더 일찍이 못 만났던가 하는, 제일 처음 만난 어른이 선생이었다면 얼마나 더 행복스러웠겠어요. 지난날의 상처를 생각하면 몸에 소름이 돋군 해요."

나무 그늘 아래에 이르자 실은 준보에게서 팔을 뽑고 몸을 떼면서 가늘게 한숨을 쉬는 것이 들렸다. 준보도 대강 말의 뜻을 짐작할 수 있어서 그 역, 자기의 상처에 손이 닿는 것도 같은 일종의 야릇한 감정이 솟았다.

"난 그런 소리 듣기를 좋아하지 않는데. 괜히 다 아문 허물을 다시 따짝거릴* 필요가 있을까."

"좋아하시든 안 하시든 한 번은 모든 것 다 들어주세야죠. 무지의 행복을 저두 잘 알아요. 그러나 정작 필요한 건 지식을 거친 이해와 달관이 아닐까요."

"과거를 말한다면 피차일반이지 누군 샘 속에서 솟아 나온 동잔가요."

"선생님이 그렇게 이해하시는 것과 똑같이야 어디 세상이 봐요. 항상 오해와 악의를 더 많이 준비해가지고 있는 세상인데요."

"무엇이 귀에 들리든 지금의 내 열정을 지울 힘이 없음을 장담해두 좋아요. 난 거저 이 열정만을 가지구 모든 것과 항거해볼라구 해요."

그러나 실은 조심조심 한 꺼풀씩 자기의 과거를 벗기기 시작했다. 시련이나 받는 선량한 교도와도 같이 준보는 마음을 다구지게 먹고 굳은 몸을 약간 떨고 있었다.

실은 열아홉 살까지의 명예롭지 못한 직업 시대의 사정을 말하고 다음 세 사람의 이름을 들면서 각각 세 경우를 이야기했다. 대략 거리의 소문으로 스쳐 들은 재료를 좀 더 자세히 고백한 것이었으나 준보는 침착한

---

* 손톱이나 칼끝 따위로 조금씩 자꾸 뜯거나 진집을 냄.

태도에도 불구하고 그것을 듣는 동안 커다란 용기가 필요했다. 실업가와 문학청년과 사회주의자의 세 사람이 다 같이 실의 애정을 요구한 것은 인간으로서의 특권인 것이니 누가 만류할 수 있었으랴만, 다만 슬프다면 준보가 그들보다 뒤져서 실을 알게 된 사실이었을까. 깊은 원시림 속에 아무도 모르게 맺힌 한 송이의 과실을 누가 원하지 않으랴만 세상은 도대체 복잡하다, 번거로운 곳이다. 원시림 속의 과실이 어느 때까지나 눈에 안 뜨이고 몸을 마칠 리는 없는 것이다. 준보에게 필요한 것은 열정과 용기였다. 용기—지금까지 그는 사랑에 이것이 필요한 것임을 모르고 지내왔다. 오늘 그것을 알아야 할 날이 온 것이다. 그의 인생은 한 테두리 몫을 더한 셈이다.

"생각하면 울구만 싶어요. 왜 하필 인생이 그렇게 시작됐을까요."

실은 짜장 울려는 듯 나무 그늘 속으로 뛰어들더니 나무에 등을 기대고 고요히 섰다. 준보가 가까이 갔을 때 왈칵 몸을 던져오면서 코를 마셨다. 쥐이는 손이 몹시 차다.

"불쾌하셨으면 용서하셔요.—그러나 실상 지난 그것들은 아무것두 아니었어요. 사랑이 이렇다는 것은 오늘이야 처음 알었어요. 전 아무두 사랑하진 않았어요. 오늘 나서 처음으로 사랑을 알었어요. 이 말을 믿어주세요."

"걱정할 게 없어요. 오늘의 당신을 사랑했지 누가 지난 경력을 사랑했나요. 오늘의 그 얼굴과 교양과 취미를 사랑하고 인격을 존중히 하는 것이지 누가 지난날을 캐자는 것인가요."

"인제 세상이 둘의 새를 알구 펄쩍들 뛰구 와글와글 끓으면 어떻게 하시겠어요. 그땐 제가 싫어지겠죠."

"사랑두 세상 눈치 봐가면서 해야 되나. 세상을 좀 멸시하면선 못 살아가나. 난 남의 비위만 맞추면서 사는 사람이 못 되는데."

실은 슬픈 속에서도 얼마간 마음이 놓이고 용기를 회복했는지 준보의 뜻대로 다시 팔을 걸고 길을 더듬어 내렸다. 거리는 여전히 어두우나 공습 해제의 틈을 타서 등불이 군데군데 비치어 약간 훤해졌다가는 다시 어두워지곤 했다. 흡사 두 사람의 마음속같이 한결같지 못한 밤이었다.

"내가 지금 사랑하는 게 음악가 이외의 무엇이란 말요. 동경 가서 공부하는 음악 학도를 사랑하는 것이지 지난 이력이 내게 아랑곳이란 말요. 원래 당신이 내 앞에 나타날 때 그런 자격 이외의 무엇으로 나타났게."

여학교가 있고 기숙사가 있고 교회당이 있고 병원이 있는 조용한 둔덕 골목길을 들어섰을 때 준보는 실의 심정을 좀 더 즐겁게 나꾸어보고 싶었다.

"이 알량한 음악가. 괜히 온전한 음악가로 여기셨다가 되려 실망이나 마셔요."

"날 처음에 유혹해낼 때 음악의 이름을 빌리지 않구 어쨌소. 〈토스카〉를 들으러 오라구 전화가 왔을 때 내가 얼마나 놀란 줄 아우."

준보가 웃는 바람에 실도 따라서 웃게 되어 그 웃음으로 말미암아 응겼던 마음이 활짝 풀려지는 것도 같았다. 여학교 기숙사에서인지 문득 피아노 소리가 들려온 것도 그 한때의 호흡을 맞추어주는 셈이 되어서 개어가는 두 사람의 감정의 반주인 양싶었다. 마음의 거리와 같이 몸의 거리도 밤의 힘을 빌려 가까울 대로 가까웠다.

〈토스카〉와 〈라보엠〉과 〈마담 버터플라이〉 등의 가극의 신판을 새로 구했으니 들으러 오지 않겠느냐는 뜻의 전화를 실에게서 받던 날 준보는 의외의 소식에 당황해서 반날 동안 그 생각으로 머릿속이 가득 차 있었다. 그때까지 실을 만난 것이 서너 번, 그의 부드럽고 밝은 인상을 가슴속에 간직해두었을 뿐이던 준보에게는 문득 한 줄기의 당돌한 직각이 솟으면서 그것이 마음을 억세게 지배하게 되었다. 전화를 건 것은 아무 편이래도 좋은 것이다. 두 사람의 준비된 감정에 불을 지른 것이 실이었다는 것이 조금 잔접한 준보에게 되려 용기를 주는 결과가 되었던 것이다.

실의 형이 경영해나가는 찻집 한구석에서 그날 밤 두 사람은 가극의 신판을 듣는 것이 아니라 음악과는 먼 이야기에 정신이 없었다.

"다따가 전화를 걸어서 놀라셨죠. 동료들은 뭐라구 그러지들 않아요. 학교래서 그런지 전화 걸기가 거북했어요. 여자가 먼저 덜렁덜렁 나서는 걸 두렵다구 생각하시지 않았어요."

"기뻤죠. 제가 못 거는 걸 먼저 걸어주셔서. 물론 놀라기두 하구요."

"어쩌면 그렇게 한 번두 가게에 안 내려오셨어요. 속으로 얼마나 은근히 기다렸게요. 뵌 지 한 달이 넘었거든요. 전 그래두 행여나 먼저 전화 주시지나 않나 하구 생각하구 있었죠.─그 바람에 동경두 이렇게 늦었어요. 내일 떠난다, 모레 떠난다, 별러만 오면서 여름휴가로 나왔다가 늦은 가을까지 이게 무슨 꼴인지 모르겠어요."

"옳아 참, 동경 가서 공부하시는 학생이죠. 음악 공부쯤 아무 데선 못하나요."

"음악 공부쯤 그만두면 어떤가요─하구는 못 물으셔요."

"그럴 용기와 결심이 준비됐다면야."

"경우에 따라선요."

다음 날 호텔에서 만찬을 같이 한 것을 시초로 이곳저곳에서 식사를 함께 하는 날이 늘어갔다. 하루저녁 실은 처음 선사로 책 한 권을 가지고 왔다. 도스토예프스카야 부인이 기록한 『남편 도스토예프스키의 회상』이었다. 준보는 아직 읽지 못한 그 책의 뜻을 여러 가지로 짐작하다가 그들 부부의 사이의 이해가 컸고 남편에게 대한 부인의 사랑이 깊었다는 실의 설명을 들으면서 그 선물의 의미를 대강 알아채었다. 한편 실의 문학적 교양에 준보는 차차 눈을 굴리기 시작했다.

"선생님의 소설 대개 다 읽었어요. 제 마음의 세상이 얼마나 넓어졌는지 모르겠어요. 생활 감정두 꼭 제 비위에 맞구요. 유례니, 관야니, 미란, 세란, 단주, 일마, 나아자, 운파, 애라—인물들의 모습이 지금 눈앞에 선히 떠올라요."

"그런 변변치 못한 이름들을 기억하지 말구 좀 더 고전 속의 중요한 인물들을 알아두는 편이 뜻있지 않을까요."

"중요한 인물들이라는 게 뭐예요. 베아트리체니 헬렌이니 햄릿이니 그레첸이니, 왜 하필 그런 인물들만이 중요한가요. 제게는 어쩐지 일마니 미란이니 운파니 하는 이름들이 더 가깝고 친밀하게 들려오는데요."

"어쩌면 그렇게 고전 문학에 횅하단 말요. 음악가가 아니구 문학가인 것처럼.—그럼 하나 물을까요. 알리사, 알리사는 어때요. 비위에 맞아요, 안 맞아요."

"멘탈 테스튼가요. 알리사—난 매운 여자는 좋아하지 않아요. 아마도 지드의 인물들 중에서 제일 싫은 것이 알리사일까 봐요."

"그럼 쇼샤는, 마담 쇼샤."

"토마스 만 말이죠. 마담 쇼샤는 아마두 알리사와는 대차적인 인물일 거예요. 좀 허랑한 데가 있기는 하나 알리사보다야 훨씬 인간적이죠.—그럼 문학 시험은 이만 하세요. 그러다 제 짧은 밑천이 봉이 빠지겠어요."

"나를 점점 놀래게만 하자는 셈이지 고전에서 현대 문학까지 그렇게 통달할 줄야 어찌 알았겠수. 문학을 안다는 게 인간으로서 얼마나 중요한 일인지 모르는데. 문학을 알구 모르는 건 하늘과 땅만큼이나 차가 있는데."

"너무 지나게 평가하셨다 괜히 점점 실망이나 마세요. 그저 애써 공부할 작정이에요. 제겐 욕심이 많답니다. 뭐든지 알구 싶어요. 선생님과 어울릴 수 있을 정도의 교양을 가지구 싶어요."

실의 결심을 장하다 생각하며 그의 철저한 마음의 준비에 준보는 짜장 놀라는 수밖에는 없었다.

2

아내를 잃었을 뿐이 아니라 가지가지의 불행을 겪은 묵은 집을 떠나려고 벼른 지 오래이던 준보는 마침 이때를 전후해서 교외의 새집으로 이사를 하게 되었다. 새집에서는 마음도 갈아지고 생활도 새로워지리라는 기대가 모르는 결에 그를 재촉했던 것이다.

대충 정돈이 되고 마음을 잡기 시작했을 때 비로소 실은 카네이션의 꽃묶음을 들고 찾아왔다. 층계로 된 포치를 올라서 도어를 열고 마루방에 들어왔을 때 코트를 벗어서 의자에 걸치더니

"꼭 아파트의 방 같아요. 이렇게 넓고 높은 게—."

벽에 걸린 액 속의 데생을 쳐다보고 책장의 책들을 훑어보면서 속히 의자에 걸어앉을 염은 안 하고 책상 위 화병을 찾아서는 서슴지 않고 새풀과 단풍 가지를 뽑아내더니 대신 파라핀지에 싸가지고 온 카네이션을 꽂았다.

"꽃 가게에 새로 나왔게 사가지구 왔어요. 좋아하세요? 전 이 흰 것과 붉은 것과 분홍빛의 각각 그 뜻을 안답니다. 흰 것은—난 애정에 살구 있어요구, 붉은 것은—당신의 사랑을 믿어요. 분홍은—난 당신을 열렬히 사랑해요."

준보가 부엌에 나가 포트에 커피를 달여 들고 들어오려니 실은 피아노 앞에 앉아 악보 없이 쇼팽의 야곡인지를 울리고 있는 중이었다. 오랫동안 적막하던 검은 기계체가 오래간만에 우렁찬 음향으로 방 안을 화려하게 장식했다. 음악 속에서 비로소 책들도 그림도 꽃도 생기를 띠고 기쁨에 젖어 있는 듯싶었다. 그러나 실은 음악에서도 곧 물러나서 의자를 갈아 앉으면서

"황송해요. 손수 이렇게 끓여가지구 오실 법이 있나요. 내일부터라두 와서 거들어드리구 싶어요. 그럴 수만 있다면 얼마나 좋겠어요."

"불편은 하나 독신자의 특권을 좀 더 향락해보는 것두 좋을 것 같아서요."

"애기들은 다 어쩌구 있어요. 주미와—수미와 언제인가 부인 잡지에 실린 가족사진으로 기억했었어요. 얼마나 쓸쓸들 하겠어요."

"저쪽 방에서 잘들 놀구 잘들 공부하구 하죠. 쓸쓸한 속에서 그 애들두 배우는 게 많을 거예요. 자라서 독립할 때 누구보다두 굳센 사람 되겠죠."

"아버지의 사랑두 크시겠지만 얼른 따뜻한 어머니의 애정 속에서 어항 속의 금붕어같이 흐뭇하게 젖어 살아야죠. 남의 일 같지만 않게 가엾어서 못 견디겠어요."

유리잔에 그득 담은 커피를 마시면서 실의 커다란 눈동자는 다시 희망에 빛나기 시작했다.

"다음번에 올 적엔 빠터를 갖다 드릴게요. 미국 선교사들이 들어갈 때 팔고 가는 걸 여남은 파운드 사둔 게 있어요. 두 파운드들이 커다란 통이 아직두 대여섯 개 언니의 집 냉장고 속에 있다나요. 갖다 드릴게 문덕문덕 많이 발러 잡수셔요. 얼른 저만큼 살이 붙게요."

"난 원래 살이 붙지 말라는 마련인 것 같은데."

"두구 보세요. 제가 꼭 살찌게 해드릴게. 치밀한 일과표를 짜구 합리적인 생활 설계를 세우거든요. 음식과 운동과 오락과 공부와—과학적인 방법 아래에서 성공하지 않을 리가 없어요. 불과 일 년이 못 가 이렇게 되게 해드릴게요."

두 손으로 커다란 테두리를 짜면서 과장된 형용을 하는 것이 준보에게는 더없이 신시어하게 들려서 마음을 울렸다. 진심으로 건강을 걱정해줌같이 알뜰한 사랑의 표현이 없다. 실의 정성을 준보는 말끝마다 잡으면서 거기에 정비례해서 깊어가는 스스로의 애정을 느끼는 것이었다. 준보가 피아노 앞에 앉아서 바이엘 교칙본을 펴놓고 간단한 곡조를 울릴 때 실이 뒤로 돌아와서 등 너머로 고음부를 짚으니 곡조는 듀엣을 이루어서 곱절의 우렁찬 화음으로 울렸다. 간단한 곡조의 듀엣은 아름다운 것이다. 간단하므로 서툴므로 아름다운지도 모른다. 준보의 목덜미에 실은 따뜻한 숨을 부으면서 준보가 밟는 페달에 맞추어 행복감을 호흡하였다.

"절 왜 좋아하세요. 어디가 좋아서 사랑하세요."

사랑하는 사람끼리는 으레 이 어리석은 질문을 되풀이하는 법인가 보다.

"음악을 하니까! 문학을 공부하므로? 왜 좋으세요. 말씀해보세요."

"거저 좋은 것이지 사랑에 이유와 조건이 무에 있겠수. 실례의 말이지만 누가 그리 알량한 음악가구 끔찍한 문학가라구 여기는데요. 그런 모든 것을 떠나서 단지 인간으로서 사랑할 수 있는 것이죠."

"물론 저두 그 말이 듣구 싶었어요. 문학을 좋아하지 않는다구 절 좋아하지 않으셨다면 생각만 해두 무서운 일예요."

"나를 사랑하는 덴 그럼 조건이 있었수. 글줄이나 쓴다구? 학교에서 어학 마디나 가르친다구?"

"제게두 마찬가지로 소설가가 아니래두 좋았구 교수가 아니래두 상관

없구―아니 들에서 밭 가는 지애비였던들 제 맘이 움직이지 않았겠어요. 그야 서로 교수구 소설가구 음악가구 문학소녀의 한 것이 보다 좋기는 하지만 그렇지 않단들 왜 사랑이 없었겠어요. 조건두 이유두 없구 거저 맹목적인 것―그런 것만이 참사랑이라구 생각해요. 조금 낡은 투지만요. 조건은 사랑이 있은 후에 천천히 오는 문제가 아닐까요."

"또 한 가지 알어두어야 할 것은―난 가난하다는 것. 지금두 가난하지만 앞으로두 커다란 유산이 굴러들 가망이 지금 같아선 엷다는 것. 따라서 세속적인 뜻으로 당신을 행복하게 하기는 어려우리라는 것."

"제가 사치와 호사를 원한다면 벌써 제 한 몸 처치했지 왜 이때 이날까지 기다리구 있었겠어요. 제 나이가 벌써 사분지 일 세기를 잡아먹었는데요. 이래 뵈어두 제게두 이상두 있구 안목두 보통 사람과는 다르답니다. 조건, 조건, 하시니 선생께 요구하는 조건이 꼭 한 가지 있다면 그건―언제까지든지 절 사랑해줍소서 하는 것. 결코 한눈을 파시지 말구 평생 저만을 생각해주셔야 할 거예요."

"그야 물론이지 그까짓 게 다 조건인가.―한눈을 팔다니 누가 그렇게 장난꾼이랍디까."

"말 마세요. 거리의 소문으로 죄다 알구 있어요. 대단한 염복가시라구요. 그러나 전 그걸 그리 슬퍼하진 않아요. 이왕이면 여자에게두 인기가 있는 것이 좋죠. 촌촌거리구 평생에 연애 한 번두 못 차려지는 그런 사내라는 건 생각만 해두 진저리가 나요.―실례지만 한 가지 물을게 노여워 마시구 대답해주세요―"

악보의 페이지를 번기니 다음 곡조는 알레그로다. 그 빠른 멜로디를 내기에 분주해서 두 사람의 마음은 반은 음악 속에 뺏기어 들어갔다.

"―로테와의 관계는 어떻게 하겠어요. 그 유명한 병오생의 로테 말에요. 말끔히 청산되셨나요."

이미 거리에 소문까지 흘리게 된 사건이라면 준보도 반드시 뜨끔해할 것은 없었다. 사실 그 일건을 생각할 때나 말할 때 준보는 벌써 충분히 침착한 태도를 지닐 수 있었던 것이다.

"로테라면 내가 베르테르인 셈이게요. 그러나 실상은 그와 반대리다. 차라리 내가 베르테르의 불행을 가질 수 있었다면 더 행복스러웠으리라구 생각해요. 너무두 어려운 경우였어요. 그렇다구 고르디우스의 마디를 끊을 알렉산더의 장검두 가지지 못했었구 그러는 동안에 차차 그의 성격의 결함을 발견하게 된 것은 차라리 다행이었죠. 사람이 너무 거세구 사교라면 조석두 잊어버리구 정신없이 허둥거린단 말예요. 슬퍼서 울었던 날 금시 버얼겋게 화장을 하구 옷을 갈아입구 사내들과 마주 앉아 노닥거리는 걸 예의라구 생각하는 버릇—그 한 가지 경우로 나는 그를 철저히 멸시할 수 있었어요. 조선의 가난한 집에 태어났으면서두 마치 구라파의 복판에나 살구 있는 듯이 착각하구 그걸 교양이요 예의라구 생각하는 그 그릇된 태도, 그것이 내 맘을 차차 식혀주었어요. 대단히 행복스러운 결말이라구 할 수 있죠. 짜장 베르테르의 설움을 가졌더라면 어떡할 뻔했게요."

"제발 전 그렇지 않았으면요. 병오생이 아니니까 염려는 없어두요.—그러나 성격두 사랑으로 정복할 수 있는 것이 아닐까요."

"정복했다구 생각하는 건 착오일 때가 많아요. 선천적인 근성이라는 건 아무것에두 굴하는 법 없이 언제나 한 번은 정직한 자태를 나타내는 것이니까요."

"그러길 잘했죠. 안 그랬더라면 제 존재가 말살을 당했게요."

질투의 감정을 아직은 차곡차곡 포개서 가슴속에 간직해두었는지 어쨌는지 비교적 담박한 실의 태도였다.

"또 하나 묻겠어요.—동경에 있는 여류 화가 그에게선 요새두 편지가 오나요. 이것두 거리에서 소문으로 들었습니다만."

흡사 하나씩 하나씩 대답을 밝혀가는 학동의 방법과도 다르다. 준보에게는 교사로서의 엄정한 태도를 요구하는 셈이었다.

간 아내의 후배인 그 화가는 준보가 불행을 당하자 우연히 편지를 띄우기 시작한 것이 드디어 대단한 정성과 애정을 먹과 종이에 부탁해서 보내오게 된 것이었다. 같은 여학교의 선배인 아내에게 대한 흠모와 존경이 그대로 준보에게로 고삐를 돌린 셈이었다. 준보는 편지와 사진만을 받았을 뿐 아직 접해보지 못한 그 새로운 인격을 머릿속에 그려보면서 일종 야릇하고 안타까운 심사였다. 편지에 나타난 인품과 교양과 열정으로만은 전 인격의 인상을 옳게 잡기 어려웠던 까닭이다. 한 줄기 어렴풋한 꿈과 희망을 주고받으면서 이상스러운 사귐이 근 반년 동안 계속해왔건만 직접 감각의 문을 통하지 못한 그 가상적인 사랑은 두 사람 사이에 바다와 강산의 먼 거리를 두고는 종시 활활 타오르지 못한 채 조금의 발전도 없이 침체되고 있었던 것이다. 한여름 동안 공을 들여 제작한 작품을 가을에 제전에 출품했다가 낙선은 됐으나 그다지 낙담은 하고 있지 않는다는 소식을 전해온 것을 일기로 하고 웬일인지 편지가 금시 딸꾹질을 시작한 것처럼 끊어지기 시작했다. 준보가 실과의 교섭을 가지게 된 것이 바로 이 무렵을 전후해서였다.

"우리 둘의 소문을 들었는지 어쨌는지 요새는 도무지 소식이 없어요. 하긴 하나씩 하나씩 제물에 해결되어가는 것이 편한 노릇이긴 하지만."

"어떤 분예요. 사진과 편지 언제 한번 뵈어주세요. 고우시겠지. 저보담 젊구 지저분한 과거두 없을 테구."

"언젠가의 편지엔 고향과 가정과 현재의 형편 이야기를 하군 반생 동안 적어온 일기가 참회의 연속이라구 했었으니 원 무슨 뜻이었던지. 남의 지내온 날을 자기가 아니고야 누가 똑바로 알겠수. 사람의 가슴속같이 복잡하구 신비로운 것이 없는데."

"제가 만약 나타나지 않았더라면 그이와 맺게 됐겠죠. 똑바로 말씀하세요.—그러구 보면 모든 게 거저 인연만 같아요."

"결말이 어떻게 됐을지를 누가 알겠수. 사람은 앞일을 아무것두 헤아릴 수는 없는데 사랑에 먼 거리같이 금물은 없다구 생각해요. 모르는 동안에 금시 눈앞에 무엇이 일어나 있는지 알 길이 있어야죠. 가을에 이곳까지 스케치 여행을 나오겠다구 벼르던 그에게 행여나 불길한 변이나 일어나지 않았으면 하구 원해요."

"그림과 음악과—어느 편을 더 좋아하세요. 음악을 좋아하시는 건 알아두 그림두 좋아하시죠. 그렇죠."

"뭐요, 그건. 게정이란 말요. 실이두 게정을 부릴 줄 아나. 실이—실리이—바보. 바보두 그런 쓸데없는 감정의 노예가 되나."

실은 문득 피아노를 멈추더니 그 자세대로 준보의 등에 왈칵 전신을 의지해버리고 말았다. 준보는 앞으로 쓰러지려는 몸을 바로 세우고 어깨 너머로 넘어온 실의 두 손을 잡았다.

"다 잊어버려주세요. 저 이외의 것은 죄다 이 머릿속에서 지워주세요. 저의 꼭 하나 바라는 조건이 그것이에요. 자 약속하세요.—앞으론 평생 한눈을 팔지 않겠다구. 저만을 생각하겠다구."

3

사랑은 왜 두 사람만의 뜻과 주장으로서 족한 것이 못 될까. 두 사람 사이에 세상이라는 쓸데없고 귀찮은 협잡물이 끼어 들어옴을 알았을 때 준보는 움칫해지며 불쾌한 느낌이 전신을 스쳐 흘렀다.

실과 약속을 한 지 불과 며칠을 넘지 않아 준보는 친구 윤벽도의 방문을 받은 순간 직각적으로 신경을 건드리는 것이 있었다.

"자네 요새 무엇을 하구 있었나. 거리는 자네들 소문으로 온통 발끈 뒤집혔으니."

기쁜 때나 슬픈 때나 신변에서 가장 가까이 돌면서 허물없는 사귐을 맺어오는 그 친우의 말이라면 대개는 귀를 기울여오는 사이였건만 이번 경우만은 웬일인지 그 첫마디가 벌써 준보의 마음에 섬찟하게 울려오는 것이었다.

"뭣 말인가. 우리들의 사랑 말인가."

"사랑은 다 뭐야. 신중하게 사람을 가려가면서 사랑을 하든지 어쩨든지 하지 사람이 왜 그리 자기 몸을 애낄 줄을 모르나. 옥 씨의 집안이 어떻구 과거가 어떤 줄이나 알구서 그러나."

"알구말구. 아니까 더욱 사랑하게 됐네. 자넨 집안과 과거만을 알았지 본인의 인격과 교양과 기품은 모르는 모양이지. 나는 과거를 사랑하는 것이 아니라 현재의 인격을 사랑하는 것이네. 풍부한 교양에 접하면 자네쯤은 땅을 치구 부끄러워해야 하리."

준보는 웬일인지 버럭 항거하고 싶은 생각이 솟아 어세를 높여보았다.

"말하는 꼴이 벌써 새가 깊어진 모양 같네만 자네 생각만 옳다구 하지 말구 세상의 의견에두 한 번은 귀를 기울여봐야 하잖겠나. 결혼까지 간단 말을 듣고 나두 놀랐네만 거리에서 만나는 동무마다 한 사람이나 찬성하

는 이가 있을 줄 아나. 다들 입들을 벌리구 입맛을 다실 뿐이지. 자네는
예술가니까 독창 정신을 실생활에두 살려서 상식을 무시하구 남 안 하는
괴이한 짓두 해보구 때로는 괜히 속세에 반항두 하구 싶은 충동을 느끼는
줄을 짐작하네만 평생의 중대한 일을 그렇게 경솔히 작정해서야 쓰겠나."

"소태를 먹어두 제멋인데 왜 남의 일을 가지구 걱정들을 하라나. 도대
체 난 세상의 말이라는 걸 일종의 저널리즘이라구밖엔 생각하지 않네. 자
넨 진정으로 나를 위해서 걱정하는 줄을 아네만은 자네가 거리에서 만나
는 열 사람이면 열 사람이 다 결국은 경박한 가십쟁이밖에는 못 된단 말
야. 부질없는 남의 말 하기 좋아하구 농하기 좋아하구 헐기 좋아하는 저
널리스트 이상의 무엇인 줄 아나. 실없는 그것들의 말을 일일이 들어선
할 수 있나. 파리 떼같이 와글와글 끓게 내버려 두는 수밖엔. 아무 말이
귀에 들려와두 뜨끔하지 않네."

"자네들이 그만큼 유명하다는 걸 알아야 되네. 자네나 옥 씨나 구석쟁
이에 숨어 있는 사람이라면 세상에서 문제나 삼겠나. 화젯거리가 될 만하
니까 화제를 삼는 것이 아닌가. 따라서 자네의 책임두 성립되는 것이네.
사회에 이름이 있다는 건 벌써 개인의 자유행동에 그만큼 구속을 받구 책
임을 져야 한다는 것이야. 개인만의 개인이 아니구 사회를 위한 개인이
야. 사실 자네를 애끼는 건 나 혼자만이 아니네. 어떤 동무는 심지어 휼계
를 써서 자네들의 연애를 방해하자구까지 하데만 야속하다구 여기지 말
구 그런 우정을 고맙게 받아보게."

벽도는 준보에게 입을 열 기회와 여유를 주지 않고 혼자만 앞을 이어
갔다.

"자네네 학교 학생들에게 자네 인기를 떠보지 않았겠나. 어학만의 강의
를 받기가 아까워서 자네에게 수신의 교수까지를 청하겠다구 교장과 교

섭 중이라네. 그렇듯 자네를 존경하는 제자들의 기대두 저버려서야 되겠
나. 여러 가지로 자네 책임은 크단 말이야."

"자네두 문학을 한다는 사람이 생각이 왜 그리두 범용하구 옹색한가.
사랑엔 인물 차별과 지경이 없다는 걸 실물로 교육할 수 있다면 얼마나
더 인간적인 교육이 될 수 있다는 건 생각해보지 못하나. 한 사람의 인물
에 대한 소문과 진실이 얼마나 다르다는 것, 사람은 누구나 일반이라는
것, 사랑은 자유롭다는 것, 행복은 주위 사람들의 시비에두 불구하구 당
사자들의 의지로 창조할 수 있다는 것—이 많은 교훈을 난 말없이 다만
한 번의 행동으로써 만 사람에게 가르칠 수 있는 것이네. 학생들은 흔연
히 이 교육을 받을 것이요, 그 인간적인 영향과 효과두 백 권의 수신서를
읽는 것보다 나으리. 자네들의 상식 이상으로 이것은 참으로 건전한 생각
이라는 걸 알아두게. 그리구 자네 내일부터 문학을 그만두게나. 문학은
인간 되자구 하는 것이지 심심파적으로 숭상하는 건 아니니까."

"자네의 귀에 아무리 경을 읽어야 소용 있겠나. 벌써 굴레를 씌울 수 없
는 뛰어난 말이니. —그럼 어서 행복될 도리나 설계하게나. 행여나 장래
라두 내게 와 왜 그때 더 말려주지 않았던구 하구 뉘우치지나 말구."

준보의 굳은 결의에는 벽도도 하는 수 없이 한 수 꿀려 활을 거두는 것
이었다. 충고는커녕 되려 톡톡히 설교를 받은 셈이 되어 얼떨떨한 심사를
금할 수 없는 모양이었다.

"다시 이 일엔 더 참견 말구 거리에서 쓸데없이 번설을 하구 노닥거리
는 녀석이 있거든 그 비굴한 얼굴을 바라보면서 자네두 행여나 그런 유가
아닐꾸 하구 반성하구 슬퍼해보게나."

그러나 벽도가 그 자리에서 그렇게 만만히 꿀렸다고 생각한 것은 준보
의 오산이었다. 한 수 두 수 동무를 생각하는 그의 애정은 깊어서 충고의

손은 실에게까지 뻗쳤던 것이었다. 다음 날 밤 준보가 가게 이층에서 실을 만났을 때 웃음을 잊은 얼굴에 커다란 눈이 깜박거리지도 않고 동그랗게 노염을 품고 있었다.

"아이 분해."

혀를 차면서 윗입술이 갸웃이 삐뚤어지는 것이었다.

"어제 벽도 씨가 제게 와서 무어란 줄 아세요."

"벽도가? 흠 적극적 활동을 시작한 모양이군."

"이 땅의 예술가 준보 죽이지 말라구요. 준보는 한 사람의 차지가 아니구 사회에 소속한 사람이라구요. 어이구 무서운 소리. 누가 선생을 후려 차가지구 먼 세상으로 내뺀단 말인가요. 제게로 오신다고 글 한 줄 못 쓰게 되구 세상에서 매장을 당한단 말인가요. 모든 책임을 제게만 씌운단 말예요. 대체 그이가 무엇이게 우리들 일에 그렇게 발 벗구 나서는 것일까요."

"근본은 착하구 정직한 사람인데 진정으로 생각해준다는 것이 말이 원체 투박스러워서 그런 인상을 주게 되나 부우. 그래 뭐라구 대답했수."

"다짜고짜로 그 말인데 대답을 어떻게 해요. 거저 멍하니 입만 벌리구 있었죠. 선생의 건강이 염려되는데 각별히 내조의 공을 이룰 자신이 있느냐는 둥 제가 편지를 전문학교 교수보다두 잘 쓴다구 선생이 칭찬하셨는데 그 정도의 교양에 안심해서는 안 된다는 둥 별별 말이 많았어요. 거저 저 하나 죽일 사람 됐죠. 거리에서 건둥거리는 보통 여자로밖엔 알아주지 않는 것이 분해 못 견디겠어요."

"편지 잘 쓰는 건 잘 쓰는 거지 실력에두 에누리가 있을까. 이름만 전문학교 선생이랍시구 사실 편지 한 장 옳게 못 쓰는 위인이 얼마나 많게. 웬일인지 난 그런 떳떳치 못한 조그만 사회적 사실에 대해서두 노여워지면서 항의하구 싶은 생각이 솟군 해요. 편지의 실력뿐이 아니라 당신이 일상 쓰는 말에 대해서두 그 아름다운 용어와 발음을 효과 있게 살리려구 비상한 주의와 노력을 하는 것을 난 무엇보다두 높게 평가하려구 해요. 내가 간혹 이상스러운 형용사를 쓸 때 그것을 곧 되물어가지구 기억하려구 하는 기특한 생각—세상 사람이 소홀히 여기구 주의할 줄도 모르는 그런 조그만 각오에서부터 나날이 아름다운 생활은 창조되어나간다구 생각해요. 벽도가 무어라구 하든지 간에 충분한 자신을 가져두 좋아요."

"일들두 없지 왜들 남의 일에 간섭인지 모르겠어요. 거 보세요. 세상이 시끄러우리라구 걱정했더니 아니나 다를까요."

준보의 위로로 실은 자신과 용기를 회복해 우울한 속에서 다시 웃음을 머금고 어느 날보다도 도리어 즐거운 밤이었으나 외부의 간섭은 그것으로 끝난 것은 아니었다. 거리의 소문은 해와 악의 테두리를 겹겹으로 더해서 두 사람을 둘러싸고 시끄러운 포위진을 각각으로 조여들었다. 몇 날이 건너지 못해 실은 한층 흥분된 표정으로 준보의 방문을 두드렸다. 커다란 눈이 깜박거리지 않고 조그만 입이 침묵하면서 잠시는 가제 온 신부같이 의자에 잠자코만 있었다.

"……오늘 길에서 옛날 동무 명주를 만났더니 또 그 소리를 하잖나요. 남편에게서 들었다는데 자기들 총중에선 죄다들 알구 화젯거리가 됐대요. 그 남편은 벽도 씨에게서 들었다나요. 왜 그리 번설들일까요."

"놀랄 것두 없잖우. 세상이 한꺼번에 발끈 뒤집힌대두 이제야 겁날 것이 없는데."

"말이 우습잖아요.—제가 일반에게 그런 인상을 줘 뵈는지 너무 사치하니까 가정생활에 부적당하리라구요. 오래오래 원만하기를 기대하기가 어려우리라구요. 자기들보다두 몇 곱절 더 생각하구 각오를 가진 줄은 모

르구 웬 아랑곳인지들 모르겠어요. 자기들보다 못한 사람인 줄만 아나 부
죠."

"이 기회에 애매하게 남을 발가벗겨놓구 멋대로들 난도질을 하는 모양
이지."

"외딴 섬에나 가 살구 싶어요. 이렇게 시끄러울 줄 몰랐어요."

"불유쾌한 세상이구 귀찮은 인심이야.—우리 시나 한 줄 읽을까."

준보는 뒤숭숭한 잡념을 떨쳐버리려는 듯 쇄락하게 자리를 일어서서
실의 손을 이끌고 책장 앞으로 갔다.

"맘이 성가실 때는 시를 읽는 게 첫째라우. 난 벌써 여러 해째 그 습관
을 지켜오는데 세상에 시인같이 정직하구 착한 종족이 있을까. 그 외엔 모
두 악한이요 도적인 것만 같아요. 시인의 목소리만이 성경과 같이 사람을
바로 인도하구 위로해주거든요.—무얼 읽을까. 하이네? 셸리? 예이츠?"

책꽂이를 한 층 한 층 손가락으로 더듬더니 두둑한 책 한 권을 뽑아냈
다.

"휘트먼은 어때요. 오래간만에 휘트먼을 읽어볼까요. 예이츠들과는 다
른 의미로 좋은 시인이죠. 그는 한 계급의 시인이 아니라 전 인류의 시인
이에요. 아무와도 친하게 이야기하구 똑같이 사랑하는 가장 허물없는 스
승이에요. 월트 휘트먼—인류가 아마두 예수 다음에 영원히 기억해야 할
꼭 하나의 이름이 이것이에요. 나는 그를 읽을 때 용기가 솟구 희망이 회
복되군 해요."

"고요한 목소리로 한 구절 읽으세요. 눈을 감구 들어볼게요."

준보가 앉은 의자 발밑에 실은 그대로 주저앉으면서 준보의 무릎에 손
바닥을 놓고 그 위에 사붓이 얼굴을 얹었다. 준보가 야트막한 목소리로
천천히 임의의 구절구절을 낭독하기 시작할 때 실은 짜장 눈을 감고 시의

세상 속으로 이끌려 들어가는 것이었다.

·····················

　태양이 그대를 버리지 않는 한 나는 그대를 버리지 않겠노라.

　파도가 그대를 위해서 춤추기를 거절하고 나뭇잎이 그대를 위해서 속살거

리기를 거절하지 않는 동안,

　내 노래도 그대를 위해서 춤추고 속살거리기를 거절하지 않겠노라.

　나는 그대에게 한 가지 약속을 하노라—그대가 나를 만났기에 적당한 준

비를 하기를 나는 요구하노라.

　내가 올 때까지 성한 사람 되어 있기를 요구하노라.

　그때까지 그대가 나를 잊지 않도록 나는 뜻 깊은 눈초리로 그대에게 인사

하노라.

　"좋아요, 참 좋아요. 저를 위해서 쓴 것만 같아요. 어머니보다두 인자해

요.—태양이 그대를 버리지 않는 한 나는 그대를 버리지 않겠노라. 저두

휘트먼을 좀 더 일찍 알았다면 더 행복스러웠을 것을요."

　실은 얼굴을 벙긋이 들고 준보를 쳐다보면서 입안에 그뜩 젖을 머금은

어린아이와도 같이 행복스러운 얼굴이었다. 준보는 실의 머리 위에 한 손

을 얹고 페이지를 들척거렸다.

　"휘트먼을 가지게 된 것은 인류의 행복이에요. 가십만을 일삼는 거리의

소소리패들에게 휘트먼을 읽혀드렸으면 얼마나 좋을까요."

　여인, 앉은 여인, 걷는 여인—혹은 늙고 혹은 젊고

젊은이는 아름다우나—늙은이는 젊은이보다 더 아름다워라.

"그의 눈에는 모든 것이 다 아름답구 고르구 평등하구 사랑스럽지, 하나나 추하구 밉구 차별진 것이 있나요. 예수같이 인자하구 바다같이 관대해요. 또 한 수 여자를 노래한 것—"

나는 여성의 시인이며 동시에 남성의 시인이니라.
나는 말하노라, 여자 됨은 남자 됨과 같이 위대한 것이라고.
또 말하노라, 남자의 어머니 됨같이 위대한 것은 없노라고.

"더 읽으셔요. 자꾸자꾸 읽으셔요. 종일 들어두 싫지 않겠어요. 밥같이 암만 먹어두 싫지 않겠어요. 속세의 번거로움을 떨쳐버리구 휘트먼 한 권만을 가지구 단둘이 어딘지 모를 먼 고장에 가서 살 수 있다면 오죽이나 좋을까요."
하면서 한숨짓는 실의 목소리는 그대로가 한 구절의 시를 읽는 것과도 흡사했다.

영웅이 이름을 날린대도 장군이 승전을 한대도 나는 그들을 부러워하지 않았노라.
대통령이 의자에 앉은 것도 부호가 큰 저택에 있는 것도 내게는 부럽지 않았노라.
그러나 사랑하는 사람들의 우정을 들을 때 평생 동안 곤란과 비방 속에서도 오래오래 변함없이
젊을 때에나 늙을 때에나 절조를 지키고 애정에 넘치고 충실했다는 것을

들을 때 그때 나는 머리를 숙이고 생각하노라. 부러워서 못 견디면서 황급
히 그 자리를 떠나노라.

낭독이 끝난 후까지도 실은 얼굴을 들려고 하지 않고 같은 자세로 무릎
위에 엎드리고 있는 것을 준보는 감동에 젖어 있는 것이거니만 생각한 것
이 문득 머리를 드는 서슬에 눈에 어리운 눈물 자국을 보고 가슴이 짜릿
해졌다.

"왜 운단 말요."

책을 놓고 두 손으로 무릎 사이에 그의 얼굴을 받들어 끄니, 실은 아이
와도 같은 무심한 눈동자로 멍하니 준보를 쳐다본다.

"너무두 행복스러워서요. 휘트먼의 시두 좋거니와 이렇게 선생님과 마
주 앉아 시를 읽게 된 것이 얼마나 행복스러운지 아마두 한평생의 추억거
리가 될 거예요. 세상에 가지가지 행복두 많겠지만 여기에 지나는 행복이
또 있을 것 같지는 않아요. 자꾸 울고만 싶어요."
하면서 다시 글썽글썽 눈물이 새로워지는 것을 보고는 준보는 거의 충동
적으로 그의 얼굴을 가까이 잡아끌었다.

"이 행복감을 고이고이 길러서 언제까지든지 끌고 나갑시다. 세상의 장
해가 아무리 크다구 하더래두 용감스럽게 그것을 뛰어 넘어갑시다. 그것
이 꼭 하나 우리의 작정된 길이니까요."

손등으로 눈물을 훔치는 사랑하는 사람의 자태란 얼마나 아름다운 것
이었던가.

4

　민주빈의 등장은 윤벽도의 그것과는 스스로 성질이 달라서 준보들의 마음속에 한 줄기의 빛을 던졌다고 하면 던졌을까.

　신문의 지방판의 기사를 맡아 쓰고 있는 주빈은 그 직책의 성질과 준보들의 일건을 누구보다도 먼저 알고 있을 처지에 있으면서도 까딱 그 눈치를 보이지 않는 것은 은근한 그의 성격의 탓이라고 할까.

　"하긴 나두 사실 첨엔 놀랐어요. 형이 그렇게 대담한 줄은 몰랐거든요. 그야 문학을 일삼으시니까 생각이 남보다는 다르시겠지만 결혼을 한대두 거저 무난하구 순결한 경우를 택하신 줄 알았지 이렇게 문제의 파도 속에 즐겨서 뛰어드실 줄은 몰랐어요."

　주빈은 준보의 눈치를 보면서 신중하게 입을 열었다.

　"순결이란 대체 무어요. 마음을 떠나서 순결만의 순결을 찾음은 뜻 없는 일이라구 생각해요. 참으로 훌륭한 마음 앞에는 몸의 희생쯤 문제가 아닐 거예요.—벽도의 말을 들으면 모두들 반대라는데."

　"전 반드시 그렇지두 않습니다만 모든 문제 다 깔아버리구 아름다운 이와 결혼한다는 다만 그 조건만으로두 좋지 않아요? 사람에겐 기질의 타입이 있다구 생각하는데 가령 벽도 군과 나와는 전연 대차적인 입장에 있는 것 같구 가깝다면 아마 내가 형과는 제일 근사한 타입일 거예요. 연애니 결혼이니 하는 것두 결국은 그, 그 성격의 타입이 작정하는 것이 아닐까요. 옥 씨만 한 인물과 미모라면 다른 조건 다 희생해두 좋구말구요. 그 점에서 난 찬성이구 형의 그 자유로운 심정과 태도에 여러 가지로 반성되구 줏대 없는 내 마음에 매질해보군 했어요. 막상 내가 그런 경우에 처했다면 혹시 주저했을는지두 모르니까요. 마음의 자유대로 행동할 수 있구 행동해서 조금두 꺼리지 않는다는 것이 여간 장하구 존경할 만한 일이 아니에요."

"형은 그렇게 말해두, 대부분의 세상 사람들은 존경은커녕 얼마나 비웃는지 몰라요. 결국 난 세상을 아직두 퍽 야만스러운 곳이라구 생각해요. 참으로 정직한 판단이 없이 편견과 말썽으로 부화뇌동하구 경솔하게 떠들썩하는 그런 버릇이 있어요. 세상이 그렇게 우매하다는 것과 내가 내 뜻을 존중히 하는 것과는 물론 별문제이지만."

준보는 주빈의 이해에 대해서 이렇게 대답하고 바로 며칠 전에 겪은 조그만 변을 문득 생각해내면서 그것을 붙여 말하고 싶었다.

―준보는 벌써 거리낄 것 없이 실과 함께 거리를 걷고 교외로 산보도 나가는 것이었으나 그날 늦은 오후의 영화를 보고 관을 나오는 때였다. 빽빽이 쏟아지는 인총 사이에 피곤한 몸을 맡기고 제물에 행길로 밀려 나와 골목을 벗어났을 즈음 두 사람은 어느 결엔지 뭇시선의 대상이 되어 있음을 몰랐다. 그 많은 총중에서 왜 하필 유독 그들만이 무대 위의 배우같이 사람들의 눈을 끌었을까를 생각하면 불쾌하기 짝 없는 것이었으나 문득 귀 익은 발음 소리를 듣고 비로소 정신을 차린 두 사람이었다. 뒤편에서 웅얼웅얼 자기들의 이름을 외는 것임을 알았다. 목소리는 점점 커지더니 드디어 또렷이 들릴 정도로 가까워졌다.

"아나. 저기 준보와 옥실이라네."

확실히 그렇게 들렸다. 그러나 그 자리로 경망하게 고개를 돌릴 수도 없어 모르는 체하고 걸어가는 동안에 그들의 회화는 두 사람을 둘러쌀 지경으로 요란해졌다.

"인전 제법 대담들 하지. 내로라구 보라는 듯이 끼구들 다니니."

"대담한지 철면편지 모르겠네. 허구많은 경우 다 두구 왜들 하필 세상을 이렇게 떠들썩하게 해놀꾸."

"남이야 아무러거나 말거나 왜들 떠들썩들 하라나, 떠들썩하는 편이 어리석지 남이야 아무 멋을 부리건 말건."

두 사람을 옹호하는 듯하면서도 기실 악질의 야유인 것을 쉽사리 느낄 수 있었다.

"옥실이와 준보가 결혼을 할 테면 하랬지 뭐가 어떻게 됐단 말인가. 음악가와 소설가이기로서니 그렇게 법석들을 할 법이야 있나."

두 사람의 이름을 커다랗게 외치면서 옆을 스치는 후리후리한 청년을 옆눈으로 보았을 때 준보는 문득 피가 용솟음치면서 눈이 화끈 달았다. 청년도 흘끗 두 사람을 곁눈질하더니 즉시 자기들끼리만의 의미를 가진 복잡한 미소를 띠었다.

"다정다한한 남녀들이라 미상불 부럽기두 해. 세상을 한번 요란하게 하는 것두 자랑스러운 일이 아닌가."

조롱과 야유에 넘치는 그 말에 준보는 드디어 견딜 수 없어서

"버릇없는 것들."

하고 몸을 불끈 솟구었으나 실이 민첩하게 팔을 붙들어 끌면서

"참으세요. 그들에게두 말의 자유가 있잖아요. 우리에게 행동의 자유가 있듯이."

하고 도리어 길옆으로 피해 서는 동안에 소소리패는 여전히 고개를 흘끗들 거리면서 두 사람을 스쳐 지나고 말았다.

이상스러운 것은 준보는 순간 눈앞이 화끈 다는 듯하더니 웬일인지 금시 노염이 풀리면서 실의 손목을 꼭 쥐게 된 것이었다. 그의 유유한 마음씨에 감동하고 냉정한 이지에 경의를 표하고 싶었던 것이다. 실의 원만한 인격으로 말미암아 그 시각으로 외부의 수난쯤은 솔곳이 잊어버리게 된 것을 준보는 더없이 행복스러운 것으로 여겼다. 실과의 행복 앞에서는 버

롯없는 후리후리한 청년도 세상의 야유도 조롱도 그림자가 흐려지면서
먼 곳으로 비슬비슬 멀어지는 것이었다—

주빈은 가느다란 눈 가장자리에 주름을 잡으면서 그 조그만 에피소드
를 들고 나더니

"그러나 세상이란 완고한 것 같다가두 실상은 의외로 무른 거예요. 결
국 가장 센 것은 개인의 의지라구 생각해요. 거저 내 뜻대로 나가는 것—
그것이 제일 좋은 방법이요 훌륭한 태도죠. 청년들에게 야유를 당한 후에
즉시 사랑의 행복을 느낀 것을 생각해봐요. 그 행복 이상으로 값나갈 무
엇이 세상에 있겠나를."

"의논한 법두 없구 내 일 나 혼자 처리하려구 하는데 모두 괜히 한몫씩
참여하려구들 드는구려. 끝까지 세상과 싸워볼 작정이에요. 필경 누가 못
배겨나나 보게."

"하긴 벽도 군은 서울로 원병을 청하러 갔다나요. 혼자 힘으론 부치니
까 서울의 동무를 죄다 역설해서 일대 반대 운동을 일으키겠다구. 샅바
끈을 단단히 졸라매셔요. 괜히 까딱하다 넘어지지 말게요."

또 새로운 소식에 준보는 귀가 뜨이면서 주빈의 괴덕스러운 목소리로
자연 웃음이 터져 나왔다.

"벽도두 열정가야. 동무를 진정으로 위한다면 그만 밸은 있어야지.—
세상은 재미있는걸. 점점 재미있어 가는걸. 사람들은 이 맛에 사는 것이
아닐까."

주빈이 전한 말이 헛소리가 아님은, 그가 다녀간 지 이틀 만에 준보는
서울서 온 의외의 편지 한 장을 받게 된 것이었다. 준보가 기왕부터 알고
있는 한 사람의 직업여성으로부터 온 충고의 편지였으니 그것이 벽도의
원병 운동의 제일착의 첫소리였던 셈이다. 아마도 벽도가 술을 먹으러 가

서 비분한 장광설을 한 결과, 사연을 듣게 된 그가 동감 찬성하고 드디어 편지를 띄운 것이라고 추측되었다. 서면은 대단한 달필로 여러 장을 들여서 준보의 생각이 미흡하고 행동이 그릇되었음을 지적한 것이었다—

현재의 쓸쓸한 심경을 살필 수는 있지만 평생의 중대사를 어떻게 그렇게 소홀히 작정하느냐—소중한 몸을 아낄 줄 모르구 왜 그리 천하게 굴리느냐—당신 마음을 그토록 당긴 그 여자의 매력을 미워해야 할는지 존경해야 할는지 모르겠다. 동무들이 대단히 걱정하는 걸 민망해서 볼 수 없다.—이 자리로래두 뛰어가서 만류하구 싶으나 먼 길에 그럴 수두 없으니 두 번 세 번 신중히 생각해서 처리해라…….

대강 이런 뜻의 걱정을 적는데 웬일인지 황겁지겁 설렌 듯한 그의 자태가 눈앞에 보여오는 것 같아서 준보는 픽 웃어버렸다.

"괜히들 설레누나. 공연히 필요 이상으로 안달들이구나. 세상이 금시 뒤집힌 거나 같이."

준보야말로 그 원래의 간섭을 미워해야 할는지 존경해야 할는지 모르면서 반천 리 길이나 일부러 가서 겨우 그런 졸병을 통해서 첫 화살을 보내게 한 벽도의 수고가 또 한 번 생각났다. 편지를 그대로 꾸깃꾸깃해서 휴지통에 넣으려다가 준보는 문득 돌려 생각하고 다시 편지를 곱게 펴 들었다.

"이대로 두었다가 실에게 보이자. 그의 감회가 어떤지 누구의 태도가 더 의젓한지 달어나 보자."

5

편지를 보고 실은 그다지 분개도 하지 않고 도리어 허물없는 웃음을 띠었다.

"글두 명문이구 글씨두 잘 썼구.─그러나 웬 아랑곳일까 주제넘게. 그 여자의 매력이라니 다 무어야 망칙하게."

웃은 것은 마음으로부터 웃은 것은 아니었다. 역시 한 줄기 섭섭한 감정이 그의 눈썹 위에 흐르고 있음을 보고 준보는 그런 것을 보인 것이 뉘우쳐도 졌다.

"자꾸만 이렇게 반대들이 일어나면 필경은 곰곰이 반성하시구 제가 싫어지겠죠. 아무리 굳은 마음인들 왜 주위의 지배를 안 받겠어요."

"쓸데없는 소리 또 한다. 그러라구 편지를 뵈었던가. 그 자리로 찢어버리구 안 뵈일 수두 있었는데."

"이대로 솔곳이 죽구만 싶어요. 행복스러운 동안에 죽어버리는 것이 제일 아름다울 것 같아요. 앞으로 또 무엇이 올까를 생각하면 진저리가 나요."

"되려 고소해하는 것들 많게. 그것들 보기 싫어서두 오래 살아야 하잖우. 소문두 한때지 언제까지나 남을 쫓아오겠수, 마음을 크게 담차게 먹어요."

준보도 사실 가끔 마음의 평온함을 잃곤 했으나 실의 앞에서는 또 의젓하게 그를 격려하고 위로하는 입장에 서지 않으면 안 되었다. 휘트먼의 시집을 찾아내서 다시 읽기도 하고 서투른 피아노의 합주를 하기도 하고 말없이 의자에 앉고 실은 그 무릎 아래에 앉아서 손을 마주 잡고 어느 때까지나 그 소박한 행복감에 잠기기도 했다.

거리의 소문은 언제면 완전히 꺼져버리려는지 주일이 거듭되고 달이 넘어도 조그만 도전과 걱정거리는 삐지 않았다. 준보가 학교에서 별안간 요란스럽게 울리는 수화기를 잡으면 면목은 있으나 그다지 귀 익지 않은 여자의 목소리가 두 사람의 사건을 비웃는 듯 야유해왔고 거리에서 간혹 동무들과 술좌석을 같이하면 입술을 비죽들 거리면서 누구나 한 촉의 화살을 준보에게 던지려고 대기하고 있는 것이었다. 그들을 둘러싸고 있는 그런 험악하고 적의에 넘치고 있는 분위기 속에서 마음은 도리어 단련되고 굳어져가는 것도 사실이었다. 누가 못 견디나 보자 하는 앙심이 생기면서 사면초가의 외로운 속에서 끝까지 항거해보려는 결의가 솟을 뿐이었다.

보라는 듯이 떳떳이 거리를 다니고 교외를 소요하는 심정 속에도 그런 대항 의식이 숨어 있다고도 하지 않을 수 없었다. 고집스럽게 바라들 보고 빈정거리는 사람들의 시선들을 목석같이 무시해버리고 두 사람은 두 사람만의 길을 꼿꼿이 걸었다. 두 사람만의 세계를 그렇게 성벽같이 주위 구별해서 지키면서 그것으로써 도리어 밖 세상까지 또 지배하려고 함은 행복스러운 일이었다. 그 성벽 속에서는 단 두 사람만의 세계이므로 사랑과 이해는 한층 굳어져가고 밖 세상을 지배하려 함에는 커다란 자랑과 교만이 상반하는 까닭이었다. 내 몸의 실력이 충실할 때 밖에 대해 교만함은 유쾌한 일이다. 그 내면에서 솟아 나오는 유쾌한 느낌을 지우고 보충하려는 것이었다.

산속 길을 걸으며 낙엽을 밟고 강을 굽어보고 짙어가는 가을을 관상할 때 실은 다시 장래의 생활 설계를 치밀하게 세웠다. 하루에 몇 시간씩 책 읽고 음악 연습하고 아이들을 지도하겠다는 것, 찻그릇은 어떤 것을 쓰고 요리는 어떻게 만들겠다는 것까지를 찬찬히 계획했다. 그렇게 희망에 넘치는 실의 얼굴은 또 어느 때보다도 빛나고 아름다운 것이었다.

"세상이 정 시끄럽구 말썽이거든 우리 촌에 나가 염소나 기르구 닭이나 쳐요, 네."

실의 이런 제의도 또한 기특하고 아름다운 것이다. 여자의 포부와 각오가 항상 더 원대하고 굳은 것일까.

"좋구말구. 속세에 그렇게 연연해할 것두 없는데 남은 반생을 차라리 전원의 목가 속에서 살 수 있다면 그 역 좋구말구요."

"소와 돼지까지를 기를 수 있다면 더욱 좋겠어요. 일 년 먹을 햄을 맨들어두구 소는 젖을 짜구요. 소가 잘되면 빠터 제조업을 시작해두 좋죠. 집에서 손수 빠터 맨들어 먹을 수 있는 처지.—전 이걸 인간 생활의 최대의 이상이라구 생각하구 있어요."

"어디 이상을 실현해봅시다그려. 과히 어렵지 않다면야."

가랑잎이 발아래에 요란스럽게 울리는 수풀 사이에서 헌칠한 나뭇가지 너머로 푸른 강물을 내려다보고 그 너머 마을의 인가들을 세면서 전원의 명상에 잠김은 그것이 실현되든 안 되든 단지 그것만으로도 행복스러웠다.

초가을부터 시작된 두 사람의 사이는 두어 달을 지나는 동안에 모든 장해를 넘어 더욱 깊어가서 흡사 시절의 걸음과 발을 맞추려는 듯도 했다. 시절이 깊어가면 갈수록에 영혼들도 맑아가고 그 열정을 가다듬어갔다. 날이 으슬으슬해가고 공기가 차감을 따라 산속을 거니는 날이 적어지고 방 속에서 꿈과 설계에 빠지는 날이 늘어갔다. 첫서리가 허옇게 내려 땅을 덮은 날 실은 조금 조급하게 설렜다.

"정신없이 늑장을 대구 있느라구 이 옷주제 좀 보세요. 거리에선 벌써들 겨울옷들을 입기 시작했는데 아직두 이게 첫가을의 차림 아녜요. 옷벌이란 옷벌은 전부 동경에 두었거든요. 얼른 가서 첫째, 옷을 가져와야겠어요."

"그렇소. 지금 남은 일은 꼭 한 가지밖엔 없소.—얼른 동경 들어가서 짐을 가지구 나올 것."

"참으로 무서운 변화예요. 다시 들어가 공부를 계속할 줄 알았지 누가 짐을 꾸리게 될 줄 알았던가요. 여름휴가로 나왔다가 꼭 두 달 동안에 이 기적이 오구 말았어요."

"되려 섭섭한 것두 같죠. 커다란 변화란 아무리 그것이 행복된 것이래두 한 줄기 섭섭한 느낌을 주는 법인데."

"짐이 좀 많아요. 피아노, 축음기, 의장, 침대, 옷, 레코드, 책. 옳게 꾸려서 부치려면 아마두 두 주일은 걸릴 거예요. 두 주일 동안 안녕하시구 그리구—한눈 파시지 마세요."

언제나 그것이 걱정인 모양이었다. 준보는 번번이 그것을 대답하기가 실없어서 눈에 웃음을 머금고 실의 귓불을 징그시 끌어당겼다.

"이 걱정쟁이 같으니 누굴 칠면조나 카멜레온으로 아나 부다."

"저 없는 동안에 모두들 충충대서 마음을 변하게 하문 어떻게 해요. 정말 걱정예요.—전 그렇게 되면 죽을걸요 뭘."

"어서 내 염려 말구 당신 마음의 고삐나 든든히 잡아둬요. 행여나 대중없이 놓여나지나 말게."

"인전 그만둬요 그런 소리. 듣기만 해두 소름이 끼쳐요."

지난 두 달 동안의 변화와 수많은 굴곡을—행복과 불행의 가지가지 반성하면서 벌써 그것이 과거가 되고 추억이 된 것이 신기해서 견딜 수 없었다. 뭇 인물들의 왕래와 미묘한 인심까지를 아울러 생각할 때 두 사람이 꾸며놓은 그 조그만 한 폭의 역사가 또한 인간 생활의 장한 한 페이지로 여겨졌다. 그 한 폭을 주추로 하고 앞날의 발전이 훤하게 내다보이는 것이 두 사람의 마음을 한량없이 밝게 해주었다. 스스로의 운명을 스스로들 개척해가는 용기 앞에는 하나의 확고한 결정이 있을 뿐이었다. 미래에 속하되 미래가 아닌 결정이었다.

삼한이 풀리고 사온이 시작되는 날 드디어 실은 동경으로 길을 떠나게 되었다.

날마다 학교로 오는 전화가 그날은 특별히 아침 일찍이 왔다.

"오늘 떠나게 될는지두 모르겠어요. 안녕히 계셔요."

실은 역에서 보냄을 받기를 좋아하지 않는 성질에 떠나는 날짜의 결정을 언제나 확적히 작정하지 않고 흐려오던 것이었다. 세상에 작별같이 마음 성가신 일이 없어서 역에서 마주 보고 눈들을 붉히면 도저히 떠날 용기가 생기지 않는다는 것이었다. 언제나 떠나게 되면 말없이 가만히 떠나겠다고 하던 것을 생각하고 그날 아침 전화로 준보는 혹시 이날이 아닌가 설레면서 물었다.

"몇 시에 떠난단 말요, 몇 시에."

"모르겠어요. 떠날지 안 떠날지 모르겠어요. 아이들 데리구 얼마나 고생하시겠어요. 제발 몸 주의하세요. 병원에 자주 다니시구 많이 잡수시구요. 제발제발 건강하세요."

열 번 백 번 듣는 이 몸에 대한 주의가 번번이 마음을 울리는 것이었다. 조급하게 차 시간을 거듭 묻고 되물으나 종시 대답이 없이 전화는 끊어졌다.

떠나도 필연코 밤이려니 생각하고 준보는 학교를 일찍이 나와 그를 보낼 약간의 준비를 갖추어가지고 저녁 무렵은 되어 가게로 전화를 거니 그의 언니의 대답이 이미 세 시 차로 떠났다는 것이었다. 준보는 한참이나 우두커니 서서 실망이 컸으나 생각하면 실의 말마따나 그편이 되려 성가시지 않고 개운하거니 하고 마음을 눅여도 보았다.

밤에 가게로 내려가니 언니는 금시 장난을 하고 난 아이같이 빙그레 웃으면서 말했다.

"기어코 가만히 떠나고 말았어요. 그 애 성질이 원래 그래요. 여럿이 나가면 결국 울구불구해서 못 떠나구 만답니다. 잠시 적적은 하시겠으나 그동안 건강하실 테니 되려 안심이라구 기뻐두 해요. 서울 가서 제 심부름을 보군 바로 동경 들어가기로 했어요. 서울서나 동경서 장거리 전화를 걸겠다구요."

"이젠 전화나 기다리는 수밖엔요. 무사하게나 다녀온다면 더 바랄 것이 없죠. 날짜의 길흉을 몹시 가리더니 오늘이 그럼 대안 날인가요."

"그렇답니다. 삼벽 대안이에요. 이것 보셔요."
하면서 가리키는 벽의 패력을 바라보니 조그만 글자가 그렇게 짐작되었다.

"떠나두 대안, 돌아와두 대안, 대안 날 제발 무사태평하구 만사형통하소서."

축원의 말을 마음속에 외면서 준보는 두 주일 동안 만나지 못할 실의 자태를 머릿속에 떠올려보았다. 달덩어리같이 훤한 얼굴과 포도알같이 맑은 눈이 분명하게 뚜렷이 떠올랐다. 맑은 목소리가 아울러 귀에 울려왔다.

"……제발 몸 주의하세요. 병원에 자주 다니시구 많이 잡수시구요. 제발제발 건강하세요."

실의 육체와 영혼의 한 방울 한 방울이 한 점 빈틈없이 준보의 속에 그대로 살아 있었다. 준보는 그것을 마음과 육체를 가지고 역력히 느끼는 것이었다.

―《춘추》 제12호, 1942. 1.

문학 진폭 옹호의 변

이효석

여행같이 즐겁고 동시에 슬픈 것은 없는 것이 가는 곳마다 여러 인간의 비천함을 실감하게 되는 까닭이다. 인간의 천함을 실감함은 즐겁고도 슬픈 일이다.

사람이 고귀하고 신령스러운 것이라고 누가 말했는지 마을에서나 거리에서나 사람의 씨는 너무도 많고 천하다. 대개가 쭉정이요 가난하고 추잡하다. 사치한 복장을 발명해내서 야성을 감추기에 급급해하나 욕심스럽고 교활한 동물의 천성을 어찌 이루 막을 수 있으랴.

문화와 문명이 무엇을 가져왔는지 대체 그것이 세상 어느 구석에다 발라놓은 것인지 헌출하고 가난한 벌판과 거리를 지날 때 그런 것이 눈곱만큼의 혜택을 어느 구석에 베풀어놓았노 하고 의아해진다. 인간은 언제나 어디서나 추잡한 것이다. 전 세기의 노인들이 들려준 이 진리가 지금엔들 조금이나 나아지고 다를 리 있으랴.

동무도 좋고 내로라고 뽐내는 고명인도 좋다. 하나 얼굴들을 눈앞에 떠올리고 노려보면 눈동자의 움직임이며 얼굴의 표정이 어쩌면 그렇게 개나 고양이와 똑같은가에 놀라지 않을 수 없다. 의젓하면 의젓할수록 더 그렇게 보이는 것이다.

여행을 하면 일상 주위에서 못 볼 그런 새로운 얼굴들이 백으로 천으로 만으로 눈앞에 놓인다. 그것은 물론 인간의 인간된 전제이요 숙명이기는 하나 역시 슬픈 것이다. 요행 지성이니 정신이니 양심이니 하는 제목을 발명해냈으니 망정이지 비록 장식품일지라도 그런 것조차 없었더라면 인간은 얼마나 괴로운 것이었을까.

여행은 즐겁고 슬픈 것이다. 이 인간적 현상과 근성에 대한 숙명적인 깊은 감상을 구해주는 것은 문학임을 새삼스럽게 다시 인식한다. 문학의 지성이 아니라 문학의 심미역審美役(문학의 지성은 곧 심미역으로도 통하거니와)이야말로 환멸에서 인간을 구해내는 높은 방법인 것이다. 인간이 아무리 천하고 추잡해도 문학은 그것을 아름답게 보여주는 마력을 가졌다.

이상주의 문학뿐이 아니라 자연주의 문학 역시 그러하다. 자연주의 문학의 아무리 추잡한 한 구절일지라도 실인간의 그것보다는 아름답게 어리우고 읽힌다. 실감을 문자로 한바탕 바꾸어내는 까닭일는지도 모른다. 표현의 신비성이다. 여행의 감격이 소설 속에서는 더욱 커지고 여행의 환멸이 소설 속에서는 완화되고 덜어진다.

아무리 놀라운 사실주의 소설을 읽어도 현실에서 우리가 하는 것같이 눈썹을 찌푸리고 구역질을 하고 소름이 끼치는 경우는 없다. 소설은 현실의 충동을 알맞게 밭쳐서 곱과 찌끼는 이를 버린다. 심미감과 쾌快의 감동을 떠나서 소설은 없다. 문학의 공은 크고 소설가의 임무는 장하다. 아무리 하찮은 소설가라도 다른 뭇 예술가와 함께 이런 점에서만도 사회인의 누구보다도 맡은 일의 뜻이 귀하다 하지 않을 수 없다. 이것을 새삼스럽게 느끼게 한 것은 여행이다.

이 문학 본래의 효용과 임무의 견지에서 볼 때 그것은 될 수 있는 대로 다양하고 진폭은 될 수 있는 대로 넓음이 마땅하다. 문학의 내용과 방법의 세계가 넓을수록 실인간에 주는 재미도 풍부할 것이니까 말이다. 주조는 시대마다 다른 것이기는 하나 한 시대의 문학으로서 한 주조의 문학만을 허용한다는 것은 너무도 고루한 것이다. 흔히 자기류의 주조를 세우고는 자여自餘의 뭇 방향을 힐난 질타하는 일이 있으나 개성과 독창을 귀히 하는 예술의 세계에서는 이같이 어리석은 짓은 없다.

갑이 갑의 입장에서 쓰는 문학을 을이 을의 입장에서 논란할 바 못 됨은 을이 을의 입장에서 쓰는 문학을 갑이 갑의 입장에서 논란할 바 못 됨과 일반이다.

이 그릇된 우행을 문학사가 반복해옴은 일종의 불가사의이다. 자연주의 문학이 낭만주의 문학을 왜 배격해야 하며 이상주의 문학이 자연주의 문학을 왜 멸시해야 하는가. 시대의 필연이라면 피차의 시대의 필연인 것이며 한 시대의 필연이라고 해도 그 필연의 내포의 한계는 인간 생활의 면모가 넓은 것과 같이 넓은 것이다. 어느 때나 한 사상의 문학, 한 방향의 문학만을 내세우고 배타적 껍질 속에 웅크리고 들어앉음은 무지와 오만의 사연 이외의 아무것도 아니다.

메주 내 나는 문학이니 빠터 내 나는 문학이니 하고 시비함같이 주제넘고 무례한 것이 없다. 메주를 먹는 풍토 속에 살고 있으므로 메주 내 나는 문학을 낳음이 당연하듯, 한편 서구적 공감 속에 호흡하고 있는 현대인의 취향으로써 빠터 내 나는 문학이 우러남도 이 또한 당연한 것이 아닌가. 메주 문학을 쓰든 빠터 문학을 쓰든 같은 구역, 같은 언어의 세계에서라면 피차에 다분의 유통되는 요소가 있을 것도 또한 사실이다.

종교 문학 물론 좋으며 애욕 문학 또한 좋고 자연 문학 또한 필요한 것이다. 국민 문학이 나올 추세라면 그 탄생이 물론 기쁜 일이다. 건망증에 걸려 한 가지 제목에만 오물하다 문학의 다양한 품질과 향기를 힐난함은 과분한 욕심이요 쓸데없는 명예욕이다. 문학 상호의 방향과 양식에 대해서는 관대하고 겸허함이 문학자의 진정한 태도일 듯하다. 문학의 진폭은 될 수 있는 대로 넓어야 함이로다.

새해에도 여행을 많이 하고 인간의 천함을 지천으로 보고 그것을 표현할 다양한 방식을 찾아내게 되기를 바라는 바이다.

—《조광》 제52호, 1940. 1.

작가 이효석 론

유진오*

어떤 작가의 업적을 정당히 평가하기 위하여는, 시간적으로나 공간적으로나 상당한 거리를 두고 봄이 필요할 것이다. 그렇다면, 작가 이효석에 대해서 말한다는 것은 지금은 그 때도 아니려니와, 나는 그 적임자도 아니다. 씨와 나와의 사이는 너무나 가까웠고, 또 씨의 마지막 날의 기억이 지금의 나에게는 너무도 생생하다. 다만 '내가 본 이효석'이라고 할까, 그러한 의미에서의 몇 마디 말이라면 굳이 무의미하다고만 할 수도 없을 것이다.

씨는 수많은 조선 작가 중에서, 거의 유행 작가라 하여도 좋을 만큼 인기 있는 작가의 한 사람이었다. 다만 유행 작가라 하면 무엇인가 속되고 품 없는 느낌을 주는 것이 보통인데, 씨의 경우에는 그러한 느낌이 조금도 없을 뿐만 아니라, 오히려 이효석이라는 이름은, 언제나 무엇인가 고귀한 향기를 가진, 아름다운 서양 초화草花와도 같은 느낌을 사람들에게 준 것이 사실이다. 결국, 씨의 인기는 소위 대중적 인기가 아니라, 지식

---

* 유진오俞鎭午(1906~1987). 헌법학자·정치가·소설가. 호는 현민玄民. 저서로 『유진오 단편집』, 『김 강사와 T 교수』, 『젊은 날의 자화상』, 『헌법 강의』 등이 있다.

계급 사이의 인기였다고 할 수 있다. 씨의 애독자 중에 상당수의 근대적인 여성이 있는 사실은, 그러고 보면 무엇 별로 이상스러운 일도 아니다.

그러면, 씨의 이러한 인기는 무엇에서 우러나오는 것이었을까?

무엇보다도 나는 먼저 간초簡楚하고 청신淸新한 씨의 문체의 매력을 들지 않을 수 없다. 어떤 사람은 씨의 산문을 가지고, 현대의 조선어가 도달할 수 있는 최극한의 것이라고까지 격찬하였지만, 그야 어떻든 씨가 특이한 매력 있는 스타일리스트였던 것만은 사실이다.

실제에 있어, 문장에 대한 씨의 결벽과 집착은 대단하였다. 극단으로 생략법을 존중하고, 암시의 효과를 활용하였다. 씨의 작품을 읽노라면, 얼마든지 주어가 없는 문장에 부딪치는데, 그런 것쯤은 씨에 있어서 문장학 이전의 일밖에 되지 않았던 것이다. 씨는 남의 작품에 접할 경우에도, 문장의 간초와 용만冗漫* 여하로써 가치 판단의 한 표준을 삼으려고까지 하고 있는 것 같았다.

간초·청신을 신조로 하는 자연적인 결과로서, 씨의 문장은 약간 미끈한 느낌을 결缺하는 점이 없지 않지만, 어떻든 어떠한 경우에도 씨는 애매모호한 채로 얼버무리는 일은 하지 않았다. 간초·청신을 숭상하면서도, 씨는 시와 산문의 구별을 똑똑히 지키고 있었던 것이다. 씨는 또 될 수 있는 한, 일부러 조작하는 따위의 일을 피하고 있었다. 예컨대, 일본의 '신감각파' 시대의 작가들의 경우를 보면, 감각의 청신이나 문장도文章道의 혁신을 노리고 일부러 문법에 위반해보기도 하고, 멋대로 신조어를 써보기도 해서 무척 잔재주를 부리는 흔적이 보였지만, 씨에게는 그것이 없었다.

이것은 조선 문학의 문장도가 무리한 시도를 하지 않으면 안 될 만큼

---

* 글이나 말 따위가 쓸데없이 길다.

개척이 다 돼 있지 못했던 그것에도 원인이 있겠지만, 한갓 씨가 중용을 취하여 기울어짐이 없는 원숙한 스타일리스트였던 것을 증명하는 것이 아닐 수 없다.

씨가 언어의 마술성에 누구보다도 예민한 관심을 가지고 있었던 것도 씨의 문학을 논하는 데 있어 흘려버릴 수 없는 일의 하나일 것이다. 언어란 이상한 것이어서 언제나 그 자신의 생명력, 분위기 같은 것을 가지고 있으며, 따라서 여러 가지 말을 적선適宜하게 배치함으로써 한 개의 세계를 창조해내는 것도 가능한 것이다.

물론, 나는 사상이나 정감보다 앞서는 언어의 존재를 주장하는 것은 아니지만, 그러나 문학은 어디까지나 표현과 함께 있는 것이다. 이러한 의미에서, 다른 사람들이 모두 이데올로기의 추구에 혈안이 되어 있던 시대에, 씨가 혼자서 찬찬히 말의 연구에 몰두하고 있었던 것은 확실히 탁견이었다 할 수 있다고 생각한다.

'동반자 작가'라는 등의 말을 듣던 젊은 때의 씨는, 남의 작품을 읽어나가는 도중에, 그럴싸한 말에 맞부딪치면, 하나하나 붉은 연필로 방선傍線을 쳤던 것이다. 한동안, 류탄지 유〔龍膽寺雄〕* 씨가 화려하게 활약하던 무렵, 씨는 이 방법으로 동씨同氏의 작품을 분석하고, 동씨의 매력은 결국 그가 즐겨서 쓰는 몇 개의 어휘의 콤비네이션에 의해서 이룩되고 있다고 나에게 말한 적이 있었다. 류탄지 유 씨의 경우, 씨의 작품 세계가 일정한 어휘를 필요로 한 것인지, 일정한 어휘가 씨의 작품 세계를 만들어낸 것인지, 나로서는 알 도리가 없지만, 이 씨의 경우에는 확실히 의식적으로 어휘를 선택한 자취가 보이는 것으로 나는 생각한다.

---

* 일본의 소설가.

개성적인 화가가 각기 특색 있는 색깔을 사용하고 있듯이, 씨는 씨가
즐겨하는 몇 개의 특색 있는 어휘를 언제나 쓰고 있었던 것이다.

× × ×

그러나, 이상 말한 것은 씨의 작품을 관류하는 아름다운 시정신詩精神을
이해함이 없이는, 무의미에 가까운 말밖에는 안 될 것이다. 실제로, 씨는
소설의 형식을 가지고 시를 읊은 작가라고 나는 생각한다. 한동안 문단에
서는, 산문정신이라는 것이 시끄럽게 논의되고, 산문정신이야말로 문학의
정신이라고 주장되었지만, 그런 논의에는 씨는 귀도 기울여 보이지 않는
것 같았다. 씨에게는 수많은 아름다운 수필이 있지만, 이것들은 사실은
수필의 옷을 입은 시에 불외한 것이다.

물론, 이렇게 논정論定되려면 적지 않은 조건들이 부수되지 않을 수 없
다. 왜냐하면, 과거에 있어 씨는 위에서도 잠깐 말한 바와 같이, 한동안 세
상에서 '동반자 작가'라는 말을 들은 일이 있기 때문이다. 가령 씨의 처녀
작품집 『노령 근해』(1931)를 예로 들더라도, 씨를 '동반자 작가'라고 지목
한 것도 수긍이 가는 일이다.

그러나, 냉정하게 당시의 씨의 작품을 검토해본다면, 씨가 이데올로기
적으로 좌익에 공명한 자취는 찾아볼 수 없는 것으로 나는 생각한다. 아
닌 게 아니라, 당시의 씨의 작품에는 '운동'이니 '투사'니 하는 말이 연달
아 튀어나오지만, 이것들은 그것 자체로서 의미가 있는 것은 아니다. 그
것들은 씨의 시를 위해서 있는 단순한 장식물에 지나지 않는 것이었다.
「도시의 유령」이 그렇고, 「기우」 역시 그렇다. 「오리온과 임금」에 이르러
서는 명백한 반좌익적인 작품이다. 당시 씨를 좌익 작가로서 갈채를 보낸
평론가들은, 현란한 씨의 재능에 감쪽같이 속아 넘어간 셈이다.

언젠가 나는 씨의 창작집 『성화』(1939)를 평하는 문장 가운데서, "씨는

예술가이기는 해도, 사상가는 아니다. 예술가 역시 시대를 떠나서 살 수 없기 때문에, 씨는 그 시대, 그 환경에서 취재는 했지만, 그 제재는 결국 제재임에 그쳤을 뿐, 이것을 발효시킨 것은 씨 자신의 예술적 감각이었다."라고 말한 바 있지만, 나의 이러한 생각은 지금도 변함이 없다. 일찍이 이원조李源朝 씨가 「이효석 론」(《인문평론》 창간호, 1939)에서, "한 개의 작품 가운데서 일어나는 사실과 주인공의 운명은, 언제나 그 작품의 주제와 유기적 관련을 갖지 않으면 안 되는데, 이 씨의 작품의 경우에는 두셋을 제외하면 그것이 없다."라는 의미의 말을 한 것도, 지금의 나의 입장과 같은 취지의 것으로 생각된다.

그러나, 이렇게 말한다고 해서, 나는 씨가 당시 리얼리스트가 되기 위하여 노력한 사실을 부정하려고 하는 것은 아니다. 실제에 있어, 씨는 리얼리스트가 되려고 적지 않은 노력을 했고, 또 「돼지」* 이하 일련의 리얼리즘의 우수한 작품을 남기고 있는 것이다. 그러나, 리얼리스트가 되기 위하여서는 씨는 너무나도 아름다운 정감의 작가였던 것이다. 소위 산문 정신에서 의거해서, 냉철하게 인생을 관찰하고, 탐구하고, 구성하기 위해서는, 씨의 정신은 너무나도 순수에 겨워 있었다. 동반자 문학이라고 불리던 씨의 많은 작품이 그곳에 취급된 사실 및 인물과 작품의 주제 사이에 유기적인 관련성을 결여하고 있는 것은 그 때문이다. 「돼지」 이하 일련의 작품이 성공한 것은, 그곳에 취급된 사실 그 자체가 하등의 관찰이나 분석이나 구성을 요하지 않고, 그대로 인간성의 핵심에 부딪쳐 있기 때문이다. 「돼지」는 그렇기 때문에 혹은 소위 리얼리즘의 작품이 아니라고 말할 수 있을는지도 모른다. 리얼리즘의 작품임에 틀림없지만, 아울러

---

* 「돈」.

로맨티시즘의 작품이기도 한 것이다.

　씨가 인생을 아름다운 정감으로써 있는 그대로 순수하게 파악하는 시인이며, 소위 산문정신에 입각한 소설가가 아니었다는 것은, 씨의 일어 작품 중의 우수작인 「호노까나히까리」(은은한 빛)를 보더라도 쉽사리 알 수 있는 일이다. 이 작품은 혹은 사람들에게 민족주의적인 인상을 주었을는지도 모르지만, 나로서 말한다면 이 작품의 모티브는 전혀 그곳에 나오는 고구려의 대도大刀에 대한 시인적 흥분에 있었던 것이다. 고대의 보검에 관해서는 나 자신도 전에 「창랑정기滄浪亭記」 가운데 다룬 일이 있는데, 그때 씨는 일부러 편지를 보내 그 장면을 격찬하면서, 그 1회(이 소설은 신문에 분재된 것이었다)만으로도 이 소설은 충분한 가치가 있는 것이라고 말해준 일이 있다. 「호노까나히까리」는 그때에 얻은 암시를 씨다운 방법으로 작품화한 것이 아닌가 생각하는데, 그런 것은 어떻든, 이 작품이 전반에서 짜임새 있게 힘껏 씌어져 있는 데 반하여, 후반에 이르러 이상스레 중동이 무너진 것 같은 느낌을 주는 것은, 고구려의 대도 한 가지로 씨는 하고 싶은 말을 다 해치운 까닭인지도 모른다. 씨가 만일, 좀 더 강인한 문학 정신을 파지把持*한 사람이었더라면, 이 작품은 아베 도모지〔阿部知二〕** 씨도 말한 바와 같이, 상징의 걸작을 이루었을 것에 틀림없다.

× × ×

　정녕 씨와 같은 사람은 천래天來의 시인이라 해야 할 것이다. 여기에 시라 함은, 산문에 대하는 운문이라는 따위의 의미가 아님은 물론이다. 혹은 이것을 정감이라는 말로 바꿔놓아도 좋을 것이며, 뭐하다면 순수라는

---

* 꼭 움켜쥐고 있음.
** 일본의 소설가.

말로 바꿔도 좋다. 어쨌든, 씨는 사상이라는 것에 의해서 작위적으로 규제되지 않고, 새가 노래를 부르듯 노래 부르는 것을 본령으로 하는 작가였다.

그러기에 씨는, 1932, 3년경의 좌익 문학의 전면적 퇴조기에 가볍게 순수 문학으로 전신하여, 늠름하게 새로운 조류를 타고 재등장할 수 있었던 것이다. 많은 지난날의 좌익 작가들이 시대의 거류에 직면해서, 그때까지 자기들 몸에 배어 있던 것을 청산하고 새로운 자신을 고쳐 세우기 위해, 혹은 암중에 모색하고, 혹은 침잠沈潛 고음苦吟하여 피투성이의 자기 투쟁을 하지 않으면 안 되었던 때에, 씨만은 몸도 가벼이 새로운 시대를 향해 훌쩍 떠났는데, 그것은 씨의 경우에는 그것이 별로 전신도 전향도 아니고, 본래의 자기에게로의 회귀였기 때문이라고 나는 생각한다. 씨는 이 전신으로 지금까지 무거운 짐마냥, 씨에게 덮어씌워 있던 시대의 압력으로부터 벗어나서, 겨우 숨을 들이켠 그런 형태였었다.

그렇지만, 작위적이었다고는 해도, 한번 몸에 배어들었던 것이란, 하루아침에 가셔질 수 없는 것이어서, 앞서 씨가 동반자라고 불리던 때에 즐겨 취급하던 사건이나 인물들은 그 뒤에도 오랫동안 새로운 무대 위에 이따금 그 자태를 나타내기는 하였다. 그러나 그것들은 이미 외견상으로도 씨의 문학의 중심을 이루는 것은 아니어서, 씨는 자유분방하게 있는 그대로의 자기를 노래하게 되었던 것이다.

이 시대의 씨의 관심은 주로 성性 문제에 지향되고 있었던 것으로 생각된다. 창작집 『성화』에 수록된 작품들은 주로 이 시대의 것에 속한다.「고사리」·「성찬」·「성화」 등은 이 경향의 작품의 대표적인 것이라고 말할 수 있을 것이다. 성은 씨에게 있어서는 도덕 이전의 것이며, 아모랄amoral의 세계에 속하는 것이다. 따라서, 이들 작품에서 씨는 꽤 대담하게 이 문제에 파고들어 갔지만, 읽으면서도 예컨대 모파상의 제 작품에서와 같은 비외卑猥한 느낌을 일으키지는 않는다. 또 그리고, 예컨대 톨스토이와 같은 도덕감이 드높은 작가는, 『부활』 같은 경우에 보는 바와 같이, 애욕의 장면이 되면 도리어 강렬한 호색적 경향을 노정하는 것 같은데, 씨의 경우에는 그것이 없다. 뿐더러, 씨의 경우에는 D. H. 로렌스에서 보는 것과 같은 집요스러움도 없다. 이 점은 어떻게 보면, 불만감이 없는 것도 아니지만, 그러나 그것이 또 씨의 씨다운 소이라고 말할 수 있을 것이다. 성 문제를 말할 때에도, 씨는 산문가로서가 아니라, 시인으로서 그것에 마주서고 있는 것이다.

이 방면에 관한 씨의 관심을 후년 마음껏 털어놓은 것이 장편 『화분』 (1939)인데, 이 작품에 관해서도 지금까지 말한 것이 그대로 들어맞는 것으로 생각한다.

성 문제에 피곤하면, 씨는 아름다운 자연의 풍물 가운데에 휴식을 구하였다. 「성화」의 주인공 '나'는 '란야'와의 기괴한 애욕 생활에 지쳐서, 그 반대의 극인 '유례'와 함께 바다와 산을 찾는 것인데, 「성화」의 작자도 이 무렵부터 틈틈이 「산」이나 「바다」를 쓰고, 자연을 찬미하는 수많은 작품을 쓰기 시작하였다. 이들 작품은 창작집 『해바라기』(1938)에 수록되어 있지만, 여기서도 작자는 결코 자연을 관찰하고, 분석하고, 해석하려고는 들지 않는다. 솔직하게 자연의 아름다움을 노래하고, 자연의 큰 품에 자신을 한껏 맡기고 있는 것이다.

× × ×

끝으로, 모든 시대를 통해서 씨의 작품의 기조를 이루고 있던 두 개의 기둥인 모더니즘과 애수를 들지 않으면 안 되겠다.

씨의 작품 가운데는, 전연 모더니즘과 관계가 없는 것 같은, 이를테면

「메밀꽃 필 무렵」 같은 것도 없는 건 아니지만, 이것도 취급된 인물이나 사건이 그렇다 뿐이지, 작자의 세련된, 말하자면 불란서적인 솜씨는 역시 모더니즘의 작품이 아닐 수 없다. 그 밖의 작품에서는, 대개는 그 차림새부터가 하이칼라하다. 피아노와 서양 초화와 버터와 여객기와 문화주택들의 사이로 '유례'·'미란' 등의 서양 이름 같은 이름을 가진 여인들이 움직이고 있는 것이다. 이 점, 씨는 같은 순수 문학 계통에 속해 있으면서도, 골동을 사랑하는 이봉준 씨 같은 사람과는 전혀 대척적인 입장에 서는 작가다.

그러나 씨의 경우, 모더니즘이란 결코 경박한 물질주의는 아니다. 씨의 모더니즘은 씨의 교양의 결과이며, 교양을 구하는 마음, 정신의 향연을 구하는 마음의 표현 될 것 이외의 아무것도 아니다.

씨는 또 주을朱乙* 부근 재주在住**의 백계白系 노인露人들의 생활에 비상한 흥미를 가지고 있었으며, 이 흥미는 쌓이고 쌓여서 1939년 여름의 하얼빈 여행에까지 발전했지만, 이것 역시 결코 백인 숭배라는 그런 천박한 동기에서가 아니었던 것은 말할 필요도 없다. 하얼빈의 호텔에 있으면서, 씨가 다채 현란한 조선의 고전적 의상과 음식 등에 로맨틱한 정열을 쏟은 것은, 어떻게 보면 우스운 일 같지만, 따지고 보면 우스운 일도 아무것도 아닌 것이다. 이렇게 보아오면, 지금까지 내가 모더니즘이라고 말해온 것은 오히려 세련이라는 등의 말로 바꿔놓는 편이 적당할 것도 같다.

애수는 세련과 함께 씨의 작품의 기조를 이룩하는 또 하나의 기둥이라고 말할 수 있다. 따라서 씨가 학생 시대에 아일랜드 문학을 전공하고, 졸

---

* 함경북도 경성군 남쪽에 있는 읍.
** 그곳에 머물러 삶.

업 논문에는 '싱그'를 선택한 것도 결코 우연이 아니었다고 말할 수 있다. 그러나, 주의할 일은, 씨의 애수는 「메밀꽃 필 무렵」과 같은 예외의 경우도 없지는 않지만, 대부분은 향토적인 것이 아니라는 사실이다. 이것은 씨의 모더니즘과 아울러 생각해보면 당연한 일로서 누구나 수긍할 수 있는 일이다. 씨의 애수는 대부분은 근대 지식인의 피로감에서 오는 것이다. 한때 지식인의 무기력이라고 맹렬한 비난을 받던 바로 그것인 것이다. 이 애수는 모든 시기의 씨의 작품을 통해서, 그야말로 끈기 있게 얼굴을 내미는 것이지만, 때로는 예하면 「풀잎」(《춘추》 본년 2월호)에 있어서와 같이, 지식인의 특권이라는 것과 같은 것으로 모양을 바꿔서, 속중俗衆에 대한 맹렬한 항의가 되어 나타날 때도 있는 것이다.

그러나, 이상 말한 것으로써, 곧바로 씨의 작품 세계를 망라해버렸다고 하는 것은 조계早計일 것이다. 거듭 말한 바와 같이, 씨는 정감의 작가이며 순수의 작가여서, 정서가 움직이는 대로 작품을 써온 사람이기 때문에, 그 작품 세계도 역시 극히 다채한 것이다. 「황제」에서 씨가 영웅의 운명에 통곡하고, 상인 죤불에 패퇴한 나폴레옹에게 빛나는 월계관을 경건한 태도로 바쳤다고 해서 놀랄 것은 없다. 그것 역시 씨의 일면이었던 것이다. 영웅의 운명은 시인의 정서를 움직이게 하는 데 충분하기 때문이다.

어떻든, 씨는 현대 조선 문학에 있어서 제일류의 작가의 한 사람이었다. 씨의 죽음으로써 받은 조선 문단의 손실은 큰 것이다. 무엇이 어떻건, 36세라는 그 젊음이 아깝다. 36세라면, 아쿠타가와 류노스케〔芥川龍之介〕 씨가 자살한 것도 꼭 같이 36세였다. 류노스케 씨의 경우는 사상적으로나 예술적으로나 그야말로 막다른 골목에서의 죽음이었음에 반하여, 이 씨의 경우는 이상 말한 바로 밝혀진 것과 같이, 작가로서의 본질 규정은 일단 정해졌다고는 해도 앞으로 무엇을 해낼는지, 그야말로 예측을 허하지 않는 바 있었던 것이다. 더욱이, 씨는 과거에 있어서 「돼지」·「메밀꽃 필 무렵」·「고사리」·「황제」와 같은 전연 경향을 달리하는 작품들에서 각각 성공을 거두고 있는 것이다. 돌연한 씨의 사거死去는 정녕 아깝다는 말만 으로 그쳐버릴 수 없는 바가 있다.

—《국민문학》, 1942. 7.

작가 연보

1907년   강원도 평창군 봉평면 창동리 273번지에서 출생.

1914년   평창공립보통학교 입학.

1920년   평창공립보통학교 졸업. 경성제일고보 입학.

1925년   《매일신보》에 시 「봄」(1. 8), 단편 「여인」(2. 1) 발표. 경성제국대학 예과 입학.

1927년   경성제국대학 영문과에 진학.

1928년   「도시와 유령」을 발표하면서 동반자 작가로 활동.

1929년   단편 「기우」, 「행진곡」, 시나리오 「화륜」 발표.

1930년   경성제국대학 졸업. 단편 「깨뜨려지는 홍등」, 「추억」, 「상륙」, 「마작철학」, 「북국사신」, 「약령기」 발표.

1931년   시나리오 「출범시대」, 단편 「노령 근해」 발표. 창작집 『노령 근해』 발간. 단편 「오후의 해조」, 「프레류드」 발표. 함북 경성 출신인 이경원과 결혼. 총독부에 취직하였다가 다시 부인의 고향 함북 경성으로 내려옴.

1932년   「북국점경」, 「오리온과 능금」 발표. 함북 경성농업학교에 영어 교사로 취직.

1933년   장편 『주리야』 발표. 구인회 창립. 단편 「돈」 발표.

1934년   「마음의 의장」, 「일기」, 「수난」 발표.

1936년   단편 「분녀」, 「산」, 「들」, 「천사와 산문시」, 수필 「6월에야 봄이 오는 북경성」 발표. 평양 숭실전문학교 교수로 취임. 단편 「인간산문」, 「석류」, 「고사리」, 「메밀꽃 필 무렵」 발표.

1937년   「낙엽기」, 「성찬」 「삽화」, 「개살구」, 「거리의 목가」 발표.

1938년   「장미 병들다」, 「막」, 「공상구락부」, 「부록」, 「소라」, 「해바라기」, 「가을과 산양」 발표.

1939년   「여수」, 「화분」, 「산정」 발표. 그간의 소설을 묶어 단편집 『해바라기』 출간. 『성화』 출간. 「황제」, 「향수」 발표. 『화분』 출간. 「일표의 공능」 발표. 대동공업전문학교 교수로 취임.

1940년   장편 『창공』 연재. 일본어 장편 『녹색의 탑』 발표. 부인과 차남 영주의 사망 소식을 접하고 만주 여행을 떠남.

1941년   「라오콘의 후예」, 「산협」 발표. 창작집 『이효석 단편선』 출간. 장편 『벽공무한』 간행.

1942년   「일요일」, 「풀잎」 발표. 결핵성 뇌막염으로 사망.

1943년   유고 단편 「만보」, 「황제」 발표. 작품집 『황제』 출간.

2003년   타블로이드판 주간지 《국민신보》(1940. 1~4)에 연재되었던 「녹색의 탑」이 발굴되어 《문학사상》(2003. 10~2004. 2)에 게재.

한국현대문학전집 5 - 이효석 단편선

메밀꽃 필 무렵

지은이 ㅣ 이효석
엮은이 ㅣ 백지혜
펴낸이 ㅣ 김영정

초판 1쇄 펴낸 날 ㅣ 2010년 11월 1일
초판 2쇄 펴낸 날 ㅣ 2020년 3월 27일

펴낸곳 ㅣ (주)현대문학
등록번호 ㅣ 제1-452호
주소 ㅣ 06532 서울시 서초구 신반포로 321(잠원동, 미래엔)
전화 ㅣ 02-2017-0280
팩스 ㅣ 02-516-5433
홈페이지 www.hdmh.co.kr

© 2010, 현대문학

ISBN 978-89-7275-475-6 04810
ISBN 978-89-7275-470-1 (세트)